An ihrem achtzehnten Geburtstag versprach Anette sich drei Dinge, die sie im Leben tun würde: ein Motorrad fahren, ein Haus kaufen und sich um sich selbst kümmern. Fast zwanzig Jahre später sieht die Welt ganz anders aus. Sie lebt in einer Mietwohnung in einer schwedischen Kleinstadt mitten im Nirgendwo. Sie arbeitet in einem Supermarkt, in dem der Klang des Kassenscanners sie langsam in den Wahnsinn treibt. Sie kümmert sich um ihre demente Mutter, und ein Motorrad hat sie auch nicht, noch nicht mal einen Führerschein. Aber sie hat ihre Tochter. Als Emma jedoch auszieht, fällt Anette in ein Loch, aus dem nur ihre beiden besten Freundinnen sie herausholen können, und ein waghalsiges Projekt...

KATARINA BIVALD, Jahrgang 1983, arbeitete 10 Jahre lang in einem Buchladen, bevor sie ihren ersten Roman »Ein Buchladen zum Verlieben« schrieb. Das Buch wurde zum Bestseller und erschien in 24 Ländern. Katarina Bivald lebt in der Nähe von Stockholm.

KATARINA BIVALD

HIGHWAY TO HEAVEN

Roman

*Aus dem Schwedischen
von Gabriele Haefs*

btb

Die schwedische Originalausgabe erschien 2014
unter dem Titel »Livet, motorcyklar och andra omöjliga projekt«
bei Forum, Stockholm.

Sollte diese Publikation Links auf Webseiten Dritter enthalten,
so übernehmen wir für deren Inhalte keine Haftung,
da wir uns diese nicht zu eigen machen, sondern lediglich auf
deren Stand zum Zeitpunkt der Erstveröffentlichung verweisen.

Verlagsgruppe Random House FSC® N001967

1. Auflage
Deutsche Erstveröffentlichung Januar 2018
Copyright © Katarina Bivald 2015
Copyright © der deutschsprachigen Ausgabe 2018
by btb Verlag in der Verlagsgruppe Random House GmbH,
Neumarkter Straße 28, 81673 München
Covergestaltung: Semper Smile, München
Covermotive: Semper Smile
Satz: Uhl + Massopust, Aalen
Druck und Einband: GGP Media GmbH, Pößneck
SL · Herstellung: sc
Printed in Germany
ISBN 978-3-442-71560-2

www.btb-verlag.de
www.facebook.com/btbverlag

A prayer for the wild at heart,
kept in cages.

Tennessee Williams

1

Mein Weg in den Wahnsinn beginnt hier und jetzt. Ich sitze in der Diele und rede mit meiner Wohnungstür.

Vor nur wenigen Sekunden ist sie ins Schloss gefallen. Neunzehn Jahre – alles weg mit dem Knallen der Tür, dem unbarmherzigen Klickgeräusch, mit der die Fahrstuhltür aufging und die Reisetaschen über den Boden schrappten.

»Verdammt«, sage ich, sowie ich den Fahrstuhl wieder nach unten fahren höre. Die Wohnungstür hat noch nicht geantwortet.

Ehe ich mich zusammenreißen kann, bin ich auch schon aufgesprungen und stürze durch die Küche auf den Balkon.

»Warte!«, rufe ich und beuge mich über das Balkongeländer. »Verlass mich nicht! Hab ich etwas Falsches gesagt? Ich kann mich ändern. Das verspreche ich, gib mir nur eine Chance!«

Mein plötzlicher Ausbruch lässt das unten vorübergehende Paar nervös aufblicken. Ein Teil von mir denkt: Das ist würdelos. Aber das ist mir egal. Die Gestalt mit den Reisetaschen ist nämlich ebenfalls stehen geblieben und schaut sich um.

»Haha, Mama«, sagt Emma, meine einzige Tochter, das Licht meines Lebens, der Mittelpunkt meines Daseins, die mich nun gerade verlässt. Sie schaut hoch zum Balkon und zu mir, die sie zum letzten Mal erblickt. Ich könnte schwören, dass in ihrem Blick etwas Sehnsuchtsvolles liegt.

Sie sieht aus wie eine toughere Version von mir. Sie hat

meine wilde Lockenmähne, aber bei ihr sieht sie frei und abenteuerlich aus, eine Art Verlängerung der Energie, die sie ausstrahlt, immer unterwegs in alle Richtungen.

Jetzt hebt sie die Hände. »Ich bin ja noch nicht mal bis zur Bushaltestelle gekommen.«

»Ich dachte, du hättest dir die Sache vielleicht anders überlegt und möchtest gern Gesellschaft bis Karlskrona?«, sage ich.

»Damit du mich am ersten Tag in die Uni begleiten und aufpassen kannst, dass ich die Bücher nicht vergesse?«

»Warum nicht?«

»Heute ist Sonntag. Du musst morgen arbeiten.«

Ich beuge mich weiter über das Balkongeländer. Die Sonne geht gerade über dem Haus auf der anderen Straßenseite auf, und wenn es nicht der Tag wäre, an dem Emma von zu Hause auszieht, wäre es ein strahlender Sonntag. Und vielleicht ist es noch nicht zu spät.

»Ich brauche Urlaub. Ich habe noch einige Urlaubstage ausstehen.«

»Sicher, und die willst du jetzt ohne Vorwarnung nehmen und den armen Roger beim Arrangieren der Nudelpackungen allein lassen.« Roger ist mein Chef. Er hat klare Ansichten darüber, wie Nudelpackungen im Regal arrangiert werden müssen. Ich kann nicht behaupten, dass mein Leben dadurch einfacher wird.

»Karlskrona soll im August doch phantastisch sein, habe ich gehört«, sage ich.

»Du warst schon mal da. Das Einzige, was Karlskrona zu bieten hat, sind Pflastersteine.«

»Nicht nur Pflastersteine. Europas größter gepflasterter Marktplatz. Tolles Material, solche Pflastersteine. Hab ich immer schon für geschwärmt.«

Inzwischen hat sie ihre Reisetaschen abgestellt und legt sich die Hand an die Stirn, um mich besser sehen zu können.

»Reg dich ab, Mama«, sagt sie. »Bisher hast du dich doch nie so aufgeregt.«

»Ich rege mich nicht auf«, lüge ich hemmungslos.

»Als ich mir das Bein gebrochen hatte, hast du nicht mal mit der Wimper gezuckt.«

Das war anders. Als sie das Bein gebrochen hatte, konnte sie ja nicht weglaufen. Praktisches Material, so ein Gips.

»Da hast du mich nur davor gewarnt, mich in einen Arzt zu verlieben.«

»Du warst fünfzehn. Du hast jeden Tag *Emergency Room* gesehen. Du warst leicht zu beeinflussen.«

Sie lacht. »Ich geh jetzt, Mama.«

Aber sie bleibt doch noch einen Moment stehen. Ich suche verzweifelt nach etwas, das ich sagen kann, was, weiß ich nicht so recht, aber vermutlich etwas, das ihr den Wunsch einflößt, sich von ihrer Mama an die Uni begleiten zu lassen.

»Warte! Kommst du zu Weihnachten nach Hause?«

»Ha, ha. Bis dann, Mama!«

Es ist klar, dass ich Witze mache. Natürlich mache ich Witze. Sie winkt ein letztes Mal, ein bisschen ungeschickt und unbeholfen, da sie einen schweren Rucksack über der Schulter hat. Sie ist neunzehn Jahre alt, absolut erwachsen und natürlich noch immer ein Kind. Ich selbst bin achtunddreißig und ungefähr genauso reif.

Wenn ihr mich fragt, dann ist es eine wahnwitzige Vorstellung, dass Kinder erwachsen werden und von zu Hause ausziehen. Es ist nicht der Sinn der Sache, dass Kinder allein zurechtkommen. Deshalb haben wir doch Mamas erfunden. Es ist eine Sache, eine alleinstehende Mutter mit Kind zu sein – aber alleinstehende Mutter ohne Kind, das ist vergeudete Frauenkraft.

Ich habe Emma mit neunzehn bekommen, und seit damals waren wir zwei gegen den Rest der Welt.

Ich stelle den kalten Frühstückskaffee unter die Mikrowelle. Dann setze ich mich an den Küchentisch und starre vor mich hin. Mehr Initiative bringe ich nicht auf, während sich die angeschlagene Tasse langsam dreht und dreht.

Meine fünf besten Augenblicke mit Emma, in chronologischer Reihenfolge:

Platz Nummer 5: Als Mama fünfzig wurde und Emma gerade ihre Fragephase (»Mama, warum...«) hinter sich gebracht hatte und in die Wissensphase eingetreten war (»Mama, weißt du...«). Sie trank Saft und aß sieben Sorten Plätzchen und erzählte allen Freundinnen ihrer Oma, wo die kleinen Kinder herkommen. Mama war dermaßen geschockt, dass sie stumm blieb. Ein Erlebnis!

Platz Nummer 4: Als Emma in die erste Klasse ging und zum ersten Mal eine Freundin mit nach Hause brachte. Ich hatte mir schreckliche Sorgen gemacht, dass sie keine Freundinnen finden würde, weil sie so daran gewöhnt sein könnte, mit mir allein zu sein. Deshalb leerte ich aus purer Erleichterung meine Spardose für unerwartete Rechnungen oder traurige Tage. Die Kinder verzehrten eine Überdosis an Bonbons, Eis und Zimtkringeln. Die Mutter der Freundin war leider Zahnärztin, deshalb herrschte bei Elterntreffen wochenlang eine angespannte Stimmung. Ich kann die Mutter noch immer vor mir sehen. Beängstigend sympathisch und mit honigblonden Haaren. Sie hatte wirklich Haare wie Honig, dick und glatt und voller warmer goldener Farbtöne, mit Sicherheit in einem teureren Frisiersalon gefärbt als der in Skogahammar, den ich aufsuche, wenn ich mir etwas

Gutes tun will. Das heißt, so ungefähr alle zehn Jahre, ob es nun nötig ist oder nicht.

Nummer 3: Emmas achter Geburtstag. Im Rahmen meiner Mittel konnte ich das berühmteste Geburtstagsfest des Jahres arrangieren, indem ich den pensionierten Nachbarn von nebenan überredete, sich als Père Fouras aus der Fernsehserie »Fort Boyard« zu verkleiden, mir eklige Sachen ausdachte, die man in Plätzchendosen stopfen konnte, und mein Schlafzimmer mit Popcorn füllte, das dann mit Stoppuhr und wildem Geheul ins Wohnzimmer transportiert wurde, wo ein aktueller Disneyfilm wartete. Ich fand noch ein halbes Jahr später an überraschenden Stellen Popcorn, aber das war die Sache wert. Emmas Mama vs. andere Eltern: 1 - 0.

Nummer 3: Emma war dreizehn, ihr Herz wurde zum ersten Mal gebrochen, und sie erzählte es mir. Sie war gerade so unerträglich erwachsen geworden, in dieser Zeit, in der sie nicht wie Kinder behandelt werden wollen, aber das Recht in Anspruch nehmen, sich wie welche aufzuführen. Aber an diesem Wochenende hieß es noch einmal wir gegen den Rest der Welt, und vor allem gegen den Mistkerl, wie er seither genannt wurde.

Und endlich – Trommelwirbel, tadaa und überhaupt – Platz Nummer 1: Als Emma an der Uni angenommen wurde, die Einzige aus der ganzen Sippe, die das je geschafft hat. Wir feierten mit einer Flasche moussierendem Chapel Hill, und Emma erzählte immer wieder, wie es auf der Uni vor sich ging: wann alle da sein mussten, wie man ein Studiendarlehen beantragen konnte, vermutlich, um eher sich als mich davon zu überzeugen, dass sie alles im Griff hatte. Wir hatten einander lange nicht mehr so nahegestanden wie für einige Monate in diesem Frühling und Sommer. Wir suchten eine Wohnung, fuhren mehrmals nach Karlskrona, um uns an den Gedanken zu gewöhnen, dass sie dort leben würde, und aßen jedes Mal im Fox and Anchor, als ob eine Stammkneipe alles leichter machen könnte. Wir kauften Möbel für die kleine Einzimmerwohnung, die wir dann endlich fanden, und eine komplette Garnitur Teller, Gläser, Bratpfannen und andere Dinge, die ein richtiger Haushalt braucht, sogar ein Bügelbrett und ein Bügeleisen, bei denen Emma lachend versicherte, dass sie sie niemals benutzen würde. Spielt keine Rolle, sagte ich. Das gehört dazu. Man kann nicht erwachsen sein ohne ein Bügelbrett und ein Bügeleisen, die man niemals benutzt.

Die Mikrowelle macht *pling*, und mir geht auf, dass ich den Kaffee vergessen habe. Inzwischen brodelt er, und der Geruch von verbranntem Kaffee verbreitet sich in der Küche, sowie ich die Klappe öffne. Ich trinke ihn trotzdem, als er abgekühlt ist.

Ich habe nichts mehr zu tun. In den vergangenen Monaten hat sich meine Aufgabenliste nur um Emma gedreht. *Wohnung in Karlskrona suchen. Staubsauger kaufen. Vorrat an Staubsaugerbeuteln kaufen.* Auch über diesen Punkt hat Emma schallend gelacht, aber nur, weil sie noch nicht weiß, wie frustrierend es ist, die richtigen Staubsaugerbeutel suchen zu müssen. Immer, wenn jemand sagt, dass früher alles besser war, sage ich nur: staubsaugertueten.se.

Und dann ist sie ausgezogen.

Ein kleines Detail, an das ich hätte denken sollen, bevor ich losfeierte.

2

Wenn mein Leben eine Folge von »Auf der Spur von« wäre, dann würde die ungefähr so anfangen: »Wir beginnen unsere Reise zwanzig Minuten vor unserem Endziel.« Die Kamera würde dann ein Vierparteienhaus zeigen, das irgendwann in den vierziger Jahren erbaut worden ist, zu der Zeit, in der alle kleinen Orte glaubten, die Zukunft bestehe aus einer stetigen Expansion. Da die Expansion hier nur aus dem Eisenbahnausbau bestand, könnte die Kamera der inzwischen stillgelegten Bahnlinie folgen, um dann abzubiegen, die Stadtverwaltung mit Arbeitsamt und Zahnärztlichem Zentrum passieren und dann den eigentlichen Ortskern erreichen; eine Reihe aus niedrigen Gebäuden, die früher einmal sehr viel mehr Läden beherbergt haben als heute.

Skogahammar ist die Art von Ort, die keine wichtige Industrie mehr aufweisen kann, seit der schwedische Staat sich mit den Waldfinnen wegen der Brandrodung zerstritten hat (wir hätten schon damals Unrat wittern müssen, was Schließungen und Verlegungen und Bürokratie angeht). Wir haben durch unsere geographische Lage überlebt, da wir in Pendlerentfernung von mehreren inzwischen abgewickelten Industrien liegen. Jetzt sind unsere größten Arbeitgeber die Gemeinde und das Arbeitsamt: Wir überleben mit Hilfe künstlicher Beatmung, die wir uns selbst verpassen.

Vielleicht würde in der Sendung über mein Leben etwas über bekannte Personen gesagt werden, die aus Skogahammar stammen, aber das wäre nicht leicht. Wenn man in Wikipedia unter Skogahammar sucht, dann findet man unter »Bekannte Personen aus Skogahammar«: Tompa Stjernström, Eishockeyspieler, Jocke Andersson, Eishockeyspieler. Sara Andersson, ausgeschieden bei »Schweden sucht den Superstar«. Und Anna Maria Mendez, Bürgermeisterin. Letzteres ist ein Scherz, aber bisher hat Wikipedia es nicht getilgt.

Ich vermute, man könnte auch erwähnen, dass Olof Palme einmal hier war. Das ist das Allerhistorischste, was uns je passiert ist. Alle über vierzig erinnern sich an den Besuch, als wäre es gestern gewesen, auch wenn sich die Informationen über die genauen Details unterscheiden. (»Es war ein strahlender Tag, und damals sah die Zukunft überhaupt strahlend aus«; »grau, das Wetter war grau, wie der Kommunismus, den er in Schweden einführen wollte.«) Emma hat ihre Hausarbeit über den angeblichen Besuch geschrieben und konnte keine Quellen finden, die bestätigten, dass Palme wirklich hier gewesen war. Näher als bei einem Besuch im Bofors Hotel und bei einem offiziellen Besuch in Karlskrona im Wahlkampf '82 ist er uns wohl nicht gekommen.

Aber wenn er jemals auf der Straße hier vorbeigefahren ist, dann ist davon jedenfalls nichts für die Nachwelt bewahrt worden. So kurz und sinnlos war dieser Besuch, wenn es ihn also gegeben hat.

Und nun nähern wir uns dem Ziel unserer Reise. Wir sehen den Supermarkt Mat-Extra in Skogahammar. Alles ist dunkel, da wir JEDEN TAG um 9 öffnen (außer Weihnachten, Ostern und Mittsommer), aber unser Chef Klein-Roger findet das Schild statistisch gesehen korrekt. Im Durchschnitt öffnen wir jeden Tag. Im Moment werben wir mit Sonderangeboten für Ketchup, Hähnchenkeulen und Grill-Koteletts. Offenbar hat uns noch niemand erzählt, dass der Sommer vorbei ist.

Ich arbeite seit zwölf Jahren hier, fast länger als alle anderen, auch länger als der Chef. Die Einzige, die noch länger hier arbeitet, ist Pia, die mich hergeholt hat, als ich damals einen Job brauchte. Sie hat mit vierzehn bei Mat-Extra angefangen, wenn auch mit einer Unterbrechung von zehn Jahren, um zu heiraten und sich Kinder zuzulegen. Dann landete ihr Mann im Knast. Das kommt in Skogahammar an sich nicht so selten vor, aber er fuhr wegen Steuerhinterziehung ein, und das war eine Sensation. Die meisten von uns verdienen nicht genug, um den Jagdeifer des Finanzamts zu erregen. Also kam Pia wieder zurück. Sie findet, dass im Mat-Extra eine Geborgenheit schenkende Von-der-Wiege-bis-zur-Bahre-Stimmung herrscht. Ein bisschen wie in der schwedischen Staatskirche.

Und wenn ich in »Das ist ihr Leben« mitmachte? Dann könnten sie dasselbe Material verwenden und dazu meine Kollegen und Emma einladen, die auftauchen, während ich die Überraschte spiele. Und Mama natürlich, aber die wird immer verwirrter, und in ihren lichten Momenten würde sie sich sicher nicht zur Mitarbeit bereit erklären. Sie findet, das Fernsehen sei unmoralisch geworden, seit wir das Zweite Programm bekommen haben.

Ich bin achtunddreißig Jahre alt, eine alleinstehende Mutter ohne Kind, arbeite bei Mat-Extra und wohne in dem Ort, aus dem Gott weggezogen ist. Da hast du mein Leben.

Das Gespräch im Personalzimmer an diesem Montagmorgen handelt wie so oft von der Wahrscheinlichkeit, dass Klein-Roger eine stellvertretende Teamleiterin finden wird. Er hat diesen Posten vor zwei Monaten eingeführt, um uns zu »Initiative und Eigenverantwortung« anzuregen. Jede Woche erinnert er uns daran, wie wichtig es ist, »sich auf die Hinterbeine zu setzen« und »die Verkaufsbrille aufzusetzen, ihr Blindschleichen!« (Das hat er zuerst auf einem Inspirationsabend bei Rotary gehört und bringt es seitdem konsequent immer wieder.) Bisher ist Nesrin die Einzige, die mit dem Gedanken an eine Bewerbung spielt, aber das nur, weil ihr Vater dann einen Herzanfall erleiden würde. Er betreibt unseren lokalen Kiosk und hat ihr verboten, bei ihm zu jobben. Er hatte immer schon drei Regeln für ihr Leben: Ausbildung, Ausbildung und Ausbildung, und da lag es doch auf der Hand, dass sie nach dem Abitur ein Sabbatjahr einlegen würde, um hier bei uns zu arbeiten.

Wir sind fünf Vollzeitangestellte und arbeiten vor allem werktags. Außer uns gibt es ungefähr ebenso viele Jugendliche, die am Wochenende und an bestimmten Abenden aushelfen. Wir Vollzeitangestellten sind natürlich überzeugt davon, dass die anderen keine Ahnung haben und viel zu faul für richtige Arbeit sind. »Das will ich ja wohl hoffen«, sagt Pia immer, wenn dieses Thema zur Sprache kommt, was ungefähr jeden Montag der Fall ist. »Es ist schön zu wissen, dass die Jugend weiterhin die richtigen Prioritäten setzt.«

Heute sind alle Vollzeitangestellten zur Stelle und hören Klein-Rogers Brandrede mit unterschiedlicher Begeisterung zu. Mit der Zeit haben wir uns selbst in Gruppen eingeteilt, auf diese lockere Weise, wie das eben so passiert. Ich, Pia und Nesrin streben zueinander, in einer Gruppe, die Pia als »die einzig Vernünftigen, und auch das ist relativ« bezeichnet.

Dann haben wir Klein-Roger und Groß-Roger. Sie haben außer dem Namen und der Tatsache, dass sie Männer sind, eigentlich keine Gemeinsamkeiten, aber das reicht, um sie zusammenzuschweißen. Klein-Roger ist klein und untersetzt, er hat eine nervöse Persönlichkeit, die er durch kleine, passiv-aggressive Sticheleien ausgleicht. Warum er sich einbildet, Chef an einem Arbeitsplatz voller Frauen sein zu müssen, ist ein Mysterium. Er hat keine Chance, unsere Mütter haben uns gegen nervöse Persönlichkeiten und passiv-aggressive Sticheleien abgehärtet, seit wir alt genug waren, um sie zu enttäuschen. Die meisten von uns finden ihn eigentlich in Ordnung, für einen Chef, wohlgemerkt. Pia hat es sich vielleicht zur Lebensaufgabe gemacht, sich mit ihm zu streiten, aber ich bin sicher, es ist freundlich gemeint.

Groß-Roger ist mindestens dreißig Zentimeter größer und vermutlich vierzig Kilo schwerer. Er macht gern Witze, um andere gegen sich aufzubringen, aber da es nichts Böses in ihm gibt, gelingt ihm das nicht besonders oft. Das heißt jedoch nicht, dass er es nicht weiterhin versucht.

Maggan ist eine Klasse für sich. Sie ist fünfundfünfzig, hat im Rahmen eines EU-Projektes hier angefangen und steht voll und ganz auf Klein-Rogers Seite. Ihr Vater war Offizier, was sie im Gespräch überraschend oft erwähnt, deshalb vermute ich, sie ist dazu indoktriniert, sich einzufügen und Befehlen zu gehorchen.

Sie ist zum Beispiel die Einzige, die Klein-Roger gerade zuhört, während er versucht, Pias ewige gemurmelte Kommentare zu übertönen. Ich selbst habe schon mein Handy herausgeholt und klicke mich zu Google durch.

Wenn man »Mit einem Teenager überleben« googelt, bekommt man in null Komma einundzwanzig Sekunden siebenhunderttausend Treffer.

Wenn man »Ohne einen Teenager überleben« googelt, bekommt man rein gar keine praktischen Tipps.

Ich werde meine eigenen Strategien entwickeln müssen, denke ich. Aber was soll man denn eigentlich machen? Aus einem Geistesblitz heraus google ich »Krise mit 40«, für den Fall, dass mir das irgendeine Inspiration liefern kann, aber auch in diesem Punkt scheint niemand einen guten Rat zu wissen.

Vielleicht gibt es heutzutage keine Krise mit vierzig mehr? Wann soll man sich denn eigentlich jüngere Liebhaber und Cabriolets anschaffen und es mit Solarium und kurzen Röcken übertreiben? Ich versuche es mit »Krise mit 50«, aber Google schlägt »40« vor, und ich stehe wieder auf Los.

»Wie heißt Krise mit vierzig auf Englisch?«, frage ich. Pia sieht mich seltsam an, aber Klein-Roger sagt verdächtig schnell: »Midlife-Crisis.«

Sieh an. Auf Englisch finde ich sehr viel mehr Informationen. Wikipedia hat sogar eine lange Liste über die vielen Ursachen einer solchen Krise. Aber die muntert mich auch nicht weiter auf. Arbeitslosigkeit, Tod der Eltern, verlorene Jugend und herannahendes Alter, die Arbeitsstelle hassen, Kinder, die von zu Hause ausziehen, Wechseljahre und Fremdgehen (bei Letzterem scheinen Symptome und Ursachen in enger Verbindung miteinander zu stehen) sind nur einige der vielen lustigen Dinge, auf die wir in der reiferen Jugend uns einstellen können.

Ich versuche, mir ein freies Leben ohne Teenager vorzustellen, um den ich mich kümmern muss, aber das Einzige, was ich vor mir sehe, ist eine verzerrte Version meiner selbst in einem verzweifelten Single-Sonnen-Urlaub auf Mallorca. Mit oranger lederartiger Haut und einem Gin Tonic in der Hand, während ich versuche, den armen zwanzigjährigen Reiseleiter von *Pauschalreisen für Sie* anzubaggern.

Ich bin ziemlich sicher, dass Mallorca inzwischen nicht mehr angesagt ist, aber es kann doch nicht sein, dass ich bis nach Thailand reisen muss, um mich hemmungslos zu blamieren.

Wikipedia hat sogar eine Statistik darüber, wie lange die Midlife-Crisis dauert. Bei Männern zwischen drei und zehn Jahren und bei Frauen zwischen zwei und fünf.

Zwei *Jahre*, denke ich und erbleiche. »Ich werde mir einen Sportwagen anschaffen müssen«, murmele ich.

Wikipedia hat den Artikel mit einem roten Ferrari illustriert.

»Ist nicht zwangsläufig eine Hilfe«, sagt Klein-Roger. »Ich meine ... müssen wir nicht mal öffnen?«

Alle Kundinnen, die mich kennen, wissen, dass Emma ausgezogen ist. Sie werfen mir an der Kasse mitleidige Blicke zu und versuchen, mir alle Details zu entlocken. Ich glaube, sie wissen genau, welche Details das sind, ich habe keine Ahnung, aber es ist eine Art Kleinstadtreflex, davon auszugehen, dass sich unter der Oberfläche allerlei Klatsch verbirgt.

»Ja, Emma ist von zu Hause ausgezogen«, sage ich. Und: »Ja, es ist natürlich phantastisch, dass sie einen Studienplatz an der Universität bekommen hat.« Die meisten betonen das U bei Universität ganz besonders, halb misstrauisch, halb andächtig. Und alles zur Begleitung des leisen *blip-blip*-Geräuschs der Kasse. Ist das alles? Das macht hundertdrei Kronen. Ja, natürlich bin ich sehr stolz auf sie. Eine Tüte? Sie wird Physische Planung studieren.

Physische Planung. Ich weiß nicht einmal, was das ist. Das Gegenteil von Physischer Unordnung, nehme ich an. Die einzige vage Erklärung, die ich finden konnte, ist, dass man später in der Verwaltung arbeitet und dass viele sich mit Baugesetzen beschäftigen.

Es ist eine deprimierende Vorstellung, dass Emma findet, es sei die Sache wert, vier Jahre weit weg von mir zu verbringen, um eine verhasste Verwaltungsbürokratin zu werden.

Nach der Mittagspause gebe ich auf und zwinge Pia, sich an die Kasse zu setzen, während ich an den Gefriertresen umziehe und das tiefgefrorene Gemüse für diese Woche auspacke. Aber es dauert keine zehn Minuten, und dann hat mich Ann-Britt Hedén dort gefunden.

Ann-Britt ist unser Weltgewissen hier in Skogahammar. Jede Art von Bösem versetzt sie in Bestürzung und tiefe Trauer, von der Frau, die einmal in einem Laden des Roten Kreuzes die Tageskasse gestohlen hat, bis zu den Massenmorden im Sudan. Sie ist Vorsitzende des Rotkreuz-Komitees, was im Laufe der Jahre ihr Gesicht dazu gebracht hat, im Ruhezustand auszusehen wie ein trauriger Teddybär.

Sie kann nicht glauben, dass irgendwer es übers Herz bringen könnte, zu einer Sammelaktion für die Überschwemmungsopfer in Bangladesch, die Hungeropfer in Nordkorea, die Kindersoldaten in Uganda, die unfreiwillig Einsamen in Schweden oder die ausgesetzten Katzen von Skogahammar Nein zu sagen. Und die allermeisten unter uns stellen dann auch fest, dass sie dazu nicht imstande sind. Wir sehen deshalb häufiger, dass jemand hinter dem Nudelregal in Deckung geht, wenn sie hier auftaucht, oder hinter dem Lenkrad den Kopf einzieht und plötzlich in eine Nebenstraße einbiegt, wenn sie in der Stadt unterwegs ist.

Aber diesmal bin ich zu zerstreut, um mich verstecken zu können, als sie langsam näher kommt.

Die traurigen Linien in ihrem Gesicht werden sanfter durch das unkompliziert freundliche Lächeln, als sie mich entdeckt.

»Wie traurig, das mit Emma«, sagt sie, als würde sie Kinder, die von zu Hause ausziehen, der langen Liste der unbegreiflichen Grausamkeiten auf der Welt hinzufügen.

Aber sie gibt sich Mühe, mir zuliebe etwas Positives an der Sache zu entdecken. »Ich vermute, du musst so allerlei aussortieren, jetzt, wo Emma ausgezogen ist«, sagt sie. »Ich weiß noch, wie das bei Kristian war. Der Abstellraum! Die Kleiderschränke!« Ihr Blick bekommt etwas Sehnsüchtiges. »Aber du solltest ihre alten Kinderkleider aufbewahren. Du weißt nie, wann sie die brauchen kann.«

»Ich habe sie weggeworfen«, sage ich, und schon habe ich einen Skogahammar-Fauxpas begangen.

»Weggeworfen?«

»Emma hat gesagt, wenn sie mal Kinder hat und ich denen ihre alten Sachen aus den Neunzigern anziehe, wird sie persönlich das Jugendamt alarmieren. Wenn ihre Kinder ihr da nicht zuvorkommen.«

Emma ist in geerbten Kleidern aufgewachsen. Sie weiß, wie das ist.

Aber Ann-Britt hat vielleicht doch nicht unrecht. Für die Frauen in Skogahammar gehört ein Hausputz zu allen großen Ereignissen im Leben dazu. Hochzeit, Beerdigung, Besuch, Kinder – alles führt dazu, dass wir früher oder später auf den Knien liegen und den Fußboden wischen.

Meine eigene Haltung, was Putzen angeht, hat bisher darin bestanden, dass ich mir Bonuspunkte für alle unangenehmen Dinge gebe, die ich erledigen muss. Ich greife zur Strategie der Flug- und Bahngesellschaften und verschönere die Zahlen ein bisschen. Staubsaugen gibt 27 000 Bonuspunkte, Staubwischen 43 000 und Kleiderschränke aussortieren 57 000 (nie erreicht). Der Ehrlichkeit zuliebe sorge ich dafür, dass ich ungefähr so viel für meine Bonuspunkte bekomme, wie es bei SAS oder SJ gibt. Einen zusätzlichen Kaffee an einem trägen Samstagmorgen: 14 000 Punkte. Süßigkeiten am Freitag oder Samstag: 27 000. Süßigkeiten an einem Werktag: 39 000.

Aber jetzt werde ich mich an den Hausputz machen können. Es gibt wirklich zu viele Wochenenden und Abende in diesem Leben.

Und danach kann ich immer noch die Kleiderschränke durchsehen.

Das Telefon klingelt nicht.

Das hat es den ganzen Tag noch nicht getan, aber da hat mich wenigstens die Arbeit abgelenkt. Sobald ich nach Hause komme, klingelt es auf eine viel intensivere Weise nicht, ein stetiges, aufdringliches Schweigen.

Das Telefon ist ein iPhone 4, Emmas altes. Emma hat es mir geschenkt, als sie zum Geburtstag das 4S bekommen hatte, und seither brauchte ich mir nie mehr stundenlang den Kopf darüber zu zerbrechen, wie dieser Schauspieler hieß, in dem einen Film, dessen Titel mir gerade nicht einfällt. In einer Welt, in der es so viel Unsicherheit gibt, tröste ich mich damit, dass immerhin Google da ist, wenn man Gewissheit braucht.

Bis jetzt. Jetzt hole ich das Telefon nur heraus, um mich abermals davon zu überzeugen, dass ich keinen Anruf von Emma verpasst habe, oder weil ich denke, ich müsste sie anrufen und ihr etwas erzählen, ich weiß nur nicht so recht, was. Ich musste mich schon mehrere Male in letzter Sekunde daran hindern.

Ich bleibe in der Diele stehen und mustere die Wohnung, als wäre sie plötzlich ebenso fremd und sinnlos geworden wie das Telefon. Und doch hat sich eigentlich gar nichts geändert.

Sogar die Sonne scheint wie sonst auch und wirft ein gemütliches Licht auf die Möbel von Ikea.

Ich habe jahrelang darum gekämpft, die Wohnung genauso aussehen zu lassen, wie ich sie haben will, ein Monument zu Ehren Ikeas, eine Huldigung an die schwedische Massenproduktion. Im Wohnzimmer stehen ein naturfarbenes zweisitziges Sofa vom Typ Karlstad und eine gelbgrüne Chaiselongue Kivik, beide nach einem von zahllosen Besuchen bei Ikea in Örebro als Sonderangebot übers Internet gekauft. Auch die Küche lebt ganz und gar im Geiste Ikeas: Mein gesamtes Porzellan stammt von dort, wie auch Bratpfannen, Kochtöpfe und

Messer. Der Küchentisch ist ein weißer Bursta, auszieh- und gut abwischbar, mit passenden Stühlen.

Es gibt nichts hier, das komplizierte Pflege oder häufiges Staubwischen erfordert, ein absolut bewusster Protest gegen die Wohnung, in der ich aufgewachsen bin. Die hatte genug dunkle, auf Glanz polierte Flächen, alte gusseiserne Pfannen und jahreszeitlich wechselnde Vorhänge, um eine durchschnittliche Hausfrau fünfzig Jahre lang zu beschäftigen.

In meiner und Emmas Wohnung ist das anders. Ich habe Wichtigeres zu tun als zu putzen, dachte ich, als ich mir endlich eigene Möbel leisten konnte. Ich habe vor, eine gute Mutter zu sein und mich meiner Tochter zu widmen, statt sie auszuschimpfen, weil sie vergessen hat, einen Untersetzer auf den Tisch zu stellen, sagte ich mir. Ein bisschen Chaos ist doch auch charmant.

Und diese gemütlichen Beweise sind noch immer vorhanden. In Emmas Zimmer steht eine halb leere Kaffeetasse, auf ihrem Boden liegen die Kleider ziemlich systemlos herum, und zu meinen Füßen in der Diele finde ich eine Jacke, die sie unmittelbar vor ihrem Aufbruch doch nicht mehr wollte.

Ich stelle mir vor, dass eine einsame Überlebende in Pompeji sich nach dem Vesuvausbruch so gefühlt haben muss, als der Alltag auf ewig in einer Art widerlicher Parodie auf Leben und Bewegung zum Stillstand gekommen war.

Ich bücke mich und hebe die Jacke auf, dann streichele ich sie ein bisschen, ehe ich sie auf einen Kleiderbügel hänge. Ich vermute, dass es der Jacke ungefähr so geht wie mir. Verlassen und unter leichtem Schock, weil sie sich plötzlich allein in der Diele wiederfindet.

Inzwischen hat Emma den ersten Tag in Karlskrona verbracht. Ich habe keine Ahnung, was sie gemacht hat. Lebensmittel eingekauft? Die Uni besucht? Offiziell beginnt das

Semester am Mittwoch, aber vielleicht gibt es auch jetzt schon irgendwelche Aktivitäten. Es ist eine unbegreifliche Vorstellung, dass sie ein ganz neues Abenteuer ohne mich angefangen hat.

Ich greife wieder zum Telefon. Mein Finger zögert bei ihrem Namen. Ich habe schon zweimal angerufen. Und sie ruft nicht zurück.

Reiß dich zusammen, Anette.

Wild entschlossen gehe ich mit dem Telefon in die Abstellkammer und verstecke es ganz weit hinten.

Um sie anzurufen, muss ich mich jetzt an den Tüten mit den Pfandflaschen vom Sommer, dem Staubsauger, dem Wischmopp und dem Karton mit den Comics vorbeikämpfen.

Dann schaue ich mich wieder um und erfasse vermutlich zum ersten Mal, was Hausfrauen vermutlich wissen, seit es Waschmaschinen und Fertigprodukte gibt: dass es im Leben beängstigend viel Zeit gibt, und dass Staubsaugen weniger gefährlich sein kann, als den Alltag an ein Kind zu hängen, das groß wird und von zu Hause auszieht.

3

Pia und ich stehen an der Laderampe und rauchen, genau unter dem Rauchen-Verboten-Schild. Nach einer schweigenden Übereinkunft ignorieren alle Angestellten dieses Schild. Die Müllcontainer stehen nur einige Meter weiter, man muss also rauchen, um es hier über längere Zeit auszuhalten.

Wir dürfen eigentlich nicht zusammen Pause machen, aber Klein-Roger ist zu einem Rotary-Lunch, und was er nicht weiß, kann er uns nicht vorwerfen.

Es ist ein wunderbar strahlender Spätsommertag, nur die Laderampe liegt im Dauerschatten. Der Ausblick auf die Container und den leeren Parkplatz muntert mich nicht nennenswert auf.

Ab und zu glaube ich, dass ich nur rauche, damit sich der Ladengeruch nicht in meine Haut einfrisst. Es ist eine Art trockene, eingesperrte Luft, bei der die Kopfschmerzen oft hinter der nächsten Ecke auf der Lauer liegen. Das Rauchen hält sie gerade noch unter Kontrolle. Und es vertreibt die Zeit.

Meine besten Momente hier bei der Arbeit sind die Stunden, in denen ich fast vergesse, dass ich arbeite, und alles automatisch und unbewusst zu geschehen scheint. Vermutlich wäre das Leben leichter, wenn man das Gehirn ganz ausschalten könnte. Zur Arbeit gehen, das Gehirn auf Stand-by schalten und dann nach der Fernbedienung suchen und es wieder einschalten, wenn man die Arbeitskleidung abgestreift hat.

Aber wenn ich mein Gehirn auf Stand-by schalten könnte,

dann frage ich mich, wann ich es wohl wieder aktivieren würde. Vielleicht hätte ich dann nur ein rotes Lämpchen, um mitzuteilen, dass etwas, das man nicht benutzt, dennoch vorhanden ist und wartet.

Ich erzähle Pia von dieser Überlegung.

»Großer Gott, ja«, sagt sie. »Wenn ich wie ein Zombie herumlaufen könnte, wären mein und Klein-Rogers Leben viel einfacher. Ich könnte sogar an der Kasse sitzen und Rentner freundlich behandeln.«

Ich ziehe an der Zigarette. Der Beton ist kühl und rau an meinem Rücken.

»Glaubst du, dass andere schon auf den Trick gekommen sind und ihn nur nicht verraten wollen?«, fragt Pia jetzt. »Also, dass sie das Wissen von einer Generation an die nächste weiterreichen, während wir anderen uns noch immer den Kopf darüber zerbrechen? Das würde so einiges erklären.«

Die Tür neben uns wird geöffnet, und wir zucken beide zusammen. Dann wechseln wir einen ziemlich dämlichen Blick, weil es nur Nesrin ist. Trotz unseres ganzen Geredes darüber, dass wir Klein-Rogers Vorschriften ignorieren wollen, sind wir doch der Ansicht, dass das hinter seinem Rücken besser geht.

»Habt ihr euch ohne mich davongeschlichen?«, fragt Nesrin.

»Du rauchst doch nicht«, sagt Pia.

»Das ist ja wohl keine Entschuldigung. Maggan will an der Kasse abgelöst werden, und warum soll ich ganz allein da sitzen, wenn Klein-Roger gar nicht hier ist?«

Wir zucken mit den Schultern, drücken unsere Zigaretten aus und gehen mit Nesrin zurück in den Laden.

»Worüber habt ihr ohne mich gesprochen?«, fragt sie, als sie hinter der Kasse sitzt und wir neben ihr stehen.

Ich erzähle ihr von meiner Vorstellung, dass das Gehirn wie ein Fernseher funktioniert, aber ehe ich beim Stand-by-Knopf angekommen bin, ruft Nesrin: »Das wäre doch supercool! Einfach den gewünschten Kanal einstellen und dann dort leben.«

Ich schiele zu Pia hinüber.

Sie sagt: »Genau«, als ob wir das die ganze Zeit gemeint hätten.

»Welche Serie würdet ihr euch aussuchen?«, fragt Nesrin.

»Game of Thrones«, sagt Pia wie aus der Pistole geschossen. »Fünf Tote vor dem Mittagessen. Klein-Roger wird dramatisch enthauptet, ehe wir auch nur geöffnet haben.«

Nesrin sieht ein wenig beunruhigt aus. Sie nimmt noch immer einiges von dem, was Pia sagt, total ernst, und folglich ist sie oft geschockt.

»Und als wen siehst du dich selbst?«, frage ich neugierig.

»Daenerys Targaryen. Stell dir vor, wie schön es wäre, wenn ich den Leuten meine Drachenbabys auf den Hals hetzen könnte!«

»In welcher Serie würdest du gern leben, Anette?«, fragt Nesrin,

»Gilmore Girls«, antworte ich. »Kaffee in großen Pappbechern, bezaubernde Schals und eine Tochter, die zu Hause wohnt, obwohl sie aufs College geht.«

»Du bist doch zum Heulen«, sagt Pia. »Und du brauchst ein Leben. Heute Abend in der Schnapsküche?«

»Was hast du denn an den Gilmore Girls auszusetzen?«, frage ich.

»Das ist eine nette Serie«, sagt eine Kundin, die plötzlich hinter uns aufgetaucht ist. Sie lächelt wie eine überenthusiastische Vorschullehrerin und ist ganz in Lila gewandet: Lila Filzhut, lila Hose, wogender lila Pullover. Pia sieht aus, als sei ihre

Meinung soeben bestätigt worden, und Nesrin und ich wirken wahrscheinlich vor allem nervös. Aber falls die lila Frau den Kommentar gehört hat, Leuten Drachen auf den Hals zu schicken, dann zeigt sie das nicht.

»All men must die, but we are not men!«, sagt Pia. »Das gilt sicher auch an dieser Kasse hier.«

Die Schnapsküche ist die größte Kneipe in Skogahammar. Sie trug im Laufe der Zeiten die Namen Lokal, Ecke (nach ihrer geographischen Lage an der Ecke des Marktplatzes) und Grüne Kuh (weil der vorige Besitzer auf eine eher moderne und surrealistische Wortwahl setzte. Das hat sich aber nicht rentiert.). Offiziell heißt sie nun Skogahammar Bar und Küche, vermutlich soll das etwas informativer sein als der alte Name, aber das hat sich rasch geändert, als Pia anfing, den Laden Schnapsküche zu nennen. Was, wenn ich mir das jetzt überlege, schließlich auch informativ ist.

Der Name hat sich im Laufe der Jahre zwar verändert, aber Einrichtung und Musik sind dieselben. Dunkle hartlackierte Tische, Holztäfelung und Plastikblumen auf jedem Tisch, in dem verzweifelten Versuch, wie ein Restaurant auszusehen.

Es ist halb sieben, und Pia, Nesrin und ich sitzen an unserem üblichen Fenstertisch. Pia und ich trinken hier so ungefähr einmal pro Woche ein Bier, und Nesrin schließt sich an, wenn sie nichts Besseres vorhat.

Aus den Lautsprechern strömen gemischte Hits der Neunziger, wie seit zwanzig Jahren, und an einem Tisch hinten in der Ecke lösen zwei Rentner Kreuzworträtsel. Es ist durchaus möglich, dass sie auch schon seit den neunziger Jahren hier sitzen. Zwischen ihnen steht eine halbe Karaffe Wein, und sie tragen Stirnlampen, um im trüben Licht besser sehen zu können.

»Ich begreife nicht, dass Klein-Roger glauben kann, eine von uns würde sich auf die Stellvertreterstelle bewerben«, sagt Pia.

Er war erfüllt von neuer Inspiration von seinem Rotary-Lunch zurückgekommen und schien fest entschlossen, bei seinem Personal irgendeine Art von Ehrgeiz zu entfachen.

»Da müsste man doch total bescheuert sein«, sagt Pia jetzt.

Ich trinke einen Schluck Bier und warte auf weitere Erklärungen. Ich kenne sie lange genug, um zu wissen, dass welche folgen werden. Wir haben uns vor einigen Jahren angefreundet, als ihr Mann im Knast gelandet war und ich ihre Söhne einige Male zum Essen eingeladen hatte. Das reichte aus, schon nahm Pia mich unter ihre Fittiche. Pia ist unerschütterlich loyal. Sie ist zudem blondiert, trägt das ganze Jahr über zu kurze Röcke und hat nach einem Leben mit Kettenrauchen und, vermutlich, Whisky eine heisere Whiskystimme.

Nesrin ist erst seit dem Sommer dabei. Sie ist mit Emma befreundet und betrachtet uns als eine Art Bonusmütter. Nesrin und Pia haben fast keine Gemeinsamkeiten. Sicher, beide sehen sich »Schweden sucht den Superstar« an, aber Nesrin tut das, weil sie sich um alle dort Sorgen macht und vor allem denen zujubelt, die gerade herausgevotet worden sind. Pia hätte am liebsten einen Platz in der Jury, sie findet Alexander Bard ein bisschen feige.

Pia redet weiter, aber es fällt mir schwer, mich zu konzentrieren. Plötzlich muss ich mich einfach umblicken und sehe ein, wie oft ich schon an genau diesem Tisch gesessen und dieselben Rentner mit der Stirnlampe und dieselben jungen Typen am Spielautomaten gesehen habe.

Ich hatte nie vor, immer in Skogahammar zu bleiben. Und auf eine Art habe ich auch nicht das Gefühl, geblieben zu sein.

Emma war irgendwohin unterwegs, seit sie Laufen gelernt hat. Vielleicht habe ich mir einfach eingebildet, Emma und ich seien so vollständig miteinander verbunden, dass ich auf irgendeine wundersame Weise nach Karlskrona teleportiert werden würde, nur, weil sie dorthin gezogen ist.

»Stellvertretende Teamleiterin, Unterchefin, nenne es, wie du willst – das ist die neue Frauenfalle«, erklärt Pia. »Vor siebzig Jahren haben wir ihnen die Hemden gebügelt und uns um ihre Kinder gekümmert. Jetzt tun wir das auch noch und sollen dazu den Großteil ihres Chefjobs übernehmen. Das Einzige, was sie behalten, sind Lohn, Titel und Rotary-Lunch.«

»Ich muss meinem Leben eine neue Richtung geben«, sage ich.

»Ist es nicht der erste Schritt, sich eins zuzulegen?«, fragt Pia.

Nesrin nickt energisch. »Empty nest syndrome«, sagt sie. »Darüber habe ich im Internet gelesen.«

»Das ist ein Mythos«, erklärt Pia voller Überzeugung. Ich frage mich in Gedanken, was sie gemacht hat, als ihre drei Jungen von zu Hause ausgezogen sind.

Ihnen einen Tritt versetzt, vermute ich. Pia ist so eine, die weiterhin ihre Frikadellen selbst herstellt, auch wenn sie nur für sich kocht. Einmal hat sie gesagt, das Kochen werde nur besser, wenn man keine drei Gierschlünde vollstopfen müsste. (»Die schlingen das Essen unzerkaut herunter und fallen dann aufs Sofa und warten auf die Verdauung.«)

Ich hatte mir an diesem Morgen sieben tiefgefrorene Fertiggerichte, einen Karton Eier und fünf Tomaten gekauft. Das sollte für eine Woche reichen.

»Die Forschung zeigt, dass Frauen glücklicher werden, wenn die Kinder von zu Hause ausziehen. Sie fühlen sich wohler, sind glücklicher und haben besseren Sex.«

»Ich bin Single«, werfe ich ein.

»Dein Sexualleben kann also auch nur besser werden.«

»Vor langer Zeit hatte ich einmal Träume«, sage ich.

Genauer gesagt, drei. Komisch, dass ich seit Jahren nicht mehr daran gedacht habe. Ich habe alle an einem einzigen Abend entwickelt. Ich war achtzehn, es war Sommer, und ich war auf einem Freiluftfest irgendwo zwischen Skogahammar und Karlstad. Ich weiß nicht mehr genau, wann im Sommer das war, aber es war so spät, dass Traubenkirsche und Flieder schon verblüht waren, und so früh, dass die Luft noch immer abends kühl war und erfüllt von den Versprechen des frühen Sommers von Abenteuern und Leichtigkeit. Ein Radio brachte rauschend gemischte Hits aus der Zeit, als U2 noch nicht gefunden hatten, was sie suchten, und Roxette auf Erfolg gebürstet war.

Ich versuche, mich so zu sehen, wie ich damals aussah: Haare, Kleider, Gesicht, aber das Einzige, was vor meinem inneren Auge auftaucht, ist ein Bild von Emma, verkleidet in Achtzigerjahre-Klamotten. Ich hatte zerfetzte Stonewashed-Jeans, die kaum noch zusammenhingen, und darunter eine schwarze Netzstrumpfhose. Ich weiß noch, dass ich den ganzen Tag damit verbracht hatte, die Jeans zu schleifen, um genügend viele Risse und Löcher zu bekommen. Meine Oberschenkel waren rot von der Reibung des Sandpapiers, aber es war so dunkel, dass niemand das sehen konnte.

Und an diesem Abend versprach ich mir drei Dinge, von denen ich sicher war, dass sie mich glücklich machen würden.

»In dem Sommer, in dem ich achtzehn geworden bin«, sage ich, und Pia und Nesrin sehen durchaus interessiert aus, auch wenn Nesrin offenbar auszurechnen versucht, wann ich wohl so jung gewesen sein kann. »Da habe ich mir drei Dinge versprochen, die mich im Leben glücklich machen würden. Erstens, ich würde mein eigenes Haus haben...«

»Du wohnst zur Miete«, fällt Pia mir ins Wort.

Das Haus war nicht so wichtig, denke ich. Es ging vor allem darum, dass meine Eltern in einer Wohnung lebten, durch einfache Evolution würde ich in einem Haus wohnen.

»Ich würde Motorrad fahren.«

Mein damaliger Freund hatte ein Motorrad. Ich kann mich noch immer an unseren ersten Auftritt erinnern. Drei Lagerfeuer brannten schon, und schlanke und gutaussehende Menschen bewegten sich dazwischen. Ich stieg von der Maschine, als ob ich in meinem Leben noch nie etwas anderes getan hätte, und meine toupierte Frisur hatte die kurze Tour unter dem Helm überlebt.

»Cool«, sagt Nesrin.

»Du hast ja nicht mal den normalen Führerschein«, sagt Pia.

»Und ich wollte allein zurechtkommen«, sage ich triumphierend über meinen dritten Traum.

Pia ist sprachlos.

»Das habe ich immerhin geschafft«, sage ich.

»Du hast seit der Jahrtausendwende kein richtiges Date mehr gehabt, also kann man das wohl sagen.«

Ich sehe Pia und Nesrin an. Sie sind meine besten Freundinnen. Sie können mir bei dieser Sache wirklich behilflich sein. »Ich brauche neue Träume«, sage ich. »Ich brauche etwas zu *tun*.«

Und sie sind natürlich mehr als bereit, sich an der Suche nach konstruktiven Lösungen zu beteiligen.

»Als Erstes musst du jeden Gedanken daran aufgeben, allein zurechtzukommen«, sagt Pia. Sie klingt so ernst, dass ich einen Kugelschreiber hervorsuche und die Hand nach einer Serviette ausstrecke, um alle Vorschläge notieren zu können.

Sie beugt sich vor und zeigt auf die Serviette. »Schreib: Vögeln.«

Ich erstarre mit erhobenem Kugelschreiber.

»Mit mindestens zehn Typen«, fügt sie hinzu.

»Großer Gott, im ganzen Ort gibt es doch keine zehn Typen zum Vögeln, mal ganz zu schweigen davon, ob die überhaupt mit mir vögeln wollen oder nicht.«

»Ach, du bist einfach zu wählerisch. Du kannst Skogahammars Oberschlampe werden. Krall sie dir alle.«

Das schreibe ich nicht auf.

Nesrin ist ernst, aber ungefähr eine ebenso große Hilfe. »Oder dir ein Hobby zulegen. Was macht dieser komische Kerl mit dem Schlapphut?« Das ist einer unserer exzentrischeren Stammkunden.

»Briefmarken«, sage ich düster. »Er ist davon überzeugt, dass er damit reich werden wird, deshalb bewahrt er alle Briefmarken auf, die er im Papierkorb am Postschalter findet.« An einem kleinen Schalter im Mat-Extra betreiben wir nämlich die Poststation von Skogahammar.

»Eine sexbesessene Briefmarkensammlerin?«, fragt Pia.

»Oder vielleicht irgendein Handwerk?«, redet Nesrin unangefochten weiter. »Das machen derzeit doch unendlich viele. Du kannst Schals für den Winter stricken, oder ... Kreuzstich! So kleine Bilder mit Sinnsprüchen. Du kannst dir selbst aussuchen, was da stehen soll. Vielleicht was Motivierendes aus einem Selbsthilfebuch, dann kannst du an was Schönes denken, wenn du das Bild ansiehst. Es gibt wirklich viele gute Selbsthilfebücher.«

Das hätte sie nicht sagen dürfen.

»Das ist die neue Frauenfalle«, sagt Pia.

»Ich dachte, das wäre Unterchefin?«, frage ich.

»Das hängt zusammen. Ich sehe das so: Alle Frauen sind neurotisch und außerdem strohdoof. Wenn wir jung sind, vergeuden wir Stunden an unser Aussehen, und später heiraten wir einen Taugenichts. Wo bleibt denn da die Logik?«

»Es gibt auch Männer, die auf ihr Aussehen achten«, sagt Nesrin.

»Klar, in Stockholm. Die sind auch neurotisch.«

Da können wir nicht widersprechen.

»Und Selbsthilfebücher sind nur ein Teil von alldem. Jetzt sollen wir auch innerlich neurotisch sein. Sie verwandeln Menschen in verrückt lachende Idioten, die auf Facebook Bilder von Blumenwiesen und Tierjungen teilen, während sie durch das Leben wandeln und manisch vor sich hin murmeln: Erster Tag vom Rest meines Lebens, erster Tag vom Rest meines Lebens, Veränderung kommt von innen, Veränderung kommt von innen. Nein, es ist verdammt noch mal nicht der erste Tag vom Rest eures Lebens. Es ist so ungefähr Tag 5 475 von Spülen und Putzen in deinem Leben. Und ihr könnt ja versuchen, eure Innereien nach dem Feng-Shui-Prinzip umzustellen, ihr werdet schon sehen, wie gut das tut. Es ist genau dieselbe Art von Idiotie, die Frauen glauben lässt, dass sie immer davon geträumt haben, die ganze Arbeit zu machen und nichts von der Ehre abzukriegen.«

»Na gut, könnten wir uns kurz auf mich und meinen Mangel an Träumen konzentrieren?«, frage ich, aber in diesem Moment kommt die Kellnerin mit der nächsten Runde Bier, da wir uns dem Ende der ersten nähern. Sie hat Pias letzte Worte gehört.

»Ich habe versucht, mein Zimmer nach Feng-Shui umzuräumen«, sagt sie munter. »Aber alle meine Blumen sind eingegangen«, fügt sie hinzu und verschwindet mit unseren leeren Biergläsern.

»Ich habe einmal von einer Frau gelesen, die eine Wunschtafel mit ihren Träumen gemacht hat«, sagt Nesrin und merkt nicht einmal, dass Pia sie ungläubig anstarrt. »Sie hat daran Bilder von allen Träumen befestigt, die sie von ihrem Leben hatte.«

Eine Traumtafel also, denke ich. Aber ich kann mir nicht vorstellen, wie ich eine zusammenstelle.

Stattdessen nehme ich die Serviette, lege sie auf mein Knie und schreibe alle Träume auf, die mir einfallen, während Pia und Nesrin fröhlich weiterplappern.

»Eines der Bilder stellte eine glückliche Familie vor einem Haus dar«, sagt Nesrin. »Und als sie einige Jahre später die Traumtafel fand, entdeckte sie, dass sie in genau diesem Haus wohnte. Es war dasselbe Haus!«

»Das glaube ich gern«, sagt Pia. »Mit genau demselben Mann und denselben Kindern wie auf dem Bild. Ihr Unterbewusstsein war ihren Träumen gefolgt, hatte sie auf Facebook gefunden und stalkte den Mann dann, bis er sich von seiner armen Frau trennte, die jetzt allein in einer Mietwohnung haust, mit der Traumtafel als einziger Gesellschaft.«

»Nein, so war das überhaupt nicht.«

»Und ohne ihren Hund. Sogar der war derselbe wie auf dem Bild!«

Ich massiere mir diskret die Schläfen, während Pia und Nesrin sich in eine lange Diskussion darüber stürzen, ob Frauen eher Selbstwertgefühl oder Selbstvertrauen brauchen. Am Ende des zweiten Bieres sind sie noch immer nicht fertig.

Es ist ein ganz normaler Dienstag in meinem Leben. Abgesehen davon, dass das Einzige, was in meiner Wohnung auf mich wartet, ein tiefgefrorenes Bauernfrühstück von Findus ist.

»Noch ein Bier?«, frage ich.

4

Autsch.

»Oh verdammt!«

»Mama, ist alles in Ordnung?«

»Ja, sicher, es ist bloß…«

»Was macht denn da solchen Krach?«

»Die leeren Flaschen, die umkippen. Warte mal.«

Ich bücke mich und versuche, die Colaflaschen mit dem Fuß zusammenzuschieben, während ich das Telefon zwischen Schulter und Ohr klemme, ehe ich aufgebe und darüber hinwegsteige.

»Wo bist du denn überhaupt?«

»In der Abstellkammer.«

Ich werfe die herausgekullerten Flaschen hinein und schließe ganz schnell die Tür. Eine zusammengeknüllte Papierserviette fällt aus meiner Tasche, und ich bücke mich automatisch und hebe sie auf.

»Warum bist du in der Abstellkammer?«

»Ich… ich wollte saubermachen.«

»Ist alles in Ordnung?« Sie klingt wirklich besorgt. »Ich habe gesehen, dass du angerufen hast. Ich war schon eingeschlafen, deshalb konnte ich nicht zurückrufen.«

Ungefähr beim vierten Bier kam mir eine ganz hervorragende Idee. Jetzt, am Tag danach, kommt mir der Verdacht, dass sie vielleicht doch nicht so brillant war, wie ich dachte. Aber ich nehme in Gedanken Anlauf und sage:

»Allerheiligen«, mit allem Selbstvertrauen, das ich aufbringen kann.

Das war mir eingefallen: Warum haben wir nicht Thanksgiving importiert? Wir haben doch die meisten anderen Feste eingeführt. Wir haben verdammt noch mal Halloween übernommen!

In den USA müssen die Kinder zu Thanksgiving nach Hause kommen. Ein Wochenende im November wäre total perfekt. Nach den Sommerferien, vor Weihnachten. Wir können doch Indianer und Mais ehren, statt mit Gespenstern und scheußlichen Kostümen zu feiern die haben wir schließlich schon zu Ostern. Und da fiel mir Allerheiligen ein.

»Allerheiligen?«, wiederholt Emma. Ihre Stimme hört sich seltsam an.

»Ich finde, wir sollten das zusammen feiern. Wie früher, Hamburger statt Pizza.«

Wir essen fast immer Pizza, wenn wir uns Essen holen, außer zu Allerheiligen. Dann sind Hamburger angesagt, obwohl die Pommes schon weich und teigig sind, wenn wir nach Hause kommen. Das ist eine Tradition. Eine Zeitlang haben wir mit chinesischem Essen experimentiert, aber das hat sich niemals durchgesetzt.

»Es ist Ende August«, sagt Emma.

»Der Herbst kommt schneller, als man denkt.« Ich zögere. »Und es war doch nett, oder? Mit den Hamburgern?«

Schweigen.

»Und sonst?«, frage ich. »Wie ist Karlskrona? Du musst anrufen und erzählen, wie die Semestereröffnung war und dein erster Studientag. Hast du schon andere aus deinem Semester kennengelernt?«

»Mama, warum machst du an einem Mittwochvormittag in der Abstellkammer sauber?«

Ich starre die verschlossene Tür an. Ich werde sie jetzt nicht aufmachen können. »Das war nötig«, sage ich.

»Du brauchst ein Hobby.«

Was mich an etwas erinnert. Ich falte die Papierserviette auseinander, in einer Art verzweifelter Hoffnung, dass gestern Abend ein kluger Plan für mein Leben aufgetaucht ist. Das ist er nicht. In kaum leserlicher Schrift steht dort: Haus kaufen.

Mir fallen nicht einmal neue Träume ein.

Weiter steht auf der Liste: Daten. Komisches Hobby zulegen, so was wie Briefmarkensammlung. Kreuzstich lernen. Motorrad anschaffen. Feng-Shui lernen. Speisekammer ausräumen.

Ich habe sogar Briefmarken und Kreuzstich aufgeschrieben. Ich sollte wohl dankbar sein, dass ich Pias »zehn Typen vögeln« weggelassen habe. Nicht, dass »daten« so viel glaubwürdiger wäre.

Ganz unten steht »mich annehmen und ein unmögliches Projekt durchführen«. Wenn ich dumm genug wäre, zu daten anzufangen, könnte ich beides gleichzeitig abhaken.

»Ich spiele mit dem Gedanken, den Motorradführerschein zu machen«, sage ich. Das müsste sie zum Schweigen bringen. Ich merkte schon, dass es eine schlechte Idee wäre, Kreuzstichbilder mit Motivationssprüchen zu erwähnen.

Emma lacht nur. »Klingt nach einer phantastischen Idee«, sagt sie. »Dann kannst du irgendeinen süßen Biker aufreißen.«

Sieh an, das lässt sich mit dem zweiten Punkt auf meiner Liste verbinden. »Hier wird niemand aufgerissen«, erkläre ich energisch. »Ich werde allein zurechtkommen und mir ein Haus kaufen.«

Sie lacht wieder. Dann schweigen wir eine Weile, während ich nach etwas suche, das ich sagen kann. Plötzlich fügt sie hinzu: »Hamburger wären nett. Ich komme aber bestimmt vorher nach Skogahammar.«

Ha!, denke ich. Sieg.

»Mach das, wenn es sich ergibt«, sage ich großzügig.

Allerspätestens zu Allerheiligen. Das wird doch supereinfach. Das sind höchstens noch zwei Monate. Kein Problem.

Überhaupt kein Problem.

»Ruf an und erzähl, was aus der Motorradsammlung wird«, sagt sie und legt auf.

Phantastisch. Ich greife zum Stift und schreibe auf die Serviette mit großen dicken Buchstaben quer über alle meine jämmerlichen Vorschläge und Träume: *Bis Allerheiligen überleben.* Ich füge hinzu: *Und Emma nicht auf die Nerven gehen.*

Dreißigtausendvierhundertundzehn Stunden. So viel beschäftigungslose Zeit bleibt mir noch im Leben. Das ist eine relativ einfache Rechnung, die ich an der Kasse erledige. Angenommen an jedem Werktag habe ich sechs freie Stunden, wenn ich Schlaf und Arbeit abgezogen habe. Sechzehn Stunden pro Tag am Wochenende, wenn man optimistisch ist und davon ausgeht, dass man acht der vierundzwanzig Stunden des Tages verschläft.

Insgesamt macht das siebenundfünfzigtausend beschäftigungslose Stunden *pro Woche*. Das Jahr hat zweiundfünfzig Wochen, aber sicher kommt Emma über Weihnachten nach Hause, macht zwei Wochen, und im Sommer vielleicht vier. Das macht zweitausendsechshundertzweiundzwanzig Stunden pro Jahr, aber man darf nicht vergessen, dass sie versprochen hat, vor Allerheiligen nach Hause zu kommen. Ich ziehe vier Einzelwochenenden pro Jahr ab und erhalte die schon vernünftigere Zahl von zweitausendvierhundertvierundneunzig Stunden pro Jahr.

Wie viele beschäftigungslose Tage und Jahre liegen vor mir? Ich fühle mich versucht, bis zu meinem Tod zu rechnen, aber dann fällt mir ein, dass es sehr wahrscheinlich ist, dass Emma irgendwann in der Zukunft eigene Kinder haben wird.

Dann würde sie zumindest anrufen. Und sei es nur, weil sie eine Babysitterin braucht. Sie könnte in eine Wohnung neben meiner ziehen und später, wenn ihre Kinder groß werden, würde ich mich heimlich ins Fäustchen lachen. Und dann könnten wir auf dem Balkon sitzen und Kaffee trinken und über Kinder jammern, die von zu Hause ausziehen.

Aber ich will natürlich nicht, dass sie schwanger wird. Das steht ganz oben auf der Liste meiner Befürchtungen, seit sie so alt war, dass ich keine Angst mehr zu haben brauchte, sie könnte in der Schule schikaniert werden. Ich hoffe wirklich, dass die Sache mit den frühen Schwangerschaften jetzt nicht mehr in der Familie liegt. Mama spricht an sich dagegen. Sie und Papa haben spät geheiratet und mich spät bekommen, und ich bin ziemlich sicher, dass sie nie Sex hatte, bevor sie ihn kennengelernt hat. Wenn es mich nicht gäbe, würde ich bezweifeln, dass sie überhaupt jemals Sex hatte.

Aber sagen wir, in fünfzehn Jahren. Dann könnte ich mir Enkelkinder vorstellen. Und dann landen wir bei der schlichten Summe von dreißigtausendvierhundertzehn Stunden.

Da kann ich doch gleich loslegen und die erste abarbeiten, denke ich.

Meine Rechenaufgabe beschäftigt mich den ganzen Mittwoch weiter, aber am Tag darauf bin ich so verzweifelt, dass ich sogar mit dem Gedanken spiele, Emmas Vater anzurufen.

Er heißt Adam Andreasson, und wir haben in einem Frühling Anfang der neunziger Jahre einige Nächte miteinander verbracht. Ich dachte keine Sekunde an eine feste Beziehung mit ihm, als ich schwanger wurde, und er war sehr erleichtert, als er das hörte. Aber wir hatten doch ab und zu Kontakt. Emma hatte eine Papa-Phase, als sie so um die sieben war und ihr aufging, dass die meisten ihrer Freundinnen einen Papa hatten. Danach kam er pflichtschuldig zu einigen Treffen, ehe die Phase ein Ende hatte. Auch darüber war er offenbar sehr erleichtert; inzwischen war er anderweitig verheiratet. Heute haben sie zwei Kinder und wohnen in Örnsköldsvik. Wir schicken uns keine Weihnachtskarten.

Am Freitagnachmittag bricht mir beim bloßen Gedanken an ein einsames Wochenende der kalte Schweiß aus. Es hilft nichts, dass ich jetzt genau weiß, wie viele Stunden ich hinter mich bringen muss. Emma hat zweimal angerufen, einmal, um von der Semesteranfangsfeier zu erzählen, und dann, um zu sagen, dass es eine Art Anfangstreffen für den ganzen Kurs gab und dass die anderen nett zu ihr waren.

Es ist gerade fünf vorbei, und ich sitze auf der Bank im Umkleideraum und versuche, mich so langsam wie möglich umzuziehen. Ehe ich auch nur den Arbeitskittel ausgezogen habe, kämpft Pia sich bereits in ihre Strumpfhose. »Wollen wir am Wochenende irgendwas unternehmen?«, frage ich.

»Die Jungs kommen zu Besuch«, sagt Pia. Sie besitzt immerhin den Anstand, ihr Gesicht nicht zu verziehen. »Meinst du, ich werde fett?«, fügt sie hinzu, vermutlich, um mich von der Ungerechtigkeit des Lebens abzulenken.

Ich schaue nicht einmal auf. »Du weißt, dass ich diese Frage niemals beantworten werde, oder?«, sage ich müde.

»Heute musste ich hochhüpfen, um in meinen Rock zu kommen. Ich glaube, der ist seit dem letzten Mal eingelaufen.«

Ich massiere meine Schläfen. »Pia, du hast immer zu enge Röcke. Und wenn du beim Anprobieren nicht hüpfen musst, kaufst du sie erst gar nicht.«

»Das stimmt natürlich«, gibt sie zu.

»Hast du vor, wieder mit Sport anzufangen?«, frage ich misstrauisch. Ungefähr alle vier Monate beschließt Pia, von nun an ins Fitness-Studio oder zum Schwimmen oder zum Yoga zu gehen, und dann ist sie sauer und übellaunig, bis sie aufgibt und zu Alkohol und Zigaretten zurückkehrt. Pia sagt immer, sie habe früher die Kurven an den richtigen Stellen gehabt, und jetzt habe sie die Kurven überall.

»Wieso denn? Glaubst du, ich habe das nötig?«

»Bitte, kein Sport.«

»Werden sehen«, sagt sie unheilschwanger. »Birgitta war heute hier und hat Lightprodukte gekauft. Sie probiert eine neue Diät aus. Mit *Sport,* sagte sie und klang so selbstzufrieden wie immer.«

»Das geht vorüber«, tröste ich. Birgitta hält mit ihren Diäten nie länger durch als Pia mit dem Sport.

»Wenn sie schlank und hübsch wird, geb ich mir die Kugel. Hast du vor, dich heute noch mal umzuziehen?«

Ich ziehe den Kittel aus und streife langsam meinen normalen Pullover über. Ich bin ungefähr auf halbem Wege, als Nesrin hereinschaut.

»Ich gehe mal davon aus, keine von euch hat Lust, meine letzte Schicht zu übernehmen? Ich hab ein Date.«

Ich hebe die Hand wie ein eifriges Schulkind, das die Antwort auf eine Frage weiß. Leider habe ich den Pullover noch nicht richtig an, und er schiebt sich vor mein Gesicht. »Ich, ich, ich!«, sage ich und bekomme dabei Stoff in den Mund.

»Großer Gott, du brauchst wirklich ein Leben«, sagt Pia, aber Nesrin strahlt und stürzt davon, um Klein-Roger über diese Veränderung im Arbeitsplan zu informieren.

»Warum nicht?«, sage ich. »Das sind vier Stunden weniger. Das bedeutet, dass vom Wochenende nur noch achtundzwanzig beschäftigungslose Stunden übrig sind.«

Pia sieht mich verständnislos an.

»Verdammt, ich hab vergessen, den Freitagabend mitzurechnen. Das bedeutet also dreiunddreißig Stunden.«

Pia legt mir die Hände auf die Schultern und schaut mir tief in die Augen, um sicher zu sein, dass ich verstehe. »Anette«, sagt sie, überraschend freundlich, »ich sage das hier als deine Freundin.«

Ich nicke.

»Du bist armselig. Leg dir ein Leben zu.«

5

Nie, nie wieder.

Montagmorgen, und ich bin eine halbe Stunde früher als nötig bei der Arbeit, lange, ehe Klein-Roger mit den Schlüsseln und dem Code für die Alarmanlage auftaucht.

Und ich musste ja gewaltig mit mir kämpfen, um nicht schon um sieben hier zu sein.

Ich stehe an der Laderampe und bin erfüllt von einer neuen Entschlossenheit. Nie wieder will ich so ein Wochenende erleben, und wenn ich Dates mit zehn Typen absolvieren oder mit Kreuzstichstickerei anfangen muss. Schon am Samstag hatte ich die Wohnung geputzt, sogar Emmas Zimmer.

Das war ein Fehler.

Den ganzen Samstagabend und Sonntag stand es da und verspottete mich mit seinem glänzenden leeren Fußboden, dem totalen Fehlen von herumliegenden Gegenständen und Kleidern, seinen staublosen Flächen und seiner offenkundigen Leere.

Ich schaue mich verstohlen um, wie vor einem Verbrechen, und hole mein Telefon heraus.

Erster Tag vom Rest deines Lebens, denke ich. *Erster Tag vom Rest deines Lebens. Erster Tag...*

Dann googele ich die Telefonnummer und gebe sie ein, ehe ich mir die Sache anders überlegen kann.

Die Stimme am Telefon klingt entschlossen und kommt sofort zur Sache. »Willkommen bei Skogahammars Fahrschule. Ingeborg hier. Was kann ich für Sie tun?«

»Ich brauche ein Leben«, erkläre ich.

Schweigen.

»Da kann ich Ihnen nicht helfen. Wollen Sie Auto oder Motorrad fahren?«

Ich schlucke. »Motorrad«, sage ich. »Unbedingt Motorrad.«

Wir verabreden eine Schnupperstunde, und ich verspreche, bis dahin die Erlaubnis für einen Führerschein zu beantragen. Und meinen Ausweis mitzubringen.

Als ich auflege, geht mir auf, dass ich gar nicht nach den Kosten gefragt habe, aber das spielt keine Rolle. Eine Stunde kann ich mir doch wohl gönnen. Es ist ja nur eine Schnupperstunde. Weitere Stunden brauche ich gar nicht zu nehmen. Ich will nur wissen, dass ich eine einzige, total wahnsinnige und unmögliche Sache versucht habe, einfach nur, weil ich Lust hatte.

Ein Autoführerschein wäre ja sogar gut. Den könnte ich zu erwachsenen, reifen Dingen benutzen wie Großeinkauf und Umzugshilfe. Aber Motorräder. Motorräder sind sündhaft und überflüssig und so erlösend unpraktisch.

Die Laderampe hat sich schon ein wenig verändert. Es ist derselbe Beton, dieselben zusammengefalteten Pappkartons, derselbe vertraute Geruch von Haushaltsabfällen, aber dennoch hat sich alles auf eine ungreifbare Weise verwandelt.

Ich habe etwas getan, von dem ich keine Ahnung habe, wo es enden wird, und das ist ein phantastisches Gefühl.

In der Mittagspause am nächsten Tag schleiche ich mich zum Optiker, um einen Sehtest zu machen.

Das ist eigentlich das Einzige, was für die Führerscheinerlaubnis nötig ist.

Ohne mich auch nur einmal getroffen zu haben, kann die Verkehrsbehörde dann entscheiden, dass ich geeignet zum

Fahren von etwas bin, mit dem man Menschen töten kann. Sicher, ich muss einige Prüfungen ablegen, um das allein tun zu dürfen, aber bis ich es gelernt habe, ist es absolut erlaubt, dass ich draußen auf den Straßen übe.

Sind denn nicht ohnehin schon zu viele Irre da draußen motorisiert unterwegs? In unserem sicherheitsbewussten Land müsste doch irgendwer die Sache etwas schwerer für sie machen? Müsste die Verkehrsbehörde nicht mit mir reden wollen, mich interviewen, mich schon jetzt über die Vorfahrtsregeln ausfragen? Und in den ersten zweihundert Stunden eine Art Auto- oder Motorradsimulator verwenden?

Ulla-Carin arbeitet beim Optiker. Sie hat kurze und dunkelrote, sichtlich gefärbte Haare. Viele von uns in Skogahammar glauben nicht an natürliche Farbtöne oder diskrete Strähnchen. Einerseits kann unser Friseur nur blonde Strähnchen, und sogar die fallen oft platinblond und fast schon weiß aus, andererseits haben wir nie begriffen, wozu es gut sein soll, zum Friseur zu gehen oder uns die Haare zu Hause zu färben, nur, um natürlich auszusehen. Wie soll denn dann jemand wissen, dass wir so viel Zeit und Energie in unsere Haarfarbe gesteckt haben?

Ulla-Carin trägt zu den dunkelroten Haaren ein hellrotes Brillengestell, eine Uhr aus lila Plastik an ihrem sonnenverbrannten Arm und einen hellroten Lippenstift in einem Farbton, der im übrigen Schweden seit den siebziger Jahren nicht mehr gesehen worden ist.

Sie zieht ein Schild hinter der Kasse hervor und stellt es auf den Tresen. »Sehtest läuft. In zehn Minuten zurück«, steht darauf.

»Ich dachte, du hättest perfekte Augen«, sagt sie, als sie mich in ein kleineres Zimmer hinter dem Laden führt. »Aber das kann sich ja ändern, jetzt, wo du älter wirst. Du hast vielleicht eine leichte Verschlechterung bemerkt? Leg das Kinn hierher«, fügt sie hinzu. »Beug dich vor, bis du mit der Stirn anstößt.«

Ulla-Carins Gesicht ist absurd dicht an meinem, während sie mir aufträgt, ihrem Finger zu folgen und zu sagen, wenn in meinem Blickfeld etwas auftaucht. Ich stelle mir vor, was sie für ein Gesicht machen wird, wenn ich sage, dass ich Motorradfahren will. Sie wird mich für verrückt halten und nicht begreifen, dass ich das ja gerade sein will.

»Ich ...«, setze ich an.

»Das ist ganz normal in deinem Alter. So ist es eben, wenn man älter wird.« Das Letzte sagt sie enthusiastisch, vor Freude, weil sie mich im Club der Brillenträgerinnen aufnehmen kann.

»Ich brauche nur eine Sehbescheinigung«, sage ich. Ich zögere, aber es gibt keinen Ausweg. »Für die Führerscheinzulassung.«

»Ach was, Führerschein, was du nicht sagst«, sagt sie. »Schau mal nach links. Ja, vielleicht wird es Zeit«, fügt sie hinzu. »Jetzt rechts. Emma ist ja ausgezogen, und da hast du Zeit. So ein Führerschein kann praktisch sein. Es war doch sicher schwer, den Umzug nach Karlskrona zu bewerkstelligen.«

»Wir haben das geschafft«, murmele ich. Ich bin immer überempfindlich Andeutungen gegenüber, Emma könnte auf irgendeine Weise zu kurz kommen. Vermutlich liegt es daran, dass es mir damals misslungen ist, ihr einen Papa zu besorgen.

»Und derzeit fangen ja viele erst in höherem Alter an, Auto zu fahren. Aber hast du jemanden zum Üben? Sonst kann es teuer werden. Meine Tochter nimmt jetzt Fahrstunden bei der Fahrschule, aber vor allem macht sie mit mir Übungsfahrten.«

»Nicht direkt«, sage ich.

»Bestimmt würde Pia Larsson mit dir fahren.«

»Das bezweifele ich.«

Ulla-Carin ignoriert diesen kleinen Widerspruch. »Aber ich frage mich, ob sie dafür wirklich die Richtige wäre. Ihr Fahrstil ist doch ... interessant. Lies die erste Buchstabenreihe vor.«

Die Vorstellung, dass sie sich vielleicht selbst anbieten wird, macht mich plötzlich nervös.

»Ich will Motorradfahrstunden nehmen«, sage ich eilig und füge in der ohrenbetäubenden Stille hinzu: »F, D, Z, G, L, M.«

Ulla-Carin starrt mich an. »Motorradfahrstunden?«

»Z T N B A.«

Ungefähr jetzt geht mir auf, dass halb Skogahammar innerhalb weniger Tage von meinen Motorradfahrstunden wissen wird.

»Motorrad. Aber ... du bist doch schon vierzig?«

Oder innerhalb weniger Stunden.

Sehr richtig.

»*Motorrad*«, sagt Pia, sowie sie mich sieht.

Es ist der Tag nach meinem Sehtest, und ich esse im *Süße Träume* zu Mittag, einem neuen Café in Skogahammar. Es existiert seit zwei Jahren, aber Zeit ist hier relativ. Es ist überaus sporadisch geöffnet und scheint vor allem von den Rentnern finanziert zu werden, die hier jeden Tag Kaffee trinken.

Pia hat in dieser Woche Wochenenddienst und hatte daher gestern und heute frei, aber auf irgendeine Weise ist die Nachricht schon bei ihr angekommen.

»Warum hast du mir nicht erzählt, dass du mit Motorradfahren anfangen willst? Jetzt machst du zum ersten Mal in deinem Leben etwas Fetziges, und dann muss ich das von *Birgitta* erfahren!«

Wenn Birgitta es schon weiß, ist die Lage schlimmer, als ich gedacht hatte.

»Hast du schon von Anette gehört, hat sie gefragt, als wir im Friskis waren.«

»Großer Gott, du gehst wieder zum Sport«, sage ich, aber Pia ignoriert meinen Kommentar. Sie setzt sich vor mich hin und redet weiter, als ob ich nichts gesagt hätte.

»Motorrad, in ihrem Alter, sagte Birgitta. Warum, um alles in der Welt?«

Das kann ich mir lebhaft vorstellen. Ich lasse das Gesicht auf meine Hände sinken. »Ich habe keine Ahnung, warum ich das tue.«

Pia wird sanfter, sowie sie Dampf abgelassen hat. Sie winkt nach einem Kaffee und zwängt sich aus ihrer Jacke. »Egal«, sagt sie. »Für mich klingt das nach einer großartigen Idee.«

Das ist nie ein gutes Zeichen.

Wenn sie das so sieht, dann ist sie jedenfalls die Einzige.

Eine rasche Untersuchung erbringt folgendes Ergebnis:

Lebensgefährlich: 1 Person.

Krise mit vierzig: 2 Personen.

Gute Idee: 0 (abgesehen von Pia, aber die zählt nicht. Sie findet auch Rauchen eine gute Idee).

Ann-Britt hat einen ganz neuen Grund zur Besorgnis gefunden. Sie beugt sich nervös über die Kasse vor und flüstert: »Aber ist das nicht ... *gefährlich?*«, als ob schon die bloße Erwähnung des Wortes »Motorrad« einen Verkehrsunfall verursachen könnte.

Eine Stunde später stehe ich am Gefriertresen, packe Hackfleisch aus und muss mir dabei unfreiwillig das folgende Gespräch anhören:

»Typische Krise mit vierzig, schätze ich. Lederkluft.« Die

Frau, die das sagt, steht hinter mir im Gang und redet ganz offen. Die Stimme kommt mir vage bekannt vor, aber ich kann sie nicht unterbringen.

»Sie muss doch älter sein als vierzig?«

»Und dabei ist Emma so vernünftig. Universität und überhaupt.«

»Sie weiß, was sie tut, nehme ich an.« Der Tonfall sagt: Sie hat nicht die geringste Ahnung davon, was sie tut.

Und da haben sie ja ganz recht. Ich lege das Hackfleischpaket hin, drehe mich um und gehe um den Tresen herum. Ich kann die beiden noch immer nicht richtig unterbringen. Sie sind etwas zu alt, um Mütter von Kindern zu sein, die mit Emma zur Schule gegangen sind, und ein bisschen zu jung für Freundinnen meiner Mutter.

»Ach, hallo Anette. Wir haben dich gar nicht gesehen. Ist ja toll, dass du Motorradfahren willst.«

Ich hebe die Augenbrauen.

»Und... wie bist du auf die Idee gekommen, Fahrstunden zu nehmen?«

»Ach, ich hab mir immer schon eine Harley gewünscht. Ich hatte vor einigen Jahren einen Liebhaber, der eine fuhr. Phantastische Erinnerung.«

Was ja streng genommen sogar stimmt.

Ich war siebzehn, es ist also »einige Jahre« her. Das mit den schönen Erinnerungen ist dagegen übertrieben. Jocke war zweiundzwanzig und fuhr eine dröhnende schwarze Harley-Davidson, die er mehr zu lieben behauptete als seine eigene Mutter. Mehr als seine erste Freundin. Mehr als seinen Hund. Mehr als sie alle zusammen. Jocke sagte immer, das sei ganz normal, denn mit der Maschine habe er viel mehr Spaß als mit Hund oder Mutter. Ich fand das nicht weiter seltsam. Meine eigene Mutter verstand mich nicht, ich hatte nie einen Hund haben dürfen, und ich war ja wohl etwas Besseres als seine erste Freundin. Aber ich war damals schon zynisch genug, um nicht zu fragen, ob er das Motorrad mehr liebte als mich. Nicht, dass wir besonders lange zusammen gewesen wären. Einmal habe ich aus Versehen seine Harley »Moped« genannt, und damit war die Beziehung zu Ende.

Aber als ich die Gesichter der Frauen sehe, bereue ich, das gesagt zu haben. Ich wohne schon mein ganzes Leben lang in Skogahammar und habe mich von meinem Kleinstadt-Tourette noch immer nicht befreien können.

Sie wechseln einen Blick, wie um zu sagen: *Und dabei ist Emma doch so ein reizendes Mädchen.*

Man hätte ja annehmen können, dass Emma sich für mein Motorradprojekt interessierte, aber sie ist überraschend schlecht gelaunt.

»Ich werde Motorradfahrstunden nehmen«, sage ich enthusiastisch, als ich sie am nächsten Morgen endlich erreiche. Emma stößt eine leise Verwünschung aus.

»Mama, es ist halb acht.«

»Ich habe gestern versucht, dich anzurufen, aber da habe ich dich nicht erreicht. Und du musst doch sicher gleich zur Uni?«

»Wir fangen heute um elf an.«

»Ich werde Motorradfahrstunden nehmen«, sage ich noch einmal.

Eine Daunendecke raschelt, dann höre ich Füße über den Boden laufen. »Das ist phantastisch, Mama«, sagt sie endlich. »Das ist es wirklich. Aber es wäre um zehn noch genauso phantastisch gewesen.«

»Du hältst es also nicht für Wahnsinn für eine Frau in meinem Alter? Eine Art Midlife-Crisis?« Im Hintergrund gurgelt eine Kaffeemaschine, und da weiß ich, dass Emma aufgegeben hat und jetzt wach ist.

»Warst du mal wieder bei Oma?«, fragt Emma.

»Nein«, gebe ich zu, und mein Gewissen versetzt mir einen Stich. Ich hätte sie besuchen müssen. Ich habe das den ganzen Sommer vor mir hergeschoben, weil ich mit Emmas Umzug beschäftigt war. Jetzt habe ich nicht die geringste Entschuldigung. »Ich habe heute im Laden einige Kundinnen darüber reden hören.«

»Miese Kühe«, sagt Emma.

Großer Gott, sie fehlt mir ja so sehr.

»Erzähl mir alles«, sagt sie, und das tue ich dann.

»Motorradfahrstunden, ja, ja, dafür hast du also Zeit, aber deine eigene Mutter besuchen? Nein, das schaffst du nicht.«

Ich bin auf dem Heimweg nach einem langen Tag, der offenbar noch immer nicht zu Ende ist.

Eva Hansson steht mit verschränkten Armen vor ihrem Laden *Evas Blumen*. Sie hat früher neben uns gewohnt und ist Mamas beste Freundin, ein Titel, den sie energisch verteidigt, obwohl es gar keine Herausforderinnen gibt. Eva sieht mich ungefähr so, wie viele Briten Prinz Harry sehen: Früher war ich ziemlich niedlich, aber je älter ich werde, desto klarer wird es, dass ich niemals Mamas Perfektion erreichen werde.

Eva scheint meinem eigenen schlechten Gewissen entsprungen zu sein.

Ich füge »selbstsüchtige Zeitverschwendung« auf meiner Liste der Reaktionen meiner Umgebung auf die Nachricht von meinen Motorradfahrstunden hinzu.

Wir stehen vor Evas Laden, genau neben einigen Rollgestellen mit Blumen. Hinter den Regalen mit mageren Begonien, Kalanchoe und Hortensien ahne ich das düstere und deprimierende Schaufenster.

»Jetzt, wo du Emma nicht mehr hast, könntest du ja wohl etwas mehr Zeit für Inger erübrigen.«

Bei ihr klingt Emma wie ein Hund, der verstorben ist. Ich würde gern sagen, dass ich Emma durchaus noch habe, aber nachdem ich mich jahrelang wie ein trotziger Teenager aufgeführt habe, sowie ich in Evas Nähe geriet, habe ich gelernt, dass es besser ist, zu lächeln und zuzustimmen.

»Ich habe sie vorige Woche angerufen«, sage ich.

»Das ist nicht dasselbe.«

Nein, bei einem Telefongespräch kann man schon nach fünf Minuten auflegen.

»Du hast sie den ganzen Sommer lang so gut wie nie besucht«, sagt Eva jetzt. »Das war ja noch verständlich, solange du Emmas Umzug organisieren musstest, aber jetzt? Motorräder! Man sollte doch meinen, du könntest dich lange genug davon losreißen, um Inger zu besuchen. Oder hast du vielleicht etwas Besseres zu tun?«

Das Letzte sagt sie auf eine Weise, die deutlich verrät, was sie meint: Etwas Besseres, als deine eigene Mutter zu besuchen, dein eigen Fleisch und Blut, die Frau, die dich zur Welt gebracht hat, und so weiter, aber ich denke: Habe ich denn überhaupt irgendetwas vor?

Ich seufze. »Nein«, sage ich. »Habe ich nicht.«

6

Mama hatte mich vor die Tür gesetzt, als ich damals schwanger wurde.

Aber das klingt so dramatisch. Sagen wir lieber, wir hatten unterschiedliche Ansichten über die Frage, wie klug es ist, von jemandem, den man kaum kennt, schwanger zu werden und dann nicht mit ihm zusammenziehen zu wollen. Mama war nie religiös gewesen, es ging also nicht um irgendwelche absurden Überreste aus dem 19. Jahrhundert – dass ich heiraten müsste. Nein, was Mama vertrat, war, dass man die Konsequenzen der eigenen Taten tragen müsse, und dass Liebe nicht unbedingt etwas damit zu tun habe, ob man zusammenleben könnte oder nicht.

»Ich kann ihn nicht ausstehen«, sagte ich.

»Das hättest du dir früher überlegen müssen«, sagte Mama. Sie argumentierte wohl ungefähr so, dass die Ehe als Institution bedroht wäre, wenn nur die Leute zusammenblieben, die sich gegenseitig ertragen könnten. Vermutlich auch die Heterosexualität, aber so weit dachte Mama natürlich nicht. Sie kannte keine Homosexuellen. Sie kennt noch immer keine Homosexuellen, obwohl ihr Verwandter Björne seit fünfundzwanzig Jahren mit August zusammenlebt.

So funktioniert ihr Gehirn eben, ein Denkmuster, das vermutlich durch viele Generationen in einer dysfunktionalen Sippe vererbt worden ist, deren wichtigste Krisenstrategie darin besteht, den Kopf in den Sand zu stecken.

Bei meiner Schwangerschaft handelte sie jedenfalls nach dieser Strategie. Ich zog aus, aber ich war gerade neunzehn geworden, eine Zeit, in der junge Leute tatsächlich von zu Hause auszogen, die offizielle Erklärung war also, dass ich erwachsen sei und ein eigenes Leben führen wolle. Während meiner Schwangerschaft trafen wir uns nie, aber das lag natürlich nur daran, dass ich so viel zu erledigen hatte.

Ich bezweifele, dass meine Mutter meine Schwangerschaft jemals erwähnt hat (aber natürlich wussten alle davon). Mit mir sprach sie darüber jedenfalls nicht. Es war wie eine Art umgekehrtes schwarzes Loch; es existierte nicht, aber man bemerkte seine Existenz am Verhalten der Gegenstände in seiner Nähe. Statt sie anzuziehen, stieß es sie ab. Sowie ein Gespräch sich dem Thema zu nähern drohte, glitt es auf geheimnisvolle Weise davon, prallte ab, änderte die Richtung.

Andererseits hatte ich sie damals seit ungefähr dreizehn Jahren ständig zur Weißglut getrieben, insofern waren wir nun wohl quitt. Und einige Wochen nach Emmas Geburt kam sie zu uns nach Hause und kritisierte meine Ordnung und meine Säuglingspflege. Ich fasste das als das Friedensangebot auf, als das es zweifellos gemeint war.

Später, als Emma größer wurde, war Mama dann anwesend, deshalb nehme ich an, dass wir nicht mehr quitt sind, und dass selbiges einer der Gründe ist, aus denen ich nun diesen Samstag für einen Spaziergang zu ihrem Seniorenheim nutze.

Mama ist vor zwei Jahren hergezogen, als der Heimpflegedienst und Eva auch mit vereinten Kräften die Demenz nicht mehr ausgleichen konnten. Es ist schwer zu sagen, wer mit dieser Wohnsituation unzufriedener ist, Mama oder Eva. In den ersten Monaten, in denen Mama dort wohnte, riefen beide mich jeden Tag an, um sich über irgendetwas zu beklagen.

Aber es ist ein gutes Seniorenheim. Freundlich. Die Wände sind in einem warmen Weiß angestrichen, das sich irgendwie von den üblichen kalkweißen Anstaltswänden unterscheidet. In der kleinen Rezeption und im Aufenthaltsraum stehen Blumen.

Es ist durchaus nicht der Fehler der Wohnanlage, dass ich spüre, wie sich die Last von Ansprüchen, Erwartungen und schlechtem Gewissen auf meine Schultern senkt, sowie ich durch die Tür trete.

Die Frau, die mich empfängt, ist auf eine etwas erstickende, überwältigende Weise freundlich, mütterlich und professionell. Sie spricht mit den Bewohnern, als ob sie ihre Kinder wären. Sie hat kurze Haare in einem undefinierbaren hellbraunen Ton und gehört zu der Art von Frauen, die vermutlich schon ihr ganzes Leben lang mütterlich aussehen. Ich weiß nicht einmal, ob sie eigene Kinder hat; vielleicht begnügt sie sich damit, alle, die ihr über den Weg laufen, so zu behandeln.

Ich bin ihr bisher viermal begegnet, aber ich kann mich schon wieder nicht an ihren Namen erinnern. Wie immer versuche ich, einen verstohlenen Blick auf ihr Namensschild zu werfen. Wie immer sieht es nur aus, als wollte ich ihre Brüste anglotzen. Sie sind so groß, dass es sogar schwer wäre, sie nicht anzusehen, wenn ich der Frau voll in die Augen schaute.

»Anette!«, sagt sie.

Sie kann sich immer an meinen Namen erinnern.

Ich habe Mama fast den ganzen Sommer lang nicht besucht, aber die Frau ist einfach zu reizend, um etwas darüber zu sagen. Der vorwurfsvolle Blick existiert allein in meiner Vorstellung.

»Wie geht es Ihnen? Und wie geht es bei der Arbeit?«

»Gut, gut«, murmele ich und schwöre mir, mich zu bessern

und häufiger herzukommen. Das denke ich immer zu Beginn eines Besuchs. Am Ende denke ich es nie.

Im Aufenthaltsraum sitzt ein vierzehn Jahre alter Praktikant zwischen zwei alten Leuten. Er hat toupierte Haare, Piercings im Gesicht und einen leicht verwirrten Blick. Aber er vermittelt freundlich, während die Alten sich darüber streiten, welche Sendung sie sehen wollen.

»Ihre Mama hat ja weiterhin gute und schlechte Tage«, sagt die Frau. »Aber ich glaube, heute ist sie ziemlich klar.«

Der Gang, der zu den Zimmern führt, ist schmal und weiß. Sie haben den Geruch nach Krankenhaus und alten Menschen nicht ganz entfernen können. Vielleicht liegt es an einem Reinigungs- oder Desinfektionsmittel.

Als ich klein war, die Schule satthatte und dennoch zur Schule musste, versuchte ich auf dem Weg ab und zu, so kleine Schritte wie überhaupt nur möglich zu machen, nur um den Moment aufzuschieben, in dem ich die Freiheit hinter mir zurücklassen und die Welt von unregelmäßigen deutschen Verben, chemischen Grundstoffen und schwedischen Königsfamilien betreten würde. So ungefähr komme ich mir jetzt auch vor.

Als wir bei Mamas Zimmer angekommen sind, bleibt die mütterliche Betreuerin vor der Tür stehen, nickt mir zu und verschwindet zu anderen Pflichten. Ich schaue ihr hinterher, als würde ich noch immer mit dem Gedanken an Flucht spielen, sobald sie außer Sichtweite ist.

Aber am Ende öffne ich die Tür natürlich.

Mama sitzt an ihrem kleinen Schreibtisch vor einem Fenster, das auf einen Fuß- und Radweg und eine Allee aus mageren Bäumen hinausweist. Als sie mich hört, dreht sie sich um und lächelt vage, und dann runzelt sie die Stirn, während sie sich offenbar fragt, wer ich nun wieder bin.

Auf irgendeine Weise ist es ihr gelungen, seit meinem letzten Besuch noch ein wenig mehr zu verschwinden. Sie ist schmaler und farbloser, als ob sie über den Sommer verblasst wäre, während wir anderen alle braun wurden.

Aber es ist deutlich, dass sie auch ihre klaren Tage hat. Das sieht man nicht zuletzt an den unzufriedenen Falten um ihren Mund.

»Ich bin Anette. Deine Tochter«, sage ich.

Die unzufriedenen Falten werden noch tiefer. »Das weiß ich doch«, sagt sie defensiv.

Mama bewegt sich langsam und fast widerwillig, als ob sie meinen Besuch nur unter Protest empfängt, auf die kleine Kochnische zu. Ich setze mich an den Tisch, während Mama umständlich Kaffee aufsetzt und Zwieback und Butterkäse herausholt. Auf dem Tisch liegt bereits eine zu große Spitzendecke, die Mama von ihrem vorigen Küchentisch mitgenommen hat, eine dauernde Erinnerung daran, dass sie hier eigentlich gar nicht wohnen dürfte.

Im Hintergrund läuft das Radio. Es ist ein altes, traditionelles Modell, mit integriertem Kassettenrekorder und immer auf das Lokalradio auf 98.6 eingestellt.

Weder Mama noch ich schalten es aus. Im Moment wird über Brieftaubenhaltung beim Militär diskutiert, aber sogar das ist besser, als miteinander reden zu müssen.

Offenbar gibt es Menschen, die ihr ganzes Leben der militärischen Brieftaubenzucht widmen. Oder jedenfalls einen. Er heißt Jan-Henrik Lundström, kommt aus Skogahammar, ist siebenundneunzig Jahre alt und Schwedens führender Amateurhistoriker auf diesem Gebiet. Er wird soeben vom Moderator des Lokalradios interviewt, unser aller Nils – Nisse – Karlsson.

»Wenn dieses Thema bei Alles oder Nichts angesetzt werden würde, würden Sie dann den Hauptgewinn holen?«, versucht Nisse zu scherzen, ein Versuch, der wie ein Stein zu Boden fällt, da Jan-Henrik keine Ahnung von diesem populärkulturellen Phänomen hat. Jan-Henrik redet weiter über Karlsborg – nicht nur Schwedens Ersatzhauptstadt, sondern auch Pionier der Brieftaubenhaltung.

Offenbar wurden Tauben 1887 erstmals auf den Strecken Örebro-Karlsborg und Bråviken-Karlsborg eingesetzt, das Projekt wurde jedoch 1890 schon wieder eingestellt. Ich staune darüber, dass Jan-Henrik seine historische Tätigkeit einer Unternehmung widmet, die nur drei Jahre gedauert hat.

Dann ist es doch jedenfalls besser, alle Zeit und Energie einer Tochter gewidmet zu haben.

Ich trinke einen Schluck Kaffee und versuche, meinen Zwieback zu verzehren, ohne auf die Tischdecke zu krümeln.

»Hm.« Mama sagt es wie »Hhhhhm«, passive Aggressivität in nur einer Silbe.

Ich glaube, sie betrachtet Emmas Studium mit gemischten Gefühlen. Es gibt ihr eine Möglichkeit, einer Kusine eins auszuwischen, aber wenn ich darüber spreche, wirkt es so, als sei eine Tochter, die auf die Uni geht, so etwas wie ein Versuch, sich über die Allgemeinheit zu erheben.

»Ist es nicht seltsam, wie schnell Kinder groß werden?«, frage ich.

»So gehört es sich nun mal«, sagt Mama.

Dann schweigen wir wieder eine Weile.

»Weißt du was, Mama?«, frage ich dann enthusiastisch. »Ich nehme jetzt Motorradfahrstunden.«

Und die unzufriedenen Falten werden noch viel tiefer.

Auf dem Heimweg gehe ich so langsam, wie ich nur kann. Ich setze mich auf eine Bank und rauche eine Zigarette. Schaue mir ein Schaufenster an. Gehe am Mat-Extra vorbei, obwohl ich an diesem Wochenende gar keinen Dienst habe, denn ich will Milch kaufen, obwohl ich zu Hause einen halben Karton im Kühlschrank habe. Einmal bleibe ich sogar stehen, um eine Birke zu bewundern.

Alles, um den Augenblick aufzuschieben, in dem ich nach Hause komme und die Tür öffne.

So müsste es sein, nach Hause zu kommen:

Ich öffne die Tür, stolpere entweder über Emmas Schuhe oder über Emmas Tasche oder eine Tüte, die Emma nicht aufgehoben hat. Oder über alle drei Dinge zusammen. Stoße mit dem großen Zeh an, als ich versuche, mich irgendwo abzustützen, und hüpfe auf einem Bein herum, während ich schreie: »Emma! Musik leiser!« und versuche, ihren Kram wegzuschieben, um Platz für meine eigenen Schuhe, Tüten und Taschen zu finden.

Aber so ist es:

Ich öffne die Tür, werde geblendet vom frisch gebohnerten Dielenboden und stelle meine eigenen Schuhe in das leere Schuhregal.

Wie es sein müsste:

»Emma, hast du gewusst, dass es beim Militär früher mal Brieftauben gegeben hat?«

Wie es ist:

Ich überlege, ob ich Emma anrufen und davon erzählen kann. Das ist genau die Art nutzloser Information, die ihr gefallen müsste, aber vielleicht nicht, wenn ihre Mutter an einem Samstagabend anruft, nur um ihr das zu erzählen.

Ich lege einen Film mit Meg Ryan ein und mir geht auf, dass ich eine Person geworden bin, die etwas im Hintergrund haben muss, um der Stille zu entkommen.

Nach ungefähr einer halben Stunde tausche ich Meg Ryan

gegen Bruce Willis aus. Wenn man schon eine Geräuschkulisse braucht, dann lieber gleich Explosionen. Emma und ich haben immer schon Actionfilme vorgezogen.

»Yippee-ya-yay, Schweinebacke«, sage ich laut, aber nicht einmal das kann mich aufmuntern.

Nicht nur Emma ist das Problem. Seit ich die Motorradstunde bestellt habe, kommt mir der Rest meines Lebens so vernünftig und langweilig vor, auf eine altmodische, überholte Weise. Wie Gesundheitsschuhe, gekochte Möhren und ballaststoffreiches Brot.

Ich verbringe den Sonntagabend draußen auf dem Balkon. Es ist ein irritierend schöner Sommerabend. Der Abendwind rauscht in den trockenen Birkenblättern, und als ich mich über das Balkongeländer beuge, ist es unter meinen Händen noch immer warm. Aus dem Wohnzimmer sind anheimelnde Explosionen zu hören.

Ich beuge mich weiter über das Geländer vor, laue Winde an meinen Wangen und hinter der Stadt eine geschäftige Autobahn. Hier und dort sehe ich die einsamen Rücklichter eines Motorrades.

Unterwegs zu Spannung und Freiheit und Abenteuer. Oder nach Karlskoga. Was auch immer zuerst kommt.

7

Viele Dinge, an die wir uns aus unserer Kindheit erinnern, sind viel kleiner, wenn wir sie als Erwachsene wiedersehen.

Bei Motorrädern ist das anders.

Die sind sehr groß. Sie sind sogar unvorstellbar groß.

Als ich zu meiner Stunde bei der Fahrschule von Skogahammar ankomme, stehen vier davon nebeneinander einige Meter vom Eingang entfernt. Die Sättel sind so hoch wie meine Hüftknochen.

Ich habe mit siebzehn zuletzt auf einem Motorrad gesessen. Es ist durchaus möglich, dass ich heutzutage andere Dinge vorziehe. Stillstehende Dinge zum Beispiel, oder Dinge, die sich nicht in die Seite legen, Dinge, die sich nicht schnell bewegen, Dinge, die keinen Krach machen.

Meine Lieblingsattraktion im Vergnügungspark Liseberg ist das Schokoladen-Glücksrad.

Nicht daran denken, sage ich mir. Nicht daran zu denken, was ich gerade tue, ist ein Trick, der mir im Leben schon gute Dienste geleistet hat.

Die Fahrschule ist innen in Schwarz und Gelb gehalten. Alles zeugt von einer soliden Männlichkeit, mit schwarzen Sesseln aus Kunstleder und schwarzen Glasscheiben als Tafeln. Es wirkt erstaunlich gastfreundlich, vielleicht, weil es überall nach Wärme und Kaffee duftet.

Die Rezeption ist eng und vollgestopft mit Ordnern und Verkehrsschildern. Drei nervöse Jugendliche warten darauf, dass ein Fahrlehrer aus dem Kaffeezimmer auftaucht und mit ihnen über die Landstraßen fegt.

Großer Gott, denke ich, mach, dass hier alles gut geht, und ich werde mich nie wieder über irgendetwas beklagen.

Hinter dem Tresen sitzt eine Frau mit kurzen blonden Haaren, Tätowierungen an den Armen und einer energischen Art, die beruhigend und beängstigend zugleich ist. Ich gehe zögernd auf sie zu, während ich gegen meinen allzu starken Fluchtreflex ankämpfe.

»Entschuldigung«, sage ich.

»Pst!«, sagt sie, und dann zu mir: »Sie doch nicht.« Sie legt die Hand auf die Sprechmuschel. Ich gelobe mir, niemals wieder hier anzurufen. »Sie wollen also Motorrad fahren?«

Ich nicke.

»Sind Sie schon mal Motorrad gefahren?«

»Nein.«

»Das wird das Erlebnis Ihres Lebens«, versichert sie, während sie meine Führerscheinzulassung mustert und mir ein Formular reicht, in das ich meine Kontaktdaten eintragen soll. Sie sagt das offenbar nicht, um mich zu trösten oder zu beruhigen, es ist einfach eine Feststellung. »So etwas Lustiges haben Sie noch nie erlebt.«

»So, und jetzt kannst du weiterreden«, sagt sie zu der Person am Telefon, und damit überlässt sie mich meinem Fahrlehrer.

Er heißt Lukas, sieht aus wie Ende zwanzig und mustert mich mit einem durch und durch ausdruckslosen Blick. Wenn er es für Wahnsinn hält, dass eine Frau von fast vierzig Motorrad fahren will, dann lässt er sich das nicht anmerken.

Ich frage mich, ob es zu spät zur Flucht ist.

Das Einzige, was mich daran hindert, ist, dass sie jetzt meine Kontaktdaten haben. Ich nehme an, dass sie nicht unbedingt Jagd auf mich machen und mich zwingen werden, mich auf ein Motorrad zu setzen, aber es ist das eine, überstürzt und in Schanden zu fliehen, wenn man es anonym machen kann. Etwas ganz anderes ist es, wenn sie mein Gesicht gesehen haben und meinen Namen kennen. Das ist wie beim Zahnarzt.

Besser, ich halte aus und bringe es hinter mich, denke ich.

Er führt mich zum Umkleideraum und hilft mir, die passende Kleidung zu finden. Jacke mit Schutz an Schultern und Ellbogen, Hose mit Knie- und Hüftschutz, Stiefel, die alle kleinen Knochen in den Füßen schützen, Handschuhe, Helm, Rückenschutz. Dann lässt er mich im Umkleideraum allein, während ich kämpfe, um in alles hineinzukommen.

Sollten diese Schutzdinger hier nicht allen klarmachen, dass es der pure Wahnsinn ist, Motorrad zu fahren?, überlege ich.

Lukas geht mit mir zum Parkplatz gleich beim Büro, wo die vier glänzenden bunten Motorräder nebeneinander stehen. Ich schlucke und versuche, mir meine plötzlich schweißnassen Hände diskret an der Hose abzuwischen.

»Wir fahren eine BMW F-660-GS«, sagt er. Ich starre das Motorrad an und frage mich, was zum Henker ich hier eigentlich mache. »800 Kubik, trotz des Namens. Wiegt ungefähr 200 Kilo.«

Er dreht sich zu mir um. »Bist du schon mal Motorrad gefahren?«, fragt er.

Ich denke an das Treffen in Karlskoga und an den Typen mit der Harley-Davidson und mich selbst mit toupierten Haaren und rissigen Jeans.

»Nein«, sage ich.

»Mhm. Ich fahr dich zu der Stelle, wo wir dann anfangen.«

Er setzt sich auf das Motorrad, als wäre es das Natürlichste auf der Welt, beugt sich nach hinten und klappt die Fußstützen für den Beifahrersitz herunter.

»Hier stellst du die Füße hin. Lass sie da, bis wir angekommen sind und ich dir sage, dass du sie herunternehmen kannst. Du legst ein bisschen die Beine um mich, so, damit du nicht nach vorn rutschst, wenn wir bremsen. Sonst könntest du mich aus dem Gleichgewicht bringen. Du hältst die Hände hier, an meiner Taille, damit du nicht nach hinten rutschst, wenn wir Gas geben. Sonst könntest du runterfallen. Bei den Biegungen legst du dich mit mir in die Kurven, in dieselbe Richtung wie das Motorrad. Das ist wichtig für das Gleichgewicht. Versuch ja nicht, dich in die andere Richtung zu legen oder dich dagegenzustemmen.«

Ich nicke. Auf irgendeine Weise schaffe ich es, auf das Motorrad zu klettern, aber elegant ist es nicht gerade. Durch die dicke Hose und den Rückenschutz werde ich noch ungeschickter. Er sagt nichts dazu. Überzeugt sich nur davon, dass ich richtig sitze. Für einen viel zu kurzen Augenblick mache ich die Augen zu und rede mir ein, dass alles gut gehen wird.

Dann fahren wir plötzlich. Eine wilde Jagd über etliche Verteilerkreise mit nicht weniger als zwanzig Stundenkilometern und durch unser Wohnviertel mit der Höchstgeschwindigkeit von fünfzig Stundenkilometern, und, auf einer kurzen, aber wahnsinnigen Strecke, siebzig. Ich klammere mich an ihn und quäle mich durch jede Kurve.

Ich will nicht hier sein, denke ich.

Ich bin nicht hart genug für so was, denke ich, und dann: Großer Gott, merkt der denn gar nicht, dass das Motorrad *schief* liegt?

Am Ziel schaltet er den Motor aus und befiehlt mir abzusteigen. Ich krabbele erleichtert nach unten, aber tragischerweise sagt er dann sofort, ich solle wieder aufsteigen.

Ich starre ihn an. I... ich? Auf ein Motorrad? *Aufsteigen?* Ich bin doch gerade erst mit heiler Haut heruntergekommen. Ich sehe ein, dass es vielleicht naiv war zu glauben, dass sie nicht verlangen würden, dass ich mich auf das Motorrad setze, aber das ist doch verflixt noch mal meine erste Fahrstunde.

Irgendwann, Anette, denke ich, wird deine fehlende Impulskontrolle dir noch arge Probleme machen.

Als ich wieder auf dem Motorrad sitze, zittern meine Beine noch immer von der Herfahrt. Als der Ständer hochgeklappt ist, reichen sie kaum bis auf den Boden. Das hier ist Wahnsinn, vollkommener Wahnsinn.

Während er geduldig die verschiedenen Teile durchgeht: Gas, Bremse, Gangschaltung und das Armaturenbrett: Tacho, Ganganzeige, Uhr, kann ich nur denken: Anette sitzt auf einem Motorrad. Herrgott, *Anette* sitzt auf einem Motorrad!

Warum zum Teufel tu ich das?

Das eine ist, sich mit siebzehn Wahnsinnstaten vorzunehmen. Etwas ganz anderes ist es, sich plötzlich mit achtunddreißig aufzumachen, um diese Vorhaben in die Tat umzusetzen. Oder eigentlich mit so gut wie vierzig. Inzwischen sollte ich doch wirklich reif und erwachsen sein.

»Lass den Motor an.«

Der Fahrlehrer scheint auf eine bezaubernd naive Weise davon auszugehen, dass ich wirklich lernen will, so eine Maschine zu fahren.

Ich frage mich, wie er eigentlich auf diese Idee gekommen ist.

Ich sitze auf zweihundert Kilo Motorrad, und er erwartet, dass ich den Motor anlasse. Ich starre den Zündschlüssel an. Der Ständer ist noch heruntergeklappt, die Gangschaltung steht auf neutral, und sicherheitshalber ziehe ich auch die Kupplung. Trotzdem zögere ich.

Denn es reicht ja nie, nur einfach den Motor anzulassen.

Früher oder später wird er erwarten, dass dieses ganze riesige Ungetüm – mit mir! – sich in Bewegung setzt.

Mit ausdrucksloser Stimme versichert mein Fahrlehrer, dass es, streng genommen, nicht nötig ist, die Kupplung zu ziehen, wenn die Gangschaltung auf neutral eingestellt ist.

Ich recke mich. Starre entschlossen das Motorrad an. Schiele zu meinem Fahrlehrer hinüber, der noch immer geduldig auf dem Parkplatz beim Sportgelände von Skogahammar wartet, wo ich jeden Augenblick etwas starten werde, über das ich dann aller Wahrscheinlichkeit nach die Kontrolle verliere.

Im Nachhinein kann ich mich noch immer dort sehen, von oben, wie bei einer Nahtoderfahrung, wie ich auf einem stummen Motorrad auf einem unansehnlichen Parkplatz in einer bedeutungslosen schwedischen Kleinstadt sitze. Ich will mir zurufen: Tu's nicht! Es ist noch nie etwas Gutes dabei herausgekommen, wenn sich eine vierzigjährige Frau auf ein Motorrad gesetzt hat.

Du weißt nicht, welche Kräfte du dabei entfesselst.

Aber ich höre nichts. Gott gönnt mir keinen Fingerzeig. Kein Blitz schlägt aus dem strahlend blauen Himmel nieder. Die Zeit dehnt sich nur aus, die Sekunden ticken langsam vorüber. Am Ende tue ich es einfach. Lasse den Motor an.

Lukas hilft mir, die Maschine vom Ständer zu holen.

»Wenn du die Kupplung loslässt, fährst du vorwärts. Du brauchst das Gas gar nicht.«

Kein Risiko.

»Lass langsam die Kupplung los.«

»Lass den Motor wieder an.«

»Noch mal.«

»Den Motor anlassen.«

Als ich zum Bezahlen die Rezeption betrete, schaut mich Ingeborg mit ihrem breiten blöden Lächeln an und erklärt dem Kunden vor mir: »Sie kann gar nicht mit Lachen aufhören. Sie ist soeben zum ersten Mal Motorrad gefahren.«

Sie nickt vor sich hin. »So viel Spaß haben Sie im Leben nicht mehr.«

»Ja...«, sage ich, noch immer ein wenig zögerlich, während ich die Kreditkarte aus der Brieftasche ziehe.

Lukas taucht wieder auf und geht mit mir ins Kaffeezimmer gleich hinter der Rezeption. Er hat einen Ordner bei sich, der sehr wichtig aussieht, und eine Karte, auf der alles steht, was man können muss, um den Motorradführerschein zu machen. Im Schritttempo über einen Parkplatz zu gondeln ist dort nicht aufgeführt.

»Ich glaube, du wirst fünfundzwanzig bis dreißig Stunden brauchen«, sagt er.

Gott segne seine optimistische Seele.

»Ich schlage vor, wir machen jetzt erst mal fünf ab, vielleicht eine oder zwei pro Woche. Unsere Termine sind meistens schnell ausgebucht, und solange du am Tag vor der Stunde vormittags absagst, ist es kein Problem, sie anderweitig zu vergeben.«

»Jaaaa...«, sage ich unschlüssig.

Er achtet nicht auf meinen Tonfall, sondern zieht einen Kugelschreiber und seinen Stundenplan hervor, ehe ich ihm mitteilen kann, dass ich keine weiteren Stunden nehmen will, weil ich einfach unfähig bin. Und die Vorstellung, von nun an eine Frau mit Freizeitinteresse zu sein, ist so unwiderstehlich, dass ich nicht direkt Nein sagen kann. Also sage ich nichts, nicke nur und merke mir die Stunden, und ich denke, dass ich das später mit Klein-Roger klären werde.

Keine Zigarette hat wohl je so gut geschmeckt wie die nach

der Fahrstunde. Muskeln, von denen ich gar nicht wusste, dass ich sie habe, sind müde, an der Innenseite der Oberschenkel, in Händen, Unterarmen und Rücken. Ich rauche mit langen, gierigen Zügen und trödele bei meinem Motorrad herum. Es hat eine scheußliche schreiend orange Farbe, und ich mustere es mit etwas, das große Ähnlichkeit mit Liebe hat.

Darauf habe ich gesessen, denke ich. Jetzt, wo es stillsteht und vor mir aufragt, kommt mir das noch unbegreiflicher vor.

Und die Welt sieht auch anders aus. Die Farben sind klarer, die Umrisse schärfer, der Sonnenschein tanzender und blendender. Es ist, als hätte ich so lange eine Sonnenbrille getragen, dass ich vergessen habe, wie Farben aussehen. Ich blinzele in die Sonne und versuche, meine Augen ans Licht zu gewöhnen und das Zittern meiner Hände unter Kontrolle zu bekommen.

Mir wird noch etwas anderes klar. Ich habe zwei Stunden lang nicht einmal daran gedacht, Emma anzurufen.

Das ist ein Wunder.

8

Eine tragische Tatsache, was mich betrifft: Eins von den Dingen, die mir seit Emmas Auszug am meisten fehlen, sind unsere Diskussionen. Ich habe immer meine gesamte intellektuelle Ausbeute aus dem Alltag meiner Teenagertochter gezogen.

Aber gibt es etwas Herrlicheres, als mit einer zu sprechen, die jung, leidenschaftlich und neugierig ist, und außerdem total überzeugt davon, dass jeder ihrer Gedanken etwas ganz Neues ist? Diskussionen, die wir im vergangenen Sommer geführt haben: Warum die Menschen nichts aus der Geschichte lernen. Warum Rassisten Idioten sind. Warum Männer kein Wahlrecht haben dürften.

Ich hatte absolut nicht vor, Emma während der eigentlichen Fahrstunde anzurufen, aber ich tue es jetzt, während ich zu Mat-Extra zurücklaufe, ich wechsele zwischen den Händen, die nach meinem manischen Griff um den Lenker noch immer zittern, und ich betrete den Laden mit raschen, zielstrebigen Schritten, als dächte ich bereits an meine Arbeit.

Was ich nicht tue. In Gedanken gehe ich das durch, was ich getan, gelernt und gedacht habe, als würde ich mir zurechtlegen, was ich später Emma erzählen werde. Als ich meinen Posten auf dem Gang mit den Konserven erreicht habe, führe ich in Gedanken schon das Gespräch mit ihr, als eine Art Generalprobe. Und da sagte er, und darauf sagte ich, und weißt du, danach, da habe ich dies getan, woraufhin ... ich den

Motor abgewürgt habe. Leider enden die meisten Geschichten auf die gleiche Weise.

Vielleicht sollte ich meine Darstellung ein bisschen zurechtfeilen.

Im Mat-Extra ist die Wirklichkeit vorübergehend ohne mich abgelaufen, aber jetzt werde ich wieder davon eingefangen. Klein-Roger ist noch immer auf der Jagd nach einer stellvertretenden Teamleiterin, deshalb organisiere ich die Tomatenkonserven jetzt anders. »Nach der Größe der Stücke – von Tomatenpüree bis zur ganzen geschälten Frucht.« Mir wurde aufgetragen, meine »operativen Führungsfähigkeiten« zu testen, obwohl ich mich ja nicht einmal bewerben will. Leider hatte ich kaum angefangen, als ich auch schon zur Fahrstunde musste, und deshalb habe ich den Verdacht, dass es mit meinen Führungsfähigkeiten nicht gerade gut aussieht. Ich bleibe mehrere Minuten vor dem Regal stehen, während mein Inneres sich dagegen wehrt, Sonnenschein und Motorräder gegen Neonröhren und Konserven zu tauschen. Du hast dich amüsiert, sagt mein vernünftiger Teil. Und jetzt an die Arbeit.

Warum um alles in der Welt bin ich hier, sagt der klarsichtigere Teil.

Pia hebt eine Dose Tomatenpüree mit Knoblauch – werden sie durch den Knoblauch zu feinerem Püree als die Sorte Natur oder nicht?

Offiziell stellt sie, glaube ich, die anderen Konservendosen in den Regalen daneben nach vorn: Ravioli, Hackfleischsoße, Hackfleischbällchen in der Dose. Inoffiziell hält sie sich von den Kassen fern, weil jetzt die Zeit ist, zu der Rentner mit Kleingeld und Rabattcoupons auftauchen. Pia ist dann immer so frustriert, dass sie das Förderband immer weiterlaufen lässt, nur um sich über ihre gestressten Mienen freuen zu können, wenn sie versuchen, ihre Zwiebeln einzufangen, die sich drehen und drehen und drehen.

Wir beschließen gemeinsam, die Tomaten mit Knoblauch hinter das normale Püree zu stellen, aber vor die Tomatenstücke.

»Wie war es denn so?«, fragt Pia mit aufgesetzter Gleichgültigkeit. Keine von uns ist daran gewöhnt, dass eine von uns etwas Neues und Außergewöhnliches unternimmt.

»Es war ... interessant«, sage ich.

Ehe ich ins Detail gehen kann, werden wir von Nesrin und Groß-Roger unterbrochen, die aus irgendeinem Grund gerade jetzt die Dosen mit dem Tomatenpüree aufsuchen.

Nun fehlt nur noch Maggan. Aber sie wird nicht lange ausgeschlossen werden können. Groß-Rogers Blick deutet an, dass sich die Nachricht über meine Motorradfahrstunden rasch verbreiten wird. Aber er gibt sich alle Mühe, um sein Interesse zu verbergen, er hebt eine Dose auf und dreht und wendet sie eine Weile, als sei ihr Inhalt an Nährstoffen hochinteressant, viel interessanter als mein frisch entdecktes Motorradinteresse.

»Wie war's?«, fragt Nesrin.

»Phantastisch«, lüge ich hemmungslos. Vor Klein-Roger will ich ja wohl nicht zugeben, dass ich eine Sterbensangst hatte.

Er sieht leicht geschockt aus. Ich habe plötzlich den Verdacht, dass er eigentlich hergekommen ist, um sich bestätigen zu lassen, dass ich mir die Sache anders überlegt habe und gar nicht erst zur Fahrstunde gegangen bin.

Ich lache, umgeben von meinen Kolleginnen und Kollegen, die versuchen, ihr Bild meines früheren mit dem meines neuen Ichs in Übereinstimmung zu bringen, cool und tough auf einem Motorrad. Bald werde ich in der ganzen Stadt als die Frau auf dem Feuerstuhl bekannt sein. Bisher war ich als Emmas Mama bekannt, wie das so läuft, wenn man Kinder bekommt und in den Augen der meisten aufhört, eine eigenständige Person zu sein.

»Wisst ihr, warum Motorräder besser sind als Frauen?«, fragt Groß-Roger.

»Und ihr arbeitet hart, wie ich sehe?«, schaltet sich Klein-Roger ein.

»Das hier ist eine Konferenz«, erklärt Pia würdevoll. »Anette hat soeben entschieden, dass Tomatenpüree mit Knoblauch nicht ganz so fein passiert ist wie ohne.«

»Ein Motorrad hat nichts dagegen, irgendwo angekettet zu werden«, sagt Groß-Roger.

»Ich dachte, weil es nichts dagegen hat, wenn es zu schnell geht«, sagt Pia.

Ich bin den ganzen Tag unwiderstehlich guter Laune. Gegen acht habe ich mir fast schon eingeredet, ich hätte jede Sekunde der Fahrstunde genossen. Nicht einmal Maggans knurrige Bemerkungen darüber, was ihr Vater, der Offizier, von Motorrädern gehalten hat, können meine Laune dämpfen. Klein-Roger hat den ganzen Tag misstrauisch ausgesehen, als ob er mir am liebsten sagen würde, dass ich während der Arbeitszeit nicht fröhlich zu sein habe. Aber er ist vor einer Stunde nach Hause gegangen, und als Charlie vorbeikommt, bin ich in der perfekten Stimmung, um gegen einige Vorschriften zu verstoßen.

Charlie hat in seiner Jugend bei Mat-Extra gearbeitet und ist Skogahammars bekannteste LGBT-Person. Er bekleidet dieses Amt mit tiefem Ernst. Er ist als Karin aufgewachsen und war schon früh als einzige Lesbe im Ort bekannt, dann wurde er plötzlich zu Charlie. Als er dann als Mann akzeptiert worden war, hatten seine Eltern gerade angefangen, davon zu träumen, dass er sich mit einem netten Mädchen aus der Umgebung zusammentun und Enkelkinder adoptieren würde, als er beschloss, schwul zu werden, und damit dafür sorgte, dass unser Städtchen alle LGBT-Kategorien in einer einzigen Superperson aufweisen kann.

»Was sagst du dazu, einen queeren Jugendtreff zu unterstützen?«, fragt er jetzt. Er trägt eine dünne Jacke und einen dicken Schal.

»Ich wusste nicht mal, dass wir einen normalen Jugendtreff haben«, sage ich.

»Heterosexualität ist nicht normal, sie ist nur weit verbreitet.«

Ich bin ziemlich sicher, dass ich das irgendwo auf einem Plakat gelesen habe. »Was willst du also?«, frage ich misstrauisch. Als ich mich zuletzt bereit erklärt habe, ihm einen Gefallen zu tun, endete das damit, dass ich auf einem Treffen des Lesben- und Schwulenverbandes fünfhundert Kondome einpacken musste. Zusammen mit Charlie und einem soeben sitzengelassenen Schwulen, der sich den ganzen Abend über Seitensprünge beklagte. Seine eigenen nämlich.

»Die Jugendorganisation des Lesben- und Schwulenverbandes in Örebro organisiert alles. Wir müssen etwas zu trinken und einen Happen zu essen besorgen, und ich dachte, wir könnten vielleicht deinen Personalrabatt benutzen.«

»Warum nicht?«, sage ich.

Wir bekommen zehn Prozent Rabatt. Das ist mehr, als die Angestellten der ICA-Supermärkte kriegen, und Klein-Roger wird niemals müde, uns daran zu erinnern. Wir haben diesen Rabatt nur durchgesetzt, weil er das Gerücht gehört hatte, dass wir neuerdings bei Willys kauften. Klein-Roger bringt großen Ketten starke Gefühle entgegen, und am meisten hasst er die Willys-Läden.

Es ist natürlich nicht erlaubt, den Rabatt an Leute zu verleihen, die hier vor fünf Jahren gejobbt haben. (»Der Personalrabatt ist AUSSCHLIESSLICH FÜR DICH SELBST und Angehörige DEINES HAUSHALTS gedacht!!!«, steht auf einem Zettel im Personalraum, in roter Tinte!)

Aber ehrlich gesagt, eine Frau, die Motorrad fährt, ist ja wohl stark genug, um die Vorschriften ein bisschen auszudehnen.

Ich luge zu den Kassen hinüber. »Perfekt«, sage ich. »Pia sitzt an der Kasse.«

»Ich nehme an, Klein-Roger hat schon Feierabend?«, fragt Charlie.

»Ich bin sicher, dass er LGBT-Jugendliche gern unterstützen würde, wenn er nur davon wüsste«, sage ich munter.

Das glaubt Pia auch. Sie braucht keine Motorradfahrstunden, um gegen Vorschriften zu verstoßen. Im Gegenteil, sie liebt alles, was das System herausfordert und Klein-Roger in Rage bringen kann. »Vergiss nicht, ein Schild aufzustellen, auf dem steht, dass wir sponsern«, ruft sie hinter Charlie her, als er mit seinen Einkaufstüten den Laden verlässt.

Ich lehne mich mit der Hüfte an den Rand des Förderbandes. Die anderen sind schon gegangen, und ich habe endlich die Konserven sortiert. Mir bleibt noch eine halbe Stunde Arbeitszeit. Das Einzige, was im Fenster zu sehen ist, sind unsere Spiegelbilder und die Straßenlaterne vor dem Eingang, aber heute finde ich die Dunkelheit angenehm. Nicht einmal die grellen Leuchtröhren im Laden stören mich, auch wenn sie unsere Spiegelbilder heruntergekommen und müde aussehen lassen. Wir sind allein im Laden, und ich bin angenehm müde nach der Fahrstunde.

»Also«, sagt Pia und setzt sich gerade. »Du willst wirklich den Motorradführerschein machen? Einfach so?«

Ich lache. »Ich habe keine Ahnung.«

»Ratzfatz wirst du dir ein Leben zugelegt haben. Zu neuen Abenteuern aufgebrochen sein, während ich einsam in der Schnapsküche sitze und mich frage, was denn passiert ist.«

»Keine Angst«, sage ich. »Ich habe bisher noch nicht mal den Rückwärtsgang gefunden.«

»Weißt du, was ich mir wünsche?«, fragt Pia.

Ich schüttele den Kopf.

»Dass einer von meinen Jungs heiratet und Kinder kriegt.«

Pias Jungs sind 17, 19 und 23, und jeder hat eine Freundin, aber ich kann mir nicht vorstellen, dass einer von ihnen an Kinder bisher auch nur gedacht hat.

»Das sind alles nette Mädchen«, sagt sie. »Da gibt es ja wohl keinen Grund herumzutrödeln?«

Ich sage nichts. Ich habe immer schon gedacht, dass Herumtrödeln ihren Jungs ganz besonders gut liegt.

In keinem von ihnen steckt auch nur ein Funken Böses. Selbst als Teenager haben sie vergessen, frech und übellaunig zu sein. Erst, wenn sie jemandem die Tür aufgehalten hatten, fiel ihnen ein, dass sie eigentlich wütend starren müssten, und dabei sahen sie ganz besonders verlegen aus. Pia hat sie einfach zu gut erzogen, auch wenn alle ab und zu versucht haben, Widerstand zu leisten. Aber besonders schnelle Denker sind sie nicht.

»Enkelkinder«, wiederholt Pia. »Das würde dem Leben wieder Schwung geben.«

»Glaubst du, einer von den Jungs hat vor zu heiraten?«, frage ich.

»Ob die das vorhaben?«, fragt sie und lacht schallend, was nur gut ist, denn das war ja auch meine erste Reaktion. »Natürlich haben die das nicht vor«, fügt sie endlich hinzu, »aber die Mädchen könnten das doch jetzt mal in die Wege leiten?

Sie könnten doch einfach klarstellen, dass es jetzt Zeit wird. Die Jungs trödeln vielleicht gern, aber keiner von ihnen hat Probleme damit, einem Befehl zu gehorchen.«

»Ich bin sicher, jeder wird einen wunderbaren Papa abgeben«, sage ich ernst.

»Das glaube ich auch«, meint Pia. »Die sind ein bisschen wie Bäume. Nicht gerade schnell und vielleicht auch nicht besonders intelligent, aber man kann bestimmt gut auf ihnen herumklettern.«

»Das ... ist sicher wahr«, sage ich, und Pia nickt zufrieden. »Warum denkst du gerade jetzt daran?«

Pia zuckt mit den Schultern. »Manchmal kommt mir das Leben eben so vorhersagbar vor.«

»Ein paar Babys könnten das natürlich ändern«, sage ich zustimmend, und Pia nickt.

»Ich sage ja nicht, dass alle gleichzeitig loslegen sollen. Aber einer kann doch der Erste sein und den Weg zeigen?«

»Ja, doch, schon klar«, sage ich, und dann stehen wir da und starren vor uns hin und lauschen dem diskreten Ticken der Wanduhr hinter Pia. Noch eine Viertelstunde. Wir behalten unbewusst die Zeit im Auge. Die Jahre bei Mat-Extra haben dazu geführt, dass wir immer genau wissen, wie lange es noch bis zum Feierabend ist.

»Motorräder also«, sagt Pia schließlich. »Auch die können sicher alles Mögliche auf den Kopf stellen.«

9

Bei der zweiten Fahrstunde schaut Ingeborg kaum auf, als ich hereinkomme. Sie wühlt nur auf ihrem Schreibtisch herum und reicht mir dann die Schlüssel zum Umkleideraum, als ob ich jetzt irgendwie wüsste, wie hier alles läuft.

Ungefähr, als ich versuche, die Hose über die Hüften zu ziehen, verspüre ich ein seltsames Gefühl von... ja, Frieden. Vielleicht ist es die Umgebung – ich stehe vor einer Reihe aus Motorradstiefeln in allerlei Modellen und Größen – oder die Tatsache, dass ich nicht im Laden bin, obwohl Dienstag ist und so spät am Vormittag, dass die Sonne schon hoch über den Bäumen auf der anderen Straßenseite steht. Vielleicht ist es nur das befreiende Gefühl, mit einer Sache neu anzufangen und etwas zu machen, das einfach nichts mit meinem sonstigen Leben zu tun hat.

Kurz danach stehen der Fahrlehrer und ich wieder auf dem Parkplatz beim Sportplatz von Skogahammar.

Heute stehen auf der einen Längsseite fünf Autos. Ich schiele zu Lukas hinüber. Es kann doch nicht sein, dass ich fahren soll, wenn hier Autos stehen.

Kann es aber doch.

Anfangs geht es jedoch unglaublich gut. Ich traue mich, den Motor anzulassen und kann sogar den Gashebel benutzen. Die Sache mit dem Gleichgewicht macht mir noch Probleme. Immer, wenn ich versuche, die Füße hinzustellen, werde ich so sehr abgelenkt, dass ich die Kupplung zu schnell loslasse.

Ich erkläre Lukas das Problem, und er erlaubt mir, die Füße einfach hochzuheben und über dem Boden schweben zu lassen. Aber ich brauche sie nicht hinzustellen. Offenbar sind hektische Fußbewegungen schlecht fürs Gleichgewicht.

Und natürlich würge ich beim ersten Versuch den Motor ab, aber danach gleite ich sanft von dannen, ich habe die Füße hochgehoben, und ich *fahre vorwärts*.

Ich. Vorwärts.

Aber nicht gerade.

»Versuch es noch mal«, sagt Lukas.

Die Sonne scheint, es ist mitten am Tag, ab und zu fährt ein Auto am Parkplatz vorbei. Handwerker unterwegs zu einem Einsatz, ein Arbeitstag unter vielen anderen. Aber nicht für mich. Denn ich fahre Motorrad.

Bei dieser Stunde bekomme ich meine erste Einführung ins Schrittfahren.

Lukas erinnert mich an die Fahrhaltung: »Die Knie um das Motorrad schließen, den Bauch anspannen, Schultern und Arme locker lassen. Die Schultern entspannen!«

Klar doch. Beim Schrittfahren fährt man langsam, im Schritttempo eben. Man könnte denken, das wäre perfekt für mich, aber ich stelle rasch fest, dass es viel leichter ist, gerade zu fahren, wenn man ein bisschen schneller fährt.

»Langsamer. Die Kupplung ziehen, um das Tempo zu drosseln.«

»Langsamer.«

»So, richtig. Jetzt nähern wir uns dem Schritttempo.«

Da er neben mir herrennt, während er das sagt, weiß ich, dass ich mich nicht einmal in der Nähe von langsamem Schritttempo befinde. Rasches Joggen, ja, aber kein Schritttempo.

Immer, wenn ich auf die Seite des Parkplatzes komme, auf der die Autos stehen, stelle ich mir vor, wie peinlich es wäre, mit einem davon zusammenzustoßen. Für das Gleichgewicht ist das auch nicht gut.

»Du musst hinschauen. Wenn du zu den Autos rüberschaust, endest du da.«

Genau. Und wenn ich das tue, will ich es sehen. Rechtzeitig.

Er versucht es mit einer neuen Taktik und sagt, ich solle den Motor ausdrehen. Näher werde ich an Schritttempo vermutlich nie herankommen. Er stellt sich vor mich, legt die Hände auf den Lenker und sagt, ich solle die Füße hochheben.

»Und jetzt gerade sitzen«, sagt er. Seine Stimme ist noch immer ruhig und geduldig, seine klaren blauen Augen sind total ausdruckslos. »Dann siehst du, dass das Motorrad ein fast perfektes Gleichgewicht hält.« Jetzt hält er es nur noch mit zwei Fingern, und das macht mich ehrlich gesagt ein bisschen nervös. »Du siehst, dass es die Balance fast von selbst hält?«

Ich nicke, aber nicht einmal mein grenzenloses Vertrauen kann mich daran hindern, die Füße wieder hinzustellen.

»Hoch mit den Füßen«, sagt er. Geduldig.

»Beim langsamen Fahren versuchen wir, das Motorrad aufrecht zu halten, wegen des Gleichgewichts. Wenn wir schneller fahren, wird das Motorrad in den Kurven schräg gelegt, und dann legen wir uns auch schräg. Aber wenn wir langsam fahren, biegen wir ab, indem wir den Lenker bewegen, und dann halten wir das Motorrad gerade.«

Er dreht den Lenker so weit nach links, wie das überhaupt nur geht. Ich erstarre.

»Wenn wir so stark einschlagen, hat das Motorrad wieder fast perfektes Gleichgewicht. Um so enge Kurven machen zu können, müssen wir sehr langsam fahren. Im Schritttempo.«

Das Letzte sagt er ruhig und bestimmt.

Ich sehe den Lenker vor mir an, er ist absurd verdreht, zu fast neunzig Grad, und ich versuche mir vorzustellen, wie es wäre, so stark einzuschlagen, wenn das Motorrad wirklich vorwärtsrollt. Ist es denn überhaupt möglich, vorwärtszufahren, wenn der Lenker so verdreht ist?

»Ich glaube, hier liegt das Missverständnis zwischen uns«, sage ich.

Er hebt die Augenbrauen.

»Ich will nicht so enge Kurven machen. Ich will in alle Ewigkeit geradeaus fahren. Stabil im ersten Gang, dem Sonnenuntergang entgegen.«

Er lacht und schüttelt den Kopf.

»Versuch es noch mal«, sagt er.

Das tue ich. Ich biege ab, der Motor krepiert, und plötzlich liege ich auf allen vieren auf dem Asphalt. Ich bin so dick in Schutzkleidung eingewickelt, dass ich fast schon abpralle, aber es ist trotzdem eine Erniedrigung. Ich komme auf die Beine, und Lukas lehnt meine Hilfe beim Aufrichten der Maschine ab.

»Versuch es noch mal«, sagt er, und: »Die Kupplung langsamer loslassen.« Ich strotze noch immer vor Adrenalin, als ich zwanzig Minuten nach der Fahrstunde wieder an der Kasse stehe. Ich muss die Beine in die Hand nehmen, um zur Mittagshektik zurück zu sein. Klein-Roger hat mir erlaubt, während der Arbeitszeit Unterricht zu nehmen, unter der Voraussetzung, dass ich zu den Hauptstoßzeiten wieder da bin. Das bedeutet natürlich nur, dass er mich während der ruhigen und ziemlich inaktiven Zeiten im Laden nicht zu bezahlen braucht.

Aber das ist es wert. Ich sitze an der Kasse und gehe in Gedanken die Fahrstunde noch einmal durch, während ich die Waren einscanne. Bis plötzlich Anna Maria Mendez vor mir steht.

Sie ist unser höchsteigener Gemeindebonze. Sie hat mit

dreizehn Jahren nach dem Militärputsch unfreiwillig Chile verlassen. Sie sagt das nicht offen, aber ich hatte immer schon den Verdacht, dass sie meint, die Geschichte hätte eine andere Wendung genommen, wenn ihre Eltern sie nicht in dieses Flugzeug gesetzt hätten. Sie hätten nachkommen sollen. Das haben sie aber nicht getan. Auch darüber redet sie nicht.

Sie ist, nach ihren eigenen, oft wiederholten Worten, eine »selfmade woman«. Sie hat mit siebzehn Jahren angefangen, an der Rezeption zu arbeiten, und dann hat sie in der Gemeinde eine kometenhafte Karriere gemacht, vor allem durch ihre Weigerung zu akzeptieren, dass es hier gar keine Karrieremöglichkeiten gab. Sie setzt sich seit Jahrzehnten unermüdlich dafür ein, allerlei staatliche Behörden zu uns zu holen. Sie war vor allem verliebt in die Vorstellung, die Zentralstelle für Studiendarlehen bei uns anzusiedeln. »Hier studiert doch kein Mensch! Hier könnt ihr alle einstellen, ohne das geringste Risiko von Interessenskonflikten oder Bevorzugung!« In einem Interview mit unserer Lokalzeitung hat sie behauptet, dass es »um ein Haar« sogar so weit gekommen wäre.

Sie ist gekleidet, wie sich das ihrer Meinung nach für eine Gemeindedirektorin gehört. Heute trägt sie ein schwarzes Kostüm, eine hellrote Bluse und eine dicke goldene Halskette. Und das ist nur die Kleidung. Sie trägt ihre Haltung als zusätzliches Accessoire.

»Anette!«, sagt sie, als habe sie sich von Herzen danach gesehnt, gerade mich zu treffen. Das macht mich nervös. Ich scanne ihr Mittagessen ein (Thunfischsalat, Mineralwasser, Apfel), während sie sich über die Kasse beugt und sich auf ein langes, vertrauliches Gespräch vorzubereiten scheint. Hinter ihr warten vier andere Kunden, aber niemand greift ein. Wir kennen sie. Hier ist jeder Widerstand zwecklos.

»Wann kommt Emma zurück und übernimmt das Büro für Stadtentwicklung?«

»Ich wusste gar nicht, dass wir so eins haben«, sage ich.

»Im Moment haben wir auch nur Bengt vom Bauamt, aber uns bleiben ja noch ein paar Jahre, ehe Emma den Laden übernimmt.«

»Das macht 67 Kronen«, sage ich in einem verzweifelten Versuch, das Gespräch zu beenden. Die nächste Kundin hat bereits ihre Waren auf das Förderband gelegt. Ich lasse sie zur Kasse durchlaufen, aber Anna Maria hat noch nicht einmal ihre Brieftasche gezückt.

»Ich vermute, du hast gehört, dass wir Leute brauchen, die den Skogahammar-Tag ein bisschen aufpeppen?«

»Äh, nein«, sage ich.

Ich war in den letzten Jahren gar nicht mehr beim Skogahammar-Tag gewesen. Als Emma noch klein war, bin ich immer hingegangen, aber seither ist es zu einer Art Rotary-Event ausgeartet.

»Ich wusste nicht, dass du da persönlich engagiert bist«, sage ich. Es ist nie ein gutes Zeichen, wenn Anna Maria persönlich engagiert ist.

»Irgendwer muss sich doch um diesen Tag kümmern. Im vorigen Jahr war es nur noch peinlich.«

»Ich war nicht da.«

»Da bist du nicht die Einzige.«

Die Kundschaft hinter Anna Maria nickt. Ich vermute, die waren auch alle nicht da.

»Möchtest du eine Tüte?«, frage ich und beuge mich zur Sprechanlage vor. »Noch eine Kasse, bitte, noch eine Kasse«, zische ich verzweifelt. Anna Maria kümmert sich nicht darum.

»Du hast doch sicher früher schon mal ausgeholfen?«

»Nicht direkt«, sage ich. Sicher fünf Jahre lang habe ich die

Tombola beaufsichtigt. Das ist die ganze Breite meiner Erfahrung.

Anna Maria macht ein überraschtes Gesicht. »Das musst du doch getan haben. Ich habe so viel Gutes über dich gehört. Du warst diplomatisch. Alle mochten dich.«

Ich lache. »Da warst du ja wohl jetzt selbst ein bisschen diplomatisch. Ich hätte mir fast drei Todfeindinnen bei den Kulturhex ... bei den Kulturvereinen zugelegt.«

Skogahammar hatte früher einen Kulturverein, ehe sich die drei Damen zerstritten und ihn in einen Literatur-, einen Theater- und einen Kunstverein spalteten. Inzwischen kann man kaum noch eine kulturelle Veranstaltung besuchen, ohne eine Fehde mit den beiden anderen zu riskieren. Ich war mitten in der Schusslinie gelandet, als ich entscheiden musste, was der Hauptgewinn sein sollte – das Buchpaket, das Gemälde oder die Theaterkarten.

»Das habe ich doch gemeint. Keine von ihnen hat eine Fehde mit dir gestartet.«

Was technisch gesehen auch stimmt. Aber schon Monate vor dem Skogahammar-Tag wurde ich mit verblümten Drohungen konfrontiert, wie »ich hatte immer schon eine Schwäche für dich, und da nehme ich es dir nicht übel, wenn du ...«, »Emma war doch immer eine gute Freundin meiner Enkelin, und da will ich diesmal nichts sagen, aber ...«, und »ich vermute, sie haben sich schon mit dir zerstritten. So kleinlich war ich noch nie. Ich begnüge mich damit, dir in aller Freundschaft zu sagen, dass du vielleicht ...«

Anna Maria hebt ihre Handtasche und lehnt sie lässig gegen den Geldwechsler. Dann schaut sie zu der Warteschlange hinüber, die inzwischen auf zehn Personen angewachsen ist. »Du kannst es dir doch zumindest überlegen.«

Ich lächele wider Willen, beeindruckt von ihrer Taktik.

»Braves Mädchen«, sagt Anna Maria und streckt mir die Karte hin, die sie offenbar die ganze Zeit in der Hand gehalten hat. »Wenn du kein Interesse hast, wird Hans auch dieses Jahr wieder alles entscheiden.«

»Hans!«, sagt Pia. Wir sitzen wieder in der Schnapsküche. Nesrin ist auch dabei. Sie hat ihrem Vater gedroht, sich für den Posten der stellvertretenden Teamleiterin zu bewerben, worauf er ihr Ausgehverbot erteilt hat, und wie jede prinzipienfeste Tochter weigert sie sich, zur vorgeschriebenen Zeit zu Hause zu sein.

»Das entscheidet den Fall. Als ob es nicht schon eine ausreichend hirnrissige Idee wäre, sich überhaupt für den Skogahammar-Tag zu engagieren. Und dann sollst du auch noch mit Hans zusammenarbeiten!«

Ich habe keine Ahnung, wer Hans ist, aber Pia offenbar schon. »Er war mit meinem Mann befreundet«, fügt sie als Erklärung hinzu.

»Macht euch keine Sorgen. Ich muss mich auf andere Dinge konzentrieren. Ich will Motorradfahren lernen und dann im Sonnenuntergang verschwinden«, sage ich.

»Motorräder sind jedenfalls cooler als der Skogahammar-Tag«, sagt Nesrin. »Wen hast du als Fahrlehrer?« Sie hat im vorigen Jahr einige Fahrstunden genommen, das Projekt nun aber offenbar auf Eis gelegt.

»Lukas.«

Nesrin hat jetzt etwas Verträumtes im Blick. »Den wollte ich auch, als ich Fahrstunden genommen habe. Das wollten alle aus meiner Klasse.«

Ich blicke sie überrascht an.

»Er sieht toll aus«, sagt sie defensiv. »Und, ich weiß nicht, *nett?*«

Ich halte ihn vor allem für geduldig.

»Ist nett nicht ein Wort, das man für Leute benutzt, die man nicht attraktiv findet?«, fragt Pia. »Seit wann ist ›nette Persönlichkeit‹ ein Kompliment?«

»Auf diese Art ist er gar nicht nett«, sagt Nesrin. »Aber ich habe stattdessen Björn bekommen. Der war auch sehr sympathisch.«

»Wie alt ist er?«, fragt Pia.

»Ich habe ihn nicht gefragt«, sage ich.

»Älter als fünfundzwanzig?«

»Das muss er ja wohl sein«, sage ich. »Er muss schon eine Weile den Führerschein haben, um Fahrstunden für Motorrad geben zu dürfen, und sicher musste er auch Extrakurse dafür machen und ...«

»Über dreißig?«

»Naja ...« Das steht nun gar nicht fest. Und jedenfalls kann er nicht weit über dreißig sein. Er hat einige feine Linien um die Augen, nur Lachfältchen, und sein Körper ist noch immer so selbstverständlich stark und geschmeidig – nichts lässt annehmen, dass er kämpfen muss, um sich den Rettungsring um die Taille vom Leibe zu halten.

Mir geht auf, dass ich über seine Bauchmuskeln nachdenke, und ich räuspere mich und sage so ausdruckslos ich kann: »Vielleicht knapp unter dreißig.«

»Und wie sieht er aus?«

»Ich hatte in den Stunden ein bisschen zu viel zu tun, um an sein Aussehen zu denken«, sage ich würdevoll.

»Augenfarbe?«

»Blau«, antworte ich automatisch, und Pia lacht höhnisch.

»Knackiger Körper?«

»Pia!«

»Unbedingt«, sagt Nesrin fröhlich. »Und er hat ein phantastisches Lächeln.«

Davon habe ich natürlich keine Ahnung. Er hat ja kaum viele Gelegenheiten zum Lächeln, wenn ich auf dem Motorrad sitze.

»Okay«, sagt Pia. »Das hier ist doch perfekt. Egal, ob er nett ist oder nicht, du musst ihn aufreißen.«

»Aber ich kenne ihn doch gar nicht«, protestiere ich.

Ich frage mich, was sie so machen, die vielen Fahrlehrer, wenn sie sich nicht um verwirrte angehende Motorradfahrerinnen kümmern müssen. Ihr Leben muss eine magische Strecke aus kurvenreicher Landstraße, Tempo und Freiheit sein. Ich kann mir Lukas nicht einmal ohne Motorradkluft vorstellen, und ich will das auch gar nicht. Ich will, dass er und die Fahrschule da sind, allzeit bereit, wenn ich Lust auf eine Runde Langsamfahren verspüre. Wie eine Klammer in meinem normalen Leben oder eine Pause darin.

»Was spielt das denn für eine Rolle?«, fragt Pia. »Dann kannst du ihn doch wohl kennenlernen.«

»Hier wird niemand aufgerissen«, sage ich.

»Ich nehme doch an, dass er dich zwischendurch auch mal fährt«, sagt Pia. »Das ist doch perfekt. Dann kannst du ihn beim Fahren angrabbeln.«

Ich verschlucke mich an meinem Bier und huste. »Hier wird gar niemand angegrabbelt«, sage ich, während ich versuche, meine Stimme unter Kontrolle zu bringen. »Ich habe nicht vor, als erste Fahrschülerin der Weltgeschichte wegen sexueller Belästigung ihres Lehrers vor Gericht zu kommen.«

»Als Erste wohl kaum«, sagt Pia.

»Du musst es einfach ein bisschen diskreter angehen«, sagt Nesrin. Sie glaubt aber offenbar nicht so ganz, dass ich mit ihm flirten will. Das ganze Gespräch ist eher wie ein großer Witz, ungefähr wie mein Liebesleben überhaupt. »Stell ihm Fragen. Bring ihn dazu, über sich zu reden.«

»Gute Idee«, sagt Pia. »Frag ihn: Sind alle deine Schülerinnen verliebt in dich?«

Diesmal bin ich vorbereitet und trinke kein Bier, und nur das rettet mich davor, mich wieder zu verschlucken. Aber mir bricht bei dem bloßen Gedanken, so etwas zu sagen, der kalte Schweiß aus.

»Schülerinnen *und* Schüler, kann ich mir vorstellen«, sagt Nesrin.

»Großer Gott, natürlich werde ich so etwas nicht sagen. Dann würde er doch gleich merken, dass ich mit ihm flirten will!«

Pia und Nesrin wechseln einen Blick. »Darum geht es doch gerade«, sagt Nesrin.

»Du kannst ihn jedenfalls benutzen, um das Anbaggern zu üben«, sagt Pia. »Bis zur nächsten Jahrtausendwende kriegst du dann vielleicht sogar mal einen Fick ab.«

Und plötzlich denke ich daran. Aufregende Fahrten um Verteilerkreise, Flirt und Motorräder, Adrenalin, Todesangst, ein sonniger Parkplatz. Nette, entspannte Gespräche mit einem neuen und interessanten Menschen.

Und das sind also offenbar meine Ziele für die nächste Fahrstunde:

Flirten (Pias Vorschlag).

Eine persönliche Frage stellen (Nesrins).

Die Maschine nicht umwerfen (meiner).

10

Erreichte Ziele nach der Lektion:
Ich habe in Erfahrung gebracht, dass er in Skogahammar wohnt.

Zu meiner Verteidigung muss angeführt werden, dass es schwer ist, mit Motorradhelm zu flirten. Der Helm presst meine Wangen gewissermaßen zusammen, bis ich mir vorkomme wie aus diesem Witz entsprungen: »Mama sagt, ich sehe aus wie ein Fleischklops, aber das macht nichts, ich mag Fleischklöpse.« Ich hoffe, dass es von außen nicht zu sehen ist, aber das Gefühl, mit zusammengepressten Wangen durch die Gegend zu laufen, trägt nicht gerade zu einer sexy Ausstrahlung bei. Ganz abgesehen von dem Michelin-Effekt der vielen Schutzkleidung und der knallgelben Weste mit dem Aufdruck »Übungsfahrt«.

Nicht, dass ich vorgehabt hätte, mit meinem Fahrlehrer zu flirten. Nicht ernsthaft. Der arme Mann ist weiß Gott auch so schon gestraft genug.

Aber als er aus der Fahrschule kommt, muss ich ihn mir einfach genauer ansehen, um festzustellen, ob er wirklich so ein phantastisches Lächeln hat, wie Nesrin behauptet. Leider will es sich nicht einstellen, als ich ihn forschend anstarre.

»Wie sieht's aus?«, fragt er, während er den Ständer wegklappt, auf das Motorrad steigt und die Beifahrerfußstützen herunterlässt.

Pia und Nesrin sind schuld daran, dass ich seine Schultern unter der Motorradjacke anstarren muss, plötzlich sehe, dass er schöne Hände hat, und mich ganz allgemein wie eine Idiotin aufführe.

Ich komme mit Mühe hinter ihm auf den Sitz, und dann erstarre ich.

»Alles bestens«, sage ich, aber es kommt ein wenig angestrengt heraus, da ich soeben begriffen habe, dass ich meine Hände auf seine Hüften legen muss. Ich sitze stocksteif so weit von ihm entfernt, wie es nur geht, und das ist noch immer viel zu nah, während meine Hände einen Fingerbreit von ihm entfernt in der Luft verharren.

Tu es einfach, Anette. Es dient doch praktischen Zwecken. Du willst unterwegs nicht herunterfallen, und du wirst ihn nicht angrabbeln, egal, wie stark die Versuchung auch sein mag.

Großer Gott, warum denke ich an Versuchungen? Ich bin durchaus nicht versucht!

Er startet den Motor, schaltet in den ersten Gang, dreht sich halbwegs um und schaut mich über seine Schulter hinweg an, und ich mache mich ganz steif und lege die Hände auf seine Hüften.

Wo sie bleiben, was ich wohl kaum hinzuzufügen brauche.

Für diese Fahrstunde fährt er mit mir zu einer wenig befahrenen geraden Strecke, die parallel zu der Autobahn an der Stadt vorbeiführt, und als wir dort angekommen sind, habe ich glücklicherweise aufgehört, an seinen Körper und an Pias Kommentare zu denken. Bis er sich hinter mich setzt und seine Beine ganz gelassen gegen meine presst.

Wir werden den Umgang mit der Gangschaltung üben.

Auch durch eine dicke Schicht Schutzkleidung bin ich mir seines Körpers hinter meinem nur allzu bewusst. Zum Glück werde ich bald durchs Fahren abgelenkt.

Es ist das erste Mal, dass etwas mir instinktiv leichtfällt. Ich brauche nur geradeaus zu fahren und nie so langsam, dass ich Gefahr laufe, den Motor abzuwürgen. Ich gleite sanft vom zweiten in den dritten und zurück in den zweiten, und als er sagt, ich sollte bei einer Bushaltestelle anhalten, fahre ich an den Straßenrand und lasse die Bremse langsam los, sodass wir ohne den Ruck halten, der sonst zu meiner Bremstechnik dazugehört.

Ich lächele. Ich recke den Rücken. Ich bin ganz, komplett, total unbesiegbar. Ich würde es gern herausschreien, sodass alle mich hören können, aber ich begnüge mich damit, mich umzudrehen und ihn über meine Schulter hinweg anzulächeln.

»Tja«, sagt er und schaut sich um.

Sein »Tja« ist nie ein gutes Zeichen.

»Jetzt stehen wir auf einem Fahrradweg.«

Ich sehe mich ebenfalls um. Und richtig, so ist es. Aus purer Bosheit hat die Busgesellschaft das Schild einen Meter von der Bushaltestelle entfernt aufgestellt, an einem Fuß- und Radweg.

»Aber genau vor dem Schild«, sage ich zu meiner Verteidigung.

»Ja«, stimmt er zu. »Aber dürfen wir hier fahren?«

Ich spiele kurz mit dem Gedanken, mich dumm zu stellen und so zu tun, als glaubte ich, ein Moped zu fahren und deshalb den Radweg benutzen zu dürfen. Aber ich entscheide mich aus zwei Gründen dagegen:

1. Es ist sehr, sehr gut möglich, dass er mir glauben und mich ansehen würde, als hätte nun plötzlich alles eine logische Erklärung gefunden.
2. Es ist ebenso gut möglich, dass er aus purer Verzweiflung so tun würde, als ob er mir glaubt, und mich dann schnell auf Fahrstunden für den Führerschein A 1 um-

schreibt, worauf ich dann den Rest dieses Herbstes in voller Ledermontur auf einem Moped sitzen müsste.

Also sage ich nichts.

»Fahr wieder auf die Straße«, sagt er.

Beim nächsten Mal halte ich bei der Bushaltestelle und nicht auf dem Radweg. Fortschritt.

»So«, sagt Lukas. »Wie schnell bist du heute gefahren?«

»Knapp unter fünfzig Stundenkilometer«, sage ich selbstsicher. »Achtundvierzig, tippe ich mal. Außer natürlich in der Dreißiger-Zone. Da war ich meistens knapp unter dreißig, außer dem einen Mal, wo ich aus Verstehen auf ungefähr zwanzig abgebremst habe.«

»Ja, das stimmt«, sagt er. »Und das mit der Gangschaltung hat richtig gut geklappt. Du machst es ungefähr so, wie es sich gehört.«

»Sag mal, wo wohnst du eigentlich?«, rutscht es mir heraus.

»Äh, in Skogahammar«, sagt er.

Nicht vergessen: nicht wegen sexueller Belästigung oder Stalking vor Gericht landen.

Ich kippe während der ganzen Fahrstunde nicht einmal mit dem Motorrad um. Die ganze Zeit bin ich fest entschlossen, das nicht zu tun.

Nur weil ich genug Schutzkleidung trage, um gewissermaßen vom Boden abzuprallen, heißt das ja nicht, dass man der armen Maschine einfach alles zumuten darf. In dieser Stunde werde ich es schaffen.

Als er mir sagt, ich solle zur Bushaltestelle einbiegen, damit er das letzte Stück zurückfahren kann, lächle ich triumphierend vor mich hin.

Ha!, denke ich.

Er steigt ab. Ich bleibe noch einen Moment sitzen und genieße das Gefühl, alles unkompliziert und witzig zu finden. Er lächelt mich an.

Ich steige vom Motorrad. Ich starre zu Boden.

»Was zum Teuf...«, murmele ich, als ich deprimiert das Motorrad anschaue, das vor uns auf dem Weg liegt.

Nicht vergessen: Den Ständer überprüfen.

»Dann stellen wir es wieder auf«, sagt Lukas. Er streichelt tröstend meine Schulter und fügt großzügig hinzu: »Immerhin hast du diesmal nicht draufgesessen.«

Nach der Stunde stehen wir im Umkleideraum und gehen den Unterricht noch einmal durch, als plötzlich »Wouldn't it be nice« aus den Lautsprechern dröhnt. Erst nach einigen Sekunden geht mir auf, dass das Geräusch aus meiner Handtasche kommt. Ich verfluche Pia, während ich auf der Suche nach meinem Handy die Tasche durchwühle. Irgendwann während des Abends hat sie offenbar meinen Klingelton ausgetauscht. Die ganze Zeit singen die Beach Boys darüber, wie nett es doch wäre, älter zu sein.

»Und, wann ist deine nächste Stunde?«, fragt sie.

Ich lege die Hand um das Telefon, lächele Lukas um Verständnis bittend zu und wende mich so weit von ihm weg, wie ich nur kann. »Ich bin nicht im Laden«, sage ich.

»Du bist jetzt da, was?« Ich kann geradezu hören, wie Pia sich reckt. Ich kann auch das Geräusch einer Zigarette hören, die angezündet wird, und einen Lastwagen, der in den Rückwärtsgang schaltet, also ist sie offenbar im Mat-Extra, wo gerade Waren angeliefert werden.

»Hast du ihn schon angebaggert? Was hast du an?«

»Ich kann die Summen morgen überprüfen«, sage ich.

»Er ist da! Sieht er so gut aus, wie du behauptet hast?«

»Ich habe nie behaupt... ich meine, wir können das morgen bei der Besprechung diskutieren.«

»Sag jedenfalls, dass du daran gedacht hast, Wimperntusche zu nehmen. Und einen Rock anzuziehen. Du brauchst einen Rock. Du hast elegante Beine, du musst sie nur vorzeigen.«

»Dann ist das abgemacht. Bis dann. Wiedersehen.« Ich lege auf. »Entschuldige«, sage ich zu Lukas und halte Ausschau nach Anzeichen dafür, dass er Pias Teil des Gesprächs gehört hat. Denn dann müsste ich mit einem Feuerzeug und einem Kugelschreiber Harakiri begehen, andere Waffen habe ich nicht bei mir. »Das war ein Arbeitsgespräch.«

»Was machst du denn eigentlich?«

»Ich arbeite bei Mat-Extra. Es ging um... eine Lieferung von Bioknäckebrot. Von der ballaststoffreichen Sorte.«

11

Samstagvormittag, fünf vor zehn.

Ich habe die ganze Zeitung gelesen, so lange gefrühstückt, wie es bei zwei Scheiben Knäckebrot mit Tomate, einem gekochten Ei und Kaffee überhaupt nur möglich ist, und jetzt sitze ich in der Küche und überlege, ob dies der Tag sein kann, an dem ich im Kleiderschrank aufräume.

Mich stören mehrere Dinge.

Das eine ist das traumatisierende Erinnerungsbild, wie ich direkt nach dem Frühstück jeden Krümel meines Vollkornknäckebrots gewissenhaft weggewischt und das Brettchen, auf dem ich die Tomate geschnitten hatte, und die Kaffeetasse abgespült habe. Das ist überaus beunruhigend. Ich bin mit einer Mutter aufgewachsen, die immer schon mit Spülen anfing, wenn wir kaum fertiggegessen hatten. Nur höchst widerwillig ließ sie uns überhaupt das Porzellan mit Essen besudeln. Ich habe immer geglaubt, ich sei anders, aber hier stehe ich also mit einer frisch gespülten Kaffeetasse.

Das Zweite ist der Gedanke daran, dass heute ein guter Tag wäre, um den Kleiderschrank auszumisten. Der einzig richtige Tag dafür ist nämlich »morgen«.

Deshalb erfüllt mich ein starkes Gefühl der Erleichterung, als ich die Türklingel dreimal auffordernd bimmeln höre.

Es ist Anna Maria Mendez, die in meinem heruntergekommenen Treppenhaus völlig deplatziert wirkt. Nicht, dass sie sich das anmerken ließe. Sogar im gelblichen Lampenlicht schafft sie es, vor einem Hintergrund aus beigegrauen Wänden, wie sie in gemeindeeigenen Wohnblocks eben üblich sind, kompetent und einflussreich auszusehen.

»Darf ich kurz reinkommen?«, fragt sie, doch inzwischen hat sie schon meine Diele betreten, die Jacke ausgezogen und mir gereicht.

»Woher weißt du, wo ich wohne?«, frage ich und folge ihr in die Küche. Mir fällt ein, dass ich noch immer ihre Jacke in der Hand halte, deshalb muss ich zurück in die Diele gehen und einen Kleiderbügel suchen. Als ich wieder in der Küche stehe, sitzt sie schon auf meinem üblichen Küchenstuhl.

»Ich habe meine Quellen«, sagt sie. »Eniro.«
Sie schaut sich um.

Ich möchte fast um Entschuldigung bitten, weil es zu sauber ist. Sogar das Ablaufgestell neben dem Spülbecken ist leer; ich habe Kaffeetasse und Schneidebrettchen gleich nach dem Spülen abgetrocknet. Danach habe ich das Spülbecken abgewischt. Und den Boden unter dem Abtropfgestell.

»Also«, sagt sie, als eine Tasse Kaffee vor ihr steht. Sie dehnt dieses Wort, bis es wie eine Aufforderung an mich klingt, zur Sache zu kommen, obwohl doch sie unangemeldet in meiner Küche aufgetaucht ist.

Anna Maria trägt Jeans, die bei ihr wie durch ein Wunder geschäftsmäßig aussehen, dunkelblau und glänzend neu. Das ist der einzige Kompromiss, den sie eingeht, weil Samstag ist und sie nicht im Büro sitzt. Ansonsten hat sie eine cremefarbene Seidenbluse und ein strenges schwarzes Jackett an. Ich zupfe an Emmas altem T-Shirt herum, bis es ein wenig glatter fällt.

»Ich brauche wie gesagt jemanden, der mir beim Skogahammar-Tag helfen kann«, sagt sie schließlich.

Ich trinke einen Schluck Kaffee, obwohl ich zum Frühstück gerade erst zwei Tassen getrunken habe.

»Ich weiß nicht, ob du die Richtige dafür bist. Ich habe auch noch andere Angeln ausgeworfen.«

»Ich bin sicher, dass ich dafür nicht die Richtige bin«, sage ich.

Anna Maria redet weiter, als ob sie mich nicht gehört hätte. »Es wird sehr viel Arbeit. Abends und am Wochenende. Ehrlich gesagt bin ich nicht sicher, ob irgendwer das überhaupt schaffen kann.«

Ich setze mich gerade. »Abends und am Wochenende?« Das ist das erste Interessante, was sie gesagt hat.

»Es ist eine wichtige Aufgabe. Wir veranstalten den Skogahammar-Tag schon seit siebenundzwanzig Jahren.«

»Das wusste ich gar nicht«, sage ich höflich.

»Wir brauchen diesen Tag. Die Wirtschaft braucht ihn, die Vereine brauchen ihn, und die Familien brauchen immer einen Zeitvertreib.«

»Emma hat der Tag immer gefallen, als sie noch klein war«, sage ich.

»Genau das meine ich. Kinder können spielen und andere Kinder kennenlernen, und Jugendliche können in der Stadt abhängen, aber unter geordneten Zuständen. Halb überwachte Freiheit. Und für uns Erwachsene ist es ebenfalls wichtig. Die Menschen müssen einander treffen, damit eine Stadt funktionieren kann, vor allem eine Stadt wie diese hier. Das Problem ist, dass es nur noch so wenige Orte gibt, wo das möglich ist, vor allem, die zu treffen, die man nicht ohnehin schon kennt. Wir sitzen zu Hause, wir treffen uns vielleicht mit unseren Freunden, vielleicht trinken wir ab und zu mal irgendwo einen Kaffee, aber das reicht nicht, um Menschen anzulächeln, die wir nicht kennen, oder die Leute am Nebentisch zu grüßen. Aber am Skogahammar-Tag tun wir das. Zumindest haben wir es getan.«

Bei ihr klingt es so, als sei der Skogahammar-Tag die letzte Schanze gegen Kriminalität, Landflucht und Nachbarschaftsstreitigkeiten.

»Es gibt eine Projektgruppe«, sagt sie dann. »Aber es passiert nichts. Wir brauchen jemanden, der die Sache in Gang bringt. Und du hast ja früher schon mitgemacht.«

Ich dachte, wir hätten meinen Mangel an Qualifikationen schon abgehakt, aber mir kommt langsam der Verdacht, dass Anna Maria ein Mensch ist, der hört, was er hören will. Ich habe bei der Tombola geholfen, das war alles, und ich weiß nicht einmal, was eine Projektgruppe überhaupt ist.

Ich habe eine vage Erinnerung, dass wir uns einmal bei einer der Zuständigen getroffen haben, um alles durchzusprechen, aber mein Beitrag bestand vor allem darin, dass ich unter der Abzugshaube in der Küche stand und rauchte. Ich habe keinerlei Erinnerung daran, in irgendeiner »Projektgruppe« gewesen zu sein oder auch nur von einer gehört zu haben.

»Sowie ich von deinen Motorradstunden gehört habe, dachte ich: Die kann Leben in die Bude bringen. Das ist genau das, was wir brauchen. Tempo und frischer Wind.«

»Ich bin bisher erst im dritten Gang gefahren«, gebe ich zu. Aber mir gefällt das Bild von mir als Tempogöttin, deshalb füge ich eilig hinzu: »Aber das Gangschalten schaffe ich ohne Problem. Tempo. Jepp, das bin ich. Mein Fahrlehrer klagt immer darüber, dass ich nicht langsam fahren kann.«

Letzteres stimmt immerhin.

»Im Moment wird die Gruppe von Hans Widén geleitet«, sagt nun Anna Maria. »Er ist so ein Wirtschaftsliberaler. In Opposition geboren. Ich kann ihn natürlich nicht rauswerfen, und sicher hat er seine Qualitäten, aber wir brauchen jemanden, der wirklich etwas *tut*. Du wärst phantastisch.«

»Wirklich?«, frage ich und blinzele.

Ich glaube, ich weiß nicht einmal mehr, wann mich zuletzt jemand als phantastisch bezeichnet hat. Ich schaue mich in der Küche um und finde es plötzlich ganz normal, dass Anna Maria hier vor mir sitzt. Warum auch nicht? Wir könnten vielleicht Freundinnen werden und eine Menge tiefgründige Gespräche über die Zukunft des Skogahammar-Tags führen.

»Wie gesagt, es wird dann viel Arbeit an Abenden und Wochenenden geben.«

Dann hätte ich immerhin etwas zu tun, denke ich. Vielleicht würde das sogar mehr Spaß machen, als im Kleiderschrank aufzuräumen.

»Überleg es dir«, sagt sie und steht auf.

Wie viele Kinder war Emma überaus konservativ. Sie misstraute allen Veränderungen, so unbedeutend sie mir auch vorkamen. Vielleicht ist das ja kein Wunder. Wenn man sein ganzes Leben, alle sieben oder siebeneinhalb Jahre, mit demselben Sofa verbracht hat, wirkt sogar eine solche Veränderung schnell wie eine Bedrohung.

Emma liebte den Skogahammar-Tag, als sie klein war. Sechs Jahre, sieben, acht, neun, zehn – jeden Herbst rannte sie dort herum und durfte sich Süßigkeiten kaufen, auf der Hüpfburg herumturnen, viel mehr Limonade trinken als sonst und so lange aufbleiben, wie sie wollte. (Es war leicht, ihr das zu versprechen, weil sie den ganzen Tag aktiv war und immer früh müde wurde.)

Aber mit zwölf war sie dann allem gegenüber zu einer sehr viel blasierteren Einstellung gelangt, und weder Süßigkeiten noch billige Himbeerbrause boten noch die alte Verlockung. Die Gruppe, die den Skogahammar-Tag organisierte, hatte Probleme bekommen und drohte, es werde keinen Tag mehr geben, wenn nicht weitere Freiwillige mithalfen, und ich sagte das so nebenbei zu Emma.

»Was, kein Skogahammar-Tag?«, fragte sie empört.

Ich war in meiner Naivität total unvorbereitet auf diese Reaktion. »Aber voriges Jahr hast du doch gesagt, dass du in diesem Jahr vielleicht gar nicht mehr hingehen willst?«

»Darum geht es nicht. Wie kann es denn keinen Skogahammar-Tag geben? Es hat immer einen Skogahammar-Tag gegeben. Sonst trinke ich nie Himbeerbrause. Und das Schätze angeln, soll es das denn auch nicht mehr geben? Warum will da niemand mithelfen? Du willst das doch sicher, Mama?«

Also rief ich den Leiter der Gruppe an und bot meine Unterstützung an. Offenbar hatten noch andere Kinder so reagiert wie Emma. Denn es gab genug Freiwillige, fast nur Eltern, und es gab einen Skogahammar-Tag, und Emma konnte Schätze angeln, wie sich das gehörte.

Aber weder sie noch ich waren im vorigen Jahr da gewesen, und inzwischen habe ich den Verdacht, dass sie nicht mehr so richtig entsetzt wäre, wenn der Tag nun verschwände.

Inzwischen ist sie nun doch zu alt zum Schätzeangeln.

12

Nesrin sieht fast noch beeindruckender aus als Anna Maria am Samstag. Sie trägt eine schwarze Anzughose und ein absurd eng tailliertes Sakko mit schwarzem Revers und einer dünnen femininen Fliege, als ob sie zu einer Dressurvorführung in die Arena wollte. Sie wirkt in der Schnapsküche entsetzlich fehl am Platze.

Es ist Montagabend, wir sind hier – abgesehen von der Fliege ist alles wie immer.

»Du bist... aber schick«, sage ich.

»Was hast du denn da an?«, fragt Pia.

»Papa hat wieder über meine Zukunft geredet«, sagt Nesrin.

»Ach?«, frage ich.

»Und?«, fragt Pia.

»Also teste ich die Berufe aus. Heute bin ich Juristin.« Offenbar sehen wir total begriffsstutzig aus, denn sie fügt hinzu: »Vier Jahre Ausbildung und dann vielleicht vierzig Jahre Berufsleben. Das probiert man vorher doch lieber aus.«

»Durch die Kleidung?«, frage ich.

»Das ist eigentlich clever«, gibt Pia widerwillig zu.

»Und wozu neigst du?«, fragte ich.

»Papa hat mehrere Alternativen. Bei den meisten sind vier Jahre Studium vorgeschrieben, und ich werde garantiert niemals ein Leben haben. Juristin, Ärztin. Durch irgendeinen lustigen Zufall bedeuten alle Alternativen mehrere Jahre weg von Skogahammar.«

»Dein Papa ist gescheit«, sagt Pia. »Wenn du nicht jetzt gehst, ist die Sache gelaufen. Oder jedenfalls in einem Jahr«, fügt sie großzügig hinzu, als ihr aufgeht, dass Nesrin ja wohl kaum stehenden Fußes mit einer Ausbildung anfangen kann. »In einer Kleinstadt gibt es zwei Sorten von Menschen. Die, die gehen, und die, die bleiben. Und zu welcher Sorte du gehörst, entscheidet sich sehr früh.«

»Du kannst immer weggehen«, sage ich zu Nesrin.

»Das stimmt einfach nicht«, sagt Pia, und ich bin schon fast auf dem Sprung, mich deshalb mit ihr zu streiten. Nesrin hat das Recht zu gehen, wann immer sie will. Es gibt keinen Grund zu der Annahme, dass sie auf ewig hier festsitzt, wenn sie jetzt nicht geht.

»Kein Problem«, sagt Nesrin. »Es ist ja nicht so, als ob ich vorhätte, für den Rest meines Lebens im Mat-Extra zu jobben.«

Wir schweigen für einen Moment, während Pia und ich über unser Leben nachdenken. Nesrin scheint das kaum zu bemerken.

»Ab und zu bin ich fast neidisch auf Emma«, sagt sie. »Sie weiß, was sie tun will, und sie hat Skogahammar verlassen, um das zu tun.«

Ich fühle mich natürlich geschmeichelt, weil Nesrin auf Emma neidisch ist, und ich bin auch froh, dass Emma diesen Studienplatz bekommen hat, aber zugleich frage ich mich, was Nesrins Vater sich so denkt. Warum versucht er ganz bewusst, seine Tochter zu überreden, dass sie ihn verlässt? Wenn ich ein wenig schlauer gewesen wäre, hätte ich Listen von Dingen aufgestellt, die man in Skogahammar machen kann, sobald Emma zehn geworden war.

»Was ist denn so schlimm daran, sein Leben damit zu verbringen, seinen Chef in den Wahnsinn zu treiben?«, murmelt Pia in dem Moment, in dem ich sage: »Ich spiele mit dem Gedanken, beim Skogahammar-Tag auszuhelfen.«

Pia starrt mich an, ausnahmsweise einmal total sprachlos.

Ich habe schon gegoogelt, was eine Projektgruppe ist. Das habe ich bisher in Erfahrung gebracht: Eine Projektgruppe ist dazu da, die Planung und Durchführung eines Projektes zu erleichtern. Sie soll auch die Ausführung und Nachbereitung des Projektes begleiten. Zu den Aufgaben einer Projektgruppe gehört, bei der Projektplanung mitzuwirken und Grundlagen für die Entscheidungsarbeit zu entwickeln. Sie soll Vorschläge ausarbeiten und die praktische Arbeit erleichtern.

Glasklar. Absolut.

»Beim Skogahammar-Tag auszuhelfen ist eine noch blödere Idee, als Juristin zu werden«, sagt Pia.

»Es ist völlig in Ordnung, Juristin zu werden«, sage ich, ohne das selbst zu glauben. Es gibt doch einen Grund für die vielen Rechtsanwaltswitze.

Und ich registriere, dass Nesrin keinen Widerspruch gegen die Wahnsinnsidee erhebt, beim Skogahammar-Tag auszuhelfen.

»Den Skogahammar-Tag gibt es seit siebenundzwanzig Jahren!«

»Wohl kaum«, sagt Pia. Sie zählt an den Fingern ab. »Höchstens seit elf.«

Ich komme ins Stocken. »Anna Maria hat gesagt, siebenundzwanzig. Aber das ist ja auch egal. Anna Maria hat gesagt, ich wäre eine phantastische Erweiterung der Projektgruppe.«

»Ha!«, sagt Pia. »Haben irgendwelche Worte in der Weltgeschichte je so viel Arbeit verursacht wie ›du kannst das doch so gut…‹? Und Frauen sind dafür besonders empfänglich.

Wir verlieren vor Dankbarkeit sozusagen den Verstand, wenn wir ein bisschen gelobt werden, und erklären uns zu einfach allem bereit.«

»Das ist ein interessantes Projekt«, sage ich.

»Das ist ein hirnrissiges Projekt«, sagt Pia.

Ich erstarre. »Unmöglich, könnte man vielleicht sagen?«, frage ich.

»Aber klar doch.«

Und da ist sie wieder – die Sehnsucht nach Chaos und Wahnwitz und der Möglichkeit, die Muskeln anzuspannen. Nicht zum Putzen zu kommen. Pia redet im Hintergrund darüber, dass ich cool sein, meine Maschine fahren und mich nicht mit solch spießigen Kram wie dem Skogahammar-Tag befassen soll, aber ich höre kaum zu.

In der Zeit, die Pia für ihren Monolog braucht, fasse ich zwei Entschlüsse: Ich werde so viele Motorradfahrstunden nehmen, wie ich nur kann, und ich werde anbieten, beim Skogahammar-Tag auszuhelfen.

Bisher habe ich mich einfach gleiten lassen und versucht, meine Zeit so gut zu verbringen, wie ich nur konnte, ich habe die Fahrstunden nicht abgesagt, aber ich habe nie weiter gedacht als bis zur nächsten. Jetzt stelle ich mir Wochen des Langsamfahrens und der Projektbesprechungen vor. Das müsste meinen Herbst füllen. Das *muss* es einfach.

Ich gehe sogar so weit, mir vorzustellen, wie es wäre, wirklich den Führerschein zu machen. Nicht jetzt im Herbst natürlich, ich kenne meine Begrenzungen. Aber zum nächsten Skogahammar-Tag komme ich vielleicht mit dem Motorrad zu den Treffen der Projektgruppe. Gleite herein in Motorradjacke, den Helm unter dem Arm. Jetzt wollen wir verdammt nochmal Beschlussgrundlage und Nachbereitung in Angriff nehmen, sage ich dann zu einem Raum voller beeindruckter Menschen, die nicht Motorrad fahren können.

Ich hole mein Handy heraus, ehe ich mir die Sache anders überlegen kann. »Ich mach es«, sage ich, als Anna Maria sich meldet.

»Die Projektgruppe trifft sich morgen«, sagt sie, und damit ist die Sache irgendwie entschieden.

Ich lege auf und wende mich wieder Pia und Nesrin zu.
»Anna Maria findet mich taff«, sage ich. »Taff und temporeich.«
»Im Vergleich wozu?«, fragt Pia.
»Das ... weiß ich nicht. Ich habe die restliche Projektgruppe noch nicht kennengelernt.«

Wir treffen uns in den Räumen des Roten Kreuzes. Den meisten Platz im Besprechungszimmer nimmt ein gewaltiger Konferenztisch ein. Darauf stehen zwei abgenutzte Thermoskannen, die irgendwann einmal weiß gewesen sein müssen; die eine ist mit schwarzem Filzstift mit der Aufschrift »Tee« versehen und enthält Kaffee, wie sich herausstellt.

Wir sind zu fünft und stehen erst einmal an der Wand herum. Die Einzige, die ich kenne, ist Ann-Britt vom Roten Kreuz. Sie ist so nett zu mir, dass ich davon überzeugt bin, total verloren auszusehen. Und dabei trage ich doch mein einziges Jackett und meine ordentlichsten Jeans.

Ich bin noch immer erfüllt von einem neuen Gefühl von Entschlossenheit und Zielstrebigkeit, habe aber auch ein kleines bisschen furchtbare Angst. Irgendwo hinter meinem Enthusiasmus ahne ich Herzklopfen und schweißnasse Hände. Ein Teil von mir weiß schon, dass Anna Maria und die Projektgruppe bald begreifen werden, dass ich keine Ahnung davon habe, wie man einen Tag plant. Ich weiß nicht einmal, was dazu nötig ist.

Ich werde entlarvt werden, und danach werde ich aus einem Job gefeuert werden, den ich total gratis ausführe.

Um Punkt 19 Uhr lässt sich Hans Widén in den Sessel des Vorsitzenden sinken. Der ist größer und höher als die anderen und steht an der Querseite des gewaltigen Konferenztisches.

Hans scheint die Lage gebührend ernst zu nehmen: Anzug, gerader Rücken, kleines schwarzes Notizbuch und teurer Füllfederhalter. Wir anderen nehmen uns jeweils einen Gratiskuli des Roten Kreuzes und setzen uns um den Tisch.

Erst jetzt geht mir auf, dass wir nicht mehr werden. Ich habe nicht die Möglichkeit, mich ganz hinten zu verstecken und den Mund zu halten.

Verdammt noch mal, denke ich.

Das war mein einziger Plan.

Da ich neu bin, fangen wir mit einer Vorstellungsrunde an. Hans beginnt natürlich.

»In meiner Zeit als Entwicklungschef bei PC Consulting«, sagt er, »habe ich zu der Einführung von *Lean* beigetragen. Das ist etwas, von dem wir hier lernen können. Es geht ganz einfach darum, alle Faktoren in einem Produktionsprozess zu identifizieren und zu eliminieren, die für den Endkunden keinen Wert schaffen.«

Ich schlage eine neue Seite in meinem Notizblock auf und notiere »Endkunde«.

»Wir müssen einen kontinuierlichen Prozessfluss schaffen, um die Probleme an die Oberfläche zu schwemmen. Wir müssen Verschwendung eliminieren und alles tilgen, was kein Wertwachstum erzeugt.«

Ich schiele in die Runde, weil ich wissen will, ob sonst irgendwer begreift, wovon Hans hier redet. Das ist schwer zu sagen. Die meisten sehen ungeheuer gelangweilt aus.

Hinter Hans und seinem Chefsessel steht eine weiße Tafel auf Rädern, und daneben ist eine Frau postiert, die ich für seine Gattin halte. Sie ist offenbar die feste Sekretärin der Gruppe. Sie hat ganz oben »Skogahammar-Tag« geschrieben, in altmodischen verschlungenen Buchstaben. Darunter ist es leer, bis auf die rechte untere Ecke. Dort steht: »Bitte stehenlassen.«

Sie hebt die Hand und sagt ihren Namen, als Hans eine Atempause einlegt, und auf diese Weise geht die Vorstellungsrunde weiter. Leider bekomme ich ihren Namen nicht mit.

Die Nächste ist Barbro Lindahl. Ihren Namen kann ich verstehen und in meinem Block notieren. Bisher habe ich geschrieben: Projektgruppentreffen. Endkunde. Oberfläche. Barbro Lindahl. Jetzt füge ich Notruf für vergewaltigte Frauen und Friedensbewegung hinzu, denn dort ist sie aktiv, wie sie erzählt. Sie ist gegen Gewalt in allen Bereichen und hat ein umfassendes Kontaktnetz innerhalb der Lokalpolitik erarbeitet. Oder, wie sie sich ausdrückt, sie hat sich mit allen zerstritten.

Ann-Britt kenne ich ja schon. Seit dreißig Jahren Vorsitzende beim örtlichen Roten Kreuz.

Dann bin ich an der Reihe.

»Ich heiße Anette«, sage ich, und dann verstumme ich. Ich habe sonst nichts zu sagen. »Ich ... ich arbeite bei Mat-Extra.«

Und damit ende ich.

Ann-Britt gibt sich alle Mühe, um mich in die Gruppe einzubeziehen. »Bei unserem letzten Treffen haben wir darüber diskutiert, ob wir uns eine Website zulegen sollten«, erzählt sie. »Aber ich glaube ... ich weiß nicht, ob wir da zu einem Entschluss gekommen sind.« Sie schaut Hans nervös an und scheint um Bestätigung zu bitten.

»Um unsere Sichtbarkeit zu steigern und für die Wirtschaft interessanter zu werden«, sagt Hans.

»Hast du irgendeine Ahnung von Websites?«, fragt Barbro.
»Nein«, gebe ich zu.
Dann ist es wieder still.

Mir gegenüber hängt ein gerahmtes Bild, das einen Mann mit beeindruckendem Schnurrbart und ernster Miene zeigt. Daneben ein Plakat mit dem Text: *Humanität – menschliches Leiden verringern und verhindern.*

Ein idiotischer Text für einen Besprechungsraum, denke ich. Die Luft war schon anfangs stickig, und nach nur einer Viertelstunde hat sich auf meiner Haut ein klebriges Gefühl breitgemacht.

Ann-Britt möchte wissen, ob ich irgendwelche Fragen habe.

»Jaaa…«, sage ich vage. Vor allem frage ich mich, was wir hier machen und was eigentlich unsere Aufgabe ist, aber das kommt mir vor wie eine reichlich dumme Frage. Ich müsste doch wissen, was bisher passiert ist, wenn ich bei dieser Projektgruppe mitmachen soll. Aber Anna Maria hat mir keinerlei Information zukommen lassen, abgesehen von Hans' Telefonnummer und dem Zeitpunkt dieses Projektgruppentreffens. Also frage ich wenigstens, wie die Pläne für den Skogahammar-Tag aussehen.

Offenbar war das die total falsche Frage.

»Das Problem mit diesem Tag«, sagt Hans, »ist, dass es niemals eine deutliche Vision gegeben hat oder irgendwelche messbaren Ziele. Als ich Entwicklungschef war, war ich verantwortlich für den Prozess, in den die interne Strategiearbeit der Abteilung eingebunden war.«

Ich notiere Ziel! und Strategie!.

»Wir brauchen ganz einfach ein System zur Begleitung und Kontrolle, um unsere Effektivität zu steigern.«

Ich notiere Begleitung. Außer mir schreibt niemand etwas auf.

»Wer gehört sonst noch zur Projektgruppe?«, frage ich.

»Sonst noch?«, fragt Ann-Britt.

»Niemand hier in diesem Ort will sich engagieren«, sagt Hans, und ich bekomme sofort ein schlechtes Gewissen, weil ich bisher nie etwas beigetragen habe.

»Wie sieht es mit der Tombola aus?«, frage ich.

»Voriges Jahr hatten wir keine«, sagt Hans.

»Und Tanz?«

»Es gibt wichtigere Teile des Skogahammar-Tags als Tanz und Verlosung«, sagt Hans energisch.

»Aber ...«, sage ich. »Gibt es die wirklich?«

Ich sehe mich um. Barbros Gesicht ist total ausdruckslos, aber ob das daran liegt, dass ich dummes Zeug rede, oder daran, dass sie sich aus diesem Treffen bereits ausgeklinkt hat, weiß ich nicht. Ann-Britt sieht jedenfalls interessiert aus, als Tanz und Tombola erwähnt werden. Und auch ein wenig sehnsüchtig.

»Ich dachte, gerade die machen den Skogahammar-Tag aus«, sage ich. »Geschenkkörbe mit einer Flasche Wein und einer Ananas und jeder Menge Zellophan, gestickte Bilder, ein paar alte Bücher, und trotzdem ist es spannend zu sehen, ob man gewonnen hat. Hat man aber nie.«

»Ich habe einmal eine Flasche Olivenöl gewonnen«, sagt Ann-Britt eifrig.

Jetzt bin ich wirklich in Fahrt. »Und der Tanz. Es muss Musik geben. Erwachsene, die so tun, als könnten sie Foxtrott, und welche, die einfach Boogie tanzen, egal, welches Lied gerade gespielt wird, und Kinder, die am Rand herumhopsen und sich über die Musik lustig machen.«

»Ich halte Informationen über unsere Firmen für ein wenig wichtiger als Boogie«, sagt Hans. Ann-Britt sieht enttäuscht aus.

Damit sind meine Beiträge zu diesem Treffen beendet. Mir fällt einfach nicht ein, was ich noch sagen könnte, und ich habe das Gefühl, dass es den anderen genauso geht.

Das hindert sie nicht daran weiterzureden.

Ich schaue verstohlen auf die Uhr. Bisher ist eine Dreiviertelstunde vergangen, und ich sehne mich schon nach einer Zigarette. Ich höre nicht mehr zu, wenn Hans redet. Stattdessen schreibe ich »ich will tooooot sein« auf meinen Notizblock, und dann hole ich heimlich mein Handy heraus und schreibe eine SMS an Pia: »Erschieß mich.«

Ihre Antwort kommt schon nach wenigen Sekunden, mit einem diskreten Vibrieren, das ganz bestimmt alle hören können: »Nicht, wenn ich für diese aktive Sterbehilfe ein Vereinstreffen besuchen muss.«

Als Hans endlich beschließt, dass wir fertig sind, sind zwei Stunden ohne Pause vergangen, vielleicht die längsten beiden Stunden meines Lebens.

Ich stürze hinaus und zünde mir als Erstes voller Verzweiflung eine Zigarette an, ohne mich von den anderen auch nur zu verabschieden.

Was mache ich hier bloß?, frage ich mich. Ich habe hier nichts verloren. Ich hole mein Telefon heraus, um Pia anzurufen, aber ehe ich auf ihre Nummer drücken kann, höre ich hinter mir vorsichtige Schritte.

Ich ziehe energisch an der Zigarette, ringe mir ein Lächeln ab und drehe mich um. Hinter mir steht Ann-Britt.

Mein Lächeln erstarrt, aber ich kann doch irgendeinen Rest behalten. Das verzehrt all meine Energie. Bei der bloßen Vorstellung, höflich sein zu müssen, bin ich schon erschöpft.

»Ich wollte nur sagen, wie sehr ich mich darüber freue, dass du bei der Projektgruppe mitmachst«, sagt Ann-Britt.

Sie schaut sich um, als hätte sie Angst, belauscht zu werden.

»Es wird so viel *netter* werden, wenn du dabei bist. Und wir brauchen wirklich mehr Leute.«

»Wie schön«, sage ich. »Leider muss ich jetzt los. Tja. Aber wir sehen uns ja sicher wieder.«

»Wir gehen doch in dieselbe Richtung?«, fragt Ann-Britt.

»Ich ... ich muss woanders hin«, sage ich, und sofort überkommt mich mein schlechtes Gewissen, weil ich so ein schrecklicher Mensch bin.

Dann ergreife ich einfach die Flucht.

»Ich kann nichts«, sage ich zu Pia. Ich rufe sie an, sowie ich außer Hörweite von Ann-Britt bin.

»Ich weiß nicht einmal, was Zielerfüllung ist. Ich habe bei der Besprechung versucht, das mit meinem Telefon zu googeln, aber das hat mich nur noch mehr verwirrt. Ich werde Anna Maria anrufen und zugeben müssen, dass ich eine Idiotin bin.«

Ich gehe rasch weiter und nehme tiefe, fast manische Züge aus meiner Zigarette.

»Warum nicht? Dann hättest du deine Ruhe vor dem ganzen Kram«, sagt Pia.

»Ich brauche etwas zu tun«, erinnere ich sie. »Und ich will keine Idiotin sein. Vielleicht finde ich irgendeinen Fernkurs? Oder ein Buch. Dann kapiere ich vielleicht wenigstens, was eine Projektgruppe ist. Ich habe richtig Angst davor, was passiert, wenn mich jemand um eine Entscheidungsgrundlage bittet.«

»Entscheidungsgrundlage? Ich dachte, ihr solltet diesen blöden Skogahammar-Tag organisieren.«

»Offenbar erarbeitet eine Projektgruppe Entscheidungsgrundlagen. Das habe ich im Internet gelesen.«

»Anette, ich glaube, du hast hier das Entscheidende übersehen.«

»Was ist denn das Entscheidende?«

»Ich halte es noch immer für hirnverbrannt, dass du beim Skogahammar-Tag mitmachen willst, aber wenn schon, dann will Anna Maria ja wohl kaum Entscheidungsgrundlagen haben. Warum hätte sie dich denn sonst gefragt?«

»Weil sie nicht weiß, dass ich eine Idiotin bin.«

Ich drücke die Zigarette aus und stecke mir sofort eine neue an.

»Weil sie etwas anderes will. Was hat sie noch gesagt, was du gut kannst?«

»Motorradfahren. Aber a) kann ich nicht mal im Schritt fahren, und b) auch wenn ich das könnte, hätte ich keinerlei Verwendung dafür, wenn Hans sich über Kontrolle und Begleitung auslässt.«

»Der Trick ist nicht, deine Schwächen auszugleichen, sondern auf deine Stärken zu setzen. Und Motorradfahren gehört nicht dazu, da stimme ich dir zu. Was hat Anna Maria sonst noch gesagt?«

»Dass ich diplomatisch bin und dass andere mich mögen.«

»Gott, und das nennt sie ein Kompliment? Diplomatie – die Kunst, langweilig genug zu sein, um niemanden vor den Kopf zu stoßen.«

»Danke. Echt. Du bist mir hier eine echte Hilfe.«

»Andere mögen dich also. Dann hol dir welche, die mithelfen können, statt rumzusitzen und das Gefühl zu haben, du müsstest alles selbst können.«

Ich erstarre. Wortwörtlich, so dass die ältere Frau hinter mir fast mit mir zusammengestoßen wäre. Ich trete zur Seite und lächele verlegen. »Wir sind nur zu fünft in der Projektgruppe. Wir müssten viel mehr sein.«

»Klar doch. Dann holt irgendwelche Vereine oder sowas dazu.«

»Pia, du bist ein Genie!«

»Das ist wirklich ein Kompliment. Diplomatisch. Ja, vielen Dank. Wenn du mich jemals so nennst, sind wir geschiedene Leute.«

»Pia«, sage ich. »Ich glaube, da besteht nicht die geringste Gefahr.«

13

Zehn Minuten bevor die Stunde beginnt, bin ich umgezogen und stehe bereit. Ich lächele leider auch dämlich. Das Projektgruppentreffen ist vielleicht nicht ganz nach Plan gelaufen, aber die Fahrstunde wird phantastisch, das spüre ich.

»Wie geht's?«, fragt Lukas, als er aus der Fahrschule kommt.

»Phantastisch«, sage ich. »Und selbst?«

»Vielleicht ein bisschen schade, dass das Wetter so ist?«

Erst jetzt merke ich, dass es angefangen hat zu regnen. Ich dämpfe mein Lächeln auf ein gesellschaftlich akzeptableres Niveau.

Er zieht sich einen knallgelben Regenanzug über, und ich finde absolut nicht, dass er selbst darin noch hinreißend aussieht. Ich lehne das Angebot ab, einen solchen Anzug auszuleihen. Ich flirte vielleicht nicht mit ihm, aber ich habe doch meinen Stolz.

»Ich habe beschlossen, den Motorradführerschein zu machen«, sage ich, als ich hinter ihm auf die Maschine gestiegen bin. Ich merke, wie er erstarrt.

»In diesem Herbst?«, fragt er ein wenig angespannt.

»Nein, nein«, sage ich. »Irgendwann mal.«

Dazu will er sich offenbar nicht äußern. Vermutlich kommt dieses Bekenntnis für ihn überraschender als für mich; es würde mich wundern, wenn die meisten, die Fahrstunden nehmen, auch vorhaben, den Führerschein zu machen. Aber es ist ein revolutionierender Gedanke, und auf dem Weg zum

Parkplatz werde ich hinter ihm ganz locker und genieße den Tag.

Nachdem ich mich mit meiner ewigen Nemesis, dem Schrittfahren, aufgewärmt habe, darf ich sogar im Verkehr fahren. So richtig, nicht nur auf der Nebenstraße, wo ich den Umgang mit der Gangschaltung geübt habe.

Ich fahre geradeaus über Kreuzungen, halte in letzter Sekunde vor einer roten Ampel, lese Verkehrsschilder und bin fasziniert. Wir folgen einer Route, bei der es kein Linksabbiegen gibt, und deshalb bilde ich mir sogar ein, ich könnte fahren. Jedenfalls solange ich kaum abbiegen oder den Blinker betätigen muss.

Die Straße verläuft parallel zur Autobahn, und am Ende kommen wir zum Kreisverkehr am Stadtrand. Den gibt es seit mindestens zwanzig Jahren, aber ich bin trotzdem überrascht, als er plötzlich auftaucht. Trotz des pädagogischen Warnschildes fahre ich viel zu schnell und sehe ein, dass das keine gute Idee war.

»Langsamer«, sagt Lukas nur. »Bremsen. Die Bremse loslassen. Abbiegen.«

Wir können auf wundersame Weise dem Blumenbeet am Rande des Kreisverkehrs ausweichen.

»Es kann sich lohnen, vor einem Kreisverkehr ein wenig langsamer zu werden«, sagt er.

Ich präge mir das ein. Langsamer vor Kreisverkehr.

Als wir auf einem Parkplatz halten, um die Stunde noch einmal durchzugehen, kann ich mir ein albernes Lächeln nicht verkneifen.

»Was ist das für ein Gefühl?«

»Phantastisch.«

»Wie... schön.« Er steigt vom Motorrad und schüttelt ein wenig den Kopf, um das Wasser loszuwerden, das unter sein Visier geraten ist.

»Ist es nicht verrückt, dass man jemanden wie mich auf den Verkehr loslassen kann?«

Er sieht aus, als ob er mir zustimmt, und bereut, es getan zu haben.

»Ist es nicht seltsam, und, ja, ein Wunder, dass wir es geschafft haben, etwas so Phantastisches zu entwickeln wie das Verkehrssystem?«

»Das Verkehrssystem?« Seine Stimme ist total ausdruckslos.

»Ja«, sage ich. Ich habe ausgiebig darüber nachgedacht, seit mir plötzlich alles bewusst geworden ist, was mit Straßen und Fahren zu tun hat.

»Wie viele Autos gibt es denn wohl? Ich nehme doch an, mindestens einige Millionen. Sie werden gefahren von gewöhnlichen Menschen, die gestresst sind, müde, wütend, deprimiert oder frisch verliebt. Und diese Menschen lassen wir mit neunzig Stundenkilometern in einigen Tonnen Blech durch die Gegend jagen. Wir gründen das System darauf, dass wir uns darauf verlassen, das, was wir vorhaben, vermitteln zu können, ohne auch nur miteinander zu reden. Wie beim Wechseln der Fahrspur.«

»Der Fahrspur?«

»Der Fahrspur. Ich blinke, und irgendwie gehe ich davon aus, dass der Typ hinter mir verlangsamt und mich vor sich einbiegen lässt. Oder das Übungsfahren. Pure Anfänger gurken da draußen durch die Landschaft und verlassen sich total darauf, dass wildfremde Menschen Nachsicht zeigen und für sie in die Bresche springen! Und sie tun es! Ich übersehe rote Ampeln, Verteilerkreise und Ausfahrten und blinke wie besessen in alle Richtungen, würge an unpassenden Stellen den Motor ab und hab doch noch keinen einzigen Menschen umgebracht.«

»Wir versuchen aber, keine rote Ampel zu übersel.
Ich glaube, er begreift nicht, worauf ich hinauswill.
»Wir würden uns sonst niemals auf fremde Menschen lassen«, sage ich. »Aber wenn es um Dinge gehe, die mit neunzig Stundenkilometern dahinsausen, gehen wir irgendwie davon aus, dass wir das können.«

»Es wird noch eine ganze Weile dauern, ehe ich dich auf die Autobahn lasse.«

»Besser, ich lerne zuerst, mit fünfzig Stundenkilometern zu fahren«, sage ich zustimmend.

»Und wenn uns der Typ hinter uns reingefahren wäre, wäre auch er zu Schaden gekommen. Also ist es wohl vor allem eine Frage des Selbsterhaltungstriebs?«

»Wir fahren Motorrad. Möglicherweise wäre der Lack zerkratzt worden. Und würdest du dich in anderen Situationen darauf verlassen, dass der Selbsterhaltungstrieb stark genug ist?«

»Nein«, gibt er zu.

Er macht ein Gesicht, als wünschte er, nicht daran gedacht zu haben.

»Ist das nicht ein Beweis dafür, wie phantastisch die Menschheit ist? Dass es nicht viel mehr Unfälle gibt?«

Er lacht und hebt die Hände, wie um seine Niederlage einzugestehen. Ich nicke. Wir betrachten die leere Straße vor uns nun unter freundschaftlichem Schweigen. Also, das Schweigen ist jedenfalls meinerseits freundschaftlich. Es kann sein, dass er die Straße vor allem mit Erleichterung betrachtet.

Erst, als wir wieder bei der Fahrschule vorfahren, merke ich, dass mein linker Stiefel voller Wasser ist.

Es platscht, als ich zum Umkleideraum gehe. Schritt-platsch-Schritt-platsch macht es beim Laufen. Meine Haare sind nass und kleben an meiner Kopfhaut. Das Wasser ist bis zur Unterwäsche durchgesickert, und meine Oberschenkel sind vor Kälte gefühllos.

Aber das ist mir egal.

»Danke!«, sage ich enthusiastisch.

Er deutet ein Nicken an und flieht in den Pausenraum.

14

Donnerstagabends ist es in der Schnapsküche richtig voll, deshalb sitzen Pia und ich eingezwängt in einer Ecke und versuchen, Blickkontakt mit Bekannten zu vermeiden. Allein von hier aus kann ich schon zwei alte Klassenkameraden sehen.

An den vergangenen Tagen habe ich mit jedem Laden am Centrumväg gesprochen. Bisher habe ich drei entschiedene Ablehnungen, zwei »wir müssen uns das noch mal überlegen« und fünf »da musst du mit meinem Chef reden«, der aber niemals im Haus zu sein scheint.

»Anette, du hörst nicht zu!«, sagt Pia.

»Nein«, gebe ich zu.

»Ich habe gerade einen grandiosen Witz über Groß-Roger gemacht.«

»Wie ungewöhnlich.« Ich seufze, massiere meine Schläfen und zwinge mich zu sagen: »Dann sag es noch mal.«

»Wenn es nicht passt, ist es auch egal.«

Nesrin lenkt uns ab, da sie im Blaumann auftaucht. »Tierärztin«, sagt sie kurz.

»Was ist das für ein Gefühl?«, frage ich.

»Sehr bequem. Viele Taschen. Das könnte gehen.«

»Ich glaube nicht, dass Tierärztinnen im Blaumann arbeiten«, sage ich skeptisch.

»Es kam mir so ländlich vor. Pferde entbinden und so.«

»Und du kannst gleichzeitig ausprobieren, wie es ist, Schreinerin zu sein«, sagt Pia.

Dann stürzen sie sich in einen genüsslichen Streit über die letzte Folge von »Schweden sucht den Superstar«. Ich selbst bekomme jetzt endgültig Kopfschmerzen.

»Warum will niemand mithelfen?«, falle ich ihnen ins Wort und achte nicht darauf, dass ich mich genauso anhöre wie Hans.

»Weil es todlangweilig ist«, sagt Pia. »Mithelfen sowieso, und dann auch der Skogahammar-Tag an sich. Lass mich beweisen, dass ich recht habe.«

Sie schaut sich um und nimmt Gunnar ins Visier. Gunnar sitzt bei den Spielautomaten. Das tut Gunnar immer, wenn er nicht bei Eva arbeitet.

Er ist Evas Sohn, und im Alltag ist er für alle Blumenkästen im Ortskern verantwortlich. Vielleicht wird er von der Gemeinde für diese Arbeit bezahlt, vielleicht begnügt er sich mit dem gedrosselten Pick-up, den Anna Maria ihm besorgt hat, als er mit dieser Arbeit anfing.

Er hat in diesem Leben schon einige Prüfungen ertragen müssen, nicht zuletzt die Tatsache, dass er Gunnar getauft worden ist. Das ist ja eigentlich kein Name, den jemand unter vierzig haben dürfte. Eine andere Prüfung: Seine Mutter hat »Evas Blumen« auf die eine Seite seines Pick-ups geschrieben. Er hat versucht, den Schriftzug zu übermalen, aber so große Mühe er sich auch gibt, die lila Farbe und die verschlungenen Blumen scheinen immer wieder durch.

Sein Vater war natürlich eine noch ärgere Prüfung, aber zum Glück ist der Mann längst aus dem Spiel ausgeschieden.

Gunnar zuckt schuldbewusst zusammen, als Pia ihn anspricht, als würde er sofort davon ausgehen, einen Fehler begangen zu haben. Vermutlich liegt auch das an seinem Vater.

»Gehst du zum Skogahammar-Tag?«, fragt Pia. »Anette hilft bei der Organisation.«

Gunnar lugt zweifelnd aus der Kapuze seines grauen Pullovers hervor. »Warum denn?«, fragt er.

»Nur so«, sagt Pia.

»Ich brauchte eine Herausforderung«, murmele ich.

»Verdammt wahrscheinlich, dass ich da hingehe. Ich hab was Besseres zu tun«, erklärt Gunnar. Er sieht Nesrin und strahlt. »Hallo, Nesrin. Coole Klamotten.«

Gunnar ist sicher zehn Jahre älter als Nesrin, aber er hing noch immer bei der Schule herum, als sie dort war. Das klingt suspekt, aber es lag vor allem daran, dass er nirgendwo sonst herumhängen konnte. Nach neun Jahren Grundschule ist man daran gewöhnt, sich dort aufzuhalten. Vermutlich waren die letzten Jahre in der Schule die besten in seinem Leben, abgesehen von der Zeit, die er im Unterricht verbringen musste.

»Und du, Nesrin?«, frage ich.

»Was denn?«

»Gehst du hin?«

»Bist du verrückt? Ich hab doch ein Leben. Mein Papa findet es sicher auch blödsinnig.«

»Was habe ich gesagt?«, fragt Pia. »Kein Mensch geht zum Skogahammar-Tag, warum sollte man also helfen, den zu organisieren?«

Ich schlage die Hände vors Gesicht. »Ich spinne *wirklich*.«

Niemand lässt sich zu einem Kommentar herab. Pia und Nesrin streiten sich weiter über die Superstar-Sendung und Gunnar, ja, der spielt weiter.

Mein Telefon klingelt, und ich denke *Fußballclub*.

»Spreche ich mit Anette?«

»Ja!«

»Hier ist Hans Widén.«

Natürlich.

Hans und die anderen fanden meinen Vorschlag gut, noch

ein paar andere mit ins Boot zu holen, aber nur unter der Voraussetzung, dass sie sich nicht selbst darum kümmern mussten.

»Welche hast du schon dazu gewonnen?«, fragt er.

»Ich... ich arbeite daran. Ich habe einige Interessenten.« Ich schaue verzweifelt zu Pia hinüber, als würde ich erwarten, dass sie etwas unternimmt.

Das tut sie auch. Sie lacht.

»Aha, verstehe«, sagt Hans. »Ich habe immerhin jemanden.«

Was? Wie kann er das geschafft haben, während ich mir alle Beine ausreiße und doch nur »ich denke mal darüber nach« bekomme.

»Wen denn?«, frage ich misstrauisch. Ich hoffe, es ist niemand vom Fußball.

Die Sache ist offenbar zu einer Prestigeangelegenheit geworden; ich bin wild entschlossen, mehr und größere Vereine dazuzuholen als Hans. Und wenn er den Fußballclub überredet hat, dann werde ich seinen Kaffee vergiften.

»Eva Hansson«, sagt er. »*Evas Blumen*?«

»Wie... nett.«

Es spielt keine Rolle. Wenn ich schon Gift besorge, kann ich auch in ihre Kaffeetassen eine Prise streuen. Oder in die ganze Thermoskanne, um auch mich von meinen Leiden zu erlösen.

Pia lacht Tränen, als ich ihr den Anruf schildere. »Eva hasst dich«, sagt sie glücklich.

»Hasst ist wohl etwas übertrieben«, protestiere ich. Ich schiele zu Gunnar hinüber, aber er hat wieder seine Kopfhörer aufgesetzt und hört daher nichts.

»Dann eben verachtet«, sagt Pia.

Eva ist nicht mein einziges Problem. Pia hat mir schon einigen Stoff zum Nachdenken gegeben. Es reicht nicht, Leute in die Projektgruppe zu holen.

Wir müssen auch Leute zum Skogahammar-Tag holen.

15

Unsere Lokalzeitung heißt *Skogahammar Neueste Nachrichten*, erscheint vier Tage pro Woche und enthält sehr wenig Neues. Ab und zu berichten sie sogar, dass während des Wochenendes niemand zu Schaden gekommen ist. Das ist an sich ja auch immer eine Neuigkeit.

Schon am nächsten Tag rufe ich an und überrede sie, eine längere Reportage über die Vorbereitungen zum Skogahammar-Tag zu schreiben. Eine gleichgültige Lokalreporterin geht sofort darauf ein.

Das ist eigentlich kein Wunder. Die Kulturseiten der Zeitung folgen einem ungeschriebenen Gesetz, nur positiv über das zu berichten, was in der Stadt passiert. Es passiert auch zu wenig, als dass sie kritisch sein könnten. Wenn ich an ihre sonstigen Berichte denke, gilt dieses Gesetz vielleicht auch für die Politik. Und es passiert definitiv zu wenig, als dass sie gratis gelieferte Neuigkeiten ablehnen könnten.

»Wir können am Montag vorbeikommen«, sagt sie.

»Und wann bringt ihr dann den Artikel?«, frage ich. »Wir hätten ihn gern so bald wie möglich.«

»Wir können nie ein bestimmtes Datum garantieren. Es kommt darauf an, was wir sonst noch so haben.«

Danach rufe ich Hans an, um ihm diese gute Nachricht zu erzählen, aber er ist durchaus nicht so begeistert, wie ich erwartet hatte.

»Aber *ich* bin doch der Vorsitzende unserer Gruppe«, sagt

er. »Warum wollen die mit dir reden? Wann findet das Interview statt? Am Montag? Da bin ich doch verreist.«

»Wir wollen doch, dass der Artikel so bald wie möglich erscheint«, sage ich. »Damit die Leute sich nichts anderes vornehmen, und damit die Vereine sich für eine Mitarbeit interessieren.«

Ich lasse es klingen, als hätte ich dauernd mit der Presse zu tun.

»Ich nehme an, es wird kein besonders langer Artikel«, sagt Hans. »Sonst hätten sie sich doch an mich gewandt. Sag der Journalistin, sie soll mich anrufen, wenn sie einen Kommentar zitieren wollen. Sicher kommt doch Jenny?«

Ich habe keine Ahnung. Ich habe den Namen der Journalistin schon vergessen.

»Wir hatten aufgrund unserer Rotary-Vorträge häufiger Kontakt. Die sind wirklich sehr gut angekommen. Wenn sie also irgendwelche Fragen hat, oder wenn sie doch lieber eine längere Reportage schreiben will, dann kann sie mit mir reden. Sie hat meine Telefonnummer.«

Er seufzt. »Ich begreife nicht, warum sie es so eilig haben. Sie hätten sich wirklich an mich wenden können.«

»Das schon«, sage ich. »Aber nun habe eben ich bei denen angerufen.«

»Aber trotzdem. Die kennen mich doch. Über Rotary. Eine überaus hochangesehene Vortragsreihe.«

»Hans, ich muss jetzt auflegen.«

»Sag ihnen, sie sollen mich anrufen!«, ist das Letzte, was ich höre, ehe ich das Gespräch energisch wegdrücke.

Montags arbeite ich, deshalb muss das Interview im Mat-Extra geführt werden, aber dagegen hat niemand etwas einzuwenden. Klein-Roger ist begeistert über die Aussicht, dass ein

Teil vom Mat-Extra in der Zeitung zu sehen sein wird, ohne dass er dafür zu bezahlen braucht, und er hat die Morgenbesprechung genutzt, um darüber nachzudenken, vor welches Werbeplakat im Fenster ich mich stellen soll, wenn ich fotografiert werde. »Sorg dafür, dass sie die Sonderangebote mitkriegen.« Ich habe versprochen, das zu versuchen.

Ich sitze an der Kasse und überlege mir, was ich sagen will. Ich habe durchaus nicht vor, sie zu Hans zu schicken. Das Letzte, was wir brauchen, ist ein Artikel über die Bedeutung lokaler Unternehmensarbeit. Die ganze Zeit halte ich Ausschau nach einer, die Jenny sein kann.

Aber als der Reporter der *Skogahammar Neuesten Nachrichten* den Laden betritt, erkenne ich ihn direkt. Ich erstarre hinter meiner Kasse.

Es ist Ingemar Grahn.

Ingemar Grahn ist Kulturredakteur und verantwortlich für den Leitartikel, und seine Spezialität sind kaum verhohlene sarkastische Sticheleien, die dem sonstigen Tonfall der Zeitung durchaus widersprechen. Er ist zudem mit den Eigentümern verwandt. Das ist vermutlich die Erklärung dafür, dass er diese Stelle noch immer hat.

Er ist an sich ungeheuer beliebt bei allen, auf die er es nicht gerade abgesehen hat. Immer, wenn er gerade ein armes Würstchen fertiggemacht hat, ist das ein dankbares Gesprächsthema in den Küchen, Büros und Personalräumen der ganzen Stadt.

Das ist nicht gut. Gar nicht gut. Ich bitte Pia, die Kasse zu übernehmen, und gehe zu ihm zum Eingang hinüber, wo er neben den Körben mit Gemüse steht.

Er sieht gelangweilt aus. Gelangweilt und permanent verbittert. Ein verkanntes Genie ohne die Genialität. Im Ruhezustand trägt sein Gesicht die beleidigte und überraschte

Miene eines Mannes mittleren Alters, der gerade so viel Anerkennung erhalten hat, wie er verdient. Er trägt einen dünnen, zerknitterten Anzug, der zuletzt modern war, als ich noch regelmäßig Sex hatte.

Aber ich zwinge mein Gesicht zu einem arglosen Lächeln, während ich die Hand ausstrecke. »Ingemar?«, frage ich. »Anette Grankvist von der Projektgruppe für den Skogahammar-Tag.«

Er hebt die Hand zu einem schlaffen Händedruck, als wäre ich nicht die Anstrengung wert, einen Arm zu bewegen und eine Hand zu schütteln.

»Wir sollten vielleicht ins Personalzimmer gehen, damit wir Ruhe haben?«, frage ich und schleppe ihn hinüber. Als wir eintreten, blickt er sich verächtlich um und scheint ums Verrecken nicht begreifen zu können, womit er das hier verdient hat.

Karma, denke ich wütend, aber dann lächele ich wieder.

»Kaffee?«

Er lehnt unwirsch ab.

»Also dann«, sage ich aufgesetzt forsch. Er schneidet eine Grimasse. »Fangen wir an?«

Ich warte darauf, dass er eine Frage stellt. Er hält einen kleinen Notizblock in der Hand, wirft aber keinen Blick darauf.

Schließlich sagt er: »Also, du hältst es also für eine gute Idee, den Skogahammar-Tag von den Toten zu erwecken?«

»Was?«

Er macht sich irgendeine Notiz.

»Interessiert sich denn irgendwer für diesen Tag? Nicht einmal die Organisatoren scheinen daran zu glauben.«

»Natürlich glauben wir daran!«, sage ich und stürze mich in meine vorbereitete Rede, egal, ob er danach fragt oder nicht: »Es wird ein phantastischer Familientag, mit Aktivitäten für jedes Alter, Tombola und Tanz. Ich kann sogar garantieren, dass die Sonne scheinen wird, das haben wir in der Projektgruppe bereits entschieden.« Ich blicke ihn nach diesem Scherz erwartungsvoll an, aber er sieht total gelangweilt aus.

»Wer macht mit? Vereine? Läden?«

»Wir haben den Plan noch nicht endgültig aufgestellt«, sage ich vage. »Aber es wird eine Menge lustige Aktivitäten für die ganze Familie geben. Und Tombola. Und Tanz.«

»Lächeln.«

Ich sehe ihn verwirrt an, und dann blitzt es, als er mit seinem Mobiltelefon ein Bild macht. »Na dann«, sagt er. »Dann habe ich alles, was ich brauche.«

Später fragt Klein-Roger nach den Fotos, und ich lüge und sage, die Bildpolitik der Zeitung verlange, alle Fotos im Haus zu machen. Er macht ein enttäuschtes Gesicht, aber ich hatte bei der Sache ja wirklich nichts zu sagen.

Na ja, denke ich. Das Wichtigste habe ich immerhin erwähnt.

Abends schicke ich Emma eine SMS, in der ich berichte, dass ich Ingemar Grahn wiedergetroffen habe, und sie ruft fast sofort an.

»Mama...«, sagt sie warnend und ein wenig beunruhigt. »Du hast doch keine Dummheiten gemacht?«

»Nein, nein. Es ging um ein Interview. Ich war überaus verbindlich und habe über den Skogahammar-Tag gesprochen. Es wird ein großartiger Tag, genau das, was wir brauchen, um alle daran zu erinnern, dass sie sich am Skogahammar-Tag immer köstlich amüsiert haben.«

Emma lacht. »Wir haben uns wirklich immer amüsiert«, sagt sie. »Und das willst du wiederbeleben? Wer weiß, vielleicht komme ich sogar auch. Eigentlich...« Sie zögert, dann fügt sie hinzu: »Ich überlege, ob ich nicht schon am Wochenende nach Skogahammar rauskommen soll.«

Ich kann es nicht fassen. »Nach Hause?«, frage ich. »Hierher? Jetzt am Wochenende?«

Emma klingt fast verlegen. »Es wäre doch nett, Nesrin und die anderen wiederzusehen. Und ja, dich auch, irgendwie. Es ist nicht dasselbe, am Telefon zu reden.«

»Nein«, stimme ich zu, und dann wende ich mich gleich den wichtigen Dingen zu. »Was willst du denn dann essen?« Das muss geplant werden. Der Skogahammar-Tag ist auf der Prioritätenliste plötzlich in den Keller gerutscht. Ich habe vier Tage, um sauberzumachen, einzukaufen, zu planen und zu kochen. »Kommst du am Freitagabend?«, frage ich, um ganz sicher zu sein.

»Mama, das war bloß eine Idee. Ich habe mich noch nicht mal nach Fahrkarten erkundigt.«

»Ich kann bezahlen. Und buchen.«

Sie stößt eine Art Mischung aus Seufzen und Lachen aus. »Das mach ich selbst«, sagt sie.

Mir auch recht. Wenn ich die Fahrkarte bestellen müsste, hätte ich die Hinfahrt sicher schon für Donnerstag gebucht. Und die Rückfahrt für irgendwann nach Weihnachten.

Emma kommt *nach Hause*. Oder wie sie selbst sagt: »nach Skogahammar raus.«

Scheiß Karlskrona!

16

Ich musste auf die harte Tour lernen, dass es eine schlechte Idee ist, in einer Kleinstadt in der Öffentlichkeit zu tanzen. Sogar ein paar zaghafte Tanzschritte in einer einsamen Nebenstraße können sich rächen. Skogahammar ist so klein wie das Hotel in Ocean's Eleven, immer wird man von irgendwem gesehen. Aber es ist eben schwer stillzuhalten, wenn man auf dem Weg zur Fahrschule ist, wenn die Sonne scheint und man sich seine Motorrad-Playlist mit Songs wie *Don't bogart that joint* anhört.

Ich werde Motorrad fahren. Emma kommt am Wochenende nach Hause. Es ist ein wunderschöner Tag.

Zur Fahrstunde am Mittwoch stehe ich wie immer umgezogen und zehn Minuten zu früh parat, und deshalb rauche ich noch schnell eine letzte Zigarette und streichele liebevoll meine orangene BMW. Leider kommt Lukas genau in diesem Moment, und die Wahrscheinlichkeit, dass er mich für normal hält, schrumpft folglich noch weiter.

»Heute fahren wir zum Übungsparcours«, sagt er.

»Übungsparcours?«, frage ich besorgt, aber dann recke ich mich und versuche, die gebührende Keckheit aufzubringen.

Das schaffst du doch, Anette, sage ich mir, während ich den Helm aufsetze und wie immer mit der Schnalle kämpfe. Beim vorigen Mal hast du das Motorrad kein einziges Mal umgeworfen, denke ich und streife die dünnen Sommerhandschuhe über.

Emma kommt am Wochenende nach Hause. Es gibt nichts, was du nicht schaffst.

Wir brauchen fast eine halbe Stunde bis zum Übungsparcours, und als wir dort ankommen, bin ich schon müde. Der Übungsparcours entpuppt sich als stillgelegter Flugplatz auf dem halben Weg nach Karlskoga, und ehe man das eigentliche Flugfeld erreicht, gibt es eine lange, gerade Strecke, auf der Lukas bis auf fast hundert Stundenkilometer beschleunigt. Er macht mehrere kleine Kurven, wobei das Motorrad sich in verschiedene Richtungen legt. Dann fährt er noch stärkere Kurven, bis Himmel und Erde den Platz getauscht zu haben scheinen und wir an Bäumen vorüberbrausen, die ineinandergleiten und verschwinden, ehe ich sie überhaupt bemerkt habe.

Ich klammere mich an Lukas fest und verspanne mich und benehme mich ganz allgemein so, als ob ich die guten Ratschläge »sei ganz locker« und »beweg dich in den Kurven mit der Maschine« nie gehört hätte.

Als wir angekommen sind und ich absteigen soll, zittern meine Beine und ich schaue mich voller Entsetzen um.

Meine Fahrschule teilt das Flugfeld mit der Fahrschule von Karlskoga, und als wir dort ankommen, sind schon drei andere Fahrschüler vor Ort.

Das Flugfeld ist eindeutig nicht so groß, dass ich mich zusammen mit drei anderen Fahrschülern entspannen könnte. Ich kann ja noch kaum Kurven fahren. Und das hier ist nicht einmal ein ganzes Flugfeld, sondern nur ein Teil davon.

Ich muss auf einer Bahn fahren, mit sechs oder sieben Kegeln, die in einem zweifellos großzügigen Abstand aufgestellt sind. Dazwischen soll ich Slalom fahren, danach kehrtmachen, zurückfahren, von vorn anfangen.

Lukas findet, dass knapp über zwanzig Stundenkilometer

auf der Kegelstrecke eine passende Geschwindigkeit ist. Zweiter Gang, na klar. Ich habe schon lange den Verdacht, dass er verrückt ist.

Ich spanne mich an, verpasse die Hälfte der Kegel, werde nervös angesichts des Wendens und weil ich schneller fahren soll als zehn Stundenkilometer.

Auf dem Parkplatz hat niemand solche Leistungen von mir erwartet. Und als ich auf den Straßen unterwegs war, war niemand blöd genug, überall gelbe Kegel aufzustellen.

Während der gesamten Stunde stelle mich mir alle Katastrophen vor, die passieren können: Ich kann das Motorrad vor den Augen sechs anderer Leute umkippen lassen. Ich kann von einem der anderen Fahrschüler angefahren werden, die ab und zu meine Bahn kreuzen. Ich kann jemanden anfahren.

Oder das absolut schlimmste, erschreckendste, unausdenklichste Szenario: Ich kann in eines der Motorräder der Fahrlehrer brettern, die an der einen Querseite stehen.

Beim bloßen Gedanken bricht mir der kalte Schweiß aus.

Beim Langsamfahren kippt mir wieder das Motorrad um. Ich lasse die Kupplung zu schnell los, würge in einer Kurve den Motor ab und liege plötzlich auf allen vieren auf dem Asphalt. Ich komme mühsam auf die Knie und kann mich dann aufrichten, während ich und das Motorrad von allen Fahrlehrern umzingelt werden, die fest entschlossen sind, mir zu helfen. Und natürlich sich davon zu überzeugen, dass dem Motorrad nichts zugestoßen ist. Ich zwinge mich, den Rücken durchzustrecken und mir einzureden, dass ich das hier lernen werde, verdammt noch mal.

Aber ich glaube es nicht mehr. Es fällt vielleicht nicht auf, dass ich eine ungeschickte und motormäßig behinderte Frau bin, wenn ich in Helm und Schutzkleidung auftrete, aber es wird einwandfrei klar, sowie ich auf die verdammte Maschine klettere.

Ich mustere das Motorrad mit einer gewissen Wehmut. Es hat wirklich etwas Besseres verdient.

»Versuch es noch mal«, sagt Lukas.

Das mache ich. Als mir die Maschine das nächste Mal umkippt, schaffe ich es noch dazu, mich am Fuß zu verletzen. Das bemerke ich, als ich versuche aufzustehen.

Abermals drängen sich die Fahrlehrer um die Maschine zusammen, nur Lukas nicht, er mustert mich forschend. Ich versuche, mir nichts anmerken zu lassen, aber ich kann mit dem Fuß nicht auftreten.

»Ist alles in Ordnung?«, fragt er.

»Bestens«, antworte ich verbissen und versuche, normal und entspannt auszusehen.

»Und der Fuß?«

»Sicher nur verstaucht.«

Einer der anderen Fahrlehrer sieht auf und sagt: »Wenn es nicht schlimmer ist, macht es ja nichts. Wir hatten einmal eine Schülerin, die sich den Ellbogen zerschmettert hat. Es hatte dreißig Grad, und sie fuhr ohne Schutzjacke, weil sie ja nur im Schritttempo üben sollte. Ist voll auf den Ellbogen gefallen, von dem waren nur noch Splitter übrig. Sie betrachtete das als Wink des Schicksals, dass sie doch lieber nicht Motorrad fahren sollte. Aber eine Verstauchung ist ja nicht so schlimm«, fügt er hinzu, als er Lukas' Blick sieht, der offenbar klarstellt, dass solche Kommentare keine besondere Hilfe sind.

»Sicher nur verstaucht«, sage ich noch einmal und wünschte, sie könnten sich auf etwas anderes konzentrieren. Ihre eigenen Schüler zum Beispiel. Die anderen Schüler interessieren sich zum Glück nicht für mich, wenn sie ab und zu auf der Slalomstrecke vorüberfahren.

»Kannst du auf dem Motorrad sitzen, oder soll ich das Auto holen?«

Ich habe nicht die geringste Lust, eine Stunde lang mit zwei fremden Fahrlehrern Konversation betreiben zu müssen, während er das Auto holt, deshalb antworte ich, dass ich durchaus auf dem Motorrad sitzen kann.

Als wir bei der Fahrschule angekommen sind, humpele ich hilflos auf Lukas' Arm gestützt in den Umkleideraum. Er hilft mir, mich zu setzen, und hockt sich vor mich, um mir den Stiefel auszuziehen. Der Fuß ist bereits geschwollen.

Ich schneide eine Grimasse, als er versucht, den Stiefel abzustreifen.

»Geht's?«

»Kein Problem«, sage ich und kneife die Augen zusammen, während er den Stiefel das letzte Stück bewegt, und dann sitzen wir einfach nur da, seine Hände liegen noch immer unter meinem Knie und an meiner Wade. Ich versuche, meinen Atem unter Kontrolle zu bekommen. Langsam verschwindet der kalte Schweiß.

Dann schauen wir beide an meinem Bein entlang, von dem schon geschwollenen Fuß bis zu den großen Knieschützern, den verstärkten Oberschenkeln und den großen Schutzpolstern für die Hüften. Ungefähr gleichzeitig geht uns auf, dass diese gesamte Schutzkleidung an meinem Fuß vorbeimuss, dass wir allein sind und dass wir das Ganze nur einigermaßen schmerzlos hinkriegen, wenn er mir aus der Hose hilft.

»Ich...«, sagt er und schaut sich verzweifelt um, als ob plötzlich eine Fahrschülerin aus dem luftleeren Raum auftauchen könnte.

Ich lache. »Ist schon gut«, sage ich. »Ich schaff das schon allein.«

»Ich ... ich hole das Auto«, sagt er.

Ich höre auf zu lachen, sowie er den Umkleideraum verlassen hat. Irgendwie kann ich mich aus der Hose befreien, aber danach bin ich so erschöpft und elend, dass ich erst einmal sitzen bleiben und das Gesicht in die Hände stützen muss, um irgendeine Form von Selbstkontrolle zurückzugewinnen.

Stoikerin, dein Name ist nicht Anette.

Es ist doch nur ein verstauchter Fuß, denke ich. Du kannst nicht den ganzen Abend hier sitzen bleiben.

Als ich dann genug Wagemut zusammengekratzt habe, kann ich von der Bank aufstehen, ohne den Fuß zu sehr zu belasten, und zur Tür hüpfen.

Mit einer Hand auf Lukas' Arm schaffe ich den Weg zum Auto, und dann fährt er mich unter Schweigen nach Hause. Uns fällt offenbar beiden nichts ein, was wir sagen könnten. Am Ende fragt er noch einmal, wie es meinem Fuß geht. Ich antworte, es sei halb so schlimm, und danach lasse ich mich zurücksinken und schließe die Augen.

Der pochende Schmerz im Fuß lenkt mich jedenfalls von dem restlichen Fiasko auf dem Übungsparcours ab.

Das Telefon klingelt, als wir fast bei mir angekommen sind. »Spreche ich mit Anette Grankvist?«, fragt eine mir unbekannte Frau.

»Ja«, antworte ich.

Sie scheint aufzuatmen. »Wir haben Ihre Mutter gefunden«, sagt sie.

Großer Gott. »Ich wusste nicht, dass sie vermisst wird«, sage ich. »Wo ist sie jetzt?«

»Ich glaube, wir wohnen in ihrer alten Wohnung. Sie wollte offenbar nach Hause.«

»Ich komme sofort«, sage ich. Ich lege auf und drehe mich

zu Lukas um. »Ich fürchte, meine Pläne haben sich geändert. Könntest du mich vielleicht in die Prästgata fahren? Meine Mutter ist ausgerissen.«

17

Ich bin in der Prästgata 7 aufgewachsen, im dritten Stock, in einer Wohnung, die zu ihrer Zeit sehr viel verbissenes Schweigen gesehen hat. Ich war zuletzt dort, als ich und Eva Mama erzählt haben, dass sie dort nicht wohnen bleiben kann. Eva hat alles Praktische beim Umzug organisiert – sie war der Meinung, ich könne nicht entscheiden, was Mama behalten wollte und was weg sollte.

Die Umgebung sieht so aus wie immer. Sie besteht aus einigen Zeilen von einander gegenüberstehenden vierstöckigen Häusern mit einem Parkplatz in der Mitte, ein paar klassischen schwedischen Büschen und Birken und einem neuen Spielplatz – der ist jetzt sicher zehn Jahre alt, aber zu neu, als dass ich jemals dort gespielt hätte, und er ist in gelben und roten Farbtönen gehalten, die nicht so recht zu den bleichsüchtigen Fassaden passen.

Ich hätte nie gedacht, dass ich jemals hierher zurückkommen würde, und wenn, dann definitiv nicht in der Begleitung von Lukas.

Hätte sich Mama nicht einen anderen Tag für ihren Ausbruchsversuch aussuchen können? Oder ich mir einen anderen Tag, um als Versagerin beim Langsamfahren zu brillieren? Wenn ich mir nicht den Fuß verstaucht hätte, hätte ich wenigstens zuerst meine Fahrstunde haben und meine kleine Dosis Freiheit genießen können, um mich dann der traurigen Wirklichkeit zu stellen.

Ich hätte große Lust, Eva anzurufen und sie zu bitten, sich bei Mama mit mir zu treffen, aber wenn sie erführe, dass das Seniorenheim Mama hat entkommen lassen, würde sie niemals aufhören, sich darüber aufzuregen. In letzter Zeit haben sie und Mama sich beruhigt, Mama klagt nicht mehr über das Essen, und Eva schimpft nicht mehr darüber, wie schrecklich es ist, dass Mama dort wohnen muss. Aber einen Ausbruchsversuch später ... Eva würde verlangen, dass wir eine andere Wohnmöglichkeit suchen, sich bei der Gemeinde beschweren, wütende Leserbriefe an die Lokalzeitung schreiben. Und sie würde mich dazu zwingen, mich bei diesem Projekt zu engagieren.

Ich muss Mama ganz einfach allein zurückschaffen und dann hoffen, dass sie zu verwirrt ist, um die Sache Eva gegenüber zu erwähnen. Ein Taxi kommen lassen, Mama auf irgendeine Weise hineinstoßen und sie nach Hause bringen.

Lukas hält genau vor dem Haus, und ich öffne die Tür und stelle langsam die Füße hinaus, noch immer halbwegs im Sitzen, während ich verzweifelt überlege, wie ich es schaffen soll, mich aufzurichten.

»Ich komme mit hoch«, sagt Lukas.

»Du hast doch sicher gleich wieder eine Stunde?«

»Kein Problem. Du wirst doch sicher auch noch Hilfe brauchen, um deine Mutter nach Hause zu bringen?«

»Ich kann ein Taxi kommen lassen.« Ich sage nicht: Wer weiß, wie lange ich brauche, um Mama zum Mitkommen zu überreden, oder welche schreckliche Szenen sich vorher abspielen werden. Vielleicht kann ich... ich kneife die Augen zusammen. Ich habe keine Ahnung, wie ich sie hier herausholen soll.

Ich sollte Eva anrufen. Sie müsste es wissen.

Aber Lukas ist schon um das Auto herumgegangen und

hilft mir jetzt heraus. Mein linker Schuh liegt noch im Auto. Ich versuche, mich zu erinnern, ob ich intakte Socken anhabe. Es ist einfach überaus peinlich.

Das Treppenhaus hat sich nicht verändert, seit ich hier zur Schule und zurückgelaufen bin. Rein logisch müssen sie doch eine neue Farbschicht aufgetragen haben, aber es ist derselbe graue Farbton, derselbe Geruch nach Staub und Beton, dieselben dunkelbraunen Türen.

Ich gönne mir im ersten Stock eine kleine Pause, die eine Hand gegen die Wand gestützt, die andere auf Lukas' Schulter.

»Meine Mutter ist ziemlich verwirrt«, erkläre ich. »Deshalb wohnt sie in einem Seniorenheim. Sie hat es gut da, und sie beklagt sich ja auch nicht mehr. Es kann allerdings sein, dass ihre Demenz sich verschlimmert hat. Ihre Sticheleien haben in letzter Zeit an Schärfe verloren. Aber es ist ein gutes Heim. Das Personal geht phantastisch mit ihr um, viel besser, als ich das schaffen würde.« Wenn ich mir das richtig überlege, war »ausgerissen« vorhin vielleicht keine gute Wortwahl. »Nur, damit du nicht denkst, wir hätten sie bei Wasser und Brot in einen finsteren Keller eingesperrt«, schließe ich in einem hilflosen Versuch, das Ganze zu einem Scherz zu machen.

Lukas deutet ein Lächeln an. »Wie gut. Sonst würde ich ja vielleicht eher ihr helfen müssen, und ich habe keine Ahnung, wo man ältere Damen vor ihren grausamen Töchtern versteckt.«

Nach einigen Tagen in Mamas Gesellschaft würdest du sie bestimmt in einen finsteren Keller sperren, denke ich, aber immerhin schaffe ich es, das nicht laut zu sagen.

Eine freundliche Familie mit zwei Kindern hat meine Mutter gefunden. Die Frau öffnet die Tür. Sie hat lange kastanienbraune Haare, die zu einer teuren Frisur geschnitten sind, und ist lässig gekleidet, in aufgekrempelte Jeans und ein kariertes Baumwollhemd. Die Situation scheint ihr peinlich zu sein, und sie versucht, sich zu entschuldigen, aber welche Tochter lässt ihre Mutter denn einfach so durch die Gegend stromern, auf der Suche nach der Wohnung, in der sie vor fünf Jahren gewohnt hat?

Sie haben Mama in die total veränderte Küche gelotst. Die Form der Küche ist natürlich noch dieselbe, viereckig, mit Arbeitsflächen an zwei Seiten und einem großen Küchentisch in der Mitte. Die Schränke haben sogar noch die alten dunkelgrünen Türen. Aber ich habe ein ganz anderes Gefühl. Als wir hier gewohnt haben, strahlten die Wände sozusagen die Unzufriedenheit von Generationen von Hausfrauen aus. Jetzt ist es nur noch gemütlich.

Mama sitzt, offenbar zufrieden, mit dem ältesten Jungen zusammen, einem nervösen Knaben von vielleicht zwölf, der erleichtert aussieht, als ich hereinkomme. Ich frage mich, was er verbrochen hat, um meiner Mutter Gesellschaft leisten zu müssen.

Es ist so warm in der Küche, dass sie ein Fenster einen Spaltbreit geöffnet haben, um einen Hauch feuchter Herbstluft hereinzulassen. Der mischt sich mit dem Duft von süßem Tee und frisch gebackenem Brot, das sie offenbar eben erst verzehrt haben. Auf dem Tisch liegen zwei aufgeschlagene Morgenzeitungen. Der Sportteil von *DN* wetteifert mit dem Kulturteil von *SvD*, und so geht es auf dem ganzen Tisch weiter. Sie haben für Mama sogar ein Kreuzworträtsel herausgesucht. Mehrere Felder sind in ihrer umständlichen, zittrigen Schrift ausgefüllt.

»Hallo Mama«, sage ich. Sie macht ein verlegenes Gesicht, als sie mich sieht, aber dann wird sie trotzig.

»Du hättest nicht herzukommen brauchen, Anette«, sagt

sie. Ihr Blick gleitet über meine Schulter und bleibt an Lukas haften. »Hallo«, sagt sie und lächelt.

Mama hat ihr Lächeln immer schon für Fremde reserviert, ungefähr so, wie andere ihr feines Porzellan für Familientreffen aufbewahren.

Mama hat um den Mund tiefe Unzufriedenheitsfalten, und ihre Augen sind jetzt so hell, dass sie an Wasser mit einem kleinen Tropfen Aquarellfarbe erinnern. Ihre ganze Körperhaltung strahlt beleidigte Verärgerung darüber aus, dass ich sie holen komme. Aber es gibt etwas in ihren Augen, ein schwaches Flackern des Blickes, das ich geschockt als Angst identifiziere.

Liebste Mama, denke ich.

Ich sage: »Zeit zum Aufbruch.«

Sie sieht wirklich bockig aus. Wie ein Kind. Der Anblick tut mir weh, aber ich muss zugeben, dass ich am liebsten einfach erklären würde, dass ich nicht alt genug bin, um mich um meine Mutter zu kümmern.

»Mir geht es hier gut«, sagt sie. Der arme Junge sieht noch unglücklicher aus.

Ich zwinge mich zu einem Lächeln. »Ich hatte gehofft, du würdest Lukas und mich zu einer Tasse Kaffee einladen.«

Ich setze darauf, dass ihr Sinn für Höflichkeit ihren Trotz besiegen wird.

Dann sehe ich Lukas verwirrt an und stammele: »Wenn du Zeit hast, meine ich ... du musst sicher zurück zur Arbeit ...« Ich versuche, die Verzweiflung aus meiner Stimme zu vertreiben. Obwohl er gesagt hat, dass er Zeit hat, um sie zurückzufahren, kann er nicht damit gerechnet haben, eine umständliche Kaffeerunde mit der Mutter einer Fremden durchleiden zu müssen. Er war bisher einfach nur so hilfsbereit, dass ich vergessen habe, dass ich kein Recht habe, irgendetwas von ihm zu erwarten.

Aber Lukas lächelt – ist es ein ehrliches Lächeln? Ich kenne ihn nicht gut genug, um das beurteilen zu können! – und sagt: »Eine Tasse Kaffee wäre wunderbar. Anette hat mich den ganzen Nachmittag durch die Gegend gescheucht. Ich habe seit Stunden keinen Kaffee mehr getrunken.«

»Anette«, sagt Mama. »Ich dachte, ich hätte dich besser erzogen.«

Sie hat schon mit dem langwierigen Prozess begonnen, ihre Sachen zusammenzusuchen.

»Ich glaube, ich habe vielleicht auch noch Zimtschnecken«, sagt Mama, und Lukas, Gott segne ihn, behauptet, dass gerade das jetzt einfach himmlisch wäre.

Das Personal in Mamas Heim ist geschockt darüber, dass sie einfach weglaufen konnte, und widmet ihr so viel Aufmerksamkeit, dass sie sich nicht einmal darüber beklagt, dass sie jetzt wieder hier ist. Sie wirkt neben Lukas sogar überaus zufrieden. Ich humpele einige Meter hinter ihm her.

Die mütterliche Pflegerin will sie sofort zu Bett bringen, für den Fall, dass die plötzliche Freiheit sie erschöpft hat, und wenn die Pflegerin entscheiden dürfte, würden wir zwei dann stundenlang darüber reden, wie das passieren konnte, und dass alles getan werden wird, um zu verhindern, dass es noch einmal passiert.

Aber ich sage nur energisch dreimal »ist ja nichts passiert« und lotse uns alle drei zu Mamas Zimmer, damit Lukas dann irgendwann wieder zur Arbeit fahren kann.

»Was für ein Glück, dass Sie sie holen konnten«, sagt die Pflegerin. »Aber Sie hätten uns anrufen müssen. Wir hätten sie direkt geholt.«

»Ist ja nichts passiert«, sage ich ungeduldig zum vierten Mal.

»Nein, Sie haben das so gut gemacht, und Sie auch...« Sie nickt vielsagend zu Lukas' Rücken hinüber und scheint vor Neugier so ungefähr zu vergehen.

Von allen negativen Seiten des Kleinstadtlebens nervt mich die chronische Neugier am meisten.

»Mein junger Liebhaber«, sage ich trocken. Die Pflegerin stolpert und bleibt vor Schreck stehen.

Ironie ist in einer Kleinstadt nur selten eine gute Idee.

Ich hoffe, dass Lukas mich nicht gehört hat, aber sein überaus plötzlicher Hustenanfall sagt mir, dass diese Wahrscheinlichkeit doch gering ist. »Ein Freund der Familie«, sage ich verbindlich, und die Pflegerin sieht erleichtert aus.

Als wir in Mamas Zimmer angekommen sind, hilft Lukas ihr, sich auf einen Küchenstuhl zu setzen, dann wiederholt er diese Geste bei mir. Die Pflegerin verlässt uns widerwillig, aber ich muss ihr zuerst versprechen, am Montag vorbeizuschauen. »Ich bin auch den ganzen Donnerstag und Freitag hier«, beteuert sie eifrig, aber ich nehme meinen Fuß und Emmas Besuch als Grund, mein Kommen aufzuschieben.

Lukas plaudert eine ganze halbe Stunde höflich mit Mama und isst zwei gekaufte Zimtröllchen. Sie sind sehr trocken.

Ich versuche, winzige Bissen von meiner Zimtschnecke zu knabbern, aber das hilft nichts. Sie bleiben mir im Hals stecken, während ich mich frage, wie man mit einer Mutter umgehen soll, die plötzlich aus ihrem Seniorenheim wegläuft.

»Noch eine Zimtschnecke, Anette?«, fragt Mama und mustert meinen Teller mit düsterem Blick. Ich zwinge mich, noch einen Bissen zu nehmen.

Lukas' Augen lächeln mich quer über den Küchentisch hinweg an, und ich stelle verwirrt fest, dass es ein gutes Gefühl ist, ihn bei mir zu haben. Als Mama ins andere Zimmer geht, um sich eine Jacke zu holen, streckt er die Hand über den Tisch und isst auch meine Zimtschnecke.

18

Ich gehe am Donnerstag nicht zur Arbeit und versuche, nicht an die kommenden Wochen des motorradlosen Daseins zu denken. Emma kommt am Wochenende nach Hause, das hält mich immerhin auf den Beinen.

Am Nachmittag humpele ich zum Laden und zwinge Pia, mir beim Einkaufen zu helfen.

Es ist eine ganz neue Erfahrung, eine Tochter, die von zu Hause ausgezogen ist, verwöhnen zu wollen. Ich hatte mich ein wenig in dem Wunsch verloren, sie mit Essen und Geschenken zu überschütten, als sie in die Teenagerjahre kam und ich länger im Mat-Extra arbeiten konnte. Zum ersten Mal hatten wir Geld genug, um die Sache mit den Lieblingsgerichten nicht zu einem ständigen Kampf werden zu lassen. Ich brauchte den Speisezettel der halben Woche nicht mehr so zu planen, dass ich ihr freitags ein Lieblingsessen auftischen konnte.

Vorher war das Problem, dass ich von Anfang an im Rückstand war. Wenn man seinem Kind nicht wie normale Menschen einen Vater geben kann, glaube ich, dass es im Hintergrund immer etwas gibt, eine verzweifelte unbewusste Frage: *Habe ich meinem Kind etwas genommen, nur, weil ich ihn nicht auf Dauer ertragen konnte?* Wenn die eigene Tochter noch dazu wunderbar ist und sich nie beklagt und es ihr egal ist, dass sie nie so viele oder teure Geschenke bekommt wie andere, und wenn es ihr auch keinen nennenswerten Schaden zuzufügen scheint, dass sie eben nur diese Mutter hat, ja, dann will man doch nicht, dass es ihr jemals an irgendetwas anderem fehlt.

Ich nehme an, dass Kinder nichts vermissen, was sie nie gehabt haben, aber ich, *ich* wusste es ja, und das reichte. Dinge, die Emma nie gehabt hat: ganz neue und eigene Kleider, abgesehen von einzelnen Teilen, die nicht gebraucht oder auf allerlei Flohmärkten gekauft worden waren. Einen Garten. Eine Mutter, die sie zum Training fahren konnte (auch wenn das nur zehn Minuten mit dem Rad waren). Eine immer mit Junkfood gefüllte Tiefkühltruhe, einen Kühlschrank mit vier verschiedenen Sorten Marmelade und eine Speisekammer, die immer wieder mit Weißbrot aufgefüllt wird. Dinge eben, die Teenager gern essen. Derzeit sind das ja Dinge, auf die die meisten lieber verzichten würden, aber damals war es der Höhepunkt des Luxus, sie mit teuren Halbfertigprodukten und allerlei Sorten Brotbelag verwöhnen zu können.

Ich bleibe zögernd vor den Körben am Eingang stehen, entscheide mich für einen Wagen und bleibe dann abermals unschlüssig stehen. Pia wartet geduldig neben mir und übernimmt den Wagen. Ich stütze mich mit der einen Hand darauf, und dann humpele ich los.

Ich weiß nicht einmal, was sie jetzt am liebsten isst. Früher hat sie Fertigpizzen und Tacos oder Dinge geliebt, zu denen viele Zutaten nötig waren und die viel kosteten und niemals für mehr als eine Mahlzeit reichten, aber jetzt weiß ich es nicht. Sie hat vielleicht etwas Neues gefunden.

Ich schicke ihr eine SMS und frage, was sie essen möchte, bekomme aber keine Antwort. Sicherheitshalber kaufe ich Hähnchen, Hackfleisch und Tacozutaten sowie Leberwurst, Käse, Schinken, Kartoffelsalat, Frischkäse, Salami und ziemlich teure Marmelade.

Zum Frühstück, meine ich. Ich kaufe auch Raskers-Toast, weil sie den als Kind am liebsten gegessen hat, aber wenn sie erst hier ist, werde ich mich zum Mat-Extra schleichen und frische Brötchen kaufen, ehe sie aufwacht.

Chips, Süßigkeiten, Cola. Ich bleibe vor dem Schokoladenpudding stehen. Das ist vielleicht doch ein bisschen zu viel des Guten.

Die anderen Eltern im Laden lächeln mich müde an, als wären wir allesamt Mitglieder desselben elterlichen Geheimbundes für Fleischwurst und Coca-Cola, immer abwägend zwischen nützlich und billig, Ökologie und Haushaltspackung, gutem Essen und jugendlichem Essen.

Aber ich bin über diese Entscheidungen hinaus. Ich will alles kaufen und sie mit so vielen Leckereien und so viel Fett schockieren, dass sie finden wird, es lohne sich eben, jedes Wochenende herzukommen und sich ordentlich satt zu essen.

Pia geht mit dem Wagen hinter mir her. »Brauchst du das wirklich alles?«, fragt sie, während ich durch den Laden hüpfe.

»Ich weiß nicht, ob sie Lust auf etwas Spezielles hat«, sage ich.

Das ist ein Argument, das Pia total überzeugt. Aber ich bekomme ein schlechtes Gewissen, als sie fünf Tüten für mich tragen muss. Die Tüte aus dem Alkoholladen schaffe ich immerhin selbst. Mit Mühe. Sie schlägt mir gegen das Bein, während ich mit Hilfe des Geländers die Treppe hochhüpfe.

Sie stellt die Tüten in der Küche ab. »Kommst du jetzt allein zurecht?«, fragt sie, und als ich beteuere, dass dem so sei, lässt sie mich mit meinen Einkäufen allein.

Ich packe alles aus – langsam, während ich zwischen Kühlschrank, Gefriertruhe und Speisekammer hin und her humpele, aber ich habe nicht vor, heute Abend etwas zu kochen. Ich will mich jetzt nicht an den Herd stellen müssen.

Es gibt noch etwas anderes, etwas im Hintergrund. Mehrmals ertappe ich mich dabei, Kühlschrank und Gefriertruhe und Speisekammer zu öffnen und einfach nur dazustehen und das ganze Essen dort anzustarren.

Ich lächele vor mich hin.

Ich denke daran, wie Emma hier stehen und rufen wird: »Mama, ich hab Hunger, gibt's irgendwas zu essen?«

Und ich will nichts von den Lebensmitteln anrühren, solange sie noch nicht hier ist. Das kommt mir nicht richtig vor. Wie am 22. Weihnachtsgeschenke auszupacken.

Am selben Abend ruft Emma ganz freiwillig an, obwohl sie morgen doch nach Hause kommt.

»Hallo, Mama«, sagt sie munter. »Du weißt doch, Fredrik? Er kennt Leute mit einer Hütte bei Kalmar, und jetzt will er mit ein paar aus unserem Kurs hinfahren.«

»Wie nett«, sage ich.

»Ja, oder?«, sagt Emma.

Ich humpele zum Küchenstuhl und klemme mir das Telefon zwischen Ohr und Schulter, während ich mich auf Stuhllehne und Küchentisch stütze. »Was willst du morgen Abend essen? Du hast meine SMS nicht beantwortet, und da habe ich improvisiert. Ich habe Hähnchen und Tacos und ...«

»Mama, das mit der Hütte geht morgen los.«

»Tja, das ist doch sicher nett für die anderen? Ich dachte, wir könnten auch Pizza holen, wenn du darauf Lust hast.«

»Mama. Ich will mitfahren.«

»Wohin denn mitfahren?«

»Zu der Hütte! Bei Kalmar.«

»Aber das ist doch jetzt am Wochenende?«

»Jaaaa...«, sagt sie, als müsste mir das längst klar sein.

»Aber Emma, *wir* sehen uns doch an diesem Wochenende.«

»Wir können uns doch ein andermal sehen? Ich habe Fredrik gesagt, dass du ganz bestimmt Verständnis hast.«

»Habe ich aber nicht.«

»Das merke ich auch gerade.«

Ich möchte gern eine coole und verständnisvolle Mama sein, aber es gibt Grenzen dafür, was sie von mir erwarten kann.

»Das hier kommt viel zu plötzlich«, protestiere ich. »Du kannst mir das nicht einfach so ins Gesicht sagen. Du musst es mir schonend beibringen. Mich mit dem Gedanken vertraut machen. Mir Zeit lassen, mich daran zu gewöhnen. An einem Tag anrufen und von Fredrik erzählen, dann vielleicht am nächsten Tag die Hütte erwähnen, und dann wieder Fredrik. Schritt für Schritt, du weißt schon.«

»Das war alles aber ziemlich spontan. Wir haben das erst gestern beschlossen.«

Ich überlege. »Okay, wir fangen noch mal von vorne an.«

»Was denn?«

»Das Gespräch. Fangen noch mal an. Jetzt, wo ich vorgewarnt bin.«

»Mama«, sagt sie müde. »Ich will doch nur...«

»Ich höre nichts. Lalalala.«

»Okay. *Okay!*« Sie holt tief Luft, vermutlich, um sich an ihre Rolle zu gewöhnen. »Mama, weißt du was?«

»Was?«, frage ich misstrauisch.

»Fredrik hat eine Hütte...«

»Nein, nein. Jetzt bist du wieder zu schnell.«

Abermals Atemholen, diesmal sogar noch tiefer.

Ich schaue mich traurig in der Küche um. Hier hätten wir in nur anderthalb Tagen frühstücken sollen. Oder eher statistisch brunchen – so haben wir das immer genannt. Wenn sie wach wurde und frühstücken wollte, habe ich schon zu Mittag gegessen. Statistisch gesehen wurde das Brunch.

»Du weißt doch, Fredrik?«

»Der Blödmann?« Das ist sein neuer Spitzname.

»Was?«

»Der Blödmann Fredrik. Das ist er für mich.«

»Mama!«

»Ja, ja. Also, Fredrik.«

»Ja, er kennt Leute mit einer Hütte bei Kalmar.«

»Die Armen.«

»Was?«

»Kalmar. Was gibt es denn in Kalmar? Ich hab das Kaff noch nie ausstehen können. Und eine Hütte? Ist doch bestimmt furchtbar unbequem. Ich hoffe, er ist nicht allzu oft da.«

»Und du weißt, Fredrik«, sagt Emma nun verbissen.

»Der Blödmann, ja.«

»Er will mit ein paar Leuten hinfahren. Jetzt übers Wochenende. Ich würde gern mitfahren, statt raus nach Skogahammar.«

»Ach was. Na, das ist wohl in Ordnung«, sage ich. »Vermutlich. Aber ich begreife wirklich nicht, wozu das gut sein soll.«

»Was machen die Motorradfahrstunden?«

»Laufen nicht so gut. Ich hab mir den Fuß verstaucht.«

»Ach je.«

»Vielleicht musst du ja herkommen und dich um mich kümmern?«, sage ich hoffnungsvoll.

»Das ist doch bloß eine Verstauchung.«

»Das weiß man nie. Kann auch gebrochen sein. Oder Gehirnerschütterung.«

»Du bist auf Fuß und Kopf gefallen?«

»Ich hab nie behauptet, eine gute Motorradfahrerin zu sein.«

»Mama, ich lege jetzt auf. Ich rufe später noch mal an.«

»Aber mein verstauchter Fuß! Ist der Blödmann dir wirklich wichtiger als deine eigene Mama?«

»Oh yes«, antwortet Emma.

»Ich hätte nie gedacht, dass ich so eine undankbare Tochter erzogen habe.«

»Du hörst dich an wie Oma«, sagt Emma, und dann nutzt sie mein geschocktes Schweigen, um aufzulegen.

Blöde Nuss!, denke ich. Ich quäle mich vom Stuhl hoch und humpele auf die Diele zu.

Der Boden funkelt.

Alle Schuhe stehen ordentlich im Schuhregal.

Was, wenn ich wirklich wie meine Mutter bin? Ich schnappe mir den an der Wand lehnenden Regenschirm und stoße damit einen Schuh aus dem Regal. So, ja. Jetzt ist es nicht mehr ganz so ordentlich.

Die Tür zu Emmas Zimmer steht offen, und von der Diele aus kann man einen Streifen gemachtes Bett, ein sauberes Trinkglas und eine hochgezogene Jalousie sehen. Ich nehme den Schirm als Krücke und hüpfe dorthin und schließe sie mit einem Knall. Für einen Moment spiele ich ernsthaft mit dem Gedanken, in Emmas Zimmer viel zu laute Musik laufen zu lassen, um mich darüber ärgern zu können, wie in alten Zeiten, und mir einzureden, dass sie hier ist und soeben meine Trommelfelle zerstört. Aber so weit gehe ich dann doch nicht.

Ich hüpfe stattdessen in die Küche, stecke mir im Haus eine Zigarette an und denke mörderische Gedanken über einen wildfremden und eventuell unschuldigen jungen Mann, der mir nie auch nur über den Weg gelaufen ist.

Unschuldig! Ha! Da darf ich ja wohl noch meine Zweifel haben!

Als ich den Kühlschrank öffne, um mir ein Glas Wein einzuschenken, sehe ich, dass das ganze Essen mich anglotzt. Frisches Gemüse, das verderben wird, ehe ich es aufessen kann, Hackfleisch und Hähnchen, die eingefroren werden müssen, Unmengen von Gläsern und Gewürzpackungen, die noch wochenlang dort stehen und mir den Appetit verderben werden. Eine kalte Flasche Cola, und zwei weitere in der Abstellkammer.

Dann öffne ich die Tiefkühltruhe und bemerke, dass ich nicht ein einziges Fertiggericht übrig habe.

19

Im Vergleich zu meinem akuten Selbstmitleid ist ein verstauchter Fuß mein geringstes Problem.

Am nächsten Tag gehe ich wieder arbeiten. Ich kann mit dem Fuß noch immer nicht auftreten, aber sie setzen mich ganz einfach an die Kasse, und da sitze ich dann und verfluche Fredrik, Karlskrona, Kalmar und alle die Millionen Jahre Evolution, die dafür gesorgt haben, dass Kinder groß werden.

Auf irgendeine Weise wissen etliche Kundinnen schon, dass ich mir den Fuß verstaucht habe.

»Ich habe immer schon gesagt, dass Motorräder gefährlich sind«, sagt eine wohlmeinende alte Ziege. »Ich nenne Motorradfahrer immer Organspender.«

»Ich habe mir den Fuß verstaucht«, sage ich. »Deshalb kriegen sie meine Raucherlunge noch lange nicht.«

Die Kundin macht ein verletztes Gesicht. Bloß, weil ich als Organspenderin bezeichnet werde, brauche ich ja wohl nicht so schroff zu antworten. Sie verzieht verärgert den Mund, schüttelt den Kopf und überlässt mich meiner Verbitterung.

Ich werde die Fahrstunden für eine Weile aufgeben müssen, aber das ist nicht das Schlimmste. Das Schlimmste ist, dass ich nicht sicher bin, ob mir das wirklich etwas ausmacht. Ich denke an den Übungsparcours und daran, dass ich mich verkrampft habe und dass mir einfach alles misslungen ist und dass es nicht einmal Spaß gemacht hat, und dann denke ich, dass es eigentlich auch egal ist.

Ich seufze laut und fange mir einen überraschten Blick der Kundin ein, die soeben aufgetaucht ist. Also zwinge ich mich zum Lächeln und sage: »Darf es sonst noch etwas sein?«, und »Ein schönes Wochenende«, und danach lasse ich meinen Gesichtsmuskeln wieder ihren Willen, sowie die Kundin ihre Waren eingepackt hat.

Was, wenn ich mir nur eingebildet habe, dass es mir Spaß macht, Motorrad zu fahren? Ich habe vielleicht einfach nur Nervosität mit Adrenalinkick und Unfähigkeit mit Glück verwechselt?

Aber nein, denke ich. Ich erinnere mich daran, wie es war, mit dem Motorrad über Straßen zu fahren, auf denen ich bisher nur mit dem Bus unterwegs war, umgeben von Wohnhäusern und Menschen in Autos, und dem Spätsommer so nah, dass ich ihn im Leib spüren kann, während wir fahren.

Großer Gott, was, wenn ich so eine bin, die lieber gefahren *wird*?

An diesem Tag arbeite ich bis acht, und inzwischen ist es schon nach sechs. Ich gehe in die Eingangshalle und stecke mir eine Zigarette an. Wir dürfen hier eigentlich nicht rauchen. Es macht keinen guten Eindruck, wenn die Angestellten im Eingang herumlungern. Aber ich habe nicht vor, zur Warenannahme hinüberzuhüpfen.

Also lehne ich mich gegen die Werbung für Schweinerippchen und nehme einen heftigen Zug.

Was, wenn ich den Motorradführerschein mache, mir eine Maschine kaufe und danach eigentlich gar nicht fahren will? Wenn ich es vor mir herschiebe, sie aus der Wintergarage zu holen, bis es August geworden ist und sich das »ja wohl kaum noch lohnt«, weil wir ja fast schon Herbst haben?

Ungefähr so wie beim Aufräumen auf dem Balkon.

»Hallo«. Plötzlich steht Lukas neben mir. Ich richte mich zu hektisch auf und knalle mit dem Fuß auf den Boden.

»Wie geht's denn so?«, fragt er, während ich »auuu« heule und seinen Arm packe.

»Ganz hervorragend«, keuche ich, während mir die Tränen in die Augen treten.

Ich sehe Lukas zum ersten Mal in normaler Kleidung. Er trägt Jeans, ein schwarzes T-Shirt und eine Jeansjacke. Er sieht darin attraktiv und entspannt aus, aber mir fehlt die Motorradjacke. Ich selbst trage den Mat-Extra-Kittel.

Die Fahrschule wird mir fehlen, denke ich und begreife erst jetzt, wie viel es mir bedeutet hat, eine Umgebung zu haben, die mit meinem Alltag rein gar nichts zu tun hat. Bis Lukas mit zur Seniorenwohnung meiner Mutter kommen musste, natürlich nur.

»Danke für alles gestern«, sage ich verlegen. »Fürs Fahren und den Kaffee und überhaupt.«

»Wie geht es deiner Mutter?«, fragt Lukas.

»Sehr gut. Heute ist sie nicht durchgebrannt. Soviel ich weiß«, füge ich wahrheitsgemäß hinzu.

»Sie ist ja sehr sympathisch«, sagt er.

»Das kommt von der Demenz.«

Er lacht unsicher. Dinge, die er über mich weiß: Ich kann nicht Motorrad fahren, ich arbeite bei Mat-Extra und habe eine demente Mutter mit Fluchttendenzen.

»Kannst du verstehen, dass eine Tochter ihr Wochenende lieber mit einem Blödmann verbringt als mit der Frau, die sie zur Welt gebracht hat?«

Das ist mir herausgerutscht, ehe ich etwas dagegen tun kann. Mein Selbstmitleid hat mir offenbar jede Form der Selbstbeherrschung geraubt.

»Rein hypothetisch?«, fragt Lukas.

»Fredrik«, erkläre ich düster. »Der Blödmann.«
»Wie alt ist deine Tochter?«
»Neunzehn. Alt genug, um es besser zu wissen.«
Er lacht. »Klingt aber trotzdem ganz normal, in dem Alter einen Blödmann seiner Mama vorzuziehen.«
»Genau. Und ich habe meine Tochter nicht dazu erzogen, *normal* zu sein. Das hat sie nicht von mir, das kannst du mir glauben.«
Er sagt sehr leise etwas. Es könnte heißen »das glaub ich dir gerne«.
Jetzt schaut er sich verzweifelt um.
»Ich bin nicht verrückt«, ich fühle mich veranlasst, das zu beteuern. »Jedenfalls nicht mehr als viele andere.«
Es ist nie ein gutes Zeichen, wenn man anderen gegenüber beteuern muss, nicht verrückt zu sein.
»Wie... schön«, sagt Lukas endlich.
»Ich bin nur ein bisschen niedergeschlagen. Nach dem Übungsparcours und überhaupt.«
Er sieht mich aufmerksam an. »Übungsparcours? Weil du dich verletzt hast?«
»Nein, nein. Großer Gott. Das war doch nur eine Verstauchung. Ich muss eben eine Zeitlang auf absolut würdelose Weise herumhüpfen, aber bei der Arbeit werde ich hinter die Kasse gesetzt, und da sitze ich dann eben.«
»Aber was war denn so schlimm am Übungsparcours?«
Was, wenn ich Motorräder gar nicht leiden kann? »Ich hab doch bei allem versagt! Ich kann nicht langsam fahren. Ja, von mir aus, damit könnte ich ja noch leben, aber ich kann auch keine einfache Slalombahn fahren, und ein Flugfeld ist nicht groß genug für mich, um einmal zu wenden.«
Er lächelt wieder, diesmal entspannter, und er lehnt sich

sogar neben mich an die Wand. »Das alles findet sich schon noch so nach und nach«, sagt er.

Ich nehme mir noch eine Zigarette. Meine Pause ist eigentlich zu Ende, aber ich bringe es nicht über mich zurückzugehen. Und am Vormittag habe ich keine Pause gemacht. Als ich dann erst hinter der Kasse saß, war das Aufstehen nicht der Mühe wert.

»Weißt du«, sage ich stattdessen. »Ich habe im Handbuch zum Führerschein gelesen, dass die meisten Autofahrten unter fünf Kilometern liegen. Ist das nicht seltsam?«

»Nicht gut für die Umwelt, meinst du? Dass die Menschen mit dem Auto zum Einkaufen fahren?«

»Was? Nein. Aber warum nur fünf Kilometer? Wenn man schon den Führerschein und ein Auto oder ein Motorrad hat – warum zum nächsten Laden fahren? Warum kauft man nicht Milch und was man sonst noch haben will in Västerås?«

»Haben die da bessere Milch?«

Ich lache. »Okay, scheiß auf die Milch. Aber warum fährt man nicht einfach irgendwo hin?«

»Wohin würdest du denn fahren?«

»Ganz egal. Einfach losfahren und sehen, wo man landet.«

Er scheint gerade etwas sagen zu wollen, als plötzlich eine Frau neben ihm auftaucht. Sie legt ihm in einer intimen, besitzergreifenden Geste die Hand auf die Schulter. Offenbar hat er mit mir geredet, während er auf sie wartete. Ich schiele zur Uhr hinüber und beschließe, es sei höchste Zeit zurückzuhüpfen.

»Äh, das ist Anette. Sie nimmt bei uns Fahrstunden. Und das ist Sofia, eine gute Freundin von mir.«

»Gehen wir jetzt einkaufen?«, fragt die »gute Freundin« nach einem minimalen Nicken in meine Richtung.

Lukas schaut zögernd zwischen uns hin und her. »Gehst du auch wieder rein?«, fragt er endlich.

Ja, darauf habe ich mich schon gefreut. Neben ihm und einer Frau in gut sitzenden, engen Jeans loszuhumpeln, während ich die dicke Hose und den knallgelben Kittel von Mat-Extra trage.

Aber jetzt muss ich wirklich zurück an die Kasse, deshalb schlucke ich meinen Stolz hinunter und versuche, mit so viel Würde, wie ich nur aufbringen kann, loszuhüpfen.

Er hält die Tür für mich auf und scheint noch etwas sagen zu wollen, aber die Frau sieht eindeutig ungeduldig aus, und ich habe auch genug. »Bis dann«, sage ich energisch.

»Sag Bescheid, wenn du bei irgendwas Hilfe brauchst«, sagt er. »Einkaufen oder so.«

»Lukas, sie *arbeitet* im Mat-Extra«, sagt die gute Freundin und mustert mich von Kopf bis Fuß.

»Ich meinte, Hilfe beim Tragen, oder wenn ich dich irgendwo hinfahren soll oder so.«

Ich denke an meinen deprimierend wohlgefüllten Kühlschrank. »Glaub mir«, sage ich. »Gerade beim Einkaufen brauche ich keine Hilfe.«

Als ich wieder hinter der Kasse sitze, kann ich es nicht lassen, hinter ihm herzuschauen, und als sie sich in meine Warteschlange eingereiht haben, sehe ich mir an, was sie kaufen.

Lachs, Kartoffeln und Crème fraîche. Das deutet zumindest darauf hin, dass sie nicht zusammenwohnen. Dann hätten sie Haushaltsartikel und Zutaten zu mehr als nur einer Mahlzeit gekauft. Aber ich zweifele nicht eine Sekunde daran, dass sie mehr sind als nur gute Freunde.

Die Frau packt die Sachen ein, während Lukas bezahlt, und dann wartet sie vor der Tür, während Lukas noch zögert.

»Du hast jetzt also keine Pläne fürs Wochenende?«, fragt er.

»Nein«, sage ich und scanne schon die Waren des nächsten Kunden ein.

»Was sagst du zu einem Ausflug?«

Jetzt schaue ich immerhin vom Scannen auf. »Einem Ausflug? Wohin denn?«

»Einfach irgendwo zum Mittagessen. Morgen? Ich kann dich um zehn abholen.«

»Das klingt phantastisch«, sage ich ganz wahrheitsgetreu.

Kaum ist er außer Hörweite, greife ich zum Mikrofon. »Pia an Kasse 2. Pia bitte an Kasse 2.«

Die insgesamt zwei Personen in der Warteschlange blicken sich verwirrt um, als erwarteten sie, es würde plötzlich eine Herde von Kunden auftauchen.

»Gleich wird noch eine Kasse geöffnet«, sage ich lachend und scanne weiter Waren ein. Ein Red Bull und eine Tüte Käseflips.

Der andere Kunde hat Hamburger und Hamburgerbrötchen gekauft. Das ist alles. »Brauchen Sie sonst noch etwas?«, frage ich. »Dressing? Kaugummi? Ein Feuerzeug?«

»Nein, das ist alles, danke«, sagt der Kunde, deshalb bleibt mir nichts anderes übrig, als ihn bezahlen zu lassen. Aus irgendeinem Grund hat Klein-Roger den Ruf nach der zweiten Kasse gehört und steht jetzt vor einer nicht vorhandenen Warteschlange. Pia kommt zwei Schritte hinter ihm.

»Hier ist keine zweite Kasse nötig«, sagt Klein-Roger misstrauisch.

»Die ... die haben es sich anders überlegt«, sage ich. »Mehrere. Volle Einkaufswagen. Ich dachte, es wäre besser, Pia zu rufen, sicherheitshalber. Die Leute werden so sauer, wenn sie am Freitagabend warten müssen.«

Pia schaut sich nach Geisterkundschaft um. »Wo denn?«, fragt sie.

Also echt. Man sollte doch meinen, dass sie in zehn Jahren Freundschaft so einiges gelernt hätte.

»Warte!«, sage ich. »Geh nicht weg! Ich brauche etwas aus dem Personalzimmer.« Für Klein-Roger füge ich hinzu: »Mein Fuß. Ich kann da doch nicht selbst hinhumpeln.«

»Was brauchst du?«, fragt er.

»Meine ... Wasserflasche.«

»Die steht da.«

Sie ist halbvoll. Aber ich fackele nicht lange. Ich drehe den Deckel herunter und leere sie in einem einzigen Zug. Es dauert fast eine Minute, und nachher muss ich mir Wasser vom Kinn wischen. »Durst«, sage ich, und endlich zieht Klein-Roger ab, vermutlich, weil er nicht gebeten werden will, die Flasche neu zu füllen.

»Was soll das hier eigentlich?«, fragt Pia.

»Ich muss mit dir reden!«

»Ja, und das hast du wirklich diskret in die Wege geleitet.«

»Lukas hat mich zum Mittagessen eingeladen.«

»Lukas?«

»Mein Fahrlehrer!«

»Wieso denn?«

Das ist eine sehr gute Frage. »Ich glaube, ich tue ihm vielleicht leid«, gebe ich zu.

»Ja, er scheint dich ja nicht anbaggern zu wollen«, sagt Pia.

»Das will ich jedenfalls nicht hoffen.«

»Wieso nicht?«

»Wenn er dich anbaggern will, ist es ein verdammt schlechtes Zeichen, dass er ein Mittagessen vorgeschlagen hat. Das deutet doch darauf hin, dass er nicht einmal glaubt, er müsste sich anstrengen, um mit dir schlafen zu können.«

»Das ... das würde er natürlich müssen«, sage ich vage.

»Aber was, wenn er *wirklich* mehr mit mir zu tun haben will? Und was soll ich anziehen?«

»Tja, das ist jedenfalls eine wunderbare Gelegenheit für dich, um flirten zu üben. Red aber bloß nicht über Verkehrsregeln.«

20

Es ist unmöglich, auf vorteilhafte Weise in einem Auto zu sitzen. Man begreift das aber erst, wenn man leicht zurückgelehnt dasitzt und versucht, den Bauch einzuziehen, während der Sicherheitsgurt genau unter den Speckwülsten liegt.

Das gilt natürlich nicht für die Person, die fährt. Die kann elegant und cool aussehen, wenn sie mit einer Hand am Lenkrad dasitzt und die andere entspannt auf der Gangschaltung ruht, während sie sich aus einer engen Parklücke herausnavigiert, als ob sie in ihrem Leben niemals etwas anderes getan hätte.

Es ist ein seltsames Gefühl, mit Lukas zusammen im Auto zu sitzen. Selbst nach Mamas Fluchtversuch kann ich ihn mir nur mit Mühe außerhalb der Fahrschule vorstellen. In Gedanken versuche ich, ihn in Alltagssituationen zu setzen. Wie er müde von der Arbeit nach Hause kommt. Wie er sich über einen miesen Montag beschwert. Wie er lieber einen Film ansieht, statt abzuwaschen. Wie er überlegt, was er kochen soll.

Und wie er Sofia fragt, was sie essen möchte.

Zum ungefähr hundertzehnten Mal frage ich mich, was er hier eigentlich macht, warum er seinen freien Samstag opfert, um mich in bessere Laune zu versetzen.

Es ist kurz nach zehn, also sind vor allem Frühaufsteher und geschäftige Menschen unterwegs. Ein Rentnerpaar mit Walkingstöcken spaziert neben uns über den Gehweg, beim nächsten Zebrastreifen halten wir für eine Frau mit einem Kinderwagen und zwei Kindern, eingepackt in Herbstjacken und Schals und wesentlich besser aufgelegt als ihre Mama. Die Parkplätze beim Marktplatz sind leer, niemand hat hier bisher mit seinen heutigen Vorhaben angefangen.

Außer mir, die auf dem Weg weg von hier ist.

Wir halten an einer roten Ampel genau vor dem Laden für Jalousien und Markisen. Sein Schild hat neongrüne Buchstaben, und auf der Schaufensterscheibe sind seine Angebote aufgeführt – Markisen, Jalousien, Plissees, Lamellen, Rollos und die Möglichkeit eines kostenlosen Hausbesuchs. Der Laden ist dunkel und verlassen, samstags öffnen sie nicht einmal für einige Stunden. Wer eine neue Jalousie haben möchte, hat gefälligst brav bis Montag zu warten.

Nicht, dass dann jemand dort einkaufen würde. Pia und ich haben schon längst den Verdacht, dass der Laden für irgendeine kriminelle Organisation als Geldwäscherei dient. Niemand geht je in diesen Laden, niemand kommt je heraus, und ich kann mir kaum vorstellen, dass es hier im Ort einen so großen Bedarf an Plissees und Lamellen gibt, dass ein Geschäft davon überleben könnte.

»Glaubst du, dass dieser Laden hier ein Schlupfloch für Geldwäscher ist?«, frage ich, nur um das Schweigen zu brechen. Nicht einmal der Motor lenkt uns ab, der Wagen ist neu und lautlos.

Wir werden mehrere Stunden miteinander verbringen, und bisher sind alle unsere Gespräche ungefähr so verlaufen: links abbiegen. Links. Das da ist rechts. Oder: langsamer fahren. Den Motor wieder anlassen.

Abgesehen von gestern, wo ich allzu viel geplappert habe.

»Für die Mafia von Skogahammar?«, fragt Lukas.

Das einzige Mafiöse, was wir hier in Skogahammar haben,

sind ein Vater und ein Sohn, die in einer Art Familienunternehmen schwarzgebrannten Fusel verkaufen.

»Wenn du nicht blechst, bringen wir in deinen Jalousien alles durcheinander«, sage ich. »Du wirst sie nie wieder hochziehen können.«

Wir verlassen Skogahammar und folgen den Schildern in Richtung E18. Das ist für mich der einzige Hinweis darauf, wohin wir unterwegs sind. Als wir an dem kleinen Einkaufszentrum vorbeikommen, sind die Parkplätze vor ÖB, Netto und Pekås fast leer.

Und warum auch nicht? Warum sollte jemand mit einem Auto dort bleiben wollen, wenn er einfach so weit fahren kann, wie er will?

»Das mit deiner Mutter muss schwer für dich sein«, sagt Lukas.

»Es geht schon.« Dass Emma nicht nach Hause kommt, ist eine Katastrophe. Dass Mama durchbrennt, ist eher unpraktisch.

»Hattet ihr eine enge Beziehung, bevor...«

»Bevor sie verrückt geworden ist?« Ich korrigiere: »Noch verrückter.«

Er schaut mich überrascht an und wartet offenbar darauf, dass ich noch mehr sage. Aber ich will nicht über Mama reden. Ich will darüber reden, wie viele Meilen Straße es wohl im ganzen Land geben kann und wie lange es dauern würde, einmal um ganz Schweden herumzufahren. Vor dem Fenster strahlen die dünnen Birken in einem warmen Gelb, die Tannenzapfen sind grün, und die immer wieder auftauchenden abgeholzten Stellen leuchten im scharfen Morgenlicht.

»Wir hatten nie eine besonders enge Beziehung«, sage ich schließlich. »Sie kann mich an den Tagen, an denen sie mich kaum erkennt, viel besser leiden. Und du? Kannst du deine Eltern ertragen?«

»Nicht direkt«, sagt er. »Aber es ist wohl eher so, dass sie mich nicht ertragen können. Mein Vater hat nie ganz akzeptiert, was ich gemacht habe. Meine Mutter hat vor allem ... ja, zu meinem Vater gehalten.«

»Reizend«, sage ich.

Ich schiele zu ihm hinüber. Er trägt Jeans und einen dunkelgrauen Pullover mit V-Ausschnitt und hat auf dem Rücksitz eine Lederjacke liegen, für den Fall, dass er aus dem Auto aussteigen muss; er hat einen guten Job, den er voll im Griff hat, er wirkt ... ja, *sympathisch*.

»Aber du hast vielleicht in deiner Jugend schlimme Dinge angestellt?«, frage ich. »Mit zehn Jahren mit Drogen angefangen? Nie dein Zimmer aufgeräumt?«

»Nix. Überhaupt keine Drogen. Und ich bin erschreckend reinlich. Ich putze einmal pro Jahr, egal, ob es nötig ist oder nicht.«

»Hast du nie Lust gehabt, mal so richtig etwas auszufressen, nur um deinem Vater eins auszuwischen?«

Er lacht. »Ich hab schon mit dem Gedanken gespielt. Und du?«

»Ach, da brauchte ich mich nie weiter anzustrengen.«

Ich richte mich im Sitz auf und sehe den Asphalt unter uns verschwinden. Selbst an einem Samstagmorgen sind hier ganz schön viele Autos unterwegs, vielleicht auf dem Weg zum Einkaufen oder zu einem Ausflug oder einem Verwandtenbesuch.

Die Straße fließt in sanften Wellen dahin, umgeben von Feldern und einzelnen Baumgruppen, hier und da unterbrochen von Ausfahrten und Schildern, die auf kleine Ortschaften verweisen. Ortschaften, die an der Straße vorüberhuschen, ohne den geringsten Eindruck zu hinterlassen, ein Schild, eine

Ausfahrt, und weg sind sie. Ganze Geschichten und Sippen und Schicksale in Sekundenschnelle links liegen gelassen.

Ich könnte in jedem dieser Orte hier wohnen, denke ich. In all diesen Käffern, an denen wir vorüberfahren, ohne sie auch nur zu bemerken. Und wenn jemand an Skogahammar vorbeiführe, würde er genau dasselbe über uns denken. Vielleicht würde solchen Leuten das Ortsschild auffallen, wenn sie nach der nächsten Entfernungsangabe Ausschau hielten, nach einer Tankstelle oder einer Raststätte. Aber es wäre ebenso wahrscheinlich, dass sie einfach weiterfahren würden, ohne unsere Existenz zu registrieren. Sie würden vielleicht denken, »noch drei Stunden fahren, und ich bin jetzt schon müde«, oder die Hand ausstrecken und in einer Werbepause einen anderen Sender einstellen, und noch ehe sie den nächsten Sender gefunden hätten, wären sie an meiner Wohnung und Mamas Heim und dem Mat-Extra vorübergefahren, all den kleinen belanglosen Dingen, die mich am selben Ort festhalten, obwohl ich vom Balkon aus die Straße sehen kann.

»Wohin fahren wir?«

»Das wirst du schon sehen.«

Ich lache. »Perfekte Antwort.«

Kurz vor Örebro fahren wir von der E18 ab und gelangen dann irgendwann auf einen kleinen Kiesweg, der unter den Reifen knirscht.

Wir halten vor einem kleinen roten Holzhaus. Ich bin ziemlich sicher, dass es sich um einen Bikertreff *handelt*. Ich habe schon festgestellt, dass Motorradfahrer Kies lieben. Für mich ist es natürlich unbegreiflich, warum man Kies lieber mögen sollte als den glatten, geschmeidigen Asphalt.

Das Haus ist umgeben von einer großen Holzveranda, die man offenbar vom Café aus betreten kann. Übergroße Blumen fluten aus Hängekörben, und neben der Tür sind Petunien in selbst gegossene Betonkästen gepflanzt. Sie scheinen Wasser zu brauchen. Die abblätternde Farbe der Veranda und das Unkraut, das sich durch den Kies gefressen hat, tragen zu einem leicht heruntergekommenen Aussehen bei, aber vielleicht liegt das einfach daran, dass die Motorradsaison zu Ende ist.

An der Tür teilt ein Zettel in einer Plastikhülle mit, dass Biker zehn Prozent Rabatt bekommen. Ich zeige begeistert darauf.

Lukas lächelt. »Was sagst du?«

»Phantastisch«, sage ich wahrheitsgemäß, und er lächelt noch breiter.

Wir gehen zum Tresen und warten geduldig, bis ein Mann aus einem Hinterzimmer auftaucht. Er ist sicher eins neunzig groß. Ich muss den Kopf in den Nacken legen, um ihm in die Augen zu schauen. Seine Arme stehen wegen der vielen Muskeln ein wenig vom restlichen Körper ab. Sie sind vermutlich breiter als meine Oberschenkel.

Ich trete einen Schritt zurück, damit ich mit ihm reden kann, ohne mir den Nacken zu verrenken. Seine Arme und sein Nacken sind tätowiert, und er trägt eine abgewetzte Lederweste. Lange Haare, Bartstoppeln und Schnurrbart.

Und er hat sehr liebe Augen, weshalb er insgesamt den Eindruck eines tätowierten Teddybären macht. Er heißt Roffe, wie sich herausstellt, und während er und Lukas miteinander reden, schaue ich mich weiter um. Rotkarierte Decken auf den Tischen, aber ein wenig schief, als ob sie nur zufällig dort gelandet wären. Auf allen Tischen stehen Blumen, aber nur aus Plastik. Die Vitrine ist schon ziemlich ausgeplündert, Macarons, Marzipanrollen und trockene Zimtschnecken, das ist so ungefähr alles. Hinter dem Tresen steht eine unberührte Espressomaschine. Ich habe das Gefühl, dass sie schon länger unberührt da steht. Es gibt eine Kaffeemaschine, die zwei Kannen auf einmal aufbrühen kann, aber keinen fertigen Kaffee.

Was mir aber nichts ausmacht. An der Wand hängt in der einen Ecke ein Schild mit dem Text: *Crazy Gazettes 1 % Motorrad-Club*. Der Laden ist einfach perfekt.

»Ein Motorradclub«, sage ich begeistert.

»Roffe ist da Mitglied«, sagt Lukas lächelnd.

»Seid ihr Mitglied beim Schwedischen Motorradverband?«, frage ich und bin ziemlich zufrieden mit meinem Insiderwissen.

»Nicht ... direkt.«

Viel mehr weiß ich nicht, aber da es ohnehin zu spät ist, mich vor Lukas als cool und kompetent aufzuspielen, nutze ich die Gelegenheit, um alle Fragen zu stellen, die mir gerade einfallen: »Kann man einfach so in einen Motorradclub eintreten? Ich habe gegoogelt, aber nicht viele Infos gefunden.«

»Was für eine Maschine fährst du?« Es mag Einbildung sein, aber ich glaube jetzt, aus Roffes Stimme einen verzweifelten Beiklang herauszuhören.

»Noch keine«, sage ich.

Lukas hat sich abgewandt, um zu husten, aber jetzt sagt er: »Anette nimmt bei uns Fahrstunden.«

»Du ... nimmst Motorradfahrstunden?«, fragt Roffe.

»Ja! Na ja, jetzt nicht, mit dem dicken Fuß, aber sonst.«

Inzwischen scheint Roffe sich alle Mühe geben zu müssen, um nicht loszuprusten, und Lukas überkommt noch ein Hustenanfall.

Offenbar lachen sie beide über mich, und ich kann nicht umhin, das ein wenig unhöflich zu finden. Ich habe vielleicht keine Ahnung von Motorrädern, aber müsste ein Verein nicht der richtige Ort sein, um etwas zu lernen? Vor allem, da ich in der nächsten Zeit ja keinen Unterricht nehmen kann.

»Lukas«, sagt Roffe mit erstickter Stimme. »Hast du eine Infiltratorin mitgebracht?«

Ich reiße die Augen auf. »Infiltratorin?«, frage ich.

»Tja, wir können vielleicht einen neuen Kassenwart brauchen«, sagt Roffe. »Unser alter ist in Brasilien. Sein Urlaub wurde etwas länger, als er geplant hatte.

»Wie viel länger?«, frage ich.

»Fünfundzwanzig Jahre.«

Ich bin ziemlich sicher, dass er Witze macht.

»Woher sollte ich denn wissen, dass er zu einer Art Motorrad-Gang gehört?«, fauche ich, sowie wir uns an einem Tisch niedergelassen haben. Wir haben Mittagessen bestellt, Lasagne für uns beide, das Einzige aus dem Angebot, das nahrhafter ist als Zimtschnecken. Als Roffe sich von seinem Lachanfall erholt hat, erwähnt er vage etwas von Kaffee, den es irgendwo geben könne, aber wir erklären, das habe keine Eile.

Lukas zieht die Tischdecke gerade und stellt die Plastikblumen so auf, dass sie nicht mehr zwischen uns stehen. Auf der Fensterbank neben uns stehen zwei traurige Pelargonien.

»Tja, sie bezeichnen sich als Ein-Prozent-Club«, sagt er.

»Ein Prozent Motorrad und neunundneunzig Prozent Roller? Ein Prozent Teddybär und neunundneunzig Prozent Brutalo?«

»Teddybär?«, fragt Lukas verwirrt, aber ich winke ab. Es ist vermutlich eine Beleidigung seines hartgesottenen und vermutlich schwerkriminellen, lasagnekochenden Freundes.

»Was ist also ein Ein-Prozent-Club?«, frage ich.

»Das kommt aus den USA, in den fünfziger Jahren gab es da Probleme durch die Streitigkeiten unter den Bikern. Der

Motorradverband der USA erklärte, neunundneunzig Prozent seiner Mitglieder seien gesetzestreue Bürger, nur ein Prozent sei auf Krawall gebürstet. Hell's Angels und Bandidos und Outlaws. Aber nicht alle sind kriminell. Es hält sie eben zusammen, dass sie außerhalb der Gesellschaft stehen.«

»Und dass sie coole Westen haben.«

»Das auch.«

»Wie um alles in der Welt kommt man auf den Namen Crazy Gazettes? Hell's Angels, Bandidos, Outlaws. Da hört man ja schon von weitem, dass das nichts für Frauen mittleren Alters ist. Aber Crazy Gazettes? Das klingt wie ein erfolgloser Sportverein aus einem Disneyfilm.«

Lukas lacht. »Die ersten Hell's Angels-Anwärter in Kopenhagen hießen Galloping Goose MC, ehe sie bei den Hell's Angels aufgenommen wurden. Es gab sie auch in den USA, und in den vierziger Jahren waren sie mal ziemlich groß. Also gibt es wohl schlimmere Namen.«

»Hm«, sage ich skeptisch, aber ich lächele dabei, und dann lasse ich mich auf dem Stuhl zurücksinken und genieße es, nicht in meiner Wohnung zu sein, in einem Biker-Café zu sitzen und über kriminelle Banden zu reden.

Lukas lächelt ebenfalls, ein ganz echtes und entspanntes Lächeln, bei dem seine Augen funkeln. Offenbar war der Versuch, einer Motorrad-Gang beizutreten, genau das Richtige, um das Eis zwischen uns zu brechen. Zum ersten Mal begreife ich wirklich, wie Nesrin das mit dem Lächeln gemeint hat. Es ist warm und persönlich und durch und durch tödlich.

Ich bin deshalb fast dankbar, als hinter dem Tresen eine Mikrowelle *pling* macht und Roffe mit unserer Lasagne auftaucht.

Dann lungert Roffe an unserem Tisch herum. Ich fange an

zu essen und stelle fest, dass die Lasagne kaum lauwarm ist. Ich kann Lukas ansehen, dass seine nicht viel besser schmeckt, aber wir sagen nichts dazu, obwohl Roffe weiterhin vor uns aufragt.

»Wie geht es denn Sandra?«, fragt Lukas.

Roffe wirft mir einen verstohlenen Blick zu, als wolle er irgendetwas nicht vor meinen Ohren sagen. Am Ende beschließt er, dass ich in Ordnung bin, und murmelt: »Sie hat mich verlassen.«

Schweigen breitet sich aus, während wir wohl alle drei überlegen, was wir sagen könnten.

»Ach je«, sage ich. Es klingt idiotisch, sogar in meinen eigenen Ohren.

»Was ist denn passiert?«, fragt Lukas.

Ich frage mich, ob ich zur Toilette gehen sollte, oder mich entschuldigen, weil ich eine Zigarettenpause brauche, aber ich will nicht, dass Lukas oder Roffe glauben, ich hätte etwas gegen das Gespräch. Das habe ich nicht. Ich weiß bloß nicht, was ich zum Thema Beziehungen sagen soll, da meine eigenen Erfahrungen so gewaltig begrenzt sind.

»*Sie* wollte doch unbedingt diesen Laden hier kaufen«, sagt er. »Und dann, eines Tages, einfach so, sagt sie plötzlich, dass sie das alles hier hasst.«

Lukas nickt mitfühlend.

»Wir waren zehn Jahre zusammen«, fügt Roffe hinzu. »Wir sind zusammen zur Custom Bike Show gefahren, und dann haben wir den Laden hier gekauft und überhaupt. Sie wollte ein ökologisches Café haben und sich selbst verwirklichen und diesen ganzen Kram. Und dann, an einem ganz normalen Montagmorgen, als wir alles zum Öffnen vorbereiten, schmeißt sie den Wischmopp hin, einfach so. Und sagt ...«

»Ja?«, fragt Lukas.

»Sie sagt, dass sie diesen Laden hier hasst. Dass sie es nicht eine Sekunde länger hier aushält.«

»O je«, sage ich, da es mir seltsam vorkommt, einfach den Mund zu halten. Roffe sieht mich an, als hätte er meine Anwesenheit vergessen, und verstummt.

»Und was hast du gesagt?«, fragt Lukas.

»Was hätte ich sagen sollen? Sie sagte, sie wollte kein einziges Vollkornbrötchen mehr verkaufen. Dann sagte sie, dass sie einen anderen hat. Fährt der Motorrad, frag ich. Nein, antwortet sie. Offenbar fährt der Kerl einen Volvo. Kombi.«

Roffe schüttelt den Kopf.

»Das ist wirklich unbegreiflich«, sage ich.

»Dann sagt sie, dass sie einfach keine Lederklamotten mehr sehen kann.«

Ich verschlucke mich am Kaffee. Roffe sieht uns verwirrt an.

»Ich dachte, sie *mochte* meine Lederklamotten.«

Nicht einmal Lukas scheint dazu noch etwas einzufallen.

»Ich weiß nicht, was ich machen soll«, sagt Roffe jetzt. »Ich muss wohl versuchen, den Laden selbst in Gang zu halten. Vielleicht verkaufe ich ihn irgendwann, aber jetzt geht das noch nicht.« Er fügt mit Verzweiflung in der Stimme hinzu: »Ich wünschte nur, ich hätte nicht so viel Zeit!«

Ich richte mich auf. »Zeit?«, wiederhole ich.

»Alle Abende und Wochenenden. Ich versuche, mich hier zu beschäftigen, aber jetzt, nach der Saison, gibt es nicht sehr viel zu tun, und manchmal kommt es mir einfach unmöglich vor, noch ein Wochenende durchzuhalten.«

»Das kenne ich!«, sage ich eifrig. Lukas mustert mich überrascht. »Die ganzen endlosen Stunden, die sich einfach vor uns ausstrecken. Wenn man einen Film einlegt, den man eigentlich gar nicht sehen will, einfach nur, um eine Geräuschkulisse zu haben. Am vorigen Wochenende habe ich mir alle *Stirb langsam*-Filme reingezogen, nur, um etwas zu tun zu haben.«

»Genauso ist es«, sagt Roffe. Und nimmt sogar auf dem freien Stuhl Platz.

»Und auch, wenn es Dinge gibt, die man tun könnte, macht es doch keinen Spaß, sie allein zu tun«, füge ich hinzu.

»Bei der Hälfte der Dinge weiß ich nicht mal, wie man das macht«, sagt Roffe. »Was weiß ich denn über Blumen, verdammt noch mal? Sie wollte überall welche haben. Wenn ich sie nicht gieße, dann gehen sie ein, und dann gieße ich sie, aber davon leben sie verdammt noch mal auch nicht auf.«

»Ich hab nie an Blumen geglaubt«, sage ich.

Roffe nickt. »Bist du auch verlassen worden?«

Mein Blick wird unsicher, aber nun wendet er sich Lukas zu, ehe ich antworten kann.

»Wie läuft es mit Sofia?«

Die gute Freundin, denke ich. Bei Roffe klingt es eher nach einer Freundin, die schon eine ganze Weile im Spiel ist, nach zwei Paaren, die viel zusammen waren, Roffe und Sandra, Lukas und Sofia.

»Alles okay«, sagt Lukas, und ich schweige weiter.

Als Roffe uns verlässt, um nachzusehen, ob er uns einen Kaffee besorgen kann, sitzen wir in angespanntem Schweigen da, ganz anders als unser Scherzen von vorhin.

Ich frage mich, ob er an Sofia denkt. Vielleicht überlegt er, was es zu essen geben soll oder ob er ihr von Roffe und Sandra erzählen soll, oder von seiner mittelalten Schülerin, die versucht, in eine Motorrad-Gang einzutreten. Diese Vorstellung ist mir überraschend unangenehm.

Vielleicht liegt es nur daran, dass ich diese Beziehung so unbegreiflich finde. Ich komme mir so unterlegen vor. Ich versuche zu verstehen, wie ein so sympathischer Mann wie Lukas mit einer so offenkundig unsympathischen Frau wie Sofia zusammen sein kann, aber ich kapiere es einfach nicht. Doch die Liste über alles, was ich an Beziehungen nicht kapiere, wäre länger als dieses Buch in dem Facebook-Witz darüber, was Männer über Frauen nicht wissen.

Was es ein wenig ironisch macht, dass ich so offen mit Roffe gesprochen habe, aber zum Thema Zeit weiß ich jedenfalls so einiges. Als wir uns nach einer Tasse allzu dünnem Kaffee trennen, gebe ich ihm meine Telefonnummer und sage, dass er mich anrufen kann, wenn er möchte. Ich rate ihm noch dazu, das Telefon im Abstellraum zu verstecken, worauf er nickt und Lukas ein verständnisloses Gesicht macht.

»Um nicht in Versuchung zu geraten«, sage ich kurz, und Roffe sagt noch einmal: »Genau so ist es.«

Lukas hält die Tür für mich auf, als ich aus dem Café humpele, aber es ist ganz unbewusst. Mit langen Schritten läuft er dann zum Auto, während ich einige Meter hinter ihm herhüpfe.

Als ich im Wagen sitze, ist es offensichtlich, dass der Tag seine Magie verloren hat, auch wenn ich nicht weiß, warum.

Es ist lächerlich, dass mich Sofias Erwähnung stört. Ich wusste ja, dass sie irgendwo in Skogahammar existiert und mit ihm Essenszutaten einkauft. Er oder sein Alltag gehen mich nichts an, wir kennen uns nicht, dieser Tag hier ist nur ... eine Ausnahme.

So können wir es nennen. Aber ich hatte einen Tag, an dem ich nicht genau vorhersagen konnte, was passieren wird und wie das Gespräch verläuft, einen Tag, an dem ich mit Menschen spreche, über die ich nicht schon alles weiß – mit zweien sogar! –, und ich habe kein einziges Mal überlegt, was Pia wohl dazu sagen würde oder was Emma jetzt gerade macht.

Es war eine befreiende Pause von mir selbst, und die Vorstellung, dass es ihm gar nichts bedeutet, macht mir zu schaffen, so als existiere mein Erlebnis nicht, wenn er es nicht teilt.

Lukas steckt den Zündschlüssel ins Schloss, aber ehe er den Motor anlässt, sagt er mitfühlend und fast unfreiwillig: »Oh Mann!«

»Der Arme«, sage ich.

Er fährt sich mit der Hand über die Augen. »Hast du vorhin von Emmas Vater gesprochen?«, fragt er.

»Was?«

»Deine Erfahrungen damit, verlassen zu werden? Oh Mann, da wollte ich dich aufmuntern, und dann landest du in einer Art Therapiesitzung mit einem Menschen, den du noch nicht einmal kennst.«

»Ich bin aufgemuntert«, sage ich ganz wahrheitsgemäß. Solange Lukas nicht an Sofia denkt, wenn er mit mir zusammen ist.

Als er noch immer nicht losfährt, füge ich hinzu: »Emmas Vater hat nie mit ins Bild gehört.« Ich füge verlegen hinzu: »Das mit dem Zeittotschlagen und das Telefon verstecken ... ja, das ist jetzt so, seit Emma von zu Hause ausgezogen ist.«

Ich schiele zu ihm hinüber, um zu sehen, ob er über meinen totalen Mangel an Liebesleben und gebrochenem Herzen lachen wird, aber das tut er nicht.

Ich sage leichthin, als habe es keinerlei Bedeutung und sei nur ein vager Gedanke: »Du hast nicht zufällig auf der Heimfahrt Zeit für einen Kaffee? Ich lad dich ein.«

Diesmal lacht er. »Einen trinkbaren Kaffee hast du unbedingt verdient«, und dann fahren wir hinaus auf die sonnige E18 und halten vor der erstbesten Statoil-Tankstelle. Ich muss mir alle Mühe geben, um mein Lächeln auf normalem, entspanntem Niveau zu halten.

Lukas bestellt für uns zwei große Becher Kaffee bei einem Typen mit schwarzen Struwwelhaaren, einem ausgedehnten Loch in einem Ohr und drei sichtbaren Tattoos. Ich habe ganz stark das Gefühl, dass es unter dem hellen karierten Hemd und der grauen Hose noch weitere gibt. Lukas will mich nicht bezahlen lassen.

Die Kaffeeautomaten stehen in einer Caféecke mit einem hohen, länglichen Tisch vor dem Fenster und wackligen Barhockern. Von unserem Platz aus können wir Zapfsäulen und Parkplätze sehen, und ein Stück weiter noch einen Imbiss und eine Art Outlet für Freizeitkleidung.

Ich trinke einen Schluck Kaffee, und er ist heiß, stark und gut. Ich halte meinen Blick geradeaus, lasse ihn auf einem selbstgebauten Traktor an Säule 3 ruhen und beobachte das Tankverfahren, als sei es wahnsinnig interessant. Dann frage ich: »Was sagt Sofia dazu, dass du den Samstag damit verbringst, mich durch die Gegend zu kutschieren?«

Lukas zögert. »Tja, wir haben vor ein paar Wochen Schluss gemacht.«

Ich sehe ihn überrascht an, doch auch er starrt den Traktor an, und ich kann seiner Miene nichts entnehmen.

»Ich wollte das Thema nicht anschneiden, wo Roffe doch gerade verlassen worden ist«, sagt er.

Ich nicke. Trinke noch einen Schluck Kaffee, einfach, um meine Hände zu beschäftigen. Er hebt seine eigene Tasse im selben Moment, und unsere Blicke streifen einander für eine Sekunde, ehe wir sie wieder auf die Zapfsäulen richten.

Uns fällt offenbar beiden nichts ein, was wir sagen könnten, als würde es uns beide bedrücken, dass wir über Beziehungen gesprochen haben; als hätten wir vielleicht irgendeine Grenze dafür überschritten, was unser einziger lockerer, gemeinsamer Samstag aushalten kann.

Warum esst ihr noch immer zusammen, wenn ihr erst vor ein paar Wochen Schluss gemacht habt? Hast du schon eine andere? Ich will fragen, aber ich respektiere die unsichtbare Grenze, die wir offenbar gezogen haben.

»Erzähl davon, wie du einmal deinen Vater enttäuscht hast«, sage ich deshalb. Der Tag ist fast zu Ende, das spüre ich, aber ich will noch ein richtiges Gesprächsthema finden. Das ist das letzte Mal für mehrere Wochen, dass ich mit ihm rede, vielleicht das letzte Mal überhaupt, dass wir über persönlichere Dinge sprechen als Verkehrsregeln.

Ich glaube schon, dass er nicht antworten will, aber schließlich sagt er: »Ich wollte früher Automechaniker werden. Und mein Vater fand, ich sollte von ganz anderen Berufen träumen.«

»War er mit Fahrlehrer zufriedener?«

»Nicht direkt. Hatten deine Eltern irgendwelche Träume für dich?«

»Meine Mutter meinte, ich sollte überhaupt nicht träumen.«

»Das muss hart gewesen sein.«

Vor dem Fenster ist soeben eine Harley-Davidson zum Tanken vorgefahren. Ich sehe dem gesamten Prozess voller Interesse zu.

»Was? Nein, durchaus nicht. Ich habe ja doch nicht auf sie gehört. Aber jetzt, so im Nachhinein, ist es ein ziemlich guter Rat an eine Tochter. Keine Erwartungen, keine Enttäuschungen. Okay, meine Mutter war wohl trotzdem enttäuscht. Ich weiß nicht genau, wie das passiert ist.«

»Hast du das Emma auch geraten?«

Ich lache. »Wohl kaum.«

»Was hast du ihr geraten?«

»Nicht schwanger werden. Nicht schwanger werden. Nicht

schwanger werden. Keinen Alkohol aus einer Flasche ohne Etikett trinken. Nicht zu Betrunkenen ins Auto steigen.«

»Gute Ratschläge«, sagt er. Ich bin sicher, dass sie ihn zutiefst beeindruckt haben. »Hast du die selbst auch befolgt?«

»Natürlich nicht. Deshalb weiß ich ja, dass sie so wichtig sind.«

»Und wenn Emma dich fragte, wovon sie träumen sollte, was würdest du antworten?«

Ich lache unfreiwillig. »Sie hat es mich sogar gefragt, als sie sich fürs Gymnasium bewerben sollte.«

»Was hast du geantwortet?«

»Von der Weltherrschaft natürlich. Alle Mädchen sollten davon träumen.«

Ich dehne den Kaffee so lange aus, wie das überhaupt nur möglich ist, bis ich nur noch den Pappbecher an den Mund halte, ohne noch etwas zu trinken. Lukas sitzt entspannt und lächelnd auf dem hohen Barhocker und scheint es absolut nicht eilig zu haben.

Aber ich weiß, dass es nur eine Frage der Zeit ist, und mir fällt einfach kein neues Gesprächsthema ein.

Ich denke an Emma in einer Hütte bei Kalmar und an den Skogahammar-Tag und an mein kommendes motorradloses Leben, und dann kippe ich den letzten Schluck Kaffee, ohne daran zu denken.

Lukas springt auf, als ob er auf dieses Signal gewartet hätte, und sammelt unsere leeren Becher ein. Ich folge ihm zur Tür, als noch ein Wagen zum Tanken vorfährt.

Die Straße ist jetzt auf der Rückfahrt ganz anders. Ich stelle mir vor, dass alle anderen Autos, an denen wir vorbeikommen, auch auf der Rückfahrt von irgendwoher sind, voller Menschen, die vermutlich müde und zufrieden mit ihrem Tagesausflug sind, obwohl sie doch in die Welt hinaus hätten fahren können. Ich frage mich, wie es wäre, einfach loszufahren, irgendwann, sobald man dazu in der Stimmung ist.

Meine eigenen Pflichten rücken immer näher, je kürzer die Entfernung nach Skogahammar wird.

Aber das spielt keine Rolle. Ich war in einem Bikertreff und bin Auto gefahren und habe an einer Tankstelle Kaffee getrunken. Ich war einen ganzen Tag lang frei. Das ist mehr, als ich seit mehreren Jahren erlebt habe.

Und das muss etwas bedeuten.

Als wir vor dem Eingang halten, entdecke ich, dass auch mein Haus anders aussieht, wenn ich einen ganzen Tag lang fort war. Ich schaue nach oben und sehe, dass in der Küche noch Licht brennt. Ich habe nur vergessen, die Lampe auszuknipsen, als wir losgefahren sind, aber es kommt mir so vor, als lebe die Wohnung ohne mich ihr eigenes Leben. Der Motor läuft noch immer, und wir sitzen schweigend da, als wüssten wir schon wieder nicht, was wir zueinander sagen sollen.

»Ich nehme an, der Fuß wird dich eine Weile vom Fahrunterricht fernhalten«, sagt Lukas.

»Daran mag ich nicht einmal denken«, sage ich düster.

Mehr fällt uns beiden nicht ein.

»Tja, also«, sagt Lukas endlich. »Wir hören ja wohl mal voneinander.« Als ich mich aus dem Auto hinausquäle, fügt er hinzu: »Pass gut auf deinen Fuß auf.«

21

Die Bäume bewegen sich nicht.
Das Mat-Extra steht an derselben Stelle wie immer.
Die Straßenschilder ändern sich nie.
Ich stehe still.
Was mache ich hier, frage ich mich, und dann: ein einziger Tag mit fröhlichem Geplauder und einige Dutzend Kilometer mit dem Auto, und schon bist du verwöhnt und mit deinem Alltag unzufrieden.
Aber es ist Montag und das Wetter ist grau, als ob wir schon November hätten. Die Bäume vor meinem Fenster haben sich das ganze Wochenende lang nicht bewegt. Sie stehen einfach da. Wie immer.
Ich bin dieselbe wie immer, und ja, ich sehe ein, dass es idiotisch ist zu glauben, ein netter Samstag könnte irgendetwas ändern. Aber ich wünsche mir eben, dieser Montag wäre nicht ganz genau so wie alle anderen Tage.
Pia und ich packen Obst und Gemüse aus. Kartons mit gelben Zwiebeln, Tomaten und drei Sorten schwedischen Äpfeln.
»Weißt du, dass mein Körper angefangen hat zu knacken?«, fragt Pia, und ich schüttele den Kopf, während ich versuche, noch einige Strauchtomaten unterzubringen.
»Immer, wenn ich mich bücke, kommt so ein komisches Knacken. Das Fitness-Studio wird noch mein Tod sein.«
Herrlich. Sie macht also wieder Sport. »Warum versuchst du es nicht mit anderen Übungen?«, frage ich.

»Was sollte das denn sein? Voriges Mal habe ich es mit Wassergymnastik probiert, aber das war noch schlimmer. Das ist doch lebensgefährlich. Ich wäre schon nach fünf Minuten fast ertrunken, und die ganze Zeit stand so ein Irrer an Land und fuchtelte mit den Armen zu *Living la vida loca*.«

»Schlechte Liedauswahl zum Sterben«, stimme ich zu.

»Wie war das Mittagessen?«, fragt sie, und ich lächle unfreiwillig, wenn ich daran denke.

»Das war phantastisch«, sage ich. »Wir waren in einem Biker-Café. Alle, die mit dem Motorrad hinkommen, kriegen zehn Prozent Rabatt.«

»Schade, dass ihr mit dem Auto gefahren seid.«

»Mit dem Auto zu fahren war auch herrlich.«

Ich rede mir ein, dass mein Lächeln auf Erinnerungen an Spurwechsel und Warnschilder und dünne Birken beruht, aber vor meinen Augen tanzen auch störende Erinnerungsbilder von den feinen Fältchen um Lukas' Augen, wie sein Körper beim Autofahren aussah, von der Mulde in seinem Schlüsselbein, von dem plötzlichen Hustenanfall, als ich versucht habe, einer Motorrad-Gang beizutreten.

»Wir sind Auto gefahren, haben in einem Bikertreff zu Mittag gegessen und dann an einer Tankstelle Kaffee getrunken. Ein netter Ausflug.«

Nett. Das kommt mir wie ein ungefährliches Wort vor.

»Gott, von jetzt an wirst du wohl verlangen, dass auch ich dich zu Tankstellen fahre, oder was?«

»Ja...«, sage ich zögernd. Ich glaube, mit Pia zu fahren, wäre nicht dasselbe.

Emma hat gestern Abend angerufen, entweder aus schlechtem Gewissen, weil sie nicht nach Hause gekommen war, oder um von ihrem schönen Wochenende zu erzählen. Das scheint vor allem aus Diskussionen über Städteplanung bestanden zu haben. Fredrik hatte zu diesem Thema offenbar eine Menge zu sagen, aber sie hat nichts über ihre eventuellen Gefühle für ihn erzählt. Es waren noch mehrere aus ihrem Kurs dabei, es war lustig, hat sie gesagt, auch außerhalb der Uni zusammen zu sein und offener über die großen Fragen wie nachhaltige Städteplanung und die Urbanisierung der Zukunft zu reden.

»Und was hast du so gemacht?«, fragte sie am Ende.

Versucht, in eine Motorrad-Gang einzutreten und meinen Fahrlehrer angeschmachtet, dachte ich. »Ach, das übliche eben«, sagte ich. »Erzähl mehr über die Wichtigkeit eines geschlossenen Stadtkerns.« Und das tat sie dann.

Nach Feierabend humpele ich zu Mamas Seniorenheim, um die kleine Frage ihres Ausbruchs anzugehen. Der Weg zum Wohnheim führt an der Fahrschule vorbei. Ich halte instinktiv Ausschau nach Lukas, aber weder er noch sein Motorrad sind zu sehen.

Die mütterliche Frau (diesmal kann ich ihr Namensschild lesen: Berit) geht mit mir in ihr gleich hinter der Rezeption gelegenes Büro.

Es ist eng und anstaltsmäßig. Offenbar war es ihnen wichtiger, die Aufenthaltsräume gemütlich zu gestalten. Hier gibt es einen hellen Schreibtisch, einen schwarzen Schreibtischstuhl und zwei Besuchersessel mit unbequemem Polster aus kratzendem blauen Stoff. Auf einem kleinen Tisch dazwischen liegen allerlei Zeitschriften zum Thema Demenz und Altenpflege.

Berit setzt sich ganz bewusst nicht hinter den Schreibtisch, sondern nimmt in einem der beiden Sessel Platz und winkt mir, den anderen zu nehmen. Sie schlägt die Beine übereinander und beugt sich zu mir vor. Ich lasse mich unfreiwillig zurücksinken. Ich wünschte, sie hätte sich hinter den Schreibtisch gesetzt.

Sie macht ein sehr ernstes Gesicht. Sie hat mir schon dreimal versichert, dass es nicht wieder vorkommen wird, deshalb begreife ich nicht so ganz, warum sie so besorgt aussieht. Sicherheitshalber sagt sie es noch einmal: »Wir werden jetzt besser auf sie aufpassen. Wie ich schon am Telefon gesagt habe, war es ja ein überaus unglücklicher Zwischenfall. Aber es ist ja nichts Schlimmes passiert.«

Ich nicke.

Berit zögert. Sie scheint zu überlegen, wie sie die Sache angehen soll.

»Persönlichkeitsveränderungen ... das kommt bei Demenz ja häufiger vor. Und Ihre Mutter ist jedenfalls glücklich. Viele werden ja wütend oder verwirrt. Aber ... ja.«

Neues Zögern. Am Ende beugt sie sich vor und scheint Anlauf zu nehmen, um es zu sagen:

»Ich weiß nicht, wie ich das ausdrücken soll.«

Ihre Augen sind groß und voller Mitleid, ihre Stimme ist warm und mitfühlend:

»Ihre Mutter hatte einen Freund.«

Ich blinzele. »Entschuldigung?«

»Einen ... ja, Liebhaber.«

»Jetzt? Hier?«

»So etwas kommt hier nicht vor«, sagt sie, als sei dieses Seniorenwohnheim der letzte Hüter der Moral. Dafür bin ich dankbar. Ich weiß nicht, ob ich es ertragen könnte, wenn Mama mehr Leben hätte als ich, wenn sie hier im Heim herumvögeln würde, während ich gerade mal zu einem Kaffee an einer Tankstelle eingeladen werde.

»Nein«, sagt Berit jetzt. »Früher.«

»Ach«, sage ich und weiß nicht, was ich noch sagen soll.

»Wir können ihr auch gleich guten Tag sagen«, erklärt Berit und steht auf. Sie geht mit mir zu Mamas Zimmer, die ganze Zeit mit einer Miene, als habe sie etwas Wichtiges zu erledigen.

Mama sitzt vor dem kleinen Schreibtisch am Fenster. Sie hat einen verträumten Gesichtsausdruck, und ihr Blick ist weicher und wärmer, als ich das jemals gesehen habe. Sie hat Farbe in den Wangen, eine leichte, frische Röte, und ihre Augen sind klar und verschleiert zugleich.

Sie ist schön. Irgendwo unter meinen Brustkorb krampft sich etwas zusammen, und das Atmen fällt mir schwer, weil sich meine Rippen zusammenpressen.

Sie dreht sich zu uns um, als wir hereinkommen, aber ich glaube, sie sieht mich gar nicht. Eine feine, verwirrte Furche taucht zwischen ihren Augen auf, dann verschwindet sie wieder, und Mama lächelt mich auf absolut blendende Weise an.

»Lars?«, fragt sie.

Berit macht ein mitfühlendes Gesicht, aber sie sieht auch ein wenig selbstzufrieden aus, als ob es sie freut, dass sie recht hat. *Siehst du*, sagt ihr Blick. Sie beugt sich zu mir vor und flüstert viel zu dicht an meinem Ohr: »Keine Sorge, die anderen hier glauben, das sei ihr Mann.«

Dann dreht sie sich zur offenen Tür um und sagt laut: »Ihr Mann. Lars!« Sonst ist niemand in der Nähe, aber sie nickt mir trotzdem verschwörerisch zu.

»Ach je«, sage ich. Etwas anderes fällt mir nicht ein.

Papa hieß nicht Lars, was Berit offenbar genau weiß. Papa hieß John, wurde aber von allen außer Mama Johnny genannt. Sie hasste diesen Kosenamen. Sie fand, er höre sich kriminell an.

Und Papa war zweifelsfrei kein Verbrecher. Er war groß

und pflichtbewusst und schweigsam. Er machte seine Arbeit, kaufte eine Wohnung, bezahlte das Darlehen ab, ging in Rente und starb dann gleich. Alles, ohne eigentlich ein Wort zu sagen.

Als ich alt genug war, um solche Dinge zu bemerken, hatte er sich schon in sich selbst zurückgezogen. Abends schlich er wie ein stummer Schatten durch die Wohnung, die nie groß genug war, um sich darin zu verstecken.

Mama redete mit ihm und zu ihm und schimpfte ihn aus, und er saß nur stumm vor dem Fernseher oder beim Essen und sagte niemals etwas dazu. Die einzige Reaktion, die sie ihm manchmal entlocken konnte, war, dass er aufstand und in ein anderes Zimmer ging.

Ich kann mich nicht erinnern, dass Mama Papa jemals so angesehen hat, wie sie jetzt Lars ansieht, oder ja, in diesem Fall die Pflegerin und mich und alle anderen, die vorübergehen.

Mama redet immer weiter, jetzt über ihre glückliche gemeinsame Zeit in Falun. Haben sie sich dort kennengelernt? Wann haben sie sich kennengelernt? Ich versuche, mir Mama glücklich und frisch verliebt vorzustellen, aber das schaffe ich nicht.

Mama war nie besonders glücklich. Das habe ich mit ungefähr fünfundzwanzig begriffen, vorher fand ich sie nur nervig. Sie schleppte sich jeden Tag zur Arbeit, bis sie fünfzig wurde und in Frührente ging, und danach schleppte sie sich aus dem Bett.

Aus irgendeinem Grund hat sie sich – falls es nicht das Leben war, das ihr das angetan hat – in einer klebrigen grauen Unzufriedenheit ertränkt. Sie strahlte eine konstante Enttäuschung aus. Zu Hause wirkte alles immer düsterer als bei meinen Freundinnen, und das lag nicht nur an den braunen Tapeten aus den siebziger Jahren.

Ab und zu frage ich mich, ob sie unterfordert war. Zweifelsohne war sie es in den letzten Jahren zwischen der Frührente und der Demenz. Von Tieren wird das ja behauptet, und von Kindern, aber wer macht sich Sorgen um eine Frau von sechzig Jahren, die den ganzen Tag allein in ihrer Wohnung sitzt?

Mama war so ein Mensch, der bei dem Gedanken an Katastrophen auflebt. Immer, wenn sie einen Streifenwagen oder einen Rettungswagen mit Blaulicht sah, rief sie mich an und ließ sich genüsslich darüber aus, was alles passiert sein könnte. Wenn ein Ehemann starb, wenn irgendwelche Kinder krank wurden, wenn eine selten vorkommende Welle von jugendlicher Kriminalität dazu führte, dass jeden Freitag- und Samstagabend vor ihrem Wohnblock die Papierkörbe brannten.

Nur dann lebte Mama ein bisschen auf.

In Skogahammar herrscht kein Mangel an unerklärlichen Fehden. Als Kind konnte ich nie begreifen, wie sie entstanden waren, aber es gab sie, so sicher wie Steuern und Kirche, und mit ungefähr ebenso großem Einfluss auf unser Leben. Das heißt, wir dachten im Alltag nicht direkt an sie, aber wir wären niemals auf die Idee gekommen, sie zu vergessen. Fehden gab es ungefähr genauso wie »jetzt fängt das schöne Frühjahr an«. Man sollte höflich zu Erwachsenen sein und artig grüßen, aber das galt nicht für Gunvor Persson, den Mann aus dem Haus an der Ecke, der immer nach Schweiß roch, oder die Frau mit den dicken Waden.

Aber es gab nur eine unerklärliche Freundschaft.

Eva Hansson wohnte im selben Aufgang wie wir, in der Wohnung gegenüber, und lange war sie einfach nur eine Hausfrau von vielen. Sie hatte etwas Unglückliches an sich, einen konstanten Geruch nach Enttäuschung und Bitterkeit.

Aber den hatte Mama auch, deshalb fiel es mir als Kind nicht auf. Ich war immun gegen diesen Geruch, da ich mich nicht erinnern konnte, jemals nicht von ihm umgeben gewesen zu sein.

Dann war sie plötzlich in Mamas Küche. So sieht es in meiner Erinnerung aus: Eines Tages nach der Schule saß sie einfach da, und dann blieb sie. »War die Nachbarin schon wieder da?«, fragte Papa mich oft, aber immer antwortete Mama.

Eva Hansson ließ sich scheiden und kaufte den Blumenladen, war aber weiterhin ein Teil unserer Küche. Sie war und ist Mama gegenüber ungeheuer loyal. Ich glaube, sie betrachtet sich als die Tochter, die Mama hätte haben müssen, und mich als den wertlosen Wechselbalg. Kann schon sein, dass Mama das auch so gesehen hat. Bei jedem idiotischen Patzer, der mir unterlief, jedes Mal, wenn ich Mama enttäuschte, wurde Eva noch saurer auf mich.

Nach dem Besuch im Seniorenwohnheim gehe ich bei *Evas Blumen* vorbei.

Wenn jemand wissen könnte, wer dieser Lars ist, dann Eva, denke ich, während ich zögernd in der Tür stehe, genau auf Höhe des deprimierenden Schaufensters.

In einem inspirierten Augenblick hat Eva das Fenster mit Schlingpflanzen ummalt, aber weder Farbe noch Motiv konnten dem Wechsel der Jahreszeiten standhalten, die Zeit hat die lila Farbe der Blüten schwarz werden lassen, und die grünen Blätter wurden dunkel und abgenutzt und verzerrt, als die Farbe so langsam verschwand.

Jetzt wirkt es ein bisschen bedrohlich und erinnert an etwas, das Hitchcock sich ausgesucht hätte, wenn er Florist geworden wäre statt Filmregisseur.

Ich gehe einen Schritt weiter und eine kleine Glocke bimmelt los, als ich irgendeine Grenze übertrete. Dann richte ich mich gerade auf, wandere mit energischen Schritten zur Kasse und werde angehalten von einem »Hallo Anette!«

Gunnar von den Spielautomanen sitzt in einer Ecke und packt Blumentöpfe aus.

Ich glaube nicht, dass ich jemals mehr von Gunnar gehört habe, jedenfalls nicht, seit wir erwachsen sind. Wenn er sich in der Stadt sehen lässt, ist er immer in seiner Kapuze versteckt, sicherheitshalber trägt er auch noch eine Schirmmütze und Kopfhörer, um sich wirklich gegen jegliche Form von menschlichem Kontakt zu wappnen.

Cleverer Knabe, denke ich.

Jetzt schaut er unter seiner Kapuze auf und lächelt mich an.

Genauer gesagt, sein linker Mundwinkel zuckt, aber ich bin dennoch gerührt und überrascht.

»Hallo Gunnar«, sage ich, und er nickt, als ob wir gemeinsam etwas geschafft hätten.

Dann drehe ich mich zur Kasse um, wo Eva steht und Rosen zurechtschneidet. »Mama ist fremdgegangen«, sage ich.

Vermutlich hätte ich es ihr schonender beibringen müssen.

»Er heißt Lars. Sie erlebt jetzt noch einmal ihre glückliche Zeit in Falun. Wer hätte gedacht, dass sie den Mut hatte, sich einen Liebhaber zu nehmen?«

Eva schneidet noch eifriger an den Rosen herum. Ein Zweig schießt davon und trifft eine unschuldige Amaryllis. Eva merkt das nicht einmal. »Warum sollte sie nicht den Mut haben, sich ... ich meine, woher weißt du, dass sie fremdgegangen ist? Es kann doch gewesen sein, als sie John noch nicht kannte, oder nachdem ...«

»Richtig«, gebe ich zu. »War es nachdem?«

Eva macht ein Gesicht, als wisse sie nicht, ob sie sich

geschmeichelt fühlen soll, weil ich glaube, dass sie es weiß, oder sich über meine Frage ärgern. »Ich glaube nicht, dass uns das etwas angeht«, sagt sie schließlich.

»Ihre Demenz ist schlimmer geworden.«

»Inger ist so normal wie du und ich ...« Sie verstummt.

»Genau«, sage ich. »Früher war sie viel normaler als ich.«

»Das ist sie noch immer!«

Aber es ist klar, dass Eva schon weiß, dass Mamas Zustand sich verschlechtert hat. Sie besucht Mama vermutlich viel häufiger als ich. Ich kann nicht beurteilen, ob sie von Lars gewusst hat.

»Eva«, sage ich. »Weißt du, wer das ist? Lars?«

Schnipp. Schnipp. Schnipp. Von den Rosen wird nichts mehr übrig bleiben, wenn sie die Schere weiter in diesem Tempo betätigt. Vielleicht merkt sie das selbst, denn plötzlich hört sie auf und starrt die Blumen vor sich verwirrt an, als könne sie sich nicht mehr erinnern, was sie hier macht.

»Sie bekommt ja gute Hilfe im Wohnheim«, sage ich. Den Fluchtversuch erwähne ich nicht.

»Sie braucht *mich*!«

»Und eine Menge Medikamente«, murmele ich. Aber das ist ja auch nicht gerade etwas Neues.

Erst jetzt erwidert Eva meinen Blick. »Ich habe gehört, dass du versuchst, mehr Leute zur Planung des Skogahammar-Tags dazuzuholen«, sagt sie. Sie braucht das Wort *versuchst* kaum zu betonen, um klarzustellen, dass sie auch weiß, wie wenig bisher dabei herausgekommen ist. »Hans hat mich ganz besonders darum gebeten, weil du meinst, es wären noch Leute nötig. Ich bin sicher, sie hätten das auch ohne mich« – übersetzt: ohne *dich* – »sehr gut geschafft, aber wo Hans mich doch gebeten hat, konnte ich ja nicht ablehnen. Also sehen wir uns wohl am Donnerstag?«

»Ja«, würge ich heraus.

Und danach werde wohl eher ich eine Menge Medikamente brauchen.

22

Groß-Roger sieht sehr zufrieden aus, als er die aktuelle Ausgabe der Lokalzeitung schwenkt.

Da ist es!, denke ich enthusiastisch und fühle mich zum ersten Mal, seit ich von dem Autoausflug zurückgekommen bin, so richtig toll. Der Artikel!

»Wie fühlt man sich denn so als Promi?«, fragt er und reicht mir die Zeitung, hilfsbereit aufgeschlagen auf der Kulturseite.

Als Erstes sehe ich mein eigenes Bild. Ich sehe absolut grauenhaft aus. *Anette Grankvist,* steht darunter, *stellt sich der Herausforderung ihres Lebens.*

Herausforderung? Meine Augen überfliegen den Artikel. Überschrift: *Anette glaubt an den Skogahammar-Tag.* Naja, das stimmt immerhin. Dann geht es weiter: *Anette Grankvist, 48* – ich bin achtunddreißig, um Himmels willen! – *steht vor der Herausforderung ihres Lebens: Sie soll den Skogahammar-Tag in Schwung bringen. Gibt es den denn noch, fragen Sie jetzt vielleicht? Da sind Sie nicht die Einzigen. Eine telefonische Umfrage in der Gemeinde hat ergeben, dass niemand von diesem Tag auch nur gehört hat.*

Telefonische Umfrage! Er hat sich vermutlich damit begnügt, die Rezeptionistin zu fragen. Oder einen Praktikanten.

Anette selbst ist optimistisch. »*Es wird ein phantastisches Familienfest*«, *sagt sie unserem Reporter. Im Moment aber wirkt es eher wie ein Familiendrama in einem Stück von Lars Norén.*

Der Artikel geht noch endlos weiter, inklusive Fragen an die »Jury der Woche«, fünf »zufällig« ausgesuchte Bewohner von Skogahammar. Gösta, 97, sagt, er habe von diesem Tag noch nie gehört, möchte aber gern hin, wenn sein Seniorenheim ihm das erlaubt. Anna-Marin, 42, glaubt, der Tag finde im Frühling statt.

»Oh mein Gott«, sage ich, ohne mich darum zu kümmern, dass Groß-Roger es hören kann.

»Ich dachte mir doch, dass dich das interessiert!«

Hans wird garantiert der Schlag treffen.

Ich sitze zusammengekrümmt auf dem Boden, auf Augenhöhe mit dem Jasminreis. Wenn mich jemand fragt, werde ich behaupten, dass ich das Regal einräume, aber hier gebe ich zu, dass ich mich verstecke.

Soeben hat Ann-Britt den Mat-Extra betreten.

Etwas daran, wie ihr Blick über die Kassen fegt und dann zur Obst- und Gemüseabteilung weiterwandert, weckt in mir den Verdacht, dass sie mich sucht, und da es halb elf ist, hoffe ich, dass sie glauben wird, ich sei zu einer ganz frühen Mittagspause außer Haus.

Das Problem, wenn man sich versteckt, ist natürlich, dass man die Person nicht sehen kann, vor der man sich versteckt.

Manche würden jetzt sicher behaupten, ich müsste erwachsen und reif genug sein und einfach mit ihr reden, aber diese Alternative ist so weit hergeholt, dass ich sofort abwinke. Ich habe noch keinen einzigen Verein für unsere Projektgruppe gefunden, und Ingemar Grahn ist es soeben gelungen, sowohl mich als auch den Skogahammar-Tag als wahnsinnig dastehen zu lassen.

Zwei knöchelhohe Schnürstiefel tauchen in meinem Blickfeld auf. Sie sind unregelmäßig geschnürt, ein Loch wurde übersprungen, ansonsten sind sie aber sorgfältig geputzt und liebevoll gepflegt. In ihrer Begleitung befinden sich zwei Waden, züchtig eingeschlossen in eine praktische, dicke und deprimierend graue Strumpfhose.

»Ja hallo, Anette!«

»Hallo Ann-Britt«, murmele ich. »Hast du heute die Zeitung gelesen?«

»Nein? Wieso denn?«

»Ach, nichts weiter«, sage ich und richte mich mühsam auf. Mein Fuß protestiert gegen diese unsanfte Behandlung ebenso sehr wie meine Würde.

»Ich war gerade auf der Suche nach dir«, sagt Ann-Britt.

»Kann man sich denken«, sage ich.

Sie beugt sich so weit vor, dass ihr wohlmeinendes, lächelndes Gesicht absurd nahe an meinem ist, und sagt vertraulich: »Ich wollte nur erzählen, dass ich es wunderbar finde, wie sehr du dich für den Skogahammar-Tag engagierst.«

»Jaaaa ...«

Das Einzige, was mich am Aussteigen hindert, ist die Befriedigung, die das Hans, Ingemar und Pia geben würde.

Das Lächeln wird ein wenig unsicher. »Ich habe sonst niemanden finden können«, sagt sie nun. »Es ist offenbar sehr schwer, Interesse zu wecken. Ist das nicht seltsam?«

»Ach je«, sage ich und kann ihren Blick nur mit Mühe erwidern. Da ich soeben vor dem Reisregal herumgekrochen bin, weil ich nicht mit ihr reden wollte, habe ich wohl kein Recht, irgendwen zu verurteilen.

»Aber ich bin sicher, dass du es schaffen wirst. Es ist ein so viel besseres Gefühl, dich dabeizuhaben!«

Ich strecke mich. Ich werde es schaffen. Ich kann mich nicht in alle Ewigkeit im Mat-Extra verstecken. Ich habe es schon einmal mit Ingemar Grahn aufgenommen und ihn besiegt.

Ich muss nur dafür sorgen, dass das noch einmal passiert.

»Ich habe eben über die Flüchtlingssituation in Syrien gelesen«, sagt Ann-Britt. »Wie schrecklich das alles ist. Ich verstehe nicht, wie Menschen sich das gegenseitig antun können. Und die meisten sind Kinder! Und dann gibt es Leute, die nicht wollen, dass sie herkommen, zu uns. Wie können wir so kaltherzig sein?«

Sie schüttelt den Kopf. »Manchmal frage ich mich, was die Leute sich so denken«, sagt sie vertraulich, und mehr Kritik an anderen würde sie sich nie im Leben gestatten.

»Weißt du«, sage ich. »Das geht mir eigentlich genauso.«

Vor allem frage ich mich, was Ingemar Grahn sich so denkt.

»Ann-Britt, ich muss ganz schnell etwas erledigen«, sage ich, und dann zu Groß-Roger: »Kümmer du dich um die Kasse. Ich mach jetzt Mittagspause.«

Ingemar Grahn hat wieder zugeschlagen, teile ich Emma per SMS mit. Sie ruft sofort zurück, während ich auf dem Weg zum Ausgang durch den Laden fege, mit all der Kraft und Entschlossenheit, die man beim Hinken nur aufbringen kann.

»Tu das nicht, Mama«, sagt Emma. »Was immer du vorhast. Er ist es nicht wert.«

Ich sage nichts. Gehe einfach so schnell weiter, wie mein Fuß es mir erlaubt. Ich habe einfach nur die Jacke über meinen Ladenkittel gezogen.

»Du musst deine Wut kanalisieren, Mama. Sie in Energie umwandeln, um dich zur Herrin der Lage zu machen.«

»Das hier wird der beste scheiß Skogahammar-Tag seit Menschengedenken.«

»Das kann doch nicht so schwer sein. Aber keine Blogs, Mama.«

»Das hätte der verdient.«

»Keine Blogs. Versprich mir das!«

»Sicher«, sage ich lässig. Bloggen ist ja doch arg Nullerjahre.

»Mama!«

»Versprochen! Wie läuft es mit Fredrik?«

»Ganz gut«, sagt sie. »Wir, naja, daten ein bisschen.«

Ich kann ihr Lächeln durch das Telefon hören und bin froh, dass ich großherzig genug war, ihn diesmal nicht Blödmann zu nennen.

Ingemar Grahn muss sich nicht zum ersten Mal warm anziehen.

Er ist so eingebildet, dass er keine schwedischen Bücher liest, da ihm von der Vorstellung, dass jeder die in der Originalsprache lesen kann, schlecht wird. Er ist so eingebildet, dass er einmal eine Schulaufführung verrissen hat.

Bei der Emma mitgewirkt hatte. Und er dachte wirklich, dass er damit durchkommen würde. Männer können ja so naiv sein!

Ich habe das getan, was jede Mutter mit Selbstachtung getan hätte. Ich habe den Blog www.ingemargrahn.se ins Leben gerufen. Ich brauchte nur zwei Stunden zu googeln, dann wusste ich, was ich zu tun hatte. Ich taufte den Blog »Meine Lieblinge!!« und füllte ihn mit niedlichen Katzenbildern.

Und vielen Ausrufezeichen. Die müssen gewirkt haben wie Fingernägel auf einer Schiefertafel für einen Mann, der sehr großen Wert auf korrekte Zeichensetzung legt. Was hab ich gelacht!

Ein paar Beispiele: Zwei Katzenjunge in Kaffeetassen und der Text: »Solchen muss man doch einfach lieben!!!« (damit war ich ganz besonders zufrieden – ein doppelter Hohn durch die Kombination von Ausrufezeichen und der falschen

Endung an »solche«). Schmusende Katzen mit der Unterschrift: »Wer will mich beschmusen?!« Bekleidete Katzen mit einem »Kicher!« und eine Katze mit Mütze und der Unterschrift »Süüüüüß!«

Sein übliches strenges Verfasserfoto illustrierte einen kurzen Text über ihn selbst, in dem er in seiner kleinen Ecke des weltweiten Webs willkommen hieß und von seinem liebsten Hobby berichtete, nämlich die niedlichsten Katzenbilder im Netz zu sammeln. Am Ende stand ein freundliches: »Knutscher in die Runde!«

Ich machte ihn nicht auf diesen Blog aufmerksam. Ich genoss nur die Vorstellung, dass andere, die ihn googelten, den Blog finden würden. Es versetzte mich immer in gute Laune, daran zu denken, dass er vielleicht nach seinen Freizeitinteressen gefragt würde, und ob er Katzen liebe. Da beim nächsten Elternabend der Blog kommentiert wurde, war ich ziemlich sicher, dass ihm solche Fragen gestellt wurden.

Am Ende fand er den Blog, wie ich aus derselben Quelle beim Elternabend erfuhr, aber er wusste noch immer nicht, wer ihn erstellt hatte. Ich stelle mir gerne vor, dass er danach immer wieder mal einen Blick über die Schulter warf und es sich zumindest gut überlegte, bevor er etwas kritisierte.

Der Blog wurde von mir zwei Jahre lang regelmäßig aktualisiert, bis Emma mich überredete, Gnade vor Recht ergehen zu lassen und ihn einzustellen.

Ingemar ist jetzt seit fast fünf Jahren katzenfrei. Offenbar ist ihm das zu Kopf gestiegen.

Die Lokalzeitung teilt ihre Räumlichkeiten mit einem Telemarketingunternehmen. Die Informationstafel an der Rezeption teilt mit, dass beide im ersten Stock eingepfercht sind, im zweiten und dritten scheint niemand zu hausen. Die Wände sind aus Beton und in einem institutionsmäßigen Grünton angestrichen.

Es gibt dort auch eine Liste der Angestellten samt Rang. Die Redaktion der Skogahammar-Nachrichten sieht also so aus (vermutlich von oben nach unten, was die Bedeutung angeht): Anzeigenakquisiteur, Anzeigenakquisiteur, Anzeigenakquisiteur, Anzeigenakquisiteur, zugleich verantw. f. Familienseiten. Reporter zugleich Fotograf zugleich Lokalredakteur. Reporter zugleich Fotograf zugleich Sportredakteur.

Und natürlich: Kulturredakteur und Leitartikler.

Ich beuge mich über den Rezeptionstresen und lächele. »Klara?«, frage ich nach einem kurzen Blick auf ihr Namensschild. »Ich möchte zu Ingemar Grahn.«

Klara ist Mitte zwanzig und wirkt jung, kompetent und bereits gelangweilt von ihrem Job. Sie hat knallrote Lippen, vermutlich als Ausgleich zu den blassgrünen Wänden.

»Weiß er, dass Sie kommen?«

»Das müsste er jedenfalls.« Ich zwinkere ihr verschwörerisch zu. »Sie brauchen mich nicht anzumelden. Ich finde den Weg selbst. Ich bin sicher, dass er mich erwartet.«

Im ersten Stock ist die gesamte Redaktion in einer Ecke zusammengepfercht und von der Telemarketingfirma kaum getrennt.

Hinter einem überladenen Schreibtisch ganz hinten sitzt Ingemar.

Ich wüsste gern, ob er auf irgendeine Weise herausgefunden hat, dass ich damals hinter dem Katzenblog gesteckt habe, und ob er den Artikel aus Rache geschrieben hat. Ich hoffe das fast, denn dann müsste er jetzt Angst vor möglichen Repressalien haben.

Aber er sieht nicht übertrieben ängstlich aus. Er schaut auf, als ich näher komme, aber total ausdruckslos, als müsste er erst nachdenken, wo er mich hinstecken soll, obwohl wir uns doch vor einer knappen Woche begegnet sind und er soeben ein total unschmeichelhaftes Bild von mir mitten in seine Zeitung gesetzt hat.

Ich beuge mich über seinen Schreibtisch. Jetzt sieht er immerhin verärgert aus.

»Was haben Sie da für einen spannenden Artikel geschrieben«, sage ich.

»Alle Zitate sind korrekt wiedergegeben.«

»Das bezweifele ich auch gar nicht«, sage ich. »Das Bild war vielleicht ein bisschen unvorteilhaft, und ich wurde vielleicht als optimistische Idiotin dargestellt, aber ...«

»Ich habe Sie nur zitiert«, sagt er, und das ziemlich sarkastisch.

»Aber ein bisschen Selbstdistanz ist schließlich wichtig. Oder nicht? Man muss über sich selbst lachen können. Sie sehen das natürlich auch so, ich meine, Sie haben ja sogar jahrelang einen Katzenblog betrieben.«

Er erstarrt. »Das war ich nicht! Da hatte jemand meinen Namen usurpiert!«

»Was Sie nicht sagen«, sage ich. »Sind Sie auf Twitter?«

Er sieht mich fragend an. »Nein?«

»Hab ich mir fast gedacht. Ihr Name war jedenfalls nicht besetzt. Natürlich wird Twitter nicht von vielen benutzt. Ich glaube, vor allem von Kulturpersönlichkeiten in Stockholm. So eine Art Spielwiese für Medienprofile. Und auf Instagram sind Sie auch nicht?«

Vielleicht ist es Einbildung, aber ich glaube, an seinem rechten Auge ein leichtes nervöses Zucken zu entdecken.

»Katzenbilder sind ja noch immer sehr beliebt.«

»Sie haben den Blog gemacht! Zwei verdammte Jahre mit

blöden Katzensprüchen! Mein Chef hat mir zu Weihnachten einen beschissenen Katzenbecher geschenkt!«

Ich bereue für einen Moment, den Blog eingestellt zu haben. Das wäre einfach ein perfekter Beitrag. Aber er scheint nicht gewusst zu haben, dass ich dahintersteckte, also hat er den ganzen sarkastischen Artikel aus purer Gemeinheit geschrieben.

»Nein, nein«, sage ich. »Warum sollte ich eine Menge Zeit und Energie an Sie vergeuden? Und ich behaupte wirklich nicht, dass in naher Zukunft ein Twitter- oder Instagramkonto auf Ihren Namen auftauchen wird. Großer Gott, das wäre ja fast Erpressung.«

»Das würden Sie niemals wagen!«

Ich sage nichts, versuche nur, das Gesicht nachzuahmen, das er vor fünf Minuten gemacht hat. Irritierend ruhig und überlegen. Ich glaube, es gelingt mir ziemlich gut.

»Was soll ich denn tun?«, fragt er. Es klingt, als müsse er jedes Wort herauspressen.

Ich lache. »Witzig, dass Sie das fragen.«

Zwei Tage später sitzt Eva mir gegenüber und lächelt verbindlich. Neben ihr sitzen Ann-Britt mit ehrlichem Lächeln und Barbro mit ironisch gehobenen Augenbrauen. Hans sitzt in seinem Chefsessel.

Ich sitze allein auf meiner Seite des Besprechungstisches.

»Uns ist ja klar, dass du es gut gemeint hast«, sagt Ann-Britt. Sie ist nicht sarkastisch. Für alle anderen bedeutet ihre Floskel: Uns ist ja klar, dass du eine Idiotin bist.

»Wenn sie einen längeren Artikel gewollt hätten, hätten sie mit mir sprechen müssen. Ich bin schließlich der Sprecher für den Skogahammar-Tag«, sagt Hans. »Ich begreife nicht, warum sie nicht zu mir gekommen sind.«

Barbro schaut ihn misstrauisch an. »Sie haben Anette als total bescheuerte Optimistin dargestellt. Oder als Idiotin.«

»Oder beides«, sagt Eva und lächelt wieder.

»Aber das ist nicht richtig«, sagt Hans, und wir wissen alle, dass er damit nicht meint, wie ich im Artikel dargestellt worden bin.

»Diese ganze Aufmerksamkeit kann uns schaden«, sagt Barbro.

»Aber«, sage ich. »wir wollen doch, dass der Tag bekannt gemacht wird?«

»Aber dieses Versprechen, dass alle mitmachen können... wir machen uns doch total lächerlich, wenn dann niemand mitmacht«, sagt Barbro.

»Vielleicht hättest du vorher ein bisschen nachdenken sollen«, sagt Eva.

»Wir müssen unser weiteres Vorgehen diskutieren«, sagt Hans. »Können wir eine Richtigstellung veröffentlichen? Wenn wir eine Website hätten, könnten wir dort etwas schreiben.«

»Was wollt ihr denn richtigstellen? Dass wir *nicht* an den Tag glauben? Dass niemand mitmachen darf?«

Alles schweigt.

»Ich weiß schon, was wir tun können«, sage ich.

Sie sehen nicht sonderlich interessiert aus. Sie scheinen eher darüber nachzudenken, wie sie aus dieser Sache herauskommen können.

»Wir machen eine Informationsveranstaltung.«

Sie starren mich an.

»Nächste Woche.«

»Da wirst du doch nie im Leben irgendwen hinlocken«, sagt Barbro. Eva nickt.

»*Wir* werden niemanden hinlocken«, korrigiere ich. »Oder ich meine, wir *werden* sie hinlocken.«

Wieder schweigen alle.

»Ich habe das Problem schon gelöst. Ingemar Grahn wird in der Donnerstagsausgabe einen begeisterten Artikel schreiben. Und danach werden wir persönlich alle einladen, die überhaupt irgendetwas beitragen können. Alle Vereine, alle Geschäfte, alle, die auch nur ein wenig interessiert aussehen, wenn ihr immer wieder über den Skogahammar-Tag redet. Alle, die sich über den Artikel lustig gemacht haben. Alle eure Freunde.«

»Wir sollen unsere *Freunde* einladen?«, fragt Barbro. »Meine Güte, warum denn das?«

»Weil wir an den Tag glauben«, sage ich, und alle weichen mit ihren Blicken aus.

Aber immerhin widersprechen sie mir nicht.

»Und ich werde mich um die Bühnenfrage kümmern.« Hans macht ein Gesicht, als ob er wieder protestieren wollte, deshalb erkläre ich entschieden: »Wir werden am Skogahammar-Tag eine Bühne haben. Und es wird getanzt werden.«

Dann ignoriere ich den kleinen Stich von nervöser Erwartung, was die Frage betrifft, wie ich denn ein Bühnenprogramm auf die Beine stellen soll. Ich tue das nur für den Skogahammar-Tag, sage ich mir.

Aber da ich mir zugleich eingeredet habe, dass ich den anderen aus der Projektgruppe nichts von meinem Plan zu erzählen brauche, und da ich einfach vergessen habe, ihn Pia gegenüber zu erwähnen, klingt das alles nicht richtig überzeugend.

23

Meiner Meinung nach ist die Dunkelheit etwas, das sich senkt, *während* man in der Schnapsküche sitzt, und nichts, was man abwartet, ehe man hingeht.

Es kommt mir komisch und irgendwie störend vor, eine warme Wohnung zu verlassen und sich in den strömenden Regen zu begeben. Kaum begegnen mir die Nässe, das diesige Licht der Straßenlaternen und der schwarz glänzende Asphalt, wird mir klar, dass das Sofa der einzige angemessene Aufenthaltsort wäre. Ich wünschte, ich hätte eine dickere Jacke genommen. Ich wünschte, ich hätte eine Decke und Socken und einen albernen Film, in dem irgendwas gesprengt wird.

Offiziell bin ich an einem Samstagabend um neun unterwegs in die Schnapsküche, um nachzusehen, ob Charlie vielleicht dort sitzt, und um ihn zu überreden, beim Skogahammar-Tag mitzuhelfen. Ich habe ihn nicht angerufen. Ich habe gedacht, »vielleicht ist er ja ohnehin dort.«

Es ist schon übel, wenn man sich nicht einmal selbst betrügen kann. Lange Jahre effektiven Selbstbetrugs liegen hinter mir, und doch weiß ich genau, warum ich jetzt gerade an einem dunklen Abend an der Stadtverwaltung vorbei zur Schnapsküche gehe.

Ich hoffe, dass Lukas dort ist.

Ich habe Pia nichts davon gesagt, dass ich hinwill, weil sie meine Absichten vermutlich sofort durchschaut und begriffen hätte, dass ich an diesem Samstagabend dorthin unterwegs bin, weil mir kein anderer Ort als die Schnapsküche einfällt, an dem ich ihm über den Weg laufen könnte.

So rein zufällig.

Um diese Zeit ist der Ortskern dunkel und fast menschenleer. In den Imbissen und Restaurants, die noch geöffnet haben, ist nichts mehr los. Ich komme mir ungefähr so vor, als hätte ich irgendeinen Alarm verpasst und als wären ich und der arme Wicht hinter dem Tresen des Dönerladens die Einzigen, die noch nicht zum Luftschutzraum gestürzt sind. Wir nicken einander durch die Fensterscheibe zu, über leere Tische und ein viel zu großes Lokal hinweg.

Skogahammar wurde zu einer Zeit gebaut, als ohne Autos gar nichts denkbar schien, und seither hat sich nichts geändert. Es gibt vielleicht ein paar Gehwege mehr, aber wenn man alle Parkplätze im Ort zusammenzählt, würde man vielleicht eine größere Zahl herausbekommen, als es hier Einwohner gibt.

Es wurden gewisse Versuche unternommen, um den Großen Marktplatz attraktiver zu gestalten – Pflastersteine in einer Art Muster, Bänke mit Eisenbeschlägen, jedes Jahr ein Weihnachtsbaum –, aber noch immer nehmen leere Parkplätze die Hälfte des Raumes ein. Es gibt natürlich auch einem Kleinen Marktplatz, aber der ist eigentlich nur ein Parkplatz hinter einem Secondhandladen des Roten Kreuzes.

Als ich angekommen bin, bleibe ich stehen und versuche, genug Mut zusammenzuraffen, um hineinzugehen.

Das ist doch die gute alte Schnapsküche, denke ich, aber das Erste, was ich höre, als ich die Tür öffne, ist:

»Ja verdammt!«

»Was soll das denn, zum Teufel?«

Nicht einmal eine halbe Minute hier, und schon bin ich in einen Streit unter Besoffenen geraten.

Aber nein. Die brüllenden Typen lachen und boxen sich gegenseitig in den Rücken. Es ist einfach nur Samstagabend. Sie trinken Bier und Kurze und gleichen spärlichen Bartwuchs durch zu viel Rasierwasser aus. Einer trägt eine Militärjacke, obwohl ich ziemlich sicher bin, dass er nie beim Bund gewesen ist.

Ich lasse meinen Blick durch das Lokal wandern: Lukas ist nicht hier.

Es gibt natürlich auch keinen Grund, warum er hier sein sollte. Es gibt jede Menge andere Orte, an denen er seinen Samstag verbringen kann. Trotzdem bin ich enttäuscht.

Ich habe Charlie nicht angerufen, weil ich hoffte, diese Entschuldigung nicht zu brauchen, da Lukas hier sein und ich irgendwie Mut genug aufbringen würde, um auf ihn zuzugehen, ganz lässig, als käme ich jeden Tag allein hierhin.

Natürlich am liebsten, ohne den Eindruck zu vermitteln, dass ich das täte.

Charlie ist immerhin hier. Er sitzt an einem Tisch sehr weit hinten im Lokal, zusammen mit zwei Hardrocktypen. Schon auf diese Entfernung sieht Charlie gelangweilt aus. Genau der Ausdruck, den ich gern hätte, aber ich bin schon schweißnass und fühle mich überhaupt nicht wohl in meinem grauen Rock mit der passenden Jacke.

Ich traue mich nicht einmal, zu ihm zu gehen, sondern stelle mich an den Tresen, einsam und fehl am Platze neben zwei Männern, und bestelle ein Bier.

Die Schnapsküche ist nicht einmal halbvoll, es sind nur wenig mehr Gäste hier als an einem Donnerstagabend, und doch kommt mir alles fremd vor. Der Geräuschpegel ist höher, ohne dass die Musik lauter wäre, alle Stimmen klingen schriller und irgendwie aufgekratzt, als versuchten alle hier sich und die anderen davon zu überzeugen, dass sie sich köstlich amüsieren, es ist Wochenende, alles ist gut.

Charlie hat mich noch immer nicht gesehen, deshalb übe ich, was ich zu ihm sagen werde.

Vielleicht kann ich einfach an seinem Tisch vorbeigehen, wie zufällig und ganz lässig, und so etwas sagen wie: Ja hallo, du hier? (Blick in eine andere Richtung, als wäre ich eigentlich auf dem Weg zu einer anderen Clique/zu Freunden). Mich setzen? Ja ... vielleicht für einen Moment. Eigentlich würde ich sowieso gern etwas mit dir besprechen.

Als ich mich endlich in seine Nähe wage, läuft es dann aber so:

»Anette!« Ich kann nicht erkennen, ob seine Stimme überrascht, geschockt oder froh klingt.

»Ach, hallo«, sage ich. Ich fasse meine Handtasche mit festerem Griff. Ich bleibe an dem Tisch stehen, so ungefähr wie Roffe im Biker-Café.

Charlie zieht einen Stuhl heran und klopft darauf. »Setz dich doch hier neben mich.«

Ich lasse mich dankbar auf den Stuhl sinken und mache mir nicht einmal die Mühe, die Coole zu spielen.

Seine Freunde heißen Niklas und Johan. Sie sind im Partnerlook gekleidet, schwarze T-Shirts mit zeitlosem Hardrockmotiv: Totenschädel, Messer und eine Schlange, dazu ein mir unbekannter Bandname.

Abgesehen von dem Bandnamen sehen die Jungs genauso aus wie ich vor zwanzig Jahren, der eine hat sogar dünne Kräuselhaare, die viel zu lang sind, um zu der scharfen Frisur hochzustehen, die vermutlich seine Absicht gewesen war.

»Fesche T-Shirts«, sage ich, und beide strahlen. Ihre freundlichen Augen passen nicht so recht zu Totenschädeln und Schlangen. »So eins hatte ich früher auch mal.«

Das Lächeln verschwindet. Ich sehe zu spät ein, was ich da für eine Gemeinheit von mir gegeben habe.

Meine eigene Kleidung ist auch nicht ganz perfekt. Ich trage meinen einzige Rock, und das natürlich nur wegen der minimalen Aussicht, dass Lukas auftauchen und meine Beine beäugen könnte. Aber der Rock ist grau und aus Baumwolle und lässt mich aussehen wie eine biedere Buchhalterin.

Das passende graue Jackett war vermutlich auch keine gute Idee.

Ich setze mich so, dass ich die Tür im Blick behalten kann. Immer, wenn sie geöffnet wird, blicke ich automatisch hinüber, und dann muss ich wieder wegschauen, so natürlich wie möglich, als ob es mir eigentlich total egal wäre, wer hier kommt und geht.

»Auf wen wartest du eigentlich?«, fragt Charlie genervt.

Ich fahre schuldbewusst zusammen. »Auf niemanden«, sage ich. »Aber ... wo sind denn alle?«

»Zu früh«, sagt Johan, und Niklas nickt.

Johan ist groß und schlaksig, Niklas ist nur schlaksig. Er wird zudem – welch tragisches Schicksal für einen Hardrocker! – langsam kahl, deshalb hat er sich den Schädel geschoren und sich lieber einen Vollbart stehen lassen.

»Es ist halb zehn«, widerspreche ich. Ich musste nachmittags ein Nickerchen machen, um jetzt wach sein zu können. Vielleicht ist es besser, dieses Detail nicht zu erwähnen.

»Zu früh«, wiederholt Charlie. »Die sind alle noch beim Vorglühen.«

»Und dann gibt es irgendwo ein Zwischenglühen«, sagt Niklas.

»Und dann kommen sie her«, sagt Johan.

»Und dann gibt es noch das Nachglühen«, sagt Charlie.

»Klingt anstrengend«, sage ich. »Also ... wann trudelt der Rest ein?«

Charlie zuckt mit den Schultern. »Gegen elf, nehme ich mal an.«

Wenn Lukas also überhaupt kommt, muss ich mich noch mindestens anderthalb Stunden wachhalten. Das bedeutet auch, dass ich meine intensive Überwachung der Tür einstellen kann, aber das tue ich nicht.

»Das hier kommt mir ein bisschen vor wie eine zoologische Studie«, sage ich. »Und ihr seid meine Führer durch den Dschungel.«

»Wie lange bist du denn nicht mehr ausgegangen?«, fragt Johan, und ich antworte, »fünfzehn Jahre«, ehe ich nachdenken kann.

Sie reißen die Augen auf. »F-fünfzehn Jahre«, sagt Niklas.

»Anette hat ein Kind.«

»Aber kannst du … kannst du dann einfach in die Kneipe gehen?«, fragt Johan, Gott segne sein naives Seelchen, als ob nicht die Hälfte aller Mütter hier heimlich säuft, um das Dasein zu ertragen.

»Emma ist neunzehn. Sie wohnt jetzt in Karlskrona.«

»Hallo Anette.«

Irgendwo hinter mir höre ich die Stimme von Lukas. Irgendwie hat er es geschafft, hereinzukommen und an unserem Tisch vorbeizugehen, ohne dass ich das bemerkt habe.

Ich fahre dermaßen zusammen, dass ich ganz schnell mein Bier packen muss, damit es nicht überschwappt. Dann schaue ich mich über die Stuhllehne hinweg um und versuche, meine Gesichtsmuskeln zu einem lässigen und überraschten Lächeln zu bewegen.

Der Versuch scheitert, sowie sich unsere Blicke begegnen. Das warme Lächeln in seinen Augen betont das Netz aus feinen Lachfältchen und stellt seltsame Dinge mit meinem Atem an.

Ich schlucke und registriere deutlich alles um uns herum: Charlies leicht gehobene Augenbrauen, die verwirrte soziale Unfähigkeit von Niklas und Johan, die fremde Frau, die gleich hinter Lukas steht, wie ein vager Schatten, und die immer verständnisloser aussieht, je länger Lukas hier herumtrödelt.

Ich hoffe, dass er nicht Sofia durch *die da* ersetzt hat. Sie hat glatt geföhnte blonde Haare, ein helles T-Shirt, darüber einen beigen Pullover, und ist so nichtssagend, dass ich mich kaum noch an ihr Aussehen erinnern kann, sowie ich meinen Blick wieder auf Lukas richte.

Er sieht mich noch immer an. »Wie geht's dir denn so?«, fragt er. »Das war neulich wirklich nett, übrigens.«

Charlies Augenbrauen schnellen wieder in die Höhe, und der Schatten hinter Lukas sieht sich ungeduldig im restlichen Lokal um. Aber ich kann nicht wegschauen. Oder einen sinnvollen Satz formulieren.

Ich bin fast dankbar, als Lukas sich Charlie zuwendet, ihn begrüßt wie einen alten Bekannten und sich Niklas und Johan vorstellt.

»Setzt euch doch«, sagt Charlie.

»Sofia kommt nachher noch«, wird Lukas vom Schatten ermahnt. Das ist bisher ihr einziger Beitrag zum Gespräch.

Wenn sie zusammen wären, überlege ich, dann wäre es ihr wohl nicht so wichtig, auf seine Ex zu warten.

»Für die ist hier sicher auch noch Platz«, sagt Lukas und setzt sich neben mich. Der Schatten nimmt den Stuhl gegenüber. Kaum hat sie sich gesetzt, zieht sie auch schon ihr Telefon heraus.

Ich muss Lukas einfach wieder anlächeln. Er trägt ganz normale Jeans und ein kariertes Baumwollhemd, schafft es aber, so tough auszusehen, als ob er in Motorradkluft aufgetaucht wäre.

»Woher kennt ihr euch?«, fragt Charlie.

»Wir ... ja ...«, sage ich.

»Anette nimmt Motorradfahrstunden«, sagt Lukas.

Ich freue mich durchaus über Charlies beeindrucktes Gesicht, aber ich will eigentlich nicht daran erinnert werden, dass unsere einzige Beziehung die zwischen Fahrlehrer und Schülerin ist. Mir geht auf, dass wir uns offiziell gar nicht kennen. Er ist mein Fahrlehrer. Ich bin seine mieseste Schülerin. Das ist unsere einzige Gemeinsamkeit.

Vielleicht sollte ich mir etwas mehr Mühe geben, mich daran zu erinnern. Ich habe die ganze Woche damit verbracht, im Ort nach ihm Ausschau zu halten, und in dieser Zeit hat er vermutlich nicht einen einzigen Gedanken an mich verschwendet.

»Und woher kennt ihr euch?«, fragt Lukas mich und Charlie.

»Anette und ich haben zusammen fünfhundert Kondome verpackt«, sagt Charlie. »Wir haben beide ein ungeheuer aktives Sexualleben.«

»Hat *sie* das?«, fragt der Schatten.

»Ich vermute, damit ist eine lustige Anekdote verbunden?«, fragt Lukas.

»Anekdote?«, wiederhole ich.

»Anette war mit auf einem LGBT-Treffen in Örebro«, sagt Charlie. »Ich war eine junge, nervöse Lesbe und hab mich nicht allein hingetraut, deshalb habe ich die einzige Person gefragt, von der ich wusste, dass sie verrückt genug wäre, mich zu begleiten. Ich wollte sie überreden, so zu tun, als wären wir zusammen, aber da war offenbar ihre Grenze.«

Angesichts Charlies plötzlicher Lesbenvergangenheit sieht der Schatten total verwirrt aus. Er zwinkert ihr übertrieben zu.

»Ich hatte vor allem gedacht, das könnte deine Chancen für einen Aufriss ruinieren«, sage ich.

»So alt und noch so naiv«, sagt Charlie. »Als Lesbe kriegt frau doch keine Cred, wenn sie keine Ex hat.« Er fügt hinzu: »Die wollten gerade eine Schulkampagne starten, deshalb mussten alle, die da waren, Kondome in Schachteln mit dem Verbandslogo packen.«

Lukas prustet los. Ich lächele und entspanne mich und schaue aus dem Fenster, wo ich unser Spiegelbild sehe; eine seltsame, ungeplante Gruppe, die gemeinsam lacht. Und da sitze ich, in der Mitte, als stünde ich im Zentrum, und als wären alle anderen vor allem Statisten an meinem Samstagabend. Sie sind jünger und sehen besser aus als die, die werktags in der Schnapsküche herumhängen. Jedenfalls jünger im Gemüt, gewöhnt an lauteres Lachen und neuere Musik. Die Jeans sind enger, die T-Shirts glitzernder, die Frauen haben sich so perfekt geschminkt, dass die Gesichtszüge ineinanderübergehen und alle gleich aussehen.

Ich bin froh, dass ich an Wimperntusche und Lidschatten gedacht habe.

An den Tischen sind alle Versuche, das Lokal aussehen zu lassen wie ein Restaurant, verschwunden. Dort, wo es ab und zu Plastikblumen und Besteck gibt, stehen jetzt bunte Trinkgläser, Tabletts mit Schnapsgläsern und das Bier der Woche.

Auf unserem eigenen Tisch gibt es nur Biergläser: Der Schatten will erst bestellen, wenn Sofia da ist.

Und als Sofia dann auftaucht, ist ihr Auftritt sehr viel wirkungsvoller als mein eigener tragischer Versuch.

Sie betritt das Lokal mit selbstsicheren Schritten und bleibt dann stehen, während sie sich scheinbar umsieht, um sich ein Bild der Szene zu machen, doch vermutlich will sie vor allem den anderen eine Möglichkeit geben, sie zu sehen. Sie kennt natürlich sehr viel mehr Leute hier als ich und braucht sich nicht zu einem entfernten Bekannten und ehemaligen Kollegen zu retten. Stattdessen begrüßt sie fast an jedem Tisch irgendwen; sagt hier zwei Sätze, legt dort die Hand auf eine Schulter, lacht, alles, während sie sich die ganze Zeit zielstrebig auf uns zubewegt, genauer gesagt auf Lukas. Sie ist mit einer weiteren Frau zusammen, offenbar Schatten Nr. 2, die hinter ihr geht und die ganze Zeit einen Schritt zurückbleibt; wenn sie gerade anfängt, jemanden zu begrüßen, ist Sofia schon wieder weitergegangen, und wenn sie sich in Bewegung setzt, bleibt Sofia plötzlich stehen.

Beide begrüßen Schatten Nr. 1 überschwänglich und Lukas dann noch enthusiastischer. Sie sind viel erfahrener als ich, und ohne, dass ich richtig begriffen hätte, wie, haben sie den Tisch umorganisiert, einige weitere Stühle herangezogen, Johan und Niklas aufgefordert, ein wenig weiterzurücken, ohne sie richtig anzusehen, und dann sitzen Charlie, ich, Niklas und Johan eingequetscht in einer Ecke des Tisches, an dem wir zuerst waren. Lukas sitzt noch immer neben mir, aber jetzt sitzt ihm gegenüber Sofia, flankiert von den Schatten.

»Zwischenglühen?«, frage ich, und Niklas, Johan und Charlie nicken.

Sofia wirft einen raschen, abschätzenden und dann abfälligen Blick auf sie. Gleichzeitig redet sie mit Lukas und den Schatten, als brauchte sie nur zwei völlig beiläufige Sekunden, um sich davon zu überzeugen, dass niemand hier am Tisch ihrer Aufmerksamkeit wert ist. Ich bin ziemlich sicher, dass sie mich schon vorher verworfen hat.

Ich sitze ihnen zugewandt da, vielleicht, weil sich mein Körper unbewusst Lukas zuneigt, aber auch, weil sie eine Art unwiderstehlichen Mittelpunkt bilden. Sie wissen, dass sie im Mittelpunkt stehen, also verhalten wir anderen uns entsprechend.

Sie beugen sich vor und fangen an, in lautem Theaterflüstern über den Typen am Nachbartisch zu reden, der am vergangenen Wochenende vielleicht »komplett dicht« war oder vielleicht auch nicht und der vielleicht Jenny aufgerissen hat, oder vielleicht auch nicht, die sich gerade erst von Stefan getrennt hat, und so weiter, durch eine ganze Personengalerie hindurch, die auf meiner Seite des Tisches niemand kennt.

Sofia ist die inoffizielle Anführerin der Gruppe. Wenn sie lacht, lachen auch die anderen, und ab und zu, wenn Schatten 1 oder 2 etwas sagen, schielen sie nervös zu ihr hinüber, um ihre Reaktion zu testen. Wenn Sofia lacht, sehen sie erleichtert aus. Wenn Sofia gerade auf ihr Handy schaut, verlieren sie den Faden.

»Wieso bist du ausgerechnet mit Anette zum LGBT-Treffen gegangen?«, fragt Lukas Charlie. Er muss sich über den Tisch beugen und sein Bierglas verschieben, um uns richtig sehen zu können.

Unsere gesamte Tischseite zuckt kollektiv zusammen, als ob uns plötzlich einfällt, dass wir ja auch hier sind.

Aber Charlie scheint damit zufrieden zu sein, dass er jetzt wieder im Zentrum steht. »Ich war erst siebzehn und hatte absolut nicht vor, mich vor meiner Klasse zu outen. Mir fiel außer Anette keine ein, die ich fragen könnte. Ich habe damals am Wochenende beim Mat-Extra gearbeitet, und ich wusste schon, dass sie verrückt war.«

»Woher wusstest du das?«, fragt Lukas. Er lächelt mich an, aber ich fühle mich trotzdem zum Widerspruch herausgefordert.

»Ich bin nicht verrückt.«

Auf diese Behauptung folgt ein kurzes Schweigen.

Sofia wirkt irritiert, weil die Aufmerksamkeit sich plötzlich auf Charlie richtet. Sie holt demonstrativ ihr Handy heraus, aber als meine Verrücktheit erwähnt wird, lässt sie es wieder sinken und lacht.

»Das Pfefferkuchenhaus war der Auslöser«, sagt Charlie. »Pompeji.«

Niklas und Johan sehen mich an. »Warst du das?«, fragen sie.

Ich blicke verständnislos zurück. Sie sind älter als Emma, also müssen sie und Charlie doch schon mit der Schule fertig gewesen sein, als Emma in der sechsten Klasse war.

»Das war beim Weihnachtsbasar in der Schule«, erzählt jetzt Charlie. »Der fand jedes Jahr in der Turnhalle statt, und alle Kinder samt Eltern und Geschwistern wurden hingescheucht.«

»Ich weiß«, sagt Lukas. »Alle meine Freunde mit jüngeren Geschwistern waren jedes Jahr da.«

»Ja, ich musste noch mehrere Jahre lang mitgehen, als ich schon fertig war«, sagt Niklas, »und jedes Jahr musste man sich diese Pfefferkuchenausstellung ansehen und so tun, als wäre man begeistert.«

»Als ich da war, gab es die nicht, aber ich glaube, ich habe in der Zeitung etwas über die Pfefferkuchenhäuser gelesen«, sagt Lukas.

»Kann schon sein. Die hatten immer ein bestimmtes Thema«, sagt Charlie. »Aber es waren fast jedes Mal historische Gebäude, und alle sahen fast genau gleich aus.«

»Es war ein verschissener Wettbewerb für die Eltern«, sage ich. »Diese Protzbauten.«

Johan, Niklas und Charlie nicken. Ich vermute, dass die Kinder das auch mitbekommen haben.

»Und die Konkurrenz war hart?«, fragt Lukas.

»Das kannst du dir nicht vorstellen«, antworte ich.

»Jedes Jahr gab es mindestens zehn Schlösser«, sagt Charlie.

»Und Pyramiden«, sagt Niklas.

»Aber es gab nur ein Pompeji«, sagen alle wie aus einem Munde. »Zwei Quadratmeter, mit grauer Asche und allem.«

»Woher wisst ihr das?«, frage ich. »Da wart ihr doch längst nicht mehr da.«

»Legendenbildung«, sagt Charlie. »Wandersage.«

»Mein kleiner Bruder ging noch zur Schule«, sagt Niklas, und Johan nickt.

»Als ich davon gehört hatte, wusste ich, dass Anette eine von den Guten ist.«

Die wahre Geschichte von Pompeji: Ich hatte eine idyllische Stadt backen wollen. Emma hatte nie eins von den großen, beeindruckenden Pfefferkuchenhäusern bekommen, aber in diesem Jahr stand mein Entschluss fest. Ich hatte eine Woche lang Pfefferkuchenteile gebacken, bis mir beim bloßen Anblick von Pfefferkuchenteig schon schlecht wurde, ich hatte Skizzen gemacht, gemessen, ausgedruckt, getestet, bis ich am Ende nur noch alle Teile zusammenbauen und die letzten Dekorationen anbringen musste.

Am Abend, als ich das erledigen wollte, rutschte mir das Backblech, auf dem die Stadt stand, aus der Hand, und alles knallte auf den Boden.

Es war drei Uhr morgens, und Emma war so begeistert von dem Projekt gewesen, dass ich etwas anderes tun musste, als mich in Embryonalstellung auf dem Küchenboden zusammenzukrümmen, was ich am liebsten getan hätte.

Vor mir lagen die Ruinen meiner sorgsam montierten Stadt, und nachdem ich eine Weile zusammengebrochen war und sehr leise geflucht hatte, dachte ich an Pompeji.

Die Ruinen gab es ja schon, deshalb suchte ich eine halbe Stunde lang alles in meiner Speisekammer zusammen, was als Asche dienen konnte. Es ist überraschend schwierig, essbare Dinge zu finden, die grau sind. Ich versuchte, alle Lebensmittelfarben zu mischen, die ich hatte, aber leider kam nur brauner Matsch dabei heraus. Das Beste, was ich zustande brachte, waren mit Emmas Farbkasten gefärbte Watte (Watte darf man bei einem Pfefferkuchenhaus benutzen!) und zerbröselte Pfefferminzplätzchen mit einer Art weißer Cremefüllung. Die Kombination von weißer Creme und fast schwarzen Kuchenkrümeln ließ die graue Watte überraschend realistisch aussehen.

Wenn man nichts richtig machen kann, muss man lernen zu improvisieren.

»Ich kann nicht fassen, dass du nicht gewonnen hast«, sagt Niklas.

Sofia lacht. »Wir haben gewonnen. Meine kleine Schwester, meine ich«, sagt sie, während gleichzeitig Johan sagt: »Meine Freunde waren alle total außer sich. Der erste Preis ging an ein langweiliges Märchenschloss.«

Dann sieht er ungeheuer unglücklich aus.

»Mama hatte das Schloss für meine kleine Schwester gebacken«, sagt Sofia pikiert. »Es war jedenfalls ein richtiges Gebäude, nicht bloß ein Haufen Ruinen. Aber wen interessieren schon Lebkuchenhäuser?«

»Nein, klar«, sage ich, um die Situation zu entschärfen, aber Sofia sieht deshalb nicht sehr viel glücklicher aus. Sie redet jetzt über etwas anderes, und Lukas wendet sich wieder ihr zu.

Ich kämpfe gegen den Impuls an, ganz automatisch bei ihrem Gespräch zuzuhören. Es besteht kein Zweifel daran, dass wir jetzt Statisten sind. Ein eigenes Gespräch zu führen wirkt fast unverschämt, aber ich drehe mich zu Charlie und sage leise, als hätte ich Angst, Lukas und Sofia und die anderen zu stören:

»Ich versuche, den Skogahammar-Tag aufzumöbeln. Das Bühnenprogramm ist meine große Herausforderung. Wir brauchen eine Bühne, und wir brauchen ein Programm. Ich dachte, da du immer beim Christopher Street Day hilfst, könntest du mir auch dabei helfen?«

»Ich war nur Funktionär. Einer von denen im hässlichen grünen T-Shirt. Oder orangen, in einem Jahr. Es war ein Wunder, dass ich überhaupt noch jemanden zum Vögeln abgekriegt habe.«

»Ich kann mir nicht vorstellen, dass du beim Skogahammar-Tag jemanden zum Vögeln abkriegst«, gebe ich zu, und irgendwo neben mir kriegt Lukas einen Hustenanfall.

Vor nur einer Woche war ich mit ihm allein. Ich konnte mit ihm über alles reden, ihn ansehen, sooft ich wollte. Jetzt muss ich meine Blicke rationieren. Immer, wenn ich zu ihm hinüberschiele, sitzt da Sofia und beobachtet mich.

»Großer Gott, wer geht denn zum Skogahammar-Tag?«, fragt sie jetzt.

»Das ist ja gerade das Problem«, sage ich. Ich wende mich wieder Charlie zu: »Ich stelle mir vor, dass der CSD ungefähr genauso verrückt ist, aber trotzdem gibt es jedes Jahr ein Riesenfest mit einem irren Programm, es ist ein unmögliches, aber erfolgreiches Projekt. Wie der Skogahammar-Tag. Nur ohne Fest, Programm und Erfolg. Aber es ist immerhin ein unmögliches Projekt. Ich brauche Verstärkung.«

»Ich nehme an, das könnte ziemlich witzig werden«, sagt Charlie. »Was genau willst du?«

»Eine Band, glaube ich. Irgendwas, das passiert.«

Niklas reckt sich. »Wir haben eine Band«, sagt er, und Johan nickt enthusiastisch. »Wir nennen uns Eldur Dauðar. Feuer und Tod, wir finden, das sagt alles. Wir haben T-Shirts und eine Website und alles.«

»Ich ... lasst uns später über die genauen Details reden«, sage ich.

»Wir spielen Black Metal. Das kann verdammt gut werden. Gorgoroth hatten auf Pfähle gespießte Schafsköpfe auf der Bühne und haben über achtzehn Liter Schafsblut benutzt. Stellt euch mal vor, wie cool es wäre, sowas in Skogahammar zu machen!«

»Das war in Polen«, fügt Niklas hinzu.

»Keine toten Tiere«, sage ich, als Charlie keinen Einspruch erhebt. »Und auch keine lebenden«, füge ich sicherheitshalber hinzu.

»Dürfen wir Schweineblut nehmen?«

Lukas lacht und beugt sich zu uns vor, um mit einem raschen Lächeln in meine Richtung zu Niklas und Johan sagen zu können: »Oder Fledermäuse. Wie damals, als Ozzy Osbourne einer Fledermaus den Kopf abgebissen hat und ins Krankenhaus musste, um sich eine Tollwutspritze geben zu lassen.«

»Ich schau mir immer The Osbournes an«, schaltet sich Sofia ein. »Ozzy wirkt nicht gerade superintelligent.«

»Er ist vielleicht nicht immer ganz nüchtern«, sagt Lukas. »Und er hatte sie für eine Plastikfledermaus gehalten.«

Lukas, Johan und Niklas diskutieren jetzt weiter über Metal, obwohl Sofia mehrmals dazwischenredet. Am Ende gibt sie auf, wendet sich mir zu und sagt: »Ich habe von eurem kleinen Wochenendausflug gehört.«

Was denn? Was hat sie gehört?

Für einen kurzen Augenblick bilde ich mir ein, dass sie mich komplett durchschauen kann und genau weiß, was ich hier mache, dass ich nur wegen der winzigen Chance hergekommen bin, Lukas über den Weg zu laufen.

»Lukas tun die Leute immer schnell leid«, sagt sie mit

einem nachsichtigen Lächeln in seine Richtung. Lukas hört auf, über Metal zu reden, und sieht Sofia stattdessen peinlich berührt an.

Ich zwinge meine Mundwinkel zu einer Art Lächeln nach oben. »Mir ging es auch wirklich dreckig«, sage ich leichthin.

»Das war ja wohl kein Wunder«, meint Lukas. Er lächelt mich an, was Sofia zweifellos nicht passt.

»Aber eine Tankstelle hat dich aufgemuntert?« Sie hebt ihre perfekten Augenbrauen. Das kann sie richtig gut. Ich bin fast sicher, dass ich beleidigt worden bin, aber ich weiß einfach nicht, wie.

»Aber immer«, sage ich. »Nichts hebt die Stimmung so sicher wie ein Statoil-Café.«

Das Tragische ist, dass das offenbar gestimmt hat.

»Statoil-Café?«, fragt Sofia und lacht. Das Lachen ist auch eine Kunstart: perlend und schön mit nur einem ganz leichten höhnischen Unterton. Sogar Charlie lacht jetzt mit, obwohl ich weiß, dass er zu mir halten würde, wenn es zu Handgreiflichkeiten käme. »Sieh mal, Stefan ist da«, sagt Sofia zu den Schatten, und dann wenden sie sich wieder ihrem Klatsch zu.

Es ist schon nach elf, ich habe soeben mein drittes Bier geleert, und ich glaube nicht, dass ich noch ein ganzes Bier durchhalten und zuhören kann, wie Sofia über Menschen redet, die ich nicht kenne, Filme, die ich nicht gesehen habe, Musik, die ich nicht gehört habe. Ihr süßliches, nach Vanille duftendes Parfüm macht mir inzwischen schon Kopfschmerzen.

Und doch habe ich überraschend wenig Lust zu gehen. Wer weiß, wann ich Lukas wiedersehen werde, denke ich, weil ich eben blöd bin. Als ob es sich lohnt, fremden Tussen beim Plappern zuzuhören, bloß, um vielleicht drei Worte mit ihm wechseln zu können.

Das Schlimmste ist, dass ich denke, es könnte sich lohnen. Was mich zu einer Reaktion veranlasst.

Es ist eine Sache, sich von Motorradfahrstunden aufmuntern zu lassen, aber wenn ein Statoil-Café und ein paar Worte an einem Bierabend der Grund sind, wird es albern.

Völlig unvermittelt stehe ich auf und sage: »Ich muss jetzt los«, und alle verlieren den Gesprächsfaden und blicken mich überrascht an.

Es ist ein absolut würdeloser Rückzug. Ich stoße fast den Stuhl um, als ich versuche, mein Jackett und die Jacke, die ich darüber gehängt hatte, abzunehmen, und dann muss ich mich über Stuhl und Tisch beugen, um meinen Kram an mich zu bringen. Telefon, Brieftasche, Zigaretten, Feuerzeug. Ich winke ein wenig unbeholfen mit vollen Händen, und dann fliehe ich, ich schäme mich nicht, das zuzugeben.

Die kühle Abendluft erscheint mir wie eine Befreiung, obwohl es jetzt richtig gießt. Der Regen treibt alle anderen Raucher eng aneinandergedrückt an die Wand, wo es ungefähr einen halben Meter Dach gibt, das nicht ausreicht, um irgendwen zu schützen.

Ich gehe mit zwei großen Schritten hinaus in den Regen und stecke mir erst dort die wohlverdiente Zigarette an, und dann stehe ich da, als ob der Regen mich nichts anginge. Pias Theorie ist, dass man sich weniger nass fühlt, wenn man sich ganz einfach frech in den Regen stellt. Ich rufe mir das in Erinnerung, als sich das Wasser in meinen Nacken stiehlt, und hebe den Kopf.

Hinter mir ist die Musik aus der Schnapsküche zu hören, jetzt lauter, dazu das Stimmgewirr der Raucher, die zu besoffen sind, um sich über das Wetter zu beklagen.

Ich höre außerdem jemanden »Anette« rufen und drehe mich langsam um.

Lukas steht mitten in der Türöffnung und schaut zum Himmel hoch, als wolle er feststellen, wie stark es regnet. Er trägt keine Jacke, am Ende aber wird er von allen Rauchern, die sich an ihm vorbeizwängen, hinausgeschoben. Im Regen sieht er dann fast noch ungerührter aus als ich. Pia wäre beeindruckt.

»Ist alles in Ordnung?«, fragt er.

Ich schiele über seine Schulter, um zu sehen, ob Sofia ihm gefolgt ist. »Sicher«, sage ich. »Klar doch.«

»Du bist so plötzlich gegangen.«

»Ich muss morgen früh arbeiten«, lüge ich.

Er scheint nicht so recht zu wissen, was er sagen soll, aber dennoch bleibt er stehen. Ich ziehe an meiner Zigarette. »Tja«, sage ich. »Nett, dich mal wiederzusehen, ich muss jetzt ...«

Fast gleichzeitig fragt er: »Was machst du nächstes Wochenende?«

Ich erstarre. »Wieso denn?«, frage ich idiotisch.

»Lust auf ein Treffen?«

»Ja.« Die Antwort kommt so schnell, dass ich mir gern selbst eine scheuern würde. Gut gemacht, Anette, denke ich. Du spielst die Spröde wie immer.

Er lächelt. »Samstag?«

»Sicher.«

»Hier? Um sieben?«

Ich nicke stumm. Er will schon wieder hineingehen, als ich sage: »Lukas, warte! Warum willst du dich am Samstag mit mir treffen?«

Als ob ich erwartete, dass er ganz offen sagt: »Aus Mitleid.« Aber offenbar war mein Verdacht nicht stark genug, um mich nein sagen zu lassen. Pia würde sich totlachen.

Er bleibt stehen und blickt mich fragend an.

»Du weißt über mich doch bloß, dass ich eine verrückte Mutter bin, die nicht langsam fahren kann.«

Er lächelt wieder. »Nicht nur. Du hast außerdem für einen Freund fünfhundert Kondome verpackt und für deine Tochter ein Pfefferkuchen-Pompeji gebacken.«

»Das sollte doch eine Stadt werden«, sage ich ehrlich. Er sieht vor allem verwirrt aus. Vielleicht interessiert er sich nicht für die Einzelheiten meiner Pfefferkuchenkonstruktion.

»Und irgendwer muss dir ein bisschen Hardrock-Geschichte beibringen.«

Mit diesen unsterblichen Worten geht er wieder in die Kneipe und überlässt mich meinem dämlichen Lächeln.

24

Ich möchte gern glauben, dass ich einigermaßen selbständig und bisher allein ganz gut zurechtgekommen bin, aber ich bin nichts im Vergleich zu Pia.

Als ihr Mann im Knast landete und ich ihre Jungs zweimal zum Essen einlud, hätte sie mir das fast nicht verziehen.

Vor dem Skandal kannte ich sie nur vom Hörensagen. Sie war eingehüllt von dem Mittelklassedunst, in dem sie sich aufhielt: die beiden Autos, die Villa, ihr Mann mit dem welligen Haar und dem unzuverlässig funkelnden Blick. Aber nach der Steuerhinterziehung wusste ich natürlich, wer sie war. Das wussten alle.

Simon, der Mittlere, ist so alt wie Emma, aber alle drei sind altersmäßig so dicht beieinander, dass sie immer zusammen waren. Deshalb kam es mir ganz natürlich vor zu fragen, ob sie zum Essen bleiben wollten.

Und deshalb lud ich sie einige Tage darauf noch einmal ein, nicht aus Mitleid, sondern vor allem, weil ich dachte, wenn mein Vater vor Gericht stünde, würde ich mich ab und zu über einen unkomplizierten Teller Spaghetti bolognese und zwei Menschen freuen, die sich für den Skandal rein gar nicht interessierten.

»Ich habe gehört, du hast die Jungs zum Essen eingeladen«, sagte Pia. Wir standen vor dem Klassenzimmer von Emma und Simon. Es war der erste Elternabend seit der Anklageerhebung, und es wunderte mich, dass sie gekommen war.

Offenbar hatte ich einen Fehler gemacht. Sie stand hoch erhobenen Hauptes und bewegungslos vor mir und ließ mich spüren, dass ich sie auf irgendeine Weise beleidigt hatte.

»Ja?«, fragte ich unsicher.

»Ich nehme an, mit einem Mann im Gefängnis ist man gleich ein bisschen interessanter.«

»Kann ich mir vorstellen«, sagte ich ganz ehrlich, vielleicht, weil mir ihr Tonfall nicht gefiel, vor allem aber, weil ich es einfach nie gelernt habe, den Mund zu halten. »Vorher habe ich dich eigentlich eher langweilig gefunden.«

Pia zögerte ungefähr eine halbe Minute, dann lachte sie heiser und war von Stund an meine Freundin. »Siehst du die da?«, flüsterte sie während des Elternabends und nickte zu einer schlanken Frau mit zerstreuter Miene hinüber. »Vermutlich schon blau.« Noch ein Nicken. »Der da geht fremd. Alle wissen das, auch die Gattin. Natürlich spricht niemand darüber. Sie haben auch nicht über meinen Mann geredet, aber ich war nicht so clever wie sie. Sie hat keine Illusionen. Das muss man immerhin bewundern. Gehen wir einen trinken?«

»Was, jetzt?«, fragte ich.

»Der Elternabend hat ja doch keinen Sinn.«

Danach lud sie mich zu Essen und Wein zu sich nach Hause ein, besorgte mir irgendwann den Job bei Mat-Extra und hätte auch den Rest meines Lebens organisiert, wenn ich sie gelassen hätte. Im Laufe der Jahre hat sie sich nicht nennenswert verändert. Sie trägt noch immer zu kurze Röcke, nimmt zu viel Wimperntusche und blondiert ihre Haare zu sehr, und wenn sie könnte, würde sie weiterhin mein Leben organisieren.

Ich erzähle ihr nichts von Samstagabend, weder dem vergangenen noch dem kommenden. Vielleicht habe ich Angst, sie würde sofort begreifen, dass Lukas nichts für mich empfindet und dass ich schon viel zu viel für ihn empfinde. Ich habe nicht die geringste Lust, ihr einen Grund zum Lachen zu geben.

Wenn sie von meinem Verdacht erführe, dass er sich nur aus Mitleid mit mir treffen will, würde sie jedenfalls nicht lachen. Sie würde vermutlich niemals zulassen, dass ich mich am Samstag mit ihm treffe, und wenn sie mich in die Wohnung einsperren, die Türen verbarrikadieren und persönlich Wache halten müsste.

Freunde lassen ihre Freunde keine Kompromisse mit dem Stolz eingehen, sagt sie immer, und normalerweise bin ich dafür dankbar.

Aber nicht jetzt. Ich weiß noch immer nicht, warum Lukas sich mit mir treffen will, aber es kann nicht nur aus Mitleid sein, und eigentlich ist es auch egal. Ich würde hingehen, auch wenn ich genau wüsste, dass ich ihm nur leidtue.

Am Montagmorgen sitzen Pia und ich in der üblichen Ecke des Personalzimmers, während Klein-Roger seinen üblichen zum Tode verurteilten Versuch macht, uns zu großen Taten zu inspirieren.

Ich muss mich anstrengen, nicht schuldbewusst auszusehen, als ob ich glaubte, Pia werde einen Blick auf mich werfen und sofort sehen, dass ich am Wochenende etwas ausgefressen habe und ich das verheimlichen will.

Was ja nicht ganz unwahr wäre.

»Betrachtet es als neue Herausforderung, eine Chance zu zeigen, wofür ihr brennt. Das hier kann der nächste Schritt in einer phantastischen Karriere sein ...«

»Klingt so schlimm wie ich, wenn ich versuche, den Skogahammar-Tag zu verkaufen«, flüstere ich Pia zu. Im Moment fällt es mir viel schwerer als früher, über Klein-Roger zu lachen. Zum Tode verurteilte Projekte erregen neuerdings mein Mitgefühl.

»Schlimmer«, sagt Pia. »Er bietet immerhin einen bezahlten Job an.«

»Zum selben alten Gehalt, ja«, stelle ich klar. Das war unsere allererste Frage, als er vor einigen Monaten anfing, über diesen neuen Posten zu reden. Danach sackte das Interesse augenblicklich ab.

»Sicher, ich habe ja nicht gesagt, dass es ihm besser gelingen müsste. Ihr habt vermutlich gleich große Chancen. Und du siehst zumindest besser aus.«

»Alles ist relativ«, sage ich.

Die Informationsveranstaltung ist am Donnerstag. Ingemar Grahn hat sich ausreichend lange Gewalt angetan, um zwei unheimlich reizende Artikel zu schreiben, und Klein-Roger hat sich bereiterklärt, einen Luxusimbiss zu spendieren, was im Artikel dann auch erwähnt wurde.

Ich werde alles bis ins kleinste Detail vorbereiten, und sei es auch nur, weil ich etwas brauche, das mich von Lukas ablenkt. Es ist noch ziemlich viel zu erledigen, aber Ann-Britt hat ihre Hilfe angeboten, und sogar Barbro ist nach dem letzten Artikel ein wenig weich geworden.

Die Kulturhexen haben alle drei gesagt, dass sie am Skogahammar-Tag teilnehmen und außerdem zur Informationsveranstaltung kommen werden. Offenbar hat Ingemars erster Artikel dafür gesorgt.

»Das hast du gut gemacht«, sagte die Theaterdame nach dem zweiten Artikel. »Von Männern darf man sich einfach nichts gefallen lassen.«

»Er hat unseren Tag des Buches *verspottet*«, sagte die Buchtante. »Wir hatten Kinderbuchautorinnen und -autoren eingeladen. Das passt für alle Leser hier, schrieb er, was gemein war, denn es ging doch um Kinder von fünf bis sieben.«

»Surrealistische Kunst hat er über unsere Ausstellung gesagt«, sagt die Kunstfrau. »Es war eine Aquarellausstellung von Landschaften.«

»Anette, hast du vor, irgendwann mal anzufangen?«, fragt Klein-Roger und mir wird klar, dass ich total verpasst habe, dass er aufgehört hat zu reden und alle anderen schon auf dem Weg in den Laden sind. »Natürlich nur, wenn du gerade Zeit hast.«

Hans wird Hören und Sehen vergehen, denke ich entschlossen. Und irgendwer muss den Kulturhexen schonend beibringen, dass sie sich im selben Raum aufhalten werden.

Am Donnerstag komme ich eine Stunde zu früh, aber schon nach fünf Minuten frage ich mich, ob das überhaupt eine Rolle spielt.

Mir fällt ums Verrecken nicht ein, wie man den Raum inspirierender gestalten könnte.

Der Raum strahlt fünfzig Jahre altes Engagement aus. Neben dem Kerl an der einen Wand (»Henri Dunant!«, sagt Ann-Britt mit ehrfürchtiger Stimme. Bestimmt ein sympathischer Mann) gibt es an der gegenüberliegenden Wand ein Bücherregal mit Kartons mit der Aufschrift »Kassetten: Radio Skogahammar«, und dann die Jahreszahlen: 81, 82, 83 usw., bis zur Mitte der neunziger Jahre.

Der Raum liegt im Souterrain. Hoch oben unter der Decke gibt es schmale Fenster, die vor allem als bittere Erinnerung an die Freiheit dort draußen dienen. Zu schmal und zu weit oben, als dass man durch sie fliehen könnte. Wahrscheinlich ist das so gewollt.

Es riecht nach altem Stoff und verkrustetem Staub, ein Kennzeichen für Räumlichkeiten, für die »gemeinsame Verantwortung« übernommen wird. Mitten auf dem Tisch, außer

Reichweite für alle, steht eine Dose mit gekauften Pfefferkuchen. Die steht schon seit unserem ersten Treffen dort.

Ganz hinten in der Ecke stehen zwei abgewetzte Sessel, ein passendes abgewetztes Sofa und ein kleiner Tisch mit einer weißen Häkeldecke. Der restliche Raum wird von dem riesigen Besprechungstisch eingenommen.

Der besteht aus sechs kleineren Tischen, und als ich daran ziehe, stellt sich heraus, dass sie nicht aneinanderbefestigt sind, sondern nur zusammengeschoben.

Wenn wir die Tische wegstellen, können wir den Raum ummöblieren, und dann wird er ein wenig einladender. Das erzähle ich, als die anderen eine halbe Stunde vor der Besprechung eintrudeln.

»Aber wo sollen wir sie hinstellen?«, fragt Barbro.

»Ins Nebenzimmer«, sage ich. Eine Tür führt in einen kleinen Gang, von dem aus man die kleine Küche und den größeren Abstellraum betreten kann.

»Da stehen unsere Sachen für den Flohmarkt«, sagt Ann-Britt.

»Ein Flohmarkt am Skogahammar-Tag? Das ist doch perfekt«, sage ich und gehe hinaus in den Gang. »Dann haben wir schon mal ein Ereignis.«

»Der Flohmarkt ist eine Woche später«, sagt Ann-Britt und macht ein verlegenes Gesicht, als sie hinterherkommt. »Wir... wir waren nicht sicher, ob zum Skogahammar-Tag irgendwer kommen würde.«

»Jetzt nicht mehr. Jetzt gibt es am Skogahammar-Tag ja den Flohmarkt.« Ich schaue in den Raum hinein. Der Boden ist fast komplett mit Papiertüten vollgestellt. »Und es werden Leute kommen. Ich verspreche euch, dass ihr kein unvollständiges Gesellschaftsspiel und keine selbstgehäkelte Tischdecke mehr haben werdet, wenn der Tag vorbei ist.«

»Ach ... ja ... naja«, sagt Ann-Britt. »Aber ich muss erst mit dem Vorstand reden. Es ist nicht sicher, ob ... ich muss ganz einfach mit denen reden.«

Ich überlege. »Wir stellen die Tische über die Tüten. Zwei Tische aufeinander. Hans, pack mal am anderen Ende an.«

»Aber wir haben doch noch nie ...«, protestiert er.

»Phantastisch. Jetzt tragen wir den Tisch rüber. Ganz in Ruhe. Barbro, wenn du dich zwischen die Tüten da stellst und den Tisch annimmst, dann schaffen wir das. So, ja. Nur noch fünf Tische übrig.«

Dabei bemerke ich, dass Barbro und Hans mich anstarren, als ob ich a) wahnsinnig wäre und sie sich b) fragten, wer so blöd war, mich dazuzuholen und möglicherweise c) überlegten, ob sie stark genug sind, um mich zu Boden zu ringen und mich hinauszuwerfen. Aber ich habe diese Informationsveranstaltung eigenhändig in die Wege geleitet, und ich werde nächste Woche einen sarkastischen Artikel lesen müssen, wenn sie ein Misserfolg wird. Ingemar Grahn hat versprochen, wahrheitsgemäß über die Veranstaltung und den Skogahammar-Tag zu berichten. Das habe ich akzeptiert. Es wäre auch zu viel verlangt, dass er lügen sollte, und außerdem spielt es keine Rolle. Denn es wird ein Erfolg werden!

»Und dann können wir auch gleich mit Kaffeekochen anfangen. Vor der Pause.«

»Aber ...«, sagt Ann-Britt.

»*Was denn?*«

»Ich kann nicht in die Küche. Vor der Tür stehen zwei Tische.«

Nach und nach kommt Publikum. Ich lächele, grüße, kann mich an keinen einzigen Namen erinnern und sorge dafür, dass die Kulturhexen weit auseinandersitzen. Die Leute kommen herein, zögern vor den Stuhlreihen und lassen sich langsam ganz hinten nieder. Dann sitzen sie da, ein wenig verloren und verwirrt, die Handtasche auf den Knien. Ab und zu rutschen sie unruhig hin und her, denn sie sind es nicht gewohnt, mit Fremden Schulter an Schulter zu sitzen.

Die meisten sehen noch immer aus, als ob sie sich fragten, was sie hier eigentlich sollen.

Um Viertel nach sechs sitzen mindestens dreißig Personen in dem kleinen Raum. Ich habe die winzigen Fenster öffnen können, mit etwas Glück werden wir also in zwanzig Minuten noch nicht erstickt sein. Hans steht ganz vorn, im Moment etwas am Rand, aber absolut bereit, die Kontrolle über die Bühne an sich zu reißen.

Ich lehne an der einen Wand und rede mir ein, dass alles gutgehen wird. Ich habe getan, was ich nur konnte. Ich habe gegen jegliche Wahrscheinlichkeit dreißig Bewohner von Skogahammar zu einer Informationsveranstaltung für einen Tag hergelockt, von dessen Existenz sie kaum eine Ahnung hatten. Es sind sicher zwanzig Vereine anwesend.

Jetzt liegt alles an Hans.

Er beschließt, dass es Zeit ist anzufangen. Aus irgendeinem Grund sieht er sauer aus, aber das kann einfach daran liegen, dass sein Gesicht gerade im Ruhezustand ist. Er bewegt sich langsam von der Wand zur Bühne, mit dem Bauch voran, als hätte er alle Zeit der Welt.

»Tja, also«, sagt er inspirierend. »Wenn wir mal anfangen könnten. Wir sind ja schon, ja, siebzehn Minuten zu spät dran. Nicht leicht, immer auf die Zeit zu achten. Haha.«

Ich verkrampfe mich und richte mich instinktiv auf.

»Ja, ich glaube, es fehlen noch immer einige. Ist ja schade, dass nicht mehr kommen konnten.«

Wir sind zu dreißigst! Das hier ist eine Erfolgsgeschichte, die er gerade eigenhändig in eine Farce verwandelt.

»Also, ich heiße Hans Widén. Die meisten von euch kennen mich ja.«

Alle sehen vollkommen ausdruckslos aus, und einige schütteln sogar den Kopf.

Das hätten sie nicht tun sollen. Hans verbreitet sich zehn Minuten lang über sich selbst und schildert die Höhepunkte seiner Karriere und sein langjähriges Engagement bei Rotary. Die Anwesenden sehen aus, als wüssten sie noch immer nicht, aus welchem Anlass sie eigentlich hier sind.

»Ja, der Skogahammar-Tag ist ja ein wichtiger Tag für die Stadt.«

Gut, Hans. Zurück zur Botschaft.

»Nicht zuletzt für die lokalen Unternehmen. Als Aktiver bei Rotary habe ich selbst schon lange...«

Neunzig Prozent der hier Anwesenden vertreten die Vereine. Eva ist so viel ich weiß die Einzige, die ein eigenes Unternehmen hat, und sie brauchen wir nicht ins Boot zu holen. Leider sitzt sie schon darin.

»Und doch war es nicht ganz leicht, Engagement zu wecken...«

Neinneinneinneinnein. Versuch nie, etwas damit zu verkaufen, dass andere sich absolut nicht dafür interessieren.

Das ist das Einzige, was ich in meinen achtzehn Jahren als Mutter gelernt habe. Ich bin zu etlichen Informationsveranstaltungen gegangen, wann immer Emma sich in den Kopf gesetzt hatte, einen neuen Sport auszuprobieren. Und wenn ich dabei etwas gelernt habe, dann, dass ich mich garantiert nicht engagiert habe, wenn es sonst niemand tat. Dann weiß man ja schon von Anfang an, dass man alles selbst machen muss. Was die cleveren Vereine uns Eltern erst eingestehen, wenn es zu spät ist.

Es ist, wie Menschen auf ein bereits sinkendes Schiff einzuladen. Wie Tickets für die Titanic nach dem Eisberg zu verkaufen. »Willkommen an Bord. Wir hatten gerade ein kleines Problem mit einem Eisberg.«

»Es ist immer schwer, Menschen dazu zu bringen, dass sie sich engagieren und aktiv werden. Aber das wisst ihr ja sicher. Haha«, fährt Hans fort und deutet damit an, dass es allen anwesenden Vereinen misslungen ist, Mitglieder zu rekrutieren.

Seltsamerweise sieht niemand verärgert aus. Die Anwesenden sitzen einfach mit ausdruckslosen Gesichtern da, als seien misslungene Veranstaltungen ein normaler Teil ihres Lebens und sie hätten beschlossen, alles einfach auszusitzen.

Was vermutlich stimmt. Ich entspanne mich. Wenn die Messlatte so niedrig liegt, müsste ich das hier retten können.

»Und jetzt wird Anette ein wenig über unsere Pläne für dieses Jahr erzählen«, endet Hans und überlässt mir das Publikum.

Und ich brauche jetzt nur noch dafür zu sorgen, dass diese Veranstaltung besser wird als andere Veranstaltungen.

»Wie schön zu sehen, dass so viele gekommen sind!«, sage ich und lächele strahlend. Ich sehe, dass mehrere im Publikum zusammenzucken. Die, die ganz vorn sitzen, lassen sich auf ihren Stühlen ein wenig weiter zurücksinken.

Ich fahre mein Lächeln auf ein Niveau herunter, an das sie vielleicht eher gewöhnt sind.

»Und es ist doch phantastisch, dass wir hier die Räume des Roten Kreuzes nutzen dürfen. Auch das Rote Kreuz wird sich natürlich am Skogahammar-Tag beteiligen. Sie haben sogar beschlossen, ihren traditionellen Herbstflohmarkt am Skogahammar-Tag stattfinden zu lassen.«

Ann-Britt sieht nervös aus, aber das ist mir egal.

»Und ihr wart sicher alle schon mal beim Flohmarkt des Roten Kreuzes?« Mehrere Anwesende nicken sogar. »Sie leisten doch phantastische Arbeit« – ich muss ein Synonym für phantastisch finden, denke ich verzweifelt –, »nicht zuletzt aufgrund von Ann-Britt und ihrem großen Engagement für das Rote Kreuz und den Skogahammar-Tag.«

Einige lachen. Alle mögen Ann-Britt. Fürchten sie, ja, aber auf respektvolle Weise. Ann-Britt selbst sieht jetzt geschockt aus.

Ich rede weiter über dieses Thema. Erwähne die Unternehmen, da Hans das auch getan hat. Mat-Extra, der als Sponsor auftritt. *Evas Blumen* und dessen geplante Aktivitäten. »Eva hat sich überaus großzügig bereiterklärt, Schnittblumen zu spenden, sodass wir alle versuchen können, unsere eigenen Gestecke zusammenzustellen.«

Ich habe sie noch nicht danach gefragt, aber ihr unfreiwilliger Beitrag wird mit spontanem Applaus begrüßt, und als ich es dann wage, sie anzusehen, lächelt sie angespannt.

»Und genau das wollen wir am Skogahammar-Tag erreichen. Nicht nur über alles zu informieren, was wir tun, sondern es zu zeigen und die Menschen Dinge tun zu lassen.«

Das scheint eine revolutionäre Idee zu sein. Die meisten sehen denn auch skeptisch, abwartend oder besorgt aus.

»In großen und kleinen Dingen. Es liegt bei euch, ob ihr mitmachen und was ihr tun wollt. Aber für uns ist es eine...« Ich überlege fieberhaft und gebe auf. »... phantastische Möglichkeit, all die wichtigen Dinge zu zeigen, für die unsere Vereine stehen. Denn wir wissen doch alle, dass es die Vereine sind, die Skogahammar am Leben halten.«

Widerwilliges Lächeln für diese offene Anbiederung beim Publikum.

»Es ist ja wohl kaum das Verdienst der Gemeindeverwaltung, wenn etwas passiert«, sage ich, und jetzt lachen die Anwesenden sogar. Ich bete in Gedanken, dass Anna Maria niemals erfährt, dass ich das gesagt habe.

»Hat vielleicht schon jemand hier eine Idee, was man machen könnte?«, frage ich, was vielleicht ein Fehler ist.

Eine Frau erhebt sich, sie trägt eine wogende weiße Bluse mit bizarr bunten aufgestickten Blumen. Lila, rosa, gelb.

»Ich schlage eine Friedenskundgebung vor«, sagt sie. »Etwas für die Jugend. Vielleicht eine riesige Friedenstaube.«

»Und wie sollte die hergestellt werden?«

»Aus Pappmaché natürlich. Das kann wunderschön aussehen. Bei einer Kundgebung. Für den Frieden. Von unserer Jugend.«

»Sie wollen unserer Jugend Tapetenkleister in die Hand drücken?«, frage ich, um ganz sicher zu sein. »Ich meine, interessante Idee. Wir können ja später noch mehr darüber reden.«

Ich habe das Gefühl, die Kontrolle über diese Veranstaltung zu verlieren.

Aber seltsamerweise hat die Pappmaché-Frau das Eis gebrochen. Eine Frau findet Evas Initiative zum Blumenarrangieren gut. »Ich habe vor ewigen Zeiten mal so einen Kurs gemacht«, beginnt sie. Ihr Beitrag dauert fünf Minuten, aber immerhin ist er positiv.

»Ich bin sicher, dass wir noch viele andere Ideen haben, über die wir in der Kaffeepause sprechen können«, sage ich. »Es wird natürlich auch eine Tombola geben und eine Bühne mit musikalischen Darbietungen und Tanz auf dem Großen Markt. Das ..«

Ich weiß nicht so recht, was ich noch sagen kann, um sie zu überzeugen, und ich bin durchaus nicht sicher, dass ich es geschafft habe.

»Ich weiß, dass man sich leicht fragen kann, ob dieser Tag wirklich nötig ist«, sage ich am Ende. »Oder denken, dass es schrecklich viel Arbeit bedeutet. Wir hoffen natürlich auf eure Hilfe und eure Mitarbeit, aber es liegt an euch zu entscheiden, was ihr wollt und wozu ihr Zeit habt. Und wir sind natürlich gern zu Diensten. Wir können helfen, Ideen auszutauschen oder das Praktische in die Wege zu leiten ...«

Die Projektgruppe scheint kurz vor einer Ohnmacht zu stehen. Das muss ich mir merken: noch weitere Leute finden, die bei den praktischen Dingen helfen können.

»Aber wir brauchen den Skogahammar-Tag. Wir brauchen einen Grund, um uns ab und zu zu sehen, andere zu treffen als die, mit denen wir immer zusammen sind; unsere Kinder müssen ungestört spielen können, auch wenn sie eigentlich glauben, dass sie dafür zu alt sind, und in Skogahammar muss unbedingt mehr getanzt werden.«

Ich habe getan, was ich konnte.

Ich hatte Angst, alle würden zu Beginn der Kaffeepause gehen. Das habe ich immer getan, wenn Emmas Aktivitäten mich zu Veranstaltungen wie dieser hier zwangen. Aber die meisten bleiben dann doch.

Vielleicht liegt es daran, dass das Gebäck hier besser ist. Zu meiner Zeit gab es fast immer nur Kaffee, der schon zu lange gestanden hatte, und möglicherweise noch vertrocknete Zimtschnecken. Aber wir haben ein großes Tablett mit allerlei guten Dingen aus unserer Bäckerei-Ecke: Donuts, Schokoküsse, Croissants. Einige Stunden alt zwar, aber viel besser als die üblichen Zimtschnecken. Wir haben Kaffee und drei Sorten Tee. Daneben steht ein Schild: *Gesponsert von Mat-Extra*.

Die Leute sehen richtig beeindruckt aus.

Und sie *reden*! Miteinander und mit der Projektgruppe.

Eva kümmert sich um die Büchertante. Ann-Britt ist verantwortlich für die Theaterdame und Barbro für die Kunstfrau. Sie haben den strikten Befehl erhalten, die Damen in verschiedene Zimmerecken zu locken. Bisher geht das gut. Sie haben auch den strikten Befehl erhalten, über die Bedeutung von Literatur/Theater/Kunst zu sprechen, vor allem für Kinder, aber ich habe den Eindruck, dass es an dieser Front nicht so gut läuft. Keine hat die Chance, etwas zu sagen. Es wird eher auf sie eingeredet.

Hans ist für den Fußballverein zuständig. Anna Maria hat betont, dass es bei einem Arrangement wie unserem absolut lebenswichtig ist, die großen Vereine mit ins Boot zu holen. Es ist eher eine Frage des Status als der Mittel (große Vereine geben niemals etwas von ihren Mitteln her). Ich nehme an, es ist so ähnlich wie in der Oberstufe, wenn es darum geht, den angesagten Jungen und das umschwärmte Mädchen zu etwas zu bewegen. Plötzlich wollen dann auch alle anderen mitmachen.

Vermutlich war es ein Fehler, Hans auf den Fußballverein anzusetzen. Ich dachte, sie würden einen älteren Vereinsleiter schicken, bei dem Hans doch ankommen müsste, aber es ist ein junges Mädchen gekommen, das dauernd lacht und jetzt eine mitgebrachte Zwischenmahlzeit verzehrt. Hans sieht verwirrt aus. Das Mädel freundlich und enthusiastisch.

Ich bin schon unterwegs, um sie zu retten – oder Hans –, als ich von einem jungen Mann in Cordhose, weißem Hemd und einem Jackett aus einem tweedähnlichen Material aufgehalten werde. Auf den ersten Blick denke ich, dass er hundert Jahre zu spät geboren worden ist, aber als er näher kommt, stelle ich fest, dass er auch damals nicht in die Zeit gepasst hätte. Das Jackett passt nicht so ganz zur Hose. Er ist groß, schlank und hat diese besondere Aura, die garantiert, dass er in einer Kaffeepause allein dasteht.

Deshalb peilt er die Veranstalterin an. »Jesper«, sagt er höflich. »Vom Freundeskreis Svartåbahn.«

Beim Sprechen beugt er den Oberkörper zu mir vor. Das sieht überraschend charmant aus, als ob seine Begeisterung seine uninteressante Persönlichkeit ausgleichen könnte. »Eisenbahn. Hat mich schon immer fasziniert.«

»Das wundert mich nicht«, sage ich.

»Wir kämpfen darum, das zu bewahren, was von der Svartåbahn noch vorhanden ist. Sie wurde 1985 stillgelegt, weil niemand die Sanierung bezahlen wollte, und seither sind viele Streckenabschnitte total verfallen.«

»Streckenabschnitte, die nicht benutzt werden...?«, frage ich. Es wundert mich nicht mehr, dass sich niemand um sie gekümmert hat.

»Genau. Am Wochenende haben wir bei Lannabruk das Unterholz vom alten Bahndamm entfernt. Die Svartåbahn ist ein Symbol für eine Entwicklung. Ehe die Eisenbahn kam, gab es hier ja kaum Industrie.«

Als die Eisenbahn gekommen war, auch nicht, denke ich.

»Bei uns gibt es mehrere Lokführer, die sogar auf der Strecke gefahren sind. Ich selbst bin zweiunddreißig. Ich vermute also, dass wir die letzte Generation sind, die sich daran erinnert, dass hier Züge gefahren sind.«

»Ja...«, sage ich. Ich frage mich, wie es wohl sein mag, zweiunddreißig zu sein und unbedingt etwas bewahren zu wollen, dessen Verfall bereits eingesetzt hat, ehe man geboren wurde. Aber sein Enthusiasmus ist auch irgendwie charmant.

»Ich finde, das mit dem Skogahammar-Tag klingt phantastisch«, sagt er nun. »Wir werden uns auf jeden Fall etwas ausdenken. Wir können uns vielleicht mal treffen und Ideen austauschen?«

»Unbedingt«, sage ich. »Tragen Sie sich doch hier ein.«

Wir haben eine Ideenliste. Neben Namen, Telefonnummer und eventueller Vereinszugehörigkeit gibt es auch eine Spalte, in der man ankreuzen kann, ob man bei einer Arbeitsgruppe mitmachen will. Ich hoffe, ich kann hier ein paar Leute finden, die wirklich bereit sind, etwas zu tun.

Der Zugmann füllt fröhlich alles aus und setzt ein Kreuz in die Spalte für die Arbeitsgruppen.

Er bleibt sogar noch ein bisschen, um noch einmal über alles zu reden.

Er landet neben Gunnar, der vermutlich von Eva hergeschleift worden ist und der während der gesamten Veranstaltung ganz hinten gesessen hat, an die Wand gelehnt und die Kapuze so tief ins Gesicht gezogen wie überhaupt nur möglich. Die Jungs helfen uns, die Tische zurückzutragen.

Ann-Britt sammelt Kaffeetassen und Thermoskannen ein und lässt in der Küche Spülwasser einlaufen, sobald die Tische von der Tür entfernt worden sind.

Ich weiß nicht so recht, was ich machen soll, jetzt, wo alles vorüber ist und alle arbeiten, ohne dass ich etwas zu sagen brauche. Kaffee und Nervosität haben mich auf Trab gehalten, aber ich bin auch müde und erschöpft von der mentalen Anstrengung. Ich bin dankbar dafür, dass es vorüber ist, habe es aber auch nicht eilig, hier wegzukommen.

Nachdem ich mir eine Zigarette gegönnt habe, leiste ich Ann-Britt in der Küche Gesellschaft. Das Spülwasser dampft, und Ann-Britt trägt gelbe Gummihandschuhe. Ich stelle mir vor, dass Generationen von schwedischen Hausfrauen ihr beifällig zunicken. Ich selbst spüle mit kaum lauwarmem Wasser und besitze auch keine Gummihandschuhe.

Aber ich nehme mir ein Geschirrtuch und fange an, die Kaffeetassen abzutrocknen, die Ann-Britt auf das winzige Abtropfgestell stellt. Ich stapele vier Tassen aufeinander und stelle sie ins Regal, wo es schon ein Dutzend total unterschiedlicher Becher gibt.

»Anette?«, sagt Ann-Britt, und ihre Hand mit der Spülbürste erstarrt in der Luft. »Bis heute hat noch nie irgendwer etwas Positives über mich gesagt.«

Nach der Informationsveranstaltung ruft Emma aus freien Stücken an, und kaum sehe ich ihren Namen im Display, schärfe ich mir ein, kein Wort über Lukas zu sagen.

»Was macht der Katzenblog?«, fragt sie als Begrüßung. »Ist die Infosache gut gelaufen?«

»Ich hab am Samstag eine Verabredung. Mit einem Mann.«

Es muss eine Form von Tourette sein. Ich halte mir die Hand vor den Mund, um nicht noch mehr zu sagen.

»Wer ist er?«

»Ach, niemand.« Gute Antwort, Anette.

»Macht er mit bei dieser Projektgruppe?«

Ich schnaube.

»Fährt er Motorrad?«

Als ich nicht antworte, sagt sie triumphierend. »Ich hab es ja gewusst! Ein Biker-Heini mit Lederweste, Bierbauch und Schnurrbart. Wie heißt er?«

Ich habe nicht vor, ihr zu sagen, dass er jung und durchtrainiert und außerdem mein Fahrlehrer ist, deshalb widerspreche ich nicht. »Lukas«, sage ich widerwillig.

Emma hat ihren kleinen Scherz aber ohnehin schon abgeliefert. »Das war nur ein Witz«, sagt sie. »Ich finde es verdammt gut, dass du mal wieder ein Date hast.«

Ich erstarre. »Was?«, sage ich. »Nein, das ist kein Date. Wir wollen nur ... uns treffen.«

»Tagsüber am Samstag, oder was?«

»Um sieben Uhr abends. In der Schnapsküche. Ein Bier trinken und ein bisschen quatschen.«

»Klingt wie ein Date«, sagt Emma. »Falls er nicht verheiratet ist. Aber auch dann wäre ich misstrauisch.«

»Er ist nicht verheiratet.«

»Also definitiv ein Date.«

Großer Gott.

Es ist übertrieben zu behaupten, ich hätte seit der Jahrtausendwende keine Verabredungen mehr gehabt, aber eine große Übertreibung ist es nicht.

Als ich am Freitag von der Arbeit nach Hause komme, google ich »Gesprächsthemen beim ersten Date«, was mich nicht beruhigen kann. Ein wahrer Ozean von Websites liefert Tipps und Ratschläge, wie man »peinliches Schweigen« vermeidet, aber ich finde nicht eine einzige Frage, die ich selbst beantworten könnte. *Datecoaching* hat zum Beispiel eine lange Vorschlagsliste:

Was machst du, wenn du nicht arbeitest/lernst?, empfehlen sie, mit der grandiosen Begründung: »Die allermeisten Menschen haben interessante Hobbys, spannende Interessen oder witzige Freizeitbeschäftigungen, aber man muss vielleicht zuerst ein bisschen graben, um den anderen zum Erzählen zu bringen. Darüber zu reden, was man am Wochenende macht, ob man mit Freunden etwas unternimmt oder ob man irgendeinem Verein angehört, ist dort ein einfaches Gesprächsthema und außerdem eine gute Möglichkeit, um festzustellen, ob man gemeinsame Interessen hat.«

Was mache ich in meiner Freizeit? Tja, Lukas, ich jage die Vereine von Skogahammar, versuche, meine Tochter nicht zu schikanieren, und besuche meine demente Mutter, die mich für ihren Liebhaber hält.

Da haben wir sicher Gemeinsamkeiten.

»Reist du gern? Was ist ein Traumreiseziel? Wenn ihr beide gern reist, werdet ihr garantiert das ganze Date hindurch Reiseerinnerungen austauschen und euch gegenseitig obskure Reiseziele empfehlen.«

Im Sommer war ich einige Male in Karlskrona. Warst du da schon mal? Viele Pflastersteine.

»Wenn du ein Tier wärst, welches wärst du gern und warum? Eine ein wenig absurde, aber charmante Frage, die auf Verspieltheit hinweist und zugleich zeigt, welche starken Eigenschaften er sich selbst zuschreibt, ohne dass Sie offen danach fragen müssen.«

Nein. Nein, nein, nein. Ich bin nicht charmant und verspielt genug, um mir vorstellen zu können, welches Tier meine starken Eigenschaften am besten zum Ausdruck bringt. Mir fällt ja nicht einmal ein, welche starken Eigenschaften ich habe.

Eine Website mit dem bizarren Namen *Happy Pancake* hat ebenfalls eine Liste, aber schon der erste Vorschlag zeigt, wie unmöglich es wäre, sie auf mich anzuwenden: »Essen und Trinken. Lieblingsort in der Stadt. Lieblingsrestaurant.«

Ich esse sehr viel Tiefkühlkost. Findus-Schnitzel mag ich besonders gern, aber ich begreife nicht, warum da unbedingt Erbsen dabei sein müssen. Isst die denn irgendwer? Die Warenannahme bei den Müllcontainern vom Mat-Extra ist ein Ort, an dem ich viel Zeit verbringe. Mein Lieblingsrestaurant – das ist schwer, ein Döner im Brot ist natürlich immer willkommen, oder vielleicht das Schweinefilet mit Pommes und Bernaise-Soße in der Schnapsküche. Für neunundneunzig Kronen bekommt man sogar noch ein Bier dazu.

25

Es gibt Orte, die auf Besucher einen guten Eindruck machen wollen. Ihre Bushaltestellen und Bahnhöfe sind würdige, große Anlagen, aus Stein oder weiß verputzt, mit irgendeiner Statue. Vielleicht sogar einem Springbrunnen und Parks oder gepflasterten Plätzen in der Nähe. Bei uns ist das anders.

Das einzig tollkühn Großartige an unserem Busbahnhof ist seine Existenz. Ansonsten wäre er nur schwer von der stillgelegten Fabrik daneben zu unterscheiden, wenn da nicht ein Schild stünde, das mit abgenutzten roten Buchstaben prosaisch kundtut: BUS.

Ich stehe um halb zehn am Samstagmorgen dort, in einem letzten Versuch, meinen Abend vorzubereiten.

Ich habe keine Gesprächsthemen, keine Ahnung, wie ich witzig, aufmerksam und charmant sein soll, was alle Datingforen empfehlen, aber ich kann zumindest etwas an meiner Kleidung machen. Gestern Abend bin ich meine Garderobe durchgegangen und musste feststellen, dass ich rein gar nichts habe, das irgendwie vorteilhaft wirkt.

Und deshalb stehe ich hier, zwanzig Minuten bevor der Expressbus nach Örebro abfährt.

Die Bushaltestelle ist fast so verlassen wie unsere Eisenbahnlinie. Es gibt einen leeren Laden, in dem früher ein Kiosk Schokoladentoffee Rival und Nusstoffee Rio verkaufte, und einen größeren Saal mit schmutzigen Bänken unter einem Fenster, das zu einer Fabrik gehören könnte.

Da der Saal kaum je benutzt wird, aber noch immer bis zweiundzwanzig Uhr geöffnet ist, sind auf praktische Kleinstadtmanier alternative Verwendungsmöglichkeiten entstanden. Die Bänke im Saal sind der Lieblingsaufenthaltsort des Penners Alf, und die Bänke davor gehören der Jugend, das besagt ein stillschweigendes Abkommen. Trotz der Möglichkeit von territorialen Spannungen ist die Beziehung freundschaftlich: Die Jugendlichen bieten Alf Lutschtabak an, wenn sie welchen haben, er bietet ihnen lauwarmes Bier an, wenn er in großzügiger Stimmung ist.

So früh am Morgen ist der Bus fast leer. Eine Frau von vielleicht fünfzig mit einem unverkennbaren Geruch nach schalem Bier lässt sich neben mir nieder.

»Und wohin fährst du?«, fragt sie.

»Ich muss mir was zum Anziehen kaufen«, sage ich. »Gezwungenermaßen.«

»Wer tut das schon freiwillig?«, meint sie. »Und warum brauchst du was Neues zum Anziehen?«

Ich hole tief Luft. »Ich hab ein Date. Glaub ich.«

»Meine Güte«, sagt sie. »Ich muss meine Mutter besuchen. Wird bestimmt ein ziemlicher Scheiß. Wir haben uns noch nie verstanden. Ich war sicher auch kein pflegeleichtes Kind. Hab zu meiner Zeit so dies und das angestellt, aber wer hat das nicht?«

Ich höre die Worte *ich hab ein Date, ich hab ein Date* in meinem Kopf wie ein Mantra.

»Ich hab mal ein Pferd gekauft.«

»Ein Pferd?«, frage ich, für den Moment abgelenkt.

»Klar doch. Aus Irland importiert. Drei Wochen später rief der Typ an und sagte, das Pferd sei in Göteborg in Quarantäne und ich könnte es bald abholen. Und da hab ich meinen Vater angerufen und gefragt: Hast du mich lieb, Papa?«

Sie grinst mich an. Dabei funkelt ein goldener Eckzahn.

»Was zum Teufel hast du denn jetzt schon wieder ausgefressen, du Rotzgöre, antwortete er. Ein Pferd gekauft, sagte ich, und da wurde er so wild, dass ich auflegen musste. Aber danach hab ich dann noch mal angerufen und gesagt, es sei ja wohl nicht meine Schuld gewesen.«

»Nicht deine Schuld?«

»Nein, und das sah er ja auch so.«

»Wirklich?«

»Er hat also den Kerl mit dem Pferd angerufen und gefragt, wie zum Teufel der einer Vierzehnjährigen ein Pferd verkaufen konnte. Trächtig war es noch dazu.«

Als sie aussteigen will, sind wir schon fast Freundinnen. »Du hast nicht Lust, auf ein Bier mitzukommen?«, sind ihre letzten Worte, aber ich habe etwas anderes zu erledigen.

»Leider nicht«, sage ich. »Ich muss mich aufhübschen.«

»Wie sieht es aus?«, zwitschert die Rotzgöre auf der anderen Seite des viel zu kleinen Vorhangs vor der Umkleidekabine fröhlich. »Brauchen Sie vielleicht Hilfe?«

»Nein, danke«, lüge ich.

Durchaus nicht, höchstens bei einer Jeans, die nicht über meine Hüfte will. Ich komme mir in nur zehn Minuten zehn Jahre älter und zwanzig Kilo schwerer vor, eine schlechte Strategie, wenn sie erwarten, dass ich mein Geld nicht nur bei den Weight Watchers ausgebe.

Überall im Laden hängen Plakate mit Bildern von Mädchen und Jungen, die nicht älter sein können als vierzehn. Ich nehme an, es ist noch so früh am Tag, dass die Horden von Teenagern noch nicht wach sind. Die Verkäuferin ist so hilfsbereit, dass deutlich wird, wie sehr sie sich gelangweilt hat.

Sie erklärt, dass man nie zu alt für Jeans wird, aber sie

sagt es auf eine Weise, die klarstellt, dass das für sie eine rein hypothetische Frage ist. Sie wird niemals so alt werden wie ich.

Sie sieht mich zudem an, als hätte ich diese Modeschlacht schon jetzt verloren. Das liegt aber nur daran, dass sie mich noch nie gesehen hat. Wenn sie mich kennen würde, wüsste sie, dass nicht nur die Schlacht verloren ist, sondern der ganze Krieg.

Das Einzige, was ich über Mode weiß, habe ich aus Emmas müden Blicken gelernt, wenn ich etwas falsch gemacht hatte, zu der Zeit, als ich noch Kleider für sie kaufen durfte.

»Mama, kein Mensch trägt noch Stretchjeans. Ich werde aussehen wie eine Idiotin. Alle anderen haben Levi's.« Was ironisch war, denn auch ich hatte Levi's. Ich war so nett, ihr nicht an Ort und Stelle ihre Illusionen über die Welt zu zerstören, indem ich ihr das zeigte. Und als alle plötzlich aussehen mussten wie permanent auf dem Weg zum Sportunterricht, mit grauen Kapuzenpullis und schwarzen Trainingshosen, war nur ein Streifen an der Seite offenbar ebenso tabu wie Trikots, die nichts mit Obst oder Pilz hießen. Später bestand sie dann natürlich darauf, ihre Sachen selbst zu kaufen und tausend Kronen für Jeans zu bezahlen, die so abgenutzt waren, dass sie kaum zwei Monate, wenn auch konstante Anwendung, überlebten.

Levi Strauss und seine Goldgräberkumpels hätten sich im Grab umgedreht.

Und die Zeiten haben sich offenbar geändert.

Die Stretchjeans sind wieder da.

Als ich mir eine Jeans erbettelt habe, die zwei Nummern größer ist, als die Verkäuferin für richtig hält, kann ich sie gerade mal bis zu den Hüftknochen ziehen, und höher soll sie offenbar nicht sitzen. Sie ist so geschnitten, dass die Hersteller wohl fanden, sie sollte gleich oberhalb der Knie enden.

Die Verkäuferin ist eigentlich sehr nett und geht meine Jeanssuche an wie einen privaten Kreuzzug. Aber vierzig Minuten später sehne ich mich nach einer Zigarette und bin bereit zur Kapitulation.

»Linnea«, sage ich (während der achten Hose haben wir uns einander vorgestellt, sie musste mir tatsächlich beim Ausziehen helfen). »Das bringt nichts. Nicht die Hosen sind das Problem, sondern ich.«

Das sage ich freundlich, aber bestimmt.

»Gib mir noch eine Chance«, sagt sie.

»Kein Stretch.«

»Kein Stretch.«

»Und sie müssen über die Hüften gehen.«

»Über die Hüften«, wiederholt sie widerwillig und mit Ekel in der Stimme.

»Ich brauche auch Hilfe, um meinen Bauch einzuziehen. Und richtigen Denim.«

Das wär's.

Aber schon nach wenigen Minuten ist Linnea wieder da.

»Ha!«, sagt sie triumphierend. »Ich habe genau das Richtige für dich gefunden.«

»Linnea«, sage ich. »Das ist ein Rock.«

»Genau. Wir haben total falsch gedacht. Warum eine fehlgeschlagene Taktik wiederholen? Offenbar müssen wir größer denken.«

Ich hebe die Augenbrauen. Vielleicht muss ich sie ermorden. Sie in ihrem eigenen Denim ersticken.

»Ich meine nicht größenmäßig«, sagt sie eilig, als sie meinen Blick bemerkt. »Ich denke stilmäßig. Und ich denke Country.«

Sie hält drei Hemden und einen breiten Ledergürtel mit

einer großen, blanken Schnalle hoch. »Probier das hier mal zusammen an.«

»Großer Gott«, murmele ich. »Kann mir jemand verraten, wann karierte Flanellhemden wieder in Mode gekommen sind?«

Linnea sieht mich an, als könne sie sich an keine Zeit erinnern, in der karierte Flanellhemden nicht in Mode waren. Vermutlich glaubt sie, es sei zu der Zeit gewesen, als Goldgräber Levi's trugen. Ich seufze.

»Jetzt fehlt nur noch ein Paar Cowboyboots«, sagt sie enthusiastisch.

»Ich will nicht aussehen wie eine Alltags-Jill-Johnson«, warne ich.

Aber die Sachen stehen mir wirklich gut. Der Jeansrock ist vorteilhaft, passt sich sanft meinen Kurven an und gibt mir einen frechen, starken Look, gegen den ich durchaus nichts einzuwenden habe.

»Nicht schlecht«, sagt sie mit verdientem Stolz. »Gar nicht schlecht.«

Vierzig Minuten, ehe ich zur Schnapsküche losgehen muss, taucht unangemeldet Pia auf.

»Das passt mir jetzt gerade nicht so gut«, sage ich und bleibe in der Türöffnung stehen. Hinter mir befindet sich eine chaotische Wohnung, die Tüten aus dem Laden liegen in der Diele, und die neuen Kleider haben mich nicht daran gehindert, die meisten meiner alten noch einmal anzuprobieren. In meinem Kleiderschrank scheint ein Blitzkrieg ausgefochten worden zu sein: Jeans, Unterwäsche, Pullover und mehrere Paar Strumpfhosen liegen auf Bett und Boden. Am Ende habe ich mich natürlich für den Jeansrock und die Bluse entschieden, dazu eine dünne schwarze Strumpfhose, in der ich mich überraschend elegant finde.

Ich bin zu zerstreut, um es zu bemerken, aber Pia wirkt beinahe unsicher.

»Ich hab Rotwein mitgebracht«, sagt sie und hebt einen Karton hoch. »Kann etwas *gerade nicht so gut passen*, wenn man Wein mitbringt? Ich dachte, wir könnten uns heute Abend zusammensetzen und... reden.«

»Worüber denn?«, frage ich überrascht.

Pia gibt keine Antwort. Sie drängt sich an mir vorbei, und wenn ich sie nicht im Treppenhaus zu Boden schlagen will, weiß ich nicht, wie ich sie daran hindern sollte. Sie geht geradewegs in die Küche und holt sich zwei Weingläser, ohne auch nur die Jacke auszuziehen.

Ich gehe alle möglichen Entschuldigungen durch, die ich haben könnte, um an einem Samstagabend keinen Wein zu trinken, aber sie würde Aufräumen des Kleiderschrankes, Kino oder Telefongespräch mit Emma niemals akzeptieren, und etwas anderes fällt mir nicht ein.

Ich nehme das Weinglas, das Pia mir reicht. »Ich schaffe nur ein Glas«, sage ich warnend. Dann gestehe ich: »Ich habe, naja, eine Verabredung. Mit einem Freund. Einem Bekannten.«

»Mit wem denn?«, fragt sie misstrauisch.

»Es ist kein Date«, stelle ich klar.

Pia erstarrt. »Warte mal«, sagt sie. »Jetzt warte mal.«

Sie richtet wie zu einer Anklage einen Finger auf mich. »Du triffst dich mit dem Fahrlehrer!«

»Nein, nein«, sage ich eilig. »Nur rein freundschaftlich.«

»Da kehre ich dir nur eine halbe Sekunde den Rücken zu, und schon schleichst du dich klammheimlich zu Dates.«

»Das ist kein Date«, sage ich automatisch, aber dann denke ich: Wieso sollte es denn keins sein? Wieso sollten wir uns nicht treffen, unter vier Augen, an einem Samstagabend, und ja, wenigstens flirten? Ein bisschen Spannung, einander tief in die Augen schauen, ja, vielleicht sogar die Hand ganz lässig und fast unbewusst auf seinen Arm legen, wenn er etwas Interessantes sagt.

»Du hörst nicht zu.«

»Nein«, gebe ich zu.

»Ich habe nur gefragt, warum du das plötzlich für eine gute Idee hältst.«

»Weil er mich gefragt hat?«

»Bisher hast du doch auch kein Bedürfnis nach irgendwelchen Dates gehabt.«

»Ich ... ja, ich weiß nicht.« Ich gehe in die Diele und auf die Toilette, um mich beim Reden schminken zu können. Pia kommt hinterher. »Aber sagst du nicht immer, ich sollte mal ein paar Dates haben?«, frage ich über meine Schulter, während ich versuche, die Wimperntusche ohne Klumpen aufzutragen.

»Natürlich tu ich das. Aber es macht doch keinen Spaß, wenn du mir nicht von all deinen misslungenen Dates erzählst.«

»Aber Pia ... was, wenn das hier *gelingt*?«

Sie verliert den Faden. »Ja, bestimmt«, murmelt sie.

»Ja. Gelingt. Oder einfach nett wird. Zwei Menschen, die nett sind und sich gern treffen und ...«

»Du und der Fahrlehrer?«

»Ich meine das eher so allgemein«, sage ich. »Ein Bier oder zwei trinken und einander ein bisschen besser kennenlernen. Ist das so unmöglich?«

Ich finde, es muss nicht unmöglich sein, das zu erleben. Ich weigere mich, es für unmöglich zu halten. Ich denke daran, wie Lukas mich vor den Augen von Charlie und allen anderen angelächelt hat, und ich frage mich, wie es wohl wäre, dieses Lächeln allein zu erleben.

»Einander kennenlernen?«

»Ja... erfahren, was seine Traumreise ist, oder sein Lieblingsessen, oder welches Tier er gern wäre... vielleicht ein bisschen flirten, sich so ganz allgemein gegenseitig attraktiv finden?«

»So läuft das aber nicht bei Dates«, sagt Pia, die sich da offenbar auskennt. »Es geht dabei um zwei Personen, die beide versuchen, sich jemanden zu krallen, der ein bisschen besser aussieht und etwas cleverer ist als sie selbst, was bedeutet, dass er sich nur dann für dich interessieren wird, wenn er hässlicher und langweiliger ist als du. Was er vermutlich auch ist, da Frauen sich am Ende immer Männer suchen, die hässlicher sind als sie. Er wird über seine langweilige Arbeit reden und darüber, wie sehr sein Chef und seine Kollegen ihn unterschätzen, da sie nicht einsehen, dass die ganze Planung in der Firma zu Bruch gehen würde, wenn da nicht seine täglichen Massenmails an das ganze Büro wären.«

Ich beende meinen Schminkversuch und gehe zu dem großen Spiegel in der Diele, um das Endresultat zu begutachten.

Pia kommt mit ihrem Weinglas hinterher. Sie lehnt sich an den Türrahmen.

»Aber Pia, muss es denn so kommen?«, frage ich.

»In welcher anderen Situation würdest du erwachsene Menschen fragen, welches Tier sie gern wären? Versprich mir, Moschusochse zu antworten, wenn er dich fragt.«

»Das war nur ein Beispiel. Natürlich wird er das nicht fragen. Und ich bin ziemlich sicher, dass es kein Date ist. Ich meinte nur so ganz allgemein.«

»Versprich mir das!«

»Sicher, sicher«, sage ich und sprühe mir *Euphoria* auf Hals und Handgelenke.

Ich muss mir ein Parfüm mit einem passenderen Namen

zulegen, denke ich. *Doom* von Calvin Klein zum Beispiel oder *Breakdown* von Gucci.

Aber nein. So darf ich nicht denken.

»Ich habe vor, einen ganz normalen und angenehmen Samstagabend mit einem interessanten Menschen zu verbringen«, erkläre ich und schiele zur Uhr hinüber.

Pia schenkt sich etwas mehr Wein ein. »Normal und angenehm ist ein Widerspruch in sich«, sagt sie. »Willst du etwa das da anziehen?«

Ich komme zehn Minuten zu spät in die Schnapsküche, aber Lukas ist nicht da.

Ich schaue mich noch einmal um, um sicher zu sein, dass ich ihn nicht übersehen habe, aber es sind nur zwei Tische besetzt. Ein Paar am Tisch bei der Tür, das gerade mit seinen Hamburgern anfängt, und am Tisch hinter ihnen eine Gruppe, die aus mindestens drei Generationen zu bestehen scheint: ganz an der Wand ein älteres Paar, stumm und verwirrt, in der Mitte ein Paar um die vierzig mit vollen Biergläsern, und vorn drei Kinder, die gerade mit ihrem Eis beschäftigt sind.

Ich gehe wieder nach draußen und stecke mir eine Zigarette an.

Ich fange an, den Rock zu bereuen. Auch mit der Strumpfhose ist es kalt, hier draußen zu stehen, und vor allem ist es unmöglich, locker zu wirken, wenn man sich aufgebrezelt hat.

Ich bin also eine der Frauen mit Teenagerphantasien darüber, jemanden kennenzulernen, eine von denen, die immer ein bisschen zu gut angezogen sind dafür, was Skogahammar überhaupt zu bieten hat.

Hier stehe ich nun. Ebenso aufgebrezelt, ebenso naiv, ebenso komplett realitätsfern.

Als es auf halb acht zugeht, habe ich zwei Zigaretten geraucht. Noch fünf Minuten, sage ich mir. Dann gehe ich nach Hause.

Da sehe ich ihn durch die Straße auf mich zukommen, mit großen, raschen Schritten, als sei ihm klar, dass er zu spät ist. Ich erkenne seinen Körper schon auf große Entfernung. Er trägt ein weißes Hemd und eine schwarze Lederjacke, also hat er sich offenbar immerhin Mühe gegeben.

Es ist nur so, dass er mit drei anderen Frauen zusammen kommt.

Ein normaler und angenehmer Samstagabend.

26

Ich hätte mit Pia zu Hause bleiben sollen.
Das ist mein erster Gedanke. Mein zweiter ist eine stumme Verwünschung der ganzen Kette von Umständen, die dazu geführt hat, dass ich jetzt hier stehe, so weit außerhalb meiner Komfortzone, dass ich den Weg zurück nicht einmal mit Landkarte, Kompass und GPS finden würde. Emmas Umzug, die Motorräder, das Mittagessen in der Biker-Kneipe, der Abend in Skogahammar – irgendwo im Laufe dieser Ereignisse muss ich doch eine Möglichkeit finden, den Film zurückzuspulen, etwas anders zu machen, um auf magische Weise auf mein Sofa und zu dem Weinkarton zurücktransportiert zu werden, den Pia großzügigerweise hinterlassen hat.
Ich sehe sie wie in Zeitlupe auf mich zukommen.
Lukas vorweg. Offenbar hat er das größte Interesse daran, rechtzeitig herzukommen, was mich aber durchaus nicht beruhigt.
Die Frauen folgen ihm. Eine, vielleicht ein paar Jahre jünger als ich und in weißem Hemd und grauer Jacke, hält sich fast neben ihm und sieht aus, als sei sie es nicht gewohnt, nicht an der Truppenspitze zu marschieren. Eine geht einige Schritte hinter den beiden und hat kurze blonde Haare, die nach oben stehen und dadurch fast toupiert aussehen. Auch auf diese Entfernung kann ich breite Nietenarmbänder an ihren Armen sehen. Die Letzte sieht aus, als begreife sie überhaupt nicht, wohin sie unterwegs sind oder was dieses Eil-

tempo soll. Sie hält ein Smartphone in der Hand und reißt ab und zu den Blick davon los, um wütend Lukas' Rücken anzustarren.

Sie sind alle drei unglaublich schön, jede auf ihre eigene besondere Weise. Tja, es könnte schlimmer sein, versuche ich mich zu trösten. Sofia ist heute immerhin nicht dabei.

Lukas ist ein wenig früher als die anderen bei mir und kann mir den Arm um die Taille legen und mich auf den Hals küssen, ehe die Frauen ihn eingeholt haben. Ich glaube, er hat auf meine Wange gezielt, aber ich bin so starr, dass ich mich fast von ihm weglehne. Nicht einmal der Duft seines Rasierwassers kann mich ablenken.

»Anette«, sagt er angespannt, während sich die anderen hinter ihm zusammendrängen. »Es tut mir leid, dass ich zu spät komme. *Etwas* hat mich aufgehalten.«

»Spät«, sage ich, wie im Nebel. Mein Blick hängt irgendwo über seiner Schulter.

Er lässt meine Taille los und dreht sich zu den Frauen um. »Anette«, sagt er resigniert. »Darf ich dir Jenny, Josefin und Julia vorstellen.«

Das muss ein Witz sein, denke ich.

»Meine Schwestern sind auf die Idee verfallen, dass ein Überraschungsbesuch lustig wäre.«

Ich blinzele. »Deine Schwestern?«

»Du bist also Anette«, sagt die rockige Schwester. Josefin, glaube ich.

Mir geht auf, dass ich aus einer Albtraumszene in die nächste geraten bin.

In der halben Stunde, in der ich gewartet habe, sind einige weitere Gäste in der Schnapsküche aufgetaucht, aber nicht viele. Das erste Paar hat sich durch die Hamburger hindurchgearbeitet, auf den Tellern vor ihnen sind nur noch vereinzelte Reste zu sehen. Der Mann verzehrt soeben die letzten Pommes seiner Frau, als wir hereinkommen, aber sie beide scheinen es nicht weiter eilig zu haben. Sie sehen satt und müde aus und wirken dankbar dafür, dass sie nicht miteinander reden müssen. Die drei Generationen am anderen Tisch packen gerade zusammen, und die rastlosen Stimmen der Kinder sind durch die Musik und das leise Gespräch zwischen der Kellnerin und einigen am Tresen lehnenden Männern zu hören.

Und Gunnar sitzt am Spielautomaten. Er hat die Kapuze wieder hochgezogen, aber er murmelt etwas, als wir vorbeikommen. Es kann »hallo« gewesen sein. Es kann alles Mögliche gewesen sein. Ich sage: »Hallo, Gunnar«, kann ihm aber keine weitere Reaktion entlocken.

Die ordentliche Schwester geht dicht hinter mir und schaut verdutzt zwischen uns hin und her.

»Ein Ex von mir«, sage ich mit ausdrucksloser Stimme, und ich könnte schwören, dass Gunnar lacht.

Ich gehe zu dem großen Ecktisch, einer Art Nische mit Bänken an einer Längs- und einer Querseite und einigen Stühlen auf den anderen, und da stehen wir dann, wie Gruppen von Menschen das manchmal tun, niemand will sich zuerst setzen, aber es möchte auch niemand lange stehenbleiben.

Die ordentliche Schwester winkt mir ungeduldig zu, damit ich mich auf die Bank setze, aber ich trete höflich einen halben Schritt zur Seite, was alle anderen dazu bringt, ebenfalls einen halben Schritt zurückzutreten, während die ordentliche Schwester und ich versuchen, einander dazu zu überreden, als Erste Platz zu nehmen, das alles ohne Worte.

Sie kann dennoch klarmachen, dass sie dieses Spiel satthat, und nun drängt sich die rockige Schwester einfach vorbei und nimmt Platz.

»Ich rauche«, sage ich als Erklärung und lasse die anderen Schwestern an der Längsseite Platz nehmen, während Lukas sich gleich daneben an die Querseite setzt und ich mich ganz an den Rand, so weit ich nur von ihnen wegkommen kann, ohne mich an einen anderen Tisch zu setzen. »Es wird nur nervig, wenn ihr jedes Mal aufstehen müsst, wenn ich Lust kriege, mich zu vergiften.«

Eigentlich will ich mir natürlich nur meine Fluchtwege offen halten, und Lukas schenkt mir ein Lächeln und einen Blick, die sagen, dass er mich total durchschaut hat.

Die Kellnerin schaut müde zu uns herüber und hofft offenbar, dass wir essen wollen, denn jetzt kommt sie mit fünf Speisekarten und einem kleinen Block und nimmt sogar unsere Getränkebestellungen auf. Das Personal der Schnapsküche behandelt das Bedienen am Tisch nach dem Lustprinzip. Wenn sie jemanden leiden mögen oder einen guten Tag haben, kann das nächste Bier schon dastehen, ehe man das erste getrunken hat, haben sie einen schlechten Tag, muss man alles am Tresen holen. Sie würden dieses Prinzip sicher am liebsten auch auf die Essensgäste anwenden und alle zwingen, sich ihre Mahlzeit in der Küche zu holen, aber sie lassen sich widerwillig auf Kompromisse ein und machen alles besonders langsam.

»Ein Bier«, sage ich und starre die Bedienung an, um ihr klarzumachen, wie unerhört eilig das ist.

Die ordentliche Schwester bestellt ein Glas Weißwein – nicht den Hauswein –, nachdem sie um die Weinkarte gebeten hat, und ich schaue die Kellnerin flehend an und versuche, ihr zu signalisieren, dass ich nicht zu diesen Leuten gehöre, sondern ein Entführungsopfer bin.

Ich blicke sehnsüchtig zum Tresen hinüber, während um mich herum das Gespräch seinen Gang geht und ab und zu über mir zusammenschlägt wie eine Woge.

Josefin, die rockige Schwester: »Ich bin Musiklehrerin am Gymnasium. Ich will Musikerin werden, aber ich hasse Musik. Ich hasse Kinder, Jugendliche hasse ich noch mehr. Es kann einfach nicht sein, dass ich Unterricht geben soll. Das sage ich ihnen auch jedes verdammt Mal.«

Ich vermute, dass diese Mitteilung für mich bestimmt war.

»Sie lieben sie«, sagt Jenny, die ordentliche Schwester. »Aber sie hat ihren Job nur behalten können, weil ich sie in den ersten beiden Wochen jeden Tag hingefahren habe.«

»Du fährst mich noch immer hin.«

»Ja, aber jetzt hast du immerhin geduscht und dich angezogen, wenn ich komme. In der erste Woche musste ich vierzig Minuten zu früh da sein und dich daran erinnern, dass du zur Arbeit musstest.«

Josefin wendet sich an mich: »Jenny ist stellvertretende Schulleiterin und hat mir einen Job zuschanzen können.«

»Die jüngste stellvertretende Schulleiterin in der Geschichte der Schule«, sagen Lukas, Josefin und Julia im Chor. Jenny sagt: »Gar nichts hab ich dir zugeschanzt.«

»Und was machst du so, Anette?«, fragt Jenny.

»Ich arbeite bei Mat-Extra«, sage ich fröhlich.

Danach reden wir nicht mehr über Arbeit.

Ich weiß noch immer nicht, was Julia macht, die dritte Schwester. Sie beteiligt sich noch weniger am Gespräch als ich.

Die Kellnerin bringt das Bier, und ich sage mit so viel Gefühl »danke«, dass sie zusammenzuckt und nach nur einer Sekunde Zögern beschließt, mir ein minimales Lächeln als Antwort zu gewähren. Der Weißwein ist noch immer nicht geliefert worden.

Ich kann nicht so richtig einschätzen, wie alt die Schwestern sind. Ich glaube zuerst, dass Jenny in meinem Alter ist. Aber ich kann mich nicht daran erinnern, dass wir gleichzeitig zur Schule gegangen sind, also ist sie vielleicht doch etwas jünger. Irgendwann werden Kinder erwähnt, und das kann ich mir vorstellen. Sie hat diesen leicht selbstzufriedenen Ausdruck der Leute, für die Erwachsensein ganz natürlich ist.

Josefin hat keine Kinder. Ich glaube, sie ist das nächste Kind in der Reihe, gefolgt von Julia und dann Lukas – er ist ganz offenbar das Nesthäkchen.

Josefin und Julia sind bestimmt beide über dreißig, der Altersunterschied zwischen uns ist also gar nicht so groß. Der mentale Unterschied ist dagegen riesig. Ich bin absolut überzeugt davon, dass keine von ihnen, auch Jenny nicht, je mit einem Schreibaby und abgrundtiefem Frust als einziger Gesellschaft dagesessen hat. Ich will nicht behaupten, ich wäre erwachsen und reif. Ich bin einfach nur älter.

»Könnt ihr mir erklären«, sage ich. »Wie kommt es, dass …«

»… dass ich Lukas heiße und die anderen mit J anfangen?« Ich nicke.

»Das fragen alle«, sagen die Schwestern wie aus einem Munde, dann aber überlassen sie die Antwort Lukas.

»Julia war bei meiner Geburt fünf, Josefin sechs und Jenny sieben, und ich glaube ehrlich gesagt, unsere Eltern hatten schon eingesehen, dass es sich nicht empfiehlt, Kindern so ähnlich klingende Namen zu geben. Papa brüllte immer nach dem Zufallsprinzip Jenny oder Julia, egal, mit welcher er reden wollte. Ich glaube nicht, dass sie sich einen Johan wünschten, um die Sache noch komplizierter zu machen. Und vielleicht hatte mein Vater ja auch furchtbare Angst, mich aus Versehen Jenny zu nennen und damit zum Schwulen zu machen.«

»Kann schon sein«, sagt Josefin. »Er war immer stocksauer, wenn wir dich geschminkt und dir ein Kleid angezogen und dich als Puppe benutzt haben.«

»Danke für diese reizende Anekdote aus meiner Kindheit. Hör nicht auf sie, Anette.«

»Ich bin sicher, dass du in einem Kleid richtig süß ausgesehen hast«, sage ich und trinke einen Schluck Bier.

»Die Schwestern haben mich damals als Mischung aus Störfaktor und ganz besonders langweiliger Puppe betrachtet.«

»Das tun wir noch immer«, sagt Josefin und zwinkert mir zu. »Hast du Geschwister?«

»Nein.«

Lukas legt mir die Hand zwischen die Schulterblätter, und ich finde es plötzlich schwer, mich auf das Gespräch zu konzentrieren. Ich lehne mich, unbemerkt, hoffe ich, ein bisschen zu ihm hinüber, bis ich fast die Wärme seines Körpers an meinem spüre.

Als seine Schwestern nun über etwas anderes sprechen, rückt er noch dichter an mich heran und flüstert: »Bitte, entschuldige, dass meine Schwestern plötzlich aufgetaucht sind. Wir haben morgen ein Familienessen, und sie wollten mich damit überraschen, schon einen Tag früher aufzukreuzen. Ich habe versucht, ihnen einzureden, sie seien erwachsen genug, um einen Abend allein zu verbringen, aber sie wären mir ja doch hierhergefolgt, wenn ich versucht hätte, mich wegzuschleichen.«

»Sie wohnen also nicht mehr hier?«

»Jenny und Josefin wohnen in Västerås, Julia in Stockholm.«

»Klug von ihnen, hier wegzugehen«, sage ich und füge hinzu, »Mein Beileid zum Familienessen.«

»Da muss man eben durch«, sagt Lukas und klingt wie ein unfreiwilliges Echo meiner Lebensphilosophie.

Jenny hat endlich ihren Weißwein bekommen. »Wissen

jetzt alle, was sie bestellen wollen?«, fragt sie, obwohl klar ist, dass niemand außer ihr überhaupt darüber nachgedacht hat.

»Ich komme nachher noch mal«, sagt die Bedienung. Sie nickt mir zu, als sie geht.

»Entschuldigt mich kurz«, sage ich und gehe hinter ihr her zum Tresen.

Dort beuge ich mich vor und sage: »Das ist die Lage: Ich war hier mit ihm verabredet. Und wir kennen uns kaum. Die drei Frauen sind seine Schwestern. Ich sehe sie heute zum ersten Mal.«

Die Kellnerin stellt ihr Tablett ab, räumt zwei schmutzige Gläser weg und zeigt mit keiner Miene, ob sie mich gehört hat. Schließlich schaut sie zu mir hoch. Sie ist geschminkt, vielleicht in einer Art müden Akzeptanz der Tatsache, dass nun einmal Samstag ist. Die Wimperntusche, der dunkle Lidschatten, das Kajal, die Grundierungscreme und der Puder bilden einen seltsamen Kontrast zu ihrem gleichgültigen Gesichtsausdruck, als wisse sie nicht, warum sie sich diese Mühe gemacht hat.

»Ich werde eine Menge Bier brauchen, um diesen Abend zu überleben«, sage ich. »Wenn du mir immer rechtzeitig Nachschub bringst, gebe ich dir meinen erstgeborenen Sohn.«

»Hast du einen Sohn?«

»Nein, ich gebe also zu, dass es eine ziemlich unsichere Belohnung ist.«

Sie schaut sich im Lokal um. Die anderen Gäste verlangen nichts von ihr, die große Gesellschaft ist gegangen, und das Paar hat eine halbvolle Weinflasche zwischen sich stehen. Zwei alte Typen sitzen am Tresen, aber ich bin ziemlich sicher, dass sie mit keinerlei Service rechnen. Und dann ist da noch Gunnar an seinem Spielautomaten.

»Sicher«, sagt sie gleichgültig. Ich gehe davon aus, dass das alles ist, was sie in dieser Angelegenheit zu sagen gedenkt, aber ich habe mich kaum aufgerichtet, da fügt sie hinzu: »Aber ich glaube, du siehst das falsch.«

Ich halte inne. »Falsch?«

»Ein volles Bierglas hält dich am Tisch gefangen. Der Trick ist, immer drei Schluck übrig zu haben. Auf diese Weise kannst du das Bier ausdehnen, wenn du willst, du kannst es kippen und dann abhauen, wenn du die Sache satthast, oder du kannst es als Entschuldigung nehmen, um an den Tresen zu gehen.«

»Großer Gott, da hast du recht. Ich hatte offenbar schon zu lange kein Date mehr.«

»Ich will dich ja nicht enttäuschen, meine Liebe, aber von hier aus kommt mir das nicht so ganz wie ein Date vor.«

»Da hast du verdammt recht«, murmele ich. »Okay, dann werde ich mir das Bier hier abholen. Danke.«

»Viel Glück.« Das sagt sie auf keine aufmunternde Weise.

Als ich zum Tisch zurückkomme, sind die drei Schwestern in ein Gespräch vertieft, deshalb wendet sich Lukas mir zu und sagt leise: »Schnell, ehe sie uns wieder stören. Erzähl mir etwas über dich.«

Ich lache.

»Weißt du, fast alles, was ich über dich weiß, habe ich von anderen erfahren.«

Ich hebe die Augenbrauen.

»Charlie, seine Freunde. Fällt es dir immer so schwer, über dich zu sprechen?«

»Es fällt mir doch nicht schwer, über mich zu sprechen«, protestiere ich.

»Ganz im Ernst.« Er trinkt einen Schluck Bier. Er hat ungefähr noch ein Drittel und nähert sich dem laut der Bedienung perfekten Pegelstand. »Erzähl mir etwas über dich, das ich noch nicht weiß.«

»Das ist eine viel bessere Frage als die nach dem Lieblingsessen«, sage ich. Dann schüttele ich den Kopf und gebe mich geschlagen. »Ab und zu stehe ich abends auf dem Balkon, nur um die Autobahn sehen zu können. Und dann stelle ich mir vor, dass ich einfach irgendwohin fahre.«

»Das stellst du dir vor?«, fragt er leise und vielleicht ein bisschen misstrauisch. Ich blicke ihn überrascht an, aber er schüttelt nur den Kopf. »Das ist doch kein Problem. Was hindert dich denn daran loszufahren?«

»Ich wollte von hier wegziehen. Früher war ich fest entschlossen wegzuziehen, egal wohin, nur nicht so eine werden, die ihr ganzes Leben hier verbringt.«

Wir und auch Jenny und Josefin werden wenig taktvoll von Julia unterbrochen, die sagt: »Also, wie lange datet ihr schon?«

Das ist kein Date, denke ich automatisch.

»Hattet ihr nicht versprochen, euch anständig zu benehmen?«, fragt Lukas, aber belustigt, als ob er nichts anderes erwartet hätte und dieses neue Gesprächsthema auch nicht weiter peinlich fände.

»Sowie er erzählt hatte, dass er mit dieser Frau Schluss gemacht hat«, hier unterbricht sich Josefin. »Sofia? Hieß die nicht so?«

»Sie waren fast zwei Jahre zusammen«, sagt Jenny ungeduldig. »Man sollte meinen, du könntest dich inzwischen wenigstens an ihren Namen erinnern.« Jenny hat sich vermutlich auch die Namen ihrer sämtlichen Schüler eingeprägt.

»Er ist immer so ungefähr zwei Jahre mit ihnen zusammen«, sagt Jenny unbekümmert. »Eine ewige Parade von Lindas und Sofias und ... Annas? Hattest du mal eine Anna?«

»Bei Linda waren es fast fünf Jahre«, sagt Julia plötzlich.

»Da war ich noch in der Pubertät«, sagt Lukas. »Das kann unmöglich noch von Interesse sein.«

»Im Gegenteil«, sagt Josefin. »Fünf Jahre in dem Alter ist so ungefähr dasselbe wie später verheiratet zu sein und Enkelkinder zu haben. Wie alt warst du, als das mit euch angefangen hat?«

»Dreizehn.« Lukas bereut dieses Thema jetzt ganz deutlich, aber ich stimme Josefin ausnahmsweise einmal zu. Es ist wirklich seltsam.

»Und wann habt ihr Schluss gemacht?«, fragt Josefin.

»Mit achtzehn.«

»Ist das normal? Ich frag ja nur. Anette, was meinst du?«

»Nicht besonders«, sage ich.

»Ha. Wie lange hat deine längste Beziehung gedauert?«

»Josefin«, sagen Jenny, Julia und Lukas wie aus einem Munde.

»Ein halbes Jahr«, sage ich. »Aber er war verheiratet, und wir konnten uns nicht so oft treffen. Sonst wäre noch schneller Schluss gewesen.«

Nicht einmal Josefin fällt jetzt noch etwas ein, was sie sagen könnte. Ich zucke mit den Schultern und trinke einen Schluck Bier. Es stimmt eben. Ich hätte ihn nie so lange ertragen, wenn wir uns häufiger gesehen hätten.

»Lukas dagegen«, sagt nun Josefin. »Er ist ein lupenreiner Serienmonogamist. Kaum hatte er mit Linda Schluss gemacht, war er schon wieder mit einer neuen, ziemlich identischen Frau zusammen. Meine Theorie ist, dass er keine Wahl hat, bei ihm bestimmen ganz einfach die Frauen, dass sie jetzt zusammen sind. Und er wacht einfach eines Tages in einer neuen Beziehung auf.«

Lukas macht ein so dummes Gesicht, dass es vermutlich stimmt, was sie sagt.

»Das ist doch nicht so ungewöhnlich«, sage ich. »Ich nehme an, dass die meisten Beziehungen so anfangen, auf die eine oder andere Art. Mädchen trifft Jungen. Mädchen sagt zu Jungen, dass sie jetzt zusammen sind, Mädchen zieht bei verwirrtem Jungen ein, und der fragt sich, wo seine Möbel geblieben sind und warum er neuerdings Geschirrtücher besitzt.«

Das ist zwar nicht das Rezept der romantischen Komödien, aber bei uns in Skogahammar funktioniert es so. Wo in diesem Prozess die Schwangerschaft auftaucht, ist Geschmackssache.

»Genau«, sagt Josefin. »Aber wieso ist dann irgendwann Schluss? Das wüsste ich mal gern. An Sofia war doch nichts auszusetzen? Oder an den anderen? Im Laufe der Jahre wird er immer weniger ausdauernd. Mit dreizehn hat er fünf Jahre geschafft, dann zwei oder drei, und jetzt schafft er nicht einmal mehr zwei. In fünfzehn Jahren wird er One-Night-Stands haben wie moderne Menschen.«

»Entschuldigt mich«, sage ich und stehe auf. »Sonst noch jemand ein Bier?«

»Kommt sie nicht an den Tisch?«, fragt Jenny unzufrieden und schaut in ihre Speisekarte.

»Das bezweifele ich«, sage ich zufrieden. »Aber ich kann sie herschicken, wenn ich schon am Tresen bin.«

Die Kellnerin und die alten Kerle schauen aus ihrem trägen Geplauder auf, als ich ankomme und mich über den Tresen beuge. Ich stehe mit dem Rücken zum Tisch, deshalb kann ich das Gesicht in die Hände legen. »Er wird fünfzehn Jahre keinen One-Night-Stand haben«, sage ich.

»Noch Bier?«, fragt sie. Sie hat angefangen zu zapfen, sowie ich aufgestanden bin, und jetzt schiebt sie das Glas über den Tresen. Ich gönne mir zwei große Schlucke, ehe ich auch nur daran denke zurückzugehen.

»Am Tresen zu bestellen war der beste Rat, den ich je bekommen habe«, sage ich. »Aber ich glaube, die anderen würden gern Essen bestellen.«

»Dann werden sie zu satt sein, um Bier zu trinken«, sagt der eine alte Typ.

»Was ist denn an One-Night-Stands auszusetzen?«, fragt der andere.

»Dann sollte ich wohl demnächst mal beim Tisch vorbeischauen«, sagt die Kellnerin ohne Begeisterung. Ich bezweifele, dass das bald passieren wird. Ich proste ihr wortlos zu, ehe ich zurückgehe und mich wieder auf meinen Platz am Rand setze.

Jenny hat alle Speisekarten an der Tischkante ordentlich aufeinandergelegt, wie als Ermahnung für die Bedienung. Ich vermute, sie hat unsere Bestellung damit um eine Viertelstunde nach hinten verschoben.

»Wie alt bist du, Anette?«, fragt Josefin. Lukas wirft ihr einen warnenden Blick zu, als ziehe er die Grenze bei der Erwähnung meines Alters.

»Achtunddreißig«, sage ich.

»Und Lukas ist neunundzwanzig. Und da ist doch die große Frage – ist das für ihn eine Quarterlife-Crisis oder für dich eine frühe Midlife-Crisis? Wenn ihr beides kombiniert, könnt ihr eine gemeinsame Alterskrise daraus machen.«

»Josefin«, sagen Lukas und Jenny gleichzeitig.

Ich selbst frage: »Wenn ihr ein Tier wärt, welches Tier wärt ihr dann gern?«

»Katze«, sagt Josefin wie aus der Pistole geschossen. »Selbständige und kluge Tiere.«

»Und verwöhnt«, glaube ich Julias Gemurmel zu entnehmen.

»Ich wäre ein Hund«, sagt Jenny, und Julia fügt hinzu: »Ein Schäferhund.«

»Welches Tier wärst du denn dann, Anette?«, fragt Lukas lächelnd.
»Ein Moschusochse natürlich.«

27

Beim Aufwachen bin ich müder als beim Einschlafen, benommen, groggy und mit Kopfschmerzen, die ganz bestimmt rein mentale Ursachen haben. Mein Körper gibt sich alle Mühe, um mich im Bett zu halten, und sogar das Wetter ist behilflich. Es ist grau, feucht und sinnlos. Nicht einmal der Regen findet, dass dieser Tag irgendeinen Energieaufwand verdient.

Aber höre ich darauf? Nein. Ich mühe mich aus dem Bett, rufe Pia an und werde zum Essen eingeladen. Nur mein schlechtes Gewissen, dass ich sie gestern abgewiesen und ihr nicht früher schon von Lukas erzählt habe, bringt mich dazu, die Wohnung zu verlassen.

Gegend Abend ziehe ich alte Jeans an, ein ganz normales, aber nicht sonderlich vorteilhaftes Hemd und eine warme, aber unförmige Jacke. Vor weniger als vierundzwanzig Stunden hatte ich Rock, Schminke, Parfüm und eine Überdosis Adrenalin. Jetzt bin ich müde und fröstelnd und vernünftig angezogen.

Pia wohnt eine Viertelstunde von mir entfernt in einer Siedlung aus Atriumhäusern. Geographisch und statusmäßig liegt diese Siedlung in der Mitte zwischen den Hochhäusern am nördlichen Stadtrand und dem Villenviertel im Süden.

Das Durchschnittsalter der Leute, die hier wohnen, ist sicher achtzig Jahre. Sie haben unterschiedliche, persönlich gestaltete Briefkästen, Hunde, die ebenso alt aussehen wie sie selbst, und selbstgenähte Vorhänge passend zu Jahreszeiten und Festen. Man behält einander hier im Blick, einerseits, weil alle Klatsch lieben, andererseits um zu überprüfen, dass niemand nach einem Sturz drei Tage im Hausflur liegt. Eine Art inoffizielles Netzwerk gegen Oberschenkelhalsbrüche.

Pias Innenhof besteht aus einem gepflasterten Weg und genug wildwachsendem Gras, um den Weg fast zu verbergen. Gesprungene Blumenkästen mit wuchernden Pflanzen drängen sich vor dem Fenster, dazwischen stehen zwei alte Fahrräder.

Die Tür ist nie abgeschlossen, wenn Pia zu Hause ist, und da ich weiß, dass sie mit Kochen beschäftigt ist, mache ich mir nicht einmal die Mühe zu klopfen. Sie ist sauer, wenn sie unterbrochen wird, nur weil ihre Gäste nicht ungebeten eintreten wollen.

Als ich ins Haus gehe, rieche ich sofort ihr Parfüm. Es hängt in allen Räumen in der Luft, egal, wo sie sich gerade aufhält. Süß und etwas zu schwer und mit einem Hauch Vanille.

In Pias Haus riecht es außerdem nach Zigaretten und Räucherstäbchen, nach Kaffee und frisch gebackenem Kuchen. Pia hat fast immer etwas im Backofen, und sie ist immer in Bewegung. Stellt irgendetwas her. Bessert aus. Kocht richtig gutes, fettes Essen, auch wenn sie ganz allein ist.

Und dann sind da die Farben. Die Wände in ihrer engen Diele sind türkis gestrichen, schon seit damals, als die Diele von den Fäustlingen und Jacken und verdreckten Schuhen ihrer Söhne überlief. Offenbar wurde damals Farbe als Ausgleich gebraucht. Noch immer hat man dadurch das Gefühl, etwas ganz Besonderes zu betreten, wenn man sie besucht. Der Zigarettenrauch trägt auch dazu bei. Heutzutage rauchen ja nur wenige im Haus.

Ihr Badezimmer ist in rot gehalten, starke, warme Farbtöne an Fliesen, Handtüchern und Kerzengläsern. Die Küche ist zwar fast ganz weiß, aber alle Behälter und Schränke weisen unterschiedliche Rosaschattierungen auf. Sie hat knallrosa Töpfe für die frischen Kräuter neben dem Herd (nicht selbstgezogen, sondern bei Mat-Extra gekauft und einfach in eine rosa Uniform gezwängt). Die Lampe über dem Küchentisch ist weiß, hat aber ein rosa Schnörkelmuster.

Vielleicht liegt es an den vielen Gerüchen und Farben, dass ihr Haus niemals leer oder verlassen wirkt, obwohl es früher groß genug für drei halbwüchsige Söhne und ihre Freunde war, während jetzt plötzlich nur noch Pia da ist.

Ich hänge meine Jacke in der Diele auf und gehe weiter in die Küche, wo bereits Nesrin sitzt. Ich wusste nicht, dass sie auch hier sein würde. Sie sieht erleichtert aus, als ich auftauche, als ob sie soeben begriffen hätte, dass sie Pia nicht gut genug kennt, um sich allein mit ihr hier in der Küche aufzuhalten.

Pia schaut kaum auf. Sie steht vor der Anrichte und hackt Zwiebeln.

»Was gibt es denn zu essen?«, frage ich und lasse mich Nesrin gegenüber nieder. Ich schiebe die Pelargonie zur Seite, um sie richtig ansehen zu können.

»Frikadellen mit Kartoffelpüree und Preiselbeeren.«

»Gut«, sagt Nesrin. »Wenn es nur keinen Reis gibt. Schweden können keinen Reis kochen. Ich weiß noch, wie ich zum ersten Mal in der Schule welchen essen musste. Das ist doch kein Reis!, habe ich gesagt. Die Mensafrauen haben mich danach gehasst.«

Pia ignoriert den Kommentar. »Wie war dein Date?«, fragt sie, ohne sich umzudrehen. Der Zwiebelgeruch wird stärker, zusammen mit dem Geräusch des Messers, das auf das Schneidebrett auftrifft.

»Was für ein Date?«, fragt Nesrin überrascht.

»Das war kein Date«, sage ich.

»Was für ein Date???«, fragt Nesrin.

»Anette hatte ein Date mit Lukas«, sagt Pia.

»Das war kein Date«, sage ich noch einmal, aber es hat keinen Sinn. Nesrin starrt mich an.

»Erzähl alles!«, sagt sie.

»Es gibt nichts zu erzählen. Das war kein Date.«

»Aber ihr habt euch getroffen?«

»Sie waren in der Schnapsküche. Zusammen. Gestern.«

»Das klingt wie ein Date.«

»Seine Schwestern waren dabei.«

Das Gespräch gerät ins Stocken. Pia dreht sich mit erhobenem Messer um. »Was?«, fragt sie.

»Dann hast du wohl recht«, sagt Nesrin.

»Wie viele Schwestern hat er denn?«

»Drei«, sage ich.

»Und er musste alle mitbringen?«, fragt Pia. Die Zwiebeln sind für den Moment vergessen. »Sicher, ich kann verstehen, dass er einen Rockzipfel zum Schutz haben will, damit du nicht über ihn herfällst, aber drei klingt ja wohl ein bisschen übertrieben.«

»Du findest das wohl ganz toll, was?«, frage ich. Pia zuckt mit den Schultern.

Sie lächelt, als sie das Hackfleisch aus dem Kühlschrank nimmt. Ich werfe einen kurzen Blick in einen gut gefüllten Kühlschrank, mit Rüben und Gemüse und deutlich beschrifteten Kunststoffgefäßen.

»Aber wie bist du in diese Situation geraten?«, fragt Nesrin. »Ich will alle Details hören.«

Also erzähle ich von meinem Kneipenabend in Skogahammar, mit der absolut notwendigen Notlüge, Charlie habe angerufen und gefragt, ob ich vorbeischauen wollte.

Pia macht ein misstrauisches Gesicht, als sie erfährt, dass ich schon an einem anderen Samstag hinter ihrem Rücken unterwegs war; Nesrin wirkt fast schockiert, dass ich ein Leben habe. Aber beide kaufen mir die Behauptung ab, dass ich Charlie überreden wollte, beim Skogahammar-Tag mitzuhelfen. Es wirkt langweilig genug, um wahr sein zu können.

Lukas war einfach aus purem Zufall da.

Aber Nesrin ist entsetzt über den Rest der Geschichte. »Wenn er dich gefragt hat, ob du am Samstagabend mit ihm einen trinken wolltest, musst du doch geglaubt haben, das sei ein Date, oder dass er sich wenigstens für dich interessiert.«

»Nein, nein«, protestiere ich, aber Nesrin redet einfach weiter.

»Und da hast du dann gewartet, zurechtgemacht und voller Spannung, allein in der Schnapsküche, und er taucht plötzlich mit drei anderen Frauen auf. Das muss doch schrecklich für dich gewesen sein.«

Pia sieht ein wenig angeekelt aus, und ich bin auch nicht gerade hingerissen von dem Bild von mir, das Nesrin da zeichnet. Vor allem, weil es im Grunde ja zutrifft.

»So jämmerlich war ich nun auch wieder nicht«, lüge ich.

»Was hat er gesagt? Hat er um Entschuldigung gebeten? Was hast du gemacht?«

»Aber es war doch kein Date«, sage ich. »Das ist mir jetzt klar. Nur ein paar Bier und etwas zu essen und... fünf erwachsene Menschen. Ich habe geplaudert, ein bisschen Bier getrunken und bin nach Hause gegangen.«

Ich war bis kurz nach neun geblieben und dann gegangen, ehe der Abend richtig in Gang gekommen war. Das Einzige, was noch gefehlt hätte, um den Abend vollkommen zu machen, wäre Sofias Auftauchen gewesen.

»Tja, jetzt bist du immerhin um eine Erfahrung reicher«, sagt Pia.

Das ist auch wieder wahr.

Nesrin mustert mich mitleidig und sagt, noch immer meinetwegen empört: »Ich finde, du hättest sofort abhauen müssen. Oder bleiben und ein Bier trinken und dann gehen, und er hätte versuchen können, seine Schwestern zu unterhalten. Warum hättest du das tun sollen, wenn es nicht mal ein Date war? Man kann nicht zu irgendwelchen Verwandten höflich sein müssen, wenn man nicht mal miteinander ins Bett geht.«

Das war ich aber.

Irgendwann konnten Jenny und wir anderen etwas zu essen bestellen, und ich quälte mich durch eine fade Pasta mit Filetspitzen und lächelte und nickte und beteiligte mich so gut ich konnte am Gespräch.

Das ist ja gerade so deprimierend. Ich bin nicht einmal gescheit genug, für meine eigenen Wünsche einzutreten. Als ob ich sie nur als eine Sache betrachtete, von der ich irgendwann dachte, ich hätte Verwendung dafür, aber jetzt nicht so recht weiß, was ich damit anfangen soll. Ich will sie vielleicht nicht gleich wegwerfen, aber es macht mir offenbar keine Probleme, sie in einen Karton zu packen, »Wünsche« darauf zu schreiben, sie auf einem mentalen Dachboden zu verstauen und dann zu versuchen zu vergessen, dass der Karton dort oben steht.

Sofia hätte ihre Enttäuschung bestimmt gezeigt, da bin ich mir sicher. Sie wäre weggegangen oder sauer und gemein gewesen und hätte ihre Verstimmung deutlich gemacht. Das hätten vermutlich auch Linda und alle anderen getan, mit denen Lukas jahrelange Beziehungen hatte.

»Oder gar nicht erst zum Date gehen«, sagt Pia. »Was hast du denn erwartet? Die Schnapsküche samstags ist doch hysterisch. Weißt du, wie viele Idioten es hier im Ort gibt? Willst du die allesamt in einem Lokal treffen, wo Alkohol ausgeschenkt wird?«

»Ich gehe da oft am Samstag hin«, protestiert Nesrin.

»Du bist jung. Dir ist die volle Erkenntnis der menschlichen Idiotie noch nicht aufgegangen. Anette ist alt genug, um es besser zu wissen.«

Trotz allem habe ich wohl beim Einpacken einige Wünsche vergessen, denn ich möchte ihn noch immer wiedersehen. Das zeigt, wie tief ich schon im Wahnsinn versunken bin. In weniger als drei Wochen hat er es geschafft, es ganz natürlich wirken zu lassen, sich jedes Wochenende zu treffen, jetzt strecken sich vor mir endlose leere Wochen aus.

Es spielt keine Rolle, dass so viel für den Skogahammar-Tag zu tun ist und dass ich viel häufiger meine Mutter besuchen müsste. Das ist nicht das, was ich *will*, denke ich wie ein verwöhntes Kind, das glaubt, das Leben müsste lustig sein.

»Ich glaube, mein Fuß ist jetzt so weit verheilt, dass ich wieder mit den Fahrstunden anfangen kann«, sage ich. Das ist ein brauchbarer Kompromiss. Ihn zum Unterricht treffen und mich ansonsten zusammenreißen.

»Motorrad ist besser«, sagt Pia zustimmend. Sie hat die Frikadellen geformt und sich zu uns an den Küchentisch gesetzt, während die Bratpfanne erhitzt wird.

»Ist es nicht eigentlich gut, dass aus der Sache mit Lukas nichts geworden ist?«, fügt sie dann hinzu. Sie hat diesen ausdruckslosen Tonfall, der verrät, dass sie das Thema wahnsinnig komisch findet und bald einen Witz machen wird. »Kannst du dir vorstellen, wie es wäre, mit ihm zu schlafen?«

Nur zu gut, denke ich.

»Ich würde jedenfalls mit ihm schlafen«, sagt Nesrin.

»Man müsste die ganze Zeit versuchen, den Bauch einzuziehen«, sagt Pia. »Und eine Möglichkeit finden, auch Oberschenkel, Hintern und alle anderen Körperteile einzuziehen. Das ist der Nachteil bei jüngeren Männern.«

Ich schneide eine Grimasse, und Nesrin macht natürlich ein verständnisloses Gesicht.

»Sicher, man kann natürlich die Lampe ausknipsen und ein Verdunklungsrollo anschaffen«, sagt jetzt Pia. »Aber würde das wirklich reichen?«

Als ich nach Hause komme, schalte ich das Licht in der Diele ein und bleibe vor dem Spiegel stehen, der mich empfängt, als ich die Wohnung betrete. Ich mache mir nicht einmal die Mühe, in den anderen Zimmern Licht anzumachen, sie sind ja doch leer und einsam und deprimierend ordentlich. Nichts, was ich jetzt sehen muss.

Wie konnte ich mit so geringen Erwartungen an die Sache herangegangen und trotzdem so überoptimistisch gewesen sein? Ich komme mir vor wie durch ein freundschaftliches Gespräch und ein wenig Blickkontakt in die Irre geleitet, und diese tragische Erkenntnis lässt mich akzeptieren, dass Pia recht hat. Das, und Nesrins offenkundiges Mitgefühl.

Und wenn es nun doch ein Date gewesen wäre... Ich bin so unglaublich unterqualifiziert, was Beziehungen angeht. Wenn das Liebesleben genauso funktionieren würde wie das Berufsleben, wäre ich nicht vermittelbar. Mein Lebenslauf ist in dieser Hinsicht niederschmetternd kurz und voller langer Unterbrechungen, die jeden potentiellen Bewerber misstrauisch machen müssten. Und schlimmer noch, die Beziehungen, die ich immerhin hatte, haben weder irgendwelche Qualifikationen verlangt noch für welche gesorgt.

Ungefähr so würde er aussehen:

1999 – heute: Diverse.

Januar 1997 – November 1999. Mann, der anonym bleiben möchte. Schmuddelige Romanze mit einem verheirateten Mann mit einem Kind in Emmas Alter. Die Zeit von unserer ersten Begegnung bis zum letzten Abend, an dem ich am Telefon auf einen Anruf wartete.

März 1990 – März 1990. Adam Andreasson. Das hatte gewisse weitreichende Konsequenzen, da die One-Night-Stands dieses Monats zu Emma geführt haben.

Mai 1989 – August 1989. Jocke Andersson. Herausforderungen in dieser Beziehung: ein Haarspray zu finden, das meine Frisur noch immer üppig und toupiert aussehen ließ, auch wenn sie unter einen Motorradhelm gequetscht worden war. Hier verlor ich auch meine Unschuld, um die Sache hinter mich zu bringen. Von allem Sex, den ich je hatte, habe ich diesen wohl am wenigsten bereut. Dagegen ist es ein Mysterium für mich, dass ich danach noch weiter mit ihm geschlafen habe.

Ich habe das starke Gefühl, dass mehr als zehn Jahre mit »Diversen« niemanden täuschen können. »Diverse« ist natürlich nur eine beschönigende Umschreibung für »absolut keine Aktivität«, aber es ist eigentlich keine Lüge, da ich keine fünfzehn Jahre im Zölibat gelebt habe. Aber keiner der Typen, mit denen ich in dieser Zeit zu tun hatte, hat sich für eine namentliche Erwähnung qualifiziert.

Es ist nicht nur ihre Schuld. Ich meine, wer behauptet denn, dass Erik Lovén (er sprach es Loveeeeeen aus, mit einigen Dutzend zusätzlich eingestreuter Es, so ganz sicherheitshalber) weniger wert sei als die paar Vögeleien auf der Rückbank im Auto von Jockes Vater? Abgesehen davon, dass Erik Anwalt in Karlskrona war, das hätte mich natürlich abschrecken sollen.

Wir trafen uns dreimal, und in dieser Zeit erfuhr ich, dass

er an der Universität von Stockholm Jura studiert hatte (das wurde mehrmals erwähnt, ab und zu gefolgt von einem betonten »und nicht in Örebro«, als ob ich sonst meinen könnte, die Universität von Stockholm liege in Örebro), dass er bei Rotary aktiv war, dass er in die Fußstapfen seines VATERS trat (das wurde sozusagen in Großbuchstaben ausgesprochen), was für ihn eine Herausforderung darstellte (falsche Bescheidenheit). Er war wohl nicht besser und nicht schlechter als Jocke, aber irgendwann nach achtzehn hört man auf, sich für Männer zu interessieren, die man nicht leiden kann, mit denen man aber zufällig Sex hat. Auf der Liste stehen dann auch vollständige Zusammenbrüche, und je älter man wird, desto weniger findet man, dass irgendwer einen Zusammenbruch wert ist.

Ich werde plötzlich deprimiert bei dem Gedanken, dass ich meinen Lebenslauf für den Rest meines Lebens wohl kaum noch aktualisieren muss, ich kann nur weitere Jahre unter »diverse« aufführen, sowas wie 1999 – 2030.

Ich bin ziemlich sicher, dass Lukas nicht einmal in dieser Kategorie auftauchen wird.

Ich ziehe die Jacke aus und hänge sie auf. Es hat ein bisschen geregnet, als ich nach Hause gekommen bin, ein feiner, stiller Herbstregen, gerade genug, um meine Jacke nass zu machen und meine Frisur zu verderben. Ich schiebe die anderen Jacken ein wenig zur Seite, damit diese Platz zum trocknen hat. Kämme mich mit den Fingern, so gut das geht.

Ich zögere.

Man würde ein Verdunklungsrollo brauchen.

Dann öffne ich die Knöpfe meines üblichen unvorteilhaften blauen Hemdes. Ich knöpfe sie langsam auf, einen nach dem anderen. Als der letzte Knopf geöffnet ist, lasse ich das Hemd zu Boden fallen, was ich dann bereue, als ob jemand mich sehen und sich daran stören könnte, wie unordentlich

ich bin, und nicht daran, dass ich halbnackt in meiner Diele stehe. Ich bücke mich und hebe das Hemd auf und falte es rasch zusammen.

Ich knöpfe meine Jeans auf und streife sie über meine Beine. Steige heraus. Bücke mich und hebe sie auf und falte sie ebenfalls zusammen, vermutlich nur, um Zeit zu schinden, bis ich in den Spiegel schauen muss.

Als ich das dann tue, werden meine Wangen heiß, und meine Brust hebt und senkt sich unter dem schlichten Baumwoll-BH und der ebenso alltäglichen weißen Baumwollunterhose. Unterwäsche, die sogar meiner Mutter ein beifälliges Nicken entlocken würde.

Na ja, natürlich nicht, wenn sie mich hier in der Diele sähe.

Mein Körper hat ein Kind geboren, das lässt sich nicht wegdiskutieren. Das scharfe Licht der Dielenlampe scheint unbarmherzig auf meine Mängel und meinen Bauch und meine Hüften.

Ich zwinge mich dazu, meinen Körper weiter zu betrachten.

Ich vermute, es ist ein funktionaler Körper, gestärkt durch Motorradfahrstunden und Spaziergänge. Trotz des verstauchten Fußes und allem ist er doch gesund. Bisher hat er mich getragen. Meine Hand berührt meinen Bauch und dann die Unterseite meiner Brüste, und für einen Moment schließe ich die Augen und frage mich, was es wohl für ein Gefühl wäre, von einem anderen Menschen berührt zu werden.

Dann reiße ich die Augen auf, und mir wird klar, dass ich halbnackt in der Diele stehe, und ich gehe ins Schlafzimmer und ziehe meinen Bademantel an, wie eine normale erwachsene Frau.

Eine Minute. So lange konnte ich den Anblick meines Körpers ertragen.

Fahrstunden nehmen, denke ich. Ihn sonst aber nicht treffen, falls er mich wider Erwarten wiedersehen will. Den besten Skogahammar-Tag seit Menschendenken organisieren, hoffen, dass Emma bald nach Hause kommt.

Alle anderen Wünsche ordentlich und sicher verpackt und weggeräumt.

28

Es liegt eine ganz besondere Art von Befriedigung darin, sich den Erwartungen anderer gegenüber geschlagen zu geben. Wenige Dinge im Leben sind so selbstverständlich, zuverlässig und unveränderlich. Wenn meine eigenen Wünsche in Kartons verpackt und weggeräumt werden können, sind die der anderen eher wie ein konstantes Rauschen im Hintergrund, wie das immer auf denselben Sender eingestellte Radio in Mamas Zimmer. Ich brauche nur zu verstummen, schon ist es da.

Ich werde Mama häufiger besuchen, denn das ist richtig so, und Eva will es, und Mamas altes Ich hätte es verlangt.

Werde mich auf den Skogahammar-Tag konzentrieren, denn er ist wie eine Art Gemisch aus den Wünschen vieler unterschiedlicher Menschen. Anna Maria will, dass er ein Erfolg wird. Ann-Britt will, dass jemand anderes entscheidet, Niklas und Johan, Gott möge mir helfen, wollen Black Metal spielen, und der Zugmann will die alte Größe der Svartåbahn wiederherstellen. Es ist sicher nicht zu viel von mir verlangt, dass ich mein Bestes tue, um allen ihren Wunsch zu erfüllen.

Und Pia will diese Woche in der Schnapsküche Bier trinken. Wir treffen uns im Eingang zum Laden, und ich frage sie direkt, ehe wir auch nur hineingegangen sind und anfangen, uns umzuziehen. Kaum habe ich gefragt, schon strahlt sie, als ob der Montag plötzlich erträglicher wäre, und dann sagt sie eine freundliche Gemeinheit zu Klein-Roger, als wir im Personalzimmer an ihm vorbeigehen, was deutlich ihre gute Laune zeigt. Ich habe ja gewusst, dass es so kommen würde, sowie ich aufhörte, mich auf andere Dinge zu konzentrieren, wie Fahrlehrer, Motorräder und neue Kleider.

Wir im Mat-Extra werden derzeit von Erkältungen heimgesucht, und die Aushilfen fallen um wie die Fliegen. Das bedeutet, dass die gesamte Morgenbesprechung am Montag dem Versuch gewidmet wird, die Abend- und Wochenendschichten zu organisieren. An der Gesundheit von uns Regulären ist bisher nichts auszusetzen. Maggan schnieft beunruhigend, aber etwas Geringeres als die Spanische Grippe würde sie nicht von der Arbeit abhalten können. Pia und Nesrin sind wie immer gut in Form, und Groß-Rogers Witze haben sich nicht nennenswert gedämpft, also geht es wohl auch ihm noch gut.

»Wie können denn alle gleichzeitig krank werden?«, fragt Maggan verärgert, als seien ihr die Realitäten des Lebens, wie dass Erkältungen ansteckend sind, noch nicht aufgegangen. Ich fühle mich seltsam mit ihr verwandt, da ich spontan den gleichen Gedanken hatte.

»Bestimmt kommen wir nächstes Mal an die Reihe«, sagt Nesrin aufmunternd.

Pia sorgt skrupellos dafür, dass weder ich noch Nesrin oder sie selbst am Donnerstag arbeiten. Ich übernehme widerspruchslos alle Extraschichten und spiele sogar mit dem Gedanken, die soeben gebuchte Fahrstunde wieder abzusagen. Ich habe Ingeborg auf dem Weg zur Arbeit angerufen und den Termin ausgemacht. Das ist meine Belohnung dafür, dass ich so viele Dinge angehe, aber jetzt frage ich mich, ob ich nicht warten sollte, bis die anderen wieder gesund sind. Ich frage trotzdem, ob ich am Donnerstagvormittag vielleicht einige Stunden fehlen könnte. Klein-Roger geht darauf ein, und Pia mustert mich verächtlich, weil ich so zaghaft geklungen habe.

Auch ohne Erkältungen hätte ich Beschäftigung genug. Ich muss an den Erfolg des Informationstreffens anknüpfen und zu einer Arbeitsgruppenbesprechung einladen. Bei mir zu Hause, denke ich. Informell und nett und einladend, genau wie der Skogahammar-Tag werden soll. Anna Maria hat natürlich von der Infoveranstaltung gehört und will eine Besprechung über den Fortgang der Arbeiten ansetzen.

Und ich werde noch heute Abend Mama besuchen. Sowie ich beschlossen hatte, Verantwortung zu zeigen und hart zu arbeiten, dachte ich instinktiv an sie. Es muss ein mehr oder weniger bewusstes Bedürfnis sein, ihr zu zeigen, dass ich hart arbeite, mich nicht nur auf mich selbst konzentriere und keine Erwartungen an das Leben stelle.

Genau wie sie es immer von mir verlangt hat.

Mamas Tür steht offen, als ich komme, und schon auf dem Gang sind laute Stimmen aus dem Zimmer zu hören. Vor allem eine Stimme. Mamas.

»Aber heute kommt Elisabet zu Besuch! Ich muss nach Hause und saubermachen. Ich habe ja noch gar nicht angefangen. Ich kann nicht länger hierbleiben.«

Elisabet ist Mamas Schwester. Sie wohnt in Borlänge, und seit Mamas Zustand sich verschlechtert hat, haben sie nur noch sehr wenig Kontakt. Vorher hatten sie eine enge und dysfunktionale Freundschaft.

Mamas Stimme ist schrill und gereizt, aber es gibt noch einen Unterton darin. Die der Pflegerin ist leiser, warm, kompetent. Als ich in die Türöffnung trete, sehe ich sie neben Mama stehen, eine Hand beruhigend auf Mamas Schulter gelegt. Mama trägt ein Nachthemd und ihre beste graue Ausgehhose. Ihre Haare sind noch ungekämmt.

»Warum lassen die mich nicht saubermachen?«, fragt sie

jetzt mich, und es ist klar, dass sie mich nicht erkennt. Ich bin einfach nur eine Fremde, die vielleicht ihre Partei ergreifen wird.

»Ich verstehe das nicht«, sagt sie, und jetzt ist ihre Stimme vor allem quengelig. Quengelig und irritiert, aber es ist nicht ihre normale Irritation. Geschockt geht mir auf, dass sie zu verbergen versucht, dass sie in Wirklichkeit Angst hat. »Heute kommt doch Elisabet zu Besuch. Warum lassen die mich nicht saubermachen?«

Eine Praktikantin hat den Auftritt gehört und versucht hereinzukommen. »Entschuldigung«, sagt sie und schiebt mich freundlich, aber bestimmt zur Seite. Sie kann nicht viel älter sein als achtzehn, aber sie ist viel sicherer als ich. Sie ist auch viel hilfreicher. Gemeinsam versuchen sie, Mama zum Hinsetzen zu überreden. Elisabet kommt an einem anderen Tag, es ist schon alles saubergemacht, sinnloses Geplauder in der Hoffnung, dass etwas davon durchdringt. Ich stehe schweigend daneben und sehe zu.

»Ich weiß ja wohl noch, welcher Tag es ist«, klagt Mama. »Das versteht sich doch von selbst. Und Elisabet kommt zu Besuch.«

Ich stehe noch immer in der Türöffnung. Ich habe keine Ahnung, was ich sagen oder tun sollte. Sogar eine fremde Pflegerin ist natürlicher, was Körperkontakt zu meiner Mutter angeht, als ich selbst. Ich weiß schon gar nicht mehr, wann ich Mama zuletzt angefasst habe, oder sie mich, und ich weiß nicht, wie ich jetzt damit anfangen soll.

»Vielleicht kommen Sie lieber an einem anderen Abend?«, fragt mich die Pflegerin und lächelt mir über ihre Schulter hinweg zu.

Ich kann hier nichts ausrichten.

Auf dem ganzen Weg zum Ausgang höre ich Mamas erregte

Stimme. Ich habe das Gefühl, sie noch weiter zu hören, als ich hinaus in die Freiheit getreten bin.

Ich vermute, Skogahammar sollte anfangs ein Zentrum für die Verwaltung und eins für den Handel bekommen. Vielleicht sollten die attraktiveren Räumlichkeiten an der Centrumgata nicht an die gemeindeeigenen Einrichtungen vergeudet werden, vielleicht glaubten sie damals, dieses große Klinkermonstrum habe einen gewissen Charme und könne an sich schon als ein Zentrum fungieren. Egal aus welchem Grund, unsere Stadtverwaltung liegt auf der anderen Seite des Großen Marktes, zwei Ecken von der Bushaltestelle entfernt und vor dem Hintergrund der stillgelegten Bahnlinie.

Die Stadtverwaltung ist in einem fünfstöckigen Haus aus rotem Klinker und braunem Blech untergebracht, die beste Mischung schwedischer öffentlicher Architektur der sechziger und siebziger Jahre.

Am Eingang hängen Schilder für alles, was eine Gemeinde braucht: das blau-weiße Schild des amtlichen Zahnarztes, das nach süßlichem Desinfektionsmittel und Fluor, Kindern und nervöser Wartezeit zu riechen scheint, eine Pflegezentrale, bei der ich an Schuhüberzüge aus blauem Kunststoff denken muss, und kleinere Schilder für die besser besuchten öffentlichen Einrichtungen: Sozialamt, Freizeitverwaltung (alle Orte haben zumindest einen Fußballverein) und das Büro für Städteplanung (denn auch wenn nicht mehr gebaut wird, gibt es immer ältere Männer, die Klage einreichen wollen).

Es ist halb sieben, deshalb wirkt das gesamte Gebäude verlassen und unbenutzt. Draußen hängen drei Flaggen ganz still und schlaff, als ob selbst sie sich weigerten, Überstunden zu machen.

Anna Maria erwartet mich bei der kleinen Tür neben den

jetzt verschlossenen großen Drehtüren. Die Eingangshalle ist leer, und der Gang, der weiter ins Haus hineinführt, ist dunkel, die Lampen schalten sich nach und nach ein, als wir uns dem Fahrstuhl nähern, wie ich nun merke.

»Energiesparende Lampen«, sagt sie. »Gut für die Umwelt und gut für die Kasse, aber ich hab immer das Gefühl, einen Alarm verpasst zu haben.«

Etwas sagt mir, dass Anna Maria oft hier ist, wenn im Gang die Lampen gelöscht sind.

Ich drehe mich um, um einen letzten Blick auf die Ausstellung zu werfen, die in der Empfangshalle zu erahnen ist, weiße Schirmwände und alte Plakate, die verkünden, dass Skogahammar eine Gemeinde der Zukunft ist, kinderfreundlich und naturnah. Wir haben ja auch Nadelwald in nächster Nähe, theoretisch stimmt es also. Und seltsamerweise sehe ich auch...

»Sind das da Müllsäcke?«

»Ein Teil des Planungsprozesses für die neue Müllverwertungsanlage«, sagt Anna Maria und winkt mich in den Fahrstuhl. Sie folgt mir, zieht ihre Karte durch den Scanner und drückt auf den fünften Stock.

Vielleicht ist die Stadtverwaltung nach Hierarchien organisiert, die Gemeindeleitung sitzt jedenfalls ganz oben. Als wir dort ankommen, führt sie mich in ihr Büro, eine von Glas umgebene Oase am Rand einer offenen Bürolandschaft.

Sie lässt sich in einen schwarzen Schreibtischsessel sinken, lässt ihn eine Vierteldrehung beschreiben, um mir gegenüber zu sitzen, und stützt die Ellbogen auf einen überraschend gut organisierten Schreibtisch.

»Also«, sagt sie. »Wie läuft es mit den Vereinen? Hast du den Fußballclub dazu holen können?«

»Nein«, sage ich. »Noch nicht, aber sie waren bei der Informationsveranstaltung dabei.«

Anna Maria lächelt sogar. »Das hast du gut gemacht«, sagt sie. »Ich habe gehört, dass die ein großer Erfolg war. Und Ingemar Grahn hat ja sogar vorher darüber geschrieben. Sonst ist er nicht so entgegenkommend. Ich habe ja gesagt, dass du diplomatisch bist«, fügt sie hinzu, zufrieden, weil sie recht hatte.

»Ich möchte eine Arbeitsgruppe bilden«, sage ich. »Mit denen, die wirklich arbeiten wollen. Bisher haben wir einen Vertreter des Freundeskreises Svartåbahn, Ann-Britt vom Roten Kreuz, mich und Charlie, der sich um das Bühnenprogramm kümmert.«

Anna Maria nickt. »Wir brauchen einen Plan dafür, wo die Zelte und die verschiedenen Aktivitäten platziert werden sollen. Eine Art Übersicht. Ich habe fünfzehn Jugendliche gefunden, die dabei aushelfen wollen, aber sie müssen ja wissen, wo.«

»Das ... ist in Arbeit.« Ich notiere verzweifelt »Plan??!« und hoffe, dass Hans informiert ist.

»Gut, gut. Ich habe eine Bühne bei den Lieferanten bestellt, an die wir uns immer wenden, wenn die Gemeinde etwas arrangiert. Sie bauen am Samstag auf und dann auch wieder ab. Sind die Läden jetzt mit im Boot?«

»Die ...«

»Gut. Schön, dass wir uns abstimmen konnten.«

Anna Maria lässt sich im Sessel zurücksinken, als sei sie mit den bisherigen Fortschritten zufrieden.

Auf meinem Block steht jetzt: Plan?!?!? Vereine. Bühne. Läden.

Die Arbeitsgruppe kommt mir vor wie die Rache der Nerds, und daher bin ich nur noch fester entschlossen, damit Erfolg zu haben.

Am selben Abend rufe ich Jesper von den Eisenbahnfreunden an, und er ist noch immer enthusiastisch. Er kommt gern zur Besprechung der Arbeitsgruppe, deshalb verspreche ich, ihm Zeit und Ort durchzugeben.

Ann-Britt bietet an, Kaffee und Plätzchen mitzubringen, und Charlie will ebenfalls dabei sein. »Niklas und Johan tauchen sicher auch auf«, sagt er. »Die wollen schließlich unbedingt spielen.«

Wenn ich will, dass er die Verantwortung für die Bühne übernimmt, ist es unklug zu protestieren, deshalb gebe ich mich geschlagen, lache und sage: »Bring sie mit zum Treffen, dann werden wir sehen.«

Und wer weiß? Eine Prise Black Metal könnte die Sache ja vielleicht aufpeppen.

29

Vielleicht war es ein Fehler, mir die Fahrstunden zu gestatten. Wenn man sich einbilden will, dass man vernünftig und konzentriert ist, ist es keine Hilfe, mehrere Minuten zögernd vor dem Eingang zur Fahrschule zu stehen.

Ich war seit fast drei Wochen nicht mehr da, und ich hatte vergessen, wie angenehm es hier ist. Ich habe das Gefühl, in einer anderen Stadt zu sein als Skogahammar, frei von allen Ansprüchen und Klagen.

Kaum gehe ich durch die Tür, brauche ich nur noch an Gangschaltung und langsames Fahren zu denken, überlege ich, und plötzlich erscheint mir mein Alltag unlogisch und belanglos, Mama und Mat-Extra und der Skogahammar-Tag, was kann das alles schon für eine Rolle spielen?

Die Herbstsonne lässt die Schilder des Schwedischen Fahrschulverbandes in den Fenstern und die wenigen Autos vor dem Büro funkeln. Die vier Motorräder stehen an ihren festen Plätzen, meins auch.

Es ist nur eine ganz normale Fahrstunde, denke ich, und versuche mir einzureden, dass die Schmetterlinge in meinem Bauch einfach das normale Adrenalin vor der Motorradtour sind.

Lukas steht nicht in der Rezeption, als ich hereinkomme, und er lässt sich auch nicht blicken, während Ingeborg mich nach meinem Fuß ausfragt und Anekdoten über die Verletzungen und Gebrechen anderer Leute erzählt. Dann lässt sie mich gehen, mit der Information, dass der Umkleideraum bereits aufgeschlossen ist, und der Ermahnung, mich diesmal auf den anderen Fuß fallen zu lassen, wenn ich mich unbedingt vom Motorrad werfen muss.

Es ist ein ziemlicher Schock, den Umkleideraum zu betreten und zu entdecken, dass dort schon ein anderer Fahrschüler steht.

Ich hatte schon angefangen, den Umkleideraum als mein Revier zu betrachten.

Er kommt mir viel zu jung vor, um den Führerschein für schwere Motorräder zu machen. Knapp zwanzig, mit kurzen braunen Haaren, unnatürlich roten Wangen und Frustration in unschuldigen hellbraunen Augen.

»Schrittfahren?«, frage ich mitfühlend.

»Und Höchstgeschwindigkeitsfahrspur. Ich kapiere nicht, dass ich das einfach nicht lernen kann.«

»Du hast die Maschine aber sicher nicht umgeschmissen«, sage ich, irgendwo zwischen einer Behauptung und einer Frage. Das sollte eine Aufmunterung sein, aber er sieht nur zu Tode verängstigt aus angesichts der Vorstellung, dass das passieren kann. Ich werde daran erinnert, dass es nicht normal ist, das Motorrad in fast jeder Stunde umzuwerfen, und ich schwöre, dass ich es beim nächsten Mal nicht tun werde.

»Anette«, sage ich und halte ihm die Hand hin.

Er nimmt sie zögernd. »Robin.« Und dann: »Hab ich dich nicht in der Zeitung gesehen?«

Ich ignoriere diese Frage. »Robin, wir werden das hier schaffen. Heute werden wir einfach phantastisch sein.«

»Ich hatte meine Stunde schon.«

»Okay, dann bist du eben nächstes Mal phantastisch.«

Er nickt mir zu, als er geht, und ich ziehe die Schutzkleidung an. Als ich aus dem Umkleideraum komme, wartet Lukas schon bei den Motorrädern.

Er beugt sich über das eine und überprüft irgendetwas, und das gibt mir einige wertvolle Sekunden, in denen ich versuche, einen passenden Gesichtsausdruck herzustellen und meine Wangen vom Glühen abzuhalten.

Als er sich aufrichtet und mich sieht, lächelt er ganz locker, als ob er es einfach nett fände, mich mal wiederzusehen.

»Das war schön am Samstag«, sagt er. »Bitte, entschuldige, dass meine Schwestern mitgekommen sind. Wir hatten ein Familienessen, und sie sind einen Tag zu früh aufgetaucht...«

Er lächelt noch immer, aber ich wende mich ab und schaue stattdessen mein Motorrad an.

»Das hast du schon erklärt«, sage ich dann. Konzentrieren, schärfe ich mir ein, und füge hinzu: »Nur damit du's weißt, ich habe beschlossen, heute total phantastisch zu sein.«

Er hebt die Augenbrauen.

»Ich sag das jetzt, für den Fall, dass du keinen Unterschied bemerkst. Damit du weißt, was du am Ende zu sagen hast. Ach verdammt, die blöde Schnalle.«

Mein selbstsicheres Auftreten wird ein wenig dadurch gemindert, dass er mir helfen muss, den Helm festzuschnallen. Ich werde rot, als seine Finger meinen Hals streifen, aber ich hoffe, dass der Helm das verbirgt.

Und jetzt los, Anette, denke ich und versuche, nicht an seine Hände so dicht bei meinem Gesicht zu denken.

Es ist schwer, phantastisch zu sein, wenn man durch Villenviertel fährt.

Ich habe solche Gegenden immer schon blöd gefunden. Unseres liegt ein wenig südlich vom Ortskern, auf der feinen Seite. Hier wohnt die kleine Mittelklasse, die Skogahammar aufweisen kann. Farbenfrohe Häuser in Gelb und Rot und Blau werden umrahmt von gepflegten Hecken, und darüber ist ab und zu eine graue Frisur zu entdecken, die auf ihrem Grundstück umherwandelt. Ab und zu sind die Hecken niedrig genug, und man kann ein ganzes Gesicht sehen, das mit wütenden Blicken sein Revier verteidigt.

Sogar die Sonne scheint an diesem perfekten Herbsttag, und für einen Moment stelle ich mir vor, dass das nur daran liegt, dass wir hier sind, als ob die Menschen, die hier wohnen, niemals so etwas wie schlechtes Wetter akzeptieren würden.

»Villenviertel machen mir Angst«, sage ich. »So viel Irrsinn hinter dermaßen gepflegten Hecken.«

»Ich bin hier aufgewachsen«, sagt Lukas.

»Anwesende natürlich ausgeschlossen«, sage ich. »Aber ist es wirklich eine gute Idee, hier Fahren zu üben?«

Hier muss es doch Kinder geben. Und Haustiere. Ich stelle mir vor, wie die Gegend sich mit »Wer hat meine Katze gesehen«-Aushängen füllt, wenn wir hier geübt haben, bis dann am Ende jemand den Zusammenhang erkennt und ich mit Heugabeln oder einer moderneren Variante dieser Waffe gejagt werde. Von einem gefährlichen, unbarmherzigen, rücksichtslosen Mob, der aus den blutrünstigen Sprösslingen der gesamten Gegend besteht.

Ich fahre ungeheuer langsam. Lukas weist daraufhin, dass ich durchaus auch in den zweiten Gang schalten könnte. Als wir wieder anhalten, erzähle ich von meiner Angst um die Katzen und vor der Bürgerwehr, und er lacht.

»Die sind nicht so schrecklich, wie du glaubst«, sagt er. »Aber überfahr lieber keine Katzen.«

Die Bäume am Straßenrand sind von explosivem Rot. Die dort geparkten Autos sind von roten Blättern bedeckt, und in den wenigen Minuten, in denen wir stillstehen, werde ich von rotem Laub umwirbelt. Sie folgen uns noch ein Stück des Wegs, als wir weiterfahren, und ich lächle in meinem Helm. Aus irgendeinem Grund fühle ich mich fast wehmütig.

Abgesehen davon, dass ich immer wieder im ersten Gang fahre, bin ich wirklich phantastisch. Ich denke meistens ans Blinken. Ich biege nach rechts und nach links ab.

Es kommt zu einem kleinen Missgeschick bei einer Kreuzung, wo zwei Autos von der Fahrschule auf zwei der anderen Straßen auf uns zukommen. Wir stehen einige Minuten lang still, während drei Fahrschüler versuchen, die Rechts-vor-Links-Regel zu ergründen. Am Ende sagt Lukas, ich solle einfach losfahren. Soviel ich weiß, stehen die beiden anderen noch immer dort.

Ein einziges Mal bricht Lukas fast zusammen, das aber vor allem vor Lachen. Wir fahren zurück zur Fahrschule, in einer Tempo-Fünfzig-Zone ohne Kreisverkehre.

Ich spüre es schon an seinem Körper, noch ehe er sich über meine Schulter beugt und sagt: »Tja, jetzt werden wir von einem Moped überholt.«

Ein schmächtiger Teenie jagt vorüber. »Die endgültige Erniedrigung«, sage ich. »Aber bestimmt hat der das Ding frisiert.«

Lukas streichelt tröstend meine Taille. Ich schnappe unfreiwillig nach Luft.

»Das macht nichts«, sagt er.

Sei einfach phantastisch, rede ich mir ein.

Nach der Stunde ziehe ich mich eilig um, gehe zu Ingeborg in die Rezeption und bezahle. Ich bin schon fast aus der Tür, als Lukas aus dem Pausenraum kommt. Er begleitet mich hinaus, und ich glaube, dass er zur nächsten Stunde gehen will. Aber er bleibt gleich vor der Tür stehen.

»In ein paar Wochen gibt es einen Info-Abend zum Thema Fahrtüchtigkeit«, sagt er. »Am 18. Oktober abends. Du musst so einen mitgemacht haben, aber du kannst dir aussuchen, wann. Wir veranstalten den jedes Jahr mehrere Male.«

Der 18. liegt in der Woche nach dem Skogahammar-Tag. »Das klingt gut«, sage ich, und dann nicke ich, weil mir nichts einfällt, was ich sonst noch sagen könnte.

Er zögert. »Hast du Lust auf noch einen Versuch, uns zu treffen? Ohne meine Schwestern?«

Ich denke an rote Blätter, die vor uns aufwirbeln, an Kaffee an Statoil-Tankstellen, an Mopeds und Freiheit, und dann denke ich an die Müdigkeit vom Sonntag, daran, lachen und plaudern zu müssen, als ob alles wunderbar wäre, an Nesrins Mitleid und Pias Zynismus.

»Nein, danke«, sage ich.

Es ist die richtige Entscheidung, da bin ich mir sicher. Klug ist sie. Aber es ist so furchtbar anstrengend, immer realistisch zu sein. Ich wünschte, er hätte nicht gefragt und mich dazu gezwungen.

Er sieht überrascht aus. Vielleicht hätte ich ihm die Sache schonend beibringen sollen, aber mir fällt nichts ein, was ich noch sagen könnte. Ich hätte vorher natürlich Entschuldigungen googeln müssen, aber woher hätte ich denn wissen sollen, dass er noch einmal fragen würde, und jetzt ist es jedenfalls zu spät.

»Ich habe ... in der nächsten Zeit viel zu tun«, sage ich. »Ich bin wirklich beschäftigt. Mit dem Skogahammar-Tag und den vielen Erkältungen im Laden und meiner Mutter und ... ja, ich muss jetzt wohl los.«

Ich muss bei Mama vorbeischauen, ehe ich mich mit Pia zum Bier treffe. Pflichtgetreu. Verantwortungsbewusst. Erwachsen.

Ich bin schon losgegangen, als Lukas sagt: »Anette?«
Ich drehe mich um.
»Du warst heute phantastisch.«
Ich lächele müde. Es ist nicht ganz einfach, das Lächeln in meine Augen hochwandern zu lassen. Aber er meint es gut. Und vielleicht bleiben mir ja die Augenblicke freundschaftlichen Motorradfahrens. Das Lächeln wird ein wenig echter.
»Trotz des Mopeds?«, frage ich.
»Na ja, es hätte schlimmer sein können. Es hätte ein Fahrrad sein können.«

30

Auf dem Gang zu Mamas Zimmer bleibe ich stehen und horche, aber heute sind keine erregten Stimmen zu hören. Die Pflegerin in der Rezeption hat mir versichert, dass Mama einen guten Tag hat, aber ich weiß nicht, ob das bedeutet, dass sie sie selbst ist oder einfach nur ruhig.

Es gibt viel zu viel, was ich sie nicht gefragt habe, geht mir jetzt auf, da ihr Zugriff auf die Wirklichkeit bei jeder unserer Begegnungen schwächer wird.

Ich weiß nicht einmal, was ich wissen will. Etwas, das mir dabei hilft, sie zu verstehen, nehme ich an. Als ob ein bisher fehlendes Puzzlestück plötzlich alles vernünftig und begreiflich wirken lässt, mein Leben, ihres, die menschliche Existenz. Und den Liebhaber. Über den will ich unbedingt mehr wissen.

Es kommt mir vor, als ob jedes Mal, wenn wir uns sehen, ein kleines Stück von ihr verschwunden ist. Heute muss ich ihr helfen, sich im Bett aufzusetzen, und sie ist so leicht, dass ich mir vorstelle, dass alle ihre Sorgen und Kümmernisse weggeflogen sind. Das hoffe ich aber nicht. Sie waren es doch immer, die Mama im Leben verankert haben.

Auf dem kleinen Nachttisch steht ein großer Blumenstrauß, geschmackvoll und diskret zusammengestellt. Ich registriere unbewusst die schlichte weiße Karte, die danebensteht. *Evas Blumen* ist in verschnörkelten Buchstaben darauf gedruckt. Keine weiteren Mitteilungen. Vielleicht sind keine nötig.

»Hattest du eine glückliche Kindheit?«, frage ich.

»Glückliche Kindheit!«, sagt Mama. »Sowas gab's bei uns nicht.«

»Nicht?«

»Nein, nein. Damals sollte man Kinder sehen, aber nicht hören. Glücklich! Ich glaube, auf die Idee bin ich nie gekommen. Warum sollte man eine glückliche Kindheit haben? Man half, wo man konnte, und manchmal war es nicht so angenehm, und manchmal war es besser.«

Besuch und Gesprächsthema scheinen sie aufleben zu lassen. Ich bin froh, dass ich hergekommen bin, und ich habe ein schlechtes Gewissen, weil ich nicht häufiger herkomme.

Mama sieht mich unsicher an. »Kennen wir uns eigentlich?« Ich schüttele den Kopf.

»Ich nehme an, Sie hätten gern einen Kaffee?«, fragt sie und fängt an, sich aus dem Bett hochzukämpfen, als wäre ihr plötzlich klargeworden, dass ein fremder Gast im Zimmer ist.

Ich nicke und helfe ihr aus dem Bett. Sie scheint das nicht zu merken, sie ist ausschließlich darauf konzentriert, es in die Kochecke zu schaffen.

»Dann nehme ich auch einen«, sagt sie, während sie sich weiterschleppt. Sie beginnt mit der umständlichen Prozedur des Kaffeekochens. Wir sagen erst wieder etwas, als vor jeder eine Tasse Kaffee steht.

»Ich bin hier aufgewachsen, wissen Sie«, sagt Mama dann. Ich nehme an, dass sie den Ort meint und nicht das Pflegeheim. »Mein Vater war bei der Eisenbahn. Meine Mutter war für den Haushalt zuständig, ja, mit meiner Hilfe und mit der meiner Schwester. Sie hatte uns voll im Griff, das können Sie mir glauben.«

Das glaube ich gern. Ich trinke einen Schluck Kaffee. Lustig, Mama kann sich vielleicht nicht mehr an mich erinnern, aber wie Kaffee schmecken sollte, weiß sie noch genau. Ihre Hände haben ein wenig gezittert, als sie Kaffee in den Messlöffel geschüttet hat, aber es schmeckt noch immer absolut perfekt.

»Ja, so war das damals.«

»Kinder wurden nicht verwöhnt?«, frage ich.

Mama sieht mich wieder an. »Kennen wir uns?« Aber die Antwort interessiert sie eigentlich nicht; sie steckt tief in ihren Kindheitserinnerungen. »Es gab Großreinemachen im Frühjahr und im Herbst, das ist klar. Dann war im Haus gewaltig was los, das sag ich Ihnen. Alles musste ausgeräumt und abgestaubt werden. Die Laken wurden gelüftet und der Wäscheschrank durchgesehen, alles musste genau richtig gefaltet werden. Das konnte man damals eben. Und im Sommer kam natürlich der Garten an die Reihe. Außerdem haben wir Holz gehackt. Dann musste das gestapelt werden, aber das war Vaters Aufgabe. Wir mussten alle Arbeiten erledigen, aber die Holzstapel mussten völlig korrekt sein. Mein Vater nahm das sehr genau. Ab und zu, wenn wir einen Ausflug machten, konnte er vor einem Haus halten, nur, weil er einen ungewöhnlich beeindruckenden Holzstapel gesehen hatte. Und wenn jemand von den Nachbarn dabei schlampte, ja, dann war er glücklich.«

»Glücklich?«

»Aber ja doch. Ab und zu zeigte er uns Kindern schlechte Beispiele. Seht mal, bei Johanssons, so geht es, wenn man nicht sorgfältig ist. Ansonsten redete er nicht viel mit uns.«

Opa hat auch mit mir nie viel geredet, aber Holzstapel hat er auch mir gezeigt. Als ich klein war, haben wir alle Sommer auf ihrem Hof verbracht, und ich habe genau die gleichen Arbeiten verrichtet wie Mama: beim Saubermachen geholfen, auf dem Hof aufgeräumt. Gras gemäht, Holz gehackt und Wespennester entfernt oder was immer gerade anlag. Oma war damals mindestens achtzig und machte zu feierlichen Anlässen noch immer sieben Sorten Plätzchen.

»Hattest du denn Zeit für Romanzen, als du älter warst?«, frage ich.

Einmal, als ich jünger war, habe ich gefragt, wie meine Eltern sich kennengelernt hatten, und Mama antwortete: »Wir waren manchmal beim Tanz im Dorf, und er kam mir vor wie ein ordentlicher und höflicher Mann.« Das war alles.

Jetzt lacht sie und tunkt ein Stück Würfelzucker in den Kaffee, um dann genüsslich daran herumzuknabbern. Tunkt ihn wieder ein. Knabbert weiter. Am Ende sagt sie: »Doch, einige Romanzen gab es schon. Aber ganz unschuldig. Darauf hatten meine Eltern ein Auge.«

Ich hoffe, dass sie von dem Liebhaber erzählen wird. Hat sie ihn dort kennengelernt? Im Dorf beim Tanz? Wie hat sie sich unter den wachsamen Blicken meiner Großeltern ein Wochenende in Falun erstehlen können? Die Sache mit dem Anstand ist das eine, aber ich kann mir auch nicht vorstellen, dass die beiden sie zwei Tage lang von allen ihren Aufgaben befreit hätten.

»Und dann habe ich John kennengelernt.«

»War das Liebe auf den ersten Blick?«, frage ich.

»Was du dir so denkst«, sagt Mama. »Liebe auf den ersten Blick? Na vielen Dank. Aber er war groß und elegant, das schon. Und er kannte sich aus. In der Politik und darin, was im Ausland passierte. Sowas erklärte er mir gern.«

»Und er hatte Arbeit?«

»Ja, selbstverständlich«, sagt Mama. »Sonst wäre ich doch nie im Leben mit ihm gegangen.«

Ich habe keine Ahnung, wie ich nach dem Liebhaber fragen soll. »Warst du schon mal in Falun?«

»In Falun?«, fragt Mama. »Was hätte ich da denn machen sollen? John, mein Mann, war einige Male dort. John ist überhaupt viel herumgekommen. Aber ich hatte doch keinen Grund, mich im ganzen Land herumzutreiben.«

Aber ich habe den Eindruck, dass diese Antwort ein bisschen zu schnell kam.

Pia und Nesrin sitzen schon in der Schnapsküche, als ich auftauche. Das tun auch die Rentner mit ihren Kreuzworträtseln und Gunnar am Spielautomaten. Die Musik besteht aus den üblichen Hits der neunziger Jahre. Die Bedienung vom Samstag ist durch unsere übliche ersetzt, die mir ein Bier bringt, sowie ich mich gesetzt habe.

»Sag nichts«, sage ich zu Nesin. »Ärztin?«

Sie trägt eine Art hellen Mantel, den man mit etwas gutem Willen für einen Ärztekittel halten kann.

»Du klingst wie Papa«, sagt sie. »Ich kann kein Blut sehen, und kranke Menschen mag ich nicht. Aber ich könnte es vielleicht aushalten, Zahnärztin zu sein.«

»Sie ist tougher, als ich dachte«, sagt Pia, die diese Frage offenbar auch schon gestellt hat. »Ich hatte ja keine Ahnung, dass sich hinter dem freundlichen Äußeren eine kleine Sadistin versteckt.«

Pia ist heute Abend noch stärker geschminkt als sonst. Wenn ich wie sie wäre, würde ich darauf hinweisen, dass sie damit nur älter und müder aussieht, und das auf eine Art und Weise, die sie unmöglich übel nehmen könnte.

Pia macht sich nur über Menschen lustig, die sie eigentlich sehr gernhat. Sie ist so warmherzig und loyal, dass sie sich gezwungen fühlt, das hinter freundschaftlichen Beleidigungen zu verstecken. Einer ihrer Lieblingssprüche ist, dass sich unter ihrer harten Schale ein Herz aus Stein verbirgt.

»Ich spiele mit dem Gedanken, mich um die Stelle als stellvertretende Teamleiterin zu bewerben«, sagt sie nun. Sie nickt zufrieden, als sich Totenstille über den Tisch senkt. Es ist schon eine Leistung, mich zu schockieren.

»Kannst du dir Klein-Rogers Gesicht vorstellen!«, sagt Pia.

»Er würde dir den Job vielleicht gar nicht geben«, sagt Nesrin.

Pia hat offenbar auch schon in diese Richtung gedacht. »Umso besser. Dann könnte ich ihn wegen Diskriminierung verklagen. Wäre das nicht super? Richtig was zum Lachen, egal, was passiert, und das Schlimmste ist, dass ich wahrscheinlich gewinnen würde. Ich arbeite doch schon länger da als alle anderen, und ihr könntet meine Führungsqualitäten bezeugen.«

»Ja…«, sagt Nesrin nervös.

»Und wenn du den Job kriegst?«, frage ich.

»Überleg doch mal, was ich für phantastische Pep Talks halten würde!«

Nesrin und ich sind sprachlos und starren eine Weile vor uns hin, während wir uns eine von Pias »aufmunternden« Reden nach der anderen vorstellen.

»Das wäre wirklich witzig«, gebe ich zu.

Pia sieht dermaßen inspiriert aus, dass ich sie fast schon ernst nehme. »Schade nur, dass du dann so viele Besprechungen mit Klein-Roger abhalten müsstest«, sage ich. »Und die ganzen Planungen, die von dir verlangt würden. Maggan hat ganz klare Vorstellungen davon, wann sie freihaben muss.«

»Ja, ja«, sagt Pia, und Nesrin sieht erleichtert aus, weil sie bei keiner Diskriminierungsklage aussagen muss. Sie redet munter weiter über Zahnmedizin, und das ist ein Thema, bei dem auch Pia sich engagieren kann. Ich lache und trinke einen Schluck Bier.

Emma war vielleicht zehn, als Pia mich unter ihre Fittiche genommen hat, deshalb kennen wir uns jetzt seit fast einem Jahrzehnt. Ich weiß noch immer, wie unglaublich ich es fand, eine neue Freundin zu haben. Eine Freundin, die befreiend zynisch war, die nicht den Schein wahrte und die ab und zu mit einer Flasche Rotwein auftauchte, ganz spontan und ohne vorher anzurufen, sodass das Leben unvorhersehbar und spannend wurde. Ich weiß nicht, was unsere Freundschaft ihr gebracht hat, aber für mich war es eben das: aus einem kleinkarierten Leben mit einem kleinen Kind in eine Art Überraschung überzuwechseln. Ohne am Telefon sitzen und darauf warten zu müssen, dass ein Mann anrief. Das war mein einziger früherer Versuch. Es klingt im Nachhinein so tragisch. Pia war loyal und ruhig und sorgte dafür, dass ich mich besser fühlte, sorgt noch immer dafür, dass ich mich besser fühle. Der Mann, mit dem ich mich abzulenken versuchte, als Emma vielleicht drei war, sorgte nur dafür, dass ich mich noch schlechter fühlte. Das war das Unvorhersehbare an ihm. Ich war mit ihm zusammen noch einsamer – mit Pia aber war ich plötzlich ein Teil eines Teams. Wir gegen die Welt. Wir, auf eine distanzierte, spöttische Art, aber einwandfrei ein Wir.

Ich frage mich, ob ich Mama wohl ähnlicher geworden wäre, wenn ich mich nicht mit Pia angefreundet hätte. Als ich jünger war, glaubte ich nie an das Risiko, wie Mama zu werden, aber je älter ich werde, umso mehr sehe ich ein, dass solche Dinge sich einfach an uns heranschleichen können. Man passt einen Moment lang nicht auf, und ehe man Atem holen kann, sagt man die gleichen Dinge, die man früher von seinen Eltern gehört hat, kleidet sich wie sie oder wischt nach dem Frühstück manisch das Spülbecken aus.

31

Ich arbeite am Freitag von neun Uhr morgens bis zehn Uhr abends, und inzwischen habe ich das Gefühl, dass mein ganzes Leben entweder aus dem Laden oder dem Skogahammar-Tag besteht. Mein Arbeitstag scheint als eine Art Sprechstunde zu fungieren, denn die meisten schaffen es, irgendwann im Mat-Extra vorbeizuschauen, um »sich kurzzuschließen«.

Meine Füße tun weh, mein Kreuz tut weh, und das Einzige, was ich will, als ich endlich nach Hause komme, ist, mich auf dem Sofa zusammenzurollen und es erst am nächsten Morgen zu verlassen, wenn ich wieder zur Arbeit muss.

Ich lehne den Nacken an die Rückenlehne und schließe die Augen, und mit weiterhin geschlossenen Augen rufe ich Emma an. Sie meldet sich nicht, schickt aber eine SMS und teilt mit, dass sie sich mit Fredrik trifft und später anrufen wird. Ich habe das starke Gefühl, dass die Sache mit Fredrik so langsam ernst wird, und es stört mich, dass sich alles an einem Ort abspielt, an dem ich nicht bin, mit einem Kerl, den ich nicht kenne und über den ich nichts in Erfahrung bringen kann.

Ich überlege eine Weile, ob ich sie per SMS ermahnen soll, auch ja zu verhüten, lasse es dann aber. Emma ist viel gescheiter als ich.

Als das Telefon klingelt, glaube ich schon, dass sie sich die Sache anders überlegt hat, aber das hat sie nicht. Es ist Lukas.

Ich schließe abermals die Augen.

»Ich wollte nur fragen, ob du Lust auf einen kleinen Ausflug hast«, sagt er.

Ich dachte, es sei mir gelungen, dieses Kapitel abzuschließen, aber mein Körper reagiert auf seine Stimme, egal, was ich ihm einzureden versuche.

»Wann?«, frage ich.

»Jetzt? Ich kann dich in zehn Minuten abholen.«

Ich konnte mir heute Morgen nicht die Haare waschen, weil ich vor der Arbeit einige Telefongespräche erledigen musste. Ich bin zudem übermüdet, habe Ringe unter den Augen, die aussehen wie schwarze Müllsäcke, und erschöpfte, fahle Haut von zu viel Kaffee und Zigaretten.

Sei doch vernünftig, Anette, denke ich.

»Sagen wir, dreißig«, sage ich.

»Wohin fahren wir?«, frage ich, aber er schüttelt nur den Kopf und lächelt.

Das Auto ist warm, und ich öffne meine Jacke, ehe ich mich anschnalle. Um zehn Uhr abends an einem windigen Herbsttag ist die Innenstadt dunkel und verlassen, nicht einmal die Jugendlichen hängen noch vor dem Dönerstand ab. Vielleicht fünfzehn Minuten von der Stadt entfernt biegen wir ab und halten dann nach einer Weile vor einer Schranke und einem Kiesweg.

»In den Wald?«, frage ich.

»Warte ab«, sagt er und steigt aus. Ich folge ihm, knöpfe meine Jacke zu und ziehe mir den Schal bis ans Kinn. Er öffnet die Tür zur Rückbank und beugt sich hinein, um einen Korb herauszuholen.

Es ist Herbst und kalt, nicht die richtige Jahreszeit für ein Picknick, aber es fühlt sich befreiend angenehm an, unterwegs zu sein und etwas zu unternehmen. Egal was, wenn es nur ungeplant und unlogisch ist und auf keiner meiner Aufgabenlisten steht.

Um den Kiesweg herum stehen Tannen, Fichten und Birken, und es duftet nach schwedischem Herbst: vermoderndes Laub, Tannennadeln, Farn und Feuchtigkeit.

Wir gehen schweigend nebeneinander her. Ab und zu schiele ich zu ihm hinüber, aber er geht einfach mit total ausdrucksloser Miene immer weiter. Ab und zu sieht er mich an, und ich lächele, um zu zeigen, dass es mir gefällt, was immer wir hier machen.

Am Ende erreichen wir eine kleine Anhöhe. Plötzlich öffnet sich die Aussicht, nicht zu einem pittoresken See oder einem anderen Ausflugsziel, sondern zum Gewerbepark von Skogahammar: einer Ansammlung von niedrigen Wellblechgebäuden. Nur die Gemeinde verwendet im Ernst das Wort »Gewerbepark«, wir anderen halten es eher für einen Witz. Es gibt hier die Skogahammar Transport AB, einen Autohändler, einen Kühlschrank- und Tiefkühltruhenreparateur und eine Beraterfirma von unklarer Richtung.

Und dahinter ist die breite Autobahn.

»Das ist phantastisch«, sage ich.

Und das ist es auch. Ich weiß, dass es da unten nur Asphalt und Wellblech gibt, aber nachts breitet sich die Straßenbeleuchtung aus, als sei der Gewerbepark so groß wie das restliche Skogahammar zusammen, endlose Mengen von Asphalt, Beton, Klinker und Blech. Und Straßen: eine kleinere, vollkommen leere Straße, die sich um das Gewerbegebiet schlängelt, Straßen, die hindurchführen, vage zu sehen in der Dunkelheit, und hier und da umgeben von Sperren, um einen Parkplatz zu kennzeichnen, und, vor allem, die Zufahrt zur Autobahn. Mehrspurig, mehr Straßenbeleuchtung, Straßen, die in alle Ewigkeit weiterzuführen scheinen. Sogar jetzt am späten Abend fahren dort unter uns immer noch Autos vorüber.

Offenbar haben sie die Straße durch den Wald gebaut und Teile des Berges weggesprengt, auf dem wir stehen. Auf der anderen Seite geht der Wald weiter, aber wir haben einen perfekten Ausblick auf die Straße. Wie von meinem Balkon, nur ungefähr hundertmal besser.

»Das war offenbar nötig, damit du dich nach der abschreckenden Wirkung meiner Schwestern doch noch mit mir treffen magst«, sagt Lukas.

Er lächelt mir zu, aber ich sehe ihn verwirrt an und murmele, die seien doch nett gewesen. Ich habe ihm unbewusst die Hand auf den Arm gelegt und ziehe sie verlegen wieder zurück.

»Kaffee oder heiße Schokolade?«, fragt er.

»Hast du beides mitgebracht?«

»Ich wusste ja nicht, was dir lieber ist. Wenn man das Verkehrssystem beobachten will, braucht man doch etwas Warmes zu trinken.«

Es gibt hier keine Bank und keinen Picknickplatz, nur kalte Felsen und feuchtes Gras. Ich nehme an, dass nicht allzu viele Freiluftfans herkommen, um sich die Autobahn anzusehen. »Wo wollen wir uns hinsetzen?«, frage ich, aber auch daran hat er gedacht und eine Decke mitgebracht.

»Langsam verstehe ich, wieso alle dich so gern haben«, sage ich, als ich versuche, mich so elegant wie überhaupt nur möglich hinzusetzen. Er selbst nimmt mit einer einzigen fließenden, geschmeidigen Bewegung Platz.

Er sieht überrascht aus. »Natürlich haben mich nicht alle gern.«

Mein Bein berührt seines, und ich frage mich, ob ihm das genauso bewusst ist wie mir. Vermutlich nicht.

»Die meisten offenbar doch«, sage ich und hoffe, dass ich nicht neidisch klinge. Es sind nicht nur Frauen, sondern auch Charlie, Niklas und Johan. Alle scheinen ihm automatisch zuzuhören, obwohl er nicht viel sagt, oder vielleicht gerade deshalb. Sogar seine Schwestern haben ihm zugehört, obwohl er der Jüngste ist und obwohl sie ihn dauernd aufgezogen haben.

»Das ist doch nicht so schwer«, sagt er nach einer Weile. »Alle reden gern über sich, und sie mögen Leute, die sie reden lassen. Man braucht nur noch zuzuhören und Fragen zu stellen.«

»Woher weißt du, welche Fragen du stellen musst?«

»Das ist nicht so wichtig, glaube ich. Man tastet sich einfach vor. Kaffee oder Schokolade?«

»Schokolade natürlich.« Ich habe schon seit Jahren keine heiße Schokolade mehr getrunken. Er packt eine Thermoskanne und zwei echte Porzellanbecher aus. »Und dann?«, frage ich und trinke einen Schluck. Er ist heiß und süß und einfach phantastisch. Unter uns fährt gerade ein Motorrad vorüber, ich sehe es an dem einsamen roten Hecklicht, das in Richtung Horizont verschwindet. »Wenn du Fragen gestellt hast?«

»Ein paar Insiderwitze sind immer gut. Bring sie zum Lachen.«

»Weitere Tipps?«

»Merk dir, was sie gesagt haben. Das ist nicht so schwer, wenn man wirklich zuhört.«

»Aber warum machst du das?«, frage ich. »Fragen stellen, zuhören?«

»Warum sollte ich nicht?«

Für mich ist es eigentlich unbegreiflich, wie man wollen kann, dass andere über sich reden, und dann auch noch zuhören möchte. »Viele sind ganz schön langweilig«, sage ich.

»Sie sind langweilig, ob du zuhörst oder nicht«, sagt er.

Seine Stimme klingt überraschend energisch. Ich höre zum ersten Mal, dass er etwas so kategorisch sagt, nicht nur, dass er eine eigene Meinung vertritt, sondern dass er die auch noch wichtig zu finden scheint. »Ich glaube wirklich, die Menschen stellen sich langweiliger, als sie sind. Das finde ich ja gerade so interessant.«

»Ich glaube dagegen, dass die Langeweile absolut echt ist. In vielen Fällen«, sage ich skeptisch.

Er lacht und trinkt einen Schluck heiße Schokolade. »Na gut, manche sind eben langweilig. Aber sie haben trotzdem irgendwo weit hinter der langweiligen Fassade eine spannende Seite. Das Seltsame ist, dass wir uns solche Mühe geben, nur unsere langweilige Seite zu zeigen. Der Trick ist, die Menschen dazu zu bringen, über die richtigen Dinge zu reden, über etwas, für das sie wirklich brennen, das sie lieben, Dinge, die sie getan haben, die sie vielleicht bereuen oder ...«

»Etwas, das sie lieben«, sage ich und denke an Mama. Wenn die eine spannende Vergangenheit haben kann, dann können das alle.

»Fragen zu stellen macht es zudem sehr leicht, nicht über sich selbst reden zu müssen«, sagt Lukas. »Du greifst auch ziemlich oft zu dieser Taktik. Die meisten vergessen dann, ihrerseits Fragen zu stellen. Wenn sie erst jemanden haben, der sie reden lässt, können sie endlos lange weitermachen. Dagegen habe ich nichts. Ich weiß fast alles über mich und sehr wenig über die anderen.«

»Wie ist es mit deinen Schwestern? Ihr scheint eine enge Beziehung zu haben?«

Er lacht und schüttelt den Kopf. Ich fange an, sein Kopfschütteln zu mögen. Es hat etwas Freundschaftliches und Lockeres, neben jemandem zu sitzen, der über uns lacht.

»Ich hätte vielleicht ein paar Minuten mit dieser Frage warten sollen?«

»Vielleicht, ja«, sagt er.

Wir schweigen, während wir beide wieder auf die Straße hinausschauen und ab und zu einen Schluck Schokolade trinken. Als das Gespräch mich nicht mehr ablenkt, denke ich daran, dass sein Bein meines berührt. Und nicht nur mein Bein, die Wärme seines Körpers scheint mich überall zu treffen, wo ich ihm nahe bin; Schulter, Taille, Hüfte. Ich setze mich anders hin, sodass mein Bein seines nicht mehr streift. Lasse mein Bein langsam wieder sinken und schiele zu ihm hinüber, um zu sehen, ob er das merkt und ob er etwas dagegen hat. Er bewegt sich jedenfalls nicht.

Es riecht nach kaltem Stein und feuchtem Gras. Ich friere nicht, aber ich trinke trotzdem mehr Schokolade. Er füllt meinen Becher fast unbewusst auf, noch immer den Blick auf die Straße unter uns gerichtet.

»Lukas?«, frage ich nach einer Weile.

»Mhm?«

»Ich rede über mich selbst. Bisweilen. Mit manchen Menschen.«

»Mit wem denn?«

»Mit Emma, ziemlich oft.«

»Aber sicher nicht über alles?«

»Früher hat es viel mehr gegeben, worüber ich mit ihr gesprochen habe«, sage ich und denke an die vielen langen Abende, an denen ich darum kämpfte, einen Haushaltsplan aufzustellen, der funktionierte, nur, um schließlich einsehen zu müssen, dass das einfach logisch und menschlich gesehen unmöglich war.

Die letzten Jahre waren deshalb phantastisch. Es gibt jetzt sehr wenig, was ich vor ihr verbergen müsste. Aber ich nehme an, es gibt noch immer einige Dinge, über die ich nicht mit ihr spreche.

»Und sonst?«, fragt Lukas.

»Pia kitzelt immer einiges aus mir heraus.« Ich trinke den letzten Rest Schokolade. »Und jetzt du«, sage ich. »Erzähl etwas von dir.«

Er lacht, sammelt Thermoskanne und Becher ein und steht auf. Ich strecke die Hand aus, er nimmt sie, hilft mir beim Aufstehen und gibt mir einen vorsichtigen Kuss.

»Nächstes Mal«, sagt er, erwähnt aber nichts darüber, wann wir uns eventuell wiedersehen könnten.

Das tut er auch nicht auf der Rückfahrt, oder als er vor meiner Haustür hält und sitzen bleibt und darauf wartet, dass ich aussteige.

»Danke für diesen Abend«, sage ich. »Die Autobahn war phantastisch.«

»Keine Ursache«, sagt er. »Ich fahre mit allen Frauen da hin.«

Ich lache. Ich will eigentlich aussteigen, aber ich möchte diesen Abend noch ein bisschen ausdehnen. »Es gibt eben nichts Romantischeres als das Verkehrssystem.«

»Warte nur, bis du mich die Vorfahrtsregeln erklären hörst.«

Das könnte als Vorspiel bei mir wirklich funktionieren, aber ich kann diese Bemerkung in letzter Sekunde noch hinunterschlucken. Ich schüttele den Kopf, über mich selbst und über ihn und über alles andere hier im Leben, und steige aus.

Er beugt sich über den Beifahrersitz. »Wie wär's mit Essen? Bei mir, morgen?«

»Ich arbeite bis neun«, sage ich.
»Sonntag?«
»Ich …« Ich lache. »Okay. Gern. Sonntag ist gut.«

32

Ich bin am Sonntagmorgen um halb sieben hellwach und in kaltem Schweiß gebadet und habe einen fertig formulierten Gedanken im Kopf:

Bedeutet Essen bei ihm, dass wir Sex haben werden?

Oder eher: Bedeutet Essen bei ihm, dass es eine winzig kleine Chance gibt, dass wir miteinander schlafen werden?

Wenn ja, dann habe ich ein Problem.

Ich habe keinen Sex mehr gehabt, seit ... ich zähle in Gedanken, höre aber bei fünf auf.

Ich setze mich im Bett auf und strecke die Hand nach dem Telefon aus. Dann lasse ich sie wieder sinken. Ich kann Pia nicht danach fragen. Sie würde sagen, es sei wie Radfahren, und dann würde sie dauernde Updates per SMS verlangen, sowas wie den Live-Ticker bei Fußballspielen, oder kontinuierliche Punktevergabe während des eigentlichen Aktes, wie es inzwischen die Schiedsrichter beim Eiskunstlauf machen.

Ich wüsste gern, wann Pia zuletzt Sex hatte, aber es gibt Dinge, über die man nicht spricht, wenn man erwachsen und Single ist und sich wohl dabei fühlt. Oder seit dreißig Jahren verheiratet, stelle ich mir vor. Es ist heute so selbstverständlich, dass man dauernd Sex haben muss, dass es unnatürlich wirkt zu gestehen, dass man seit einiger Zeit nicht daran gedacht hat.

Pia hätte an sich kein Problem damit, darüber zu reden. Sie würde es vielleicht sogar vor Nesrin tun, aber das wäre gemein – jungen Menschen zu verraten, wie leicht sich ein Körper daran gewöhnt, nicht berührt zu werden.

Was, wenn ich nun vergessen habe, wie man Sex hat? Und Lukas ist fast zehn Jahre jünger als ich. Was, wenn seit meiner Zeit viele neue Dinge dazugekommen sind, die man tun muss?

Ich googele »moderne Sextechniken«. Die ersten Treffer sind eine Werbung für »Versicherungen für alle Lebenslagen« und der Wikipedia-Eintrag für das Kamasutra, das sogar noch älter ist als meine Sextechniken. Gutefrage.net hat mehrere Links zu naheliegenden Themen (»Sextechniken und Sexhilfsmittel«, »Hast du ein besonderes Fickbett«), aber ich bin zu feige, um mich durchzuklicken und weiterzulesen.

Großer Gott.

Nicht daran denken.

Ich weiß nicht, warum ich davon ausgegangen bin, dass Lukas eine Wohnung hat.

Vielleicht, weil er viel zu jung und unbeschwert wirkt, um sich mit dem Unterhalt eines so alten Hauses zu belasten wie dem, vor dem ich jetzt stehe.

Es liegt außerhalb des Ortes, hinter den adretten Villen und schon fast im Wald. Der nächste Nachbar wohnt fünf Gehminuten entfernt. Lukas hat angeboten, mich abzuholen, aber ich brauchte einen Spaziergang, und jetzt bin ich dankbar dafür, dass ich die Mitfahrgelegenheit abgelehnt habe.

So kann ich vor der Auffahrt stehenbleiben, gleich neben dem abgenutzten weißen Briefkasten, auf dem die Hausnummer kaum noch zu sehen ist.

Das bisschen Selbstsicherheit, das ich mir im Laufe des Tages erarbeiten konnte, verschwindet beim Anblick von Lukas' Haus, als hätte es an seiner Behausung gehangen. Wohnung – Sex mit ihm. Haus – kein Sex mit ihm. Als müsste ich, nur weil eine meiner Vorstellungen sich nicht bewahrheitet hat, jetzt auch andere Dinge anzweifeln, die ich mir ausgemalt habe.

Das Haus ist alt und funktionell gebaut, ohne Verzierungen, vermutlich zu der Zeit, als man seine Häuser noch selbst baute. Ich nehme an, Lukas' Persönlichkeit hat diesen Eindruck verstärkt, seit er hier wohnt. Als das Haus gebaut wurde, muss es doch hinter den vielen nüchternen, praktischen Fenstern Vorhänge gegeben haben, vielleicht Topfpflanzen und ein paar Beete oder gepflasterte Gartenwege vor dem Haus. Jetzt gibt es keinerlei Verschönerungsversuche, aber der Rasen vor dem Haus ist kurzgeschnitten und der Kiesweg zu Haus und Garage frei von Unkraut. Weiter hinten wirkt das Grundstück überwuchterter, das Gras ist höher, und überall liegt altes, dunkles Laub herum, das von den krummen Apfelbäumen gefallen ist.

Als ich die Haustür erreicht habe, wird sie geöffnet, bevor ich anklopfen kann.

»Ich habe dich kommen sehen«, sagt er, beugt sich vor und küsst mich auf die Wange. »Du hast ein Gesicht gemacht, als hättest du überlegt, ob du kehrtmachen solltest.«

»Das habe ich tatsächlich«, gebe ich zu.

Er hält mit der einen Hand die Tür auf und dreht sich um, damit ich hereinkommen kann. Uns trennen knapp zehn Zentimeter, und doch spüre ich seinen Körper an meinem, als ich an ihm vorbeigehe. Ich hantiere in der Diele mit Schnürsenkeln und Kleiderbügel herum, und dann stehen wir plötzlich in einer großen, warmen Küche.

Hier ist Platz genug für einen großen viereckigen Esstisch aus abgenutztem Holz und die gesamte Kücheneinrichtung. Der Tisch reicht für mindestens sechs Personen und scheint

Generationen von Familienessen erlebt zu haben. Er ist mit zwei Tellern, zwei Paar Besteck und zwei Gläsern gedeckt.

Er bittet mich, Platz zu nehmen, und das tue ich, dann nimmt er eine Flasche Weißwein aus dem Kühlschrank und gießt ein. Ich entspanne mich, als er mit seinem Glas zur Anrichte gegangen ist, und erst bemerke ich, wie angespannt ich gewesen war, als er sich vorgebeugt hatte, um mein Glas zu füllen. Ich trinke einen Schluck Wein. Er ist trocken und kalt.

»Ich hatte mir dich nicht in einem Haus vorgestellt«, sage ich.

»Du hast an sowas wie eine dürftige Junggesellenbude fast ohne Möbel außer dem Fernsehsofa gedacht?«

Er zwinkert mir zu und dreht sich wieder zum Schneidebrett um. Darauf liegen schon Paprika und Zwiebeln bereit, neben Hähnchenfilets in einer Art Marinade, es duftet nach Olivenöl, frischem Chili und Zitrone.

Im Gegensatz zu mir wirkt er absolut locker.

Er ist der einzige Mensch, den ich kenne, der immer gleich ist, ob bei der Arbeit, zusammen mit Freunden oder zu Hause. Der einzige außer Pia, natürlich. Die ist definitiv überall sie selbst.

»Ich habe das Haus mit zwölf Jahren von meiner Oma geerbt«, sagt er über seine Schulter. »Und nein, du brauchst es nicht zu sagen, es ist der glatte Wahnsinn, einem Zwölfjährigen ein altes Haus zu vermachen.«

»Man kann aber in dem Alter durchaus ein eigenes Haus brauchen«, sage ich.

Das Haus mag alt sein, aber es ist so warm, dass Lukas in Jeans und T-Shirt herumläuft. Das T-Shirt ist so dünn, dass ich die Umrisse seiner Muskeln und seiner breiten Schultern sehen kann.

»Mein Vater meinte natürlich, ich sollte es verkaufen«, sagt er. »Und das Geld in meine Ausbildung investieren.«

Er macht eine Pause beim Zwiebelschneiden und greift nach seinem Weinglas.

»Hat sie es dir deshalb hinterlassen? Weil sie wusste, dass das deinem Vater nicht gefallen würde?«

»Nein. Weil sie wusste, dass mein Vater, also ihr Sohn, ein Idiot war.«

Mir rutscht ein nervöses Lachen heraus. »Aber hat sie es nicht auch deinen Schwestern vermacht?«, frage ich. »Die sind doch keine Idiotinnen.«

»Nein, aber als Oma krank wurde, waren sie alt genug, um schon auf dem Weg weg von hier zu sein. Es ist nicht sehr viel wert, hier mitten im Nirgendwo, und keine von ihnen hätte Verwendung dafür. Aber sie wohnen hier, wenn sie zu Besuch kommen. Unsere Familienessen fallen harmonischer aus, wenn sie kein ganzes Wochenende mit unseren Eltern verbringen müssen.«

Ich sehe sie vor mir hier an diesem Tisch, ungefähr so wie in der Schnapsküche. Wie sie sich gegenseitig lachend aufziehen. Vermutlich ist das viel schöner als das Familienessen am Tag danach.

»Sie hatten also keine Verwendung für das Haus, aber ein Zwölfjähriger wohl?«

»Oma schlug vor, ich könnte Teile davon zu einer Werkstatt machen.« Lukas lacht. »Aber vor allem wollte sie wohl meinem Vater einen Herzanfall bescheren. Er hatte seit Jahren darum gekämpft, sie in ein Heim zu schaffen, und da hatte sie definitiv jedes Recht, ihn fertigzumachen. Abgesehen von allen anderen idiotischen Dingen, die er sich in den Kopf gesetzt hatte.«

Er schenkt mir nach, vielleicht, um das Thema zu wechseln. Seine Stimme wird weicher, wenn er von seiner Großmutter spricht, aber ich habe den Eindruck, dass er zugleich alles, was er sagt, ungezwungen und unterhaltsam klingen lässt. Ich frage mich, wer sie wohl war, diese Großmutter, die ihren eigenen Sohn verachtete, und wie es wäre, ein Kind großgezogen zu haben, mit dem man nichts gemeinsam hat.

Er stellt den gusseisernen Topf auf den Herd, gießt Olivenöl hinein und wartet, bis es heiß wird. Dann legt er das Gemüse hinein und füllt mit Kokosmilch auf.

»Die Werkstatt, weil du Automechaniker werden wolltest?«, frage ich.

Er macht ein überraschtes Gesicht. »Ich hatte total vergessen, dass ich dir das erzählt habe«, sagt er. »Aber ja, als ich jünger war, wollte ich Automechaniker werden. Das habe ich natürlich meinem Vater gesagt. Er ging mit mir zu seinem Auto. Nicht zu dem, das er im Alltag benutzte. Er hatte damals einen alten Amischlitten, und er sagte, ich sollte das Auspuffrohr auswechseln. Das war vor der Zeit, in der man alles per Smartphone googeln kann, deshalb verbrachte ich mehrere Stunden in der Garage.«

»Wie viele Stunden?«

Er dreht sich mit einem Lächeln zu mir um, das mir zugleich belustigt und zynisch vorkommt. »Sieben. Aber am Ende hatte ich es geschafft.«

»*Idiot*«, sage ich.

»Sicher. Ich hätte es schneller schaffen müssen. Aber zu meiner Verteidigung kann ich anführen, dass ich damals erst acht war.«

Ich weiß nicht, was ich schlimmer finde, dass sein Vater ihn einfach dort gelassen und darauf gewartet hat, dass er es nicht schaffen würde, oder dass er hartnäckig genug war, um nicht aufzugeben. Mama war nie gemein, nicht bewusst jedenfalls, aber wenn sie so etwas getan hätte, wäre ich nicht geblieben, um ihr das Gegenteil zu beweisen.

»Er hätte dir doch zeigen können, wie man das macht, wenn er schon wusste, dass dich das interessiert«, sage ich einfach.

»Sicher«, sagt er. »Aber es gibt schlimmere Eltern«, fügt er hinzu, und dann schweigen wir beide.

Es ist kein drückendes Schweigen, aber auch kein geselliges.

Sein Blick wird weicher, als er mich trifft, und bleibt an mir haften. Ich versuche, seinen Gesichtsausdruck zu deuten, und bin plötzlich unsicher, was er wohl aus meinem lesen kann.

»Aber du bist kein Automechaniker geworden?«, frage ich, doch sowie ich das Schweigen breche, überlege ich, ob mir gerade etwas entgangen ist. Er deutet ein Lächeln an.

»Ich fand Motoren toll, aber dann habe ich festgestellt, dass ich Menschen noch toller finde. Ich mag es, anderen etwas beizubringen. Herauszufinden, wie ich es den Frechen vermitteln kann, den Nervösen, den ...«

»Hoffnungslosen?«

»Niemand ist hoffnungslos«, sagt er mit unerwartetem Nachdruck.

Irgendwann tischt er Reis und Hähnchencurry auf und lässt sich mir gegenüber nieder, und beim Essen halten wir uns an unverfängliche, harmlose Gesprächsthemen: seine Arbeit, meine Arbeit. Den Skogahammar-Tag, Emma. Was er im Haus machen will, wenn er mal Zeit dazu hat.

Ich ertappe mich immer wieder dabei, dass ich ihn etwas zu lange ansehe. Mein Blick hängt an der einladenden Grube in seinem Schlüsselbein oder an seinen Armmuskeln, wenn er mit den Händen gestikuliert. Einmal, als ich aufstehe, um mir ein Glas Wasser zu holen, und mich dann wieder setze, bin ich fast sicher, dass sein Blick an meinen Beinen hängenbleibt.

Das alles wird den Tag morgen einsamer machen.
Dieser Gedanke kommt mir mitten im Essen. Vermutlich ist es nur eines der vielen Dinge, die ich von Mama geerbt habe: Etwas Neues und Schönes zu sehen und sofort zu denken, dass es zerbrechen wird. Als ich klein war, hat Mama neue Möbel gehasst. Ein neues Sofa im Wohnzimmer konnte sie wochenlang in schlechte Laune versetzen, bis ich etwas darauf verschüttete und eine Art resignierter, aber vertrauter Ruhe sich in ihr ausbreitete – die Ruhe nach einer erwarteten Katastrophe. Ab und zu verschüttete ich absichtlich etwas. Saft oder sehr schwachen Tee, Dinge, von denen ich wusste, dass sie sie entfernen konnte, die aber dennoch diesem angespannten Warten ein Ende bereiteten.

Meine Katastrophe steht mir noch bevor. Falls überhaupt etwas zwischen uns passiert.

Woher weiß man das? Wie einigt man sich darauf, wenn man ganz alltäglich an einem Küchentisch sitzt, vor einem fast geleerten Teller Hähnchencurry: Entschuldigung, gibst du mir mal das Salz, und übrigens, werden wir jetzt nun miteinander schlafen?

Als wir fertig gegessen haben, steht er auf, räumt den Tisch ab, gießt mir den letzten Rest Wein ein und setzt Kaffee auf. Ich dehne den Kaffee aus, so lange es nur geht, aber am Ende gibt es keinen plausiblen Grund mehr, noch länger hierzubleiben. Er lehnt mein freundliches Angebot ab, beim Abwasch zu helfen.

Er geht mit mir hinaus in die Diele, und da stehen wir dann. Die Tapete hat dünne hellblaue Streifen, sie ist altmodisch, aber offenbar nicht alt. Außer direkt beim Schuhregal ist sie überhaupt nicht abgenutzt. Im Schuhregal stehen ein Paar normale Stiefel und zwei Paar Motorradstiefel, an den Kleiderbügeln darüber hängen eine Motorradjacke, ein Rückenschutz und mein grauer Mantel, der in seiner Diele feminin und fehl am Platze aussieht.

Ich nehme ihn nicht vom Kleiderbügel, und Lukas macht keine Anstalten, ihn mir zu geben.

Nächstes Mal, denke ich bereits. Dann werde ich ihn sofort niederknutschen und die Sache hinter mich bringen.

»Lukas«, sage ich. »Warum wolltest du dich mit mir treffen?«

Die Frage rutscht mir heraus, ehe ich sie herunterschlucken kann, und jetzt hängt sie zwischen uns in der Luft. Er lehnt lässig an der Wand, ich stehe mit dem Rücken zur Haustür.

Er hebt die Augenbrauen. »Warum hast du Ja gesagt?«

Weil ich wohl niemals Nein zu dir sagen könnte, denke ich. Weil ich noch immer hoffe, dass du mich am Ende des Abends küssen wirst.

Ich zucke mit den Schultern, aber es ist schwer, das natürlich aussehen zu lassen, wenn man den Rücken gegen die Tür presst und die Arme verschränkt hat. Lukas' Augen blitzen auf, aber ich weiß nicht, ob er mich anlacht oder auslacht.

»Es kam mir nett vor«, sage ich nach viel zu langem Überlegen.

»Anette! Ich hatte ja keine Ahnung, dass du so romantisch bist!« Er verschränkt die Arme, wie um mich nachzuäffen. Dann sagt er: »Ich bin gern mit dir zusammen. Du bist warmherzig und loyal und mutig, bäckst mitten in der Nacht für deine Tochter Pfefferkuchenhäuser, sprichst mit einem Wildfremden über Beziehungen und isst gefrorene Lasagne, um ihm eine Freude zu machen, nimmst Motorradfahrstunden, obwohl dich das nervös macht. Du kommst mir ... frei vor.«

Ich öffne den Mund, um zu widersprechen, und dann schließe ich ihn entschlossen wieder. Wenn mich hier jemand für frei und mutig hält, will ich ihn nicht vom Gegenteil überzeugen.

Er richtet sich auf und kommt langsam auf mich zu, so langsam, dass ich Zeit genug hätte, um zu protestieren oder etwas zu sagen, aber das Einzige, was ich tue, ist, die Augen aufzureißen.

»Du redest wirklich nicht gern über Gefühle, oder?«

Ich schlucke. Er ist jetzt so nah, dass ich sehen kann, wie seine Augen grau werden. »Gefühle sind überschätzt«, sage ich wie ein Echo von Pia.

Er zuckt mit den Schultern. Ihm gelingt das besser als mir.

»Lukas...«, sage ich, aber dann habe ich doch nichts zu sagen.

Er legt mir die Hand um die Taille und tritt einen halben Schritt vor, und nun bin ich zwischen ihm und der Wand gefangen und muss das Gesicht heben, um ihn ansehen zu können.

»Du hast an mich gedacht, oder?«, fragt er leise.

Ich blinzele. »Natürlich. Du warst geradezu tödlich für meine Gemütsruhe.«

»Und du empfindest... etwas für mich?«

»Herrgott nochmal«, sage ich. »Ist das jetzt wirklich der richtige Moment, um über Gefühle zu sprechen? Na gut, na gut«, füge ich hinzu, als er aussieht, als wolle er einen Schritt zurücktreten. »Ich empfinde... etwas. Zufrieden?«

Er schüttelt den Kopf, aber er lächelt auch und packt meine Taille fester.

Mein Körper fühlt sich leicht und leichtsinnig an, und ohne darüber nachzudenken, was ich hier mache, beuge ich mich vor und küsse ihn. Dabei lächele ich, und der Kuss wird verspielt und fast spaßhaft, aber etwas verändert sich, als sich sein harter Körper gegen meinen presst. Als sein Oberschenkel zwischen meine Beine gedrückt wird, reagiert mein Körper, als wollte er viele Jahre der Distanz in einer einzigen Nacht ausgleichen, und als könnte sein Körper für diesen Ausgleich sorgen.

Gute Idee, schlechte Idee, Zufall oder nicht – es spielt keine Rolle. Das hier ist purer verführerischer Irrsinn, und ich will alles registrieren. Will mir genau einprägen, wie sich sein Rücken unter meinen Fingern anfühlt, die warme Haut unter seinem T-Shirt, die Muskeln, sein Duft. Als wollte ich das ganze Erlebnis archivieren, um es für die Zukunft aufzubewahren.

»Lukas«, frage ich am Ende dann doch, nur, weil ich das Gefühl habe, deutlich sein zu müssen. »Du weißt, dass wir nicht einmal zwei Jahre zusammen sein werden?«

»Du brichst mir das Herz, Anette«, sagt er.

Und dann küsst er mich wieder, und ich schließe die Augen, werde ganz locker und lege mich mit in die Kurven.

33

Du siehst zum Gotterbarmen aus.«

So viel zum After-Sex-Glow. Und dabei habe ich eine halbe Stunde mit dem Versuch verbracht, die dunklen Ringe unter meinen Augen wegzuschminken. Ich habe heute Nacht weniger als drei Stunden geschlafen und kann mich nicht entscheiden, ob ich tot bin oder noch immer total aufgekratzt bei dem Gedanken, dass ich, Anette Grankvist, es vorgezogen habe, mit einem attraktiven Mann zu schlafen, statt ausgeruht bei der Arbeit zu erscheinen.

Und was war das für eine gute Entscheidung. In meinem Körper kitzeln noch immer kleine Nervenenden, wenn ich daran denke, was ich mit ihm und was er mit mir gemacht hat.

Pia mustert mich mit seltsamen Blicken. Sie sieht auch nicht gerade gut aus. Ich möchte mich zu ihr vorbeugen und ihr alle Details von meiner Nacht mit Lukas erzählen, aber etwas in mir will diese Nacht zugleich für mich behalten, als hätte ich sonst Angst, das ganze Erlebnis mit Pias patentiertem realistischen Blick zu sehen.

»Du musst heute an der Kasse anfangen«, sagt sie, und die Gelegenheit ist verschwunden.

Kleine Bruchstücke aus der Nacht laufen vor meinen Augen ab, während ich versuche, mich auf das Scannen der Waren zu konzentrieren. Kaum entspanne ich mich ein bisschen, schon sehe ich seinen Körper vor mir, erinnere mich daran, wie es war, seine Haut zu spüren und Zeit zu haben, ihn so oft zu berühren, wie ich nur wollte, was es für ein Gefühl war, als sein Körper sich an meinen presste ...

»Entschuldigung. Ich hätte noch gern ein Päckchen Rote L&M. Wie schon gesagt. Dreimal.«

Ich. Muss. Mich. Konzentrieren. »Äh, natürlich, sonst noch etwas?«

Aber sowie der Kunde verschwunden ist, denke ich an Lukas. Es ist ein Wunder, dass ich nicht anfange, vor der ganzen Kundschaft, die an diesem Vormittag hier an mir vorüberzieht, darüber zu reden, so wahnsinnig kommt es mir vor, plötzlich ein Sexleben zu haben. »Darf es sonst noch etwas sein? Das macht dann 197 Kronen, und ich habe die ganze Nacht lang Sex gehabt«, oder, »und zwei Plastiktüten? Wussten Sie schon, dass ich gevögelt habe?«

Als Maggan mich ablöst, suche ich mir Pia, die aussieht wie die Antithese zu freitäglicher Gemütlichkeit und die gerade extradünne Kartoffelchips auspackt.

»Pia!«, flüstere ich, während ich mich über die Schulter umsehe, um sicher zu sein, dass Klein-Roger nicht in der Nähe ist. »Ich muss mit dir reden! Du glaubst nicht, was passiert ist!«

Es ist möglich, dass ich ein bisschen wahnsinnig klinge und zudem komplett verrückt aussehe, aber ich glaube wirklich nicht, dass man seiner besten Freundin solche Details vorenthalten darf.

»Geht es um den Skogahammar-Tag?«, fragt Pia müde und hebt eine Armladung Chipstüten auf.

»Den Skogahammar-Tag!«, wiederhole ich verächtlich. »Wen interessiert der denn?«

»Du redest seit Wochen darüber. Es sind noch vierzehn Tage bis dahin. Ich habe den Verdacht, dass es noch immer eine Menge Katastrophen gibt, mit denen du mich unterhalten kannst.«

»Ich habe morgen ein Projektgruppentreffen, da könnten sich also einige ergeben«, stimme ich zu. »Aber darüber wollte ich eigentlich gar nicht mit dir reden.«

Pia presst die Chips mit roher Gewalt ins Regal. In den Tüten knirscht es besorgniserregend. »Das muss jedenfalls warten«, sagt sie. »Klein-Roger ist im Anmarsch.«

Zudem hat noch eine Frau mit Kinderwagen und zwei kleinen Kindern den Weg in unseren Teil des Ladens gefunden, also ist jetzt vermutlich nicht der richtige Zeitpunkt, um von allen Details des leidenschaftlichen Sex zu erzählen, den ich die ganze Nacht hatte.

»Was sagst du zu einem Bier morgen?«, frage ich.

»Kann nicht«, sagt sie, und ich sehe sie überrascht an. »Die Jungs kommen nach Hause.«

»Ach«, sage ich enttäuscht. »Dann ein andermal.«

Den restlichen Tag über warte ich trotz bester Vorsätze die ganze Zeit darauf, dass Pia mich fragt, was ich denn sagen wollte. Ich bin überzeugt davon, dass man es mir ansehen muss, eine Art Zufriedenheit vermutlich, die geradezu schreit: *Ich habe gevögelt!*

Aber Pia merkt nichts, zumindest sagt sie nichts, und als sie Feierabend hat, geht sie sofort nach Hause.

Als ich jünger war, habe ich oft gedacht, dass man in dieser Stadt keine Geheimnisse haben kann. Das war einer der Gründe, warum ich so fest entschlossen war, sie zu verlassen. Ich wollte irgendwohin, wo niemand weiß, dass man einmal Agata Holms Blumenbeet ruiniert hat, indem man mit dem Fahrrad hindurchgefahren ist, oder den Jungen kennt, mit dem man mit sechzehn ein paarmal ausgegangen ist, oder dass man schlechte Deutschnoten hatte.

Aber je älter ich werde, desto klarer wird mir, dass das Verhältnis von Kleinstädten zu Geheimnissen überaus komplex ist. Eine Frau, die immer von blauen Flecken bedeckt ist, ein Mann mit Alkoholfahne, gewisse Geheimnisse können in alle Ewigkeit ganz offen zu sehen sein, und wenn am Ende etwas richtig Schwerwiegendes geschieht, sind wir schockiert von etwas, was wir die ganze Zeit gewusst haben.

Ich vermute, dass wir bestimmte Dinge eben nicht sehen wollen, weil Kleinstadt auch bedeutet, dass man weiß, dass man nahe zusammenleben muss. Klatsch, Untreue, Kleinkriminalität – bestimmte Geheimnisse werden aufgedeckt, und wir suhlen uns darin, andere gehen unbemerkt durch. Ich glaube, es braucht jemanden, der interessiert ist, der sich wirklich engagiert, um Geheimnisse gleich nach der Entstehung zu entdecken.

Niemand, merke ich, interessiert sich für das Mysterium der plötzlich dämlich grinsenden Mat-Extra-Verkäuferin.

Immer, wenn mein Telefon plingt, muss ich mich abwenden, um mein Lächeln zu verstecken, aber niemand reagiert darauf. Am Dienstag schickt Lukas eine SMS, als ich bei der Arbeit bin, und fragt, ob ich ihn treffen möchte, ich antworte, dass ich zu einer Besprechung muss. Dann schickt er gleich danach noch eine SMS und schlägt vor, dass wir uns trotzdem treffen, nach der Besprechung, bei ihm.

Dann schaue ich mich verstohlen um, für den Fall, dass jemand mich gesehen und gleich begriffen hat, dass ich sündige Gedanken hege. Doch Maggan zeichnet Bierflaschen aus, Pia ist in irgendeinem Gang verschwunden, und vor der Kasse steht gerade keine Kundschaft.

Aber ehrlich. Müsste sich nicht irgendwer dafür interessieren, dass ich mir ein Sexleben zugelegt habe?

Die Besprechung findet um sechs Uhr bei mir zu Hause statt, aber schon um zehn nach fünf klopft Ann-Britt an die Tür.

»Ich dachte, ich könnte ein bisschen früher kommen und helfen«, sagt sie. »Ich hab ein bisschen Gebäck mitgebracht.« Sie hält eine Plastiktüte hoch, in der außer Kardamomzwieback, Butter, Käse und Zimtschnecken auch noch eine Packung Lipton Forest Fruit Tea und zwei Packungen Löfbergs Lila-Kaffee liegen. Wir werden zu sechst sein.

Lukas schickt eine weitere SMS und bietet an, mich nach der Besprechung abzuholen, aber ich antworte, dass ich zu Fuß kommen werde, um zu verhindern, dass er und die Arbeitsgruppe sich im Treppenhaus begegnen. Offenbar will ich doch nicht alle Welt wissen lassen, was ich so treibe.

»Pia«, sage ich zu Ann-Britt, aber sie interessiert sich nicht für meine SMS-Aktivitäten. Sie füllt gerade die Kaffeemaschine – sicherheitshalber hat sie auch Filtertüten mitgebracht.

»Ann-Britt, bist du verheiratet?«, frage ich.

»Ich bin Witwe.« Sie lächelt etwas wehmütig, und ich bereue meine Frage. »Seit sieben Jahren«, fügt sie als Antwort auf meine nicht ausgesprochene Frage hinzu.

»Fehlt er dir noch immer?«

»Jeden Tag«, sagt sie. »Gösta hatte seine kleinen Eigenheiten, das schon, aber langweilig war es nie. Ab und zu wache ich um fünf auf und muss mich dazu zwingen, liegenzubleiben, bis die Morgensendungen im Radio anfangen. Aber mein Gott, was rede ich hier für Unsinn. Du hättest mir sagen sollen, ich sollte mich lieber nützlich machen.«

Ich lache. »Du hast schon den Kaffee vorbereitet, da bleibt für mich doch gar nichts mehr zu tun.«

Zwanzig Minuten vor der abgemachten Zeit sind alle da. Niklas, Johan und Charlie, Jesper. Und Gunnar, leicht verlegen, weil er sich zum Kommen bereiterklärt hat. Wir drängen uns um den Küchentisch zusammen, nachdem wir den Stuhl aus Emmas Zimmer und den Hocker aus meinem geholt haben, und trinken Kaffee und Tee und essen Zimtschnecken. »Jesper kommt vom Freundeskreis Svartåbahn«, sage ich. »Charlie wird uns beim Bühnenprogramm helfen.«

»Ich will Bühnenchef sein«, sagt Charlie. »Beim CSD haben wir immer jede Menge Titel.«

Ich lache. »Warum nicht? Ab sofort bist du unser Bühnenchef. Und Niklas und Johan haben uns einen Auftritt versprochen. Ann-Britt ist Vorsitzende des Roten Kreuzes hier in Skogahammar und hat jede Menge Erfahrung. Und Gunnar... kommt von *Evas Blumen* und wird uns bei vielen anderen wichtigen Dingen helfen, die nichts mit Blumen zu tun haben«, füge ich rasch hinzu, weil Gunnar eine Grimasse schneidet.

Ich habe keine Ahnung, wie man eine Besprechung leitet. Aber bei dieser Gruppe finde ich, dass ich das auch nicht vorzutäuschen brauche.

»Und ich bin ziemlich sicher, dass ich mir ganz schön viel vorgenommen habe. Aber macht euch keine Sorgen, wir werden einen verdammt tollen Skogahammar-Tag hinlegen. Die Leute werden auf der Straße tanzen. Aber ich werde Hilfe brauchen.«

»Okay«, sagt Jesper, und Gunnar nickt fast ebenso eifrig.

»Was muss denn gemacht werden?«, fragt Ann-Britt. »Ich weiß ja noch immer nicht so ganz, was ich beitragen kann, aber...«

»Was würdet ihr gern machen?«, frage ich. »Wenn ihr zum Skogahammar-Tag gehen würdet, was sollte es dann dort geben? Ich glaube, eines der Probleme in den letzten Jahren war, dass so wenig passiert ist. Es gab ein paar Informationstafeln, ein oder zwei Broschüren über mögliche Unternehmungen, aber keine richtigen Aktivitäten.«

»Ich hätte beim Skogahammar-Tag gern ein Modell einer E-Lok vom Typ X 16«, sagt Jesper. »Das wir dann in der Stadt ausstellen können. Es sollten viel mehr Leute die Chance haben, etwas über die Geschichte der Gegend zu lernen.«

»Zug«, sagt Gunnar. »Cool. In einem Jahr hatten wir auch mal ein spontanes Fußballturnier. Das hatten ein paar Väter organisiert.«

»Wir könnten das auf dem Großen Marktplatz machen«, sage ich.

»Ich hab immer gern getanzt«, sagt Ann-Britt. »Als Gösta noch lebte. Da haben wir jedes Jahr ordentlich geschwoft.«

»Das kann ich mir vorstellen«, sagt Charlie und zwinkert ihr zu.

»Wir schön, dass ihr spielen wollt«, sagt Ann-Britt freundlich zu Niklas und Johan. »Wenn Gösta noch lebte, würden wir sicher auch zu eurer Musik tanzen. Aber ich werde wenigstens in die Hände klatschen.«

»Danke«, sagt Niklas unsicher.

»Ann-Britt«, sage ich. »Wir werden am Skogahammar-Tag auf jeden Fall ordentlich schwofen können.«

»Zu Black Metal«, verdeutlicht Johan.

»Zu Black Metal«, wiederhole ich. »Aber ihr könnt vielleicht auch etwas Tanzfreundlicheres spielen.«

»Was denn, sowas wie Metallica?«

»Eher sowas wie … *Liebeskummer lohnt sich nicht.*«

»Dieses Lied liebe ich«, sagt Ann-Britt.

»Macht euch keine Sorgen«, sage ich beruhigend zu Niklas und Johan. »Wir finden schon noch etwas anderes. Einen Kompromiss.«

Glaube ich. Hoffe ich.

34

Ab und zu kommt es mir vor, als sei mein ganzes Leben eine Seifenoper, die sich nicht viel an Requisiten leisten konnte, weshalb alle Szenen sich an denselben Orten abspielen mussten: in meiner Wohnung, dem Mat-Extra, der Schnapsküche.

Aber das ist jetzt vorbei. Plötzlich habe ich die Fahrschule dazubekommen, Straßen, einen Bikertreff, die Auffahrt zu einer Autobahn und natürlich meinen derzeitigen Aufenthaltsort: Lukas' Schlafzimmer.

Es ist halb eins, aber da das Rollo nicht heruntergezogen ist, scheint der Mond ein wenig ins Zimmer. Das weißliche Licht verstärkt die Grauheit des Raumes: dunkelgraue Bettwäsche, hellgraue Wände.

Neue Erkenntnis: Ein Körper kann jahrelang ohne Sex überleben, aber wenn man erst einmal damit angefangen hat, wird deutlich, dass er nach Berührung geradezu ausgehungert ist. Ich stelle fest, dass ich es schön finde, einen nackten Männerkörper neben mir zu haben. Wenn ich mich auf die Seite drehe, dreht Lukas sich mit mir, legt den Arm um meine Taille, unter meine Brüste, und zieht mich dichter an sich. Und ich entspanne mich völlig an seinem Körper, und dabei habe ich doch immer gesagt, dass kein vernünftiger Mensch eng an einen anderen geschmiegt liegen will.

»Wieso bist du eigentlich in Skogahammar geblieben?«, fragt Lukas.

»Ich wurde schwanger«, sage ich.

Er stützt sich auf den Ellbogen und streicht mir eine Haarsträhne aus der Stirn. »Und man kann anderswo kein Kind aufziehen?«

Ich konnte das nicht. Es ist eine besondere Art von Einsamkeit, mit einem Kind allein zu sein. Als Emma kleiner war, habe ich immer gewartet, bis sie eingeschlafen war, erst dann habe ich versucht, neue Möbel von Ikea zusammenzubauen, denn dann konnte ich leise vor mich hin fluchen, und sie brauchte nicht mit anzusehen, wie ich über der Bauanleitung zusammenbrach. Die Nacht war zudem die Zeit, in der ich Rechnungen bezahlte, putzte und spülte, da ich den Abend dazu nutzen wollte, etwas mit ihr zu machen. Basteln, Hausaufgaben korrigieren, auf dem Sofa zusammen einen Film sehen. Einmal habe ich sogar versucht, mitten in der Nacht Zimtschnecken für eine Schulaktion zu backen, aber das war keine gute Idee. Es gibt offenbar kein Kind, das den Duft von frisch gebackenem Kuchen verschläft.

»Gegen Hilfsbereitschaft kann man sich nicht wehren«, sage ich. »Du kannst dir noch so sehr einbilden, du seist frei und selbständig, aber früher oder später brauchst du irgendetwas, und dann musst du einsehen, dass du einfach hierhergehörst.«

»Was hast du denn gebraucht?«

»Ach, das Übliche. Eine Wohnung, Arbeit, Babysitter, gute Ratschläge, wenn Emma plötzlich anfing zu husten oder zu fiebern.«

»Ich habe den Verdacht, dass es Leute mit jeder Menge Ratschläge gab«, sagt er trocken. »Was verlangten sie im Gegenzug?«

Ich lächele ein wenig. »Ich glaube, man kann das nicht verstehen, wenn man nicht mit einem drei Monate alten Baby mit Kolik zusammen gewesen ist. Sie verlangten nichts. Sie ... sind einfach eingesprungen. Wie meine Mutter oder die Nachbarin zwei Stock über mir. Meine Mutter hat sich die ganze Zeit beschwert, weil ich nicht gut genug geputzt hatte, und die Nachbarin sah mich immer skeptisch an, als ob ich irgendeinen Kleinstadtstandard nicht eingehalten hätte. Außer, wenn ich wirklich Hilfe brauchte, dann erzählte die Nachbarin nur, dass alle ihre Kinder viel schlimmere Koliken durchgemacht hätten und dass dann nur eins helfen konnte, und plötzlich war ich nicht mehr allein, und Emma ging es besser. Und meine Mutter hatte es auch irgendwie geschafft, hinter meinem Rücken in der Wohnung staubzusaugen.«

»Und dann bleibt man hier?«

»Ja, das ist es ja eben. Ich weiß nicht, vielleicht wurde ich feige oder bequem. Nachdem Emma zum ersten Mal krank gewesen war, konnte ich die Vorstellung nicht ertragen, irgendwo in einer Großstadt mit ihr allein zu sein.« Ich schiele verstohlen zu ihm hinüber. »Die arme Emma durfte doch nicht nur mich haben.«

»Ich kann mir Schlimmeres vorstellen.«

»Dann hattest du vermutlich noch nie Koliken und warst von mir abhängig.«

Er lacht. »Ich werde daran denken, mich nicht an dich zu wenden, wenn ich je eine Kolik bekomme.«

»Du siehst also«, sage ich leichthin, »besonders mutig bin ich nicht.«

»Wann kam der verheiratete Liebhaber mit ins Bild?«

Ich winde mich aus seinem Arm und setze mich auf, damit ich zuerst sein Gesicht sehen und mich dann abwenden kann. Der verheiratete Liebhaber ist nichts, worauf ich besonders stolz bin. Es war eine kurze, schmutzige Geschichte, und sie sagt viel mehr über mich aus, als ich eigentlich verraten möchte.

Aber etwas an dem grauen Mondschein bringt mich dazu, es am Ende doch zu erzählen. Die Stille der Nacht ist viel intensiver, als sie es tagsüber jemals werden kann. Als ob nichts richtig wirklich wäre, eine Zeit, in der Geständnisse leichterfallen.

»Emma war drei«, sage ich. »Sie war ein absolut vollkommenes Wunder, aber ich glaube, ich hatte mich inzwischen vielleicht an sie gewöhnt. Ich war noch immer jung genug, um mein Leben zu betrachten und nicht zu begreifen, warum es nur aus Arbeit, Abwasch, Kita und Wäschewaschen bestehen sollte. Aber ich muss auch sagen, dass es ganz schön viel Logistik erfordert, etwas mit einem verheirateten Mann zu haben, wenn man die alleinstehende Mutter einer Dreijährigen ist.«

Logistik ist vielleicht nicht ganz das richtige Wort. Lukas hebt fragend die Augenbrauen, kommentiert die Sache aber nicht.

»Er konnte ja immer nur improvisiert und spontan kommen, und ich konnte nur hier weg, wenn ich vorher für einen Babysitter gesorgt hatte.«

»Wie habt ihr dieses Problem gelöst?«

»Oft ist meine Mutter eingesprungen. Ich glaube, sie hat genau gewusst, was ich gemacht habe, wenn ich in diesen Stunden verschwunden bin, aber sie hat nichts dazu gesagt. Vielleicht dachte sie, es würde sich ohnehin rächen. Vielleicht hat sie an ihren eigenen Liebhaber gedacht, was weiß ich?«

»Und hat es sich gerächt?«

»Natürlich.« Ich lache. »Nach kaum einem Monat saß ich weinend am Telefon und wartete auf seinen Anruf. Nach drei Monaten war mir klar, dass es eine verdammt schlechte Idee gewesen war, nach sechs Monaten war Schluss.«

Er sagt nichts, aber ich bin ziemlich sicher, dass in seinem

Blick etwas liegt – ein Urteil? Mitleid? Ich kann es nicht beurteilen.

»Es war kein großes Trauma oder so. Ich war fast sofort darüber hinweg, als ich mich erst dazu entschlossen hatte. Das Seltsame ist, dass ich eigentlich gar nichts dagegen hatte, abends wie eine Idiotin dazusitzen und zu heulen, wenn Emma eingeschlafen war. Wegen eines Idioten. Ich glaube, ich wollte einfach ganz verzweifelt wieder etwas empfinden, egal was. Etwas, das nicht das Geringste mit Emma zu tun hatte.«

Es kommt mir sofort falsch vor, das laut zu sagen.

Emma ist das Beste, was mir jemals passiert ist. Ich habe nie bereut, dass ich schwanger geworden bin, nicht einmal, dass ich so früh ein Kind bekommen habe. Irgendwie ist es fast schon ein Verrat, auch nur anzudeuten, dass es Augenblicke gegeben hat, in denen sie mir nicht genug war. Aber es ist auch ein ganz klein wenig befreiend.

»Ab und zu glaube ich, ich habe in meinem ganzen Leben nur eine einzige selbständige Entscheidung getroffen«, sagt Lukas. »Als ob es reichte, Fahrlehrer werden zu wollen und nicht Arzt.«

»Zwei Entscheidungen«, sage ich. Er blickt mich fragend an. »Nicht zu werden wie dein Vater.«

»Okay, zwei Entscheidungen. Aber hast du nie das Gefühl gehabt, das Leben müsste noch mehr zu bieten haben?«

»Seit Emma von zu Hause ausgezogen ist, denke ich an fast nichts anderes«, sage ich.

»Ich glaube, dass ich deshalb mit Sofia Schluss gemacht habe. Ich wollte meine eigenen Entscheidungen treffen. Meine Schwestern hatten recht damit, dass ich einfach in Beziehungen hineinrutsche. Es kam mir unfair ihr gegenüber vor weiterzumachen, während ich eigentlich gar nicht wusste, was ich überhaupt wollte. Plötzlich kam es mir vor, als ob wir jeden

Moment ein Ehepaar mit zwei Kindern und genau wie meine Eltern werden könnten. Und aus alter Gewohnheit in einer Beziehung feststecken.«

Willst du denn Kinder?, frage ich definitiv nicht. Das ist genau das Problem, wenn man über Gefühle spricht. Man weiß nie, wann man etwas erfährt, das man gar nicht wissen will.

Er lacht verlegen. »Es klingt albern, aber ich fing an zu denken, dass mein Vater Sofia wohl eher sympathisch finden würde, als meine Oma das getan hätte. Und das kam mir vor wie ein schlechtes Zeichen.«

Ich war nie mit jemandem zusammen, der Mama gefallen hätte, also finde ich seine Bemerkung durchaus angebracht.

»Wie hat sie reagiert? Sofia, meine ich. Als du Schluss gemacht hast.«

»Sehr gut. Ehrlich gesagt glaube ich, dass sie glaubt, es sei gar nicht passiert, oder es sei nur eine Phase, die ich gerade durchmache.«

»Aber...«, sage ich unfreiwillig.

»Wir haben Schluss gemacht«, erklärt er entschieden, und dann zieht er mich wieder an sich, um es zu beweisen.

»Wie gut«, sage ich. »Sonst wäre das hier sicher schwer zu erklären.«

Die anderen interessieren sich vielleicht nicht für die albern lächelnde Mat-Extra-Verkäuferin, aber je öfter ich mit Lukas zusammen bin, umso öfter schlägt mein Lächeln in übermütiges Lachen um. Es liegt dicht unter der Haut, bereit überzuschäumen, ab und zu lache ich ohne Grund, ab und zu kann ich es unterdrücken, aber ich bin sicher, dass es meine Augen funkeln lässt.

Ewig gute Laune ist in einer Kleinstadt verdächtig. Ich benehme mich schon fast so wie der Mann in der Trainingshose, der immer vor sich hin kichert, und ich ziehe mir mehr als nur befremdete Blicke zu, wenn ich die Kundschaft übertrieben begeistert begrüße. »Der Skogahammar-Tag rückt näher«, sage ich als Erklärung. »Alles geht voran. Es wird ganz phantastisch.«

Ich erzähle Pia nichts von Lukas. Ich bin noch nicht bereit, ihn oder uns ihrem zynischen Blick auszusetzen. Ich will noch eine Weile in meiner eigenen kleinen Welt umherwandeln, allein, abwesend, halb im Traum, abgeschieden von allen anderen in meiner Nähe, weil ich ein schönes Geheimnis habe und sie nicht.

Nicht einmal Eva schreckt mich ab. Als ich Mama besuche, kommen wir genau gleichzeitig an und bleiben einen Moment lang zögernd vor dem Eingang stehen. Bitte sehr, du zuerst. Nein, nein, lass mich, ich halte die Tür auf.

Ich lache auf, und Eva starrt mich misstrauisch an. Sie sieht fast aus, als wolle sie kehrtmachen, aber dann geht sie doch widerwillig mit mir zu Mamas Zimmer. Dort drängt sie sich vor und tritt sofort an das Bett, in dem Mama liegt.

»Hallo, Inger«, sagt sie mit sanfter Stimme. Sie beugt sich vor, um Mamas Decke geradezurücken, obwohl das gar nicht nötig ist.

»Hallo, Mama«, sagte ich fröhlich und bleibe hinter Eva stehen.

Mama lächelt uns freundlich, aber vage an, als wisse sie nicht so recht, was wir hier wollen, findet es aber trotzdem nett.

Eva dreht sich zu mir um. »Vielleicht kommst du besser an einem anderen Tag wieder«, sagt sie.

Ich achte nicht auf sie.

»Wisst ihr«, sagt Mama. »Ich hatte keine Ahnung, dass Sex so herrlich sein kann.«

Eva sieht mich auf eine Weise an, die überaus deutlich sagt, dass das jetzt meine Schuld ist.

»Mein Mann war in der Hinsicht nicht gerade ein Hauptgewinn. Mal so im Vertrauen. Aber das war natürlich, ehe die Klitoris erfunden wurde. Mein Mann konnte damit nicht umgehen. Er konnte eigentlich nie mit einer neuen Technik umgehen.«

Ich lache, und dann sehe ich Eva schuldbewusst an. Sie scheint das überhaupt nicht komisch zu finden.

»Entschuldige«, murmele ich höflich.

Mama redet munter weiter. »Wenn er schon nicht mit einer Schreibmaschine mit Korrekturtaste umgehen konnte, dann war es vielleicht zu viel verlangt zu glauben, dass er sich an die Vorstellung des weiblichen Orgasmus gewöhnen könnte.«

»Sie ist nicht ganz bei sich«, sagt Eva leise über ihre Schulter. »Sie scheint sich darüber zu freuen, dich zu sehen.«

»Aber klar doch. Sie lässt sich über die Leistungen meines Vaters im Bett aus, aber wir wollen uns doch auf die größte Persönlichkeitsveränderung konzentrieren.«

»Du nimmst das nicht ernst«, flüstert Eva wütend.

»Du musst zugeben, dass das nicht einfach ist. Schreibmaschinen! Oh mein Gott, ich weiß noch, wie Papa herumgeflucht hat, wenn er einen Brief schreiben musste. Und wie er sich darüber beklagte, dass man nirgendwo mehr ein Farbband kaufen konnte.«

»Das ist seltsam«, sagt Mama. »Viele haben doch auf dem Dachboden eine Schreibmaschine stehen, die man noch benutzen könnte.«

Eva sieht angesichts dieses eher praktischen Themas erleichtert aus, aber es ist nur eine vorübergehende Unterbrechung.

»Ich habe meine Affäre mit Lars nie wirklich bereut«, sagt Mama. »Es war natürlich nicht richtig, aber mein Gott, *der Sex.*«

Aha! Denke ich. Sie ist also wirklich fremdgegangen. Eva stößt mich fast schon aus dem Zimmer.

»Wollt ihr schon gehen?«, fragt Mama fröhlich.

Mama hatte einen Liebhaber!

Irgendwann im Laufe der Jahre mit Papa hat sie vielleicht ein glückliches Doppelleben geführt, musste vielleicht ebenfalls ihr Lachen in einen Hustenanfall umwandeln und sich abwenden, weil ihre Augen viel zu sehr funkelten.

Es fällt mir fast schwerer, mir Mama bei einem spontanen Lachen vorzustellen, als mit einem Liebhaber.

Eva geht verkrampft und mit unterdrückter Empörung in den Schritten neben mir her.

Am Ende sagt sie leise: »Sie wäre entsetzt.«

»Ja«, gebe ich zu, aber ich muss doch hinzufügen: »Aber sie ist glücklich.«

»Sie ist nicht sie selbst.«

»Ich frage mich, ob das vielleicht überschätzt wird, die Sache mit dem Man-selbst-sein.«

»Sie wollte nicht glücklich sein«, erklärt Eva.

Ich seufzte. »Nein«, sage ich. »Das wollte sie nicht.«

Ein Blatt fällt genau vor mir zu Boden, und ich strecke die Hand aus, um es einzufangen. Ein Windstoß weht es einen halben Meter vor mir her, und ich muss den Drang unterdrücken, es zu jagen. Das ist wieder diese Unruhe, dieses Lachen, das in mir die Lust weckt, große Schritte zu machen, zu springen, etwas zu tun.

Aber ich verlangsame meinen Schritt, als Eva das tut. Trotzdem sagt sie nichts.

»Weißt du, wer er ist?«, frage ich endlich.

»Du musst eine Lösung finden.« Sie sagt es explosiv, fast unfreiwillig.

»Ich?«

»Du bist ihre Tochter. Mach was. Sprich mit den Ärzten.«

Sicher, denke ich. Gar kein Problem. Ich rede ganz einfach mit den Ärzten und frage, ob sie Mama wieder ein bisschen deprimiert machen können.

Eva hat natürlich recht. Mama hätte nicht glücklich sein wollen. Aber ich kann das nicht bedauern. Irgendwie fühle ich mich ihr jetzt näher als je zuvor. Demenz ist vielleicht nicht der beste Grund zum Glücklichsein, aber man kann es im Leben schlechter treffen.

Und sie hatte einen Liebhaber.

»Ich muss herausfinden, wer der Liebhaber meiner Mutter war«, sage ich am nächsten Tag zu Pia. Sie und Nesrin sitzen in dem improvisierten kleinen Umkleideraum. Es ist fast eine kleine Rumpelkammer, zwei Schränke und eine Bank, aber mit etwas gutem Willen ist dort Platz für drei Personen.

»Ich kann noch immer nicht fassen, dass sie fremdgegangen ist«, sage ich und lehne mich an die Tür, damit die beiden etwas mehr Platz haben.

»Das macht sie viel spannender«, sagt Pia.

»Aber sie weigert sich, irgendwelche Einzelheiten zu verraten. Wer er war, meine ich«, füge ich hinzu. Über ihr Sexleben gibt sie ja bereitwillig Einzelheiten preis. »Das Einzige, was ich weiß, ist, dass er Lars hieß, und...« Ich verliere den Faden. »Nesrin, was ist mit deinen Haaren passiert?«

Sie hat leuchtend lila Strähnchen in ihren langen dunklen Haaren. Und... »Ist das orange?«

»Als Amateurin kommt man an die guten Sachen einfach nicht ran«, sagt sie abweisend.

»Aber weshalb?«

»Ich versuche, Friseuse zu sein. Mir ist keine passende Kleidung dafür eingefallen.«

Es wird auffordernd an die Tür geklopft. »Wir machen bald auf!«, ruft Klein-Roger nervös, und Pia zieht ihr T-Shirt an, während Nesrin ihre Strähnchen ein letztes Mal im Spiegel inspiziert.

»Ich musste die Strähnen zuerst bleichen, sonst hätte man die Farbe nicht sehen können«, sagt sie.

»Seid ihr bald so weit?«, ruft Klein-Roger durch die Tür.

Pia geht an uns vorbei und öffnet. Über ihre Schulter sagt sie: »Wenn du wirklich willst, dass deine Mutter von ihrem Liebhaber erzählt, musst du dich als Friseurin ausgeben. Denen erzählen die Leute alles.«

35

Bist du sicher, dass das eine gute Idee ist?«

Wir haben das Altersheim noch nicht einmal erreicht, aber Nesrin hat jetzt schon Zweifel. Ich habe einen ganzen Tag argumentieren und zu offener Bestechung greifen müssen, um sie herzuholen, und nun macht sie schon wieder Schwierigkeiten.

»Ich dachte, du wolltest das Dasein als Friseuse testen«, sage ich und fege mit ihr durch die Rezeption.

Berit arbeitet heute nicht, sondern wird von einer um einiges mürrischeren Frau Mitte sechzig vertreten. Sie hat dauergewellte dünne Haare und einen Blick, der vor grauenhaften Folgen warnt, falls man dumm genug sein sollte, sich ihr zu widersetzen.

Sie geht wortlos mit uns zu Mamas Zimmer. Ihr Blick gleitet die ganze Zeit an dem Kittel herunter, der im Takt meiner zielstrebigen Schritte gegen meine Beine schlägt. Aber ihre Selbstdisziplin lässt sie nicht im Stich. Sie stellt keine Fragen, weder nach dem Kittel noch nach unseren Taschen – Nesrins Bild davon, wie Schönheitsexpertinnen eben auftreten.

Als wir Mamas Zimmer erreicht haben, bleibt die Frau in der Türöffnung stehen, während Mama mich überrascht anschaut.

»Hallo«, sage ich mit meiner überzeugtesten und professionellsten Stimme. »Ich heiße...« Und dann weiß ich nicht mehr weiter. Ich hätte mich besser vorbereiten müssen, denke ich.

Zum Glück ist Nesrin geistesgegenwärtig genug, um einzuspringen. Sie wirft mir einen herablassenden Blick zu, drängt sich an mir vorbei und streckt die Hand aus. »Sie heißt Lena, und ich bin Nesrin. Wir sind von Schönheit auf Rädern. Friseuse, Kosmetikerin und Stylistin, total mobil, perfekt für alle wichtigen Gelegenheiten. Und wir haben gehört, dass Sie heute Abend ein wichtiges Rendezvous haben.«

Ich sehe Nesrin bewundernd an. »Mit Lars«, füge ich hinzu. Nesrin inspiriert mich: »Wir haben in dieser Woche ein ganz besonderes Schnupperangebot: eine Gratisberatung für zufällig ausgewählte Personen.«

»Lars?«, fragt Mama. »Heute Abend?«

»Hier in Falun«, sage ich total unmoralisch. Ich schiele zu der mürrischen Frau in der Türöffnung hinüber. Im Ruhezustand ist ihr Gesichtsausdruck automatisch missbilligend, aber sie macht immerhin keinen Versuch einzugreifen.

»Dann aber nur ein bisschen an den Spitzen«, sagt Mama nun. »Ich lasse meine Haare sonst bei Ann-Sofie schneiden, müssen Sie wissen, und ich will sie nicht dadurch verletzen, dass ich zu anderen gehe. Also nichts, was nachher deutlich zu merken ist.«

Ann-Sofie hat früher auch mir die Haare geschnitten. Damals hatte sie einen kleinen Salon in dem Häuserblock, in dem wir wohnten, die Art von Salon, die sich irgendwann in den fünfziger Jahren auf Dauerwellen und Tönungen spezialisiert und ihr Repertoire seither nie mehr aktualisiert hatte. Was in Ordnung war, die Kundinnen hatten das ja auch nicht. Sie war billiger als der echte Friseursalon »in der Stadt«, deshalb gingen wir zu ihr.

Bis ich fünfzehn war, nach einem ungewöhnlich misslungenen Blondierungsexperiment.

Ich bin ziemlich sicher, dass sie nicht mehr aktiv ist.

Nesrin führt Mama freundlich, aber bestimmt zu dem kleinen Schreibtisch am Fenster und fängt an, unsere Sachen auszupacken. Wir haben beide unsere Schminkvorräte geleert und alle Haarutensilien mitgebracht, die wir auftreiben konnten.

Mein Beitrag: Schere, Kamm, Blumenspritze, um die Haare anzufeuchten, weißes Handtuch, Wimperntusche, diskreter Puder und Lidschatten in Erdtönen.

Nesrins Beitrag: Schere, zwei Sorten Kämme, eine Bürste, zwei Sorten Wimperntusche, sechzehn verschiedene Lidschatten, Grundierungscreme, Puder, Concealer, zwei unterschiedliche Eyeliner, Haarspray, zwei Sorten Wachs, ein Mittel, um die Haare zu locken, ein Mittel, um die Haare zu glätten, Öl, drei verschiedene Spiegel.

Wenn meine Sammlung von Parfümpröbchen nicht wäre, könnte ich gar nichts beisteuern. Heute Morgen bin ich mit dem Bus nach Örebro gefahren, war im Kaufhaus Åhléns und habe die junge Verkäuferin überredet, sie mir zu überlassen. »Meine Mutter ist dement und hatte einen geheimen Liebhaber. Ich will versuchen herauszufinden, wer er war, indem ich mich als Stylistin ausgebe. Ich brauche Parfümpröbchen oder andere Dinge, die mich so wirken lassen.« Sie gab mir alle Warenproben, die sie hatten.

Nesrin bereitet das Haareschneiden vor, indem sie Mamas Haare mit Wasser besprengt, aber dann reicht sie mir die Schere. Das Ergebnis ist ein bisschen ungleichmäßig, aber das ist in dem kleinen Spiegel nicht zu sehen. Ich habe Emma die Haare geschnitten, bis sie dreizehn wurde, eine gewisse Erfahrung besitze ich also.

Wir amüsieren uns damit, alle Parfüms durchzuprobieren. Mamas Zimmer riecht wie eine Parfümabteilung, und vielleicht sind es die Parfümdämpfe, die uns alle reichlich ausgelassen werden lassen.

»Wissen Sie, es ist wirklich angenehm, so umsorgt zu werden«, sagt Mama vertraulich zu mir.

Sogar die eiserne Dame, die in der ganzen Zeit ihren Posten bei der Tür noch nicht verlassen hat, gestattet sich ein Lächeln. Dann öffnet sie das Fenster, vielleicht aus Allergiegründen.

»Sie haben heute Abend also eine wichtige Verabredung?«, frage ich.

Mama lächelt, aber es ist kein rein glückliches Lächeln. »Wir werden sehen«, sagt sie nur. Dann überrascht sie mich plötzlich: »Haben Sie denn einen Freund? Lena, heißen Sie nicht so?«

»Ich...«, sage ich. Plötzlich würde ich zu gern mit Mama über Lukas reden, aber ich schiele zu Nesrin hinüber und sage: »Nein.«

»Ach was«, sagt Mama.

»Und Sie?« Ich glaube, ich schaffe es, meine Stimme einigermaßen gelassen klingen zu lassen, als sei das hier nur ein freundschaftliches Geplauder unter zwei Fremden, aber inzwischen möchte ich nur noch ganz offen fragen:

1. Haben Papa und ich dir denn gar nichts bedeutet? Das ist eine gefühlsmäßige, total unlogische Reaktion. Ich weiß genau, dass sie keinen besonders großen Grund hatte, Papa zu lieben. Oder, wenn ich mir das richtig überlege, mich.
2. Warum hast du nicht auf deine große Liebe gesetzt und uns verlassen? Ich kann diese beiden Gedanken gleichzeitig denken.
3. *Wer war er?*

»Meinen Sie, das mit Ihnen und ihm wird gut gehen?« Ich

weiß nicht, warum ich das frage. Es ist seltsam, eine Beziehung zu diskutieren, deren Ende man bereits kennt. Ich weiß ja, dass sie mich und Papa nicht verlassen hat. Kein Lars ist hier aufgetaucht, um sie zu besuchen, deshalb hat sie vermutlich auch kein Doppelleben geführt.

»Nein«, sagt Mama. Sie sagt es ohne Gemütsbewegung, wie eine einfache Feststellung. »Das wird es nicht.«

Hinter der eisernen Frau taucht ein runzliges Gesicht auf. Es ist klein und spitz und erinnert vor allem an eine sehr alte Ratte. Sie blinzelt in unsere Richtung.

»Was ist denn hier los?«

Erst jetzt wird die eiserne Dame sie gewahr und fährt herum. Da die Frau durchaus nicht zurückweicht, trifft sie der Ellbogen der eisernen Dame beinahe ins Gesicht. Sie zuckt nicht einmal zusammen, sondern taucht nur unter dem Arm hindurch und macht einen Schritt in den Raum hinein. Sie trägt ein unförmiges Baumwollkleid, das mindestens drei Nummern zu groß ist. Ihre Arme und Beine sind nur dünne Stöckchen.

»Ich werde zurechtgemacht«, sagt Mama. »Von diesen beiden netten Frauen von Schönheit auf Rädern. Das ist eine Werbekampagne.«

In den Augen der Rattenfrau leuchtet eine gierige Hoffnung auf. Aber sie spielt noch immer die Gleichgültige. »Ach so«, sagt sie und schaut vielsagend zwischen mir und Nesrin hin und her. »Ach was. Und eine von Ihnen hat nichts zu tun, wie ich sehe.«

Mama seufzt. »Ich bin sicher, sie können auch dir die Haare schneiden, Esther.«

Pfeilschnell kommt Esther noch näher und setzt sich auf den einen freien Stuhl. »Dauerwelle«, sagt sie. »Ich will eine Dauerwelle.«

»Dauerwelle?« Ein älterer Mann von Mitte siebzig ist in die Türöffnung getreten. »Bei mir nur ein bisschen in Form bringen.«

Seine Haare hängen ihm in dünnen Strähnen auf die Schultern. Er verschwindet, um sich einen Stuhl zu holen, und kehrt mit drei weiteren alten Leuten zurück. Die eiserne Dame sieht jetzt verwirrt aus, und Nesrin und ich wechseln Blicke voller Panik.

»Vielleicht auch ein bisschen tönen«, sagt Esther nachdenklich.

36

Ich weiß nicht mehr über Mamas Liebhaber als vorher, abgesehen von der tragischen kleinen Mitteilung, dass sie eigentlich nie die Hoffnung hatte, dass etwas daraus werden könnte. Aber leider muss ich mich jetzt auf andere Dinge konzentrieren.

Ich lade das Mädel vom Fußballverein und einen Typen von den Pfadfindern zu einer improvisierten Besprechung ins *Süße Träume* ein.

Sie sitzen mir gegenüber. Das Mädel vom Fußballverein trinkt Tee, isst eine Zimtschnecke und lächelt die meisten Leute freundlich an. Sogar wenn sie stillsitzt, strahlt sie eine Energie aus, als könnte sie jeder Zeit aufspringen und auf dem Fußballplatz hin und her joggen. Der Typ von den Pfadfindern ist höflich und freundlich und sieht aus, als könnte er Knoten binden, Feuer machen, mit einem Messer umgehen und einige Berge besteigen. Vor dem Mittagessen vermutlich.

»Wie ihr vielleicht wisst, stecken wir voll in den Vorbereitungen zum Skogahammar-Tag«, sage ich. »Wir versuchen, ihn wieder so werden zu lassen wie früher, mit Programm und Aktivitäten für jedes Alter.«

Ich trinke eine ganz normale Tasse Kaffee und nehme einen Schluck, während ich versuche, meine Gedanken zu sammeln. Ich bin zu dem Schluss gekommen, dass ich sie nur davon überzeugen kann, was der Skogahammar-Tag für die Stadt bedeuten könnte, wenn ich über mich selbst spreche, aber das widerstrebt mir, und ich spiele schon mit dem Gedanken, einfach meinen Standardspruch über familienfreundliche Aktivitäten für Groß und Klein aufzusagen.

Aber ich denke an Lukas, an alles, was ich ihm erzählt habe, und was er sich angehört hat, ohne zu urteilen, und sage: »Ich bin eine alleinstehende Mutter, und als Emma, meine Tochter, klein war, hatte sie niemanden außer mir. Bis sie alt genug war, um alles Mögliche auszuprobieren. Waldkunde, Handball, Basketball. Nicht Pfadfinder oder Fußball, leider, aber ich bin sicher, beides hätte ihr sehr gefallen, wenn sie davon gewusst hätte. Durch diese Aktivitäten hatte sie abends etwas zu tun und die Möglichkeit, nicht nur mit mir zusammen zu sein. Andere Kinder, aber auch andere Erwachsene, die beim Training Scherze mit ihr machten und die sich um sie kümmerten, wenn ich nicht da sein konnte. Ich half ihr, so gut ich konnte, wenn sie sich für etwas entschieden hatte, aber ich musste ziemlich viel arbeiten, und ich hatte keine Ahnung, was man alles machen konnte, deshalb musste sie sich ihre Aktivitäten selbst suchen. Und das tat sie auch, sie hängte sich an Leute aus ihrer Klasse, die aktivere Eltern hatten, und auf diese Weise fand sie etwas zu tun. Dinge für abends, die ihr Spaß machten.«

Fußballmädel und Pfadfinder nicken, als ob sie sich in dieser Beschreibung wiederfänden, obwohl sie viel zu jung für eigene Kinder sind.

»Aber in ihrer Klasse waren noch viele andere Kinder, die auch keine Eltern hatten, die sie zum Fußballtraining fahren konnten oder die wussten, wann neue Kurse anfingen, und die dafür sorgten, dass ihre Kinder eine sinnvolle Beschäftigung hatten. Viele aus ihrer Klasse hatten also nie die Möglichkeit, etwas auszuprobieren. Ich will, dass auch solche Kinder die Chance haben, eure phantastischen Unternehmungen kennenzulernen, Dinge zu lernen, Spaß zu haben und sich zu entwickeln. Wäre es nicht phantastisch, wenn wir auf dem Großen Marktplatz etwas auf die Beine stellen könnten?«

»Aber zwei Wochen...«, sagt der Pfadfinder skeptisch. »Dann müssen wir eine Gruppe bilden, die die Aktivitäten plant, und wir müssen uns etwas Gutes ausdenken...«

»Ich weiß, dass es nicht viel Zeit ist«, sage ich. »Aber es braucht ja nichts Großartiges zu sein. Ein paar witzige... Pfadfindersachen und vielleicht ein improvisiertes Fußballturnier? Wenn ihr uns nur sagt, was ihr braucht, kann ich andere finden, die euch dabei helfen.«

Pia und Nesrin zum Beispiel, denke ich. Die wissen rein gar nichts über solche Dinge.

»Ich finde, das klingt total super«, sagt das Fußballmädel. Sie wendet sich an den Pfadfinder: »So viel ist für ein Fußballturnier gar nicht zu tun, sag also einfach Bescheid, wenn ihr Hilfe braucht. Ich war früher auch Pfadfinderin, aber ich habe aufgehört, weil der Fußball zu zeitraubend wurde. Es könnte richtig viel Spaß machen, beide Aktivitäten nebeneinander zu haben.«

»Der ganze Große Marktplatz gehört euch«, sage ich.

»Ich rede mit den anderen Gruppenführern«, sagt der Pfadfinder, und ich nicke dankbar.

»In Skogahammar gibt es einen Bordercollie-Verein«, sagt Ann-Britt zu mir, als sie mich im Mat-Extra besucht. »Sie sind zur Zeit nicht so wahnsinnig aktiv, aber ich habe mit der Vorsitzenden gesprochen, und sie will versuchen, eine Hundevorführung zu arrangieren. Wäre das nicht toll?«

»Phantastisch«, sage ich ganz ehrlich. »Du musst unsere Vereinschefin sein.«

Ann-Britt strahlt vor Freude. »Wie schön!«, sagt sie. »Und

was für ein Vertrauen. Ich war noch nie die Chefin von irgendwas.«

»Ann-Britt, du bist seit Jahrzehnten Vorsitzende beim Roten Kreuz.«

»Das ist nicht dasselbe. Das bin ich bloß, weil das sonst niemand machen will.«

Später kommen Niklas und Johan vorbei, um über ihren Auftritt zu sprechen. »Wo sollen wir uns umziehen?«, fragen sie. »Wir können vor dem Auftritt bei allem helfen, aber dann brauchen wir einen Platz, wo wir die Sense abstellen können.«

»Die Sense? Nein, wartet, ich brauche keine Details.« Ich bücke mich und ordne Sahnebecher, während ich die Möglichkeiten durchgehe. Meine Wohnung, Pias Haus, bei Nesrin... »Ihr könnt hierherkommen«, sage ich. Und dann schaue ich mich um, um mich davon zu überzeugen, dass Klein-Roger wirklich nicht in der Nähe ist. »Ins Personalzimmer. Ich... ich sprech das mit Klein-Roger ab.«

Klein-Roger wird nicht begeistert sein. Ein Lachanfall steigt in mir hoch.

Jesper hat eigentlich nichts zu besprechen, er möchte nur sehen, ob er sonst noch etwas tun kann. Und über Eisenbahnen reden.

»Wir überlegen, ob wir am Skogahammar-Tag eine Sammlung machen sollen, um das alte Bahnhofsgebäude zu restaurieren. Wir versuchen schon seit Jahren, die Gemeinde dazu zu überreden. Es stammt aus den zwanziger Jahren, und der Baustil könnte als Zwanziger-Jahre-Klassizismus bezeichnet werden. In Östra Tysslinge gibt es ein ähnliches Gebäude, und da hat sich die Gemeinde an den Sanierungskosten beteiligt.«

Ich mache mich weiter am Kühlregal zu schaffen, jetzt beim laktosefreien Angebot.

»Aber eigentlich bin ich vor allem gekommen, um zu fragen, ob du sonst noch Hilfe brauchst.«

»Ich weiß nicht«, sage ich zögernd. »Ich muss einen Plan aufstellen, wo was stattfinden soll, aber ich kenne mich nicht mit Karten aus und weiß nicht, worauf man dabei achten muss.«

»Da kann ich dir helfen«, sagt er. »Ich kann Karten zeichnen.«

»Ich habe eine Übersicht«, sage ich. »Ich muss eigentlich nur die Zelte verteilen. Die Kinderecke ist schon klar, die gibt es jedes Jahr und offenbar immer an genau derselben Stelle.« Das hat mir Hans voller Stolz erzählt. Ich hörte bei dieser Gelegenheit zum ersten Mal von dieser Kinderecke. »Aber woher weiß man, was sonst die besten Stellen sind? Wo viele Leute hinkommen?«

Ich lächle, um zu zeigen, dass ich eigentlich nicht mit einer Antwort auf diese Fragen rechne, aber er beugt sich eifrig zu mir vor. »Das kann ich herausfinden. Man braucht doch sicher nur dahinzugehen, wo Leute sind, und zuzuschauen? Genaue Beobachtungen über einen gewissen Zeitraum.«

»Danke«, sage ich überrascht, und er nickt.

»Aber was mein Modell angeht«, sagt er. »Die Lok«, fügt er hinzu, als ich ihn erstaunt ansehe. »Ich hab mir da etwas überlegt...«

Lukas und ich sprechen nicht darüber, was wir da machen, und dafür bin ich dankbar. Ich will es nicht in Worte zwingen oder an die Zukunft denken müssen. Ich will nur ein Jetzt genießen, das plötzlich schön und aufregend ist.

Den ganzen Tag schicken wir während der Arbeit SMS hin und her. Nur sinnlose Dinge, aber immer, wenn das Telefon in meiner Tasche vibriert, lächle ich instinktiv und schaue mich um, ob Pia auch nicht in der Nähe ist.

Ich brauche nicht zu wissen, was wir da tun, denke ich. Ich fühle mich freier und mutiger mit ihm, und das ist genug. Mehr als genug. Diesmal werde ich mir keine Sorgen darum machen, was später passieren wird, werde keine Katastrophen vorhersehen oder dauernd erwarten, dass etwas schiefgeht.

Auch mein Körper fühlt sich anders an, seit er wieder berührt wird. Ich bewege mich sicherer, energischer, mit geraderer Haltung und schneller.

Gegen Feierabend schickt er eine SMS und fragt, ob wir uns heute Abend sehen können, aber leider muss ich Nein sagen. Meine Aufgabenliste ist kilometerlang, und eben hat Hans angerufen, um ein paar Punkte »abzuklären« und weitere hinzuzufügen. Er hat alle Unternehmen dazuholen können, die im vorigen Jahr dabei waren, und ist ungeheuer stolz. Er gibt widerstrebend zu, dass es auch gut ist, Arbeitsgruppen zu haben, als ich von allem erzähle, wozu sie sich bereiterklärt haben.

Statt also zu Lukas zu fahren, gehe ich in meine eigene, leere Wohnung; schleppe mich die Treppen hoch, schließe auf und lasse mich aufs Sofa sinken, ohne auch nur Jacke und Schuhe auszuziehen. Ich frage mich, was Emma in Karlskrona macht, und schicke eine SMS. Sie antwortet, dass sie lernen muss, deshalb rufe ich sie nicht an. Schließe stattdessen die Augen und versuche, die Kopfschmerzen zu ignorieren, die Hans ausgelöst hat. Aber sogar jetzt lächele ich, sobald ich an Lukas denke.

Ich kann ungefähr fünf Minuten stillsitzen, dann stehe ich auf und laufe in der Diele zweimal hin und her. Ich bin müde, kann mich aber nicht entspannen. Schließlich gebe ich auf und lege alle meine Listen und Notizen auf den Küchentisch, aber offenbar bin ich zu unruhig und zu müde, um etwas Sinnvolles zu tun. Ich müsste sie ins Reine schreiben, zusammenstellen und abarbeiten, aber ich bringe es ganz einfach nicht über mich.

Ich überlege, ob ich mir etwas zu essen machen soll, aber auch das kommt mir wie eine nicht zu bewältigende Aufgabe vor. Stattdessen setze ich neues Kaffeewasser auf.

Die Türklingel reißt mich aus dieser Tätigkeit. Als ich aufmache, steht dort Lukas mit zwei Pizzakartons in der Hand. Er sieht seltsam verlegen aus, als sei es ihm peinlich, hier zu sein.

»Huch«, sage ich unfreiwillig.

»Wir brauchen die nicht zusammen zu essen«, sagt er eilig.

Mir hat noch nie jemand Pizza gebracht. Ich habe natürlich selbst Pizza gekauft, für Emma, wenn sie gerade besonders viel Stress in der Schule hatte oder wenn wir ein bisschen Luxus verdienten. Bei der Vorstellung, dass jemand anders das für mich tut, aus keinem anderen Grund, als mir eine Freude zu machen, werde ich seltsam gerührt, und da stehe ich nun, mit Tränen in den Augen angesichts zweier Pizzen.

»Ich wusste nicht, was du gern isst, deshalb habe ich Vesuvio und Capricciosa genommen. Die Klassiker. Ich weiß, dass du arbeiten musst, aber ich dachte, du hättest vielleicht keine Lust zu kochen.«

Dann blickt er mich ein wenig fragend an, weil ich noch immer nichts gesagt habe und mitten in der Tür stehe, sodass er mit seinen Pizzakartons weiterhin im Treppenhaus stehen muss. Ich trete einen Schritt zur Seite, damit er hereinkommen kann.

»Das ist vielleicht das Schönste, was jemals irgendwer für mich getan hat«, sage ich, und das ist nur teilweise ein Scherz.

Er reicht mir die Pizzakartons. »Bleib hier«, sage ich impulsiv und berühre ihn ungeschickt mit meiner freien Hand. »Leiste mir Gesellschaft, während ich noch etwas fertigmache, danach können wir dann essen.«

Das tut er. Ich schenke uns zwei Glas Wein ein, und dann sitzen wir nebeneinander auf dem Sofa. Ich hake Punkte auf meiner Aufgabenliste ab und gehe in Gedanken durch, was sonst noch zu tun ist, er wirkt absolut zufrieden, wie er da mit seinem Weinglas sitzt. Ab und zu streckt er die Beine aus, als wolle er nach einem langen Tag auf dem Motorrad seinen Körper dehnen.

Ich bin ziemlich sicher, dass ich alles im Griff habe, soweit man einen solchen Wahnsinn wie den Skogahammar-Tag überhaupt im Griff haben kann. Für heute muss es reichen. Statt die Telefongespräche zu führen, die ich noch hinter mich bringen muss, lege ich die Listen beiseite und esse Pizza direkt aus dem Karton, mit Lukas, in meinem Wohnzimmer, als wäre er schon ein selbstverständlicher Teil meines Lebens. Und das ist ein gutes Gefühl.

Ich schiele zu ihm hinüber. »An das hier könnte ich mich gewöhnen«, sage ich, was einem Zukunftsplan beängstigend nahekommt.

Nach dem Skogahammar-Tag, denke ich. Vorher brauche ich nicht daran zu denken.

Am Abend vor dem Skogahammar-Tag stehe ich noch einmal nackt vor dem Spiegel.

Nur um zu sehen, ob ich es schaffe.

Und das tue ich. Diesmal bleibe ich viel länger als eine Minute stehen. Blicke mir geradewegs in die Augen – die klar und froh sind – und lasse meinen Blick dann sinken. Eine leichte Röte in meinen Wangen, die weiche Rundung der Brüste, wie sie sich bei jedem Atemzug heben und senken. Gerader Rücken, entspannt, die Arme hängen an den Seiten, ohne den Versuch zu machen, mich zu verstecken. Ich stelle mir vor, wie Lukas mich berührt und ich ihn; denke an den

Skogahammar-Tag und wie phantastisch er werden wird, an Mamas Liebhaber, der irgendwo in ihrem Gehirn versteckt ist.

Jill Johnson singt im Hintergrund, und ich mache auf dem Weg zu meinen Kleidern sogar zwei improvisierte Tanzschritte durch die Diele.

Sie liegen einfach auf dem Boden, da, wo ich sie hingeworfen habe.

37

Wir fangen um neun mit dem Aufbau an. Vereine und Läden, die sich für einen Stand angemeldet haben, können am Stadtverwaltungsgebäude ein Zelt, einen Klapptisch und einen Stuhl holen. Mehr als ein Tisch und ein Stuhl kosten extra, die meisten begnügen sich mit einem. Die mobile Spielecke, die jedes Jahr kommt, bringt alles selbst mit, und die Firma, bei der wir die Bühne gemietet haben, übernimmt alles, was damit zu tun hat.

Das Einzige, worum wir uns Sorgen machen müssen, ist die Kombination aus Zelten und Wind: Bei Wind verwandelt sich die Centrumgata in einen Windtunnel. Gunnar ist zum Aufbauchef ernannt worden, und jetzt schaut er missmutig nach oben.

»Es ist ja gar nicht windig«, sagt er bitter. Er steht zwischen improvisierten Gewichten, Seilen und Schnüren und ist enttäuscht, weil er nichts davon verwenden kann. Aber er ist um einiges glücklicher, als er einige Tische festgezurrt hat, »für den Fall der Fälle«.

»Das scheint ja alles gut zu gehen«, sagt Ann-Britt außer Atem, als sie neben mir auftaucht. Die Aktivitäten sind über die halbe Stadt verteilt, deshalb haben wir das Gefühl, mehr hin und her zu laufen, als miteinander zu reden und zu arbeiten. »Am Großen Marktplatz und auf dem Centrumväg sind schon Leute«, fügt sie hinzu, also gehen wir in diese Richtung zurück. »Und dass all die Vereine mitmachen, ist doch toll!«

Sie ist phantastisch im Umgang mit den Leuten. Plaudert, scherzt, kennt alle Namen und weiß Bescheid über ihre Aktivitäten. Sie hat es sogar geschafft, alle Kulturvereine zufriedenzustellen, und auf irgendeine Weise hat sie sie überreden können, ihre Veranstaltungen für unterschiedliche Zeitpunkte zu planen.

Anna Maria ist zufrieden, als sie mich später am Vormittag aufsucht. »Das hast du wirklich gut gemacht«, sagt sie beifällig. Wir stehen nebeneinander am Rand des Großen Marktplatzes und haben deshalb einen großen Teil des Skogahammar-Tags im Blick.

Ganz hinten, bei der Bushaltestelle und dem Stadtverwaltungsgebäude, ist die Spielecke aufgebaut worden. Während wir Klapptische und Zelte umhergetragen haben, wurden dort zwei Karussells und drei Losbuden aufgebaut, und zwar große und hohe. Alles dort ist einsam und verlassen, bis auf ein einziges Kind samt Mutter, und auch auf diese Entfernung kann ich sehen, dass das Kind im Karussell jedes Mal weint, wenn es an seiner Mama vorbeikommt und weiterfahren muss.

Eine Losbude hat sich für eine kindgerechte Bebilderung in Form von halbnackten Frauen an einem Strand entschieden. Frauen im Bikini wirken im Oktober noch mehr fehl am Platze; alle Besucher tragen dicke Jacken, Schals und Halstücher, abgesehen von älteren Kindern, die groß genug sind, um sich in Fingerhandschuhen und Kapuzenpullis warmzurennen.

Auf dem Großen Marktplatz vor uns wetteifern Pfadfinder und Fußballverein miteinander. Sie sind seit sieben hier und haben avancierte Aktivitäten aufgebaut, und vor einer halben Stunde haben die Fußballtrainer die Pfadfinderführer herausgefordert. Jetzt wetteifern sie in den Aktivitäten des jeweils anderen. Kinder und Jugendliche sind begeistert.

Auf der linken Seite geht das Fest dann im Centrumväg weiter, die Läden sind geöffnet und haben Tische auf die Straße gestellt, und das Rote Kreuz hat seinen Flohmarkt hier aufgebaut.

Anna Maria lässt mich stehen, um ihre Mitbürger zu begrüßen, und ich kaufe mir im *Süße Träume* einen Pappbecher mit Kaffee und tue so, als wäre ich bei den Gilmore Girls, mit buntem Schal an einem schönen Herbsttag.

Es ist ein seltsames Gefühl, bei einer Planung mitgemacht zu haben und jetzt zu sehen, wie Menschen das alles erleben. Ich nehme an, es ist ein wenig wie die Arbeit hinter den Kulissen einen Theaters, die Besucher sehen nur, dass die Zelte plötzlich da sind, dass sich der Große Marktplatz plötzlich mit Aktivitäten füllt und dass es am einen Ende eine Bühne gibt, die im Moment allerdings leer ist. Aber ich sehe Stühle, die getragen worden sind, Zelte, die aufgestellt werden mussten, und Aktivitäten, die jemand geplant hat.

Alles hier hat etwas befreiend *Vorübergehendes*. Wir haben etwas aufgebaut, nur zu dem Zweck, dass es einen Tag hier stehen und morgen dann wieder zusammengepackt werden soll. Zelte, Bühnenausstattung, Karussells und Stände werden an einem anderen Ort wiederauftauchen. Werden ausgepackt und erlebt werden, dann zusammenpacken und weiterziehen.

Plötzlich steht Lukas hinter mir. Er befreit mich von der fast leeren Kaffeetasse, legt die Arme um mich und zieht mich an sich.

Ich atme seinen Duft ein und lehne mich entspannt an ihn.

Dann erstarre ich und schaue mich schuldbewusst um. Wir befinden uns in der Öffentlichkeit, umgeben von so ungefähr ganz Skogahammar.

Mein erster Impuls ist, mich verzweifelt loszureißen und so zu tun, als wären wir nur vage miteinander bekannt, aber ich nehme mich zusammen. Ich blicke mich nur eilig um, und als ich sicher bin, dass niemand uns sieht, ziehe ich ihn in die leere Parallelstraße zum Centrumväg. Erst jetzt entspanne ich mich wieder und lächele ihn an.

»Was sagst du?«, frage ich. »Alles geht gut.«

Er sieht die leeren Büroräume an, vor denen wir hier stehen. »Der beste Skogahammar-Tag, den ich je erlebt habe«, sagt er, dann zieht er mich wieder an sich und küsst mich.

Trotz der leeren Parallelstraße schaue ich mich wieder um. »Wie viele Skogahammar-Tage hast du denn erlebt?«, frage ich.

»Ich bin jedes Jahr dabei.«

»Lokalpatriot?«

»Klar doch.« Ich glaube nicht einmal, dass das ein Witz sein sollte.

Ich lege die Hand auf seine Brust, gleich unter das Schlüsselbein, lache, schüttele über mich selbst den Kopf, stelle mich auf Zehenspitzen und küsse ihn, ganz offen und aus eigenem Antrieb.

Es ist ein phantastischer Tag: kalt und klar, mit grellem Sonnenschein und Tempo und Erwartung in der Luft.

»Hallo, Mama!«

Ich fahre zusammen und trete instinktiv einen Schritt von Lukas weg. Ich versuche, so viel Distanz zwischen uns zu bringen, wie ich nur kann, was durch die Tatsache, dass er sich weigert, meine Taille loszulassen, nicht einfacher wird.

»Sieh mal, wen ich gefunden habe«, sagt Pia zu mir.

»Sieh mal, wen *Mama* gefunden hat«, sagt Emma.

»Emma!«, sage ich überrascht und vielleicht ein bisschen schuldbewusst.

Sie lässt ihren Blick zwischen mir und Lukas hin- und

herwandern. Nesrin steht gleich hinter ihr und sieht ebenso belustigt aus.

Ich schließe aus purer Verzweiflung die Augen, aber ich kann noch sehen, wie Lukas meine Tochter anlächelt, als wäre es das Natürlichste auf der Welt, dass er hier mit mir Arm in Arm steht.

Dann lässt er mich kurz los, um Emma die Hand hinzustrecken. »Lukas«, sagt er, worauf Emmas Augenbrauen wirklich in die Höhe schießen.

Emma wirft mir einen langen Was-zum-Henker-treibst-du-da-Blick zu. Mir fällt ein, dass ich ihr erzählt habe, dass ich mit einem Mann selbigen Namens verabredet war, und nicht wirklich widersprochen habe, als sie andeutete, er sei über vierzig und habe einen Bierbauch.

Sie mustert Lukas forschend, schaut mich überaus vielsagend an und schüttelt dann rasch seine Hand.

Dann liegt sein Arm wieder um meine Taille.

»Bierbauch, Lederweste und Schnurrbart?«, fragt sie.

Oh nein. Sie hat diese beleidigte Stimme, die nur Teenager haben können, die Stimme, die sagt, dass wir vielleicht ihre Eltern sind, aber dass wir uns gerade deshalb gefälligst zusammenreißen und aufhören sollen, uns so kindisch aufzuführen.

Niemand kann so streng urteilen wie ein Teenager.

Vor allem wie ein Teenager, der weiß, dass er recht hat.

»Ich kann das erklären«, sage ich.

Aber nun hebt auch Lukas die Augenbrauen, und jetzt stehen sie beide da und sehen mich erwartungsvoll an. Zum Glück lässt Lukas mich nun aber los.

»Ich kann das nicht erklären«, sage ich.

Nesrin murmelt leise zum ungefähr dritten Mal in diesem Gespräch »oh mein Gott«. Niemand achtet auf sie.

Ich sehe Emma an. »Warte mal«, sage ich. »Du bist zu Hause. Wieso bist du zu Hause?«

»Ja, genau das möchten hier jetzt wirklich alle wissen.«

»Warum hast du nicht angerufen?«

»Ich hätte dich natürlich vorwarnen müssen. Ich habe das deutliche Gefühl, dass ich hier gerade störe.«

»Sei nicht albern«, sage ich. Dann geht mir auf, dass Lukas noch immer neben uns steht. »Entschuldige«, sage ich zu ihm. »Wir können vielleicht später telefonieren?«

Irgendwann, wenn Emma nicht dabei ist und alles, was wir sagen, mit offenkundigem Interesse registriert, denke ich.

Er zuckt mit den Schultern. Dann beugt er sich vor, um mich zu küssen, und ich kann gerade noch mein Gesicht wegdrehen, sodass seine Lippen nur meine Wange streifen. »Das ist jetzt nicht gerade hilfreich«, zische ich.

»Warum hast du nicht angerufen?«, frage ich, als Lukas uns verlassen hat und ich mich nun wieder auf Emma konzentrieren kann.

»Ich will nicht so sein, Mama«, sagt sie. »Aber du solltest vielleicht kurz mit deinem jüngeren Lover reden. Der sah ziemlich sauer aus.«

»Er war nicht sauer«, sage ich abwehrend.

Wir drehen uns alle um und sehen, wie Lukas mit langen, zielstrebigen und ehrlich gesagt reichlich wütenden Schritten weggeht.

»Sauer«, sagt Pia.

»Eindeutig sauer«, stimmt Nesrin zu.

Verdammt noch mal, denke ich. »Warte hier«, sage ich zu Emma. »Geh nicht weg.«

»Grüß von uns«, sagt Nesrin.

Ich kann ihn einige Straßenecken weiter einholen. Er steht ganz still da, angespannt und ausdruckslos zugleich, aber immerhin ist er stehengeblieben, als ich ihn gerufen habe.

»Das ist also Emma?«, fragt er. »Gibt es etwas Bestimmtes? Ich dachte, du wärst jetzt damit beschäftigt, sie ins Kreuzverhör zu nehmen.«

»Etwas Bestimmtes?«, frage ich und ignoriere die Sache mit dem Kreuzverhör. Natürlich will ich sie nicht ins Kreuzverhör nehmen. Aber eine Mutter hat das Recht, gewisse Fragen immer wieder zu stellen, wenn sie keine Antwort bekommt. Wie war es in der Schule? Was ist mit Fredrik? Isst du ordentlich? Warum kommst du so plötzlich nach Hause? Solche Fragen eben.

»Weil du mir nachgelaufen bist.«

Bei ihm klingt das so, als hätte ich ihn gejagt. Da ich laufen musste, um ihn einzuholen, und da ich atemlos nach seinem Arm gegriffen habe, kommt er der Wahrheit unangenehm nahe.

»Ich wollte nur wissen, ob alles in Ordnung ist«, sage ich.

»Warum sollte es das nicht sein?«

»Ich wusste nicht, dass Emma heute nach Hause kommen wollte.«

»Offensichtlich«, sagt er trocken. Ich sehe ihn überrascht an. »Ich vermute, du hättest mich sonst vorgewarnt und mich gebeten, mich fernzuhalten?«, erklärt er.

»Genau!«, sage ich, dankbar, dass er mich versteht, bis er den Kopf schüttelt und mir aufgeht, dass das vielleicht ironisch gemeint war.

»Wir sind doch wohl noch nicht im Familien-Kennenlern-Stadium angekommen?«, frage ich.

»Du hast meine Schwestern kennengelernt.«

Unfreiwillig, denke ich, und dem kurzen Lächeln in seinen

Augen entnehme ich, dass er meine Gedanken sehr gut lesen kann.

»Ich muss zu ihr zurück«, sage ich, aber ehe ich loslaufen kann, legt er mir die Hand auf den Arm.

»Anette«, sagt er und zögert.

»Ja?«

Er scheint mit sich zu ringen, ehe er weiterredet. »Sie ist erwachsen. Bist du sicher, dass du alles stehen und liegen lassen musst, sobald sie auftaucht?«

Ich schüttele gereizt seine Hand ab. »Sie ist meine Tochter«, sage ich.

»Ja, aber...«

»In meinen Augen wird sie erst dann erwachsen sein, wenn ihre Enkelkinder konfirmiert werden. Und sie ist seit mehreren Wochen zum ersten Mal hergekommen.«

»Ich weiß, und ich wollte doch nicht...«

»Dich kann ich jederzeit sehen, aber sie kann ich sonst nicht sehen.«

Lukas schiebt die Hände in die Hosentaschen und zuckt mit den Schultern. »Sicher«, sagt er.

»Ich ruf dich an, wenn Emma nach Karlskrona zurückgefahren ist«, sage ich.

Sie stehen nicht mehr da, wo ich sie verlassen habe, aber sie sind auch nicht weit gegangen. Sie sitzen vor der Schnapsküche, umgeben von Menschen, aber unmöglich zu übersehen.

Emma lacht und begrüßt Freunde und Bekannte, die vorbeigehen. Ein Junge, mit dem sie zur Schule gegangen ist, setzt sich auf den Stuhl neben ihrem. Sie wirft den Kopf in den Nacken und lacht über etwas, das er sagt, dann steht er auf und verschwindet in Richtung Tresen. Ihre Haare sind von warmem Kastanienbraun und wild gelockt, und ich kann noch immer nicht fassen, dass sie hier ist.

Einfach so. Plötzlich wieder unter uns.

Bald wird die Dämmerung einsetzen, das Ende eines durch und durch perfekten Herbsttages und der Anfang eines sicher perfekten Herbstabends, so ein Tag, der weich und fast unmerklich vom Tag in den Abend übergeht. Die Menschen schlendern an mir vorüber, Kinder rennen umher, und alles kommt mir seltsam friedlich vor. Emma sieht entspannt aus, gelassen, froh und warm.

Die Schnapsküche hat sich richtig Mühe mit dem Straßencafé gegeben. Alle Tische sind dem Marktplatz zugewandt, die Wärmelampen sind ausnahmsweise einmal eingeschaltet, und auf den Stühlen liegen die inzwischen ausgebleichten mintgrünen Kissen.

Ich überlege, ob ich einfach hier stehenbleiben und Emma ansehen soll. Eine Stunde, zwei Stunden, vielleicht für immer. Aber sie haben mich schon entdeckt, Nesrin winkt mir munter zu, während Emma auf ein volles Bierglas zeigt.

Wie schnell sie groß werden, denke ich. Kaum haben sie laufen gelernt, schon kaufen sie ihrer Mama ein Bier.

Ich dränge mich zu ihnen durch und lasse mich auf den Stuhl sinken, den Emmas alter Klassenkamerad eben geräumt hat. Trinke einen Schluck Bier, stoße mit ihr an. »Willkommen zu Hause«, sage ich, und sie protestiert nicht dagegen, dass ich Skogahammar als ihr Zuhause bezeichne.

Ein schöner Abend.

»Entschuldige, dass ich nicht angerufen habe«, sagt Emma. »Es war eine ziemlich spontane Entscheidung. Plötzlich dachte ich einfach: der Skogahammar-Tag. Wie früher, als ich klein war. Ich weiß noch, wie ich hier durch die Straßen gerannt bin.«

»Du hättest gestern kommen sollen. Jetzt haben wir ja kaum Zeit füreinander.«

»Hab ich das nicht gesagt? Ich wollte ein paar Tage bleiben. Bis Montag vielleicht. Oder Dienstag, mal sehen.«

»Aber ... musst du denn nicht zum Unterricht?«

»Mama, ich bin neunzehn. Ich gehe auf die Uni. Ich kann locker ein paar Tage Unterricht ausfallen lassen, wenn mir danach ist.«

»Schon klar, aber ...«

Warum ist dir danach?, möchte ich fragen.

»Also, Pia«, sagt Emma. »Wie lange treibt Mama es schon mit diesem Lukas? Ich habe nur gehört, dass sie mit ihm ein Nicht-Date hatte.«

»Frag mich nicht«, sagt Pia. »Mir hat sie nichts erzählt.«

»Du hattest zu tun!«, sage ich.

»Ein jüngerer Lover«, sagt Pia. »Ist das nicht ein bisschen 2010?«

»Ich finde es cool, wenn ältere Frauen jüngere Männer aufreißen«, sagt Nesrin.

»Wenn ich ihn nur nicht Papa nennen muss«, sagt Emma.

Ich vermute, es ist nicht so schlimm, wenn sie das jetzt witzig finden, aber trotzdem kann ich aus irgendeinem Grund nicht so richtig mitlachen oder scherzen. »Wie läuft es mit Fredrik?«, frage ich.

»Wir haben Schluss gemacht.«

Ich erstarre. Das Letzte, was ich gehört habe, war, dass sie ein Date hatten und dass alles perfekt war. Aber das ist eine Weile her, in letzter Zeit habe ich meine Anrufe nicht einmal rationieren oder mein Telefon im Kleiderschrank verstecken müssen, weil ich ... nicht daran gedacht habe. Wir haben zwar telefoniert, aber nur kurz und knapp, und offenbar bin ich eine richtige Rabenmutter.

»Was ist denn passiert?«, frage ich leise, falls sie vor Pia und Nesrin nicht darüber sprechen will.

»Nichts«, sagt sie kurz, in normalem Gesprächston.

»Warum hast du nichts gesagt?«

»Du warst offenbar anderweitig beschäftigt. Das war nur ein Witz, Mama«, fügt sie hinzu, sowie sie mein entsetztes Gesicht sieht. »Das war vor so ungefähr zwei Wochen. Nichts Dramatisches, aber im Nachhinein hat er sich als ziemlicher Idiot entpuppt.«

»Aber…«, sage ich. Sie muss doch gewusst haben, dass sie immer mit mir reden kann. Ich kann nicht dermaßen auf Lukas fixiert gewesen sein, das ist unmöglich, das…

»Keine Panik, Mama«, sagt Emma, und ich lasse widerstrebend das Thema fallen, mein schlechtes Gewissen aber bleibt.

Emma dreht sich zu Pia um und sagt: »Was ist nur mit Menschen in Beziehungen los, dass sie immer auch alle anderen in Beziehungen sehen wollen?«

»Ein Mysterium«, sagt Pia. »Gerade sie müssten es ja wohl besser wissen. Aber ich nehme an, man muss sich vielleicht selbst hinters Licht führen, um mit jemandem zusammenzuleben, und dann will man, dass alle anderen unter dem gleichen Selbstbetrug leiden. Das ist natürlich Wahnsinn. Wir werden einsam geboren, wir sterben einsam, und wenn wir Pech haben, sind wir dazwischen einsam in einer Beziehung.«

Pia und Emma sehen mich erwartungsvoll an, und erst jetzt geht mir auf, dass sie über mich reden. »Wir sind kein Paar!«, erkläre ich energisch.

»Ich tippe darauf, dass ihr euch noch immer in der illusorischen ersten Phase befindet, in der sich beide Mühe geben und man sich noch nicht richtig kennengelernt hat. Essen in netten Restaurants, höfliche Gespräche. Ehe alles in alltägliche Streitereien und Trainingsanzüge im Partnerlook ausartet.«

»Wir waren nur zusammen in der Schnapsküche«, sage ich. »Und wer hier Trainingsanzüge im Partnerlook hat, das sind du und ich.«

»Buy one, get one free«, erklärt Pia, als Emma und Nesrin uns fragend anschauen.

Ich will gerade noch mehr sagen, als ich Lukas auf das Straßencafé zukommen sehe.

Obwohl ich vor weniger als einer Stunde gesagt habe, dass ich mich melden werde, wenn Emma nach Hause gefahren ist, stört es mich jetzt, dass er mit einer anderen herkommt. Sofia geht zwei Schritte hinter ihm und würdigt mich keines Blickes.

Ich drehe mich automatisch in ihre Richtung um, mir ist aber nur allzu bewusst, dass Pia und Emma neben mir sitzen. Sie haben Lukas noch nicht gesehen, sonst würden sie nicht über die Vor- und Nachteile von Trainingsanzügen diskutieren, sondern eine Pause einlegen, um mich hochzunehmen.

Lukas schaut kurz zu uns herüber, so kurz, dass ich es verpasst hätte, wenn ich nicht dermaßen intensiv auf ihn konzentriert wäre. Er wird nicht herkommen, nicht, wenn Sofia bei ihm ist, schon gar nicht, wo ich ihm gesagt habe, dass ich mit Emma zusammen sein will, es ist idiotisch zu wollen, dass er es trotzdem tut. Aber wenn Pia und Emma es so toll finden, dass ich in einer Beziehung bin, ist es eigentlich unbegreiflich, dass ich trotzdem allein hier sitze, während er sich mit Sofia herumtreibt. Ich kann mich genauso gut wegen eines Elefanten zum Affen machen wie wegen einer Mücke.

Diese vielen Gedanken wirbeln mir in weniger als der Zeit durch den Kopf, die Lukas braucht, um bei der Schnapsküche anzukommen. Dort zögert er, bleibt stehen, als er das Straßencafé erreicht hat, und dann sieht er mich wieder an, fast unfreiwillig, und ohne irgendwelche Gefühle zu verraten. Sein

Blick ist total ausdruckslos, in einem seltsamen Kontrast zur letzten Zeit, in der seine Augen so viel ausgesagt haben. Einen so leeren Blick habe ich nicht mehr in ihnen gesehen, seit er mir die erste Fahrstunde gegeben hat.

Ich lächele zögernd, und zumindest taucht nun irgendeine Empfindung in seinem Gesicht auf. Es sieht fast aus, als wolle er zu uns kommen, und ich weiß nicht, ob ich das peinlich finde oder wunderbar, aber dann sagt Emma etwas, und ich muss mein Lächeln ihr zukehren.

Ich tue das mit einem starken Gefühl der Enttäuschung, obwohl es doch Emma ist, und als ich mich wieder umsehen kann, wundert es mich nicht, dass er bereits im Lokal verschwunden ist.

Die Bedienung kommt an unserem Tisch vorbei und beugt sich zu mir vor. Es ist dieselbe Bedienung wie bei unserem Nicht-Date, und offenbar kann sie sich an mich erinnern. »Soll ich ein Bier bringen, oder willst du lieber am Tresen bestellen?«, fragt sie. Sie ist diesmal nicht so stark geschminkt, aber jetzt sieht sie gesünder und munterer aus, als würde die unerwartete Menschenmenge ihr frische Energie spenden.

»Warum sollte sie denn am Tresen bestellen?«, fragt Pia, doch dann folgt sie dem Blick der Bedienung und sieht Lukas dort stehen. »Sie will ihr Bier gebracht bekommen«, sagt sie energisch. »Anette, reiß dich zusammen. Du kannst ihn nicht liebeskrank anschmachten, wenn ich dabei bin. Sonst könnte noch jemand glauben, ich hätte dich nicht richtig erzogen.«

»Ich schmachte nicht...«, beginne ich, aber dann gebe ich auf.

»Wie sieht es denn mit den Zukunftsplänen aus?«, fragt Emma Nesrin, und barmherzigerweise reden sie jetzt über Berufe und Ausbildung.

»Du hast dich also noch nicht entschieden, was du werden willst?«, fragt Emma.

»Nicht Friseuse, das steht jedenfalls fest«, sagt Nesrin.

Ich höre zu und gebe mir alle Mühe, mich nicht zu offenkundig über meine Schulter umzusehen, aber dennoch ist mir die ganze Zeit bewusst, was er gerade macht. Es ist so, als könnte ich alles vor mir sehen, obwohl ich ihm und Sofia den Rücken zukehre. Ich sehe, wie er über etwas lacht, das Sofia sagt, vielleicht lacht er sogar laut und schüttelt den Kopf, wie er das bei mir so oft tut. Immer, wenn ich daran denke, lache ich auch, sogar laut, als wollte ich beiden zeigen, dass ich mich köstlich amüsiere und dass mir das alles gar nichts ausmacht.

Hier werden wir von Charlie unterbrochen, der mit Jesper und Gunnar und, oh mein Gott, Ann-Britt zusammen ist.

»Alle Stühle und Tische sind eingesammelt, die Zelte sind abgebaut, und alles ist weggeräumt«, sagt Gunnar. »Ich konnte sogar dabei sein, als sie die Bühne aufgebaut haben.«

»Ihr hättet Bescheid sagen müssen«, protestiere ich.

»Das war doch kein Problem«, sagt Ann-Britt. »Wir wollten nicht stören, jetzt, wo Emma zurück ist.« Sie lächelt mich freundlich an und schaut sich um, offenbar glücklich darüber, dass sie unterwegs ist, an einem Samstagabend, umgeben von jungen Männern.

Ein Gefühl, mit dem ich mich identifizieren kann.

Ich springe auf, biete Ann-Britt meinen Stuhl an, und dann schieben Charlie und ich den Nachbartisch heran, bis wir die größte Runde in der Schnapsküche sind. Gunnar erzählt Jesper Horrorgeschichten über den Aufbau, die er von den Bühnentypen gehört hat, Charlie unterhält Nesrin mit Anekdoten vom CSD und lacht über ihre Schilderung von Schönheit auf Rädern. Ann-Britt trinkt Rotwein und sieht glücklich aus, ihre Wangen sind von der Kälte tagsüber und dem Alkohol jetzt am Abend leicht gerötet.

Und ich, ich sitze neben Emma und Pia, die lachen und Witze reißen und *hier* sind, und dann gebe ich mir wieder alle Mühe, mich nicht auf gar zu offensichtliche Weise umzublicken.

Ich werde auch im nächsten Jahr beim Skogahammar-Tag mithelfen, denke ich spontan. Wenn Ann-Britt mitmacht. Wenn wir das alles hier in wenigen Wochen auf die Beine stellen können, was können wir dann wohl in einem ganzen Jahr schaffen? Ich bin müde, aber aufgekratzt, seltsam gerührt von der Revanche unserer Nerds, glücklich über Emma, und wenn ich mich manchmal aus Versehen umsehe, dann zumindest total unfreiwillig. Ich will genau hier sein, an diesem Tisch, zusammen mit diesen Menschen, und ich lächele und lache, um allen und mir selbst zu beweisen, wie wohl ich mich fühle und wie unberührt ich bin.

Dann drehe ich mich diskret wieder um und halte Ausschau nach Lukas.

»Wann wolltest du mir eigentlich von ihm erzählen?«, fragt Pia leise und überraschend ernst.

»Sobald ich gewusst hätte, was ich sagen sollte«, antworte ich, aber meine Antwort ertrinkt in einem BAM! von der Bühne, wo Niklas und Johan loslegen.

Feuer und Tod sind nach Skogahammar gekommen.

Ich kann nicht feststellen, was sie singen oder welche Töne sie verwenden, aber ich bin ziemlich sicher, dass die meisten Einwohner von Skogahammar so etwas noch nie erlebt haben. Falls man hier von Singen reden kann. Es ist eher ein schrilles, heiseres Geräusch, das zu grell ist, um einzelne Wörter herauszuhören. Das Tempo ist so schnell und hektisch, dass die meisten hier im Straßencafé einfach wie gelähmt dasitzen.

Aber die schwarzhaarigen und schwarzgekleideten Jugendlichen vor der Bühne tanzen jedenfalls los. Von meinem Platz aus kann ich keine Einzelheiten sehen, alles wird zu einer undeutlichen schwarzen Masse. Ab und zu bringt die Abendsonne ein Nietenarmband zum Funkeln, und außerdem etwas, das aussieht wie, oh mein Gott, das war kein Witz, es ist wirklich eine Sense.

Auf das erste Stück folgt ein erwartungsvolles Schweigen von Seiten der Band. Das Publikum vor der Bühne schreit aufmunternd los. Wir anderen glotzen nur.

»Cool«, sagt Nesrin, und nicht einmal Pia fällt ein zynischer Kommentar ein.

Ich schiele zum Tresen hinüber. Die Bedienung lächelt, und sogar einer der Rentner hat das Kreuzworträtsel sinken lassen, vermutlich aber eher vor Schreck als vor Begeisterung. Sofia sieht unzufrieden aus, aber als mein Blick Lukas trifft, lächelt er, schüttelt den Kopf und hebt sein Bierglas zu einem improvisierten Prost. Mein unzuverlässiges Herz flattert los, und ich erwidere den Gruß und weigere mich danach, Pia anzusehen.

Dann fängt das nächste Stück an, und das Gespräch um uns herum wird nach und nach wieder aufgenommen, obwohl wir jetzt schreien müssen, um einander hören zu können.

»Ich hab sie gebucht«, sagt Charlie und zwinkert Nesrin zu.

Ich kann noch immer nicht sehr viel vom Text verstehen, aber ich bin fast sicher, dass ich das Wort Antichrist höre. Ich sehe, dass Hans und Anna Maria nebeneinander am Rand des Platzes stehen, also scheinen sie nicht hinter die Bühne stürzen und den Stecker ziehen zu wollen. Sie scheinen auch nicht Ausschau nach mir zu halten und verlangen zu wollen, dass ich der Sache ein Ende bereite.

Die Band von Niklas und Johan bringt vier eigene Stücke, und dann gehen sie wie versprochen zu publikumsfreundlicherer Musik über. Wenn der Schock total war, als sie angefangen habe, dann ist das nichts im Vergleich dazu, wie die Leute reagieren, als die ersten Töne von *Liebeskummer lohnt sich nicht* über den Platz schallen.

Charlie erhebt sich und fragt Ann-Britt mit einer übertriebenen Verbeugung: »Darf ich bitten?«

Ann-Britt errötet glücklich.

Ich lache. »Tanzen?«, frage ich die restliche Tafelrunde, und das tun wir dann, ich, Emma, Pia und Jesper. Gunnar folgt uns zögerlich, als alle anderen aufgestanden sind.

Andere folgen unserem Beispiel, und als *Euphoria* gespielt wird, hat sich der Platz mit tanzenden Rentnern und Kindern und verwirrten Stammgästen der Schnapsküche gefüllt.

Einige von ihnen haben offenbar seit Jahrzehnten nicht mehr getanzt, ihr Stil ist improvisiert und altmodisch. Ein Paar fegt im Foxtrott an uns vorbei, und erst nach einer Weile erkenne ich Hans und Anna Maria.

Der Skogahammar-Tag ist ein Erfolg.

Und Lukas sitzt noch immer in der Schnapsküche und redet mit Sofia.

38

Ich weiß nicht, ob es deprimierend oder inspirierend ist, dass man genau das bekommen kann, wonach man sich gesehnt hat, und trotzdem nicht zufrieden ist. Deprimierend, weil es so unnatürlich wirkt, nicht froh und glücklich zu sein, inspirierend, weil es auf eine gewisse unbezwingbare menschliche Eigenschaft hinweist, das ewige Bedürfnis danach, etwas mehr zu haben oder etwas anderes.

Emma bleibt zwei Tage, und da ich sowieso vorhatte, mir nach dem Skogahammar-Tag freizunehmen, haben wir zwei ganze Tage zusammen. Ich frage nach Fredrik, aber darüber will sie offenbar nicht sprechen. Früher oder später wird sie davon erzählen, wenn ich es nicht jetzt durch zu viele Fragen ruiniere.

Stattdessen fragt sie nach Lukas. Es ist sehr irritierend, eine moralisch überlegene Tochter zu haben.

Ich habe mich seit Wochen danach gesehnt, dass Emma nach Hause kommt, aber jetzt verbringe ich beängstigend viel Zeit von ihrem Besuch damit, an Lukas zu denken. Ungefähr siebenmal pro Stunde hole ich mein Handy heraus, um ihm eine SMS zu schicken, und jedes Mal wird mir klar, dass ich nichts zu sagen habe, und dann muss ich diskret versuchen, das Telefon unbemerkt von Emma wieder in meine Tasche zu schmuggeln.

Am Montagabend bringe ich Emma zum Bus und umarme sie ein letztes Mal.

Sie erwidert die Umarmung, fest, während der Busfahrer ihr hilft, ihre Tasche im Gepäckraum zu verstauen. Es steigen immer noch Leute ein, deshalb bleibt sie bei mir stehen, als wolle sie den Abschied so lange wie möglich hinauszögern.

»Mama«, sagt sie am Ende. »Wenn ich dir etwas zeige, versprichst du dann, dass du nicht überreagierst?«

»Was willst du mir denn zeigen?«, frage ich.

»Versprich es mir.«

»Ich verspreche es, aber ich garantiere es nicht«, sage ich, und sie scheint mit diesem Kompromiss zufrieden zu sein, da sie mir die aktuelle Ausgabe der *Skogahammar Neuesten Nachrichten* reicht.

Ich habe nicht einmal bemerkt, dass ich die Zeitung zu Hause nicht gesehen habe. Jetzt möchte ich natürlich wissen, was sie über den Skogahammar-Tag schreiben, aber ich habe mich zu sehr auf Emma konzentriert und war zu sehr vom Gedanken an Lukas abgelenkt, um auch nur zu überlegen, mit was für Lobeshymnen wir dort wohl überschüttet werden.

Als Emma mir die Zeitung reicht, ist ein großer Artikel in der Mitte aufgeschlagen, in dem es nur um den Skogahammar-Tag geht.

»Der Skogahammar-Tag wird auf den Kopf gestellt, wenn es nach Anette Grankvist geht«, lese ich die Überschrift vor und blicke Emma fragend an. Hans wird mir das niemals verzeihen.

»Weiter unten«, sagt sie.

Dort finde ich eine kurze Beschreibung des Black-Metal-Konzerts, und Ingemar schafft es, darin dreimal *Antichrist* unterzubringen. Mein Blick bewegt sich weiter, bis er bei etwas unten in der Ecke landet, drei Fotos über einer kleinen Notiz.

Dort heißt es: »Liebevolle Stimmung am Skogahammar-Tag.« Dazu gibt es drei Bilder, zwei davon zeigen mich mit jüngeren Männern: ein Bild von Lukas, der die Arme um mich gelegt hat (wie hat er nur dieses Foto machen können?). Eins, auf dem ich Gunnar auf die Schulter klopfe, auf eine Art, die total unschuldig war, in diesem Zusammenhang hier aber überaus intim wirkt. Das letzte Bild zeigt Charlie, der mit Ann-Britt das Tanzbein schwingt, und es ist richtig gut.

»Keine Katzen, Mama«, bittet Emma. Die letzte Tasche ist untergebracht, der Fahrer ist wieder in den Bus geklettert, und Emma hat einen Fuß auf dem Trittbrett stehen und hält ihre ausgedruckte Fahrkarte bereit. »Versprich mir das!«

Ich denke an das schöne Bild von Charlie und Ann-Britt, und dann denke ich an die Überschrift, die eigentlich auch positiv ist. »Keine Katzen«, sage ich zustimmend, und Emma macht ein erleichtertes Gesicht.

»Ich rufe an, wenn ich angekommen bin«, sagt sie.

Ich schicke Lukas eine SMS, sowie der Bus außer Sichtweite ist. So weit reicht meine Selbstbeherrschung.

Er antwortet nicht.

Am Dienstag sitze ich wieder hinter der Kasse und bin absolut darauf vorbereitet, dass alle die Zeitung gelesen haben. Aber seltsamerweise wird die nicht als Erstes kommentiert. Anna Maria kommt in der Mittagspause, bleibt einige Minuten und plaudert über den großen Erfolg, ohne mein Liebesleben auch nur zu erwähnen. »Ich wusste doch, dass du alles aufpeppen würdest«, sagt sie, während die Schlange hinter ihr langsam wächst. »Die Musikauswahl war zwar vielleicht ein bisschen originell, aber am Ende war dann ja alles gut. Ich habe in Skogahammar nicht mehr so viele Leute tanzen sehen, seit Lasse Berghagen 2002 hier aufgetreten ist.«

Klein-Roger kommt vorbei, um nachzusehen, weshalb hier eine Schlange steht, macht aber sofort kehrt, als er Anna Maria sieht. Einige Minuten später taucht Maggan auf und öffnet eine weitere Kasse.

»Ich möchte ja wissen, was du zustande bringst, wenn du ein ganzes Jahr zur Planung Zeit hast.«

Das einzige Zeichen dafür, dass sie den Artikel gelesen hat, ist ein übertriebenes Zwinkern, ehe sie geht. Vermutlich will sie mich damit auf die Vorteile meines Engagements für den Skogahammar-Tag hinweisen.

Natürlich behandeln nicht alle meine Vorliebe für jüngere Männer mit so viel Diskretion.

»Sie hat was mit diesem Fahrlehrer«, höre ich eine Frau hinten in der Schlange zu ihrer Freundin sagen.

Der Mann, der gerade bezahlt, gibt sich alle Mühe, nicht loszulachen.

»Darf es sonst noch etwas sein?«, frage ich mit aller Würde, die ich aufbringen kann.

»Mm. Wenn ich nur zehn Jahre jünger wäre ...«, antwortet ihre Freundin, die mindestens siebzig ist.

»Ich finde eher, *sie* könnte zehn Jahre jünger sein«, sagt die erste Frau, und der Mann flieht mit seinen Einkäufen und kann sein Lachen gerade noch zurückhalten, bis er fast den Ausgang erreicht hat.

»Ja, vielleicht«, sagt die Freundin. »Und gleich zwei jüngere Männer ist ja doch ein bisschen übertrieben.«

Einige Stunden später ist die Theaterfrau so vergnügt, dass sie die ganze Fehde vergisst. Das Einzige, was sie sagt, ist ein zurückhaltendes: »Schade, dass das mit der Kunstausstellung so schlecht gelaufen ist. Aber Theater ist eben unter Kindern doch ein bisschen beliebter.«

Bei allen Aktivitäten gab es genau gleich viele Teilnehmer. Die Kinder von Skogahammar wurden ganz einfach von einer zur anderen geschickt. »Aber ich habe gehört, dass du dich zumindest gut amüsiert hast«, fügt sie hinzu. »Ja, glaub bloß nicht, ich wollte dich verurteilen. Im Gegenteil. Ich kann mich ja an meine eigene Jugend erinnern. In der Literatur ist es wahrscheinlich nicht dasselbe, aber in der Theaterwelt wissen wir wirklich, wie man sich von einem Bett ins nächste wirft. Da habe ich viele schöne Erinnerungen!«

Sie starrt dramatisch in die Luft, als ob sie soeben von sentimentalen Erinnerungen an die Liebhaber vergangener Zeiten überwältigt würde.

»Aber ich hatte natürlich nie zwei jüngere Liebhaber gleichzeitig. Zwei gleichzeitig, das schon, aber nicht zwei jüngere.«

Nesrin, Pia und ich treffen uns nach Feierabend zu einem Bier, und ich habe mich den ganzen Tag danach gesehnt, mit ihnen über Lukas reden zu können. Er hat noch immer nicht auf meine SMS geantwortet.

Ich hoffe wirklich, dass er sich nicht über den Artikel ärgert, denn dann ist er ein Idiot, und es wäre wirklich überaus deprimierend, wenn ich... mich zu noch einem Idioten hingezogen fühlte.

Sowie ich die Schnapsküche betrete, verlässt die Bedienung den Tresen, kommt auf mich zu und umarmt mich.

»Das war so schön«, sagt sie.

»Wirklich?«, frage ich. »Was... was genau war denn so schön?« Mir scheint das eine etwas übertriebene Reaktion auf einige Gäste und eine Runde Black-Metal-Schlager zu sein.

Pia und Nesrin haben sich schon hingesetzt, und drüben beim Spielautomaten sitzt Gunnar. Alles ist so normal, dass ich zuerst nicht einmal daran denke, aber dann geht mir auf, dass ich mit Gunnar über das Foto reden muss.

»Eine ältere Frau, die noch immer Dates hat«, sagt die Serviererin. »Ich hatte es schon total aufgegeben, einen zu finden, aber dann habe ich den Artikel über dich in den *Skogahammar Neuesten Nachrichten* gelesen, und ich dachte, wenn sie zwei kriegen kann, werde ich ja wohl einen schaffen. Und jetzt habe ich mich in so einem Datingforum angemeldet. Ich habe das erste Date am Samstag, deshalb arbeite ich heute. Am Samstag lasse ich mir Bier bringen, statt es selbst zu servieren.«

Sie beugt sich weiter zu mir vor. Ich weiche ein wenig zurück. »Aber ... ich weiß nicht, ob du das gesehen hast, jedenfalls, dein Typ – der erste von beiden, meine ich – hat ganz schön viel mit diesem Mädel geredet, mit dem er am Samstag hier war. Sie ist so eine, die der Bedienung nicht mal in die Augen schaut, wenn sie bestellt. Aber Lukas ist einfach total sympathisch, und da bin ich sicher, dass er dich vorzieht. Ich wollte nur, dass du Bescheid weißt. Ich habe die beiden nicht gehen sehen, also ist er ja vielleicht mit dir nach Hause gegangen?«

»Nein«, sage ich kurz.

»Ich heiße übrigens Felicia. Ein Bier, wie immer?«

»Ja, bitte, Felicia«, sage ich. Ich nehme alle Kraft zusammen und gehe zu Gunnar hinüber.

»Hallo Anette«, sagt er und lächelt mir strahlend entgegen.

»Gunnar, ich wollte nur fragen, ob alles in Ordnung ist ... ja, nach dem Artikel und überhaupt.«

»Das ist phantastisch«, sagt er. »Drei Mädels haben seitdem mit mir geredet. Ich glaube, sie finden es toll, dass ich ältere Frauen date. Ich glaube, ich werde wirklich damit anfangen.«

Oh mein Gott.

»Wenn nur zwischen uns alles in Ordnung ist«, sage ich und füge erklärend hinzu: »Da wir ja nichts miteinander haben. Rein gar nichts. Und auch niemals haben werden.«

»Absolut«, sagt er und widmet sich wieder dem Spielautomaten. Offenbar können die älteren Frauen sich an diesem Abend sicher fühlen.

Ich lasse mich bei Pia und Nesrin nieder. »Glaubt ihr, dass Lukas über den Artikel gestern sauer war?«, frage ich, sowie Felicia mein Bier gebracht hat.

»Verdammt, müssen wir denn immer über dich und Lukas reden?«, fragt Pia.

Ich will ihr gerade versichern, dass wir das durchaus nicht müssen, dass es gar nicht wichtig ist, dass ich das sicher selbst herausfinden werde, als Nesrin energisch erklärt: »Ja, das müssen wir. Was hat er gesagt, als du mit ihm über den Artikel gesprochen hast?«

Ich schiele zu Pia hinüber und fühle mich illoyal, aber ich muss einfach sagen: »Ich habe ihm eine SMS geschickt, aber er antwortet nicht. Aber er muss doch begriffen haben, dass der Artikel nur ein Witz war?«

»Müsste er schon«, sagt Nesrin. »Aber es ist ein schlechtes Zeichen, dass er nicht antwortet. Was hat er gesagt, als du am Samstag hinter ihm hergelaufen bist? Nachdem du ihn unseretwegen versetzt hattest?«

Pia macht noch immer ein genervtes Gesicht. Und sie wirkt noch dazu müder als sonst. Ich frage mich, ob sie ohne mich getrunken hat, und fühle mich bei diesem Gedanken seltsam beleidigt.

»Ich hab ihn gefragt, ob alles in Ordnung ist. Er hat gefragt, warum es das nicht sein sollte.«

Nesrin sieht mich an, als ob sie noch mehr erwartet. »Und das bedeutet…?«, souffliert sie.

»Dass es keinen Grund gibt, warum es das nicht sein sollte?«, schlage ich vor.

»Du spinnst doch total«, sagt Nesrin. Pia nickt.

»Wieso das denn?«, frage ich. »Wenn er sagt, dass es kein

Problem gibt, warum soll ich dann davon ausgehen, dass er lügt?«

»Weil ihr was miteinander habt. Miteinander schlaft, oder wie immer ihr das nun nennt. Körperflüssigkeiten austauscht. Niemand ist ehrlich, wenn man miteinander geschlafen hat.«

»Vorher auch nicht«, murmelt Pia.

Ich sehe Nesrin fragend an. »Du meinst also, wenn er sagt, ›warum sollte es das nicht sein?‹, dann meint er *nicht,* dass alles in Ordnung ist, was die einzig logische Deutung wäre, sondern...?«

Pia ist offenbar jetzt ins Gespräch eingestiegen. »Es war eine höfliche Art zu sagen: Anette, du bist total bescheuert«, sagt sie.

»Ich bin plötzlich schrecklich müde«, sage ich. »Ich vermute, ich muss einfach mit ihm reden und ihm sagen, was ich empfinde.«

Ich wünschte nur, ich wüsste, was ich für ihn empfinde. Im Moment ist mein erster Gedanke: zu viel. Und wie sagt man so etwas? Entschuldige, ich weiß, dass wir uns erst seit ein paar Wochen treffen, aber ja, ich glaube plötzlich, dass du in mein Leben gehörst, ich will dir alles erzählen, was passiert, und ich rede lieber mit dir als mit meiner besten Freundin, die seit vielen Jahren für mich da ist?

Nesrin sieht ebenso entsetzt aus, wie ich mich fühle. »Ihm sagen, wie du für ihn empfindest? Wie lange trefft ihr euch jetzt?«

»Zwei Wochen vielleicht, aber es kommt mir länger vor.«

»Oh mein Gott, ältere Menschen dürften keine Dates haben. Das ist wie ein Verkehrsunfall. Ich kann nicht wegschauen, aber ich will es nicht wissen.«

Ich sehe sie total verständnislos an.

»Du kannst ihm nicht einfach sagen, was du für ihn empfindest. Zuerst musst du herausfinden, was er für dich empfindet. Du musst deine Freundinnen um Hilfe bitten. Alles analysieren, was er sagt, und es drehen und wenden, bis du zu einer Antwort gekommen bist. Egal, was er selbst sagt.«

»Dieses Spiel werde ich niemals so schnell lernen, dass es mir noch etwas nützen kann.«

»Warte mal«, sagt Pia. »Warte. Mal. Jetzt. Wenn du sagst, empfinden, wie meinst du das dann?«

»Ich weiß nicht«, sage ich ehrlich.

Aber ich weiß, dass es mehr ist als nur Sex.

Ich muss morgen zum Info-Abend in der Fahrschule, und ich beschließe hier und jetzt, dann mit ihm zu sprechen. Auch, wenn er bis dahin nichts von sich hören lässt. Ich werde nicht versuchen, alles zu überanalysieren und mich hinter meine Verteidigungsmauern zurückziehen und allein zurechtkommen. Wenn das, was ich empfinde, wahnsinnig und unlogisch ist, dann ist das eben so.

»Ich dachte, es ginge nur um Sex«, sagt Pia. »Aber du bist dabei, dich in ihn zu verlieben, oder?«

»Nein, ich ... woher weiß man das?«

»Anette, jetzt hör mir mal zu. Ich habe nur zwei Regeln im Leben.«

Nesrin und ich sehen einander an und verdrehen die Augen. Pia hat um einiges mehr Regeln als nur zwei.

»Die eine ist: Wenn etwas zu schön erscheint, um wahr zu sein, dann ist es das auch.«

Ich brauche nicht zu fragen, was sie damit sagen will. »Und die andere?«

»Wenn alle Menschen in einem Punkt einer Meinung sind, dann irren sie sich vermutlich.«

»Widerspricht sich das nicht?«, frage ich. »Ich dachte, wenn alle etwas für zu schön halten, um wahr zu sein, dann ist es das auch.«

»Sie sagen vielleicht, dass sie das tun, aber unbewusst machen sie für sich selbst eine Ausnahme. Niemand gewinnt im Lotto – aber es kann doch gerade mir passieren. Wenn ein Mann sagt, dass er Überstunden macht, dann geht er fremd – nur mein Mann eben nicht. Wenn ein Mann nichts von sich hören lässt, dann hat er kein Interesse – nur nicht in meinem Fall, da hat er nur sein Telefon verloren oder ist entführt worden und liegt im Krankenhaus im Koma. Gutaussehende Leute verlieben sich nicht in unscheinbare Personen – in mich aber doch.«

»Ah«, sage ich. Das ist das Einzige, was mir einfällt. Nesrin sieht mich jetzt mit seltsamem Blick an. Gutaussehende Motorradlehrer verlieben sich nicht in unscheinbare Mat-Extra-Verkäuferinnen, daran versucht Pia mich auf ihre etwas umständliche Weise zu erinnern.

Sie meint das nicht böse, sie versucht nur, mich zu beschützen, denke ich, aber das macht alles nur noch schlimmer. Ich will keinen Schutz brauchen. Ich trinke einen Schluck Bier und hoffe, dass ich meine Gefühle nicht zu deutlich zeige.

»Es gibt doch manchmal Leute, die im Lotto gewinnen«, sagt Nesrin und lächelt mir aufmunternd zu.

»Also, ich will ja nicht pessimistisch sein«, sagt Pia. »Wartet, das habt ihr nicht gehört. Ich *will* pessimistisch sein. Warum sollten wir dauernd so überkandidelt optimistisch sein? So läuft es nicht auf der Welt. Greife nach den Sternen, wird uns gesagt, dann kommst du wenigstens bis zu den Baumwipfeln. Aber ich will nicht, dass du mit dem Kopf gegen eine Tanne knallst.«

»Nein, das wäre unangenehm«, sage ich. Das ist eine jämmerliche Antwort, aber ich habe das Gefühl, dass zwischen meinem Gehirn und meinem Mund keine Kommunikation mehr stattfindet. Oder zwischen meinem Herzen und irgendwelchen Körperteilen. Ich sitze einfach nur da, kerzengerade, mit einem halbvollen Bier vor mir.

»Geht es hier um deinen Plan, dir ein Leben zuzulegen, Motorrad zu fahren und wieder zu träumen anzufangen?«, fragt Pia.

Ich blinzele. »Aber Pia, das war doch auch dein Plan.«

»Oh mein Gott, Anette, das sollte ein Witz sein. Gerade du müsstest mich doch gut genug kennen, um zu wissen, dass ich viel zu zynisch für Träume bin. Vor allem für Träume, die von Beziehungen handeln. Weißt du, als ich aus der Villa ausgezogen bin, habe ich eine Menge alter Fotos gefunden. Massen von Hochzeitsbildern von allen unseren Freunden. Bei meiner Scheidung war fast niemand von denen noch verheiratet. Ich habe alle weggeworfen.«

»Ich sage doch nicht, dass ich ihn heiraten will«, protestiere ich.

»Dieses ganze Gerede von Veränderung und Träumen und Entwicklung? Menschen ändern sich nicht. Ich habe meinem Mann so oft verziehen, und er hat immer wieder dasselbe getan, die ganze Zeit. Er musste verdammt noch mal in meinem Namen Steuern hinterziehen, damit ich endlich aufwache.«

Pia redet weiter, ohne Nesrin oder mir die Möglichkeit zu einem Einwand zu geben, fest entschlossen, jetzt alles zu sagen, was es zu sagen gibt:

»Wir werden überschüttet mit Ratschlägen, Frisur, Gewicht, Kleiderstil und so weiter zu ändern, aber ich kann euch garantieren, dass wir davon nicht glücklicher werden. Zwei Dinge können passieren, wenn wir versuchen, uns zu ändern. Eins, wir versuchen es und versagen, und dann sind wir danach noch niedergeschlagener. Zwei, wir schaffen es, abzunehmen oder die tollen Kleider zu finden oder was immer wir uns vorstellen, und dann stellen wir fest, dass wir leider noch immer dieselben Menschen sind und ebenso unglücklich wie vorher. Wir können das ignorieren und versuchen, so zu tun, als ob es nicht so wäre, oder wir können uns ganz einfach so akzeptieren, wie wir sind. Das Beste aus der Situation machen, noch ein Bier trinken, noch ein paar Zigaretten rauchen. Wir müssen alle irgendwann sterben, oder? Ab und zu muss man einfach die Zähne zusammenbeißen und darüber lachen. Wir werden glücklicher, wenn wir den Pessimismus akzeptieren.«

Nesrin sieht aus, als sei ihr die Lage plötzlich über den Kopf gewachsen. Ich weiß nicht einmal, ob es mir anders geht.

»Na gut, das war's«, sagt Pia. Sie lässt sich zurücksinken, trinkt ihr Glas aus und erhebt sich. »Jetzt könnt ihr dann hintenrum über mich reden, wenn ich gegangen bin.«

Und dann geht sie.

»Glaubst du... glaubst du, sie war betrunken?«, fragt Nesrin geschockt.

»Ich hoffe es fast«, sage ich. Dann fühle ich mich illoyal, weil wir wirklich über sie sprechen, genau wie sie es prophezeit hat.

»Wirst du mit Lukas reden?«, fragt Nesrin.

»Ich weiß nicht«, sage ich, aber im tiefsten Herzen habe ich mich wohl schon entschieden.

Auch wenn es irgendwann zu Ende geht wie auf den vielen Bildern in Pias Fotoalbum, so kann es doch schön sein, so lange es läuft. Vielleicht werden wir uns niemals Trainingsanzüge im Partnerlook zulegen, aber wir können uns an einem müden Abend mitten in der Woche eine Pizza oder eine heiße Schokolade und Ausblick auf eine Autobahn gönnen, und das habe ich bisher nicht gehabt.

Veränderung ist möglich. Sie muss es einfach sein.

39

Ich habe nicht vor, ihm meine unsterbliche Liebe zu erklären.

Ich habe die Kontrolle über die Wirklichkeit noch nicht vollständig verloren.

Aber er hat noch immer nichts von sich hören lassen, und egal, was nun zwischen uns passiert, ich will zumindest wissen, was werden soll. Am liebsten wäre es mir, wenn alles bleiben könnte wie vorher, vor dem Skogahammar-Tag. Ich will, dass seine Augen mir entgegenfunkeln, ich will ihn lachen hören, vermutlich über mich. Ich will ihn berühren, einfach so, weil ich es kann und weil mein Körper weiß, was er haben will. Die Wärme seines Körpers, wenn ich schlafe.

Ich bin eine halbe Stunde vor Kursbeginn da und gönne mir eine letzte Zigarette vor der Tür, während ich versuche, meinen Herzschlag unter Kontrolle zu bringen.

Hallo Lukas, werde ich sagen, und dann: Könnte ich wohl kurz mit dir reden? Ganz natürlich. Warum sollte ich nicht mit ihm reden? Aber etwas lebt in meinem Brustkorb sein eigenes Leben, und als ich am Ende genug Mut zusammengekratzt habe, um die Tür zur Fahrschule zu öffnen, bin ich ziemlich sicher, dass ich bereits rot geworden bin.

Die Fahrschule ist abends sogar noch gemütlicher. Der Duft von Kaffee und das Geräusch von Gelächter empfangen mich. Ich erkenne sofort Lukas' Lachen, vermischt mit dem einer Frau.

Abends ist eine andere Rezeptionistin da. Sie ist jung und hübsch und unterhält sich gerade mit Lukas. Ich schnappe nach Luft, als ich ihn sehe, ich kann das einfach nicht verhindern. Verlangen und Nervosität und Adrenalin kämpfen um die Vorherrschaft in meinem Körper, während ich verzweifelt versuche, ruhig und entspannt auszusehen.

»Hallo, wollen Sie zum Kurs?«, fragt die Rezeptionistin, als sie mich sieht. Ich stehe noch immer in der Türöffnung.

»Hallo Anette«, sagt Lukas, als habe er mich gerade erst bemerkt.

»Anette Grankvist also?«, fragt die Rezeptionistin und kreuzt meinen Namen auf einer Liste an. »Sie können vielleicht eine Frage für uns klären?«

Ich nicke. Ich habe kein Vertrauen zu meiner Stimme.

»Ich habe mir gerade einen Pony schneiden lassen. Lukas behauptet, dass er phantastisch aussieht und meine Augen betont, aber er ist immer viel zu nett, deshalb glaube ich ihm nicht so recht. Was meinen Sie?«

Der Pony ist ein bisschen zu kurz und nicht ganz gerade. »Phantastisch«, wiederhole ich wie ein Trottel.

Sie lächelt mich strahlend an. »Sie sind ab jetzt meine Lieblingskundin«, sagt sie, und ich antworte, »wirklich«, ehe ich mich auf das normalere »danke« besinne.

»Lukas«, sage ich dann. »Kann ich mal kurz mit dir reden? Draußen vielleicht?«

Die Rezeptionistin lässt ihren Blick zwischen uns hin- und herwandern und scheint erst jetzt zwei und zwei zusammenzuzählen. »Oh mein Gott, Sie sind das!«, sagt sie. »Jetzt liebe ich Sie gleich noch mehr.«

»Lukas?«

Einen Moment lang sieht es aus, als wolle er Nein sagen, dann zuckt er mit den Schultern und geht mit mir zur Tür.

Die Rezeptionistin beugt sich über den Tresen vor, um uns im Auge behalten zu können.

Lukas steht einfach stumm da und wartet darauf, dass ich den Anfang mache. »Du hast nicht auf meine SMS geantwortet?«, sage ich. »Oder zurückgerufen?«

»Ich wusste nicht, ob Emma noch da war. Ich gehe davon aus, sie ist jetzt nach Hause gefahren?«

»Zurück. Zurückgefahren. Ich meine, ja, ist sie.«

»Das hätte ich mir natürlich denken können, als die SMS kam.«

Ich verschränke die Arme vor der Brust. Ein Mann von Mitte vierzig geht an uns vorbei und betritt die Fahrschule, sicher will auch er zum Info-Abend. Ich warte, bis er die Tür hinter sich geschlossen hat, dann sage ich: »Ich hoffe, du hast diesen Artikel in der Zeitung nicht geglaubt. Ingemar Grahn hat es auf mich abgesehen, seit ich unter seinem Namen einen Katzenblog gestartet habe.«

»Glaubst du wirklich, dass es darum geht?«

»Tut es das nicht?«

»Nein.«

»Worum geht es denn dann?«

»Ich wusste nicht mal, dass es ein *es* gibt.«

Aber jetzt stehen wir beide mit verschränkten Armen da und wechseln gereizte Blicke, und deshalb brauche ich nicht einmal Nesrins Anleitungen, um zu wissen, dass es hier ganz unbedingt ein *es* gibt.

»Wann hättest du von uns erzählt, wenn Emma nicht ganz plötzlich aufgetaucht wäre?«, fragt er. »Deine Freundinnen schienen ja auch nichts zu wissen.«

»Ich weiß nicht«, sage ich ehrlich. »Wir haben, was denn, ein paar Wochen miteinander geschlafen? Ich wollte deshalb eigentlich nicht gleich eine Anzeige in die Zeitung setzen. Obwohl das ja jetzt auch nicht mehr nötig wäre.« Das war kein besonders gelungener Witz.

»Nein«, sagt er. »Es ist nur, dass ich ... ich stehe auf Loyalität, Anette.«

»Ich bin loyal«, protestiere ich. Und dann: »Das bin ich doch?«

Ich sehe nicht umwerfend aus und bin nicht clever oder aufregend, und ich bin bestimmt nicht mutig, aber wenn ich in seinen Augen nicht einmal loyal bin ...

»Natürlich bist du das«, sagt er. »Das weiß ich. Und ich respektiere das auch. Ich würde niemals verlangen, dass du mich deiner Tochter vorziehst. Wer würde das schon?«

»Die meisten«, sage ich ganz ehrlich.

»Ich bin vermutlich ein Trottel«, sagt er mit einem raschen Blick zur Eingangstür der Fahrschule. »Aber am Samstag, als deine Freundinnen nicht einmal von mir wussten, und als ich ... ich wollte nur, dass du zu mir stehst. Nicht statt zu deinen Freundinnen, nur ... eben *auch*.«

Ich weiß nicht, was ich sagen soll.

Mir war nicht klar, dass ich mich nicht so verhalten hatte. Mir war nicht klar, dass er das wollte. Aber ich fühle mich seltsam erleichtert, mit Loyalität kenne ich mich doch aus. Das ist eine der positiven Seiten daran, dass ich immer kämpfen musste, ich habe gelernt, wer am Ende da ist und mit mir über den ganzen Mist lacht.

Wie Pia.

Ich gerate aus dem Konzept. Ich möchte glauben, dass ich loyal bin, aber ich habe keine Ahnung, wie man unter Zeitdruck Loyalität hervorruft, und ich kann mir nicht vorstellen, dass er bereit ist, zehn Jahre lang darauf zu warten. Geht es bei Loyalität nicht im Grunde um Entscheidungen und Prioritäten? Was hat es denn für einen Sinn, loyal zu sein, wenn man das eine nicht dem anderen vorzieht, bestimmte Menschen nicht wichtiger findet als andere?

Und wir wissen beide, dass ich ihm Pia und Emma vorziehen würde; ich weiß nicht einmal, wie man es macht, eine Liebesbeziehung so hoch zu werten, dass sie automatisch zum Wichtigsten im Leben wird.

»Du hast Sofia nichts von uns erzählt, oder?«

»Soll ich das?«

»Nein! Es ist nur, dass ... was machen wir da eigentlich, Lukas?«

Er sieht aus, als sei das seine Frage gewesen. »Ich habe nicht gewusst, dass wir das sofort entscheiden müssten«, sagt er.

»Ich muss wissen, woran ich bin. Wirst du mich heute Abend sitzen lassen und dich mit Sofia treffen, oder bleiben wir zwei Jahre zusammen, bis dir aufgeht, dass du die 1,5 Kinder und eine normale Beziehung willst?«

Ich bereue sofort, das gesagt zu haben.

»Zwei Jahre wirken wohl ziemlich unwahrscheinlich, wenn es um dich geht?«, fragt Lukas. »Es ist wohl eher vorstellbar, dass es einen Monat dauert, bis du einsiehst, dass du nur etwas fühlen wolltest, weil Emma von zu Hause ausgezogen ist?«

Ich sehe ihn entsetzt an, dann hole ich tief Luft und versuche zu begreifen, warum ich so verletzt bin. Ich kann nicht einmal behaupten, dass er sich irrt.

»Wer weiß?«, sage ich und zucke mit den Schultern. »Ich nehme an, Menschen ändern sich eben nicht«, füge ich dann hinzu. »Vielleicht sollte man sich besser damit abfinden. Nicht nach den Sternen greifen, nicht gegen eine Tanne knallen. So weitermachen wie bisher und sich damit zufriedengeben.«

Aus meinem Mund klingen diese Worte nicht besser als aus Pias, aber zum ersten Mal wünsche ich, ich könnte daran glauben. Vielleicht beweist das, dass sie recht hat, vielleicht wäre alles leichter, wenn man es von Anfang an akzeptieren könnte.

»Du gehst jetzt wohl besser rein«, sagt Lukas müde. »Der Info-Abend geht gleich los.«

Ich gehorche. Gehe hinein und setze mich auf einen freien Stuhl weit hinten, und dann starre ich ins Leere und frage mich, was zum Teufel da eben passiert ist.

»Damit ich ganz legal fahren kann.«

Der Typ ganz hinten sagt es ruhig und sozusagen wie eine Feststellung. »Ich bin ja ohne Führerschein durch ganz Europa gefahren, aber jetzt dachte ich, es wäre an der Zeit, mir einen zu besorgen.«

Heute ist die erste Stunde der theoretischen Einführung in die Gefahren des Risikoverhaltens. Alkohol, Müdigkeit, Drogen und andere Dinge, die man lieber nicht mit Motorradfahren verbinden sollte. Wir sind vielleicht fünfzehn, die hier im Kursraum links von der Rezeption sitzen, und wir sind eine wild gemischte Gruppe.

Es gibt einen schlaksigen Jungen, der kaum aussieht wie achtzehn, den Mann, der vorhin an Lukas und mir vorbeigekommen ist, einige, die aussehen wie Handwerker, einen Typen von Mitte zwanzig, Robin den Langsamfahrer und dann den Mann ganz hinten, der vielleicht dreißig ist, vielleicht jünger, vielleicht älter. Das ist schwer zu sagen. Er hat betonte Wangenknochen, dunkle Haare und eine gelbliche Haut. Und noch ein paar andere. Nur Männer.

»Vielen Dank«, sagt Mats, der Leiter der Fahrschule, der auch diesen Kurs leitet.

Mats besitzt die meisten Zulassungen, die man sich nur denken kann, und vermutlich noch weitere, und er beschreibt das so, dass er Buchstabenkombinationen sammelt. Aber er hegt eine kindliche Begeisterung für Mopeds, das gibt er bereitwillig zu. Das macht mindestens solchen Spaß wie Motorradfahren. Die Sicherheit, die es ermöglicht, solche Dinge zu sagen, hat etwas Charmantes, aber vielleicht ist das nicht so schwer, wenn man auch die Fahrerlaubnis für schwere Lastwagen hat.

Sie reden weiter über Motorradtypen, aber ich höre kaum zu. Stattdessen lasse ich vor meinem geistigen Auge immer wieder mein Gespräch mit Lukas ablaufen. *Wohl kaum zwei Jahre. Eher einen Monat. Nur, weil du etwas fühlen wolltest.* Ich bin seit mindestens zehn Jahren mit Pia befreundet, und sie hat mich bis gestern nie verletzt. Lukas schafft es schon nach zwei Wochen.

Mein Körper erinnert sich noch immer an das beinahe lähmende Entsetzen, als ich Pia meine Aussichten mit Lukas heruntermachen hörte, aber ich bezweifle nicht, dass sie und ich irgendwann darüber hinwegkommen, Witze darüber machen können, zu dem zurückkehren, was wir vorher hatten.

Aber das mit Lukas... ich weiß nicht einmal, wann ich wieder mit ihm sprechen werde. Wie kann man eine Woche lang... ja, *Freunde* sein und dann überhaupt keinen Kontakt mehr haben?

Eine abgenutzte Bremsscheibe wird herumgereicht. Ich berühre sie, ehe ich sie dem Motorradfahrer neben mir gebe, und ich frage mich, was ich jetzt machen soll. Aufgeben? Weitergehen? Akzeptieren, dass das Leben in einer Woche an die Tür gebrachte Pizza enthalten kann und in der nächsten kühle Distanz?

Deshalb sollte man auf Freundschaften setzen und nicht auf Beziehungen, denke ich voller Überzeugung, und dann denke ich, dass ich mich wirklich nicht darauf freue, Pia gegenüber zuzugeben, dass sie recht hatte. Wenn ich das nächste

Mal Spannung in mein Leben bringen will, kaufe ich mir ein Rubbellos.

Wir reden auch über Drogen und Alkohol. Der Typ ganz hinten hat eine Weile geschwiegen, aber bei diesem Thema sagt er nun:

»Aber wenn man drogenabhängig ist, ist es manchmal gefährlicher zu fahren, wenn man auf Entzug ist.«

»Hmmm«, sagt Mats.

»Ich hab es schon erlebt, dass ich dicht und auf Drogen gefahren bin, und das Fahren ging dann viel besser. Das habe ich auch dem Richter gesagt: Mit tausendprozentiger Sicherheit kann ich sagen, dass ich einen Unfall gebaut hätte, wenn ich nicht high gewesen wäre.«

»Hat ihn das überzeugt?«

»Nein.«

Mats erzählt von einem sturzbesoffenen Kerl, der geradewegs über Rot fuhr, an einem Freitag gegen drei, als gerade Kinder aus der Schule kamen, und will damit zeigen, wie idiotisch Alkohol am Steuer ist und dass man sich als Motorradfahrer (und als Kind, vermute ich) nicht darauf verlassen kann, dass andere wirklich bei Rot anhalten.

Der Typ ganz hinten erwacht wieder zum Leben. »Ich bin auch schon über Rot gefahren«, sagt er. Inzwischen überrascht uns andere das nicht mehr. »Ich wurde von der Polizei gejagt, und da hab ich eben Gas gegeben.«

»Und hast du dich dabei verletzt?«

»Ich hab keinerlei Verletzungen abbekommen.«

»Wie gut.«

»Allerdings hab ich was anderes abbekommen.«

»Ach was?«

»Fünf Jahre.«

Nach dem Kurs sitzen die anderen noch bei Kaffee und trockenen Plätzchen herum. Ich halte Ausschau nach Lukas, aber der ist nach Hause gegangen. Ich schalte mein Telefon wieder ein. Er hat keine SMS geschickt. Natürlich nicht.

Ich nehme an, jetzt ist Schluss, das muss es wohl sein, aber ich will es nicht hinnehmen. Ich will die Uhr zurückdrehen oder einfach verstehen, wie wir von engen Freunden zu Fremden werden konnten, oder auch von Fremden zu Menschen, die einander nahestanden; im Nachhinein ist das alles viel zu schnell gegangen.

Während die anderen über Motorräder reden und diskutieren, ob sie ein Headset für den Helm kaufen sollen oder nicht – »Ist es nicht einer der Vorteile, wenn man die Olle auf dem Rücksitz hat, dass man ihr nicht zuhören muss?« –, nehme ich meine Jacke und verschwinde, bevor ich sie überhaupt angezogen habe. Ich kämpfe mit einem neuen, beunruhigenden Gedanken.

Was, wenn Lukas recht hat?

40

Pia kommt am Donnerstag und Freitag nicht zur Arbeit, also brauche ich ihr nicht zu erzählen, dass sie in Bezug auf Lukas recht hatte. Das ist mein einziger Trost.

Am Samstag besuche ich Mama, getrieben von einem seltsamen Bedürfnis, mit ihr zu reden, über ihren Liebhaber, über den Beschluss, ihn aufzugeben, was es für ein Gefühl war, das zu tun.

Mein ganzes Leben lang habe ich Mama als eine Art umgekehrtes GPS benutzt. Wenn sie links sagte, ging ich nach rechts. Sie reagierte ungefähr wie ein echtes GPS und wiederholte ihre Botschaft zwanzigmal. Und jetzt bin ich hier, weil ich Rat suche, Trost, oder weil ich mich einfach in sie hineinversetzen möchte, ich weiß nicht, was, und alle Alternativen sind gleichermaßen an den Haaren herbeigezogen.

Es spielt keine Rolle. Mama ist so verwirrt, dass sie mir viel zu schwachen Kaffee macht. Das beunruhigt mich viel mehr, als ich zugeben mag. Im Hintergrund läuft das Lokalradio, und die fröhliche Stimme des Sprechers Nisse Karlsson gibt allem eine Art verzerrte Normalität, obwohl Mama teefarbenen Kaffee trinkt, ohne sich zu beklagen. Genau wie sonst und doch ganz anders.

In meinem Kopf gehe ich wieder die Anklageschrift durch, an der ich seit meinem Gespräch mit Lukas arbeite. Wenn es eine echte Anklageschrift wäre, würde sie ungefähr so lauten:

»*Anklageerhebung gegen Anette Grankvist.* Gegen Anette

Grankvist wird Anklage erhoben aufgrund von gefühlsmäßiger Idiotie gemäß § 5 Absatz 3 Strafgesetzbuch. Folgende Beweise liegen vor: 1. Emma zog von zu Hause aus, und Anette brauchte plötzlich ein Leben. Einige Wochen später hatte sie begonnen, Motorradunterricht zu nehmen, und ohne dass der Fahrlehrer mehr gesagt hätte als hallo, wie geht's und langsamer fahren, beschloss sie, mit ihm zu flirten. In dieser Hinsicht wurde sie unterstützt von Pia und Nesrin, denen jedoch kein strafrechtlich relevantes Vergehen zur Last gelegt werden kann. Beweis 2: Sie interessierte sich schon für ihn, als sie ihn noch längst nicht richtig kannte. Beweis 3: Ihre Freundinnen sind überzeugt davon, dass sie nur mit ihm schlafen wollte. Und sie müssen die Angeklagte ja wohl kennen. Anette Grankvist sagt bei der Vernehmung aus, dass sie den Freundinnen nicht zustimmte und dass sie doch auf irgendeine Weise glaubte, es gehe um mehr als körperliche Anziehung und phantastischen Sex, was die Freundinnen nicht wissen konnten, da sie ja nicht dabei waren, wenn die Angeklagte und der Geschädigte sich trafen, und da sie die dabei geführten Gespräche nicht hören konnten. Sie würden, meint Anette, anders denken, wenn sie dabei gewesen wären. Gegen diese Aussage möchte die Anklage Beweis 4 anführen: Auch Lukas glaubt, sie habe eventuelle Gefühle nur erfunden, um etwas zu erleben. Die Anklage vertritt die Meinung, dass er es schließlich wissen muss. Er war bei jedem ihrer Treffen dabei, und er kann sich jedenfalls zutreffender über Empfindungen oder Beziehungen äußern als die Angeklagte.

Ich stehe vom Tisch auf und gehe ans Fenster, als ob ich rein physisch versuchen wollte, mich von meinen Gedanken zu entfernen. Da draußen gibt es Farben und Leben und Blätter, die sich bewegen. Mama merkt nichts davon.

Ich weiß nicht, warum mir diese Vorwürfe so zu schaffen machen. Auch wenn es stimmt, ist es doch wohl nicht die Welt? Ich durfte etwas fühlen. Es war schön, solange es anhielt. Jetzt kann ich mich wieder auf Emma konzentrieren, so wie sich das gehört. Und auf Mama und die Arbeit.

Aber es macht mich traurig. Bin ich wirklich so ... was denn? Gefühlskalt? Dermaßen auf meine eigenen Bedürfnisse konzentriert, dass ich mich nicht einmal auf jemand anderen konzentrieren kann, wenn ich mir einbilde, in ihn verliebt zu sein? Jedenfalls nicht genug, um meine Freundinnen oder den betreffenden Mann zu täuschen? Die Einzige, die ich getäuscht habe, bin offenbar ich selbst, eine Vorstellung, die mich durchaus nicht aufmuntern kann. Alle wissen, dass Unwissenheit nicht vor Strafe schützt.

Ich drehe mich zu Mama um. »Hast du mich geliebt?«, frage ich.

»Dich?«

»Anette. Deine Tochter.«

»Ich habe eine Tochter, die Anette heißt«, sagt Mama.

»Was du nicht sagst«, murmele ich.

»Sie war so wunderbar lieb und süß, als sie klein war.«

Ich nehme an, das ist eine Antwort.

Nesrin ruft an, als ich gerade nach Hause gekommen bin. Ich habe mir schon Schuhe und Jacke ausgezogen und Kaffee aufgesetzt, als mein Handy klingelt. Sobald ich festgestellt habe, dass es nicht Lukas ist, überlege ich, ob ich überhaupt drangehen soll. Aber am Ende tue ich es natürlich.

»Hast du in letzter Zeit mit Pia gesprochen?«

»Zuletzt am Mittwoch«, sage ich. Keine von uns sagt etwas zum katastrophalen Ende dieses Abends.

»Sie war nicht in der Arbeit«, sagt Nesrin.

»Ich dachte, sie hätte frei, weil sie am Wochenende gearbeitet hat?«

»Sie war heute auch nicht in der Arbeit. Und auf dem Arbeitsplan für morgen steht sie auch nicht. Ich habe Klein-Roger gefragt. Er sagt, sie stottert Urlaubstage ab. Wird am Montag wieder da sein.«

Das ist ein bisschen seltsam, aber wohl kaum eine Sensation. Sie brauchte wohl ein paar freie Tage. Ich nehme an, sie musste etwas erledigen, vermutlich etwas, das mit ihren Jungs zu tun hat. Wenn der Mittwoch nicht gewesen wäre, würde ich mich vielleicht wundern, weil sie es nicht erzählt hat, aber Pia reagiert auf Gefühle oft mit Distanz. Die meisten Dinge gehen vorüber, wenn man ihnen nur ein paar Tage Zeit gibt. Das ist eigentlich kein schlechtes Prinzip. Sie aussitzen wie eine Erkältung.

»Aha«, sage ich, als Nesrin offenbar nicht auflegen will.

»Ich habe versucht, sie anzurufen«, sagt sie. »Ich habe mehrere Mitteilungen hinterlassen, aber sie meldet sich nicht.«

Ich staune mehr darüber, dass Nesrin Pia angerufen hat, als dass Pia nicht zurückruft. »Warum hast du sie angerufen?«, frage ich. Ich klemme das Telefon zwischen Wange und Schulter und strecke die Hand nach der Kaffeekanne aus. Ich muss die Erinnerung an den Blümchenkaffee bei Mama wegspülen.

»Ich dachte, wir könnten ein Bier trinken und über dich herziehen.«

Ich erstarre und halte dabei die Kaffeekanne noch immer in der Hand. »Hast du das auf ihren Anrufbeantworter gesprochen?«

»Ja! Begreifst du jetzt, warum ich mir solche Sorgen mache?«

Das tue ich in der Tat. Auch wenn Pia sich freigenommen hätte, um etwas für ihre Jungs zu erledigen, wäre sie einer Einladung zu Bier und Klatsch auf jeden Fall gefolgt. Vor allem, wenn der Klatsch mit mir zu tun hätte. Und erst recht mit mir und Lukas, wenn ich daran denke, wie stark ihre Meinungen zu diesem Thema sind. Sie würde jede Möglichkeit ergreifen, um weitere zynische Erklärungen abzugeben. Aber vielleicht hatte sie dieses Thema auch so satt, dass sie vielleicht sogar eine Aufforderung zu Bier und Getratsche ablehnen würde?

»Weißt du, ob sie zu Hause ist?«, frage ich. »Vielleicht ist sie verreist und hatte keine Zeit, ihre Mailbox abzuhören?« Das ist eine diplomatische Umschreibung für: Wenn sie verreist wäre, könnte sie ja auch kein Bier trinken und würde sich deshalb vielleicht nicht die Mühe machen zu antworten.

Aber warum sollte sie verreisen, ohne mir Bescheid zu sagen, überlege ich. Auch nach der Sache am Mittwoch. Und sie hätte es doch sicher schon da gewusst und gesagt?

»Ich weiß es nicht«, sagt Nesrin.

»Tja, dann bleibt uns nur eins übrig«, sage ich und leere meinen Kaffee. »Wir müssen zu ihr gehen und nachsehen. Wir treffen uns in einer Viertelstunde vor ihrem Haus.«

Nesrin ist vor mir da. Sie hüpft auf und ab, um in dem kalten Wind warm zu bleiben, obwohl sie sich in einen gewaltigen Schal eingewickelt hat und dazu passende gestrickte Handschuhe trägt.

»In der Küche brennt Licht«, teilt sie mit. »Und ich glaube, ich habe sie da drinnen gesehen, aber sie macht nicht auf. Ich habe geklopft. Und an der Tür geklingelt.«

Ich gehe zur Tür und klopfe sicherheitshalber noch zweimal an. »Mach auf, verdammt noch mal«, schreie ich als fürsorgliche Freundin. »Wir machen uns Sorgen um dich. Ich bleibe hier, bis du aufgemacht hast.«

Nesrin schielt unsicher zu mir herüber, und dann schaut

sie sich um. Ich bin ziemlich sicher, dass ich hinter dem Küchenvorhang Bewegungen sehe. Ich bin auch ziemlich sicher, dass ich Bewegungen hinter dem Küchenvorhang im Nachbarhaus sehe.

»Oder bis die Nachbarn die Polizei anrufen«, füge ich hinzu. »Was eben zuerst passiert.«

Die Polizei. Das bringt mich auf eine neue Idee. Ich warte fünf Minuten, bis ich sicher bin, dass Pia nicht aufmachen wird. »Bleib hier«, sage ich zu Nesrin und gehe hinters Haus.

Ich drücke gegen die Hintertür. Abgeschlossen.

Das kann mich nicht abschrecken. Ich weiß, dass ihr Schlafzimmer auf der anderen Seite liegt und dass sie immer bei offenem Fenster schläft. Sommer, Herbst, Schneesturm – immer steht es offen.

Und richtig. Der Wind hatte es zudem sperrangelweit geöffnet. Es wird kein Problem sein hineinzusteigen.

Abgesehen davon, dass das Fenster anderthalb Meter über dem Boden liegt und dass es mir absolut an Armmuskeln fehlt. Aber ich lasse mich von einer solchen Belanglosigkeit nicht aufhalten. Ich rutsche zweimal ab, falle aber relativ weich auf den Busch, der unter dem Fenster steht, dann kann ich endlich ein Bein über die Fensterbank schwingen und mich hochziehen.

»Pia!«, rufe ich und knalle auf den Boden. Ich schaffe es, die Wasserkaraffe auf ihrem Nachttisch mitzureißen, aber die ist aus Plastik und geht zum Glück nicht zu Bruch.

Das Einzige, was passiert, ist, dass ich auf allen vieren in einer Wasserlache liege, als Pia die Schlafzimmertür öffnet.

»Ha!«, sage ich. »Ich hab ja gewusst, dass du zu Hause bist. Du verdammte Idiotin!«

»Du siehst auch nicht gerade clever aus«, sagt sie. Aber ihre Mundwinkel zucken. Ich stehe auf und mustere sie forschend.

Sie sieht einfach grauenhaft aus. Ihr Gesicht ist blass und

fahl, sie hat dunkle Ringe unter den Augen, und ihr dunkler Haaransatz ist schon zwei Zentimeter breit.

»Du bist nass«, sagt sie.

»Du solltest die Karaffe da nicht hinstellen«, sage ich. »Jemand könnte sie umwerfen.«

»Bisher hat es noch niemand der Mühe wert gehalten, in mein Schlafzimmer einzubrechen.«

»Das liegt daran, dass die Tür sonst immer offen steht. Hast du jetzt also vor, mir einen Kaffee und eine trockene Hose anzubieten?«

Sie lacht. Ein echtes, heiseres Lachen. Dieses Geräusch scheint sie zu überraschen. »Ich glaube, wir brauchen Alkohol«, sagt sie.

»Und dann können wir auch gleich Nesrin reinlassen«, sage ich. »Es ist windig.«

Pia wartet, bis wir alle am Küchentisch sitzen. Dann sagt sie: »Ich habe Krebs.«

Wir rauchen gerade beide eine Zigarette. Ich schiele zu meiner eigenen hinunter.

»Keine Sorge, es ist die Brust.«

Nesrin reißt die Augen auf und starrt mich voller Panik an. Ich weiß nicht, was ich sagen soll. Stattdessen exe ich meinen Rotwein. »Wie lange weißt du das schon?«, frage ich schließlich.

»Ein paar Wochen.«

»Warum hast du nichts gesagt?«

Das war offenbar die falsche Frage. Pia erstarrt wieder. »Das ist meine Sache«, sagt sie. »Außerdem hättest du nur gemeint, ich sollte weniger rauchen.«

Das ist so ungerecht, dass ich mit mehr Wut als Verstand sage: »Das hätte ich nie im Leben gesagt. Ich hätte gesagt, du solltest dich volllaufen lassen!«

Sie lacht. »Na, den Rat hab ich mir auch selbst geben können.« Sie fügt hinzu: »Ich wollte eben nicht darüber reden. Ich weiß nicht ... ich habe es aus Versehen einer Nachbarin erzählt, und plötzlich konnte sie über gar nichts anderes mehr sprechen. Wie läuft die Behandlung? Wie geht es dir? Was sagt der Arzt? Und wenn sie nicht danach gefragt hat, dachte sie trotzdem dauernd daran. Ich konnte es ihren Augen ansehen. Immer, wenn sie mich sah, dachte sie nur das eine: Krebs, Krebs, Krebs.«

»Fuck den Krebs«, sagt Nesrin. Pia lächelt müde.

»Sie hätte dich lieber zum Friseur schleifen sollen«, sage ich. »Du siehst unmöglich aus.« Pia scheinen Beleidigungen lieber zu sein als Mitleid, deshalb verlege ich mich darauf.

»Das ist die grausige Wahrheit«, sagt sie. Sie scheint erleichtert zu sein, dass sie es nun erzählt hat, und schenkt uns mehr Wein ein. Ich gebe mir alle Mühe, um nicht nach der Behandlung zu fragen, wie es ihr geht, was der Arzt gesagt hat.

»Du willst fragen, wie es mir geht, oder?«

»Durchaus nicht«, sage ich. »Ich versuche nur, nicht deine Brüste anzusehen.«

Nesrin verschluckt sich an ihrem Wein.

»Die sind jedenfalls vorhanden. Bis auf weiteres«, erklärt Pia düster.

»Ich will wissen, was die Ärzte gesagt haben«, sagt Nesrin, und ich starre sie wütend an, worauf sie die Hände hebt. »Was denn? Bloß, weil sie Krebs hat, soll sie sich alles erlauben dürfen? Ist das so zu verstehen? Ich mache mir aber Sorgen, wenn ich nicht erfahre, wie es ihr geht. Nur, weil sie sich wie eine Primadonna aufführen will.«

Ich schiele nervös zu Pia hinüber, aber die lacht nur und schüttelt den Kopf. »Sie wissen es nicht, aber die Prognosen sind gut. Er ist sehr früh entdeckt worden.«

Ich nicke dankbar.

»Gott, Brustkrebs«, sagt Pia und konzentriert sich nun auf das Wesentliche. »Wenn ich jetzt auf Facebook pathetische Statusmeldungen über die Farbe meiner Unterwäsche posten muss, erschieße ich mich, ehe die Behandlung auch nur angefangen hat. Ich hab die ja noch nie besonders toll gefunden, aber ich hatte auch nichts dagegen. Dann habe ich gestern eine gesehen und hatte das dringende Bedürfnis, etwas an die Wand zu knallen.«

»Was hast du an die Wand geknallt?«, frage ich.

»Ich konnte mich beherrschen.«

»Oh mein Gott«, sagt Nesrin.

»Du bist wirklich krank«, sage ich, und Pia klopft mir auf die Schulter.

»Wem hast du es denn sonst noch erzählt?«, frage ich, da sie gerade guter Laune ist.

»Sonst noch?«, fragt Pia. »Nach dem Fiasko mit der Nachbarin? Wozu sollte das denn gut sein?«

»Außer deinen Jungs natürlich.«

Sie wendet sich ab.

»Pia«, sage ich. »Du hast es ihnen doch gesagt?«

41

Ich bin seit neunzehn Jahren Mutter, deshalb bin ich schon auf dem Heimweg von Pia im Katastrophenmodus.

Es herrscht Ausnahmezustand, totale Konzentration darauf, was zu tun ist, höchste Bereitschaft zu praktischer oder gefühlsmäßiger Unterstützung.

Ein Teil von mir ist fasziniert davon, wie geschmeidig der Übergang vor sich geht. Ich hatte Angst, mit den Jahren etwas eingerostet zu sein. Emmas Katastrophen – vergessene Tests, gemeine Klassenkameraden, verlorene Hausaufgaben, betrunken auf einem Fest – sind in den letzten Jahren zudem immer weniger geworden.

Aber ich bin noch immer bereit. Ich nehme an, das geht den meisten Eltern so.

Man kann ohne eine hochentwickelte und fast unbewusste Krisenbereitschaft keine Kinder haben, egal ob kleine oder große. Das Gegenteil wäre ein bisschen wie Eishockey zu spielen und vor allem draußen auf dem Eis herumzugleiten. Früher oder später wird man dann brutal an die Bande gequetscht. Besser, man ist bereit.

Wenn das schwedische Militär von realistischen Eltern geleitet würde, bräuchten wir wohl kaum Entschuldigungen anzubringen wie »außerhalb der Bürozeit«, wenn russische Flugzeuge sich in den schwedischen Luftraum verirrten. Wir würden plötzlich mitten in der Nacht aus dem Schlaf hochfahren und denken: »Hier stimmt etwas nicht.«

Pia hat natürlich nicht vor, gefühlsmäßige Unterstützung anzunehmen, und sie ist auch ziemlich skeptisch, was praktische Hilfe angeht.

Als ich am nächsten Tag vorbeikomme, sieht sie mich müde an und fragt: »Wird das jetzt so weitergehen? Du kommst dauernd vorbei, um zu kontrollieren, dass ich ordentlich esse und meine Medizin nehme. Muss ich die dann auch vor deinen Augen einnehmen? Vielleicht mit einem Löffel Eis oder Joghurt verrührt, damit ich sie leichter hinunterbringe?«

»Pia, reiß dich zusammen«, sage ich. »Du bist doch selbst Mutter. Ich brauche etwas zu tun, das musst du verdammt noch mal akzeptieren.«

Das ist ein Argument, mit dem sie leben kann. Sie lässt mich sogar den Arbeitsplan umschichten, damit ich und Nesrin einige von ihren Schichten übernehmen können. »Wenn du nur nichts zu essen mitbringst«, sagt sie.

»Nein, nein«, wehre ich rasch ab und starre die Einkaufstüte in meiner Hand an. »Die Tiefkühlpizza ist für mich. Jawohl. Ich würde doch nicht im Traum auf die Idee kommen, dir etwas zu essen mitzubringen.«

»Gut. Heute mache ich Lasagne. Du kannst eine Portion mit nach Hause nehmen.«

»Wirst du wie eine der verrückten Frauen aus Stepford werden und dich die ganze Zeit mit Kochen ablenken?«

»Ha! Warum nicht? So schön wie so eine bin ich doch schon lange.«

Ich schiele skeptisch zu ihren Haaren hinüber. »Ich glaube, in Stepford ist dunkler Haaransatz nicht erlaubt.«

Als ich vom Besuch bei Pia nach Hause komme, falle ich wie tot aufs Sofa. Sogar mein Gespräch mit Emma fällt kurz aus, ich bin nur auf Pia konzentriert. Ich googele alles über Brustkrebs, was ich nur finden kann, die gelassenen, pädagogischen Berichte der Gesundheitsämter über die Entstehung von Brustkrebs, mutige Tagebücher und Blogs über die Behandlung, Diskussionen in allerlei Foren, was genau bei einer Chemotherapie passiert.

Ich scheine Pias Krankheit für eine Prüfung in der Schule zu halten, bei der alles gut werden wird, wenn ich nur einen goldenen Stern für meinen Fleiß bekomme.

Pia will nicht zum Arzt begleitet werden. Ich frage sie, als ich am Montag nach der Arbeit vorbeischaue, aber sie ist in keiner guten Stimmung. Sie war schon sauer, seit sie mich vor einer Viertelstunde bei dem Versuch ertappt hatte, heimlich ihre Waschmaschine zu füllen. Sie hat mir die Erklärung durchaus nicht abgenommen, dass Krebs schon schlimm genug ist, ohne dass man auch noch Strümpfe sortieren muss.

Aber sie erklärt sich zu einem Friseurbesuch am nächsten Tag bereit.

»Nur, weil deine Haare einfach unmöglich aussehen«, wie sie sich ausdrückt. »Ich komme bloß aus Solidarität mit deinen strapazierten Spitzen mit.«

Ich bin zutiefst gerührt, weil sie noch immer den Mut nicht sinken lässt.

Wir sind die einzigen Kundinnen im Skogahammar Damen- und Herrensalon. Sie haben sich nicht die Mühe gemacht, einen anderen Namen zu suchen. Am Schaufenster finden wir die Preise für Damen- und Herrenschnitt, Tönen, Färben und Dauerwelle.

Ich glaube, sie haben hier mehrere Friseure, die sich die Sessel teilen, aber heute ist nur eine Friseuse anwesend. Wir kommen ohne Vorbestellung an die Reihe, und es macht ihr keine Probleme, parallel zu arbeiten. Während Pias Haare grell blondiert werden, sehe ich mir ein Album mit Frisuren vom Anfang des Jahrtausends an.

Während das Bleichmittel in Pias Haare eindringt, wird mir eine Frisur mit »natürlichem Fall« und »Volumen« geschnitten. Und danach wird geföhnt, bis mir die Haare so weich über die Schultern fallen, dass ich es kaum bemerke. Wenn ich den Kopf bewege, macht es »swisch swosch«.

»Das sieht sogar aus wie eine Frisur«, sage ich glücklich und schüttele noch einmal den Kopf.

»Das wurde aber auch Zeit«, murmelt Pia.

Wir bezahlen an der Kasse, und dann stehen wir draußen auf dem Centrumväg. Stecken uns eine Zigarette an. Atmen klare Mittagsluft ein und genießen es, nicht bei der Arbeit zu sein.

»Warum du mich hier hingeschleift hast, wo ich ja doch alle Haare verlieren werde, weiß ich nicht«, sagt Pia.

»Aber der Arzt hat doch gesagt, dass die Auswirkungen der Bestrahlung sehr unterschiedlich ausfallen können und dass er nicht glaubt, dass du eine Chemo brauchst.«

»Aber beide erregen offenbar Übelkeit.«

»Und? Es ist doch bestimmt besser, gut auszusehen, wenn du da hockst und die Kloschüssel umarmst.« Ich drehe mich zu ihr um, lege ihr die Hand auf die Schulter und sage nachdrücklich: »Pia, eins sag ich dir, wenn du deine Haare verlierst und eine Glatze kriegst... dann musst du das allein machen. Nie im Leben werde ich diese Frisur hier opfern, nicht mal deinetwegen.«

Pia lacht laut. »Du kannst sie doch knallrosa färben, damit sie zu der Perücke passt, die ich mir dann anschaffen werde.«

»Ich werd's mir überlegen«, verspreche ich, und dann spazieren wir mit unseren neuen Frisuren weiter.

Ich schiele zu ihr hinüber. Ich muss es jedenfalls versuchen.

»Pia«, sage ich. »Wenn einer von deinen Jungs krank würde, ohne dir davon zu erzählen, wäre der Krebs sein geringstes Problem.«

Ich starre geradeaus, um nicht in Versuchung zu kommen, sie anzusehen.

Sie wechselt nicht sofort das Thema, und ich weiß, dass sie darüber nachdenkt. Ich merke es am Schweigen und höre es aus ihren Schritten.

Schließlich sagt sie: »Und wenn es ihnen nun egal ist.« Ihre Stimme ist ausdruckslos. So ausdruckslos, dass ich mich frage, wie dicht sie vor dem Zusammenbruch ist. Ich muss sie jetzt einfach ansehen. Als sie sich noch eine Zigarette ansteckt, sehe ich, dass ihre Hände zittern.

»Natürlich werden sie kommen«, sage ich.

»Das sind Männer. Was, wenn sie einfach mit den Schultern zucken und auf ihrem Zimmer verschwinden? Was, wenn sie sich insgeheim fragen, wer jetzt ihre Wäsche waschen soll?«

»Sag, dass ich angeboten habe, das für sie zu erledigen, wenn dir etwas zustößt.«

Sie lacht auf, aber das Lachen verwandelt sich in etwas, das sich anhört wie ein ersticktes Schluchzen. Sie muss gesehen haben, was ich denke, denn sie tritt einen Schritt vor, damit ich nicht der Versuchung nachgeben kann, sie zu berühren. Sie zu umarmen oder sie ein bisschen zu streicheln und ihr zu versprechen, dass alles gut werden wird, und wenn ich den Jungs eigenhändig eine Rede schreiben muss.

Als ich mir eine Zigarette anzünde, stelle ich fest, dass meine Hände ebenfalls zittern.

»Sei nicht lieb zu mir, Anette«, sagt sie. »Dann breche ich zusammen.«

Sie schluckt, und ich muss ebenfalls wegsehen, um einige Tränen wegzublinzeln.

»Was, wenn sie nicht einmal wütend werden, wenn sie es erfahren? Ich glaube, dass ich alles ertragen könnte, wenn sie nur sauer werden und etwas an die Wand knallen. Was, wenn es ihnen so schwerfällt, darüber zu reden, dass sie sich gar nicht mehr blicken lassen?«

Ich weiß nicht, was ich sagen soll. Natürlich werden sie sich kümmern. Pia ist doch ihre Mutter, um Himmels willen. Sie sind ihre Kinder. Kinder kümmern sich um ihre Eltern.

»Du musst es ihnen erzählen«, sage ich noch einmal.

Sie schüttelt den Kopf. Einfach so. Müde. Als ob sie es einfach nicht über sich brächte, noch mehr dazu zu sagen. Zwischen uns wird es sehr still.

»Wie geht es mit dem Lover?«, fragt sie endlich, um klarzustellen, dass für heute genug über Krebs geredet worden ist. Sie zögert. »Hast du mit ihm über deine Gefühle gesprochen?«

»Nein.«

Sie sieht erleichtert aus.

Ehe wir uns trennen, muss ich ihr versprechen, ihren Jungs nichts zu verraten. Ich versuche, mich solange ich kann vor diesem Versprechen zu drücken, muss mich am Ende aber geschlagen geben.

»Versprich es mir«, sagt sie noch einmal.

Ich breite die Hände aus. »Okay, versprochen. Zufrieden?«

»Schwörst du bei deinem zukünftigen Motorrad und allen jüngeren Liebhabern, die da noch kommen werden?«

»Sicher«, sage ich.

Das ist ein leichtes Versprechen. Die Motorradsaison ist bald zu Ende, und der jüngere Liebhaber hat offenbar kein Interesse mehr.

Ich habe meine letzte Fahrstunde abgesagt, um mit Pia zum Friseur zu gehen, und als Ingeborg meinte, die Saison sei ja doch bald vorüber, und es sei jetzt schweinekalt beim Fahren, habe ich nicht widersprochen. Ich habe anderes zu erledigen, sage ich mir. Emma hat angerufen und kommt in zwei Wochen nach Hause.

Hier und jetzt denke ich trotzdem daran, ihn anzurufen. Nur ein kurzes kleines Gespräch. Höflich eben. Er hat mich nicht angerufen, denke ich, aber ich habe ihn ja auch nicht angerufen. Nur ein bisschen plaudern. Aber was sollte ich sagen? Meine beste Freundin hat Krebs, Lust auf ein Treffen und eine Runde Sex?

Konzentration, Anette, denke ich, und gehe das letzte Stück nach Hause. Katastrophenmodus, na vielen Dank.

Es macht die Sache nicht besser, dass jetzt mein Handy klingelt, und ich sofort denke: Lukas. Ich hätte es akzeptieren können, wenn ich gedacht hätte: Emma.

Es ist nicht Lukas, sage ich mir, während ich das Telefon heraushole. Wenn ich nicht glaube, dass er es ist, ist er es vielleicht, so ungefähr sehen meine verwirrenden Gedanken und Gefühle aus. Es ist total verrückt, dass ich noch immer an seinen Körper denken kann, wo Pia doch krank ist. *Du bist krank*, sage ich mir und zwinge mich dazu, das Telefon anzusehen.

Es ist nicht Lukas. Es ist Berit aus Mamas Heim.

»Könnten Sie wohl herkommen? Sofort?«

Ihre Stimme klingt irgendwie angespannt. Ausnahmsweise einmal wirkt sie nicht so frisch und munter wie sonst. »Ist etwas passiert?«, frage ich.

»Darüber reden wir, wenn Sie hier sind.«

42

Sie ist einfach eingeschlafen.«

Ich starre Berit an. Wir sitzen in ihrem Büro. Auch diesmal hat sie daran gedacht, sich auf einen Besucherstuhl zu setzen. Ich wünschte, sie säße hinter dem Schreibtisch, oder ich täte das. Wir kommen einander so seltsam nah. Ich habe die ganze Zeit das Gefühl, dass sie sich jeden Moment vorbeugen und meine Hand oder mein Knie streicheln kann. Ich verkrampfe mich und weiche unwillkürlich zurück, wenn sie sich bewegt.

»Ich verstehe das nicht«, sage ich. »Hat ihr etwas gefehlt? Ich war am Samstag hier, und da ist mir nichts aufgefallen.«

»Ab und zu passiert das einfach«, sagt Berit. Sie hat es vermutlich schon hundertmal gesehen. Ich frage mich, wie es wohl sein mag, einen Beruf zu haben, bei dem der Tod ein natürlicher Teil des Lebens ist. »Sie hatte keine Schmerzen, wenn das ein Trost sein kann.«

Ich schüttele den Kopf, um meine Gedanken zu klären. »Ich ...«, sage ich, aber ich weiß nicht, wie es dann weitergehen soll. Es gibt sicher eine Menge Dinge, die erledigt werden müssen, nach denen ich fragen sollte. »Die Beerdigung?«, frage ich nur.

»Denken Sie jetzt nicht daran. Ich weiß, dass Ihre Mutter schon alles mit dem Bestattungsunternehmen Fonus abgesprochen hatte. Wir nehmen Kontakt zu denen auf. Dann melden die sich bei Ihnen. Gibt es jemanden, den Sie anrufen können? Haben Sie jemanden zu Hause? Oder vielleicht einen Geistlichen, zu dem Sie Kontakt haben?«

Ich besuche zum letzten Mal ihr Zimmer. Sie haben noch nicht angefangen, ihre Sachen auszuräumen, was ich als unerwartetes Zeichen von Respekt empfinde. Es ist vermutlich nur eine Frage der Zeit, aber irgendwie tut es gut, das Zimmer noch einmal zu sehen. Es wirkt so normal. Als ob Mama jeden Moment wiederauftauchen und anfangen könnte, mit mir über Sex zu reden. Ihre hellrosa Strickjacke liegt ordentlich zusammengefaltet auf dem Stuhl vor dem Schreibtisch.

Die Vorhänge sind geschlossen.

Ich gehe langsam zum Fenster und öffne es. Es ist ein grauer, windiger Tag. Die dünnen Zweige der Bäume draußen beben im Wind. Ab und zu trifft ein Regentropfen auf das Fenster. Vor nur einer Stunde hatte ich nur Gedanken für meine neue Frisur.

Erst jetzt drehe ich mich zu dem Bett um, in dem Mama noch immer liegt, vermutlich, damit ich von ihr Abschied nehmen kann. Ich sehe Berit an, als ob sie mir sagen soll, was ich zu tun habe, dann mache ich zwei vorsichtige Schritte auf Mama zu. Ich berühre ihre Hand, aber so behutsam, dass ich es kaum spüre.

Sie ist nicht mehr da, denke ich. Das ist nur ihr Körper. Aber sie ist im Tod seltsam unverändert; die Demenz hat ihr so viel von ihrer Persönlichkeit geraubt, dass der Tod kaum noch etwas stehlen kann.

Ich drehe mich wieder zu Berit um. »Würden Sie wohl Eva Hansson von *Evas Blumen* anrufen und die ganze Prozedur auch mit ihr machen?«, frage ich. »Den Anruf, das hilfreiche Gespräch im Büro, als ob sie ihre Tochter wäre.« Berit sieht mich seltsam an, und ich füge hinzu. »Sie auch.«

Berit murmelt mitfühlend vor sich hin, verspricht aber, das

sofort zu erledigen, und lässt mich zu meiner Erleichterung allein.

Eva würde es um nichts in der Welt von mir hören wollen, denke ich.

Ich fahre mit der Hand über den Schreibtisch. Sehe das Bett an, in dem Mama zuletzt so viel Zeit verbracht hat, weiche aber ihrem Gesicht aus, es ist leer und friedlich, sie ist an einem Ort, wo die Unzufriedenheit sie nicht mehr erreichen kann. Ich denke daran, wie es war, als ich sieben war und sie die Hoffnung aufgab, mir Fahrradfahren beizubringen. Ich sehe sie vor mir, wie sie damals war, verbissen und übellaunig und unzufrieden mit dem Leben, zusammen mit Papa, der stumm und tapfer litt. Die dunkle Wohnung in Skogahammar.

Vielleicht war es nur gut, dass sie ihre letzte Zeit hier verbringen durfte. Die Wände sind weiß. Die Möbel praktisch und hell.

Die Jacke duftet noch immer nach dem Parfüm, das ich ihr mitgebracht hatte. Ich falte sie wieder zusammen und lasse sie auf dem Stuhl liegen.

Irgendetwas mit mir stimmt einfach nicht.

Das weiß ich genau. Meine Augen sind ganz trocken, und obwohl ich mir alle Mühe gebe, eine Art normale Trauer zu entwickeln, kann ich nur an praktische Dinge denken. An die Beerdigung, die organisiert werden muss, die Choräle, die ich auswählen und dem Pastor bringen muss. Viel Arbeit wird nicht von mir verlangt. Ich bin ganz sicher, dass Eva das meiste übernehmen wird, und nach Papas Tod hat Mama ihre eigene Beisetzung gleich mit geplant. Ich glaube, das hat sie in gewisser Weise befriedigt. Ich muss mir nicht einmal überlegen, welche Blumen sie wohl gern hätte.

Aus irgendeinem Grund denke ich an meine Jugend, als

hätte ich Angst, sie zusammen mit Mama zu verlieren. Die Erinnerung kommt mir schon seltsam schwer zu fassen vor. Ich versuche, mich an den Abend mit dem Motorrad zu erinnern, als ich achtzehn war und mir Dinge versprach, aber das kommt mir gar nicht mehr real vor, als könne niemand mehr bestätigen, ja, du warst spät unterwegs und hattest keine anderen Probleme auf der Welt, als dass deine Mama dich nicht verstand. Einmal hast auch du dich ohne Grund mit deinen besten Freunden zerstritten, einmal bist du von zu Hause ausgezogen, einmal hast du unsichere Jungen auf der Straße geküsst, weil ihr sonst nirgendwo hinkonntet und weil es ein kühler Sommerabend war und weil sie eben da waren.

Es kommt mir vor, als könnte ich niemals wieder jung sein.

Vielleicht erinnern mich die Motorräder an Lukas. Vielleicht liegt es daran, dass mir die Wochen mit ihm jetzt als Ausnahme erscheinen, eine Art Urlaub von allen Erwartungen. Sogar als ich mich mit dem Skogahammar-Tag herumquälte, habe ich mich mit Lukas zusammen seltsam frei und ungebunden gefühlt. Fast jung.

Ich glaube nicht einmal, dass ich einen bewussten Entschluss fasse. Ich ziehe einfach meine Jacke an und gehe. Verlasse Mama und das Pflegeheim und gehe hinaus in den Regen.

Frei. Mama ist tot, und ich fühle mich frei. Die ganze Zeit wiederhole ich in Gedanken: Mama ist tot. Mama ist tot. Mama ist tot. Als ob der Gedanke überzeugender wird, wenn ich ihn nur oft genug denke.

Der Regen stört mich nicht. In der Feuchtigkeit kräuseln sich meine frisch geföhnten Haare. Vermutlich werden sie in alle Richtungen abstehen und vor Wachs und Haarspray aus dem Salon nur so knistern, aber das ist gut so. Es gehört sich nicht, mit gut geföhnten Haaren herumzulaufen, wenn man gerade seine Mutter verloren hat. Mama ist tot. Mama ist tot.

Ich lache. Zum ersten Mal seit Tagen höre ich mein Lachen. Definitiv unpassend.

Eva wird das Richtige empfinden, denke ich, und es ist sicher gut, dass jemand das tut. Das Einzige, was ich empfinde, ist Befreiung. Ich rede mir ein, dass es nicht darum geht, dass ich von Mama befreit bin, sondern dass sie frei ist, dass sie nicht weiterverfallen wird, dass nicht noch mehr von ihr verschwinden kann.

Sie wird mir niemals erzählen können, wer ihr Liebhaber war.

Um sechs Uhr ist es schon dunkel, und der Regen ist kalt und heftig, eine erste Andeutung des bevorstehenden Winters. Ich ziehe mir die Kapuze über den Kopf und gehe weiter.

Diesmal bleibe ich nicht stehen, als ich am Rand seines Grundstücks ankomme. Ich gehe einfach geradewegs zur Tür und klopfe an. Er ist der Einzige, mit dem ich jetzt reden will. Nicht mit Pia, nicht mit Nesrin, nicht einmal mit Mama. Ich habe erst vor einer Stunde erfahren, dass Mama tot ist, und dennoch verspüre ich so etwas wie Erwartung, weil ich Lukas bald wiedersehen werde.

Er macht fast sofort auf. Er ist frisch geduscht, seine Haare sind noch feucht, und er duftet nach Seife und Rasierwasser. Er duftet nach zu Hause, denke ich, als könnte ich mich wieder entspannen, nur weil er in der Nähe ist.

Er ist erstaunt über meinen Anblick. Ich zucke verlegen mit den Schultern. Wie um zu sagen: Tja, hier bin ich also, oder? Ich hätte das schon längst tun sollen. Einfach herkommen. Auf alles pfeifen. Im Moment weiß ich nicht einmal mehr, warum ich es nicht getan habe, aber ich kann mir nicht vorstellen, dass ich diesen Grund noch wichtig finden würde. Nach Pia und Mama gibt es nicht mehr vieles, das noch wichtig wäre.

Aber er ist nicht nur überrascht. Sondern auch verlegen. Er trägt ein gebügeltes Hemd und Jeans, Freizeitkleidung, und doch wirkt er irgendwie... zurechtgemacht.

»Wolltest du ausgehen?«, frage ich.

»Gewissermaßen«, sagt er.

»Jetzt gleich?«

Er bleibt in der Tür stehen und blickt über meine Schulter. »Fast«, sagt er.

Ich nicke, rühre mich aber nicht. Ich bin zu müde, um weiterzugehen. Ich weiß nicht, was ich tun soll. Er zieht mich in die Diele, kann aber die Tür nicht mehr schließen, ehe ich ein Auto höre, das draußen auf dem Kiesweg hält. Eine Autotür wird zugeknallt, und wir drehen uns beide zu diesem Geräusch um.

Im Nachhinein habe ich das Gefühl, mich an unsere Gesichter auf absurd deutliche Weise erinnern zu können, wie wir beide uns langsam zu der noch immer halboffenen Haustür umdrehen. Vielleicht ist das auch nur meine Phantasie. Er geht an mir vorbei, um die Tür ganz zu öffnen. Ich bewege mich nicht. Schon jetzt weiß ich irgendwo im Hinterkopf, was ich da draußen sehen werde.

Sofias Haare sind definitiv noch immer gut geföhnt, glatt, füllig und blond. Ihre Haare haben so viel natürliches Volumen, dass meine Friseuse vor Neid grün anlaufen würde. Ihre Schminke ist perfekt. Ich kann mir nicht einmal vorstellen, wie viel Zeit und wie viele Produkte nötig waren, bis es aussieht, als benötige sie gar kein Make-up.

Sie hebt die sorgsam gezupften Augenbrauen, als sie mich sieht, aber sie wirkt nicht einmal verärgert. So sicher in ihrer Position, dass mein plötzliches Auftauchen sie absolut nicht bedrohen kann. Was vielleicht kein Wunder ist, bei meinen irrwitzigen Haaren und meinem müden, total supernatürlich ungeschminkten Gesicht.

»Lukas«, fragt sie. »Bist du so weit?«

Sie sagt es, als wäre es überhaupt kein Problem, mich hier in der Diele stehenzulassen. Offenbar haben sie heute Abend ein Date.

Ich frage mich, wie lange sie schon wieder zusammen sind. Vielleicht ist er gleich am Abend des Skogahammar-Tags zu ihr zurückgekehrt. Vielleicht auch erst nach dem Info-Abend.

Lukas lässt seine Blicke zwischen uns hin- und herwandern, als suche er eine Möglichkeit, mit der Farce umzugehen, zu der sein Leben sich entwickelt hat. Schließlich ist es das Mitleid mit ihm, eher als ein später Anfall von Stolz, das mir mein Sprech- und Bewegungsvermögen zurückgibt.

»Entschuldige, dass ich so plötzlich aufgetaucht bin«, sage ich. »Ich war ... in der Gegend. Ich wollte etwas mit dir besprechen, aber es ist nicht so wichtig.« Sofias Augenbrauen schnellen wieder in die Höhe. »Nett, dich wiederzusehen«, sage ich, ehe ich mich an ihr vorbeidränge und die Flucht ergreife.

Ich höre, dass er ihr etwas zuflüstert, aber ich höre nicht, was er sagt. Vielleicht so etwas wie: »Mach dir keine Sorgen, es dauert nicht lange. Ich muss nur kurz meine verrückte Ex beruhigen.«

Aber ich schaffe es immerhin aus der Tür und vorbei an ihrem Auto, ehe ich seine Schritte auf dem Kiesweg höre, als er hinter mir hergelaufen kommt.

Er nimmt meinen Arm, und ich bleibe stehen und drehe mich um. Sofias Silhouette ist noch immer in der Tür zu sehen, aber sie ist zurückgetreten, als ob unser Gespräch sie absolut nicht interessierte.

»Du lässt so gut wie nie von dir hören, erscheinst plötzlich in der Fahrschule, rufst danach nicht an, und dann stehst du einfach hier vor der Tür?«

Er hört sich wütend an, was albern ist, da er doch gerade zu einem Date mit Sofia unterwegs war.

»Was willst du hier, Anette?«, fragt er. Jetzt eher müde als wütend.

»Nichts«, sage ich. Das müsste inzwischen doch klar sein.

»Ich habe nicht vor, wegen Sofia um Entschuldigung zu bitten.«

Ich nicke. »Ich nehme an, die Phase, die du durchgemacht hast, ist zu Ende?« Es klingt gemeiner, als ich das wollte, aber darum kann ich mich jetzt nicht kümmern..

»Sieht so aus«, sagt er.

»Was hat dich am Ende zu diesem Entschluss gebracht?«, frage ich nun, als ob ich mich unbedingt so lange wie möglich quälen wollte.

»Du warst ziemlich überzeugend«, sagt er. »Niemand ändert sich, war das nicht so?«

Ich habe nicht geweint, als ich erfahren habe, dass Mama tot ist, aber jetzt beschließen meine Augen, sich mit Tränen zu füllen, ganz ohne Sinn für Proportionen.

Er fügt in etwas sanfterem Tonfall hinzu: »Ich nehme an, es war wohl ziemlich offensichtlich, dass aus uns nichts werden konnte.«

»Ach?«

»Niemand sollte erfahren, dass wir uns getroffen haben, du wolltest nichts darüber sagen, was du für mich empfindest, falls du also etwas empfindest, du warst tagelang verschwunden, als deine Tochter nach Hause gekommen ist, und dann bist du aufgetaucht und wolltest wissen, warum ich nicht auf deine gleichgültige Wie-geht's-denn-so-SMS geantwortet hatte. Danach meldest du dich wieder nicht, bis du hier vor der Tür stehst und außer dir bist, weil ich mich mit Sofia treffe. Und immer, wenn man versucht, mit dir über deine Gefühle zu reden, flüchtest du dich in Witze.«

Ich würde jetzt schwanken, wenn er nicht immer noch meinen Arm festhielte. Deshalb wackele ich nur ein wenig, während ich versuche, mich gegen seine Worte und meine Gefühle zu wehren.

»Es ist sehr schwer zu wissen, welche Gefühle sich hinter den vielen Scherzen verbergen«, sagt er noch.

Er hat recht, denke ich. Das ist ein demütigendes Gefühl. »Es ... ist so, wie du ... es siehst«, wie du *mich* siehst, denke ich, aber ich bleibe bei dem vagen »es«.

Er scheint erst jetzt zu begreifen, dass er keine Jacke anhat. Er flucht leise und lässt meinen Arm los. »Ich hab jetzt keine Zeit für sowas«, murmelt er.

»Du hast ein Date«, sage ich zustimmend. »Besser, du gehst zurück.«

Aber er bleibt noch immer stehen. »Sag mir, worüber du mit mir reden wolltest.«

Ich drehe mich um. Ich habe Tränen in den Augen, aber ich rede mir ein, dass das vom Wind kommt.

»Nichts«, sage ich mit erstickter Stimme, und diesmal lässt er mich gehen.

43

Ich denke an Lukas, und ich gehe die wenigen Dinge durch, die vor Mamas Beerdigung am Donnerstag noch zu erledigen sind, und irgendwie habe ich das Gefühl, um sie beide zu trauern, als versuchte ich, mit dieser ganzen Phase in meinem Leben abzuschließen, in der ich Sex hatte und Motorradfahrstunden nahm und mich bemühte, Mamas Liebhaber zu identifizieren. Ich will noch immer wissen, wer er war, aber das ist nur eins der vielen Dinge, mit denen ich noch nicht fertig bin, was Mama angeht.

Bei der Arbeit sitze ich an der Kasse und gebe mir alle Mühe zu lächeln. Aber das Lächeln erreicht niemals meine Augen. Wenn niemand es sieht, und wenn ich mir erlaube, mich nicht ganz so gut zu beherrschen, sackt mein einer Mundwinkel buchstäblich nach unten ab, wie bei einem trotzigen Kind. Der Rest meines Gesichts ist ausdruckslos. Meine Wangen kommen mir wie betäubt vor, wie wenn man zu lange in der Kälte war, und meine Augen groß und schwer, als wäre es zu anstrengend, sie offen zu halten oder zu schließen.

Aber alle sind überaus verständnisvoll.

Ich habe Emma angerufen und es ihr erzählt, habe Pia eine SMS geschickt (ihre Antwort: »Soll ich kommen und deine Wäsche übernehmen?« Das war mein erstes richtiges Lächeln seit Lukas).

Es ist meine alte Mama, die die Beerdigung organisiert

hat. Lange bevor Liebhaber und Parfüm und Gespräche über Kindheitserinnerungen in unserer Beziehung auftauchten.

Ich vermisse beide Versionen von ihr, sogar die, die sich für die konservativen und unmöglichen Choräle entschieden hat.

Eva kümmert sich um fast alles. Ihre Trauer ist so grenzenlos, dass sie mir nicht einmal vorwirft, Mama vernachlässigt zu haben. »Ich hätte bei ihr sein müssen«, sagte sie nur immer wieder, als ich bei ihr im Laden war.

Das Einzige, was ich noch tun muss, ist, Mamas Verwandte und Bekannte zur Beisetzung einzuladen und dafür zu sorgen, dass die von Mama verfasste und von Eva mit den korrekten Daten versehene Todesanzeige in den *Skogahammar Neuesten Nachrichten* erscheint.

Als das passiert, möchten sich überraschend viele Kunden dazu äußern. Sie sagen »mein Beileid« oder andere ganz normale Dinge, mit denen man auf Trauerfälle reagiert.

Ann-Britt sieht natürlich traurig aus, und alle Kulturhexen schauen beim Mat-Extra vorbei und erklären, dass sie natürlich zur Beerdigung kommen werden. Das tut auch Anna Maria.

»Wirklich?«, frage ich, dann lasse ich schnell das eher angebrachte »Meine Mutter würde sich sehr darüber freuen« folgen.

»Deine Mama hat sich über gar nichts gefreut«, sagt Pia, als wir an der Kasse allein sind.

»Woher wissen wir das eigentlich?«, frage ich. »Mama hatte einen Liebhaber.«

»Stimmt«, sagt Pia widerwillig.

Nesrin geht vorbei und sagt über ihre Schulter: »Und das ist mehr, als ihr von euch sagen könnt.«

»Ihre Affäre war aber auch nicht von Dauer«, sage ich.

Bei Papas Tod war ich siebzehn. Meine stärkste Erinnerung an seine Beerdigung ist das Gefühl, dass es trauriger hätte sein müssen. Ich versuchte zu trauern, aber Papa war im Juni gestorben, und es war ein absolut wunderschöner Tag. Es kam mir fast wie ein Hohn vor: Papa war ordentlich, korrekt und ernst, und dazu passten Honigorchis, Wiesenkerbel und Maiglöckchen einfach nicht.

Die Trauergäste gedachten seiner schwitzend in dicken schwarzen Anzügen und Kleidern.

Ich versuchte verzweifelt, etwas zu empfinden, während Mama Kommentare dazu abgab, dass die Kirchenlieder stimmungsvoll seien und der Pastor Papa Johnny nannte, obwohl sie ihn ausdrücklich darauf hingewiesen hatte, dass er John geheißen habe. »Er hat gesagt, dass seine Freunde ihn Johnny genannt haben«, sagte ich, und Mama verzog verärgert den Mund. Gefühlvoller wurde es dann nicht mehr.

Mama war ein wenig vorausschauender gewesen und Ende Oktober gestorben. Der Tag vor ihrer Beerdigung ist grau, neblig und düster, wie sich das gehört. Die Trauerfeier wird in der Schwedischen Lutherischen Kirche abgehalten, in dem unangenehm hellen, luftigen und modernen Kirchenbau. Die alte Steinkirche von Skogahammar gehört der Missionskirche, und dieser Gemeinde gehören wir *nicht* an, wie Mama neidisch zu sagen pflegte, wenn sie daran vorbeiging.

Wir versammeln uns draußen auf dem Parkplatz und warten darauf, hineingehen zu können. Nasser Asphalt, grauer und kalter Nebel, ausdruckslose Gesichter und dunkle Herbstmäntel. Was ja nur richtig so ist.

Ich kann sehen, dass Eva auf ihrem Platz bei der Tür beifällig nickt, während sie mit dem Pastor über die Trauerfeier und den Kaffee danach spricht. Ich bin ziemlich sicher, dass der Pastor nicht für den Kaffee danach zuständig ist, aber soviel ich sehen kann, nickt er nur und streichelt tröstend Evas Arm.

Emma, Nesrin, Pia und ich stehen so weit entfernt wie möglich als eigene kleine Gruppe da.

Emma ist nur für den Nachmittag und bis morgen früh gekommen, sie muss danach zu irgendeinem Kurs.

»Sonst würde ich länger bleiben«, sagte sie, als ich die Fahrkarte bestellte.

»Du brauchst nicht zur Beerdigung zu kommen, wenn du nicht willst«, sagte ich.

»Ich will aber kommen«, sagte sie. »Es wird schön, nach Hause zu kommen, auch nur für einen Tag.«

Und jetzt bin ich froh darüber, dass sie hier steht. Sie verbreitet eine schlichte Freundlichkeit unter denen, die schon jetzt zu uns kommen, und durch sie wirkt unsere kleine Gruppe natürlicher, wie die nächsten Angehörigen statt wie ein paar Leute, die viel lieber anderswo wären.

Sie legt mir den Arm um die Taille, ich lege ihr meinen um die Schulter, und dann lehnt sie ihren Kopf an meinen, wie sie das früher immer gemacht hat.

»Wenn ich sterbe, will ich keinen Scheiß Kirchenkaffee«, sagt Pia. »Ich will ein Fest. Vielleicht können sie die eigentliche Trauerfeier in der Schnapsküche abhalten. Glaubst du, der Pastor kommt dahin, wenn ich in meinem letzten Willen darum bitte?«

»*Falls* du stirbst«, sage ich. Ich finde es gar nicht gut, dass Pia über den Tod Witze macht.

Sie lacht und sagt: »Ganz recht. Ich habe vor, ewig zu leben. Bisher gelingt mir das sehr gut.«

»Ich glaube nicht, dass du den Sarg hinbringen dürftest. Für sowas gibt es sicher Vorschriften«, sagt Emma. »Da wird doch Essen serviert.«

»Dann lasse ich mich vorher eben einäschern, und dann könnt ihr meine Urne überall mit hinnehmen. Ich habe nicht vor, die anderen ohne mich feiern zu lassen.« Pias Blick bleibt irgendwo über meiner Schulter hängen. »Du, Anette«, sagt sie. »Dein Loverboy ist da.«

»Ich…«, sage ich, und dann weiß ich nicht mehr weiter. »Dann muss ich wohl hingehen und ihn begrüßen«, teile ich mit.

Er steht allein am Rand der unnatürlichen und unsicheren Menschenmenge. Während die Kulturhexen neben ihm sich die ganze Zeit bewegen, etwas an ihren Kleidern zurechtrücken, ihre Blicke über alle schweifen lassen, steht er fast ganz still.

Wenigstens hat er nicht Sofia mitgebracht, denke ich, als ich langsam auf ihn zugehe, wobei ich Bekannten und wildfremden Leuten vage zunicke und lächele, auch wenn ich den Unterschied zwischen beidem gar nicht sehe, so sehr konzentriere ich mich darauf, natürlich zu wirken.

Er trägt einen nüchternen Anzug und sieht unpassend sexy darin aus. Welche Ironie des Schicksals, dass wir schließlich hier zusammen stehen, schick gekleidet, er im Anzug, ich im schwarzen Kleid und meinem üblichen grauen Mantel, so, wie man es laut Pia zu Anfang einer Beziehung macht. Abgesehen davon, dass das hier das Ende ist, dass wir auf eine Trauerfeier warten und dass wir auf einem Parkplatz stehen, umgeben von Asphalt.

Der Parkplatz ist leer bis auf einen schmutzig weißen Ford, der offenbar schon eine ganze Weile hier steht. Die meisten scheinen ihre Autos eine Straße weiter abgestellt zu haben.

»Man könnte hier Schrittfahren üben«, sage ich, und Lukas lächelt, so rasch, dass ich es kaum registriere. Seine Augen funkeln ganz kurz auf, sie wirken noch blauer vor dem Meer aus Grau und Schwarz, das uns umgibt. Sein Gesicht ist blasser als noch vor wenigen Wochen, auf jeden Fall blasser als bei unserer ersten Begegnung, an jenem sonnigen Augusttag in der Fahrschule.

Irgendwo in dem ganzen Chaos habe ich es geschafft, mich in ihn zu verlieben, denke ich, und jetzt spüre ich, wie mein Herz langsam zerbricht. Wie wenn man zwei Schritte zu weit auf dünnes Eis hinausgeht und das beängstigende Knirschen von Rissen hört, die sich unter den Füßen auftun und breiter und immer mehr werden. Nicht schnell und dramatisch wie ein Stein, der eine Fensterscheibe durchschlägt, aber ebenso unerbittlich.

»Ich habe die Anzeige in der Zeitung gesehen«, sagt er.

»Sie hätte sich darüber gefreut, dass du gekommen bist«, sage ich. Alltägliche Worte, fast automatisch.

Er nickt, ich vermute, wir denken beide an den Nachmittag in der Wohnung der fremden Familie.

»Wolltest du darüber neulich reden?«, fragt er.

Das spielt jetzt keine Rolle mehr. »Ja.«

Er bohrt die Hände in die Hosentaschen. »Es tut mir leid, dass ich keine bessere Stütze für dich war.«

»Dazu warst du wohl kaum verpflichtet«, sage ich.

Das ist er noch immer nicht. Er ist weitergegangen. Das werde ich ebenfalls tun.

Als sich die Kirchentüren öffnen, gehe ich zu Emma und den anderen zurück, und er macht keine Anstalten, mich zu begleiten. Stattdessen setzt er sich nur langsam in Bewegung, so dass wir die Kirche vor ihm betreten. Ich gestatte mir einen letzten Blick über meine Schulter. Er ist bei der Tür stehengeblieben und hält sie für jemanden auf. Dann drehe ich mich zu dem Sarg um und gehe geradewegs in die erste Bankreihe. Ich schaue mich nicht noch einmal um.

Mama hat sich ausdrucksvolle herkömmliche altehrwürdige Choräle ausgesucht, bei denen eigentlich niemand unter fünfzig mitsingen kann. Das Durchschnittsalter ist jedoch um einiges höher, und so arbeiten wir uns durch die Lieder und die Rede des Pastors hindurch – auch die hat Mama vorbereitet, obwohl sie diesem Geistlichen nie begegnet ist. Er erwähnt ihren Ehemann *John* mit einer haarfeinen Betonung, als ob er sich ein kursiv geschriebenes Wort eingeprägt hätte.

Eva hält eine Ansprache – ich nicht. Emma legt den Kopf an meine Schulter, und ich atme den Duft ihres Shampoos ein, dasselbe, das sie schon immer benutzt.

Ich war nie eine regelmäßige Kirchgängerin, deshalb habe ich keine Erfahrung darin, danach mit meiner Kaffeetasse und einem Brötchen mit Käse und Paprika im Raum neben der Kirche zu stehen. Auf dem Kaffeetisch gibt es auch Plätzchen und Zimtschnecken, aber Eva fand, es gehörten auch Schnittchen dazu, also gibt es die auch.

Aber die anderen scheinen sich auszukennen. Sie trinken Kaffee und essen noch ein Brot und ein Plätzchen, während sich das Stimmgewirr mit dem Zimtduft vermischt. Ich höre die ganze Zeit Bruchstücke, ab und zu geht es um Mama, ab und zu über ganz andere Dinge – andere Beerdigungen, auf denen jemand war, Menschen, die jemand verloren hat. Viele Frauen hier sind schon lange Witwe, und es ist nicht schwer, sie dazu zu bringen, über ihren verstorbenen Mann zu reden. Mir gegenüber äußern sie sich positiv über die Trauerfeier und sagen, Mama wäre damit zufrieden, und das glaube ich eigentlich auch. So zufrieden, wie Mama eben sein konnte.

Ich bin gerührt, weil so viele gekommen sind. Sogar Eva sieht geschockt aus. Die Kulturhexen nehmen den Anlass ernst genug, um sich nicht zu streiten, obwohl sie nebeneinander in einer Ecke stehen.

Lukas ist nicht mehr da. Er ist offenbar gleich nach der Trauerfeier gegangen.

Eine Frau, die mir vage bekannt vorkommt, taucht vor mir auf. Sie hat einen Mann im Schlepptau, drei Schritte hinter ihr, der die ganze Zeit lächelt. Belustigt, glaube ich, und ich habe den Verdacht, dass das so einiges über ihn aussagt, da die Lippen der Frau dauerhaft unzufrieden zusammengepresst sind, ein bisschen wie bei…

»Mein Gott«, sage ich. »Tante Elisabet.«

Ich starre meine Hand an und frage mich, was ich tun soll. Ihr die Hand schütteln? Sie umarmen? Sie auf die Wange küssen? Am Ende stehe ich einfach da und halte verzweifelt Ausschau nach Eva. Wenn sie schon die Ersatztochter sein will, kann sie mir jetzt ja wohl helfen.

»Es ist ja doch ganz gut gegangen«, sagt Tante Elisabet. Widerwillig.

»Sehr schöne Trauerfeier«, sagt ihr Mann. Neuer Mann, glaube ich. Ich bin ziemlich sicher, dass ich ihn noch nie gesehen habe. Aber ihren alten Mann hatte ich auch nie gesehen, und Elisabet habe ich zuletzt mit sieben Jahren getroffen.

»Ich nehme an, ihr habt alles selbst geschafft«, sagt sie.

»Ja, doch«, sage ich verwirrt.

»Da ihr euch nicht die Mühe gemacht habt, euch mit mir zu beraten, meine ich. Ich hätte doch gedacht, dass ich als ihre Schwester hinzugezogen werden würde.«

»Mama hatte doch fast alles selbst vorbereitet, da gab es nicht mehr viel… kennst du eigentlich meine Tochter Emma?«, frage ich und schaue mich verzweifelt um, aber Emma und Pia haben auf irgendeine Weise Lunte gerochen und sind von meiner Seite verschwunden.

Verräterinnen, denke ich.

»Mhm«, sagt Elisabet. Mein Herz verkrampft sich vor Sehnsucht nach Mamas kritischen Sticheleien.

Und da haben wir endlich Eva. »Eva«, sage ich. »Ich weiß nicht, ob ihr euch schon ...«

»Elisabet, ja«, sagt Eva. Sie tritt neben mich, aber mir wird schnell klar, dass sie mir damit keine moralische Unterstützung liefern will, sie will sich zu ihrer vollen Größe aufrichten und Elisabet in die Augen schauen. »Nett, Sie endlich kennenzulernen«, sagt sie nach einer viel zu langen Pause. »Und wie schön, dass Sie herkommen konnten. Zum Schluss nun doch noch.«

Elisabet beißt die Zähne zusammen. Ich könnte schwören, dass ihr Mann wirklich lacht. Seine beeindruckend kräftige Gestalt bebt ein wenig. Ich fange seinen Blick ein und schüttele den Kopf, zwei Zivilisten, die mitten in einer passiv-aggressiven Schlacht gelandet sind. Der Ausgang ist offen, auch wenn ich auf Eva setzen würde.

Aber natürlich, Elisabet ist älter. Erfahrener.

»Ach so, ja«, sagt sie. »Sie sind die neue Freundin.« Das *neue* wird ganz leicht betont.

»Eva Hansson«, sage ich. »Elisabet ..« Ich sehe ihren Mann an. Ich weiß nicht einmal mehr, wie sie mit Nachnamen heißt.

»Örn«, sagt er und streckt die Hand aus. »Gunnar Örn ist mein Name.«

Pssst, möchte ich zischen. Lenk bloß keine Aufmerksamkeit auf uns. Aber jedenfalls nehme ich seine Hand und sage: »Anette Grankvist.«

Sie bemerken es kaum. Elisabet trinkt einen kleinen Schluck Kaffee, behält aber die ganze Zeit Eva im Auge, um die Wirkung ihres nächsten Satzes überprüfen zu können: »Ich habe gehört, Inger war am Ende ein bisschen ... verwirrt?«

Eva schnaubt über ihrer Kaffeetasse. »Es wundert mich, dass Sie das wissen, so selten, wie Sie sich die Mühe gemacht haben, sie zu besuchen. Oder sich bei ihr zu melden.«

Beide sind jetzt lauter geworden, und die Umstehenden drehen sich zu uns um. Noch immer diskret, aber unbedingt bereit, sich diese dramatische Entwicklung nicht entgehen zu lassen.

»Sogar Anette hat sich mehr um sie gekümmert«, sagt Eva.

»Oh. Aber Eva...«, sage ich gerührt.

Vor unserer gemeinsamen Feindin wird sie weich genug, um zu sagen: »Glaub nicht, ich hätte nicht gemerkt, wie oft du sie am Ende besucht hast.« Leider fügt sie auch hinzu: »Auch wenn ich weiß, dass das nur wegen dieser Sache mit dem Liebhaber war.«

Worauf sich alle Anwesenden zu mir umdrehen und jetzt endgültig die Ohren spitzen. Eva bemerkt das nicht. Für sie gibt es nur Elisabet.

»Liebhaber?«, fragt Elisabet, und jetzt erst geht Eva ihr Fehler auf. Sie schielt verwirrt zu mir herüber, als überlegte sie, ob sie mir die Schuld zuschieben kann.

»Ich vermute, damit ist mein Mann gemeint.«

Gunnar beschließt in diesem Moment, in ein Plätzchen zu beißen, und das Knirschen hallt in der plötzlichen Stille im ganzen Raum wider. Alle Augen folgen seiner geringsten Bewegung, aber er lächelt nur, wischt sich mit dem Handrücken ein paar Krümel ab und sagt: »Der vorige Mann. Ich bin unschuldig.«

»Lars?«, frage ich schockiert. Aber das kann doch nicht Tante Elisabets Mann gewesen sein... das wüsste ich doch. Ich hätte seinen Namen gehört... Mir wird bewusst, dass ich keine Ahnung habe, wie ihr Mann hieß. Mama wollte immer nur »mit Tante Elisabet reden«. Oder möglicherweise »mit

Tante Elisabet und ihrem Mann«. Nie mit dem Onkel, nie mit einem Mann, der einen Namen hatte.

Was jetzt ja seine logische Erklärung findet.

»Ach, sie hat also über ihn gesprochen«, sagt Elisabet. Zufrieden, glaube ich. »Inger hatte in Bezug auf Mannsbilder nie besonders viel Verstand. Sie hat ihn doch gar nicht interessiert. Sie war nur eine von vielen, mit denen er fremdgegangen ist.«

Eva und ich starren einander an. Keiner von uns fällt etwas ein, das sie sagen könnte, eine Möglichkeit, die Situation zu retten.

Der Pastor kommt aus der kleinen Küche neben dem Gemeindesaal und lächelt freundlich in das kompakte Schweigen. »Hier duftet es so schön nach Kaffee«, sagt er. »Ist noch genug für alle da, oder soll ich neuen aufsetzen?«

»Aber was weiß ich«, sagt Elisabet. »Vielleicht hat sie ja ihn verführt. Vielleicht war Inger ja eine Schlampe.«

44

Das war mein Mann!«, sagt Pia immer wieder und lacht jedes Mal, und Emma fügt ein »Schlampe!« hinzu.

Wir sitzen zum Nach-Beerdigungskaffee-Bier in der Schnapsküche. Kaum hatten wir uns gesetzt, kam Felicia hinter dem Tresen hervor und sagte: »Ich habe von der Beerdigung gehört. Die erste Runde geht aufs Haus.«

»Da hätte sich Oma wirklich gefreut«, sagt Emma mit ausdruckslosem Gesicht, dann schielt sie zu mir herüber, um zu sehen, ob sie zu weit gegangen ist. Ich lächele beide an. »Danke, Felicia«, sage ich.

»Schlampe!«, sagt Pia fröhlich.

»Tja, jetzt weiß ich immerhin Bescheid«, sage ich, als wir unser Bier bekommen haben.

Ich hätte nicht gedacht, dass Religion Pias Ding ist, aber sie ist widerwillig beeindruckt von dem Pastor. »Man muss einen Beruf respektieren, der den Leuten so viel Geistesgegenwart beibringt, dass sie gerade dann den Kuchen loben, wenn die Verstorbene soeben von ihrer trauernden Schwester als Schlampe bezeichnet worden ist.«

Sie nickt nachdenklich. »Vielleicht sollte das auf meinem Grabstein stehen«, sagt sie. »Hier ruht eine Schlampe.«

»Das stimmt ja wohl nicht so ganz«, sage ich.

»In Gedanken. In Gedanken bin ich eine Schlampe.«

Ich trinke noch einen Schluck Bier. Es ist ein schöner Abend. Emma streichelt ab und zu meine Hand und sagt nette

Dinge über die Trauerfeier, wenn sie findet, dass unsere Stimmung zu ausgelassen wird.

Aber ich finde es schön, sie lachen zu hören. Ab und zu ein bisschen zu laut, als gäben wir uns Mühe zu zeigen, dass wir leben, dass der Tod uns keine Angst macht, dass wir uns amüsieren. Vielleicht ist es die Erleichterung darüber, dass wir die bedrückende Zeremonie hinter uns haben, vielleicht bekommt deshalb das Lachen von Pia und Emma diesen harten Klang.

Aber es ist gut. Wir können noch immer lachen. Wenn es ein bisschen angespannt klingt, macht das nichts.

Ich entspanne mich in der Wärme in der Kneipe, und nach und nach scheint es auch Emma so zu gehen. Sie schaut sich um, als freue sie sich darüber, dass sie hier ist, umgeben vom Stimmgewirr der Menschen, für die es ein ganz normaler Donnerstagabend ist.

Aber dann war da noch Mamas Liebhaber. Die Erinnerung, die sie in all den Jahren pflichtbewussten Lebens irgendwo in sich aufbewahrt hat.

»Wisst ihr«, sage ich, und Emma und Pia verstummen mitten in irgendeinem gemeinsamen Scherz. »Ich bin froh darüber, dass ich es erfahren habe. Wer Lars war, meine ich. Ich weiß natürlich nicht, wie es angefangen oder warum es ein Ende genommen hat oder wie Lars das alles sah, aber immerhin weiß ich, wer es war.«

»Gut«, sagt Emma. »Ich finde das cool von Oma. Ihre Schwester ist eine miese Kuh.«

Dazu hat sie auch allen Grund, denke ich, und dann lehne ich mich zurück und lasse die beiden weiterreden. Wie sonst auch. Ein ganz normaler Abend.

Ich bekomme eine Erkältung, denke ich, als ich Emma am nächsten Tag zum Bus bringe.

Das ist die einzige Erklärung, die mir einfällt. Ich warte mit ihr zusammen, umgeben von einigen müden Frauen mit Kinderwagen.

Als der Bus dann auftaucht, raffen sich die müden Frauen auf, um zu klären, in welcher Reihenfolge die Kinderwagen an Bord getragen werden sollen. Ich biete meine Hilfe nicht an. Ich kann einfach nicht genügend Energie aufbringen. Emma greift zu, kommt aber noch einmal aus dem Bus zurück, um mich zu umarmen, obwohl ich inzwischen mitten im Regen stehe und schon reichlich durchnässt bin.

»Bist du sicher, dass ich nicht bleiben soll?«, fragt sie eifrig, als die herzensgute Person, die sie eben ist. »Ich kann die Veranstaltungen auch später noch nachholen. Wen interessiert das denn?«

»Ich komm schon zurecht«, sage ich, und nach kurzem Zögern steigt sie dann zusammen mit den anderen Fahrgästen in den Bus.

Der schwere Geruch nasser Wolle mischt sich mit dem der Abgase, als der Bus endlich losfährt. Danach bin ich endlich allein und kann aufhören zu lächeln.

Als ich losgehe, schaffe ich ungefähr drei Schritte, dann trample ich in eine Pfütze. Das Wasser dringt sofort durch Risse und Nähte in meine Schuhen und zieht danach in meine Strümpfe ein.

Passend. Das ist wirklich passend.

Ich bin natürlich nicht auf die Idee gekommen, einen Schal oder Handschuhe mitzunehmen, und als ich dann zu Hause bin, zittere ich vor Kälte. Aber es ist immerhin ein Gefühl. Das Stechen in Händen und Nase lenkt mich ab. Meine Haare kleben feucht und platt an meinem Kopf.

Ich ziehe meine nasse Kleidung aus und verkrieche mich im Bett, obwohl es erst kurz nach drei ist. Ich wickele mich in die Decke und starre hinaus in die Dunkelheit. Es gibt sicher Dinge, die ich tun sollte, aber ich bringe es nicht über mich, mich zu bewegen. Am Ende stehe ich dann doch auf und koche mir einen Kaffee.

Es muss eine Erkältung sein, denke ich. Oder eine Grippe. Meine Muskeln sind müde und tun weh. Ab und zu tränen meine Augen, ungefähr wie kurz vor einem Niesen. Als ich mein Spiegelbild im Küchenfenster sehe, ist mein Gesicht bleich und verhärmt. Meine Haut ist fahl.

Ich gehe mit dem Kaffee zurück ins Bett. Ich bewege mich wie eine Greisin. Langsam, unsicher, geschlagen. Ich schlinge die Arme um die Knie und frage mich, was zum Henker ich jetzt machen soll.

Als ich am nächsten Tag aufwache, habe ich nicht einmal Fieber.

Aber ich tue trotzdem nichts. Ich sitze nur im Bett und sehe die Morgendämmerung heraufziehen. Um halb acht ist es noch immer nicht richtig hell. Das passt mir gut. Ich bin noch immer seltsam müde. Die Stimme in meinem Kopf, die mir immer einschärfte, mich zusammenzunehmen, etwas zu tun, eine gute Mutter zu sein, eine gute Tochter, und so weiter, sagt jetzt nur, ich sollte mich anziehen. Duschen, vielleicht. Das Bett verlassen.

Nicht einmal diese Stimme klingt besonders gut aufgelegt.

Ich schalte den Laptop ein und sitze mit der Decke über den Beinen an die Wand gelehnt da, genau wie Mama immer gesessen hat, bis mir auch das zu anstrengend vorkommt und ich mich wieder nach unten sinken lasse.

Es ist elf, und ich liege im Bett und starre mit leerem Blick vor mich hin. Ich liege zusammengekrümmt in Embryonalstellung da, dem Nachttisch auf der linken Seite des Bettes zugewandt, und sehe zu, wie der Bildschirm am Laptop langsam dunkel und dann schwarz wird. Ab und zu strecke ich die Hand aus und berühre eine Taste. Sofort taucht Spotify auf. Bis der Bildschirm dunkel wird und Spotify wieder verschwunden ist.

Ich drehe mich auf den Rücken und schaue zur Decke hoch. Ich sehe auch einen Streifen Himmel durch mein Fenster und wünschte, ich hätte das Rollo nicht hochgezogen. Aber es ist zu spät, um etwas daran zu ändern.

Am ersten Tag nach der Beerdigung habe ich nicht an Mama gedacht. Ich habe an gar nichts gedacht.

Jetzt, am zweiten Tag, stelle ich mich mit allerlei Vorschlägen auf die Probe. Zum Beispiel mehr Kaffee zu kochen oder zu duschen. Ungefähr, wie ein totes Tier mit einem Zweig anzustochern. Vorsichtig. Ohne eigentlich auf eine Reaktion zu hoffen.

Ich frage mich, was passieren würde, wenn ich nie wieder aufstünde. Das ist kein ernsthafter Gedanke. Morgen werde ich zur Arbeit gehen, und ich werde feststellen, ob Pia etwas braucht, und früher oder später werde ich genug zu tun haben, um beschäftigt zu sein.

Dann wird alles besser werden. Mein Leben wird eine endlose Strecke von Tagen und Arbeitsaufgaben und Pflichten sein, die ich bewältigen muss.

Der Himmel ist strahlend blau, aber die Sonne geht schon unter. Die Hälfte des Baumes vor dem Balkon sieht im Sonnenschein absurd klar aus, die andere Hälfte ist im Dunkel verborgen. Als ich mich zum Rauchen hinausschleppe, nehme ich den Geruch kühler Luft wahr, aber nicht einmal das kann mich auf den Gedanken bringen, die Wohnung zu verlassen.

Ich höre Sarah MacLachlan und Elvis Presley und sehe so nach und nach ein, dass etwas passieren muss.

Aber was? Ich verwerfe die Idee, zu duschen oder mich anzuziehen, wie die Stimme in meinem Kopf zaghaft vorschlägt.

Ich ignoriere eine SMS von Pia. Gehe zurück ins Bett. Lege mich auf den Rücken und versuche, nicht darauf zu achten, dass mein Körper dagegen protestiert, still zu liegen.

Als Emma anruft, melde ich mich natürlich.

Ihre Stimme klingt belegt und angespannt. Als ob sie gerade geweint hat oder gleich weinen wird. Ich setze mich auf. »Mein Liebes«, sage ich besorgt. »Was ist denn passiert?«

Es wird still in der Leitung. Vielleicht hätte ich nicht so offen fragen dürfen. Mich schrittweise nähern müssen.

»Du weißt, der Typ, den ich erwähnt habe? Fredrik?«

»Der Blödmann«, sage ich, und sie lacht ein wenig.

»Der ist ein verdammter Idiot«, sagt sie plötzlich. »Ich hasse ihn.«

»Mhm«, sage ich. Ich habe mich jetzt von der Decke befreit und bin aufgestanden. »Natürlich ist er das«, füge ich hinzu.

»Also, das Problem ist, dass alle anderen ihn lieben. Von Anfang an hat er nur Blödsinn geredet, aber das Problem ist, dass die anderen auf ihn hören. Das sollte mich nicht stören, tut es aber.«

Moment mal, denke ich.

»Emma«, sage ich mit einem gefährlichen Unterton, den sie hoffentlich nicht wahrnimmt. »Versuchst du, mir zu erzählen, dass du *gemobbt* wirst?«

Ich könnte mir die Zunge abbeißen. Das Wort hängt zwischen uns in der Luft und kann unmöglich zurückgeholt werden.

Gemobbt. Ich habe mir deshalb Sorgen gemacht, wann immer Emma in eine neue Klasse oder auf eine neue Schule kam, schon seit dem ersten Tag im Kindergarten. Als ich endlich akzeptieren konnte, dass Emma ein Wunder an sozialer Kompetenz war und ihre Millionen von Freunden mit einer erhobenen Augenbraue dirigieren konnte, hatte ich sofort Angst, sie könnte ins andere Extrem umkippen und etwas wirklich Gemeines tun. Und so eine Person werden, die lügen und behaupten muss, in der Schule ausgestoßen zu sein, weil sie sonst zugeben müsste, dass sie zu denen gehört, die andere schikanieren. Die sich ihr ganzes Leben lang absolut bewusst ist, was sie anderen antun kann. Aber auch das hat sie nie getan. Sie war sozial, so umgänglich, wie ein Kind das überhaupt nur sein kann, wenn es trotzdem überleben will, und sie schien nicht nur mit den schlimmsten Leuten aus ihrer Klasse zusammen zu sein.

Ich kann einfach nicht fassen, dass sie an der Uni gemobbt wird. Wenn die ihr etwas tun, werde ich die Bande mit der Heckenschere jagen.

»Mach dir keine Sorgen«, sagt sie mühsam. »Natürlich werde ich nicht gemobbt. Die sind nur blöd.«

»Was tun sie denn?«, frage ich.

»Ach, du weißt schon, einfach Kommentare eben.« Sie zögert. »Und gestern hatte ich vergessen, mich aus meinem Postfach auszuloggen, und irgendwer hat eine Menge alberne Mails in meinem Namen verschickt.«

»Albern?«, frage ich. Ich finde, es klingt ziemlich ruhig und besonnen. Ich versuche, mich zu erinnern, was der schwedische Kinderschutzbund für solche Fälle empfohlen hat, aber diese Ratschläge habe ich sicher zuletzt vor zehn Jahren gelesen. Ich setze mich wieder aufs Bett, beuge mich vor und reiße den Laptop an mich. Googele den schwedischen Kinderschutzbund und Mobbing und nach einer plötzlichen Eingebung Mobbing unter Erwachsenen.

Innerhalb von 0,12 Sekunden habe ich 13 800 Treffer.

Eine Untersuchung ergibt, dass zwei von zehn Personen bei der Arbeit gemobbt werden.

»Es ist nicht so schlimm, Mama«, sagt sie, aber ich kann ihrer Stimme anhören, dass sie das selbst nicht so recht glaubt.

»Normalerweise wäre mir das ja auch egal. Ich meine, ich mag diese Leute ja nicht mal. Das ist nur eine Bande von blöden Landeiern.«

Es ist nicht der richtige Moment, um sie daran zu erinnern, dass Skogahammar auch nicht gerade eine Weltmetropole ist. Ich brumme nur.

»Idioten«, sage ich zustimmend, während ich weiterlese. Es ist keine aufmunternde Lektüre. Meine Hände ballen sich unwillkürlich zu Fäusten.

»Es ist nur so, dass ich eben hier wohne, und da ist es schwer, ihnen aus dem Weg zu gehen. Abends ist es okay, und ich kenne auch einige nette Leute aus anderen Kursen. Ich bin nicht total einsam und verlassen, falls du das meinen solltest.«

»Natürlich meine ich das nicht«, sage ich.

»Aber wir haben hier sowas wie richtige Schultage. Das ist nicht wie bei anderen Studiengängen, wo man vielleicht zu zwei Vorlesungen pro Woche auftauchen muss. Und deshalb ist es ... unangenehm.«

Die Panik steigt mir in den Hals. Ich räuspere mich. »Wie ... wie lange geht das schon so?«, frage ich so neutral ich nur kann.

»Das hat angefangen, als ich mit Fredrik Schluss gemacht habe, also vielleicht zwei Wochen. Aber es ist nicht so schlimm, Mama. Wirklich nicht.«

Ich werde rot und erbleiche gleichzeitig. *Wochen.*

Ich hätte bei ihr sein müssen. Ich hätte sie niemals weggehen lassen dürfen, hätte mitfahren müssen, heimlich dort hinziehen, egal was, statt sie dort alleinzulassen.

»Soll ich zu dir kommen?«, frage ich.

Darüber lacht sie dann doch, was mich ein bisschen erleichtert. »Was würdest du denn dann tun, Mama?«, fragt sie. »Mit irgendeiner Waffe hier auftauchen und sie bedrohen?«

Das sollte mich nicht auf dumme Gedanken bringen.

Die Schuldgefühle geben mir genug Energie, um das Bett zu verlassen. Ich sehe mich sehnsüchtig nach Kissen und Decke um, aber ich weiß, dass es an der Zeit ist, mich aufzuraffen, und deshalb schleppe ich mich unter die Dusche. Danach komme ich mir nicht erwähnenswert frischer vor.

Mein Körper und mein Gehirn protestieren gleichermaßen gegen diese Anstrengung. Aber sobald ich das Gefühl habe, dass ich mehr nicht aushalte, denke ich: *Du bist eine schlechte Mutter,* und dann beziehe ich das Bett neu und setze wieder Kaffee auf. *Emma braucht dich.*

Diese Erkenntnis bringt mich auch dazu, zum Telefon zu greifen und alle Kontakte durchzusehen, bis ich die gesuchte Nummer gefunden habe. Ich muss etwas unternehmen.

»Ich weiß nicht, ob du dich an mich erinnerst, aber wir sind uns vor ungefähr einem Monat begegnet«, sage ich. »Anette. Ich bin eine Freundin von Lukas.«

»Natürlich erinnere ich mich«, sagt Roffe. »Wie geht's denn so?«

»Ich habe ein kleines Problem.«

»Ach.« Seine Stimme klingt ein bisschen abwartend, aber immer noch freundlich.

»Ich weiß nicht, ob ich das erzählt habe, aber ich habe eine neunzehn Jahre alte Tochter, die gerade nach Karlskrona gezogen ist. Sie geht da auf die TH und hat Probleme mit einem Typen, der sie mobbt. An der Uni!«

»Ach, äh, und was soll ich dagegen unternehmen?«

»Ihm einen Schreck einjagen, natürlich. Ich brauche eine Motorrad-Gang.«

Es wird still in der Leitung. Ich sammele Gläser und Tassen ein, die ich während des Wochenendes überall abgestellt habe.

»Bist du sicher, dass du nicht lieber jemand anderen anrufen solltest? Diese Anti-Mobbing-Organisation Friends, zum Beispiel?«

»Was zum Teufel könnten die denn schon ausrichten? Ich sage ja nicht, dass du ihn zusammenschlagen sollst oder so.«

»Das klingt immerhin gut. Das wäre nämlich verboten.«

Ich ignoriere diesen Kommentar und greife zum Laptop, um nach einem Plan B zu suchen, wenn Roffe so weitermacht. Ich hatte eigentlich gemeint, zwischen uns hätte es besser gefunkt.

»Ich dachte nur, du könntest vielleicht mit ein paar Freunden da auftauchen, ein bisschen um Emma rumhängen und den Idioten drohend anstarren. Das dauert wohl ein paar Stunden, aber ich kann natürlich bezahlen.«

»Es geht hier nicht um Geld«, sagt er. Er klingt jetzt ein bisschen verzweifelt. »Das klingt noch immer nach etwas Verbotenem, finde ich. Nach einer Drohung.«

»Natürlich ist das eine Drohung. Aber keine verbotene. Nicht so, wie wenn ich mit einer Heckenschere auftauchen würde, zum Beispiel. Das wäre verboten.«

»Äh«, sagt er. »Drohst du uns?«

Ehrlich gesagt ist er ein bisschen schwer von Begriff. »Sei nicht albern«, sag ich. »Ich dachte, wir seien Freunde.«

»Ja, schon, aber ...«

»Ich bin verdammt noch mal eine alleinstehende Mutter.

Ich kämpfe seit fast zwanzig Jahren dafür, dass sie einigermaßen unversehrt durchs Leben kommt, und jetzt, kaum schaue ich für einen Moment in die andere Richtung und lasse mich ein bisschen von einem jüngeren... von Sachen ablenken, schon kommt ein Scheißidiot und macht alles kaputt. Emma ist ein phantastisches Mädchen. Und das Einzige, was nötig wäre, ist, dass ihr ein paar Stunden von eurer sicherlich kostbaren Zeit nehmt und etwas tut. Betrachtet das als gemeinnützige Arbeit. Gute PR.«

»Einen armseligen blöden Ingenieur in Panik versetzen?«

»Der ist kein Ingenieur. Physische Planung. Was immer das nun sein mag. So eine Art zukünftiger Verwaltungsbürokrat.«

»Hm«, sagt er.

»Du bist sicher, dass es nicht um Geld geht? Ich kann wirklich bezahlen.« Als er nichts sagt, zucke ich mit den Schultern. »Dann muss ich wohl die Hell's Angels anrufen. Die haben eine Website. Offenbar haben sie sogar in der Nähe von Karlskrona ein Chapter oder wie sie das nennen.«

»Anette, das ist vielleicht nicht so clever...«

»Hilfst du mir oder nicht? Sonst muss ich mir eine andere Motorrad-Gang suchen.«

45

Ein paar Tage später ruft Emma an und muss so sehr lachen, dass ich fast nicht verstehen kann, was sie sagt.

Am Ende reißt sie sich zusammen, schnappt keuchend nach Luft und fragt: »Hast du Fredrik eine Motorrad-Gang auf den Hals gehetzt?«

»Mir ist nichts anderes eingefallen«, sage ich defensiv.

»Mama, ich liebe dich.« Sie lacht wieder. »Es war einfach phantastisch. Zwei Typen Mitte zwanzig und ein total riesiger Kerl mit total lieben Augen. Sie trugen Westen und alles. Kamen einfach auf mich zu und haben von dir gegrüßt. Einer fragte, wer der Blödmann sei, und dann haben sie Fredrik eine ganze Viertelstunde lang drohend angestarrt. Sie haben auch über dich geredet.«

»Was haben sie gesagt?«, frage ich misstrauisch.

»Dass du ... interessant bist«, sagt sie.

»Hmpf.«

»Du bist phantastisch. Die Stimmung für den Rest des Tages war angespannt, das kann ich dir sagen. Der Rektor hat mich sogar gefragt, was diese Typen wollten.«

Ach je. So weit hatte ich gar nicht gedacht.

»Ich habe gesagt, das seien nur Freunde meiner Mutter, und du hättest sie gebeten, vorbeizuschauen und von dir zu grüßen, wenn sie in der Nähe wären. Also, wann fängst du wieder mit den Fahrstunden an? Willst du zu den Hell's Angels gehen, wenn du so weit bist?«

»Ich höre mit den Fahrstunden auf«, sage ich. »Es wird höchste Zeit, erwachsen zu werden.«

»Warum willst du denn erwachsen werden? Und glaub mir, dabei brauchst du keine Hilfe.« Sie lacht wieder. »Einer der Typen sah eigentlich ganz schön gut aus«, sagt sie abschließend. »Ich kann schon verstehen, warum du auf Biker-Typen stehst.«

Oh mein Gott, was habe ich getan?

Sie zögert, dann sagt sie, jetzt ernster: »Das war phantastisch von dir, Mama, aber in Zukunft kannst du mich meine Probleme selbst lösen lassen. Ich bin erwachsen. Du kannst meinen Exen nicht jedes Mal, wenn sie sich danebenbenehmen, eine Biker-Gang schicken.«

»Natürlich kann ich das nicht«, sage ich. »Roffe hat nicht genug Zeit, um jedem Blödmann, mit dem du dich triffst, Angst einzujagen.«

Nächstes Mal muss ich mir eben etwas anderes ausdenken, sage ich mir, als ich auflege.

Ich habe das Leben lange nicht mehr mit so klarem Blick gesehen. Ich erinnere mich vielleicht noch immer an das berauschende Gefühl von Motorrad und Straße und Nervosität, aber jetzt sehe ich es als das, was es war.

Wie bei anderen Drogen hatte ich anfangs das Gefühl, mehr zu leben, aber es ist eine künstlich erzeugte, synthetische Form von Freiheit. Das wirkliche Leben, wirkliche Freiheit, sind Freundinnen und Töchter und füreinander da zu sein.

Die Sehnsucht nach Tempo, die ich manchmal noch immer verspüre, ist eine rein physische Reaktion auf eine Sucht, die niemals hätte entstehen dürfen. Ich hätte gleich beim ersten Mal, als mir klarwurde, dass es eine Sucht ist, einsehen müssen, dass es ungesund war. Es hat mich dazu gebracht, mich auf kurzfristige Kicks zu konzentrieren statt auf Pia und Emma.

Nein, wirkliches Glück kommt daher, dass man erwachsen ist und das akzeptiert, und das denke ich, als ich sehe, dass die Gemeinde eine Vereinsbeauftragte sucht, ein richtiger Posten mit einem Verantwortungsbereich, der Vereins- und Sportleben mit einschließt, bei dem aber besonderes Gewicht auf größere Veranstaltungen gelegt wird.

Ich rufe sofort Anna Maria an und frage, ob ich qualifiziert bin. Mich treibt eine neue Selbstsicherheit, die aus dem Wissen entsteht, dass ich endlich meine Prioritäten gesetzt habe und mich endlich auf mich selbst verlassen kann.

»Qualifiziert?«, fragt Anna Maria. »Natürlich bist du qualifiziert. Aber willst du wirklich hier arbeiten? Ein bisschen Tempo und Motorräder könnten wir in der Stadtverwaltung auf jeden Fall brauchen.«

»Damit bin ich fertig«, erkläre ich energisch.

Anna Maria kichert. »Du kannst die Verantwortung für die Musik zur Weihnachtsfeier haben.« Dann fügt sie hinzu, als ob das wie ein Versprechen geklungen hätte: »Nicht ich würde dich einstellen. Das ist nicht meine Abteilung. Aber natürlich kannst du dich bewerben.«

Das tue ich dann. Ich arbeite in aller Heimlichkeit an meiner Bewerbung. Wenn ich den Job nicht bekomme, macht es auch nichts, und wenn doch, dann habe ich immer noch Zeit genug, um Pia und Klein-Roger und allen anderen im Mat-Extra davon zu erzählen. Ich präge mir ein, was eine Projektgruppe ist. Ich besorge mir Zeugnisse von sämtlichen Kulturhexen – dasselbe Dokument, von allen unterschrieben, und alle sind auf Schweigen eingeschworen. Fußballverein und Pfadfinder schreiben mir beide eine kurze Empfehlung.

Dann schicke ich die Bewerbung ab. Ich kann auch sehr gut

damit leben, wenn ich den Posten nicht bekomme. Ich habe endlich gelernt, was im Leben wichtig ist.

Ich bin Anette Grankvist, und ich bin eine achtunddreißigjährige alleinstehende Mutter mit einer Tochter, die ab und zu immer noch Hilfe braucht, ich wohne in Skogahammar, und vielleicht werde ich für den Rest meines Lebens im Mat-Extra arbeiten. Das ist alles.

Das ist genug.

Aber eine Sache muss ich noch erledigen. Ich greife zum Telefon und gehe meine Kontakte durch.

Es kommt eine Zeit, in der man der Wirklichkeit ins Auge schauen und zugeben muss, dass man keine siebzehn mehr ist. Dass man jetzt erwachsen und reif ist und Verantwortung für die Menschen in seiner Nähe hat, dass Motorräder und Liebhaber und erzwungene Versprechen nicht das Wichtigste im Leben sind.

Ich rufe Joakim an, den Ältesten.

»Besucht Pia«, sage ich. »Nehmt eine Stange rote Prince mit, einen Karton Wein und eine Flasche Whisky und bleibt, bis sie es euch gesagt hat.«

»Was denn gesagt hat?«

»Kippen, Rotwein, Whisky. Und lasst um Himmels willen die schmutzige Wäsche zu Hause.« Ich überlege. »Vielleicht solltet ihr auch Blumen und Pralinen kaufen. Und eine kitschige Karte, auf der steht, dass ihr sie liebt und dass sie sich nicht so verdammt blöd aufführen soll.«

Sicherheitshalber füge ich hinzu: »Und wenn ihr das Bedürfnis habt, irgendwas an die Wand zu knallen, dann haltet euch bloß nicht zurück. Bringt sie am besten dazu, auch etwas zu zerstören. Die grauenhaften roten Pelargonien vielleicht.«

So, ja. Das müsste ihre Bollwerke doch einstürzen lassen.

46

Beim Bewerbungsgespräch sind der derzeitige Vereinsbeauftragte und seine direkte Vorgesetzte anwesend.

Der Vereinsbeauftragte ist ein Mann um die fünfzig, der an den Trainer einer Juniormannschaft erinnert, voller polternder guter Laune und ohne besonders viel Substanz.

Die Vorgesetzte ist eine Frau, die aussieht, als habe sie gerade erst Abitur gemacht, die sich aber mit der eleganten, kompetenten und erfahrenen Selbstsicherheit der mittleren Verwaltungsebene bewegt.

Ich ertappe mich bei dem Wunsch, aus der Nähe einen roten Pickel auf ihrer Nase zu entdecken. Oder sonst etwas, das sie ein bisschen weniger perfekt macht. Aber ich finde nichts.

Sie hat den Ausdruck meines Lebenslaufs ordentlich in einer Sichthülle untergebracht. »Sie haben schon Kaffee bekommen?«, fragt sie, um zu beweisen, dass sie außerdem noch sympathisch ist. Sie redet schnell, als habe sie wahnsinnig viel zu tun und sei unerhört effektiv.

»Ja«, sage ich. »Danke.«

Der Vereinsbeauftragte nickt wohlwollend. Er hat mir den Kaffee besorgt. Ich konnte nicht Nein sagen, und nun habe ich über der Schulter einen Rucksack, der die ganze Zeit herunterrutscht, und in der Hand eine überfüllte Kaffeetasse. Ich trag mein sachliches graues Jackett. Richtige Entscheidung: die Frau trägt auch ein Jackett, offenbar teurer und eleganter geschnitten, und der Mann hat eins, das eine Nummer zu klein ist.

Die Vorgesetzte führt mich rasch zwei Treppen hoch und durch zwei verschiedene Türen in einen kleinen Besprechungsraum. Der ist in Weiß und heller Eiche gehalten, mit einem nagelneuen Whiteboard an der einen Wand. In Gedanken gehe ich durch, was Organisationskomitee, ideeller Sektor, Zivilgesellschaft und dritter Sektor bedeuten, ich habe alles gegoogelt.

Ich schaffe es, keinen Kaffee zu verschütten, bis ich die Tür zum Besprechungsraum mit dem Ellbogen aufschieben will und der Rucksack in meine Armbeuge gleitet. Aber ich glaube nicht, dass sie etwas bemerkt hat. Der Fleck auf meiner Hose ist winzig klein.

»Soll ich Ihnen eine Serviette holen?«

»Nein. Nein, danke. Es geht schon.«

Der Vereinsbeauftragte lächelt wohlwollend und sieht die Frau an.

»Also«, sagt sie. »Ich habe mir Ihren Lebenslauf angesehen. Was Berufserfahrung angeht, habe ich schon Überzeugenderes gesehen.«

Ich habe den Verdacht, dass Mat-Extra hier nicht als Pluspunkt zählt. Sie fragt mich nicht nach Projektstrukturen oder dem Unterschied zwischen ideellem Sektor und Zivilgesellschaft, deshalb sind meine Vorbereitungen auch keine Hilfe.

»Anna Maria meinte trotzdem, ich sollte Sie zum Bewerbungsgespräch einladen, aber die endgültige Entscheidung liegt bei mir.«

Sie sagt das so bestimmt, dass ich ihr auch glaube. Ich frage mich, ob zwischen den beiden irgendein Konflikt besteht, und ob es ein Fehler war, mit Anna Maria zu sprechen.

Aber ich will diesen Job! »Aber meine Zeugnisse!«, sage

ich. »Ich habe alle drei Kulturhexen dazu gebracht, in einem Zimmer zu bleiben. Mehrmals!«

Der Vereinsbeauftragte macht wirklich ein beeindrucktes Gesicht, der Frau aber sagt das gar nichts. Sie sieht mich nur fragend an und wiederholt in ziemlich kühlem Tonfall »Kulturhexen?«

»Wir suchen jemanden mit größerer Erfahrung«, sagt sie dann. »Mit etwas mehr ... formalen Qualifikationen.«

»Ich dachte, Sie suchen jemanden, der gute Arbeit leisten kann«, sage ich. »Und das kann ich.«

Die Frau deutet ein Lächeln an. »Na gut«, sagt sie. »Dann gehen wir mal die Aufgaben durch und sehen danach weiter.«

Ich wünschte, ich könnte auf meinen Spickzettel mit den Projektstrukturen schielen.

»Das Vereinsregister«, beginnt sie, und ich falle ihr ins Wort.

»Muss aktualisiert werden«, sage ich. Ich wühle in meinem Rucksack und schiebe ihr dann ein Blatt Papier hin. »Eine Liste der Kontaktdaten, die nicht mehr stimmen. Von einigen haben ich mir die aktuellen Angaben besorgt, andere sind nicht mehr aktiv. Der Bordercollie-Verein hat zwar eine Kontaktperson, aber die Vereinsaktivitäten sind sehr begrenzt. Ich glaube nicht, dass er noch lange existieren wird.«

»Oh«, sagt der Vereinsbeauftragte. »Darüber wollte ich mich auch schon informieren.«

Die Frau blinzelt. »Wie steht es mit Ihren Kenntnissen über das Vereinsleben hier in Skogahammar?«

»Ich war mit den meisten Vereinen, die überhaupt erreichbar sind, in Kontakt, ich kenne viele persönlich, und mit der Mehrzahl habe ich zusammengearbeitet.«

»Wir versuchen, größere Arrangements in die Wege zu leiten, Dinge, die hier in der Stadt passieren.«

»Und ich habe den Skogahammar-Tag organisiert. Ich bin bereit, es wieder zu tun, im Auftrag der Gemeinde, aber ich habe auch eine Arbeitsgruppe mit Vertretern der Vereine zusammengebracht. Ich weiß, welche praktischen Aufgaben vorher gelöst werden müssen, und es gelingt mir gut, Dinge in die Wege zu leiten.«

Sicherheitshalber erzähle ich auch noch, was eine Projektgruppe ist. Sie sehen tief beeindruckt aus. »Ich melde mich bei Ihnen«, sagt die Frau.

Eine Woche später treffe ich mich mit Nesrin und Pia in der Schnapsküche. Nesrin trägt noch immer ihre Mat-Extra-Hose, als sie auftaucht. Ich spiele mit meinem Bierdeckel und bemerke es kaum. Ich bin viel zu sehr drauf konzentriert, was ich selbst sagen will. Vor zwei Tagen hat die Abteilungsleiterin angerufen und gesagt, dass ich den Job habe. Seitdem denke ich nur daran, wie ich es Pia erklären soll. Ich war bei der Arbeit sogar sentimental – alles ist viel angenehmer, wenn man weiß, dass man bald nichts mehr damit zu tun haben wird.

»Ich habe einen neuen Job«, sage ich, sowie Pia Platz genommen und ein Bier bekommen hat. »Ich werde für die Gemeinde arbeiten und Vereine betreuen.«

Pia starrt mich schockiert an. »Wieso das denn?«, fragt sie.

»Eigentlich habe ich das dir zu verdanken«, sage ich. »Du hattest recht. Es ist Zeit zu akzeptieren, wie das Leben ist, und realistisch zu werden. Mit der allgemeinen Idiotie abzuschließen und sich lieber einen neuen Job zu suchen. Ich werde hart arbeiten, eine gute Mutter sein, ketterauchen und mich mit meiner verbitterten und zynischen Freundin treffen.«

»Ich habe dir absolut nicht geraten, Verwaltungsbürokratin zu werden«, sagt sie.

Das hat sie aber wohl. Sie war sich dessen nur nicht bewusst. Ich blicke sie skeptisch an, während ich abwarte, wie sie reagiert, wenn die Information erst eingesickert ist. Sie lächelt ein wenig. »Die Jungs waren gestern bei mir zu Besuch.«

»Ach was«, sage ich.

»Sie hatten Whisky mitgebracht und haben alle meine Pelargonien zerrupft.«

Offenbar haben sie meine Ratschläge wortwörtlich ausgeführt.

»Ich glaube, aus dir wird eine gute Verwaltungsbürokratin«, sagt sie. Sie ist offensichtlich dankbar dafür, dass ich die Jungs angerufen habe. »Dann werde ich wohl bald allein im Mat-Extra sein, wenn ihr beide verschwindet.«

»Ich bleibe noch eine Weile«, sagt Nesrin.

»Ja, ja, aber dann, wenn du dich entschieden hast. Dann bin ich mit Klein-Roger allein.«

»Nicht so ganz.«

Wir starren sie verdutzt an.

»Ihr habt mich nicht gefragt, warum ich die Mat-Extra-Hose anhabe.«

»Warum hast du sie denn an?«

»Ich habe mich als stellvertretende Filialleiterin beworben. Ich habe auch eine Gehaltserhöhung bekommen.«

Pia mustert sie beeindruckt. »Wie hast du das geschafft?«

»Ich habe gedroht, dass ich sonst zu Willys gehe.«

»Dann geht das nächste Bier auf dich, Chefin«, sagt Pia.

47

Ich vermute, aus rein evolutionärer Perspektive ist es eine gute Eigenschaft, sich nicht zufriedenzugeben. Immer weiter zu stürmen und Dinge tun zu wollen und mehr zu verlangen. Aber es liegt Freiheit darin, sich zufriedenzugeben. Sich selbst zu erlauben, nicht immer etwas zu empfinden, oder genauer gesagt, sich ruhigere Gefühle zu erlauben.

Seit einer Weile arbeite ich in meinem neuen Job, und der ist ein gutes Beispiel dafür, was ich meine: Derzeit bin ich zufrieden genug, um mich zu freuen und darüber zu staunen, eine Arbeit zu haben, bei der ich mich hinsetzen und Kaffee trinken kann, wann ich will.

Ich trinke meinen um Punkt elf und um Punkt drei. Man braucht doch ein paar Routinen. Jeden Morgen komme ich um fünf vor neun zur Arbeit, um zwölf esse ich ein einsames Sandwich im *Süße Träume* und frage mich, was Pia und Nesrin gerade machen, um fünf vor eins bin ich wieder im Büro, und um sechs gehe ich nach Hause. Und so geht es weiter, in einem ruhigen und behaglichen Rhythmus. Andere scheinen zu kommen und zu gehen, wie sie wollen, aber ich bin noch immer fasziniert von meinem Schreibtisch und meinen Kugelschreibern und Plastikmappen. Ich habe mir aus den Regalen mit Büromaterial im Kopierzimmer einen Notizblock, einen Kugelschreiber mit dem Logo der Stadt, fünf grüne Sichthüllen und einen Hefter geholt. Auch das ist so schön: Regale, in denen man sich ganz nach Bedarf Kugelschreiber oder Klebezettel holen kann. Der Notizblock ist mindestens so gut wie die, die wir im Mat-Extra verkaufen.

Eine Weile arbeite ich parallel zu meinem Amtsvorgänger. Er heißt Ulf, wie sich herausstellt, und scheint ungefähr alle zwei Tage im Büro zu sein. Er murmelt vage etwas von »Besprechungen« oder »Terminen«. Er sieht sich in seinem Computer die Mails an und gibt ab und zu einen Kommentar über einen Namen oder einen Verein ab. Nachmittags, wenn er da ist, setzen wir uns in ein Besprechungszimmer und machen so etwas wie eine Übergabe. Er geht das Vereinsjahr der Gemeinde durch, Bewerbungsfristen im Februar, Freizeiten im Sommer, den Skogahammar-Tag. Das Vereinsregister sollte am besten irgendwann dazwischen korrigiert werden.

Wenn Ulf Feierabend macht, bleibe ich an meinem Schreibtisch sitzen und schreibe meine Notizen ins Reine, hefte sie zusammen, stecke sie in eine Mappe, während die Energiesparlampen eine nach der anderen in der immer einsameren Bürolandschaft erlöschen, bis ich mir einbilde, im ganzen Gebäude seien nur noch Anna Maria und ich anwesend.

Ich bin gar nicht einsam, und ich staune fast darüber, wie gut ich zurechtkomme. Pia, Nesrin und ich treffen uns noch immer in der Schnapsküche, und ziemlich oft gehe ich mit Ann-Britt Mittagessen. Sie hat große Pläne für den nächsten Skogahammar-Tag. Sie ist inoffiziell die Verantwortliche, was ihr recht ist, solange Hans die Besprechungen leitet. Sie könne leider nicht die Verantwortung für die Musik übernehmen, sagt sie nervös, das muss ich also weiterhin erledigen. Wer weiß, vielleicht kann ich nächstes Jahr ja sogar Lasse Berghagen herlocken? Ich habe zudem einige andere rauchende Stadtverwaltungsangestellte gefunden – einen Buchhalter und zwei Frauen, die in der Rezeption arbeiten –, und so habe ich oft Gesellschaft, wenn ich vor dem Eingang stehe und im Schneeregen von einem Fuß auf den anderen stampfe, um nicht zu frieren.

Als es auf Weihnachten zugeht, habe ich vier Jacketts gekauft, alle billig und nicht gerade vorteilhaft, aber ich fühle mich darin organisiert und überaus professionell, fast, als würde ich wirklich zu den anderen Angestellten im öffentlichen Dienst gehören.

Mein Leben ist erfüllt von alltäglichen Dingen, wie sie für mich ausreichend waren, bevor Emma ausgezogen ist, und die mich jetzt wieder einigermaßen beschäftigen und zufriedenstellen. Wenn ich das Haus verlasse, reißen Wind und Schnee alle unnötigen Gedanken mit sich fort, bis auf das ständige Bewusstsein, dass ich friere. Schnee und Glätte zwingen meinen Körper dazu, sich auf dem Weg zur Arbeit und nach Hause auf das Fortbewegen zu konzentrieren.

Bei diesen Wegen denke ich oft an Mama, nicht bewusst, sondern auf diese Art, in der das Gehirn es tut, wenn es sich auf nichts Besonderes konzentriert, sondern einfach herumtastet, ohne Engagement, während der Leib friert. Etwas daran, dass ich beide Eltern verloren habe, zwingt mich zu akzeptieren, dass ich jetzt erwachsen bin. Mit jedem Jahr, das vergeht, werde ich etwas älter und etwas einsamer werden. Emma wird sich ein eigenes Leben aufbauen.

Aber das ist gut so. So soll es sein.

Und als Weihnachten kommt, ist sie zu Hause. Ich habe noch keine nennenswerten Urlaubstage angehäuft, aber Anna Maria sagt, ich solle »von zu Hause aus« arbeiten und am 2. Januar wieder ins Büro kommen, und das tue ich dann, schuldbewusst, und tröste mich mit den vielen langen Abenden, an denen ich gearbeitet habe. Emma und ich verbringen die Feiertage damit, einen viel zu großen Weihnachtsschinken zuzubereiten und uns Kitschfilme anzuschauen, in denen es in Kalifornien schneit und am Ende alle ineinander verliebt sind.

Zu Silvester ist sie auf einem Fest bei einer Freundin; Pia und ich verabschieden das alte Jahr bei mir zu Hause. Pia glaubt nicht an Neujahr, aber sie findet es gut, das alte richtig abzuschließen, und nach diesem Jahr bin ich ganz ihrer Meinung. Wir stoßen um vier Uhr nachmittags mit Sekt an, und um fünf sind wir von dem Prickelzeug angenehm beschwipst.

»Weißt du«, sage ich, als wir auf dem Balkon stehen und rauchen. Unsere Wangen sind rot von Alkohol und Kälte. »Ich glaube an das nächste Jahr. Das wird viel besser.«

»Das heißt nicht viel«, sagt Pia. »Ich habe Krebs bekommen, und deine Mutter ist gestorben.«

Die letzten Testergebnisse sehen gut aus. Der Krebs ist besiegt, hoffentlich für immer.

»Ein ruhiges Jahr«, sage ich. »Angenehm. Drauflos arbeiten und mit dem Leben zufrieden sein.«

»Mein Gott, wenn du noch einmal ›drauflos arbeiten‹ sagst, kriegst du die hier an den Kopf.« Sie schwenkt die Chapel-Hill-Flasche, entdeckt, dass sie noch nicht leer ist, und gießt den Rest in unsere Gläser. »Wenn wir alles getrunken haben, natürlich.«

»Aber das habe ich vor. Ruhig und vorhersehbar, so wird dieses Jahr werden.«

»Dann viel Glück«, murmelt Pia. »Schnaps?«

Als Emma nach Hause fährt, lebe ich eine Woche von den Resten des Weihnachtsschinkens. Bauernfrühstück. Pasta carbonara. Pizza mit Schinken. Salat mit Käse und Schinken. Im Januar sind meine Tage wieder mit Arbeit gefüllt. Ich gehe jeden Tag spazieren und kämpfe gegen Wind und Glätte. Ich freue mich über meine Arbeit, darüber, dass Emma jede

Woche anruft, über einen schönen Sonnenaufgang und über den Schnee, unter dem sich die dunklen Zweige biegen.

Eines Tages esse ich mit einem Kollegen aus der Planungsabteilung zu Mittag, in dem Versuch zu begreifen, womit sich Emma in Zukunft beschäftigen wird, und als wir zum Dönerladen gehen, sehe ich eines der knallroten Autos von Skogahammars Fahrschule. Ich bleibe stehen und schaue hinterher, bis ihm vor einer roten Ampel der Motor krepiert.

»Was ist los?«, fragt der Planungsheini.

Ich schüttelte den Kopf und muss darüber lächeln, dass gerade ich eine Midlife-Crisis bekomme und es für eine gute Idee gehalten habe, den Motorradführerschein zu machen.

»Nichts«, sage ich.

48

Ende März gibt es die ersten Anzeichen dafür, dass sich seltsame Dinge anbahnen.

Ganz plötzlich bekomme ich eine Ausgabe des Motorsport-Magazins, zusammen mit einem Brief, in dem mir für das Abonnement gedankt wird. Ich halte es für irgendeine Kampagne und werfe den Brief weg, ehe ich in Versuchung gerate.

Zwei Tage später liegt die Zeitschrift Motorrad in meinem Briefkasten.

Die Handschuhe verwirren mich. Ich bekomme eine Nachricht vom Postamt, und als ich die Sendung dort abhole, enthält sie ein Paar Motorradhandschuhe. Nichts Avanciertes. Marke Biltema. Dann kommt ein Schal, den man offenbar zwischen Jacke und Helm tragen soll, wenn es kalt ist. Er ist rosa, hat ein Muster aus kleinen schwarzen Totenschädeln und steckt in einem absenderlosen braunen Umschlag.

Ich habe keine Ahnung, wer mir hier unbedingt Motorradsachen schicken wollen könnte. Vielleicht denkt ein unterbewusster Teil von mir noch immer »Lukas«, denn ich erzähle Emma und Pia nichts davon. Ich nehme Handschuhe und Schal und verstecke sie in der Abstellkammer.

Draußen tropft alles, weil der Schnee jetzt schmilzt. Mit jedem Tag werden größere Stücke von braunem Gras freigelegt.

Es ist Frühling. Plötzlich tauchen sie auf den Straßen auf, die ersten Irren, die auf ihren Maschinen durch die Gegend gurken, obwohl noch immer vereiste Schneehaufen die Straßen säumen und obwohl es morgens noch Frost und Glätte gibt.

Durchgefrorene Motorradfahrer sind das ultimative Frühlingssignal. Ich wüsste gern, warum mir das bisher noch nie aufgefallen ist.

Es ist schon seltsam, dass jetzt wieder Frühling wird. Und danach wird es Sommer. Und Herbst. Und so geht es immer weiter, bis man selbst nicht mehr da ist, um es zu sehen, und auch dann geht es immer nur weiter. Und ich stehe wieder auf meinem Balkon und beuge mich vor, um ein kleines Stück von der Autobahn und den Motorrädern zu sehen und zu überlegen, wo sie wohl hinwollen.

Diese verdammten Motorradzeitschriften.

Ingeborg ruft aus der Fahrschule an, um mit mir darüber zu reden, wie nett es ist, dass ich mir das mit den Fahrstunden anders überlegt habe.

Ich freue mich ganz spontan, als ich Ingeborgs Stimme höre. Aber ich frage dennoch misstrauisch: »Wieso anders überlegt?«

»Sie haben doch fünf Fahrstunden gebucht«, sagt sie.

Ich kann mir nicht vorstellen, dass sie versuchen, mich zu betrügen. Sie sind doch anständig. Es muss irgendein Missverständnis vorliegen. »Ich habe keine Fahrstunden gebucht«, sage ich vorsichtig. »Und wenn welche gebucht sind, dann will ich sie stornieren. Ich habe nicht vor, dafür zu bezahlen.«

Letzteres sage ich energisch, aber nicht unfreundlich. Ich weiß sehr genau, wie die Fahrschule mit Stornierungen umgeht. Wenn man bis zum Morgen des Vortages absagt, kostet es nichts.

»Die sind schon bezahlt«, sagt Ingeborg. »Sind Sie sicher, dass Sie sie stornieren wollen?«

»Die sind bezahlt?« Ich verstehe nur Bahnhof. »Aber ich habe keine Fahrstunden bezahlt.«

»Die wurden bar bezahlt. Fünf Stunden. Alles perfekt geregelt. Ich gehe mal davon aus, dass wir Ihnen das Geld zurückbezahlen müssen, aber ich habe keine Ahnung, wie wir sowas hier regeln, wenn Sie also sagen, Sie haben sie nicht bezahlt. Ich weiß nicht, ob wir die Summe in bar ausbezahlen müssen oder ob wir das Geld auf Ihr Konto überweisen können. Ich melde mich noch mal bei Ihnen.«

»Tun Sie das«, sage ich beunruhigt.

Was zum Henker ist denn hier los?

Emma und Pia sitzen mir in der Schnapsküche gegenüber. Es ist Freitag, Emma ist für das ganze Wochenende hier, und aus irgendeinem Grund haben sie sich hier verabredet und mir mitgeteilt, dass wir uns alle treffen werden. Als Tatsache.

»Wir intervenieren«, sagt Pia.

Heißt das nicht so, wenn Freunde sich zusammentun, um jemanden vom Trinken abzubringen? Ich schaue mich in der Kneipe um. »Ist das hier wirklich der richtige Ort?«, frage ich.

»Nicht diese Sorte von Intervention«, sagt Emma.

»Als deine engen Freundinnen«, beginnt Pia und korrigiert sich, »als deine *engsten* Freundinnen wollen wir dir sagen, dass wir das tun, weil du uns wichtig bist.«

Ich blicke misstrauisch in die Runde.

Emma nickt enthusiastisch.

»Aber es reicht jetzt wirklich.«

»Es ist zu deinem eigenen Besten, Mama«, sagt Emma.

»Was ist zu meinem Besten?«, frage ich. Ich winke verzweifelt Felicia zu, um mehr Bier zu bestellen, wenn es nun also nicht diese Art von Intervention ist.

»Du bist zu langweilig«, sagt Pia.

»Es kommt uns vor, als ob du in letzter Zeit nicht gelebt hättest«, sagt Emma.

»Gelebt! Sie ist doch seit Monaten nicht mal mehr in der Nähe eines Lebens gewesen.«

»Wartet mal«, sage ich. Ich bin vielleicht langsam, aber am Ende kann ich doch zwei und zwei zusammenzählen. »Ihr habt mir die Motorradhandschuhe geschickt... die Zeitschriftenabos...«

»Die Fahrstunden«, sagt Pia selbstzufrieden.

»Wir dachten, dass du den Wink vielleicht kapierst«, sagt Emma. »Aber das war ja offenbar nicht der Fall. Wenn wir nicht interveniert hätten, hättest du einfach so weitergemacht, oder was?«

»Aber mir geht's doch gut! Ich habe eine neue Stelle. Ich...«

»Genau«, sagt Pia. »Du bist Verwaltungsbürokratin!«

»Ich bin aber gern langweilig.« Ich korrigiere mich eilig: »Erwachsen.«

»Mama, du bist in deinem ganzen Leben noch nicht erwachsen gewesen, warum willst du unbedingt jetzt damit anfangen?«

Weil es so viel sicherer ist, denke ich.

Laut sage ich nur: »Es wird vielleicht Zeit.«

Pia schiebt mir ein Paket hin. Es ist in braunes Packpapier eingewickelt und mit Isolierband zugeklebt. »Das habe ich selbst eingepackt«, sagt sie.

»Aufmachen«, sagt Emma, und das tue ich also.

Das Papier raschelt unter meinen Händen, und ich bin dankbar, dass ich nicht mit Geschenkband kämpfen muss.

Das Paket enthält eine Motorradjacke.

Eine ganz phantastische Motorradjacke aus dunklem Leder mit helleren Verzierungen aus Glitzerfäden. Sie bilden ein schönes und komplett sinnloses Muster über Brust und Rücken.

»Ich glaube, die müsste passen«, sagt Pia, und Emma fügt enthusiastisch hinzu: »Die kannst du auch im Alltag anziehen. Sie sieht aus wie eine normale Lederjacke.«

»Und du kannst mit dem Motorrad zu deinen Stadtverwaltungstreffen fahren und immer noch die Jacke anhaben«, sagt Pia. »Wenn du schon unbedingt eine langweilige Verwaltungsbürokratin sein willst, kannst du doch wenigstens scharf aussehen.«

Ich blinzele. Ich habe Tränen in den Augen, aber ich bin ziemlich sicher, dass die beiden das lieber nicht sehen möchten.

»Ihr wollt also, dass ich wieder Motorradfahrstunden nehme?«, frage ich.

»Ja«, sagt Emma.

Pia sieht mich gelassen an. Zu gelassen. »In letzter Zeit mal was vom Lover gehört?«

»Dieses Kapitel ist abgeschlossen«, erkläre ich energisch.

Vielleicht zu energisch, denn jetzt sieht sie mich seltsam an.

»Ich bin zu dem Schluss gekommen, dass Spannung nichts für mich ist«, sage ich. »Oder Beziehungen. Ich brauche keine. Ich habe einen neuen Job, ich habe dich und Emma und Nesrin.«

»Anette«, sagt Pia. »Man braucht immer Spannung im Dasein. Ich weiß, dass das, was ich an dem Abend damals gesagt habe, vielleicht nicht richtig war, aber...«

»Du hattest eine gute Entschuldigung.«

»Oder so. Phantastisch, was die Leute alles durchgehen lassen, wenn man erst mal herumposaunt hat, dass man Krebs hat. Und vielleicht... ich war wohl auch ganz schön neidisch auf dich. Ich nehme an, ich habe gedacht, du würdest in einer

Beziehung verschwinden und so eine werden, die alle Freundinnen fallen lässt, sobald sie jemanden kennenlernt.«

»Das würde ich doch nie tun«, protestiere ich.

»Das weiß ich«, sagt Pia. »Die Gefahr, dass ich dich an die Langeweile verliere, ist viel größer.« Sie sieht mich mit einem Ausdruck an, den ich bei jeder anderen für Mitleid gehalten hätte. »Ich weiß, dass es dir so, wie es jetzt ist, sicherer vorkommt, aber Sicherheit ist nichts, wofür man sich entscheiden kann. Es heißt nicht, entweder Spannung oder Sicherheit. Du kannst dein Leben so langweilig machen, dass die Uhren stehenbleiben, und Gott weiß, dass du das offenbar versuchst, aber das wird dich nicht beschützen. Menschen sterben. Kriegen Krebs. Gott hat einen kranken Sinn für Humor. Katastrophen werden passieren. Die Frage ist nur, wie gut du dich vorher amüsieren willst und wen du an deiner Seite haben möchtest, wenn sie passieren.«

»Ich habe euch«, sage ich.

»Sicher, aber du hast uns nicht angerufen, als deine Mutter gestorben ist, oder?«

Das war nicht die richtige Frage. Ich bekomme sofort eine Gänsehaut, wenn ich daran denke, wie peinlich ich mich damals benommen habe. Und ich denke an die Müdigkeit danach, an die zwei Tage, die ich im Bett verbracht habe, daran, wie düster und unerträglich das Leben ohne ihn war.

Ich würde ihn nicht einmal anrufen, wenn ich glaubte, er würde antworten. Nicht einmal, wenn ich glaubte, wir könnten zueinander zurückfinden. Es wäre noch schlimmer, ihn nach einem halben Jahr oder nach zwei Jahren zu verlieren.

Es sind nicht die Katastrophen, vor denen ich mich zu schützen versuche, wenn ich mich für die Sicherheit entscheide. Vielleicht nicht einmal die Höhepunkte, der Rausch, der mich dazu gebracht hat, Emma und Pia zu vernachlässigen, diese adrenalinstrotzende Freude und die Tage, an denen ich kaum aufhören konnte zu lächeln und dauernd darauf wartete, dass das Telefon klingelte. Sondern die Zeit danach. Die Kontraste. Wie Dinge, die mir zuvor ein gewisses Maß an Zufriedenheit gebracht hatten, plötzlich total sinnlos wurden. Ich ertrage die Vorstellung nicht, das alles noch einmal durchzumachen.

Meine Finger gleiten über das weiche Leder der Jacke. »Die ist phantastisch«, sage ich.

»Ruf ihn an«, sagt Pia. »Und triff dich mit ihm. Wenn es nicht klappt, hast du es jedenfalls versucht.«

Ich gebe zu, dass ich noch immer einen kleinen Stich der Sehnsucht verspüre, wenn ich an ihn denke. Ich kann darüber phantasieren, wie es wäre, ihn wieder bei mir zu haben, aber mehr ist es nicht. Es sind Phantasien.

Ich nehme an, sie begreifen nicht so ganz, wozu sie mich da auffordern. Sie glauben noch immer, dass es nur um Sex ginge, eine nette Episode, an die man gern zurückdenkt. Und ich, ich kann mich noch immer an den Ausdruck in seinen Augen erinnern, als er mir gesagt hat, wie untauglich ich für Beziehungen bin.

»Wie wäre es, wenn wir uns mit den Fahrstunden begnügen?«, frage ich.

»Natürlich können wir mit den Fahrstunden anfangen«, sagt Emma. »Dann triffst du Lukas ja ohnehin. Du kannst sehen, wie es sich anfühlt. Geh die Sache langsam an.«

Ich glaube, ich würde es auch nicht aushalten, ihn in der Fahrschule zu treffen. Mir nichts anmerken zu lassen, ihn in der Rezeption begrüßen zu müssen.

»Vielleicht kann ich mit den Fahrstunden bis nächstes Jahr warten«, schlage ich vor. Nach einem Jahr müsste ich es doch schaffen, ihm mit Gelassenheit gegenüberzutreten.

»Ruf ihn an«, sagt Pia unbarmherzig. »Was hast du denn zu verlieren?«

Ich fahre mir müde mit der Hand über die Augen. »Ich glaube... ich glaube, dass ich mich vielleicht richtig in ihn verliebt habe. Irgendwann in dem ganzen Chaos. Und vielleicht ist das nicht so gut gegangen. Gar nicht gut. Also besser nur Fahrstunden. Mit einem anderen Fahrlehrer.«

Emma starrt mich an, Pia dagegen wirkt nicht im Geringsten überrascht. »Natürlich hast du dich in ihn verliebt. Das habe ich schon von Anfang an gewusst. Ich hielt es ja nicht für eine gute Idee, aber was passiert ist, ist passiert. Und warum muss man auch die ganze Zeit so klug sein?«

»Aber...«, sagt Emma. »Warum hast du nichts gesagt? Hast du das damals am Skogahammar-Tag schon gewusst?«

»Ha!«, sagt Pia. »Die da hat doch keine Ahnung von ihren Gefühlen. Sie hat es vermutlich erst mehrere Wochen später gemerkt als ich.«

»Ich habe... es vielleicht geahnt«, schlage ich als Kompromiss vor.

»Ich will ihn kennenlernen«, sagt Emma.

Ich trinke einen großen Schluck Bier und zwinge mich zu sagen: »Naja, also, ich habe mich vielleicht in ihn verliebt, aber er sich nicht richtig in mich.« So. Nun ist alles heraus und gesagt.

Emma beugt sich vor und streichelt meine Hand. »Das tut mir leid, Mama.«

»Hat er das gesagt?«, fragt Pia. Sie kennt offenbar kein Erbarmen. Sie ist wie eine Bulldogge, die sich festgebissen hat und um keinen Preis loslassen will.

»Er hat es jedenfalls deutlich gemacht.«

»Aber hat er gesagt: Anette, ich mag dich nicht, fahre nicht auf dich ab und will dich am liebsten nie wiedersehen?«

»Oh mein Gott«, sage ich. »Kommt sowas wirklich vor?«
Ich werde mich nie, nie wieder auf einen Mann einlassen.

»Ich deute das als Nein. Und dann finde ich, du solltest ihn anrufen. Du hast ihn einmal mit deinem Charme bezaubert. Das kannst du wieder schaffen.«

»Am Skogahammar-Tag wirkte er jedenfalls sehr bezaubert«, sagt Emma.

»Was hast du zu verlieren? Ein letzter Versuch.«

»Meine Würde. Das bisschen Seelenfrieden, das ich mir immerhin erkämpft habe.«

»Würde, Blödsinn«, sagt Pia. »Hör mir mal zu: Wenn ich etwas gelernt habe, dann, dass das Leben zu kurz ist, um langweilig zu sein. Sicher, es kann vielleicht unangenehm werden, wenn es zwischen euch nicht läuft, und sicher, inzwischen kann er total das Interesse verloren haben oder bei einer Neuen gelandet sein. Aber dann weißt du es jedenfalls. – Ich habe nur eine Regel im Leben«, fügt sie dann hinzu. »Sicherheit wird überschätzt.«

49

Als sie noch klar im Kopf war, hat Mama regelmäßig Papas Grab besucht, aber je mehr sich ihr Zustand verschlechterte, um so weniger hat sie sich darum gekümmert. Das weiß ich, weil ich kurz vor Mamas Beerdigung am Grab war. Es war genauso frei von jeglicher Art von Leben wie sie. Es liegt eine Symmetrie darin, wie ihre beiden Schicksale einander bis zum Ende folgten.

Das Grab ist jetzt nicht mehr karg und leer. Auf Papas Grabstein ist auch Mamas Namen samt den Jahreszahlen eingraviert, leuchtend und blank im Vergleich zu seinem. Ihr Name ist hinter den vielen Blumen kaum zu erkennen. Leichte Schneeflocken rieseln darüber in einem dieser unberechenbaren Frühlingsschneegestöber, und ich frage mich, ob Eva einfach vorhat, die Blumen nach jedem Schneefall auszutauschen.

Es kommt mir albern vor, hier zu sein. Ich habe Mama im Leben nie um Rat gefragt, deshalb begreife ich nicht, was ich mir davon verspreche, es jetzt zu tun, wo sie nicht mehr lebt.

Ich schaue mich um, um sicherzugehen, dass sonst niemand in der Nähe ist.

»Ich glaube, du wärst in den letzten Monaten mit mir zufrieden gewesen«, sage ich leise. »Ich habe eine neue Stelle. Bei der Stadt. Ich nehme an, das hätte dir gefallen, falls du nicht Angst gehabt hättest, ich würde mich blamieren. Mat-Extra-Personal, bleib bei deinen Leisten, und so.«

Ich bohre die Hände in die Jackentaschen, um sie zu wärmen. »Emma kommt jetzt auf der Uni gut zurecht. Sie hat ein paar Freunde aus einem anderen Kurs, und mit denen ist sie viel zusammen. Pia geht es besser. Es stört mich noch immer, wenn sie Witze über den Tod reißt, also macht sie das natürlich oft. Sie ... sie findet, ich sollte jemanden anrufen, also, einen Mann. Das würde dir nicht gefallen, aber du hast ihn tatsächlich schon einmal zum Kaffee eingeladen.«

Wenn es einen Himmel gibt, dann wüsste ich gern, welche Version von Mama nun dort oben weilt. Die pflichtbewusste Frau, die mit dem Liebhaber, oder die Demente.

»Ich habe mich noch nicht entschieden. Ich bin ziemlich sicher, dass nichts Gutes dabei herauskommen kann. Aber ich frage mich, ob ich es trotzdem tun sollte, ob ich es ihm oder mir schuldig bin, ihm von meinen Gefühlen zu erzählen? Nicht, weil es etwas ändern wird, sondern, weil ich will, dass er es weiß. Hast du Lars jemals gesagt, was du empfunden hast? Hätte das etwas geändert?«

»Nein.«

Ich fahre zusammen, als Eva leise neben mich tritt und fast freundlich nickt. Sie hat einen Plastikeimer mit drei neuen Blumen zum Einpflanzen, einen kleinen Spaten, einen halben Sack Blumenerde und eine Gießkanne mitgebracht.

Sie zögert. »Sie hat einmal über ihn gesprochen. So gegen Ende, als es ihr ... schlechter ging. Du warst nicht dabei, und ich habe es dir nie erzählt. Es klang ungefähr so, wie ihre Schwester gesagt hat. Kurze Affäre. Er hat nicht viel für sie empfunden. Es war wohl nie die Rede davon, dass sie seinetwegen ihren Mann verlassen sollte.«

»Hätte sie das getan?«

»Wer weiß? So viel hat sie nicht gesagt. Aber es hätte sie

nicht glücklicher gemacht. Sie hat ihre Pflicht getan, und damit war sie zufrieden.«

»Vermutlich«, sage ich zustimmend. Falls Mama überhaupt mit irgendetwas zufrieden sein konnte.

»Du hattest nie besonders viel Ähnlichkeit mit ihr.«

Ich bin nicht in der Stimmung, um alte Fehden auszufechten, und Eva legt auch keine besondere Erregung in ihre Worte.

»Im letzten Jahr gab es Momente, in denen wir mehr gemeinsam hatten, als ich je erwartet hätte«, sage ich trocken.

»Du hast recht damit, dass ihr die Sache mit diesem Mann überhaupt nicht gefallen hätte.«

»Wie lange hast du mir hier schon zugehört?«, frage ich entsetzt.

Darauf gibt sie keine Antwort, sondern sinkt auf die Knie und reißt kaum sichtbares Unkraut aus dem Boden. »Es ist natürlich nicht meine Angelegenheit, dir mit Ratschlägen zu kommen, die du doch nicht zu schätzen weißt«, sagt sie.

»Oh mein Gott, wie du mich an Mama erinnerst«, sage ich.

»Deine Mutter war phantastisch.« Jetzt ist definitiv Erregung vorhanden.

»Was glaubst du, was sie mir in dieser Lage raten würde?«, frage ich neugierig.

»Ha! Sie würde dir raten, dich nicht länger lächerlich zu machen.«

Natürlich.

Eva zögert und starrt den Grabstein an, entweder, um meinen Blick nicht erwidern zu müssen, oder weil sie versucht, Kontakt zu Mama aufzunehmen. Der Friedhof liegt relativ abgelegen, umgeben von dünnen Birken, die nach dem Winter fast durchsichtig sind, aber hinter den Bäumen ist das leise Rauschen des Autoverkehrs zu hören.

»Du bist ihr nicht besonders ähnlich«, sagt Eva schließlich. »Mein Rat wäre also, das genaue Gegenteil zu tun.«

Meine fünf besten Momente mit Lukas, die ich mir auf dem Weg vom Friedhof zur Arbeit überlege:

Auf Platz Nummer 5: Als wir in diesem Villenviertel auf dem Motorrad saßen und uns unterhalten haben. Ich weiß nicht, warum mir gerade diese Erinnerung als Erstes einfällt.

Platz Nummer 4: Der Abend, an dem er mit mir losgefahren ist, um die Autobahn anzusehen, nur, um mir eine Freude zu machen, und heiße Schokolade und Kaffee mitgebracht hatte, weil er nicht wusste, was ich lieber trinken würde.

Platz Nummer 3: Damals, als er mir Pizza gebracht und mir während der Arbeit Gesellschaft geleistet hat.

Platz Nummer 2: Als wir nebeneinanderlagen und nur redeten und ich mich ihm am Ende sogar wegen Emma anvertraut habe.

Und endlich – schlaffer Trommelwirbel und so weiter – auf Platz Nummer 1: Mamas Beerdigung, als er aufgetaucht ist, obwohl zwischen uns bereits Schluss war, und obwohl er schon gesagt hatte, dass er kein Interesse an mir hatte, vermutlich, weil es eben das Richtige war. Der Augenblick, an dem mir aufging, dass ich ihn liebte und dass alles zu Ende war.

Dieser letzte Punkt ist es, der mich dazu bringt, zum Telefon zu greifen, ihn anzurufen und eine Mitteilung zu hinterlassen; ich frage, ob er vielleicht nach der Arbeit bei mir vorbeikommen könnte. Heute. Oder morgen. Oder an einem anderen Tag. Egal, wann.

Gut gemacht, Anette, denke ich und lege auf, ehe ich mich noch mehr blamieren kann. Meine Hände sind schon von kaltem Schweiß überzogen.

Aber ich musste das jetzt tun. Nicht, weil ich glaube, dass

es noch eine Chance gibt, dass wir wieder zusammenkommen können, im Gegenteil, gerade weil es vermutlich schon zu spät ist. Von allen Punkten auf meiner Liste – die Erkenntnis, wie viel Freundlichkeit er mir erwiesen hat und wie wenig ich für ihn getan habe – ist es seine Anwesenheit bei der Beerdigung, die es mir unmöglich macht, einfach mit den Schultern zu zucken und mir zu sagen, ich sollte weitergehen.

Egal, was passiert, er hat es verdient zu erfahren, was er mir bedeutet hat.

50

Er hat längere Haare.

Das ist mein erster Gedanke. Der zweite ist, dass er fast so verlegen wirkt wie ich.

Jetzt, wo er hier ist, stehen wir einander in der Diele gegenüber und wissen nicht, wie wir uns verhalten sollen. Ich bewege mich befangen, in vorsichtigem Abstand, und bei der Küchentür bleiben wir beide stehen und wollen uns gegenseitig vorlassen. Er steht im Weg, als ich Kaffeetassen aus dem Schrank nehmen will, ich stoße aus Versehen gegen ihn, als ich Wasser in die Kaffeemaschine gießen möchte.

Er trägt dasselbe karierte Hemd wie beim ersten Mal, als ich ihn in der Schnapsküche gesehen habe, das, das seine Schultern betont. Die Balkontür steht offen, und so mischt sich der Geruch seines Rasierwassers mit dem von kaltem Kaffeepulver und von schmelzendem Schnee, bis ich in der Tasche die Faust ballen muss, um nicht dem Impuls zu erliegen, ihn zu berühren.

Als er sich auf einen Küchenstuhl setzt, atme ich erleichtert auf und lehne mich an die Spüle. Für eine Weile ist nur das Gurgeln der Kaffeemaschine zu hören.

»Ich wollte nur sagen, dass ...« Ich weiß nicht mehr weiter.

Er sagt nichts. Als ich zu ihm hinüberschiele, ist sein Gesicht ganz leer, als habe er schon vorher beschlossen, keine Gefühle zu zeigen oder zu benennen.

Das Einzige, was ich will, ist, dieses Gespräch hier hinter

mich zu bringen, die Verantwortung dafür zu übernehmen, dass es nicht gut gegangen ist, und zu sehen, ob wir eine Art neutrale Position finden können, in der es vielleicht sogar möglich ist, uns in der Fahrschule zu treffen und höflich miteinander umzugehen, ohne dass sich mein Herz wie ein Idiot aufführt.

Falls ich nun wieder Fahrstunden nehme. Motorräder kommen mir vor wie ein gefährliches Einfallstor. Aber auf jeden Fall kann ich zumindest das Gefühl haben, das Ganze mit Würde abgeschlossen zu haben, und Würde bedeutet etwas, egal, was Pia sagt.

Es dauert ungefähr eine Minute, ihm Kaffee einzugießen – schwarz, ein Stück Zucker –, und mehr Bedenkzeit habe ich nicht.

»Ich wollte nur sagen, dass es meine Schuld war, dass das mit uns nicht geklappt hat und dass es mir leidtut, mich wie eine Idiotin aufgeführt zu haben.«

»Warum?«, fragt er.

Jetzt hast du das Schlimmste schon gesagt, denke ich. Mach einfach weiter.

»Ich nehme an, ich war glücklich mit dir, und du hast mir... etwas bedeutet, und ich glaube, das hat mir Angst gemacht. Ich wusste, dass es schwer sein würde, wenn Schluss wäre, und das war es auch. Ich bin nicht gut in Beziehungen, aber ich hätte irgendetwas anders machen oder sagen müssen...«

Er springt auf und bleibt dann neben dem Küchentisch stehen, starr und aufrecht und unbarmherzig. »Nein«, sagt er. »Ich meine, warum erzählst du mir das jetzt?«

»Ich...« Mein Gott, wie viel kann er denn verlangen? »Du warst so unglaublich lieb zu mir, und du hattest etwas Besseres verdient.«

Jetzt drückt sein Gesicht etwas aus. Widerwillen. »Lieb?«

»Ja. Lieb. Du hast so viele schöne Dinge für mich getan, und ich so ungeheuer wenig für dich.«

»Mein Gott, Anette«, sagt er. »Das ist doch kein Wettkampf.« Er fährt sich mit der Hand übers Gesicht und fügt müde hinzu: »Warum sagst du das jetzt? Es wäre doch nichts anders, wenn wir wieder zusammen wären.«

»Ich sage das nicht deshalb«, protestiere ich. »Ich weiß, dass mit uns Schluss ist.« Ich zögere. »Ich glaube nur, ich kann es nicht ertragen, dass wir einmal... etwas füreinander bedeutet haben, und jetzt nur noch Fremde sind, oder höfliche Bekannte, ohne dass du je erfährst, dass, ja, dass du für mich wichtig warst, eine Zeitlang.«

»Ehrlich gesagt, Anette, wäre ich ganz gut klargekommen, ohne je zu erfahren, dass ich dir einmal, irgendwie, vielleicht *irgendetwas* bedeutet habe, eine Zeitlang.«

Mir wird schlecht. »Dann... dann gibt es wohl nicht mehr viel, was ich sagen könnte.«

Du kannst jetzt gehen, denke ich, aber das tut er nicht.

Stattdessen dreht er sich zum Balkon um, wo die Sonne den Beton wärmt und die Birken dahinter gerade anfangen, fast durchsichtige grüne Blättchen zu bekommen.

Vielleicht ist er genauso irritiert wie ich über diesen höhnisch schönen Tag, denn er dreht sich fast sofort wieder zu mir um.

Schließlich sagt er: »Okay, ich bitte um Entschuldigung.« Seine ganze Körpersprache, seine Mimik und sein Tonfall deuten an, dass er das widerwillig und unter Protest sagt. »Ich nehme an, es war gut, dass du es gesagt hast.«

Ich wünschte, er hätte nichts gesagt, es ist zu deutlich, dass er es nicht meint.

»Und da du ehrlich warst, sollte ich das wohl auch sein.«

Nein, denke ich. Er war wirklich schon ehrlich genug.

Aber er redet weiter: »Es war nicht nur deine Schuld, dass das mit uns nicht geklappt hat. Ich wusste immer, dass du nicht so viel für mich empfindest wie ich für dich. Ich denke... wenn ich dich nicht so unter Stress gesetzt hätte, wenn es mich nicht so verletzt hätte, dass ich nicht einmal Emma und Pia kennenlernen durfte, dann wäre es langsam so weit gekommen. Wenn ich dir mehr Zeit gelassen hätte, wäre ich dir am Ende vielleicht doch wichtig gewesen. Und bis dahin hätte ich mich damit begnügen können, dass du *etwas* für mich empfandest. Also nehme ich an, es war genauso sehr meine Schuld.«

»So habe ich das nicht gemeint«, sage ich.

»Und wenn du sagst, dass ich *lieb* war. Ich bin nur zur Beerdigung deiner Mutter gekommen, weil ich wusste, dass du da sein würdest, und weil ich einfach nicht wegbleiben konnte. Und ich dachte, vielleicht, noch immer, ich könnte etwas tun. Aber das war wohl nicht meine Aufgabe...«

Ich kann nicht fassen, was er da sagt. Sagt er, dass es für uns noch immer eine Chance gibt oder dass es eine gegeben hat, dass ich alles ruiniert habe, dass ich... »Bist du jetzt mit Sofia zusammen?«

Einen Moment lang glaube ich, dass er nicht antworten wird, aber am Ende sagt er »Nein«, ohne das weiter zu kommentieren.

Ich nicke erleichtert. Ich glaube, ich kann fast alles ertragen, wenn er nur nicht aufgegeben hat und zu ihr zurückgekehrt ist. »Du hast nicht mehr für mich empfunden als ich für dich«, sage ich leise. »Aber wie hätte ich denn wissen sollen... was willst du eigentlich, Lukas?«

»Es war schon okay für mich, dass dir Emma und Pia wichtiger waren«, sagt er. »Wirklich, auch wenn du es vielleicht nicht glaubst, nachdem ich weggerannt bin und wie ein Rotzbengel geschmollt habe.«

»Nein, nein«, protestiere ich.

»Aber du hast immer so energisch erklärt, dass wir keine gemeinsame Zukunft haben. Und als du mir dann nicht einmal deine Freundinnen vorstellen wolltest...«

»Aber wir hatten ja auch keine Zukunft«, sage ich. »Statistisch gesehen, erfahrungsgemäß, alles sprach dafür, dass wir nicht bis an unser Lebensende glücklich zusammenleben würden.«

»Es geht bei Beziehungen nicht darum, bis an sein Lebensende glücklich zusammenzuleben. Es geht darum zu *glauben,* dass es so sein wird.«

»Ich kann glauben«, sage ich rasch.

»Irgendwo in dir, und in deinem Fall vermutlich tief im Unterbewusstsein und unfreiwillig, musst du dir aber eine Zukunft vorstellen können, damit eine Beziehung funktioniert. Eigentlich egal, was für eine Zukunft. In einem halben Jahr...«

Er tritt zwei Schritte auf mich zu, und ich lehne mich instinktiv zurück, bis mein Rücken gegen die Kaffeemaschine stößt.

»In einem halben Jahr...?«, wiederhole ich.

Er steht viel zu dicht vor mir, als dass ich denken könnte. Winzig kleine Nervenenden in meinem Körper erwachen nach dem Winterschlaf wieder zum Leben.

»Stell dir vor, wir wären zusammen«, sagt er. »Wir hätten nach dem Skogahammar-Tag einfach weitergemacht wie vorher. Was machen wir in einem halben Jahr...?«

»Den nächsten Skogahammar-Tag organisieren«, sage ich.

Er sieht mich ungeduldig an, aber genau das werde ich tun. Und meine Güte, wie kann man sich denn entschließen, einfach zu glauben, oder in weniger Zeit, als man braucht, um eine Tasse Kaffee zu trinken, ein Zukunftsbild gegen ein anderes einzutauschen. Vor weniger als einer Woche wollte ich einfach drauflosarbeiten, und jetzt ... ich schließe die Augen, wie um mich gegen all die Bilder zu wehren, die plötzlich versuchen, in mein Blickfeld einzudringen: Erinnerungen, Visionen, sie vermischen sich, bis ich sie nicht mehr voneinander unterscheiden kann. »Ich werde deinen Küchentisch mit meinen Aufgabenlisten vollpacken.«

Die Augen zu schließen, war eine schlechte Idee, ich kann den Tisch nämlich so deutlich vor mir sehen, als säße ich schon da. Groß und unpraktisch und perfekt, um darauf Papier zu verteilen. Es klingt beunruhigend schön. Zu schön. Ich reiße die Augen auf. »Aber das ... ich ...«

Er scheint jetzt noch dichter vor mir zu stehen. »Weiter«, sagt er leise.

»Ich würde Pizza für dich kaufen, wenn du lange arbeiten müsstest«, sage ich entschieden, und als ich einmal angefangen habe, kann ich nicht mehr aufhören. »Samstags würden wir Ausflüge machen, vielleicht mit Roffe« – seine Mundwinkel zucken –, »manchmal auf dem Motorrad, aber dann musst du mich fahren. Bis dahin habe ich bestimmt die Vorfahrtsregeln noch nicht gelernt. Ich werde mir meine eigene Motorradkleidung kaufen, eine tolle Jacke hab ich sogar schon.«

Das ist jetzt einwandfrei ein Lächeln und eine Hand an meiner Hüfte. Aber ich rede weiter: »Und wir trinken Bier in der Schnapsküche. Mit Pia und Nesrin und Charlie und Emma. Und Ann-Britt, glaube ich, ich sehe sie direkt vor mir mit ihrem Glas Rotwein. Am nächsten Skogahammar-Tag musst du mit ihr tanzen.«

»Ich tu doch alles für dich, Anette.«

»Charlie und Nesrin werden nur in der Schnapsküche auftauchen, wenn sie nichts Besseres zu tun haben. Emma nennt dich ab und zu vielleicht *Papa,* um dich aufzuziehen. Aber auf eine nette Art«, beteuere ich.

»Ich bin schon häufiger aufgezogen worden«, sagt er ernsthaft. »Das überlebe ich.«

Ich halte die Kaffeetasse vor mich hin wie einen Schild, und dann schaue ich hinein, um seinen Blick nicht erwidern zu müssen. »Ich werde keine weiteren Kinder bekommen«, sage ich.

»Ich werde doch schon Emmas Ersatzvater. Vielleicht verlange ich, dass sie mich Papa nennt.«

»Aber ... Lukas, ich will nicht noch mehr Kinder. Ich weiß nicht einmal, ob ich noch schwanger werden könnte. Ich würde nicht wollen ... es wäre schrecklich, wenn mein Traum von der Zukunft deinen ruiniert. Ich will, dass du alles bekommst, was du überhaupt jemals haben willst.«

»Kinder gehören nicht dazu.«

»Das ist mein Ernst. Für den Fall, du das irgendwann mal anders siehst, könnten wir uns eine Art Frist setzen. Das wäre doch vielleicht auch okay? Vielleicht sind wir nur für eine Weile zusammen, aber ...«

Es fällt mir sogar schwer zu begreifen, dass ich überhaupt darüber rede, *jetzt* zusammen zu sein.

Langsam, fast behutsam, nimmt er mir die Kaffeetasse weg und stellt sie hinter sich auf den Küchentisch. »Anette, auch wenn ich vielleicht irgendwann Kinder will, gibt es doch viele andere Möglichkeiten, Kinder in sein Leben zu holen. Als ich jünger war, war unser Fußballtrainer fast so etwas wie ein richtiger Vater für mich. Wenn ich plötzlich unbedingt eine Menge Kinder will, die um mich rumwuseln, kann ich ja Trainer einer Kindermannschaft werden.«

Er zieht mich noch enger an sich, entschieden, als ich zögere.

»Rede weiter«, sagt er. »In einem halben Jahr …?«

Ich lächele. »Dann trinken wir noch immer heiße Schokolade im Gewerbegebiet. Und in zweieinhalb Jahren mache ich dir dort einen Heiratsantrag.«

»Na gut, wir können die Zukunft ein bisschen offenhalten«, sagt er rasch, aber dabei lächelt er, deshalb bin ich ziemlich sicher, dass er Ja sagen wird.

Und es ist auch nicht so wichtig. Die Zukunft wird nie so, wie wir uns das vorgestellt haben. »Das Leben ist zu kurz, um langweilig zu sein«, sage ich, und dann lege ich die Hände um sein Gesicht und beuge mich vor und küsse ihn.

Ich bin eine lebendige, verrückte, garantiert nicht langweilige alleinstehende Mutter, die Tochter einer strengen, unzufriedenen Schlampe, die Freundin einer noch verrückteren Person. Eine Frau, die in der Frühlingssonne in ihrer Küche einen wunderbaren Mann küsst, während neben ihr langsam der Kaffee verkokelt und der letzte Schnee vor der Motorradsaison wegschmilzt.

Da hast du mein Leben.

Für Isak, der mit mir hinaus auf die Straßen fährt,
und Cecilia, die dafür sorgt, dass ich weiterhin träume:

Here's to us.

Katarina Bivald

Ein Buchladen zum Verlieben

448 Seiten, btb 71392
Übersetzt von Gabriele Haefs

Wie eine Buchhandlung einen verschlafenen Ort wieder zum Leben erweckt.

Es beginnt mit einer ungewöhnlichen Brieffreundschaft. Die 65-jährige Amy aus Iowa und die 28-jährige Sara aus Schweden verbindet eines: Sie lieben Bücher – mehr noch als Menschen. Begeistert beschließt Sara, ihre Seelenverwandte zu besuchen. Als sie jedoch in Broken Wheel ankommt, ist Amy tot. Und Sara mutterseelenallein. Irgendwo in Iowa. Doch Sara lässt sich nicht unterkriegen und eröffnet mit Amys Sammlung eine Buchhandlung. Ihre Empfehlungen sind so skurril und liebenswert wie die Einwohner selbst …

»Über die Leidenschaft zum Lesen, einen Ort, der langsam zu verfallen droht, und über die Liebe (natürlich!).«
Femina

btb